세월 2

# 세월 2

초판 1쇄 발행 | 2012년 11월 20일

지은이 | 김형경
펴낸이 | 김정숙
펴낸곳 | 사람풍경

등록 | 2011년 9월 20일 제 300-2011-167호
주소 | 110-719, 서울특별시 종로구 내수동 74번지 광화문시대 920호
전화 | 02)739-7739
팩스 | 02)739-6739
이메일 | sarampungkyung@hanmail.net

# 세월

# 2

김형경 장편소설

사람풍경

╼╾

내가 낮은 곳에 엎드린 흙이었던 시절
내면에 석탄이나 철광석 키우고 싶었다.
검붉은 철광석으로 웅크리던 시절
몸 밖으로 맑은 물줄기 흘려보내고 싶었다.
계곡을 구비 도는 개울이던 시절
미세한 입자 되어 날아오르고 싶었다.
사방을 떠도는 구름이던 시절
산란하는 빛으로 허공에 흩어지고 싶었다.
내가 오직 물, 불, 공기, 흙
그것뿐인 지금도.

╼╾

때로는, 죽음이야말로 삶을 지탱해주는 가장 든든한 밧줄일 때가 있다. 죽음이 인간을 가장 인간답게 살게 하는 저울 저편의 추일 때가 있다. 그 여자는 그걸 안다. 자신의 경험으로.

사람이 얼마나 모질면 제 목숨을 스스로 끊을까 생각하던 때도 있었다. 그러나 그 무렵, 그 여자는 스스로 목숨을 끊는 사람들을 이해한다. 끈적거리는 굴욕과 모멸감에서, 캄캄한 절망과 실의에서, 오직 그 이유 때문에 죽음을 생각한다. 그 정도의 좌절에 자살할 사람이면, 그런 사람은 일찌감치 없어지는 게 낫다고, 그렇게 말할 사람도 있을 것이다. 그 사람은 진정한 절망을, 진정한 모멸을 모르는 사람이거나 신경이 굵은 밧줄로 만들어진 사람일 것이다.

노라처럼 집을 나갔다가 되돌아온 이후, 그 여자는 죽음을 꿈꾼다. 견딜 수 없는 현실의 모든 중압감으로부터 벗어나는 방법은 그것밖에 없다. 죽음의 생생한 과정에서 고통스러워하기보다는 진짜 죽는 것, 그것이 더 현명하다. 그 여자는, 일기장에 유서를 쓰며 죽어버렸으면 하고 생각했던 두 해 전의 자신을 떠올리며 웃는다. 그건 엄살이거나 어리광이었을 것이다. 혹은 자신을 방치한 부모와 그토록 냉혹한 선생님에 대한 반항이기도 했을 것이다. 내가 죽으면, 그제야 그 어른들은 자신들이 얼마나 잘못했는지 알게 될 거야.

그런 보복 심리에서였을 것이다. 고등학교 때의 자신을 떠올리며 웃을 정도로, 그 여자는 다른 죽음을 꿈꾼다.

겉으로는 아무 일도 일어나지 않는다. 다시 학교에 나가고, 다시 강의를 듣고, 친구들과 한두 마디 이야기를 나눈다. 일상은 늘 똑같다. 그럼에도, 그 여자는 이상하게 변한다. 고개를 숙이고, 아주 웅크린 어깨를 하고 교정을 지나다닌다. 앞머리를 길러 안경을 덮도록 얼굴을 가린다. 이제는 아무것도 보지 않는다. 이따금 고개를 드는 때는 학생회관 곁을 지나갈 때다. 혹시 무엇이 보일까, 거기 칠 층 창문을 유심히 올려다본다. 그러나 칠 층은 너무 높고 창은 너무 작다. 그 여자는 이제 멀리서도 잿빛 바바리를 볼 수가 없다. 자주 강의를 빼먹고, 도서관에 가서 책을 읽거나 본관 뒤쪽, 짓다 만 건물 안에 들어가 한나절을 누워 있는다. 거기는 아무도 오는 사람이 없다. 이따금 데이트를 하는 커플들이 서성이다 갈 뿐이다.

어떤 방법도 찾을 수 없다. 그 남자에게서 벗어날 방법도, 절망을 이겨낼 방법도, 자신을 추스를 방법도. 그 여자가 안간힘을 써서 하는 일이라곤, 자신의 고통을 남에게 드러내지 않는 일이다. 그런 일이 있었다는 사실을 빨리 잊고자 하는 일이다. 그러나 잘되지 않는다. 작은 일로도 눈물이 흐르고, 작은 계기로도 기억의 밑바닥에 묻어둔 그 일들이 떠오른다. 떠올라 머리로 열이 몰리게 한다.

그 시기, 그 여자는 자주 경춘선 열차를 탄다. 많은 친구가 춘천에서 대학을 다니고 있다. 혜길이가 있고, 명자가 있고, 경희가 있다. 그들은 다들 강원대나 춘천교대에 다닌다. 왜 그렇게 누군가를 보고 싶어 했는지 모르겠다. 마음이, 아무도 없는 곳에 떨어진 마음이 상처마저 입어, 누구든 아는 사람이 옆에 있었으면 싶어 한다. 아무 말 하지 않아도 마음 편하게 함께 있을 수 있는 누군가를 그리워한다. 그런 때, 사람들은 가족을 찾을 것이다. 그러나 그 여자는 친구를 찾는다.

그 밤들의 기억을 떨칠 수 없을 때, 그 남자의 존재를 받아들일 수 없을 때, 그 여자는 자주 경춘선 열차를 탄다. 맑은 날이기도 하고 흐린 날이기도 하다. 때로는 비바람이 몹시 부는 날이었던 것도 같다. 그러나 그 여자는 경춘가도의 그 아름답다는 풍광을 전혀 기억하지 못한다. 시선이 늘, 제 마음만 바라보고 있다. 어떻게 살아야 하나. 친구들의 자취방을 모두 들러도 아무도 없을 때, 그 여자는 공지천에 나가 혼자 보트를 타며 시간을 보내기도 한다.

어떻게 살아야 하는가. 주머니에 손을 넣으면 손끝에서 동글동글한 죽음이 만져진다. 죽음은 동전처럼 사소하고 유리구슬처럼 투명한 소리를 낸다. 병아리처럼 노란색이기도 하다. 무심히 사 모은 알약들이, 늘 주머니에 있다. 그리하여, 춘천으로 가는 열차 안에서 죽음은 내내 그 여자의 어깨너머에서 그 여자를 굽어보고 있다.

혜길이의 방을 찾아갔을 때, 혜길이는 감기 기운이 있는 것 같다며 방에 누워 있다. 그 여자가 들어가자, 말없이 맞아준다. 고등학교 때와 많이 달라진 그 여자를, 빼빼 말라가는 그 여자를 유심히 바라보면서.

그 여자는 말없이 혜길이가 누워 있던 이불 속으로 들어간다. 혜길이도 옆에 와서 눕는다. 그리고 두 사람은 말이 없다. 말없이, 스무 살의 두 젊은 여자가 화창한 봄날 대낮에 이불을 쓰고 누워 있다. 몸의 상처로, 혹은 마음의 상처로.

그 여자는 천장 무늬를 세다가, 상처를 향해 함몰하는 마음을 추스르다가, 다시 천장 무늬를 세다가, 그러면서 내내 목이 아파오는 통증을 다스린다. 혜길아, 죽을 것 같아. 어떻게 이렇게 살아야 하니? 그러나 밖으로 내어 말하지 못한 채, 돌아누우며 흑, 울음을 삼킨다. 혜길이의 베개에 얼굴을 묻고 오래오래 운다. 거기 가서 울기 위해 그토록 오래 울음을 참은 사람처럼, 울 곳을 찾아 그토록 고단한 여행을 한 사람처럼.

혜길이는 말없이 일어나 밖으로 나간다. 그 여자가 울음에서 진정될 무렵, 밥상을 들고 들어온다. 아무것도 묻지 않는다. 아무것도 묻지 않는 혜길이가 고맙다. 묻는다고 해도 아무것도 말해줄 수 없으므로. 혜길이는 지혜로운 친구다. 지금도 그럴 것이다.


주머니 속에서 동글동글한 죽음을 만지며, 그 여자는 죽음에 관한 책을 읽기 시작한다. 에밀 뒤르켕의 《자살론》을 읽고 알프레드 알바레즈의 《자살의 연구》를 읽는다. 그 약으로 정말 목숨을 끊을 수 있을지, 혹시 잠만 푹 자고 일어나는 건 아닌지 알 수 없어 되도록 약을 많이 사 모은다.

에리히 프롬도 《인간의 마음》에서 자살에 대해 언급한다. 죽음에 대한 사랑이야말로 삶에 반하고, 정신병의 핵심을 이루며, 참된 악의 본질이라는 설명이다. 그 여자는 받아들일 수 없다. 그는 또 프로이트적 학문적 성격이 죽음을 사랑한다고도 하고, 현대 산업사회의 물질 우위와 기계화가, 핵전쟁의 공포 같은 것이, 죽음을 사랑하게 되는 원인이라고 분석한다.

그 여자는 그 모든 걸 받아들일 수 없다. 알바레즈는 자살자들의 하나같은 외침은 살려달라는 호소다, 라고 한다. 뒤르켕은 사회의 불안정한 어떤 기미가 자살을 연쇄적으로 유발하기도 한다고 설명한다. 그 여자는 뒤르켕의 아노미 이론도, 알바레즈의 연구 결과도 받아들일 수 없다. 모든 사회학적, 정신분석학적, 인류학적 죽음에 대한 고찰에 동의할 수 없다.

그 여자에게 죽음은 단 한 가지 의미를 갖는다. 자신이 제 생명과 운명의 주인임을 확인하는 것이다. 굴욕을 참으며 억지로 사는 삶이 아니라, 존엄성을 훼손당하면서 꾸역꾸역 사는 삶이 아니라, 필요하다고 느끼는 때에, 가장 적절한 시기에 언제든 제 생명을 제 손으로 끝낼 수 있다는 생각. 그것이 바로 자살에 대한 그 여자의 생각이다. 언제든 끝낼 수 있다는 확신을 가지고 있으면, 지금의 이 어려움을 조금쯤 참아볼 수 있지 않을까 싶은. 그래서 그 여자에게 자살이란, 삶을 지탱해주는 가장 든든한 기둥인 셈이다. 목숨을 이 세상에 이어주는 가장 든든한 밧줄인 셈이다.

친구 은영이는 그 여자가 죽음에 관한 책을 읽는 걸 조심스레 지켜본다. 고등학교 때와 판이하게 달라진 그 여자를 어떻게 받아들여야 할지 감당할 수 없어 하는 눈치다. 그저 조심스럽게 지켜보기만 한다. 그 여자도 그런 은영이를 조심스레 지켜본다. 은영이를 놀라게 해서는 안 되겠다는 생각으로, 만약 그 일을 실행한다면, 어디 깊은 산속에 가서 약을 먹겠다고 계획한다.

은영이는 간간이 그 여자가 없을 때면 방을 뒤지기도 하는 눈치다. 비키니장도, 책상 서랍 뒤편도, 찬장 너머까지도. 그 여자가 잠든 후에는 가방도 살피는 것 같다. 그 여자는 은영이가 그런다는 사실을 모르는 척한다. 은영이는 그 여자가 모르는 척한다는 사실까지 알고 있었을 것이다. 그 여자는 은영이가 그 약을 발견하지 못하도록 가장 은밀한 곳에, 가장 소홀히 대하는 곳에 감춘다. 이따금 은영이가 교회에 가는 일요일 오전에 그 알약들이 무사한지 확인해본다.

다 끝났어. 이제 더는 고통을 받지 않아도 될 거야. 이만큼 힘들었으면 됐어.

그 여자는 마치 코를 막고 화장실 청소를 끝낸 다음 반들거리는 인조 대리석 화장실 바닥을 바라보고 있는 기분이다. 체력장 연습을 할 때, 팔백 미터 달리기를 무사히 마치고 들어와, 하늘을 보며 운동장에 누워버리던 기분 같기도 하다. 이 세상에서 인간으로서 치러야 하는 고통은 다 치른 거야. 이제, 이제 죽어도 좋아. 진심으로 죽음을 희구한다.

그 약이 언제 없어진 걸까. 그 여자는 지난 월요일에서 목요일 사이였을 거라고 추측한다. 그 전 일요일에 약을 확인했으니까. 그 여자는, 은영이가 평소보다 늦게 들어오는 날, 숨겨둔 보물을 꺼내보듯 그 약을 꺼내 확인한다. 성냥갑들이 많이 쌓인 비키니장 위쪽을 뒤져, 맨 뒤에서 그 성냥갑을 꺼낸다. 흔들의자라는 찻집 성냥갑이다. 그 집 성냥갑은 다른 집 것보다 좀 더 부피가 크다. 그 속에는 서른 알가량 되는 노란 알약이 들어 있다. 그런데 그걸 집어드는 순간, 그 여자는 깨닫는다. 비었구나! 믿어지지 않는다. 그러나 정말 비어 있다.

그 여자는 갑자기 벌판 한가운데 버려진 느낌이다. 길을 잃은 느낌, 가장 중요한 물건을 잃은 느낌, 꼭 해야 할 일을 잃은 느낌이다. 은영이가 그랬을 거라고. 은영이가 틀림없다고, 그 여자는 초조한 마음으로 은영이를 기다린다. 반드시 되찾아야 한다고.

그날 은영이는 아주 늦게 들어온다. 그 여자는 은영이가 가방을 책상 위에 올려놓고 코트를 벗어 벽에 걸고 외출복을 실내복으로 갈아입을 때까지 말없이 기다린다. 그 여자의 시선을 받으며 움직이는 은영이의 동작은 부자연스럽다. 그 여자의 시선을 똑바로 바라보지도 않는다. 은영이는 머리에 수건을 매고 세수하러 나가려 한다. 그 여자는 은영이를 부른다.

"나, 중요한 것을 잃어버렸는데……."

말을 중단하고 은영이의 표정을 살핀다. 은영이의 표정에는 그리 큰 변화가 없다.

"너 혹시 못 봤니?"

"뭔데?"

은영이는 모르는 일이라는 듯 시치미를 뗀다. 그러나 바로 그 순간, 은영이가 틀림없다는, 은영이가 그걸 어떻게 했을 거라는 확신이 든다.

"돌려줘."

그 여자는 되도록 짧게 말한다. 더 길게 말하다가는 은영이에게 화를 내거나 너무 약이 올라 울어버릴 것 같다. 벌써 목이 아플 지경이다. 그게 없으면 난 아무것도 할 수 없어. 이 세상에서 또 그런 고통들을 받으며 살아야 한단 말이야. 네게 네 하나님이 있듯이 내겐 그게 있었어. 그것만이 내 삶의 위안이었어. 거듭해서 내게 상처를 주고, 언제나 나를 모욕하고, 주변으로 찬바람을 뿌려대는 이 세상에게, 내가 대항할 수 있는 방법은 그것뿐이야. 돌려줘. 제발……. 그러나 은영이는 아주 차가운 눈으로 그 여자를 바라보고만 있다.

"나 세수 좀 하고 올게."

은영이는 짧게 말한 후 방문을 열고 나간다. 수돗가로. 화장실 옆의 수돗가, 밤에 세수를 하려면 주인집 창에서 흘러나오는 희미한 불빛의 도움을 받아야 하는 수돗가. 세수를 하고 들어온 은영이는 머리를 빗고 이불을 편다. 그 여자는 또 은영이를 바라보기만 한다. 은영이에게 화를 내게 될까 봐, 잘못하다가는 화를 내기도 전에 울음을 터뜨리게 될 것 같아, 말없이 은영이를 바라보기만 한다. 은영이는 두 사람이 누울 수 있도록 이부자리를 본 다음, 그 여자에게 누우라는 눈짓을 한다.

"어떻게 했니? 돌려줘."

그러나 은영이는 이부자리에 엎드려 기도를 하기 시작한다. 은영이는 언제나 잠자리에 들기 전에, 베개에 이마를 박고 엎드린 자세로 기도한다. 어떤 날은 길게, 어떤 날은 짧게. 그날 은영이의 기도는 다른 날보다 두세 배는 길다. 그동안 그 여자는 은영이의 둥근 등을 보고만 있다. 약이 올라 하면서, 화가 나면서. 기도가 끝나자 은영이는 비로소 그 여자를 바라본다.

"내가 버렸어."

단호하고 차가운 말투다. 그따위 말도 안 되는 어리석은 짓을 하느냐고 그 여자를 비난하는 말투다. 그 여자는 다시 모욕감을 느낀다. 남의 물건을 함부로 버린 것도, 알지도 못하면서 함부로 비난하는 것도, 다 참을 수 없다. 너, 내게 어떤 일이 있었는지 안다면 그렇게 말할 수 있겠니? 그 여자는 다시 목이 멘다. 심호흡을 한 후, 겨우 한마디 물어볼 뿐이다.

"어디다 버렸니?"

당장이라도 찾으러 가리라. 그런 생각을 할 때, 그 약은 그저 몇 알의 수면제가 아니다. 그 여자의 전부이고, 그 여자의 가장 큰 보물이고, 그 여자를 지탱해주는 가장 든든한 기둥이다. 그렇게 느껴진다.

"찾을 수 없어. 화장실에 버렸으니까."

그 여자는 기어이 참았던 화를 낸다. 너, 너, 어떻게 그럴 수 있니. 화를 내기도 전에 먼저 울음이 터진다. 울면서, 그 여자는 은영이에게 말한다.

"왜 네 멋대로 하고 그러니? 난, 제멋대로 하는 사람들에게 이미 충분히 질렸어. 왜. 왜?"

은영이는 말이 없다. 그저 묵묵히 앉아 있다가 그 여자를 요 위에 눕히고 이불을 덮어준다. 불을 끄고, 옆에 와서 눕는다. 창밖으로 사람들이 지나가고, 어디선가, 집들이를 하는 게 분명한 사람들의 소음이 들려온다. 행복한 가정, 이제 막 하나의 가정을 만들어가는 사람들. 한참 만에, 울음이 진정된 다음에, 그 여자는 은영이에게 묻는다.

"어떻게 거기 있는 줄 알았어?"

"너 없을 때, 정전된 날이 있었어. 촛불 켜려고 성냥을 찾다가 생각났어. 거기밖에 없을 거라고."

그 여자도 은영이도 한 번도 약이라는 단어를 말하지 않는다. 은영이에게는 불길하고 금기인 무엇이어서, 그 여자에게는 잃어버린 안타까운 무엇이어서 그랬을 것이다.

공책만 한 창으로 골목의 가로등 불빛이 스며들어 옷이며 책상이며 어른어른하게 비춘다. 왜 이리 힘든가. 사는 게, 내게는 왜 이리 고단한가. 누워 있는데도 아주 가파른 고개를 넘는 듯 숨이 막힌다.

가슴까지, 목까지, 턱까지. 공연히 자주 심호흡을 한다.

"한숨 쉬지 마. 그런 거 버릇되면 안 좋아."

은영이는 마치 엄마들처럼 말한다. 느리고 평화로운 목소리다

"나도 그러고 싶어. 나도, 한숨 따위는 쉬지 않고 살고 싶다고."

목소리에 다시 울음이 섞여든다. 은영이는 한동안 말이 없다. 창 밑을 지나가는 사람의 발소리가 머리를 그대로 밟고 지나가듯 가까이 들린다.

"네가 무슨 일로 그렇게 힘들어하는지는 모르지만…… 나는 차라리, 네가 고등학교 때처럼 그랬으면 좋겠어. 밖으로 드러내놓고 표현하면 더 좋겠어. 그러면…… 널 이해하기가 쉬울 거야. 무슨 일이 있었던 거니?"

"말해도, 넌 그 말의 뜻도 알아듣지 못할 거야."

그 여자는 정말 은영이가 그 말뜻도 이해하지 못할 거라고 믿는다. 그 여자도 그런 일을 당하지 않았다면 그런 말을 알지 못했을 것이다. 아무도 그런 것을 알려주지 않았다. 세상에는 그런 일이 일어날 수도 있다는 것을, 그런 일이 있을 때 어떻게 해야 한다는 것을, 누구든 알려주었더라면. 딱히 어머니가 아니더라도, 가정 선생님이든, 도덕 선생님이든, 아니면 아무나 누구든. 그러면 덜 당황하고 덜 절망했을지도 모른다. 그렇게 모든 것을 포기하려 들지는 않았을지도 모른다.

"네 목숨은 네 것이 아니야. 하나님 것이야. 그러니 네 마음대로 할 수 있다고 생각하지 마. 지금 네가 겪고 있는 어떤 일도, 하나님이 널 더 강하게 만들기 위해 그러시는 거라고 믿어."

그 여자는 어둠 속에서 픽, 웃는다.

"은영이 너는 다 좋은데, 그 하나님 얘기할 때는 별로야."

은영이는 웃지 않는다. 은영이가 하나님 얘기할 때 그 여자는 웃지만, 그 여자가 하나님 얘기할 때 은영이는 웃지 않는다.

"그런 식으로 말하지 마. 너 얼마나 못나고 못됐는지 알아? 그따위로 제 목숨을 함부로 생각하는 것은 못난 일이고, 네 손으로 직접 그렇게 하려는 것은 못된 행동이야."

그 여자는 대답하지 않는다. 은영아, 그러지 마. 나도 그렇게 생각했어. 사람이 얼마나 모질면, 제 손으로 제 목숨을 끊으려 할까. 그러나 난 이제 이해해. 모든, 스스로 목숨을 끊는 모든 사람의 마음을 다 이해한다고. 내 꿈도 이따위로 죽는 건 아니었어. 어렸을 때 위인전을 읽으며 내가 꾼 꿈은, 유관순이나 이순신처럼 죽는 거였어. 내 죽음을 적에게 알리지 마라……. 그런 말을 남기고 죽을 수 있다면, 그게 일고여덟 살 무렵에 생각한 내 죽음의 방식이었어. 그때는, 그때는 감히, 이런 날이 있을 거라고는 상상도 못 하던 시절이었어.

"내가 심하게 말했다면 미안해. 그렇지만 넌 지금 바보 같아. 내가 아는 정숙이는 그런 애가 아니야. 그러니까, 그냥 조금 더 시간이 흐르도록 기다려봐. 어른들이 그러잖아. 시간이 지나면 다 괜찮아진다고."

그 여자는 은영이가 자기를 위로하려는 마음을 받아들인다. 그리고 은영이에게도 그 여자 방식의 위로를 해주고 싶어진다. 괜찮아 은영아, 그게 아니라도 죽는 방법은 얼마든지 있으니까. 물론 입 밖에 내어 말하지는 않는다. 그리고 그 여자는 잠이 든다. 정신이 몸을 탁 때려서, 잠 속으로 밀어 넣는다. 그날, 은영이가 언제 잠들었는지는 알 수 없다.

은영이, 그 은영이는 대학 삼 학년 때 미국으로 이민을 떠난다. 출국하기 전, 마지막으로 만났을 때, 은영이는 웃으면서 말한다.

"그거 말이야, 내가 화장실에 버렸다고 했던 거……."

그 여자는 언뜻 알아듣지 못했다. 그러다가 은영이가 의미심장하게 웃는 모습을 보고서야 아, 하는 마음이 된다. 그래, 그거. 그때도 은영이는 약이라는 말은 하지 않는다.

"내가 가지고 있었어. 그동안도 계속."

그 여자는 큰 망치로 뒤통수를 맞는 기분이다. 은영이가 자신을 속였다는 사실보다, 왜 그걸 그때까지 가지고 있었는지 더 의아하다. 그러나 물어보지 않는다. 물론 돌려달라고도 하지 않는다. 이미 지난 일이고, 오래전에 곁을 떠난 물건이다. 그저 머릿속이 텅 비는 느낌이다.

"미국으로 보내는 짐에 넣었어. 이젠 정말 돌려줄 수 없어."

그 여자는 아무 말도 하지 않는다. 더 알 수 없는 건, 그걸 미국으로 보내는 짐에 넣었다는 사실이다. 그저, 그제야 고해성사하듯 털어놓는 은영이의 마음을 짐작할 뿐이다. 그 여자와 은영이는 같은 고장에서 같은 공기를 호흡하며 같은 교육을 십 년 넘게 받아온 동갑내기다. 그 밖의 무슨 설명이 더 필요한가.

은영이, 그 은영이는 지금도 미국에 있다. 뒤늦게 신학을 공부하는 남편이 있고, 두 아이들이 있고, 남편이 공부를 마치면, 제삼 세계로 전도를 떠날 꿈이 있다. 몇 년 전, 은영이는 십오 년 만에 처음 귀국한다. 그 여자는 학교로, 또 어느 출판사로, 그렇게 연락을 해서 그 여자의 직장 전화번호를 알아낸다. 은영이가 미국으로 떠난 이후, 그 여자가 너무 자주 이사를 다녀 두 사람의 연락이 끊기고 만다.

은영이는 그 여자가 일하는 건물 일 층의 스낵 코너, 햄버거도 팔고 콜라도 팔고 하는 곳에서 그 여자를 기다리고 있다. 그곳에는 영화관이 있어, 스낵 코너며 로비 전체에 사람들이 가득 서성이고 있다. 그들의 웅성거림이 높은 천장에 닿았다가 내려오며 공간 전체를 윙윙 울린다. 그곳에서, 은영이는 그 여자를 보자마자 두 손을 가져다 제 손으로 감싸 쥔다. 그 손 위에 이마를 얹고 기도하기 시작한다. 반가움의 인사를 하기도 전에, 서로의 얼굴을 제대로 보기도 전에.

북적거리고 시끄러운 사람들 사이에서, 패스트푸드 음식 냄새가 허공을 떠도는 그곳에서, 은영이는 입술을 달싹거리며 오래오래 기도한다. 그 여자는 은영이에게 두 손을 잡힌 채 은영이의 머리 위, 아주 먼 곳을 보고 있다. 아무것도 아닌 것, 손에 잡히지 않는 것, 그러나 아직도 선명한 기억의 어느 부분들.

은영이의 기도는 오래 계속된다. 그 여자는 시선을 돌려 은영이의 곱슬곱슬한 파마머리, 예전과 똑같은 청바지와 티셔츠, 유일하게 그때와 달라진 느낌을 주는 크고 둥근 귀고리, 그런 것들을 바라본다. 은영이가 입술을 달싹거릴 때마다 귀고리가 조금씩 흔들린다. 조금씩, 아주 조금씩, 몸속에 자잘한 돌멩이가 쌓이는 느낌이다. 돌멩이는 명치부터 쌓이기 시작해 가슴을 거쳐 목까지 차오른다. 그곳이 온통 아프다. 돌멩이의 질량 때문에 몸 안에 있던 어떤 종류의 수분이 몸 밖으로 밀려나올 것 같다. 은영이는 아멘, 이라고 입밖에 내어 작게 말하고는 그제야 활짝 웃으며 고개를 든다.

"미국에서도 널 위해 매일 기도했어."

은영이가 그 여자에게 꺼낸 첫 마디는 그것이다. 십오 년 만에 만나서, 널 위해 십오 년 동안이나 매일 기도했다는 말. 그 여자는 먼 곳으로 시선을 둔다. 그동안 은영이를 위해 어느 신에게도 기도해 본 일이 없다. 저절로 입술이 깨물어진다.

"결혼했니?"

그 여자는 고개를 저으며 되묻는다.

"너는?"

은영이는 제 결혼 얘기며 아이들 얘기를 해준다. 활짝 웃는 얼굴로, 충만한 기쁨의 목소리로. 그리고 되묻는다.

"왜 현규 형이랑 결혼 안 했니? 결혼해서 잘 살고 있을 줄 알았는데."

그 여자는 웃으며 고개를 저어 보인다. 그때는 이미 그 남자와 끝난 지 오랜 후다. 그때도 그 여자는 아무 설명도 하지 않는다. 그 일의 시작에 대해서도 끝에 대해서도, 그때의 알약에 대해서도. 다만 이렇게 대답할 뿐이다.

"혼자서도, 잘 살고 있어."

그 여자는 그 후로도 오래도록 자살에 관한 책을 읽는다. 지금 그 여자의 책꽂이에는 알프레드 알바레즈의《자살의 연구》, 에밀 뒤르켕의《자살론》뿐 아니라 드니 랑글로와의《자살에 관한 어두운 백서》, 어윈 스텡겔의《인간은 왜 자살하는가》, 칼 메닝거의《자살론》, 아서 퀘슬러의《죽음과의 대화》그런 책들이 꽂혀 있다. 대체 그 책에서 무엇을 얻으려 했을까. 죽음을 선택하고 싶으면 그저 조용히 실천하면 될 것을, 그 책에서 무엇을 얻으려 했는지.

그 여자가 은영이에게 약을 빼앗기고, 이제 정말 어떻게 하나, 정말 다른 방법이 없을까 생각하던 때, 어느 날 하굣길에 그 남자는 다시 그 여자를 따라온다. 그 여자가 집으로 안전하게 들어가는지 확인하고 싶어 하는 마음은 무엇일까. 모르겠다. 그 여자가 원한 것은 단 하나다. 자신을 그저 좀 가만히 내버려두는 것, 그 남자의 얼굴을 보지 않는 것, 그것이다. 그러나 그를 벗어날 수 있는 방법은 없다. 이 땅에 사는 한, 살아 있는 한······.

그 남자는 그날, 버스 정류장 앞에서 그 여자의 앞을 막아선다. 그 여자는 말없이 몸을 비껴 그를 지나간다. 그 남자는 다시 앞을 막아선다. 그 여자는 비로소 고개를 들고 그 남자를 바라본다. 그의 얼굴이 더 날카로워져 있다. 얼굴에 살이 홀쭉하게 내려 광대뼈가 불거져 있다. 무엇이 그를 고통스럽게 하는가. 알 수 없다. 그의 곁에서 평생을 살기로 하고서도 마음을 잡지 못하는 그 여자인가. 채워지지 못한 그의 열정인가. 아니면, 그 물건 하나 제대로 포획하지 못하느냐고 호통하는, 그의 유전자 속에 녹아 있는 선사시대 족장인가. 알 수 없다. 그 여자는 정말 알 수 없다.

며칠 동안 그 남자는 학교에 보이지 않았다. 그 여자는 궁금하지 않다. 오히려 마음 깊은 곳에서 자유를 느낀다. 그러나 며칠 만에 나타난 그는, 선사시대 족장으로부터 늪지에 고립되는 체벌이라도 받고 나온 사람 같다. 얼굴은 핼쑥하고, 광대뼈는 높이 솟고, 눈에서는 그 여자가 감당할 수 없는 광채가 쏟아진다. 많은 것을 참고 있는 눈빛, 그러나 이내 인내의 벽을 허물며 폭발할 것 같은 눈빛이다. 그 눈빛을 보다가 가슴이 서늘해져, 고개를 숙이며 몸을 비껴 걷는다.

몇 걸음 걷지 않아 그 여자는 팔을 낚아채는 힘을 느낀다. 솔개가 병아리를 낚아챌 때 그럴까. 재빠른 동작에 완강한 힘이다. 솔개에게 잡힌 병아리가 그럴까. 그 여자는 순식간에 간이 오그라든다. 그 여자는 신체적으로 분명하게 그런 감각을 느낀다. 몸 안의 어떤 기관이 아주 작게 오그라드는 느낌, 더불어 마음조차 작게 뭉쳐진 종이처럼 되어버리는 느낌.

　그 여자의 팔을 잡아챈 그 남자는 힘껏 여자를 잡아당긴다. 그 여자는 버틴다. 끌고 당기는, 밀고 밀리는 힘겨루기가 잠시 계속된다. 대낮의 버스 정류장 근처에서. 주변에는 버스를 기다리는 학우들이 무수히 서 있는 한가운데서. 벌써 주변 사람들의 눈길이 일제히 두 사람에게 쏠린다. 잊을 수 있을까. 흥미로워하던, 그러나 끝내 무관심한 그 눈빛을. 바라보기만 할 뿐 아무도 도와주지 않던 그 사람들을. 그들의 의식 속에도 여자는 남자의 소유물이라는 의식이 있었을까.

　그 여자는 버티는 힘을 포기한다. 대낮의 버스 정류장에서, 구경거리가 되어 한 남자에게 끌려가는 모습을 보일 수는 없다. 그것 역시, 그 남자에게 끌려가는 것 못지않은 치욕이다. 그 여자가 포기하자 그 남자는 여자의 팔을 잡은 채 차도로 내려선다. 지나가는 택시를 세워 문을 열고 그 여자를 안으로 밀어 넣는다. 그 여자는 순순히 택시에 탄다. 그와 싸우더라도, 그와의 투쟁에서 두 손을 들고 굴욕을 참으며 투항하더라도, 사람들이 없는 곳에서 하리라.

　택시는 그 남자의 집이 있는 동네로 향한다. 그 여자는 조금 안심한다. 그때는 그의 가족이 모두 서울에 올라와 있다. 가족이 모두 이사했다고, 그 남자는 그 여자를 찻집에 데리고 가서 말해준다. 그러나 그 여자는 가만히 차만 마실 뿐 아무 대답도 하지 않는다. 가족이 있다면, 예전처럼 그런 절망 속에 사흘을 묶여 있지는 않을 것이다.

그 남자는 이제 직접 열쇠로 문을 열지 않고 벨을 누른다. 안에서 젊은 여자의 목소리가 누구냐고 묻는다. 나. 그 남자는 간단하게 대답한다. 집 안으로 들어서자, 그 남자는 곧장 그 여자를 안방으로 데리고 들어간다. 안방에 들어섰을 때, 가장 먼저 보이는 것은 검고 큰 자개장이다. 그 앞으로 그의 어머니와 아버지가 나란히 앉아 있다. 그의 어머니는 젊고 아름답다.

"앉아요. 내가 좀 보자고 했어요."

그의 어머니는 아름다울 뿐 아니라 말투며 표정이 몹시 부드럽다. 그 여자는 그의 어머니가 밀어주는 방석에 무릎을 꿇고 앉는다. 왜 보자고 하셨을까. 아무 설명도 듣지 못한 채 이런 식으로 끌려와, 왜 이런 만남을 가져야 하는가. 그 남자를 돌아보았을 때, 그는 슬그머니 방을 나가고 있다.

"집이 어디지?"

그 여자는 집이 어디냐는 질문을 받으면 늘 대답할 말이 궁색하다. 강릉에는 아무도 없지만, 그래도 그 여자는 집이 강릉이라고 대답한다.

"부모님은 뭐 하시고?"

"교직에 계세요."

"형제는?"

"밑으로 남동생이 셋 있어요."

어머니는 고개를 끄덕인다. 그러나 그 여자는 무언가 기분이 석

연찮다. 왜 억지로 끌려와 이런 질문을 받아야 하는지도 알 수 없고, 솔직하게 대답하지 않은 것도 찜찜하다. 동생들은, 그 집에 있는 아이들까지 합치면 계산이 달라질 수도 있다.

방문이 열리더니 그 여자 또래로 보이는 여자가 과일 쟁반을 들고 들어온다. 세 사람 사이에 쟁반을 내려놓고 고개를 돌려 그 여자의 얼굴을 한 번 바라본다. 입가에 얼핏 웃음이 지나간다. 그의 동생인 모양이다. 그의 어머니처럼 그 여자의 얼굴을 보고 싶어 했던 모양이다.

"과일 좀 들어요."

그의 어머니는 포크에 사과 한 조각을 찍어서 그 여자에게 내민다. 그 여자는 포크를 받아든다.

"당신도 좀 먹고, 천천히 얘기하지."

그의 아버지가 포크에 찍힌 사과를 어머니께 내민다. 그 여자는 두 사람의 모습을 유심히 본다. 부부가 한방에 앉아, 서로의 과일을 집어주며 얘기하는 모습을 본 게 너무 오래되어서, 아주 낯선 풍경을 보는 듯하다. 낯설다는 감정 밑으로 서서히 밀려나오는 감정이 부러움이라는 걸 깨달으며 놀란다.

"그런데, 너희 대체 무슨 일이 있는 거냐?"

그 여자는 질문하는 말뜻을 알아듣지 못해 그 어머니를 바라본다. 무슨 일이 있는 거냐니, 설마 그 일을 묻는 건 아니실 테지. 죽어버리려 하는 제 마음을 알고 싶어 하는 건 아니실 테지.

"우리 애가, 그런 애가 아닌데……."

그 남자의 어머니는 잠시 말을 중단한다. 목소리가 완연히 떨리는 게 이상하다.

"목을 매서, 제 손으로……."

"여보!"

그 여자는 놀란다. 놀라서 고개를 든다. 설마, 설마 사랑 때문에 스무 살짜리 여자 때문에, 채워지지 못한 열정 때문에 목을 맸을까. 머릿속의 핏기가 빠져나가며 어지럼증이 몰려온다. 아니, 기가 질린다.

"다행히 일찍 발견해서 괜찮다."

그의 아버지가 수습하듯 말씀하신다. 뒤를 이어 그의 어머니는 또 무슨 말씀을 많이 하신다. 그러나 그 여자는 하나도 듣지 않는다.

그래서 며칠 동안 보이지 않았구나. 그동안 얼마나 홀가분한 마음이었는가 생각하자 미안한 마음이 들려 한다. 죽고 싶은 사람은 오히려 그 여자다. 상처와 모욕과 피 흐르는 마음으로 죽어버리려 했다. 은영이가 그 약들을 발견하지만 않았다면, 아마 그 남자가 그 여자의 어머니 앞에 불려가 앉는 일이 생겼을지도 모른다. 그때의 어머니 마음을 떠올리다 섬뜩해진다. 왜 무언가 잘못하고 있다는 생각이 드는지 알 수 없다.

생각해보면, 그 남자도 알고 있었을 것이다. 그 여자가 은밀히 자신을 피하고, 자신으로부터 달아나기 위해 끊임없이 이런저런 시도를 한다는 것을. 아마 그것 때문에 고통스러웠을 것이다. 그것은, 그 여자가 느끼는 고통과 같은 부피, 같은 질량이었을 것이다. 그 역시, 캄캄하고 출구 없는 죽음의 과정 속에 있었을 것이다. 지금 생각하면 그랬을 것 같다. 그러나 그때, 그 여자는 여전히 그 남자를 무서워하고 버거워하기만 한다. 사랑 때문에, 스무 살짜리 여자 때문에, 채우지 못한 열정 때문에 스스로 목숨을 끊다니. 그렇게 좋은 환경에 있으면서……. 그 여자는 아버지에게 버림받고, 어머니께 부당한 짐이 되고, 아무 데도 갈 곳이 없는 제 처지를 염두에 둘 때, 그 남자의 고통이 어쩐지 믿기지 않는다. 그 시절에는 그렇게 느낀다. 사랑 때문에……? 믿기지 않는다.

"무슨 일이 있는지는 모르지만, 다시는 그런 일이 없어야 한다."

그의 어머니는 타이르듯, 달래듯 말씀하신다. 그 여자는 대답하지 못한다. 대체 상황이 어떻게 돌아가는지조차 알 수 없다. 다시 모든 것이 혼란스러워지고, 그 여자가 어리둥절함과 멍청함 속에 빠져 있는 동안 여전히 상황은 흘러간다. 그 여자를 그 남자 쪽으로 밀어붙이고, 그 여자를 그 남자의 여자로 인정하는 분위기로. 그 어른들 앞에서, 난 원하지 않는다고, 이런 모든 것을 원하지 않는다고, 선은 이렇고 후는 이렇다고, 그런 말을 할 수는 없다. 그때의 그 멍청함과 어리석음으로는. 아니, 지금도, 그런 상황에서는 그런 말을 하지 못할 것이다.

결국 그 여자는, 그 남자의 가족과 함께 한 식탁에서 밥을 먹으며 다시 한 번 포기한다. 이 남자와 평생을 살아야 하는구나. 이 땅에서 산다면, 이 남자를 받아들이는 방법밖에 없구나. 죽지 않는다면…….

겨우겨우 떠 넣는 밥이 위장이 아니라 대장, 췌장, 폐 같은 곳으로 들어가는 기분이다. 목에서 장까지, 몸 안의 모든 부분이 뒤틀리며 아파온다. 소화제를 한 알 얻어먹고 그 남자의 집에서 그날 밤을 보낸다. 온 가족의 인정 하에, 그 남자의 공식적인 여자가 되어. 그 남자는 내내 소리 없이 웃고 있다. 수줍은 듯, 훼손당할 듯한, 여성적인 웃음을.

다시 한 번 생각해본다. 그 여자는 정말 죽을 마음이었을까. 그 약을 잃지 않았다면 정말 죽음을 실행했을까. 그랬을지도 모르겠다고 생각한다. 은영이를 놀라게 하지 않기 위해, 버스를 타고, 기차를 타고, 다시 버스를 타고……. 그래서 어디 야산 같은 곳에서 소주와 함께 약을 털어 넣었을지도 모른다.

그 여자의 소설에는, 야산에서 죽는 여자의 이야기가 두 작품에 나온다. 그 여자의 의식 속에 그 희구가 얼마나 강하고, 그것에 대해 얼마나 세밀하게 되새겼는지, 소설 속의 그 장면들은 치밀하고 꼼꼼하다. 그 여자는 정말 그랬을지도 모른다. 어느 날, 그 모든 중압감을 견디지 못한 어느 날.

그러므로 같은 방식으로 이해하면, 그 남자 역시 죽을 마음이었을 것이다. 아무리 좋은 환경에 있다 해도, 아니 좋은 환경에 있을수록, 그 상실감은 더 컸을 것이다. 그도 정말 죽을 마음이었을 것이다.

## 26

　안암동 로터리는 아주 넓다. 넓고 둥글고 허전하다. 로터리 가득
하늘이 내려와 앉을 만큼 허전하다. 서늘한 아침 바람이 옷 속으로
스며들어, 그 여자는 으스스 진저리를 친다. 그 여자는 버스를 내
려, 이제 저리로 건너야겠구나 싶은 마음으로 고개를 든다. 그 남
자와 함께, 그 남자의 집에서 나오는 길이다. 가족의 인정 하에 그
남자의 공식적인 여자가 되어, 저녁을 먹고, 잠을 자고, 아침을 먹
고⋯⋯. 그 모든 일이 명치에 걸린 느낌으로, 어리둥절한 느낌으로
버스에서 내린다. 이제는 정말 이 남자와 평생을 살아야 하는 모양
이구나⋯⋯. 그런 생각은, 이제 저리로 건너야겠구나⋯⋯ 하는 생
각과 별반 다르지 않다. 학교에 가기 위해서는 저리로 건너야 하듯
이, 그 여자의 인생으로 가는 길에도 그 길밖에 없을 것이다. 그 남
자와 평생을 함께 사는 것. 아주 조금씩밖에 안 될지라도, 그 남자
를 마음으로 받아들이는 것. 그 길밖에 없다.
　이제 저리로 건너야겠구나⋯⋯. 그 여자는 고개를 들고 로터리
건너편을 바라본다. 대각선쯤을, 그러다가 헉, 숨이 멎는다. 로터리
건너편에, 아, 잿빛 바바리가 서 있다. 큰 키로 우뚝 서서, 이쪽을 보
고 있다. 바바리 자락을 바람에 날리면서. 그 여자와 잿빛 바바리는
시선이 정면으로 마주친다. 그 넓은 장소에서, 그렇게 많은 차가 오

가고, 그렇게 많은 사람이 서 있는 그곳에서, 어떻게 그런 일이 있을 수 있는지. 어떻게 고개를 들자마자 그의 시선과 딱 마주칠 수 있는지.

잠깐, 그러나 아주 오랫동안 두 사람의 시선이 허공에서 얽힌다. 그러다가 둘 다, 거의 동시에 시선을 돌린다.

그동안 그 남자가 무엇을 하고 있었는지 알 수 없다. 잿빛 바바리와 그 여자를 번갈아 보고 있었는지, 혹은 아무것도 보지 못했는지. 그 여자는 고개를 숙인 채 걷기 시작한다. 그러나 이내 고개를 들고 그곳을 다시 본다. 버스가 한 대 들어와 잿빛 바바리를 가로막고, 잠시 후 버스가 떠나자 잿빛 바바리는 보이지 않는다. 그 여자는 다시 고개를 숙이고, 입술을 깨물며 안암동 로터리를 건넌다. 그 남자도 말없이 그 여자 곁에서 걷는다.

모르겠다. 그때의 충격과 상실감을 어떻게 설명해야 할지. 그 남자와 평생을 살아야겠구나 생각하면서도 그 여자의 마음속에 아직도 많이 자리 잡고 있던 잿빛 바바리의 존재와, 잿빛 바바리를 피하면서도 내내 그의 뒷모습을 바라보곤 하는 마음, 그것을 설명할 수 없듯이, 그때의 충격과 상실감도 설명할 수 없다.

학교 앞에서 버스를 내려, 그 여자는 학교와는 반대 방향으로 걷는다. 자취방으로 가는 길이다. 그러나 그 남자는 자취방으로 돌아가려는 그 여자의 앞길을 가로막는다.

"학교로 가."

그 남자의 목소리는 낮고 어둡다. 그 여자만큼, 그도 고통스러울 것이다. 그 여자는 다시 한 번 포기한다. 모든 것을. 충격과 상실감으로부터 자신을 다스리려는 노력도, 잿빛 바바리 앞에 뻔뻔스럽게

앉아 있을 수는 없다는 최소한의 자존심도, 모두 포기한다. 그 남자
가 원하는 대로, 모든 것을 포기한다. 그것이 그 여자가 그 남자를
받아들이는 방식이다. 그 여자는 학교로 간다.

그 여자는 강의실에 들어가 왼쪽 구석자리에 앉는다. 책상 위에
책을 올려놓고 그 위에 머리를 박고 엎드린다. 어쩐 일인지 잿빛 바
바리는 그 여자보다 늦게 강의실에 들어온다. 그 여자는 엎드린 채
로도 잿빛 바바리의 움직임을 감지한다. 그를 향해 곤두서 있는 그
여자의 촉수 때문이 아니다. 잿빛 바바리에게서 뻗어 나오는 강하
고 푸르스름한 힘 때문이다. 잿빛 바바리는 그 여자의 오른쪽 대각
선 뒤에 앉는다.

그 여자는 여전히 책 위에 머리를 박고 있다. 차라리 잘된 일이야.
그런 모습을 보았다면 잿빛 바바리도 마음을 정리하기 쉬울 거야.
내 치욕과 고통을 보여주지 않고도 그가 돌아서게 할 수 있을 거야.
그다음에……. 거기까지 생각하자 목에 돌멩이가 걸린다. 그다음
에, 그다음에는 제 마음을 어쩔 것인가. 그때까지도 잿빛 바바리의
뒷모습을 한 번이라도 더 보고 싶어 강의실을 두리번거리는 제 마
음을 어쩔 것인가. 그러나 그 여자는 고개를 젓는다. 그 마음까지,
그 마음까지 버려야 한다고.

어느 강의 시간이었을까. 그런 것은 기억나지 않는다. 다만 201
강의실, 다른 강의실보다 휑하니 큰 강의실이고, 선택 과목을 듣는
다른 과 학생이 많았다는 게 기억난다. 강의가 거의 끝나갈 무렵,
오른쪽 뒤에서 손이 다가와 그 여자의 공책을 가져간다. 전율처럼,
그 여자의 모든 신체기관이 긴장한다. 그러지 마, 아무 말도 하지
마. 잠시 후, 공책은 다시 책상 위에 되놓아진다. 그 여자는 공책에

짧게 쓰인 그의 글씨를 읽는다.

賣淫, 문학이다.

처음에는 그게 무슨 뜻인지 몰라 멍청해진다. 한자를 해독하지 못하는 것처럼 반복해서 그 글을 읽는다. 매음, 매음. 스타트 전구가 너덧 차례 깜박인 다음에야 불이 켜지는 형광등처럼, 깜빡, 깜빡, 매음, 매음……. 그러다가 환하고 선명하게 다가오는 감정은 모욕감이다. 순식간에 머리로 열이 몰리며 목덜미가 뻐근하게 아파온다. 머리로 통하는 혈관이 모조리 막혀버린 듯 일시에 두통이 몰려오며 머릿속이 캄캄해진다.

그 일, 그 남자로부터 겪은 일보다 더 치욕스러운 일은, 더 모욕적이고 억울한 일은 없을 거라 생각했다. 그런데 그보다 더 크다. 두배, 아니 열 배쯤 크다. 머리가, 가슴이, 온몸이 무겁게 무너져 내린다. 왜 너까지 그러니? 가만히 놔둬도 뻗어버릴 것 같은데, 왜 너까지 날 이렇게 힘들게 하니? 나는 이런 모욕을 당해야 할 만큼 잘못한 일이 없어.

그 여자는 입술을 힘주어 문다. 그렇지 않으면 소리를 지를 것만 같다. 입술 안쪽에서 작은 살점이 떨어져 나온다. 쇠붙이 냄새가 나는 비릿한 침을 삼킨다. 아직도 그 피의 맛을 기억할 수 있다. 비릿한 냄새, 시큼한 맛, 미끄덩거리던 감촉. 그것일까. 다만 그것일까, 치욕의 맛이라는 게.

물론 잿빛 바바리가 받은 충격도 이해한다. 매번 불분명하고 모호한 태도로 자신을 피하기만 하고, 그러나 관심을 완전히 거두지는 못하는 것 같은 여자가, 더구나 감정의 많은 부분에서 이끌리고 있던 여자가, 다른 남자와 아침에 버스에서 나란히 내리는 모습을 보았을 때, 그가 받았을 충격도 이해해야 한다. 이해하면서도, 그 여자는 모욕감을 느낀다. 왜 너마저 그러느냐고.

그날 이후, 잿빛 바바리는 더 많이 강의를 빼먹는다. 학교에 오면 아예 연극부실에서만 지낸다. 일주일 동안 그를 한 번도 볼 수 없는 때도 있다. 어쩌다 강의에 들어와도 그 여자와는 아주 먼 곳에 앉는다. 이제는 공책을 가져다 짧은 메모를 해서 주지도 않고 아예 그 여자와 시선을 마주치려 하지도 않는다. 그럼에도, 그 여자는 여전히 시험 때 노트를 빌려달라는 그를 거절하지 못한다. 그가 노트를 빌려달라고 하는 사실에 대해 마음 깊은 곳에서 미미하게 기뻐하며 움직이는 어떤 촉수를 느낀다. 그래서 아주 심상한 목소리를 하고, 이거 한 번 더 읽어봐, 그렇게 말하기도 한다. 그러나 그는 그저 그 여자를 한번 바라볼 뿐, 더 읽어보지는 않는다.

끝났다. 그 여자는 그렇게 생각한다. 다 끝났다고. 잿빛 바바리는 마음을 거두었을 것이다. 그러나 그렇게 생각하는 배면에서는 잿빛 바바리를 향한 마음뿐 아니라 그 남자를 받아들이려는 노력까지 끝난다. 그 여자가 받아들이지 않아도, 그 남자는 늘 그 여자 곁에 있을 것이다. 마음이, 마음이 사막이 된다. 그 여자를 갈등과 혼돈으로 밀어 넣으면서도, 그 여자의 마음에 물기를 공급한 것은 잿빛 바바리다. 그가 떠나자, 그 여자는 사막이 된다. 아무것도 없다. 늘 곁에 있는 그 남자가 숨통을 틀어막으며, 물기가 사라진 사막을 더 황량하게 한다. 이제 죽었구나……. 그 여자는 이제 죽음의 과정에 있는 게 아니라 죽음, 그 자체에 닿아 있다.

여름방학이 되자 그 남자는 다시 그 여자를 택시에 태운다. 이제 그 여자는 저항하지 않는다. 완전히 죽어버렸다. 그 남자가 택시에 태울 때조차, 그 여자는 어머니에게 가봐야 하는데…… 생각하기만 한다. 그러나 그 남자가 택시 기사에게 고속버스 터미널이라고 행선지를 밝힐 때, 그 여자는 다시 긴장한다. 고속버스 터미널?

"어쩔 셈이에요?"

그 남자는 대답하지 않는다. 상처받은 짐승의 얼굴을 하고 묵묵히 앞만 내다보고 있다. 그도 알고 있다. 그날, 안암동 로터리에서 잿빛 바바리를 본 이후, 그 여자가 완전하게 죽은 사람이 되었다는 것을. 그래서 그는 또다시 황량해진다. 그 여자는 완전히 빈손이고, 그 남자의 손에는 책이 한 권 들려 있다. 그가 그 무렵 늘 들고 다니던, 김붕구 교수가 편역한 보들레르의 《악의 꽃》이다. 딱딱한 하드커버에 두꺼운 책. 그 여자는 조금쯤 공포를 느낀다. 그의 말없음은, 제 생각대로 그 여자를 휘두르기 위한 힘의 비축이고, 그리하여 결정적인 순간에 폭발하여 그 여자를 얼어붙게 하는 열정의 전조다.

속에서 피어오르는 공포가 서서히 커진다. 또 무슨 일을 일으켜 공포와 치욕 속으로 밀어 넣을 것인가. 앞으로 일어날 어떤 일들을 예상하며, 공포로 숨이 막힐 지경이 되었을 때, 그 여자는 말한다. 낮은 목소리로.

"차라리, 날, 죽여요."

그 남자는 반사적으로 여자를 돌아본다. 그 여자는 얼굴 오른쪽에서 그의 시선을 느낀다. 강하고 차갑고 날카로운 시선. 마치 뺨을 얻어맞는 듯하다.

두 사람은 더는 말이 없다. 택시는 더위에 지친 가로수며 건물들이 생기를 잃고 무력하게 서 있는 한가운데를 지난다. 그 여자는 아주 많이 늙어버렸다는 생각이 든다. 이제 삶에 어떤 즐거움이나 생기가 남아 있을까. 차라리 죽는 게 나을 것이다. 겨우 스무 살에, 사는 게 어떻게 이럴 수 있는가.

택시 터미널에 다다르자 그 남자는 들고 있던 책을 택시비와 함께 내민다.

"아저씨, 이 책 가지세요."

그 여자는 그를 돌아본다. 그는 자기애가 강하고, 자신의 소유물을 아끼고, 특히 책에는 더 많은 애착을 가지고 있다. 책을 내미는 그는 비장한 표정을 짓고 있다. 초로의 택시 기사는 어깨 뒤로 손을 내밀어 얼떨결에 책과 택시비를 받아든다.

"저는 이제 죽을 거예요. 그 책은 필요 없어요."

그 남자의 목소리는 차라리 나를 죽여요, 라고 말하던 그 여자의 목소리와 똑같다. 낮고 스산하다. 아니 거기에, 절망적인 슬픔의 기미까지 묻어 있다. 그 여자는 다시 공포를 느낀다. 그는 이미 한 차례 자살을 시도한 일이 있다. 한 번 자살을 시도한 사람은 다시 자살에 도전할 확률이 높다는 것, 그건 《자살의 연구》에서 읽은 얘기다. 실비아 플러스는 세 번째 자살에서 성공한다. "우리 애가 그런 애가 아닌데……. 다시는 그런 일이 없어야 한다." 그의 어머니가 한 말이 떠오른다.

책 표지를 유심히 살피는 운전사를 남겨두고 택시에서 내릴 때, 그 여자는 알 수 없는 죄의식에 사로잡힌다. 그는 정말 죽을 마음일까. 차라리 죽이라는 말에 대한 대답을 그런 식으로 한 걸까. 그 여자는 또다시 모든 걸 포기한다. 늘 모든 것을 포기한다. 차라리 날

죽여요. 주머니에는 돈이 하나도 없고, 그 남자의 의지를 이겨본 적이 없는 그 여자는 이제 말없이 그 남자를 따라간다. 그 남자가 죽는다면, 모든 책임이 자신에게 있다고 느껴진다. 그런 느낌은, 늘 그렇듯이 공포를 수반한다. 적어도 그가 죽도록 내버려둬서는 안 된다는 생각이 든다.

그 남자는 그 여자를 데리고 자신의 고향으로 가는 버스를 탄다. 버스 안에서 그 여자는 긴장과 공포와 멀미 기운 때문에 꼿꼿이 앉아 있다. 그에게 무어라고, 죽어서는 안 된다고, 그런 말이라도 해야 할 텐데 생각하면서도 아무 말도 하지 않는다. 그의 고향까지는 세 시간 반이 걸린다. 그 시간 내내 그 여자와 그 남자는 서로 다른 생각을 하며 한마디 말이 없다.

그의 고향에 도착했을 때는 저녁이다. 그 여자는 이제 그 남자의 기색을 살핀다. 어쩔 셈인가. 정말로 죽을 셈인가. 고향에 와서, 그 여자가 보는 앞에서, 그는 정말 죽을 셈인가. 그 남자도 그 여자도 빈손이고, 황량한 얼굴이고, 오래된 긴장으로 지쳐 있다. 차라리 죽어버려요. 형도 죽고 나도 죽고…… 그렇게 해서 이 말도 안 되는 고통 속에서 벗어날 수 있다면, 차라리 그렇게 해요. 그러나 생각만 할 뿐이다.

그 남자는 그 여자를 데리고 도심으로 들어간다. 한 식당에 들어가 저녁을 먹고 다시 거리를 걷는다. 그는 무엇을 망설이는 것 같기도 하고, 아무 생각 없이 고향의 정경을 즐기는 것도 같다. 그의 마음을 알 수 없다. 그 여자는 곁에서 그의 기색을 살피며 하품을 한다. 마음은 두 가지다. 그가 죽도록 내버려두어서는 안 된다는 마음, 차라리 같이 죽어버리자는 마음. 그는 찻집에 들어가 차를 마시

며 오래 앉아 있는다. 피카소? 고흐? 고갱? 아무튼 인상파 화가의
이름을 따온 찻집이다.

밤이 아주 깊어서야 그는 찻집을 나온다. 그러고는 그 여자를 여
관으로 데리고 들어간다. 여관. 그 여자에게는 아직도 슬프고 치욕
스러운 장소. 그러나 그 여자는 말없이 따라 들어간다. 여기서 죽어
도 괜찮겠다고, 야산보다는 여기가 낫겠다고, 그렇게 생각하면서.
그 집 복도에 깔려 있던 붉은 카펫이 생각난다.

방 안에 들어가서도 그 남자는 말이 없다. 아무 행동도 하지 않는
다. 그 여자는 이불을 개어둔 곳에 기대앉는다. 그는 정말 죽을 마
음일까. 그 남자의 기색을 살피다가, 깜빡 잠이 든다. 어처구니없다.
그런 상황에서 어떻게 잠들 수 있었을까. 그러나 긴 여행과 지속된
긴장과 공포에 피로했을 것이다. 그 여자는 늘 잠이 많다.

그 남자는 그 여자에게 서운했을 것이다. 죽음을 마음속에 품고
있는 사람 곁에서 편안하게 잠들다니. 그런 서운함에서 충동적으로
약을 털어 넣었을지도 모른다.

그 여자는 누군가 자신을 흔드는 걸 느끼며 잠이 깬다. 이불에 기
댄 자세 그대로이고, 눈앞에는 그 남자가 있다. 사방을 둘러보니,
모든 게 그대로이다. 그 여자가 몸을 일으키려는데, 문득 그 남자가
그 여자 위로 무너진다. 무너지며 중얼거린다.

"숙아, 나 죽을 거야."

힘없고 절망적인 목소리다. 그때서야 그 여자는 자신이 처한 상
황을 이해한다. 아, 이 사람이 죽으려고 했었지.

"나, 약 먹었어……."

찬물을 온몸에 뒤집어쓴 듯한 소름이 전신으로 퍼져나간다. 그

사이에? 깜빡 잠든 틈에? 그 여자는 그의 상체를 일으키며 얼굴을 들여다본다. 황폐하고, 창백하다. 어떻게 그럴 수 있는가. 어떻게 사람을 앞에 놓고 약을 먹을 수 있는가. 그에 대해 화가 난다. 죽어버리고 싶었던 제 마음이 떠오르고, 약을 감춘 은영이가 떠오르고, 고운 얼굴로 타이르던 그의 어머니가 떠오른다. 다시는 그런 일이 없어야 한다. 그래서는 안 된다. 사랑 따위에 목숨을 내걸어서는 안 된다.

잠자고 일어나서 마음이 달라졌을까, 같이 죽어버리자던 그 마음이 어디로 갔을까. 그 여자는 그를 눕혀놓고 밖으로 달려 나간다. 벌써 다리가 후들거린다. 여관 주인을 찾아가 따뜻한 소금물을 만들어달라고 부탁하는 제 목소리에 울음기가 섞여 있다.

그때 여관 주인이 어떤 말을 했는지, 어떤 태도를 보였는지는 기억나지 않는다. 다만 몹시 다급하게, 몹시 서둘렀다는 것만 기억한다. 한 가지 이상한 것은, 어떻게 소금물을 생각해냈는가 하는 점이다. 따뜻한 소금물이 구토를 유발시키는 데 좋다고 생각했을까. 아니면 그게 해독 작용을 한다고 판단했을까. 모르겠다. 나중에 확인해보니, 소금물이 구토를 유발시키는 역할을 한다고 한다.

소금물을 가지고 들어가니 그 남자는 아까와 똑같은 자세로 누워 있다. 그 여자는 그의 상체를 일으켜 소금물을 마시게 한다. 그는 순순히 소금물을 마신다.

"이제 토해봐요."

그 여자는 그 남자의 몸을 비스듬히 기울여준다. 그 남자는 그 여자가 가져온 양동이에 얼굴을 숙이고 토해보려 한다. 그러나 잘되지 않는다. 다시 소금물을 마시게 하고, 몸을 옆으로 기울이고 등을 두드린다. 그래도 안 된다. 그 여자는 다급해진다. 대체 어떻게 해야 하는가. 다시 소금물을 마시게 하고, 이번에는 손가락을 그의 목구멍 깊이 집어넣는다. 비로소 그는 토하기 시작한다. 저녁에 먹은 나물들 사이에 노란 알약, 그 여자가 사 모았던 것과 같은 색깔의 노란 알약이 형체가 흐트러진 모습으로 섞여 나온다. 그 약을 보자 그 여자는 당황한다. 당황하여 말한다.

"형, 죽지 마."

말을 하면서, 등줄기로 소름이 쓸려나가는 것을 느낀다. 예전에도 그런 말을 한 적이 있다. 까마득히 정신을 잃은 어머니의 머리맡에 쭈그리고 앉아 훌쩍거리며 중얼거렸던 말. 엄마, 죽지 마. 그때의 캄캄하고 답답하던 마음, 엄마가 정말 죽으면 어쩌나 싶었던 크고 무서운 절망이 고스란히 떠오른다. 엄마 죽지 마.

"죽지 마. 뭐든지 형이 하자는 대로 할게. 제발……."

목소리가 떨리면서 눈앞이 뿌옇게 흐려온다. 계속 그의 등을 두드리면서 그 여자는 정신없이 중얼거린다.

"우리 집에 가자. 나랑 같이 우리 엄마 보러 가자……. 형, 죽지 마……."

그 남자는 양동이 위에 엎드리고 있던 고개를 든다. 고개를 들고 그 여자를 바라본다. 아주 슬프고 순한 눈빛이 되어.

"그래, 이제 괜찮아질 거야."

그 남자는 편하게 몸을 누인 후 그 여자를 올려다본다. 편안하고 행복한 낯빛을 하고. 그 여자는 그에게 정말 괜찮으냐고 묻는다. 그 남자는 힘없는 목소리로 괜찮다고 대답한다.

그때부터였을 것이다. 그 여자가 그 남자에게 완전히 투항한 것은. 그와 평생을 살아야 하는구나 생각하면서도 그것을 받아들이지 못해 여기저기를 돌아다니고, 작은 방울을 만들며 피가 끓고, 차라리 자신을 죽이고 싶어 하던, 그런 마음을 어느 정도 다스리게 된 것은 그때부터다. 누구도 그런 사소한 일로 타인의 목숨을 좌우할 권리는 없다고.

그 여자는 완전히 투항하고 모든 걸 포기한다. 이런 식의 갈등은 시간과 힘을 낭비하는 소모적인 일이라고, 세상에는 사랑 따위보다 더 중요한 일이 얼마든지 있을 거라고. 그 남자 곁에서 평생을 지낼 마음을 먹었으며, 그렇게 행동해야 한다고.


그 남자는 정말 죽을 생각이었을까. 그 문제에 대해 별로 생각해본 일이 없다. 그러나 지금 이 글을 쓰다 보니, 분명히 아니었을 거라는 확신을 갖게 된다. 그때도 그가 토해낸 약이 고작 네다섯 알 분량이었다는 걸 의아하게 생각했다. 그러나 의심하지는 않았다. 왜 그랬을까. 잠이나 푹 자고 난 뒤 고스란히 깨어나면 어쩔까 싶어 서른 알도 넘는 알약을 모았던 그 여자다. 그런데 그저, 의아하게 생각만 하고 넘겼다. 왜 그랬을까.

하나는, 그렇게까지 행동하는 그의 절박함을 생각하면, 그의 자살 기도가 사실이냐 거짓이냐는 중요하지 않다고 생각했을지도 모른다. 그러나 더 중요한 이유는 그 여자가 너무 어리숙했다는 점이다. 좀 더 영리했더라면 그 남자가 토해낸 알약이 아주 적은 분량이었다는 데 의심을 품었을 것이다. 그러나 그때까지도 그 여자는 남을 의심해본 일이 없다. 자신이 남을 속인 일이 없기 때문에 남들도 다 그런 줄만 안다. 지금 생각해보면, 약이 적은 분량이었다는 점

뿐 아니라, 잠든 그 여자를 깨워, 나 약 먹었어…… 말하던 그의 태도 역시, 정말 죽을 마음은 아니었을 거라는 의혹을 품게 한다. 그는 죽을 마음이 없었고, 그 여자는 멍청했다. 이튿날, 그 여자는 그 남자를 데리고 어머니께 간다. 벌써 남자를 데리고 어머니께 가는 일이 잘하는 일이라고는 생각되지 않지만, 다른 방법이 없다. 그때 어머니는 현동에서 나와, 조금 더 외가 마을 가까운 도시에 계신다. 이제 다 끝났어. 어머니께 그를 인사시키고 나면, 모든 게 다 가라앉을 거야. 들끓던 피도, 잡지 못하던 마음도, 치욕스러운 그 일도.

어머니는 그 여자를 따라 들어오는 그 남자를 물끄러미 바라보신다. 그 여자는 가슴이 아주 작게 오그라든다. 그 남자는 어머니 앞에 무릎을 꿇고 절한다. 절을 받는 어머니의 얼굴에는 뜻밖에도 밝은 기운이 퍼진다.

"음, 전번에 봤던 그 학생이구나."

그 여자는 놀란다. 전번에 봤던 그 학생이라니. 어머니는 오래 풀지 못한 문제를 푼 것 같은 개운한 얼굴을 하고 있고, 그 남자는 민망한 듯, 수줍은 웃음을 짓고 있다. 그 여자는 놀란 얼굴로 어머니를 바라본다. 무슨 말씀이세요?

"전번에, 내게 한 번 다녀갔다. 학교에서 퇴근하고 나오는데, 한 학생이 불쑥 다가오더니……."

어머니의 퇴근길을 가로막고 그는 "혹시 정숙이 어머니세요?"라고 묻더라고 한다. 어머니가 그렇다고 하자 그는 꾸벅 절을 하고는 말없이 사라지더라는 것이다. 그는 대체 어떻게 어머니가 있는 곳을 알아내서, 언제 거기까지 갔던 걸까. 얼마나 오랜 시간을 학교 앞에 서서 퇴근하는 사람들을 살폈을 것이며, 어떻게 그 여자의 어머니를 알아보았을까. 그 여자는 다시 한 번 기가 질린다. 그 남자의 열정을, 그 남자의 신명을 어떻게 감당해야 할까 하는 두려움으로.

"네게 무슨 일이 생긴 거나 아닌가 걱정했다. 얼마나 궁금했는지……."

그 여자는 아무 말도 하지 못한다. 그게 언제 일이냐는 말도, 어떻게 어머니가 있는 곳을 알아냈느냐는 말도, 아무 말도 하지 못한다. 아마, 그 여자가 지나가며 무심히 한 말을, 그 남자가 유심히 잡아챘을 거라고만 짐작한다. 어머니에게 부당한 짐이 되고 있다고 느끼는 그 여자는 간혹 그런 말을 했을 것이다. 그에게 직접 했거나, 여러 사람이 모인 자리에서 잿빛 바바리에게 했을지도 모른다. 자세한 것은 떠올릴 수 없다.

그는 왜 그 먼 길을 어머니를 만나러 갔으며, 가서는 왜 꾸벅 절만 하고 사라졌을까. 아마 어떤 자기 암시 같은 거였으리라. 그 남자는 자잘한 징크스를 많이 가지고 있다. 시를 쓰기 전에는 반드시 손을 깨끗이 씻는다든가, 생각이 잘 떠오르지 않을 때는 오른손을 들어 머리를 세 번 친다든가 하는 금기나 자기 암시들. 아마 어머니를 만나고 나면 그 여자를 확실히 제 것으로 만들 수 있다는, 그런 자기 암시에 빠져 있었을지도 모른다. 그것 말고는, 다르게 설명할 수가 없다.

"학생은 고향이 어딘가?"

"전주입니다."

"부모님은 뭐 하시고?"

"교육계에 계셨는데 올해 정리하고, 지금은 다른 사업을 시작하려 하십니다."

어머니는 그 남자에게, 그 남자의 어머니가 그 여자에게 했던 질문을 고스란히 한다. 그 남자는 그 여자가 그랬던 것처럼 무릎을 꿇고 앉아 공손하게 대답한다.

"형제는 몇인가?"

"밑으로 여동생 셋, 남동생이 하나 있습니다."

모든 부모가 궁금해하는 내용은 비슷하다. 그런데 어머니는 한 가지를 더 묻는다.

"하 씨라고 했지? 본관은 어딘가?"

"진주입니다."

"음, 진주 하 씨면 하위지 자손이겠구나. 사육신이었던 분. 조선 시대 학자 하륜도 그 집안 어른이지."

어머니는 만족스러운 표정을 띤다. 생육신인 조려 어른을 조상으로 둔 어머니께, 사육신인 하위지 어른을 조상으로 둔 그 남자는 아주 만족스러웠을 것이다. 어머니의 만족스러운 표정에 용기를 얻었는지 그 남자는 한마디 더 한다.

"저희는 물 하(河) 자를 쓰기 때문에, 민물고기는 먹지 않습니다. 미꾸라지나 붕어나 쏘가리 같은 거요."

어머니는 웃음 띤 얼굴로, 진지하게 고개를 끄덕이신다. 그런 어머니를 보며 그 여자는 답답함을 느낀다. 어머니는, 딸이 얼마나 탈진한 상태에서 저 남자와 함께 왔는지를 알아도 저렇게 웃을 수 있을까. 더구나 사육신이라니, 어머니의 비현실적인 이상주의자의 태도가 어처구니없다. 저승에 계신 조려 어른이나 하위지, 하륜, 경순왕 들은 아직도 후손들이 당신의 이야기를 하고 있다는 사실을 알면 어떤 기분일까. 만족스러워하기보다는, 좀 지긋지긋해하지 않을까.

그렇게 해서 모든 요식 행위가 끝난다. 어떤 과정을 거쳤든, 양가에 인사하는 절차를 마쳤고, 부모들은 그들을 인정한다. 그 여자와 그 남자는 이제 공인된 캠퍼스 커플이 된다. 친구들이며 선후배, 교수들조차 그들의 관계를 공식적으로 인정한다. 사람들은 입을 모아, 그들이 잘 어울리는 한 쌍이라고 말한다. 그들 중 누구도 그 여자의 마음을 알지 못한 채.

그 남자는 원숭이띠고 그 여자는 돼지띠다. 지금 이 지점에서 돌이켜볼 때, 두 사람의 관계가 어쩐지 손오공과 저팔계의 관계처럼 느껴지는 것은 단지, 그들이 타고난 띠 때문일까.

그 여자가 모든 걸 포기하자 그 남자는 모든 것을 얻는다. 자신이 하고 싶은 대로, 마음껏 사랑을 베푼다. 아침마다 그 여자가 등교하는 길목을 지키고 있다가 우유를 하나씩 준다. 도시락을 가지고 와서 먹이고, 자신이 가는 곳은 어디든 데리고 다닌다. 친구들에게로, 후배들에게로, 어디로, 어디로. 그는 그런 방식으로 그 여자가 제 것이라는 사실을 만천하에 알리고 싶어 한다.

그 여자는 아무 말도 하지 않는다. 뭐든지 하자는 대로 하겠다고 투항한 것은 자신이면서도, 마음 깊은 곳에서는 아직도 그를 받아들이지 못한다. 그가 가져다주는 우유를 마시면서도. 그가 가자고 하는 곳에 함께 다니면서도 늘 끌려 다니듯 마지못해한다. 별로 신명도 없고 체력도 약해서 집에 있는 것을 더 좋아하지만 그의 고집을 이기지 못한다. 그 남자의 청을 거절하면, 그는 금세 상처 입은 짐승의 표정이 되거나, 그 여자가 지쳐 쓰러지기 직전까지 잡아 흔든다. 가자고, 같이 가자고. 그 여자는 결코 그 남자의 고집을 이기지 못한다.

비록 마지못해 따라가지만, 사람들 앞에서는 최선을 다한다. 싫은 내색을 하거나 그에게 비난의 눈빛을 보내지 않기 위해 조심한다. 그것이, 그 여자가 그 남자에게 지켜줄 수 있는 최선의 예의라고 믿기 때문에.

그들을 잘 어울리는 한 쌍의 커플이라고 말하는 사람들이 본 것은 그런 모습일 것이다. 그 남자는 그 여자에게 이것저것을 챙겨주고, 그 여자는 말없이, 그가 주는 것을 받는 일. 그가 커피에 설탕과 크림을 타서 주면, 입맛에 맞지 않더라도 여자는 말없이 그걸 마신다. 그가 머리카락을 쓸어 넘기면 여자는 싫어도 가만히 있는다. 가만히 있는 그 여자의 모습이 사람들에게는 조용하고 얌전한 연인으로 보이게 했을지도 모르겠다. 아무도, 그 여자 말고는 아무도 그 여자의 마음을 모른다. 그 남자조차.

아니, 그 남자는 알고 있었을지도 모른다. 그는 이따금, 그 여자의 가슴을 가리키며 말한다.

"그 속을 모르겠어."

그 여자는 결코 대답하지 않는다.

그 남자는 늘 그 여자의 마지막 강의가 끝나는 시간에 맞추어 나타난다. 언제든, 어디서든. 그러고는 그 여자를 찻집에 앉혀놓고 시를 쓴다. 그 남자는 공책의 모든 페이지마다 우측 상단에 그 여자의 이름을 세 번씩 쓴 다음 시를 쓰기 시작한다. 그 여자는 가슴속에서 솟구치는 무언가를 억누르면서 그 남자 앞에 앉아 있는다. 제가 참는 것이 그 남자인지, 그 남자의 시 쓰기인지, 혹은 거기 앉아 있는 자기 자신인지, 그런 것들에 대해 따지지 않는다. 그저 참아야 한다고만 생각한다. 참아야 한다고, 모든 것을 받아들여야 한다고. 그 공포와 굴욕의 기억들을 지층 깊은 곳에 묻어둔 채로.

"네가 있으면 시가 잘 써져."

그 남자는 이따금 공책에서 고개를 들고 말한다. 그러고는 다음 페이지를 펼치고, 다시 날짜와 그 여자의 이름을 세 번 쓰고, 또 다른 시를 쓰기 시작한다. 그가 점점 더 도취된 상태로 빠져드는 동안 그 여자는 점점 더 멍청한 상태로 빠져든다. 초점 잃은 눈을 먼 곳에 던지고서.

그 멍청함 속에서 때로, 자신이 참는 것이 무엇인지 분명해지는 때가 있다. 저게 문학인가. 시가, 시 쓰기가 이런 일인가. 그건 문학 전부에 대한 회의다. 그러나 그 여자는 이제 문학을 포기하지 못한다. 그건 마지막 구명대다. 살면서 소중한 것을 하나하나 상실해온 그 여자가 마지막으로 매달리는 구명대다. 그게 아니라면 무엇을 잡고 이 환멸과 절망을 건너야 하는지 알지 못한다. 그래서 참을 수밖에 없다. 시 쓰기가 그토록 작위적이고 자아도취적이고 우스꽝스러운 행위라는 사실을 참아야 한다.

그 여자는 그때도, 문학이라는 것에 대해 환상을 품고 있었던 모양이다. 그 남자의 시 쓰기를 보며 거부감을 느낀 마음에는 시가 그렇게 억지로, 지속적인 노력으로 쓰는 게 아니라는 생각이 있었을 것이다. 시란, 어느 순간 영감처럼 찾아드는 것이라 믿었을지도 모른다. 그러나 이제는 안다. 그 남자의 방법이 옳다는 것을. 문학도 하나의 직업이어서, 그중에서도 한 코, 한 코 실을 엮어 스웨터를 짜는 가내수공업 같은 직업이라는 것을 안다. 그로부터 사 년쯤 후, 그 여자가 직접, 어두운 방 안에서 뜨개질을 해본 이후에야 그것을 이해한다.

그 여자는 이 학년 이 학기가 되어 다시 이사를 한다. 일 년 계약 기간이 끝나자 주인은 방세를 올려달라고 한다. 그 여자는 어머니께 방세를 올려줄 돈을 달라고 말할 수 없다. 등록금을 받아오는 것만으로도 죽고 싶을 만큼 미안했으므로. 그 여자는 다른 방으로 이사하기로 결심한다. 어디엔가, 오십만 원으로 빌릴 수 있는 방이 있을 것이다.

이 학기가 되면서 은영이는 친척집으로 옮겨갔다. 그래, 친척집. 그 여자에게도 들어와서 함께 살자는 친척이 있다. 지금은 장학사인, 어머니가 한밤에 대구로 데려가 공장에 취직시키고 야간 고등학교를 다닐 수 있게 해준 이모. 지난 학기에 그 여자는 이모의 연락을 받고 그 집을 방문한 일이 있다. 그 여자가 처음 들어가 본 아파트, 넓은 거실과 주방에 방이 네 개 있는 아파트, 아직 여의도가 아파트들로 무성해지기 전, 시범적으로 지어졌다는 이름이 붙은 아파트다. 이모는 그 여자에게 과일을 깎아준다.

"여기 와서 우리와 같이 살자. 우리 애들 공부도 좀 봐주고."

그 여자는 귤을 먹으며 그럴까 생각한다. 여의도에서 학교까지 다니는 길은 너무 멀지만, 곧 익숙해질 것이다. 초등학교 이 학년, 사 학년인 사촌 동생들을 보는 일도 괜찮을 것이다. 무엇보다 이모부가 좋은 분이다. 아무 문제가 없다.

반나절쯤 사촌 동생들과 놀다가, 이모부가 묻는 말에 대답하다가, 저녁이 되어 이모의 가족들과 함께 식사를 한다. 이런저런 얘기가 오가다가 이모가 불쑥 말한다.

"그런데, 너희 부모가 저러고 있어서 어떡하니. 빨리 어떤 방법을 찾아야 할 텐데……."

그 여자는 또 밥이 명치에 걸린다. 왜 사람들은 늘 밥상 앞에서 그런 얘기를 하는지 모르겠다. 숟가락을 든 채 가만히 있는다. 머리로 피가 몰리는 느낌을 참아내면서.

"그 집에 벌써 애들이 셋이나 있다면서? 셋이랬니, 넷이랬니?"

그 여자는 결국 숟가락을 놓는다.

"그만두세요. 이모가 그런 말 한다고 해서 해결되는 문제가 아니니까요."

말하고 나서도 제 목소리가 너무 커서 놀란다. 그때까지도, 그 일은 그 여자에게 치명적인 급소다. 그런 말만 들어도, 아니 그 일과 관련하여 연민 어린 시선만 받아도, 가슴에는 비수가 날아와 박힌다. 더구나 그 말을 하는 사람의 말투에 부모에 대한 비난의 기미가 담겨 있거나, 진정한 염려나 애정도 아니면서 그저 호사 취미의 말하기가 느껴진다면, 비수는 한결 예리하게 가슴을 후벼 판다.

"애도 참……. 아무튼 주인집에 말해서 방세 빼달라 하고, 다음 일요일에는 이리로 짐 옮겨 오너라."

그 여자는 대답하지 않는다. 식탁에서 물러나면서 벌써 돌아갈 채비를 하고, 이모의 집을 나서면서 이미 다짐한다. 그런 식으로 말하는 이모를 받아들일 수 없다고, 이모의 집에서 살지 않겠다고, 친척집에 빌붙어 사는 가난한 친척이 되고 싶지는 않다고. 휑한 아파트 광장을 지나가는 바람이 가슴 깊은 곳까지 스며들며 마음속의 생각들을 회오리쳐 올린다. 바람에 회오리쳐 날아오르는 노여움을, 울분을, 상처를 바라보며 그 여자는 입술을 깨문다. 아직은 아니야. 아직 그렇게까지 나를 죽이며 살 수는 없어. 이미 그만큼 죽은 것으로 충분해. 그런 천덕꾸러기 처지는 견딜 수 없어.

집으로 돌아와 그 여자는 이모에게 전화를 건다. 아무 설명 없이, 안 갈래요, 한마디만 한다. 이모는 왜 그러느냐고 묻지만 그 여자는 대답하지 않는다. 수화기 속으로 이모의 말이 나무람처럼 들리는 것을 느끼며, 공중전화 부스 유리창에 내려앉는 햇살만 바라본다. 후회하지 않아. 이게 더 나은 판단이야.

그 여자는 그 후로 오래도록 이모를 만나지 않는다. 아니, 이모뿐 아니라 어떤 친척도 만나지 않는다. 친척들을 만날 때마다 화제에 오르는 부모의 이야기며, 그리하여 어김없이 받아내야 하는 연민의 시선이며, 그런 것들을 피한다. 잘사는 친척에게 도움을 청하는 가난한 친척이 되고 싶지는 않다고, 혼자서도 얼마든지 살 수 있다고, 그 여자는 어떤 친척도 만나지 않는다.

지금 생각하면 왜 그랬나 싶다. 늘 서슬 푸른 자의식만 앞서서, 또 고집만 유난히 세서, 도무지 마음이 편안해질 여유가 없다. 그때 이모 집을 들어갔더라면 적어도 대학 졸업할 때까지의 그 지독한 가난, 거듭되는 이사, 그때마다 참담해지는 마음은 피할 수 있었을 것이다, 넓은 아파트에서 편안하게 살았을 것이다. 성격이 곧 운명이라는 말, 그 여자는 그걸 몸으로 안다.

방세를 올려주어야 했을 때, 그때라도 이모 집으로 들어갈 수 있었을 것이다. 어머니께 방세를 올려야 한다고 편지할 수도 있었을 것이다. 그러나 그 여자가 한 일이란 더 싼 방을 찾아나서는 일이다. 고집을 부리면서, 오기를 부리면서, 혼자서도 얼마든지 해결할 수 있다면서.

그때는 그 남자가 동행해준다. 학교에서 조금 더 먼 곳, 조금 더 높은 곳에 전세 오십만 원짜리 방을 하나 찾아낸다. 대문이 더 허술하고 연탄아궁이가 더 많이 삭아 내린 방, 방바닥이 비스듬하여 모든 물건에 종이를 접어 괴어야 하는 방, 작은 창이 하나 있지만 삼십 센티 옆에 바로 옆집의 잿빛 벽이 있어 환기가 되지 않는 방, 온종일 햇빛이 들지 않는 방.

그 여자가 방을, 지상에 발을 붙이고 살아가기 위한 최소한의 근거라고 생각한 것이 그때쯤부터였을 것이다. 그때, 방세를 올려줄 수 없어 더 허술한 방으로 옮겨 살게 되면서부터. 그 여자에게 방은 세상을 조망하고 세상의 위험으로부터 자신을 지키는 초소 같은 것이다. 초소 중에서도 야산에 엉성하게 파놓은 작고 습한 초소. 그 여자의 삶이 대체로 야간 보초를 서며 어둠 속을 응시하는 것 같았던 것도, 거처가 그토록 부박하고 임시방편적이었기 때문이었는지 모른다. 집시들이 떠돌아다니기 때문에 집을 짓지 않는지, 집을 짓지 않기 때문에 떠돌아다니며 사는지 알 수 없는 것과 같은 이치로. 아무리 내다보려 해도 아무것도 보이지 않던 삶. 제가 앞으로 어떻게 되겠어요? 역술가에게 그렇게 물었던 것처럼 그 여자는 무수히 많이 되풀이해서 자신에게 묻곤 한다. 초소에 웅크리고 앉아 아무 것도 보이지 않는 어둠을 응시하면서.

이사를 하기로 한 날, 그 여자는 오전에 강의가 있다. 전날 짐을 대충 꾸려두었기 때문에 그 여자는 오전 강의를 받으러 간다. 오후에 이삿짐을 옮기리라 생각하면서. 그러나 학교에서 돌아와 방문을 여니, 방 안에서 냉기가 끼쳐온다. 방이 텅 비어 있다. 비키니장이 놓여 있던 뒤편 공간에 뿌옇게 쌓인 먼지만이 보인다. 어떻게 된 일인가. 주인집 부엌문을 여니 주인아주머니가 오히려 놀라는 얼굴을 한다.

"아직 안 갔어요? 아까, 한 남학생이 와서 짐을 옮기던데."

그 여자는 고개를 끄덕이고 부엌문을 닫는다. 방문에 걸터앉는데 문득 온몸에서 힘이 빠진다. 어떻게 그럴 수 있는가. 한마디 언질도 없이, 사전에 양해를 구하지도 않고, 어떻게 매사에 그렇게 행동하는가. 발등 근처로 기어오르는 햇살을 보다가, 놀라듯 발을 뒤로 뺀다. 등줄기로 진저리 같은 것이 지나간다.

앞으로, 앞으로 또 이런 일들을 얼마나 참으며 살아야 하는가. 과연 그를 받아들이며 살 수 있을까. 문지방에 걸터앉아, 고개를 숙인 채, 그 여자는 가슴을 누른다. 가슴속에서, 자꾸만 사나운 기운이 솟구치려 한다. 그러나 늘 그렇듯이, 사나운 기운은 솟구쳐 오르다가 울대 근처에서 힘이 사윈다. 힘이 사위면서. 가슴이며 울대 근처가 뻐근하게 아파온다. 자꾸만 발등으로 다가오는 햇살을 피해 그 여자는 뒤로, 뒤로 발을 빼면서 앉아 있다.

길어지는 햇살이 점점 더 그 여자 쪽으로 다가들어, 기어이 그 여자가 문지방에 발을 들어 올린 자세로 쪼그리고 앉아 있을 때, 그 남자가 들어온다. 그는 한 손에 책을 든 채, 평화롭고 환한 낯빛을 하고 있다. 그 여자는 뻐근하게 아픈 숨길을 틔우듯 하, 한숨을 내쉰다. 그럼에도 고개를 돌려 벌써 그 남자를 외면한다. 그의 얼굴을 보자마자 내부에서 다시 사납게 소용돌이치는 기운이 느껴진다.

"집에서 차를, 그 시간밖에 비울 수 없다고 해서."

그 남자는 그 여자 가까이 다가와, 다정하고 달래는 말투로 말한다. 그 여자는 입술을 깨문다. 그 남자도 알고 있다. 자신이 그런 일을 할 때마다 그 여자가 완강하게 어두운 낯빛이 되어 입을 다물어버린다는 사실을. 그 여자가 입을 다물 때, 그때가 화난 상태라는 것을. 그러나 입을 다물고 고집을 부리기로 해도 그 여자는 그 남자를 당할 수 없다.

"다 옮겨서 정리해뒀어. 넌 그냥 가기만 하면 돼."

그 여자는 안에서 무성하게 잎을 틔우며 자라나는 푸른 기운들을 누르며 조금 더 가만히 앉아 있다. 가슴속에서 자라던 푸른 것들이 툭툭 소리를 내며 꺾인다. 아프다. 가슴 안쪽에서 뼈 같은 것이 꺾이듯 뻐근하게 아프고, 살 어디쯤에 푸른 멍이 드는 것 같다. 어떻게 이렇게 살아야 하는가. 그 남자의 일방적인 행동들에 대한 실망보다, 그렇게 속수무책인 자신에게보다 가슴속에서 소용돌이치는 푸른 기운들을 누르기가 더 고통스럽다. 이게 무언가.

생각해보면, 그 남자는 정말 그 여자를 사랑했던 것 같다. 그러나 그 여자는 그의 사랑을 한 번도 순수하게 기쁜 마음으로 받아들인 일이 없다. 그 남자는, 사랑에 빠진 사람이 연인에게 해줄 수 있는 모든 것을 베풀었다. 그러나 그 여자는 한 번도 그것들을 원하거나, 기쁜 마음으로 받거나 한 일이 없다. 이삿짐을 대신 날라준 것은 고마운 일이다. 그 여자가 그 남자를 사랑했다면, 그의 말없는 친절에 흠뻑 감동했을 것이다. 분명 그랬을 것이다. 그러나 그 여자는 단

한 번도 그 남자의 친절에 고마워한 일이 없다. 그 여자가 원한 것
은 단 하나, 저를 좀 가만히 내버려두는 일이다.

한번은, 그 여자의 하굣길을 바래다주곤 하는 그 남자와 나란히
걷다가, 길가에 놓인 꽃게를 본 일이 있다. 빨갛고 예쁜, 서로서로
손을 잡고 있는 듯한 꽃게들이 양은대야 안에 차곡차곡 놓여 있다.
꽃게를 보며, 그 여자는 낮게 중얼거린다.

"맛있겠다……."

그렇게 중얼거릴 때, 그 여자의 의식 속에 있는 것은, 꽃게의 맛이
아니라 잃은 가정에 대한 추억이다. 강릉에서, 탱자나무 울타리를
한 집에서 살 때, 온 가족이 밥상에 둥글게 둘러앉아 달콤하고 향긋
한 꽃게의 속살을 파먹던 그 정겨운 풍경이다. 맛있겠다…… 말하
는 것만으로도 눈 주변에 화, 열기가 모이는 상실감이다. 곁에서 걷
는 그 남자는 꽃게를 바라보기만 할 뿐 별말이 없다.

그런데 다음 날 학교에서 돌아와 보니, 창 밑에 개켜져 있는 이불
위에 검은 비닐봉지가 놓여 있다. 무얼까. 집어 드는데, 딱딱한 각
질이 만져진다. 순간, 그 여자는 그게 무언지 벌써 알 수 있다. 역시
꽃게다. 그 남자가 꽃게를 사서, 그 여자의 창으로 던져두고 간 것
이다.

그런 때, 그런 정도의 사랑이라면, 감동해야 한다. 적어도 기뻐하
거나 고마워해야 한다. 그러나 그 여자는 그중 어느 쪽도 아니다.
그 여자는 꽃게를 보며 흉물스러워하고, 그 남자의 열정을 생각하
며 진저리치고, 그리고 마지막에는 그 모든 흉물스러움과 진저리쳐
짐을 참아낸다. 그 여자가 그 남자를 받아들이는 방식은, 그것들을
쓰레기통에 버리지 않는 일이다.

그 여자는 돌이켜 생각할 때마다 그 관계가 답답해진다. 그 정도의 열정이라면, 그 정도의 헌신적인 애정이라면, 돌아누운 돌부처도 살아 일어나게 했을 것이다. 그런데 그 여자는 왜 그 남자의 애정을 참아내야 하는 무엇이라고만 생각했을까. 아마, 그 여자가 돌부처가 아니었다는 데 문제가 있었을 것이다. 그 여자가 피와 살을 가진 인간이고, 무엇보다 감정과 정서를 가지고 있는 인간이라는 데 문제가 있었을 것이다. 그 남자에게 완전히 죽임을 당한 공포와 굴욕의 기억을 가지고 있는 인간, 이미 다른 사람에게 마음의 많은 부분을 빼앗겨버린 인간, 얼마간의 공포 속에서 그 남자를 받아들이려 노력하는 인간이라는 데 문제가 있었을 것이다.

《접촉》의 작가 데스몬드 모리스는 말한다. '정상적인 성의 과정을 폭력으로 간략화시킨 결과로부터는 애정이 커나갈 기회는 완전히 사라지고 만다.' 그 말로 그 여자의 닫힌 마음을 설명할 수 있을까. 아이를 둘이나 낳고도 날개옷을 입고 하늘나라로 떠나는 선녀가 있다. 총을 들고 와 모조리 죽여버리겠다고 협박하는 바람에 한 남자와 결혼했다는 여인이 있다. 그 여인은 자식이 모두 대학을 졸업하자 집을 나가 잠적한다. 주변에서는 그 여인이 행복했다고, 가출할 이유가 전혀 없다고 증언하고, 남편은 아내를 찾아 전국을 뒤지고 다닌다. 그러나 끝내 나타나지 않는 여인이 있다. 바로 그 여인의 마음, 그 선녀의 마음으로 그 여자의 닫힌 마음을 설명할 수 있을까.

그러나 그때는 그 여자도 모른다. 그 남자를 받아들이려 노력하고 노력하다 보면, 언젠가는 그들의 관계가 자연스러워질 거라고만 믿을 뿐이다. 결코, 아주 나중까지도 결코, 그 남자를 마음으로부터 받아들이지 못할 거라는 사실을, 그때는 그 여자도 알지 못한다. 그 걸 알았더라면, 그 여자도 그 남자도 그걸 알았더라면, 그토록 무의미하고 소모적인 관계를 지속해나가며 서로 고통받지는 않았을 것이다. 특히 그 남자가.

　세상은 답답하다. 그 여자가 처해 있는 상황도 답답하고, 캠퍼스에서 받는 답답하고 억눌린 분위기도 견디기 힘들다. 세상에는 아직도 긴급조치 9호가 내려져 있다. 9호라니. 유신 정권이 들어선 이후, 여차하면 긴급조치가 내려졌다. 벌써 몇 해 동안이나, 긴급조치는 그 호를 거듭할수록 더욱 강하고 서슬 푸른 위력을 자랑한다. 당장이라도, 여차하면 긴급조치 10호가 발동될 수 있는, 그런 상황이다. 학교는 겉으로만 평화롭다. 1975년까지만 해도 학교별로 대규모 시위도 있곤 했다고 선배들은 말한다. 그러나 그 여자가 입학한 이후, 단 한 번도 그런 광경을 볼 수 없다. 답답하고 억눌린 분위기 속에서 무력하고 힘없는 학생들만 있을 뿐이다. 그리고 평화롭다. 적어도 겉으로는.
　그래도 그 무기력함의 땅 밑으로는 은밀히 움직이는 힘의 흐름이 있다는 얘기를 전해 듣는다. 그런 얘기를 하는 사람도, 그 얘기를 듣는 사람도, 조심스럽다. 그런 조심스러움은, 그런 얘기에 사용되는 어휘에서 두드러진다. 지하 서클, 비밀 학습, 점조직, 블랙리스트. 그때는 아직 1970년대다. 1980년대처럼 운동권이라는 말이 보통명사로 사용되고, 어디서나 이념 서적을 구해 읽을 수 있는 때가 아니다. 모든 도서는 금서가 되어, 지하로, 지하로만 흘러 다닌다.
　점조직의 그 한 점은 어디일까. 그 여자는 주변의 선배들을 둘러보며 저 사람도 그 점의 하나일까, 짐작해본다. 그럴듯한 얼굴을 한 선배는 많다. 진중하고, 말이 없고, 고뇌에 찬 얼굴을 하고 다니는 몇몇 선배. 그것이 전부다. 그들의 고뇌에 찬 얼굴이 경직된 공안정국에 의해 더욱 어둡고 음울해지는 것을 지켜보는 게 전부다. 이따금 신문에서, 타 대학에서 작은 시위가 있고, 한두 명의 주동자가 연행되었다는 기사를 본다. 사회면 하단의 짧은 일단기사로.

그리고 그해 가을이 한창일 무렵 시월쯤, 너무나 오래 억눌려온 세상이 조금씩 움직이기 시작하는 기미가 움튼다. 부산과 마산에서, 반도의 저 남쪽에서, 사람들이 움직이기 시작했다는 이야기가 들려온다. 신문에서는 그들을 폭도라고 칭한다.

그 여자는 나중에 직장에서, 1979년에 부산에서 대학을 다녔다는 동기를 만난다. 그는 부마사태 현장에 있다가 경찰에 연행되었던 경험을 말한다.

"경찰서에 들어가 있는데 가장 먼저 아버님이 생각나더라고."

그는 순한 얼굴에 웃음을 띤다.

"그때 신문에는, 시위자들의 대부분이 불량배라고 나왔지? 일부 몰지각한 학생과 불량배들의 난동이 어쩌고, 그렇게 말이야. 물론 그걸 믿지는 않았겠지. 그건 분명한 민주화운동이었어. 시민들에 의해 자발적으로 촉발되고, 모든 시민이 자발적으로 참여한 민주화운동. 시위대가 지나가면, 시민들은 주먹밥을 만들어주고, 사이다를 나누어주고, 경찰에 쫓기는 사람을 숨겨주곤 했지. 광주에서 그랬던 것처럼. 물론 광주처럼 오래 지속되지는 못했지. 금세 계엄령이 선포되었으니까."

"경찰서에서는 언제 나왔어?"

"조사받고 하루 만에 나왔지. 경찰들도 심정적으로는 시민들 편이었으니까."

"그런데, 정말 사상자가 있었어? 그때, 부마사태에서 죽은 사람이 있다고 말한 택시 기사가 유언비어 유포죄로 구속되었다는 기사를 봤는데."

"그럼."

그는 단호히 말한다. 그러더니 덧붙인다.

"아니, 내 눈으로 직접 본 건 아니고, 그런 소문은 파다했지. 누구나 다 아는 얘기였고, 누구나 다 그렇게 믿었으니까."

그리고 그는 또 불태운 경찰서며, 휴교령이 내렸던 학교며, 통금이 연장되어 밤만 되면 썰렁하게 비던 거리에 대해 이야기한다.

"세상에, 밤 열 시부터 다음날 네 시까지 통행을 금지한다니, 소위 민주공화국에서 그게 어디 있을 수 있는 얘기야?"

그리고 그가 마지막으로 덧붙인 말은 그 여자의 그 당시 생각과 똑같다.

"그때, 그 민주화운동의 열기가 전국으로 확산되었어야 하는데. 그랬다면 우리나라 역사가 조금 달라졌을 수도 있을 텐데."

그랬다. 그 여자도 신문에서 보는, 소문으로만 듣는 부산과 마산의 열기가 서울로까지 번져오기를 기대한다. 신문을 읽으며 이 답답하고 억눌린 분위기를 깨뜨릴 수 있는 어떤 계기가 마련되어야 한다고 기대한다. 그러나 그런 일은 쉽게 일어나지 않는다. 학교는 여전히 적막하다.

겨울로 접어들며 그 여자는 새로 이사한 방에 처음으로 연탄을 피운다. 연탄아궁이 속의 원통형 몸체가 많이 깨어지고, 그 밖으로는 허물어져 내리는 흙이 위태롭지만 그래도 더 이상 추위를 견딜 수 없다.

연탄을 피운 첫날, 그 여자는 새벽에 잠자리에서 눈을 뜬다. 한 번 잠들면 중간에 깨는 법이 없는데 그날은 이상하게 한밤중에 눈을 뜬다. 몸이 화장실에 가고 싶어 한다는 것을 느끼고 자리에서 일어나 밖으로 나간다. 방문을 열고, 부엌문을 열고, 그리고 마당으로. 잠이 덜 깬 탓인지 눈앞의 사물들이 희미하고 다리에 힘이 없다. 찬바람이 전신을 파고들어 온몸에 소름이 돋는다.

잠시 후, 그 여자는 어디엔가 누워 있는 자신을 발견한다. 공중에는 푸르스름한 하늘이 조금씩 구름을 흘려보내고 있고, 옆을 보니 초라한 슬레이트 지붕이 잠에서 깨기 위해 부스럭거리고 있다. 그 여자는 비로소 제가 마당의 흙 위에 누워 있음을 깨닫는다. 어처구니가 없다. 넘어진 기억이 없는데 몸은 마당에 누워 있다. 연탄가스를 마셨구나, 반사적으로 그런 생각이 떠오른다.

그 여자는 몸을 일으켜 화장실을 향해 걷는다. 몇 발짝 걸었는가 싶은데 다시 정신을 차리니 또 마당에 누워 있다. 쓰러진 기억도, 마당에 누운 기억도 없다. 몇 발짝 걸었던 기억과 마당에 누워 있는 자신 사이에는 완전한 의식의 공백이다. 그렇게 누워서 얼마나 시간을 흘려보낸 건지도 알 수 없다. 오한이 들면서 머리가 몹시 아프다. 그 여자는 그 자세로 조금 오래 누워 있다. 사실 일어날 힘도 없다. 몇 차례 크게 심호흡을 하고, 하나, 둘, 셋……. 천천히 열까지 세고, 이제 몸이 좀 괜찮아졌다 싶을 때 천천히 일어난다. 다시 화장실을 향해 몇 걸음 걷는다.

그러나 정신을 차려보면 또 마당에 누워 있다. 머리가 몹시 아프다. 머리 안쪽의 뇌가 아픈 두통이 아니라 머리 바깥 부분, 넘어지다가 어디에 부딪쳤는지 바깥쪽이 더 아프다. 만져보니, 머리카락 밑으로 끈적끈적한 것이 만져진다. 그 여자는 이제 무릎걸음으로 엉금엉금 기어 수돗가로 간다. 움직일 때마다 뇌수가 출렁출렁 흔들리고 관절들이 제풀에 푹푹 꺾인다. 수도꼭지를 비틀어 틀고 흐르는 물 밑에 머리를 박는다. 머릿속의 열기가 천천히 빠져나가고 머릿속의 뇌수가 얼어붙는 느낌이 올 때까지 그 여자는 수도꼭지 밑에 머리를 박고 있다. 무릎을 꿇은 자세로.

한참 만에 일어나 마당을 이리저리 걸어본다. 머리며 얼굴에서 물기를 뚝뚝 떨어뜨리면서. 쓰러지지 않고 마당을 한 바퀴 돌 수 있다. 걸을 때마다 관절이 꺾이는 느낌과 지독한 두통, 뇌 안의 모든 것이 출렁출렁 흔들리는 느낌은 여전하지만 쓰러지지 않는 것만으로도 그 여자는 안심한다. 화장실에 다녀오니 한결 괜찮아진다.

방으로 들어가니 훅, 연탄가스 냄새가 끼쳐온다. 방문과 부엌문과 창문을 모두 열어놓고 문밖에 앉는다. 방 안에 고인 연탄가스가 빨리 빠져나가 주기를 바라면서. 그러나 오한과 두통, 어지러움 때문에 견딜 수 없다. 할 수 없이 주섬주섬 그 방 안으로 들어간다. 문들을 다 열어두었는데, 더 나빠지기야 하겠어. 그런 마음이다. 그리고 이불을 뒤집어쓰고 잠이 든다. 모든 문을 열어둔 채.

그 여자가 다시 잠에서 깬 것은 보통 때보다 두세 배쯤 큰 라디오 소리 때문이다. 그 여자가 사는 방과 벽을 대고 있는 옆집은 와이셔츠나 스웨터 따위를 만드는 가내수공업 공장이다. 그 집에서는 늘 라디오를 켜두는데, 그날 아침 라디오 소리는 평소보다 두세 배쯤 크다. 라디오 소리가 물리적인 힘이 되어 온몸을 두드리고 다닌다. 무겁고 고단한 몸이 그 소리 때문인가 생각하다가, 연탄가스를 마신 사실을 떠올린다. 창밖이 아주 환한 걸 보니 다시 잠들어 서너 시간은 지난 것 같다. 물을 마셨으면 좋겠는데……. 그러나 몸을 움직일 수 없다. 천천히 자리에서 일어나 벽에 기대앉는다. 느닷없이 픽, 웃음이 난다. 삶에 대한 본능적인 집착을 본 것 같아서다. 이따금 죽어버렸으면 딱 좋겠다고 생각하면서도, 위기에 처하자 저절로 잠이 깨고, 살기 위해 본능적으로 밖으로 나간 제 행동이 우습다.

벽에 기대앉아 있다가 라디오 소리가 평소와는 많이 다르다는 것을 알아차린다. 아나운서의 목소리가 아주 흥분되어 있고, 그의 말이 끝나면 평소에 들을 수 없는, 그 공장에서 나오는 뽕짝이 아닌, 무겁고 어두운 클래식 음악이 흐른다. 그 여자는 이웃집 라디오 소리에 귀를 기울인다. 가장 먼저 알아들은 말은 전국에 계엄령이 선포되었다는 내용이다. 그 여자는 잠시 혼란스러워진다. 어떻게 그런 일이? 부마사태는 가라앉았고, 그 후로는 어디서도 이 정권에 대해 아무 주먹도 들어 보인 일이 없는데.

다시 귀를 기울여, 대통령 유고라는 단어를 붙잡는다. 어둡고 음울한 음악의 이유를 알아낸다. 모든 정규 방송을 중단하고, 추모 음악을 내보내고 있다고, 음악이 작아지면서 아나운서의 목소리가 나온다. 아나운서의 목소리도 낮고 어둡다. 아니, 추모의 마음을 가득 담고 있는 듯 들린다.

아직 연탄가스로 인한 어지럼증이 남아 있는 머리가 핑 돈다. 어떻게 그런 일이? 그 여자가 태어날 때부터, 아니, 그 이듬해부터, 그는 이 나라의 대통령이다. 그는 앞으로도 영원히 이 나라의 대통령일 줄 알았다. 아무리 대학에서 시위를 하고, 아무리 부산 마산에서 시민들이 봉기한다 해도, 그의 자리는 조금도 위태로움이 없을 줄 알았다. 어떻게 그런 일이?

그 여자는 초등학교 사 학년 때 '우리는 민족중흥의 역사적 사명을 띠고……'로 시작해서 '1969년 12월 5일 대통령 박정희'로 끝나는 국민교육헌장을 왼 일이 있다. 국민교육헌장이 선포되던 바로 그해. 선생님은 국민교육헌장 외워오기를 숙제로 낸다. 이튿날, 국민교육헌장을 외워간 학생은 그 여자 혼자다. 그 아이는 친구들 앞에 서서 국민교육헌장의 그 길고 난해한 전문을 왼다. 그러고 나서, 몹시 부끄러워한다. 아무도 하지 않은 일을 혼자 하다니, 공연히 잘난 척한 거나 아닌가.

그리고 그 이듬해, 그 아이는 친구들과 함께 공책만 한 종이 태극기를 들고 바람 부는 거리에 서 있다. 대통령이 지나가는 길목에서 손을 흔들기 위해. 이웃 학교, 그 이웃 학교, 그리고 중학교 언니, 오빠들까지 길 양편에 길게 서 있다. 길가에 서 있는 학생들의 모습은 끝이 보이지 않을 정도로 이어진다.

그러나 대통령은 여간해서 오지 않는다. 공연히 흔들어댄 태극기의 얇은 종이가 반쯤 덜렁거리다가, 결국 떨어져 바람에 날아간다. 빈 깃대를 든 손이 펴지지 않을 만큼 얼어붙고 사방이 어둑어둑해져서야, 저쪽에 서 있는 사람들이 수런거리기 시작한다. 곁에 있던 선생님이 자, 태극기 흔들어라, 말하자 주변의 친구들이 태극기를 흔들기 시작한다. 그 아이도 빈 깃대를 흔든다. 그러나 대통령은 지나가지 않는다. 오토바이와 검은 자동차들만이 아주 빠르게 지나갈 뿐이다. 대통령이라니. 아이는 슬그머니 화가 난다. 그렇게 오래도록 추운 거리에서 떨게 하는 게 무슨 대통령이야. 거들떠보지도 않고 자동차 안에 앉아 지나가 버리는 게 무슨 대통령이야.

그 여자가, 대통령에 대해 갖게 된 최초의 인식은 그거다. 국민교육헌장을 외게 하여 몹시 부끄럽게 만들거나, 추위에 떨다가 결국 화나게 만드는, 그 두 가지다.

다시 얼마 후, 아버지가 신문을 보다가 혼자 화내시는 모습을 본다. 아버지의 말을 지금도 기억한다.

"박정희가 평생 혼자 해먹으려고, 이제는 헌법까지 뜯어고치려 하는구나!"

유신 개헌이 있을 때다. 아버지의 이야기를 알아들었을까. 그 아이는 하굣길에 친구들에게 말한다.

"박정희가, 혼자 다 해먹으려고 헌법까지 뜯어고치려 한대."

그 아이는 자주, 나이에 맞지 않는 어휘를 사용하곤 했다. 친구들이 전혀 알아듣지 못하는 얼굴을 해서, 아이는 많이 답답해한다. 1972년, 초등학교 오 학년 때의 일이다.

그것이 그 여자가 자라면서 제 나라 대통령에 대해 알게 된 전부다. 고등학교 때는 친구 은영이 아버지가 초대 통일주체국민회의 대의원에 선출된다. 정치경제 선생님은 그 제도가 이 나라의 안정과 발전과 통일을 위해 꼭 필요한 제도라고 말한다. 그러나 여학생은 믿지 않는다. 대통령을 혼자 해먹으려고 헌법을 뜯어고쳤을 때처럼, 또다시 장기집권을 위한 일을 꾸민다고 믿는다. 선생님들은 은영이 아버지가 통일주체국민회의 대의원이 된 것을 자랑스러워하지만, 여학생은 그걸 부끄러운 일이라고 받아들인다. 은영이 아버지는 왜 그런 옳지 않은 일을 하셨을까. 그러나 은영이에게는 그런 말을 하지 않는다. 다만, 혼자 생각할 뿐이다.

유신 개헌을 하고, 통일주체국민회의라는 제도를 만들고, 끊임없이 긴급조치와 계엄령을 선포하며 그 자리를 지켜온 대통령. 불사조처럼 죽지 않고 영원히 이 나라의 대통령으로 있을 줄 알았던 그 사람. 그가 죽었다는 사실이 잘 믿어지지 않는다. 그 여자는 아무런 느낌 없이 벽에 기대앉는다. 그가 사망했다는 사실은 기쁨도 슬픔도 아닌, 멍한 충격이다. 연탄가스를 맡아 멍해진 머리가 아직도 잘 받아들이지 못하는 충격이다. 음악이 중단되더니 정승화 계엄사령관의 발표가 있겠다고 한다. 그 여자는 벽에 더 바싹 몸을 기대고 라디오 소리를 붙잡으려고 애쓴다.

　"일천구백칠십구 년 시월 이십육 일, 하오 일곱 시 사십 분, 박정희 대통령이 김재규 중앙정보부장의 총에 맞아 서거하셨습니다."

　계엄사령관의 목소리는 아주 딱딱하면서도 얼마간 공중에 떠 있다. 긴장으로 들떠 있거나 충격으로 들떠 있거나. 그는 들뜬 목소리로 문건을 읽듯이 발표한다. 수도권에 위수령이 내려지고, 전 군에 비상경계령이 내려지고, 일체의 집회나 시위 기타 단체 활동을 금하고, 일체의 언론출판 보도 방송은 사전 검열을 받아야 하고, 대학은 당분간 휴교 조치하고, 야간 통행금지는 이십이 시부터 다음 날 새벽 네 시로 연장하고, 유언비어 날조와 국론 분열을 꾀하는 일체의 언동을 엄금한다는 내용이다.

　그 여자는 얼어붙는 듯한 느낌을 받는다. 그렇지 않아도 불기 없는 방에 창을 모두 열어두어 으슬으슬 추운 몸이, 급속하게 추위를 느낀다. 휴교를 한다고? 그렇다면 당장 지금부터 학교를 나가지 않아야 한다는 말인가? 잘 믿어지지 않는다. 어느 날 문득 학교가 문을 닫을 수도 있다는 사실이, 어느 날 문득 대통령이 죽었다는 사실처럼 믿기지 않는다.

그 여자는 조금 더 벽에 기대앉아 있다. 라디오에서는 정규방송을 중단하고 추모 음악을 방송하고 있다는 말이 들리고, 다시 어둡고 무거운 음악이 이어진다. 지금 생각해보면, 그때 방송되었던 음악은 대체로 레퀴엠이었던 것 같다. 그러나 그때는 처음 듣는 음악이다. 어둡고 무겁지만 참 좋구나. 웅장한 비장미 같은 것이 있구나. 멍한 충격 속에서도 그런 생각을 한다.

한동안 음악을 듣고 있다가 그 여자는 천천히 일어난다. 세수를 하고, 아직도 뇌수가 출렁출렁 흔들리는 머리를 이고 밖으로 나간다. 자취방에서 후문까지는 걸어서 이십 분 정도 걸리는 거리다. 골목에는 사람들이 거의 보이지 않는다. 그 여자는 큰길 쪽으로 나가본다. 거리에 희끗희끗한 종이들이 날리고 있다. 호외다. 박정희 대통령 유고. 가장 큰 글씨는 그거다. 그 다음 큰 글씨는 전국에 계엄령 선포. 그 밑으로는 계엄사령부가 조직되고 정승화 육군참모총장이 계엄사령관에 취임했다고 씌어 있다. 그리고 비상계엄령 전문이 적혀 있다. 그 여자는 호외를 들고 서서 방금 라디오에서 들은 내용들을 다시 한 번 읽어본다.

종이를 접어 주머니에 넣고 다시 학교 쪽으로 걷는다. 대통령이 죽었다는 사실이 아무런 감정도 일으키지 않는 게 이상하다. 그건 어떤 사람에게는 아주 슬픈 일이고, 어떤 이들에게는 숨통이 트이는 일일 것이다. 그러나 그 여자는 고개를 젓는다. 이런 식으로는 아니라고, 이렇게 무력으로 피를 부르면서는 아니라고, 이렇게 급격하게 세상을 얼어붙게 하면서는 아니라고.

후문에 다다라서야 그 여자는 휴교령이라는 게 구체적으로 어떤 건지 알게 된다. 휴교령이란, 학생들이 학교에 나가지 않고, 학교에서도 강의를 하지 않는, 그런 단순한 상황이 아니다. 휴교령은, 교문을 걸어 잠그는 일이다. 그동안 한 번도 닫힌 모습을 본 적이 없는 후문이, 아니, 거기 문이 있다는 사실도 알지 못했던 입구가 굵은 창살로 만들어진 문으로 닫혀 있다. 두 짝의 철문이 맞닿는 곳에는 쇠사슬이 친친 동여매어져 있다.

그 여자는 쇠문을 오래오래 바라본다. 이건 아니라고, 이건 부당하다고 생각하면서. 그러다가 다시 학교 담을 끼고 오래 걸어 정문으로 간다. 정문에도 쇠창살로 된 문이 닫혀 있다. 쇠문 앞에는 비스듬한 팻말이 서 있고, 그 위에는 검은 먹으로 커다랗게 휴교령이라고 씌어 있다.

'비상계엄령에 의해 당분간 휴교함. 1979년 10월 27일 총장.'

휴교령 공고에서 고개를 들다가, 그 여자는 놀란다. 거기, 정문에서 교시탑까지 직선으로 뻗은 길에, 군인들이 걸어오고 있다. 일 개 소대쯤 되는 군인들이 이열종대로 구보하고 있다. 철컥철컥, 걸을 때마다 그들에게서는 그런 소리가 들린다. 그들은 정문을 이십 미터쯤 앞두고 돌아선다. 그러더니 똑같은 걸음으로 교시탑 쪽을 향해 걸어간다. 그들이 지나간 교정에는 마른 낙엽이 쓸리고 있다.

그 여자는 갑자기 망연해진다. 교문 앞에 서서, 교시탑 저편으로 멀어지는 군인들을 바라보며, 이제 어디로 가야 하나, 막막해진다. 10·26, 그 역사적인 사건의 새벽은 그렇게 찾아온다. 연탄가스를 맡아 마당에 쓰러지곤 하는 일과 함께. 기쁨도 슬픔도 아니 멍한 충격과 함께, 교정에 주둔한 군인들의 위협적인 발소리와 함께, 추운 거리에서 갑자기 갈 곳이 없어진 망연한 느낌과 함께.

## 28

무력감 속에서 새 학년을 맞는다. 그 여자는 이제 삼 학년이다. 이 학년 이 학기는 기말고사를 치르지 않았다. 중간고사와 리포트로 학점을 받고 서둘러 방학을 했다. 새 학년을 맞아 개강을 했지만 학교는 여전히 적막하다. 무기력하고, 억눌려 있고, 기어이 탈진한 것 같다. 그 남자는 졸업을 했고, 이제 군대에 가야 한다. 그러나 그는 뜻밖에도 대학원에 진학한다. 어떻게 된 내막인지 알 수 없지만 그는 다른 대학의 대학원으로 진학한다. 그 남자는 그런 내막을 말하지 않고, 그 여자는 그 남자에 대해 아무것도 묻지 않는다. 그 남자가 예정에 없던 대학원 진학을 결정한 까닭에 대해서까지.

"쟤가 지금은 저래도, 사 학년쯤 되면 내 마음을 알 거야."

그 무렵, 그 남자는 그 여자의 친구에게 그런 말을 한다. 그 친구, 혜정이는 나중에 아주 나중에, 그들의 관계가 끝났을 때 그 말을 전해준다. 그 여자는 그 말을 전해 들을 때 가슴이 아프다. 헛되이 끝난 그 남자와 그 여자의 노력들이 모두 마음 아프다. 그렇게 시작된 관계에서는, 그 관계가 진정으로 자연스러운 애정으로 발전하기가 불가능하다는 사실을, 그 여자도 그 남자도 알지 못했을 뿐이다. 그 남자는 그 여자의 마음이 제게 완전히 귀속되기를 기다리고, 그 여자는 그 남자를 마음으로부터 받아들일 수 있기를 기다린다. 그러나 그런 일은 끝끝내 불가능하다. 그 관계가 끝날 때까지.

그 여자는, 그 남자가 같은 학교에 있지 않다는 사실만으로도 숨통이 트인다. 캠퍼스 안에서 그와 늘 마주치지 않아도 된다는 사실을 기뻐한다. 그건 해방감이다. 다시 어머니의 돈으로 등록을 하고, 그 영수증을 수첩 사이에 보관하고 수강신청서를 쓴다. 수강신청을 하면서, 그 여자는 한 친구로부터 잿빛 바바리가 입대할 거라는 이야기를 듣는다. 기어이……. 그 여자가 가장 먼저 한 생각은 그거다. 기어이 떠나는구나. 그 남자가 아니라 잿빛 바바리가 입대하는구나.

잿빛 바바리가 없는 강의실은 텅 빈 느낌이다. 그럼에도 그 여자는 강의실에 들어갈 때마다 실내를 둘러보는 버릇을 버리지 못한다. 그가 즐겨 앉던 창가 뒤쪽 자리, 혹은 그 여자의 대각선 뒤쪽 자리, 그런 곳을 이따금 돌아보곤 한다. 그 자리가 비어 있거나, 전혀 낯선 친구가 앉아 있거나 하는 걸 발견할 때마다 가슴속으로 차가운 물이 밀려든다. 그는 없구나. 이제는 어디에도 그가 없구나. 그가 군복무를 마치고 복학하면 그 여자는 이미 학교에 없을 것이다. 어쩌면 그 여자의 삶에서 영영 잿빛 바바리를 다시 만나는 일은 없을지도 모른다. 그렇게 가버리는구나……

학교는 여전히 적막하고 무기력하고 억눌려 있다. 무슨 일인가 일어날 듯한데, 스산한 분위기만 감돌 뿐 여전히 아무 일도 일어나지 않는다. 개강을 하고 두 주일쯤 지난 어느 날, 효진이가 문리대 현관에서 그 여자를 기다리고 있다.

"잿빛 바바리가 연극부에 와 있어. 연극부에서 송별회 해주기로 했거든. 짝엄마집으로 갈 거니까, 강의 끝나면 그리로 와."

사 교시 강의가 끝나고 그 여자는 문리대를 나서면서부터 망설인다. 어떻게 하나. 마음속에서는 벌써 두 피가 다투기 시작한다. 떠나는 그를 먼발치에서라도 한번 보고 싶어 하는 아버지의 피와, 그래서는 안 된다고 말하는 어머니의 피. 그 여자는 자신이 없다. 무엇보다, 그를 보는 일의 고통을 감당할 수 있을까. 떠나는 그를, 그 힘없고 쓸쓸한 뒷모습을. 그 여자는 도서관으로 향하는 길을 걷는다. 도서관 앞 숲길을 몇 차례나 서성인다.

도서관 앞에서 성급한 진달래가 손톱만 한 봉오리를 매달고 있다. 그중에는, 벌써 얼마간 봉오리를 벌리고 있는 것도 있다. 꽃이 피는데 영향을 미치는 것은 온도와 습도다. 그 여자는 섣부른 과학 상식으로, 적당한 온도와 습도만 공급하면 그 꽃을 활짝 피울 수 있을 거라 판단한다. 진달래 위로 고개를 숙이고 꽃봉오리 안에 입김을 불어넣는다. 아주 천천히, 아주 조금씩. 예상대로, 꽃봉오리가 조금씩 벌어진다. 그 여자는 더 열심히 입김을 불어넣는다. 한 생명을 키우듯, 한 세계를 창조하듯. 진달래는 그 여자의 등쌀에 억지로 잎을 연다. 안쪽에 있는 암술과 수술이 아직 작고 연약하다.

그 여자는 몇 발짝 물러서서 진달래를 바라본다. 만족스러운 눈빛으로. 그 여자가 진달래를 좋아하는 것은, 그것이 봄에 가장 먼저 피는 꽃이기 때문이다. 황량하게 메마른 산기슭에, 전령처럼, 척후병처럼 진달래는 핀다. 그리고 먹을 수 있는 꽃이기 때문이다. 그 여자는 제가 피운 진달래를 따 먹을까 하다가 그만둔다. 그러고 나니 또 할 일이 없다.

그 여자는 도서관으로 들어간다. 열람 카드를 한참 들춰보고, 창구에다 책을 신청하고, 책이 나올 때까지 멍청히 앉아 있다가, 사서가 주는 책을 받아 카드에 이름을 기입하고, 그러고도 책을 받아들고 오래 앉아 있는다. 어머니의 피는 가지 말라고 한다. 이미 오래전에 끝난 일이라고. 그러나 아버지의 피는 가고 싶어 한다. 떠나는데, 다시는 못 볼지도 모르는데.

그 여자는 도서관을 나와 교문과 반대쪽, 본관 쪽으로 걷는다. 본관 앞 분수대를 한 바퀴 돌고, 다시 한 바퀴 돈다. 분수는 물줄기를 뿜어 올리지 않지만 분수대 주변에는 맑은 물이 괴어 있다. 물밑에는 누군가가 던져놓은 동전이 서너 개 떨어져 있다. 그 여자는 동전들을 또 오래 바라본다. 아무리 보고 있어도 동전들은 그 여자에게 아무 말도 해주지 않는다. 어떤 생각도 떠올려주지 않는다. 그 여자는 크게 한숨을 쉬고, 몸을 돌려, 교문 쪽으로 걷는다.

짝엄마집에는 이미 연극부 사람들이 많이 모여 있다. 술자리가 시작된 지 얼마 되지 않은 모양인지 분위기가 아직 맹숭맹숭하다. 술자리를 벌인 팀도 그들밖에 없다. 잿빛 바바리가 한쪽에 앉아 있고 주변으로 연극부 친구들이 둘러앉아 있다. 그들 사이에 뜻밖에도 그 남자가 보인다. 그 여자는 잠깐 망설인다. 돌아갈까. 어떻게 저 자리에 앉아 버틸 수 있을까.

문간에 서 있는 그 여자를, 잿빛 바바리가 먼저 알아본다. 그와 시선이 마주치자 가슴으로 싸하게 칼날이 지나간다. 그 여자는 놀란다. 아직도 이런가. 아직도 저 눈길 앞에서 마음이 흔들리는가. 그 여자 자신도 납득할 수 없다. 사랑이라는 감정의 불가해성이나 무목적성에 대해서는 이미 오래전에 알고 있다. 《슬픈 카페의 노래》를 읽던 중학교 이 학년 때부터. 그러나, 그러나 정말 이 정도인가…….

잿빛 바바리는 활짝 웃으며 그 여자에게 손짓한다. 의자를 끌어다 제 옆에 놓고는 그 여자를 바라보며 의자를 탁탁 친다. 그 여자는 깊이 숨을 들이쉬고, 범상한 얼굴을 한 채 천천히 걸어가 그 의자에 앉는다. 고개 숙인 눈앞에, 잿빛 바바리 자락이 들어온다. 바다가 들어 있는 옷자락, 바다처럼 많은 생물을 키우고, 바다처럼 많은 이야기를 담고 있는 옷자락. 그의 옷자락에 감추어진 바다를 볼 수 있는 사람은 그 여자밖에 없을 것이다. 그 여자는 그의 잿빛 바바리 자락을 쓰다듬어보고 싶은 마음을 누른다.

"너, 진달래 핀 거 봤니? 도서관 앞에."

잿빛 바바리는 기분이 좋은 듯한 목소리를 낸다. 그러나 안다. 그 목소리가 억지로 부풀려놓은 풍선처럼 위태롭다는 것을. 작은 바늘만 갖다 대도 터져나가고 말 것임을. 그거, 내가 입김으로 피운 거야. 그러나 그 여자는 말하지 못한다. 어느새 목에 돌멩이가 차오른다.

"지금은 없을 거야. 그거, 내가 따 먹었거든."

그 여자는 희미하게 웃는다. 그걸 먹었구나. 입김으로 힘들게 피워놓은 것을 그가 먹었구나. 그 여자는 이상하게 감동하고 만다. 그걸, 그가 먹었구나…….

그 여자는 지금도 그 점이 이상하다. 늘 우연처럼, 반복해서 잿빛 바바리와 행동이 겹치곤 하던 일. 교양학부 강의실에서 처음 보았던 때도, 뒤늦게 연극부에 가입할 때도, 안암동 로터리의 그 크고 넓은 네거리 너머로 시선이 마주칠 때도, 그리고 그 여자가 피워놓은 진달래를 그가 따 먹었다고 하는 일까지. 그런 때, 그 여자는 감히 그것을 부모 미생전의 소식이라 부르고 싶어진다. 양서류에서 포유류로 진화할 때, 그와 나란히 뭍에 올라와, 그와 같은 공기를 처음으로 들이쉰 게 아닌가 싶은.

술자리는 점점 무르익는다. 잿빛 바바리는 의경으로 지원한 모양이다. 그 여자는 그가 경제적인 이유에서 입대했을 거라고 짐작한다. 그 여자도 입대를 하고 싶었다. 아버지의 집을 떠나와 어머니에게 등록금을 얻으러 갈 때도, 그 남자에게서 벗어날 수 있다면 하는 마음으로 수원행 전철을 탈 때도, 입대하기 위해 휴학을 할 수 있는 남학생들이 부러웠다. 한 선배가 잿빛 바바리에게 술을 따라주며 말한다.

"훈련 끝나면 지원지 써내라고 할 거야. 그때, 제주도라고 써. 제주도는 지원자가 없어서 백 프로 갈 수 있어. 거기 가서 유채꽃이랑 바다랑 해녀랑, 그런 것들 보면서 책이나 읽다 오는 거지."

잿빛 바바리는 고개를 끄덕인다. 제주도라니. 그렇게 멀리? 그 여자는 고개를 돌려 잿빛 바바리를 바라본다. 그는 편안한 얼굴로 활짝 웃음을 띠고 있다. 그 여자는 제주 바다 멀리까지 마음이 썰물져 나가는 것을 느끼며 고개를 숙인다.

"정숙아, 너 제주도로 놀러 와라. 응? 꼭?"

잿빛 바바리는 그 여자의 턱밑에 고개를 들이밀며 묻는다. 그는 조금 취해 보인다. 그 여자는 고개를 끄덕인다. 그럴 마음은 전혀 없지만. 잿빛 바바리도 알았을 것이다. 고개를 끄덕이긴 하지만 그 여자가 결코 가지 않으리라는 것을. 그 남자는 맞은편에 앉아 말없이 술을 마시고 있다.

술들이 들어가면서 다들 조금씩 취기가 오르고, 말들이 많아지고, 목소리가 커진다. 그중에서도, 잿빛 바바리의 목소리가 가장 크다. 다투어 잿빛 바바리의 잔에 술을 따라주기 때문에, 그가 가장 많이 마시고, 가장 많이 취한 것 같다. 잿빛 바바리는 막걸리 주전자를 들더니 아직 술이 남아 있는 그 여자의 잔을 가득 채운다.

"넌, 모든 걸 잊어버려라."

그의 목소리가 문득 낮고 조용하다. 그 여자는 다시 가슴이 철렁 내려앉는다. 그 놀라는 느낌을 숨기기 위해, 빨리 고개를 끄덕여 보인다. 그러나 무엇을 잊을 것인가. 돌다방에서 허스키한 저음으로 노래했던 〈돌아오라 소렌토로〉, 길바닥에 포스터를 깔던 가늘고 긴 손가락, 그 여자의 손바닥에 고개를 박고 설탕을 먹던 모습, 겨울 한밤에 알몸으로 마당에 서 있었다던 아이, 바다를 품고 있는 잿빛 옷자락의 뒷모습……. 그러나 그것을 어떻게 잊을 것인가. 그 여자의 삶 전체를 통틀어서도, 얼마 되지 않는 그 행복의 기억들을. 어쩌면 잿빛 바바리는 자신이 한 일을 마음 아프게 떠올리고 있을지도 모르겠다. '賣淫, 문학이다.' 그렇게 썼던 공책 속의 글자들을 잊으라고 하는지도 모르겠다. 그 일이라면 벌써 잊었다고, 그 여자는 다시 한 번 고개를 끄덕인다.

잿빛 바바리는 가득 찬 술잔을 그 여자의 입 가까이 들어 올린다. 그 여자는 조금 당황한다. 그 여자가 가만히 있자 막걸리 대접을 아예 그 여자의 입에 대어준다. 그 여자는 말없이 막걸리를 마신다. 술잔을 내려놓고, 이번에는 깍두기를 한 점 집어 입 쪽으로 대어준다. 그 여자는 또 말없이 그걸 받아먹는다.

그 여자는 지금도 기억할 수 있다. 술잔을 입 가까이 대어주고, 깍두기를 집어주고, 다시 술잔을 입에 대어주고, 파전을 집어주던, 그 모든 잿빛 바바리의 손길을. 그 손길에 묻어 있던 안타까움, 쓸쓸함, 막막한 마음들을. 그게 어디서 난 것이었을까, 마지막으로 잿빛 바바리가 그 여자에게 먹여준 것은 바나나다. 그 여자에게 한입 베어 먹게 하고는 나머지는 모두 자신이 먹는다. 그러는 동안, 그 여자도 잿빛 바바리도 말이 없다. 말없이, 그러나 눈에 보이지 않는 물기가 뚝뚝 떨어지는 동작으로, 음식을 집어주고 그것을 받아먹는다.

그 여자도, 잿빛 바바리도 전에는 그렇게 행동한 적이 없다. 두 사람 모두, 제 마음을 드러내지 않으려고, 아니 마음을 접으려고만 애써왔다. 그러나 그날, 그는 참았던 모든 행동을 한꺼번에 하는 것 같다. 그 모든 말 못하는 서성임과, 그 모든 가슴속에서만 들끓던 열정과, 모든 젊음까지도 한꺼번에 드러낸다. 끝에 와 있다고 느꼈을 것이다. 막다른 곳에 다다르면 참고 억제할 힘이 마비되어버리는지도 모른다. 그 여자의 마음도 잿빛 바바리와 비슷했을 것이다.

그러나, 돌이켜 생각해도, 잿빛 바바리는 그러지 않았어야 했다. 떠나는 마당에, 그렇게 마음을 온통 드러내서는 안 되었다. 그것은 뒤에 남는 사람에게 가하는 고문이다. 차라리 賣淫, 문학이다, 공책에 그렇게 써주었던 그 마음, 그런 모습으로 돌아섰어야 한다. 그랬다면, 그랬더라면 그 여자는 덜 힘들었을 것이다.

시간이란 그저 눈앞을 스쳐 지나가는 전선 같은 것이라고만 믿었을 것이다. 그러나 그가 그렇게 마음을 모두 보이고 떠난 이후, 시간은 아주 넓고 깊은 무엇이 된다. 끝이 보이지 않게 텅 빈 사막, 바닥이 보이지 않게 떨어져 내리는 수렁, 잿빛 바바리가 떠난 후의 시간은 그런 것이다. 그 사막 속에서, 그 여자는 잿빛 바바리가 떠나며 남겨둔 그날의 기억들을 안고 오래도록 서성이게 된다. 그 후로도 오래도록.

그러는 동안, 그 남자는 고개를 숙인 채 두 사람을 외면하고 있다. 두 사람을 잠시 건너다보고는, 술을 한 번 마시고, 그리고 다시 고개를 돌려 외면한다. 그 여자는 그만 일어나야겠다고 판단한다. 잿빛 바바리가 아직도 그런 마음을 가지고 있을 줄은, 그 마음을 모두 드러내 보일 줄은, 알지 못했다. 그 남자가 나타날 줄도 몰랐다. 무엇보다, 자신의 마음이 여전히 잿빛 바바리에게 묶여 있다는 사실을 확인하는 일이 고통스럽다. 술자리 전체가 딱딱하게 경직되는 것도 옳은 일이 아니다. 자신만 없어진다면 술자리는 다시 활기를 되찾고 잿빛 바바리도, 그 남자도, 고통스러운 갈등에서 벗어날 수 있을 것이다. 무엇보다, 그 여자 자신이 그 자리에 앉아 있기가 힘들다. 완연히 드러나는 그 삼각형이 끊임없이 부딪치며 트라이앵글 같은 쇳소리를 낸다.

"나, 갈게."

그 여자는 잿빛 바바리에게 낮게 말한다. 잿빛 바바리는 눈을 크게 뜬다. 큰 눈, 크고 순한 짐승의 눈.

"건강해."

그 여자는 가방을 챙겨 들고 자리에서 일어난다. 잿빛 바바리의 시선이 그 여자를 따라 일어난다. 당황하는, 안타까워하는 시선. 그 여자의 눈빛이 그에게 고스란히 투영된 것일 거다. 그 눈빛을 잠깐 바라보다가, 그 여자는 돌아서 나온다.

끝이야. 이제 정말 끝났어. 다시는 보지 못할 거야. 그가 복학하면 그 여자는 이미 학교에 없을 것이다. 더 이상 젊지 않을 테고, 언젠가 한때의 열정에 대해 기억하지도 못하는 날이 올 것이다. 짝엄마 집 문 앞에서 그 여자는 다시 황망해진다. 거리는 아직도 대낮이다.

갑자기 몸이 거추장스러워진다. 마음만이, 빈 껍질 같은 마음만이 허공을 둥둥 떠간다. 다시 태어난다면, 그를 싣고 떠나는 열차의 기적이 되고 싶다. 기적을 되받아 우는 산 메아리라도. 그렇게 생각하는 마음이 기어이 눈앞을 흐리게 한다. 이렇게 끝나는구나. 이제 학교는 텅 비겠구나. 그 여자는 그런 생각을 하며 걷는다. 정신을 차려보니 어느새 교문 안을 들어서 있다.

하교하는 학생들이 계속 곁을 스쳐 지나가고 아직도 엉성하게 비어 있는 길 양편의 숲이 쏴쏴 바람 소리를 낸다. 그 길을 걷다가, 그 여자는 문득 멈추어 선다. 등 뒤에서 느껴지는 어떤 기미를 알아차린다. 강하게, 직선으로, 날카롭게 와 닿는 기미. 진저리 같은 것이 등줄기를 쓸고 지나간다. 보지 않아도 알 수 있다. 언제든지, 어디서든지 아주 정확하고 예민하게 알아낼 수 있다. 등 뒤에는 그 남자가 서 있을 것이다. 계속 그 여자를 따라왔을 것이다.

그 여자는 돌아보지 않는다. 돌아보지 않은 채 걸음을 빨리한다. 그런 때마다 그 남자를 받아들이는 일이 어려워진다. 선배로서, 후배의 송별회 자리에 마지막까지 앉아 있는 게 옳은 일 아닐까. 사랑에 눈이 멀어 한 여자를 따라오기보다는. 그 여자는, 자주 그 남자의 그런 점을 이해할 수 없다. 자기중심적이고 충동적이고 상대에 대한 배려가 결여된 그런 행동들.

정말 잿빛 바바리가 그 진달래를 따 먹은 모양이다. 도서관 앞 진달래는 피명처럼 작은 봉오리들만 보인다. 그 여자는 진달래를 잠깐 본 후 도서관 안으로 들어간다. 조금 더 혼자 있고 싶다. 오늘은, 오늘만큼은 그 남자를 보고 싶지 않다. 그 여자는 원형 열람실로 올라간다. 도서관 건물의 돔형 지붕 밑에 있는 그 열람실은 개가식이고, 둥근 원형이다. 입구의 직원에게 책과 가방을 맡기고 메모용 수첩과 펜을 하나 들고 열람실로 들어간다.

일간지, 월간지, 백과사전류가 놓인 곳을 지나고, 덩그렇게 놓인 둥근 지구본도 지나고, 복사기와 사서용 책상도 지나 아주 깊은 곳으로 들어간다. 그 안쪽에서, 책장들에 가려져 잘 보이지 않는 열람용 책상에 앉는다. 책상 위에는 누군가 꺼내 보고 놓아둔 책이 있다. 책 곁으로는 '열람하신 책을 서가에 꽂지 마시고 책상 위에 그냥 두십시오'라는 주의사항이 적힌 플라스틱 팻말이 놓여 있다.

그 여자는 책상 위에 놓인 책을 당겨서 펼쳐본다. 화학 서적이다. 어떤 화학물질의 분자 구조를 그린 그림이 있다. 우주를 떠도는 혹성들을 연결해놓은 것 같은 그림. 그 여자는 분자 구조 그림을 오래도록 들여다본다.

차라리 잘됐어. 잿빛 바바리를 보지 않는다면 마음속에서 싸우는 두 피의 갈등을 더 이상 겪지 않아도 될 거야. 눈에서 멀어지면 마음에서 멀어지고, 그다음에는 망각의 편안함 속으로 빠져들겠지. 더 이상 힘든 일은 없을 거야. 그 남자를 받아들이는 일도 더 쉬울 테고, 그리고……. 그러나 힘이 빠진다. 대체 자신이 겪고 있는 그 감정이 무엇인지조차 정리할 수 없다. 마음이, 마음이 왜 이러는가……. 다시 눈앞이 뿌옇게 흐려온다.

그 여자는 화학 서적을 넘겨본다. 다음 쪽에는 도표가 그려져 있다. 화학 기호들을 적어둔 도표를 또 오래도록 들여다본다. 그것 하나만 놓치지 않으면, 그것만 잘 잡고 있으면, 쓰러지거나 익사하지 않고 이 세상을 건널 수 있는 것. 그것 하나, 문학을……. 그 여자는 화학 서적을 이리저리 넘기며, 이해할 수 없는 그림들과 도표와 영자 들이 적절히 섞인 본문을 읽으며, 그러나 문학에 대해 생각한다. 그것 하나만……. 사서가 열람용 책상 위에 놓인 책들을 서가에 정리하며 끝났습니다, 할 때까지.

그 여자는 화학 서적을 밀어놓고, 가방과 책을 찾아들고 원형 열람실을 나온다. 원형 열람실이 끝나는 시간은 다섯 시다. 유리창 밖으로 보이는 하늘이 아직 푸르다. 그렇게 환한 밖으로 나가기가 싫어서, 그 여자는 공연히 도서관 안을 이리저리 돌아다닌다. 칸막이가 쳐져 있는 일반열람실에도 들어가 보고, 법대생 전용 열람실에도 들어가 보고, 휴게실에도 들어가 본다. 그러나 마땅히 앉을 만한 곳이 없다. 복도 의자에 한동안 앉아 지나가는 학생들을 바라보다가, 화장실에 가서 오래도록 거울을 들여다보고 서 있다가, 다시 복도를 이리저리 걷다가, 그러다가 천천히 도서관을 나선다. 창밖은 많이 어두워져 있다.

도서관의 유리문을 밀고 나오다가, 그 여자는 헉, 숨을 들이쉬며 걸음을 멈춘다. 거기, 검푸른 대기 속에 그 남자가 서 있다. 상처 입은 짐승처럼 웅크리고 서서 도서관 입구를 바라보고 있다. 그 여자와 시선이 마주치자 얼굴을 일그러뜨리며 고개를 돌린다. 그 여자는 그대로 바닥에 주저앉을 것 같다. 그 여자가 도서관에 있는 동안, 그는 내내 거기 서 있었다는 뜻이다. 찬바람 속에서, 어두워지는 대기 속에서, 도서관 입구만을 바라보면서. 다시 등줄기로 진저리 같은 것이 쏠려 내려간다.

그런 때는 감동해야 한다. 적어도, 고마워해야 할 것이다. 그러나 그 여자는 그때도 그러지 못한다. 진저리 속에서, 그의 집요한 열정에 왈칵 두려움을 느낀다. 그는 왜 이러는가. 그 여자는 그 남자

의 고통이나 갈증을 짚어볼 수 없다. 어쩌면 좋은가, 그 남자의 열
정을. 어쩌면 좋은가, 그 여자의 마음을. 평생을 그 남자와 살기로
하고 마음을 죽이고 있는 그 여자도, 그런 그 여자를 지켜보며 숨을
죽이고 있는 그 남자도, 도무지 자신을 어찌해볼 도리가 없다. 여전
히, 여전히, 사람들의 눈에는 다정한 커플로 보여지면서.

　그 여자는 말없이 그의 곁을 지나쳐 걷는다. 그는 또 말없이 그 여
자를 따라온다. 이삼 미터쯤 거리를 두고 두 사람은 말없이 걷는다.
사방이 완전히 어두워지고, 스산한 바람이 불어오고, 오가는 사람
은 드문 주택가 골목을, 그 여자와 그 남자는 말없이 걷는다. 저마
다 마음을 죽이면서, 저마다 고통스러워하면서, 저마다 슬픔을 가
슴 가득 안고서. 주변으로는 점점 더 차가워지는 바람이 몰아쳐온
다. 집 가까이 다가가서야 그 여자는 몸을 돌린다. 그리고 처음으로
그 남자에게 말한다.

　"그만 가세요."

　그 남자는 대답이 없다. 멈춰 서서, 여전히 상처 입은 짐승의 표
정으로 그 여자를 본다. 그 여자는 그의 눈빛에서 자잘한 칼날이 날
아와 가슴에 박히는 것을 느낀다. 이게 뭔가. 이 고통은 대체 어디
서 오는가. 밤하늘을 올려다본다. 까맣다. 오직 까맣기만 하다. 검은
장막 같은 하늘이 두 사람의 머리 위로 천천히 내려온다. 벗어날 수
없는 고통의 검은 장막.

　그 남자는 끝내 돌아가지 않는다. 그 남자가 불도저처럼 그 여자
의 방으로 들어설 때, 그 여자는 다시 한 번 그 남자를 받아들이려
노력한다. 잿빛 바바리, 그를 가슴 깊은 곳에, 다시는 떠오르지 않
을 기억의 지층 깊은 곳에 묻고, 그 남자와 평생을 살아야 한다고

자신을 타이른다. 그 여자는 다시 투항한다. 패전군의 부대에서 입술을 깨물고, 굴욕을 참으며 투항하는, 그 전투를 다시 한 번 치른다. 그 전투에서의 승리로, 그 남자는 한나절의 고통과 상실감과 두 시간의 기다림을 모두 보상받았을까. 그 여자는 입술을 깨물고 누워, 그런 생각을 할 뿐이다.

재빛 바바리는 그렇게 떠난다. 이제는 평온해졌나 싶었던 그 여자의 마음을 온통 흔들어놓은 채, 그 후의 시간들을 사막이나 수렁 같은 벗어날 수 없는 공간으로 만들어놓은 채, 그러면서도 위안이 될 만한 아무것도 남겨두지 않은 채, 그렇게 떠나버린다. 뒤에 남겨진 그 여자가, 흙탕물이 된 마음을 다시 가라앉히는 데는 또 많은 시간이 필요하게 된다.

나중에, 아주 나중에, 그로부터 십 년이 더 지나서, 그 여자와 재빛 바바리는 비슷한 업종에서 일하게 된다. 사무실도 비슷한 곳에 있다. 가끔 재빛 바바리가 볼일이 있어 그 여자의 회사에 들르기도 하고, 그 여자가 도움을 청하기 위해 재빛 바바리의 회사를 찾아가기도 한다. 젊은 날의 열정도 모두 가라앉고, 말 못하던 서성임도 가슴 깊은 곳에 사장되고, 이제는 평온한 얼굴로 마주 앉아 달라진 일상에 대해 이야기한다. 좋은 친구. 그렇다, 좋은 친구가 되어 있다. 그러나 그건 또 얼마나 쓸쓸한 말인지.

그 무렵 어느 날, 재빛 바바리는 술을 마시다가 느닷없이 묻는다.

"넌 그때, 왜 그렇게 날 피했니?"

그때…… 그 여자는 무슨 말을 하는지 금방 알아듣는다. 그때, 그 여자에게도, 재빛 바바리에게도, 도무지 출구가 없었던 그때. 그러나 대답할 말이 없다. 그때는 그 선택이, 그 여자가 교육받은 양식과, 그 여자를 둘러싸고 있는 관습, 그 여자의 유전자 속에 녹아 있는 통념, 그런 것들에 의해 선택할 수 있는 최선의 것이었다고, 그러나 말하지 못한다.

"그러는 너는, 왜 그렇게 내게 냉랭했는데?"

그 여자는 웃으면서 되묻는다. 너라도, 왜 너라도 조금 더 힘껏 나를 당겨보지 않았느냐고, 얼마나 많이 네게 구조 신호를 보냈는지 아느냐고. 그러나 그런 말은 무의미하다. 시간이 많이 흘렀고 그 여자도, 잿빛 바바리도 이제는 넓은 강에 들어서 있다.

"선배가 하나 있었지. 그 선배가 어느 날, 그러는 거야……."

잿빛 바바리는 말을 중단하고 맥주를 몇 모금 마신다. 맥주가 잔에서 넘쳐 그의 입가로 흘러내린다. 그는 손바닥으로 입가를 문지르며 씩 웃는다. 지나간 감정들을 단번에 쓸어 묻는 웃음.

"정숙이 걔……, 내 거니까 접근하지 말라고."

그 여자는 잠깐 놀란다. 그 당시 형진이에게서도 그런 말을 들은 기억이 난다. '야, 정숙아, 난 네게 관심이 전혀 없는데 현규 형이 나더러 네게서 손 떼래.' 형진이는 학생회관 팔 층으로 오르는 계단에 걸터앉아 그 여자 눈앞에다 팔랑팔랑 손을 흔들어 보였다. 그때는 그저, 형진이의 가늘고 긴 손가락이 그의 선량하고 섬세한 감성을 닮아 보이는구나 생각했을 뿐이다. 그러나 잿빛 바바리의 입으로 듣는 그 말은 다르다. 그가 아무리 농담처럼 가볍게 말해도, 그 말 속에서는 무거운 상실감이 느껴진다. 두 사람의 상실감.

"그런다고 너는 그 말을 들었어?"

그 여자도 되도록 가볍게 말한다. 얼마간 웃음 띤 얼굴로. 그렇지 않으면 어떡하는가. 이미 지난 일…….

"그렇지 뭐. 우리는 군사정권 아래서, 군사교육을 받으며 자랐지. 상명하복이 몸에 배어 있었거든."

두 사람은 웃고 만다. 그러나 웃음 뒤끝이 씁쓸하고 허전하여, 문득 가슴으로 번져가는 싸한 통증을 다스릴 수 없어, 그 여자는 고개를 숙인다.

그 남자의 그런 행동도 사랑이었을 것이다. 다른 사람은 이해할 수 없는 그만의 독특한 사랑의 방식이었을 것이다. 어떻게 해서 사랑이 그런 거라는 인식을 갖게 되었는지는 알 수 없지만.

"그리고 또, 그 쪼그만 계집애, 날 좋아하지도 않는데, 생각했지."

한참 만에, 잿빛 바바리가 덧붙인다. 그때도 그 여자는 말하지 못한다. 널 좋아했다고, 늘 너의 뒷모습을 바라보았다고, 네게로 향하는 마음을 접기 위해 얼마나 힘들게 자신과 싸웠는지 아느냐고, 그러나 말하지 못한다. 그건 아주 오래전의 일이어서, 그저 술잔을 부딪치며 웃고 만다. 그러나 그렇게 스스럼없이 웃을 수 있게 되기까지, 그들에게는 아직도 기복 심한 갈등과 벗어날 수 없는 미련과 헛된 시도들이 몇 차례 거듭된다.

## 29

그리고 그 일은 갑자기 시작된다. 늘 무거운 햇살에 짓눌려 있던 교정, 무기력하고 답답한 분위기에 갇혀 있던 교정을 조금씩 뒤흔드는 사건, 잿빛 바바리가 떠난 후 텅 빈 듯한 교정을 열기로 가득 채우는 사건, 그 여자를 다시 한 번 낯설고 새로운 세계로 이끄는 사건이 일어난다.

그 여자는 사 교시 수업이 끝난 후 같은 과 여학생 두 명과 도서관을 향해 걷고 있다. 그 여자는 문리대에서 도서관으로 이어지는 숲길을 좋아하고, 도서관 앞의 넓은 잔디밭과 그 앞의 작은 숲 속에 들어가 있기를 좋아한다. 도서관에서 책을 빌리기는 하지만, 열람실에 앉아 공부를 하는 것은 아니다.

도서관 앞에 다다랐을 때, 본관 쪽에서 이상한 수런거림이 전해져온다. 그 여자는 친구들과 함께 그쪽으로 가본다. 본관 앞 분수대, 둥근 분수 주변으로 잘 가꾸어진 잔디밭에 학생들이 백 명 정도 모여 있다. 학생들은 모두 본관 쪽을 향해 앉아 있고, 분수대에서 본관 건물로 오르는 계단에는 서너 명쯤 되는 학생이 그들을 마주 보고 서 있다. 계단에 서 있는 학생이 구호를 선창한다.

"재단, 경영 분리하라!"

구호를 선창한 사람은 여학생이다. 계단 아래 학생들이 구호를 따라한다. 북과 꽹과리 소리가 구호에 리듬과 힘을 넣는다.

"조영식은 사퇴하라!"

"학원 민주화 이룩하자!"

구호를 선창하는 여학생을 바라보다가 그 여자는 놀란다. 경이다. 일 학년 때 그토록 가깝게 지냈던 경이, 그러나 이 학년이 되어 그가 사범대로 간 이후 한두 번밖에 스치며 마주치지 못했던 경이. 사대 건물은 문리대에서 아주 먼 곳에 있다. 그 일 년 동안 경이는 다른 모습이 되어 있다.

"민주 학우, 동참하라!"

주변에서 모여드는 학생들이 더러는 머뭇거리며, 더러는 단호하게, 분수대 안으로 걸어가 무리 뒤편으로 끼어 앉는다. 그 여자는 친구들을 돌아본다. 혜정이가 고개를 끄덕인다. 그들은 천천히 계단을 걸어 내려가 시위대의 가장 뒤쪽에 앉는다. 아직 물이 오르지 않은 잔디가 메마르고 까칠한 감촉을 전해온다. 군중 속에 섞여 앉아서도 그 여자는 경이에게서 눈을 뗄 수 없다. 그 일 년 동안, 저렇게 달라질 수 있을까. 그 여자가 되어먹지 못한 사랑과 자포자기에 얼이 빠져 있는 동안 경이는 완전하게 자신의 목표를 찾아낸 것 같다. 경이의 변화, 경이의 확신, 경이의 행동이 모두 그 여자에게는 놀라움이다. 놀라움은 슬그머니 자책으로 변하려 한다.

몇 차례 구호를 선창한 경이는 마이크를 곁에 있는 남학생에게 넘긴다. 그는 희고 갸름한 얼굴에 푸른 점퍼를 입고 있다. 스피커를 입 가까이 들어 올릴 때 그의 입가에는 잠깐, 아주 잠깐 수줍고 훼손당하기 쉬운 미소 같은 것이 스쳐간다. 그는 마이크를 입에 대고 노래하기 시작한다.

"흔들리지 않게 우리 단결해, 흔들리지 않게 우리 단결해……."

그가 노래를 시작하자 아래쪽에 앉은 학생들이 일제히 따라 하기 시작한다. 커다란 합창이 물결처럼 허공에서 출렁거린다. 등줄기로 소름이 쏠려 지나간다. 아주 큰 힘, 아주 새로운 세계, 순식간에 영혼을 휩쓸고 지나가는 노래.

"강가에 심어진 나무같이, 흔들리지 않게……."

언제나 음악에 예민한 귀를 가지고 있는 그 여자에게, 노래는 구호보다 더 큰 호소력을 가진다. 오싹해진 긴장 상태에서 노래를 듣는다. 삶의 본질은, 그 시기에 간직해야 하는 꿈은, 바로 저런 게 아닐까 하는 마음으로. 한 곡의 노래가 끝나자 계속 다음 곡이 이어진다.

"사노라면 언젠가는 좋은 날도 오겠지, 흐린 날도 날이 새면 해가 뜨지 않더냐……."

다들 언제 배웠을까. 노래는 점점 더 크게 허공으로 펴져나간다.

본관 건물을 지나 더 높은 곳까지. 본관 건물 창으로는 시위 학생들을 내다보는 얼굴이 몇몇 보이지만 노래는 본관 건물을 지나 더 높은 곳까지 치솟는다. 단순히 재단과 경영의 분리를 요구하는 차원의 노래가 아니다. 더 큰 이상, 더 힘찬 도약, 더 뜨거운 피를 확인하는 메시지다.

몇 곡의 노래가 끝나고, 다시 구호 제창이 있은 다음, 앞쪽에 있던 한 남학생이 스피커를 받아 들고 계단 위로 올라간다.

"학우 여러분, 안녕하십니까? 경영학과 사 학년 안성식입니다. 박정희 씨의 십팔 년에 걸친 군사독재정권이 막을 내리고, 이제 우리 사회 곳곳에서 민주화를 열망하는 온 국민의 열기가 끓어오르고 있습니다. 노동자, 농민, 재야 각 곳에서 그 열기가 확산되어가고 있습니다. 대학도 마찬가지입니다. 이제는 진정한 학원 민주화를 이룩해야 할 때입니다. 학원에 남아 있는 군사정권의 잔재를 청산하고, 전 대통령만큼이나 오래 총장직에 앉아 있는 조영식 씨를 총장직에서 물러나게 해야 합니다. 재단과 경영을 분리하여, 우리 학원에도 진정한 민주화를 쟁취해야 합니다!"

앞쪽에 앉은 학생들에게서부터 박수와 함성이 터져 나와 점점 더 크게 번져나간다. 경영학과 사 학년이라는 학생은 검은 안경테를 손으로 한번 밀어올린 후 박수가 잦아들기를 기다린다.

"우리 학우들은 오늘부터, 학원 민주화를 위한 집회를 매일 점심 시간마다 본관 앞 분수대에서 갖기로 했습니다. 총장 사퇴와 학원 민주화, 학원에 남아 있는 군사정권의 잔재가 모두 척결될 때까지 무기한 투쟁에 들어가기로 했습니다. 학우들의 결집된 힘, 통일된 행동만이 우리의 목표를 쟁취할 수 있는 유일한 길입니다. 여러분의 뜨거운 동참을 호소합니다!"

다시 박수와 함성이 터지고, 그는 인사를 한 후 마이크를 푸른 점퍼에게 넘기고 자리로 돌아간다. 푸른 점퍼는 마이크를 경이에게 넘긴다.

"민주 학우 동참하라!"

경이는 목소리도 달라져 있다. 곱고 가는 목소리, 어딘가 소녀다운 수줍음의 기미가 남아 있던 그 목소리가 아니다. 굵고 확신에 차 있는 목소리다.

"학원 민주화 이룩하자!"

다시 구호를 외치고 노래를 부르고, 그리고 스크럼을 짜고 본관 앞을 한 바퀴 도는 것으로 첫날 시위는 끝난다.

그 여자가 아직도 멍한 충격에서 깨어나지 못하고 있을 때, 경이가 곁을 지나간다. 계단 위쪽에 있던 푸른 점퍼, 검은 안경 들과 함께. 경이가 먼저 그 여자를 발견한다.

"정숙아, 너도 있었구나."

그 여자는 고개를 끄덕인다. 가까이서 보니, 경이의 눈빛이며 낯빛도 달라져 있다. 그 목소리처럼.

"내일 보자."

경이는 재빨리 말하고 동료들과 함께 멀어진다. 그 여자는 경이의 뒷모습을 오래 바라보고 있다. 그날, 그 여자는 오후 강의에 들어가지 않는다. 시위대가 완전히 해산한 후에도 그대로 잔디밭에 앉아 있다. 심한 바람이 부는 벌판 한가운데 서서 힘겹게 바람과 싸우는 기분으로. 탈진하는 느낌, 혼란스러운 느낌, 무엇보다 몸이 아주 작게 오그라드는 자책에 빠진다. 지난 이 년 내내 되어먹지 못한 사랑과 여전히 미궁인 문학에 빠져 있었던 게 과연 옳은 일인가. 경이의 달라진 의식과 선연히 비교되는 제 모습이 고통스럽다. 경이가 아름답고 정당하고 큰 이상을 위해 살아오는 동안 자신은 말도 되지 않는 사사로운 고통 속에서 허우적거리기나 한 게 아닌가. 아무도 없는 잔디밭에 앉아 그 여자는 움직이지 않는다. 햇빛이 오래 몸을 쓰다듬고, 그래서 힘이 좀 날 때까지, 그렇게 앉아 있다.

다음 날부터, 본관 앞 집회는 계속된다. 그 여자는 늘 집회에 참가한다. 두 번째 날 집회가 끝났을 때, 경이가 그 여자에게 다가온다. 경이는 여전히 입꼬리를 비틀어 올리다가 다시 아래로 끌어내리는, 그런 웃음을 웃는다.

"놀랐어. 그동안 공부 많이 했나 봐."

"작년 십일월에 와이더블유시에이 위장 결혼식 사건 있었지? 보도 봤니?"

그 여자는 고개를 끄덕인다. 사건의 크기에 비해 기사는 그리 크지 않았다. 통일주체국민회의로 대통령을 선출해서는 안 된다는 것과, 유신의 잔재를 완전히 청산해야 한다고 주장하는 집회였다. 계엄령 하에서 어떤 집회도 금지되어 있던 때, 시위 참가자들은 결혼식 청첩장을 들고 모여들었다. 결혼식 대신 집회와 시위가 있었고 사람들이 많이 연행되었지만 그것으로 그만이었다.

"그때, 경찰에 쫓기면서, 세상이 쉽게 달라지지 않을 거라는, 민주화가 그렇게 쉽게 오지 않을지도 모른다는 두려운 생각이 들었어. 정승화 연행되고 최규하 물러나고, 정국이 아무래도 심상치 않아."

그 여자는 또 고개를 끄덕인다. 경이의 말에 공감한다. 섣불리 기뻐하기에는 무언가 석연치 않은 기류가 느껴지곤 한다.

"노동자들도 일어나고 있고, 시민들도 민주화 열망이 강하니까, 섣불리 군사정권의 잔재들이 어떻게 하지는 못할 거야. 우리도 힘을 모아야 해."

그 여자는 경이의 말에 고개만 끄덕이다 돌아온다. 돌아오는 길에 서점에 들른다. 늘 그렇듯이, 무언가 궁금한 게 있으면 늘 하던 버릇대로, 그 여자는 책을 찾는다. 학생운동이나 노동운동, 이념 관련 서적들. 그러나 서점에도 도서관에도 그 여자가 찾는 책은 없다. 오랜 유신 독재 아래서, 긴급조치 9호의 서슬 푸른 억압 아래서 그런 책은 자취를 감춘 지 오래되었다. 어딘가 남아 있는 책들은 지하로, 지하로만 흘러 다닌다. 그 여자는 몇몇 친구로부터 김지하의

《오적》 사본, 리영희 교수의 《전환시대의 논리》, 잉게 숄의 《아무도 미워하지 않는 자의 죽음》 번역본을 빌려 읽는다. 그 시절, 그 여자가 구할 수 있는 책은 그 정도가 전부다.

그 후로도 오래도록, 1980년대에 들어서 쏟아지기 시작한 이념 서적들을 향수 어린 손길로 집어드는 버릇은 아마 그때, 아무리 구하려 해도 구할 수 없었던 안타까운 허기 때문일 것이다. 이미 세상의 한가운데 발을 담그고 서서, 안일한 월급쟁이의 일상을 살면서도 《자본론》이나 《세계 철학사》를 읽은 것은, 그때 채우지 못한 답답한 조갈증 때문일 것이다.

날이 갈수록 시위 규모는 점차 커진다. 거의 전교생이 집회에 참가하고 집회 시간도 길어진다. 더 많은 학우가 마이크를 잡고, 시위의 당위성, 학우들의 대동단결, 그리고 정치권의 동태와 다른 대학의 시위 동향을 보고한다. 서울 시내의 모든 사립대학이 일제히 학원 민주화를 요구하며 시위 중이다.

시위 참가 학생들의 수가 늘어나자 본관 앞 분수대는 학생들을 모두 수용하기에는 너무 좁다. 시위 장소는 노천극장으로 옮겨진다. 입학식과 졸업식, 축제 마지막 날 밤의 캠프파이어가 열리는 곳이다. 장소 탓일까, 비폭력 교내 시위라는 대원칙 탓일까, 시위는 축제와 비슷해진다. 합창이 있고 구호가 있고 보고와 주제 발표가 있고, 한두 명의 학생이 앞에 나와 소견을 말하고는 마치 학예회처럼 노래를 부르기도 한다.

한 후배가 기억난다. 그 여자와 같은 과, 한 학년 후배다. 그가 앞으로 나가자 벌써 일부 학생들 사이에서는 함성이 터진다. 서양인처럼 큰 키에 딱 붙는 청바지와 허리까지 오는 점퍼 차림이다. 그는 마이크를 잡고 인사를 하고, 씩 웃어 보인 다음, 아무 말 없이 노래를 부르기 시작한다. 엘비스 프레슬리의 〈하트브레이크 호텔〉이다. 마치 엘비스 프레슬리처럼 엉덩이며 허리를 흔들기도 한다. 학우들은 함성과 함께 노래에 맞춰 박수를 치고, 노래가 끝나자 앙코르를 외친다.

"앙코르에 응답하기 전에 한 말씀 드리겠습니다. 학우 여러분, 우리는……."

그는 잠시 말을 중단하고 학생들을 둘러본다. 군중 사이에 긴장과 침묵이 흐른다. 그다음에 나올 만한 비장하고 열정적인 발언을 기대하면서.

"우리는 민족중흥의 역사적 사명을 띠고 이 땅에 태어났습니다!"

와, 웃음과 박수가 터져 나온다. 옳소, 라는 외침과, 물러가라, 는 외침이 동시에 들린다.

"그러나 오랫동안, 군사독재정권의 경제발전이라는 미명 하에 많은 것을 억눌리며 살아왔습니다. 무리한 경제정책으로 실업자가 속출하고 경공업에만 치우진 경제정책은 농민을 가난한 도시 노동자로 전락시켰습니다. 그러나 노동자의 임금은 최저생계비에도 못 미칩니다. 정권은 재벌을 비호하며 이윤의 고른 분배보다 기업이 비대해지는 데만 기여했습니다. 사학들이 교육 여건을 개선하고 교육의 질을 높이는 데는 관심이 없고 오직 사리사욕을 채우는 데에만 혈안이 되었던 것도 군사정권의 묵인이 있었기에 가능했습니다. 우리의 적은 조영식이 아닙니다. 우리가 진짜 때려 부숴야 하는 대상은 바로, 이 군사독재정권입니다. 저 유신의 잔당들입니다."

다시 함성과 박수가 터져 나온다. 박수가 가라앉기를 기다려 그는 차분해진 목소리로 말한다.

"지금은, 타고난 저마다의 소질을 계발하여 안으로 자주 독립의 자세를 확립하고 밖으로 인류 공영에 이바지할 때입니다."

또다시 웃음이 터지지만 그는 웃음소리에 개의치 않고 타고난 자신의 소질을 선보이기 시작한다. 이번에도 엘비스 프레슬리다. 그날 이후 그는 엘비스 박이라 불린다. 아무도 그가 부르는 팝송을 미 제국주의자들의 쓰레기 같은 대중문화라고 비난하는 사람은 없다.

그 이후 1980년대의 그 격렬하고 과격한 시위 양상을 생각해보면, 그때는 아직도 순진한 낭만이 있다. 그것은 어쩌면 미숙함일 수도 있다. 긴급조치 9호가 오랫동안 억압해온 학원에 처음으로 집회와 시위가 가능해진 것이다. 오랜만에 갖게 된 대규모 교내 집회와 시위를 어떻게 이끌어야 하고 어떻게 동조해야 할지 몰랐을 것이다. 더구나, 박정희의 사망으로 세상은 이미 민주화가 다 이루어진 것 같은 환상에 가득 차 있다. 학내 집회와 시위는 오직 학원 민주화만을 목표로 한다. 경찰들은 더 이상 학내에 진입하지 않고, 학생들도 비폭력 교내 시위의 원칙을 고수하고 있다. 그 시위가 그토록 소박하고 정겹고 순진했던 데는 그런 배경이 있다.

그럼에도, 고백해야 할 일이 있다. 그 여자는 늘 세상을 차갑게 바라본다. 자기 자신까지. 그런 기질은 그동안의 문학 수업에 의해 강화된다. 어디서, 왜, 그런 생각을 갖게 되었는지 알 수 없지만, 작가는 어느 쪽으로도 시선이 치우치지 않는 객관적인 입장을 견지해야 한다는 사실을 확고하게 머릿속에 새겨 넣고 있다. 어느 책에선가 읽었을 것이다. 많은 것을 읽었겠지만, 그 구절이 유독 머릿속에 박힌 것은 그 여자의 기질에 빠르게 공명을 일으켰기 때문일 것이다.

시위에 참가하는 자신을, 집회 현장에 모인 학우들을 늘 차갑게 바라본다. 한 걸음 물러난 시선으로. 그런 시선으로 보면, 학생들이, 아니 모든 세상이 어딘가 비겁한 기회주의자처럼 보인다. 그동안 엄동설한의 공안정국 밑에서는 꼼짝도 못 하다가, 박정희가 죽고 정국이 해방되자 제 이익을 위해 목소리를 높이고 있는 게 아닌가 하는 의심. 무엇보다 자신에게서 가장 그런 느낌을 받았을 것이다.

또 하나, 그 여자에게 끝끝내 용인되지 않는 게 있다. 아주 사소한 것, 그러나 그 여자는 결코 사소하게 넘길 수 없는 것, 그건 구호 중 하나다. 그 여자가 받아들일 수 없는 구호는 '조영식은 자폭하라'다. 조영식은 사퇴하라는 구호로도 충분할 것이다. 그러나 자폭하라는 구호가 더 많이 연호된다. 처음 그 구호를 들었을 때의 오싹하고 진저리쳐지던 느낌에 대해 말하고 싶다. 정말 저들은 한 인간이 자폭하기를 바라는 걸까. 자폭이라는 말의 폭력성에 대해 알고 있을까. 아무리 그가 대통령만큼 오래 총장직에 있었고, 사학을 운영하면서 사리를 채우고, 한 달에 한 번씩 전교생을 노천극장에 모아놓고 그 지긋지긋한 연설을 하며 공명심을 맘껏 누리는 게 사실이라 해도, 정말 그가 자폭하기를 바라는가. 수류탄을 가슴에 안고 그 자리에 엎어져 수류탄 파편과 살점과 피와……. 그것을 바라는가. 그 여자는 그 구호에 동의할 수 없다. 어떤 인간도 다른 인간에 대해 그렇게 폭력적으로 행동할 권리는 없다. 인간의 존엄성은 누구나 똑같은 질량을 갖는 것이다.

글쎄, 그 여자의 그런 감정들을 어떻게 설명할 수 있을까. 양시론도 위험하지만 양비론도 위험하다. 그러나 어쩌겠는가. 그것이야말로 그 여자가 이 세상을 살아가는 균형감각인 것을.

그 여자는 열심히 시위에 참가한다. 자잘한 의심은 마음속에 있는 것이고, 그보다 큰 마음은 정의의 편에 서는 것, 학원에 민주화가 정착되는 것이다. 교문 밖에는 의경이 주둔해 있고, 교내에서는 벌써 보름 이상 비폭력 시위가 열리고 있다. 학생들의 주장도 그때까지는 소박하다. 학원의 족벌 경영 및 재단 부조리 척결, 어용 교수 퇴진, 학도호국단제 폐지와 총학생회 부활, 정보원의 학원 사찰 금지, 학내 활동과 학내 언론의 자유 보장 등. 그때는 대학신문도 가편집 판을 들고 계엄군 앞에 가서 검열을 받던 때다.

그 무렵, 우스운 일화가 하나 있다. 늘 붙어 다니던 혜정이가 학교에 나오지 않은 날이다. 시위가 끝나고 경이와 푸른 점퍼, 또 몇몇 친구와 늦은 점심을 먹으러 식당에 갔을 것이다. 음식을 주문하면 주인아주머니가 주방에 대고, "비빔밥 하나, 언니 거, 국밥 둘, 오빠거" 그렇게 구분을 해서 소리치는 식당이다. 오빠 거는 언니 거보다 양이 많다. 지혜로운 분들이다. 외상도 잘 주고, 좋은 일도 많이 하고, 학생들과 대화도 자주 하시는 분들. 식당에 들어가자 주인아주머니가 유난히 반긴다.

"언니, 매스컴 탔대."

그저 무심히 웃어넘긴다. 그때 신문에는 늘 학원사태에 관한 기사가 넘치고, 때로는 학교별 기사가, 때로는 학생 인터뷰 기사가 나곤 하던 때다. 주인아주머니는 카운터에서 얇은 잡지를 한 권 들고 와 그 여자 일행이 앉은 식탁에 놓는다.《주간한국》. 제목을 읽으면서도 무슨 일인가 한다.

가장 먼저 푸른 점퍼가 웃는다. 아주 크게. 그다음에는 경이가 웃고, 그때까지도 그 여자는 영문을 모른다. 잡지는 그들 쪽으로 바로 놓여 있어, 그 여자는 거꾸로 보고 있는 중이다. 경이가 잡지를 돌려 그 여자가 보도록 바로 놓아준다. 세상에,《주간한국》표지에, 그 여자의 사진이 크게 실려 있다. 그 여자뿐 아니라 그 여자와 같은 과 여학생 네 명의 사진. 네 여학생이 스크럼을 짜고 달려 나오고 있고, 그 뒤로는 완만하게 굽어지는 학생들의 긴 행렬이 표지를 가득 채우고 있다. 커버스토리로 학원사태를 다룬 기사다. 서울 시내의 모든 사학이 학원 민주화를 요구하며 시위 중이라는 내용이다.

지금도 잊을 수 없다. 그 사진을 보며 부끄러웠던 기억을. 가장 먼저 자신에게 부끄러웠을 것이다. 정말 열심히 했는가. 다음으로 마주 앉은 경이와 푸른 점퍼들에게 부끄러웠을 것이다. 사진 속의 여자는 누가 보아도 비장한 각오로, 투지에 불타서, 적진을 향해 뛰어드는 것 같은 표정을 하고 있다. 더구나 그들 뒤로 길게 이어지는 행렬 때문에 그들은 용기 있게 선두에 서서 일행을 이끄는 투사처럼 보이기까지 한다.

세상에. 그 여자가 그토록 낯을 찡그렸던 것이, 사실은 햇빛이 눈부셔서 그랬다는 사실을 아는 사람은 없을 것이다. 가장 앞에 섰던 것도 학내 시위는 과별로 모이기 때문이다. 단과대학을 한 줄로 세울 때, 가장 앞에 서는 것은 문리대다. 문리대를 한 줄로 세울 때 가장 앞에 서는 것은 국문학과다. 네 명씩 스크럼을 짜는 그 선두에 여학생들을 세운 것은 여학생이 네 명밖에 없었기 때문이다. 기억난다. 네 번짼가 다섯 번째 줄에 서 있었는데 친구 하나가, 가운데 있으면 걸리적거린다고 맨 앞으로 밀어냈던 일. 그 후로 오래도록 그 사진은 부끄러움의 기억으로 남는다. 지금도 어딘가에, 적어도 한

국일보사에는, 그 사진이 있을 거라 생각하면 머리가 뜨뜻해진다.

그 여자는 비로소 혜정이가 등교하지 않은 이유를 이해한다. 혜정이 아버님은 그때 한국일보사에 근무하신다. 회사에서 발행된 따끈따끈한 주간지를 받아들고, 그 표지에서 딸의 얼굴을, 그것도 투사와 같은 딸의 얼굴을 발견하고 놀랐을 혜정이 아버님을 생각해보면. 혜정이는 그날부터 외출 금지령을 받는다.

그다음, 혹은 다음 날쯤 학교는 휴업령을 내린다. 정부 차원의 휴교령이 아니라 학교 차원의 휴업령. 강의는 없지만 교문은 열려 있다. 휴업령이 내린 다음 날부터 시위에 참가하는 학생들의 수는 반으로 준다. 그다음 날은 다시 삼 분의 일이 빠져나가고 그다음 날은 다시 반이 줄고……. 학생들의 수가 줄어들자 시위 지도부가 결정을 내린다.

"오늘부터 한 달간, 시한을 정해놓고 철야농성에 들어가기로 합니다. 언제 어디서든 단체행동을 하며, 되도록이면 집회 장소를 이탈하지 않도록 합시다."

그 여자는 벌써 걱정이 된다. 끝까지 남아 자리를 지키는 학생은 과연 몇 명이나 될까. 요 며칠 사이의 추세로 보아, 더구나 철야농성이라면, 지쳐서 떨어져 나가는 학생들도 생길 것이다. 그렇게 되면……? 그 자리에서 다짐한다. 어떤 일이 있어도 끝까지 이 자리를 지키겠다고, 끝끝내 옳다고 생각하는 행동을 할 것이며, 양심에 부끄러운 일은 하지 않겠다고.

철야농성은 주로 본관 앞과 학생회관 주변에서 이루어진다. 낮에는 본관 앞에서 시위를 하고 밤에는 크라운관에서 집회를 갖는다. 연극부에서 〈어디서 무엇이 되어 만나랴〉를 무대에 올렸던 그 극장이다. 학우들은 크라운관 객석에 앉아 학원 민주화에 관한 주제 발표를 하거나 정국과 타 대학, 그리고 학교 측의 동향에 대해 이야기를 나눈다. 그러다가 크라운관 객석에 기대앉아 잠잔다. 식사는 학생회관 식당에서 하고, 세수는 화장실에서 한다. 사실, 식사나 잠은 그리 중요하지 않다.

철야농성을 시작할 때의 학생 수는 삼백 명쯤 되었을 것이다. 그러나 열흘쯤 지나자 반으로 줄고, 다시 일주일쯤 지나자 백 명 정도가 남는다. 크라운관 객석은 머리카락이 빠진 듯 듬성듬성 비고, 그럴수록 남은 학생들의 마음은 점점 더 뜨거워지면서 날카롭게 벼려진다. 일차 집단적인 친화력과 공동체의식이 생기면서 한편으로는 묘한 쓸쓸함의 기미가 감돌기 시작한다. 가라앉은 분위기를 돋우기 위해 '총장사퇴를 위한 축구', '학원 민주화를 위한 노래자랑'을 해보지만 그것도 잠깐이다. 농성장 밖에는 늘 부모들이 한두 분씩 찾아오고, 그러면 눈물을 떨구며 부모와 함께 멀어지는 학우를 바라보다가 다시 분위기가 가라앉곤 한다.

그렇게 이십 일쯤 지난 어느 날이다. 경이가 신문을 한 장 들고 보여주며 흥분한 어조로 말한다.

"아직 멀었어. 민주주의는 아직 멀었어. 이거 봐."

신문에는 사북사태에 관한 기사가 실려 있다. 강원도 정선군 사북읍 소재 동원탄좌에서는……. 검은 얼굴을 한 광부들이 곡괭이로 한 건물의 문을 때려 부수는 사진이 곁들여져 있다. 탄광 노동자들이 경찰과 대치하면서, 광업소 사무소, 정선경찰서 사북지서, 광업소 무기고를 점령했으며, 경찰이 투입되어 노동자들의 난동을 진압했다는 내용이다. 신문은 큰 글씨로, '일부 불순 세력의 선동에 의

한 난동 파괴'라는 제목을 뽑고 있다.

"나쁜 놈들······."

그 여자는 그렇게 중얼거린다. 그게 말이나 되는가. 그 여자는 입술을 문다. 어쩐 일인지 울음이 날 것 같다. 이십 일이 넘는 철야농성으로 신경이 날카롭게 벼려져 있을 때다. 더구나 거기는, 거기 강원도는 그 여자의 고향이다. 전국 어느 지방보다 지엔피가 낮은 지방, 그러나 순박하고 아름다운 사람들.

이미 누구나 다 알고 있겠지만 사북사태는 노사 간의 임금 협상 과정에서 일어난다. 노조 지부장이 노사 간의 단체 교섭 없이, 회사 측과 임금 인상률 이십 퍼센트에 합의해버린 사건이 발단이 된다. 노사 간의 대결이 있은 첫날, 시위 현장에 경찰이 투입된다. 그 과정에서 경찰 지프차가 광부 네 명을 다치게 하고 뺑소니친다. 사건은 그렇게 비롯되었고, 모든 노동자와 부녀자까지 합세해 투석전을 벌여 경찰은 물러난다. 그러나 사흘 후, 다시 경찰은 대대적인 진압 작전을 수행한다.

"아직도 군사정권의 잔재가 그대로 남아 있어. 아직도 국민을 향해 총을 쏘는 정부라고."

경이는 목소리가 무척 높아져 있고 울먹거리기까지 한다. 그건 단순히 한 사업장의 문제만이 아닐 수도 있다. 그동안 시위를 지켜보며 국민들의 열망에 동조해주는 척하던 정부가 기어이 마각을 드러내는 순간이다. 앞으로, 학내에도 얼마든지 경찰이 투입될 수 있다는 사실을 시사하는 사건이기도 하다. 그 여자는 경이에게 그런 생각을 말한다.

"우리도 어떤 결단을 내려야 하지 않니? 이대로 한 달이라는 날

짜만 채우는 게 무슨 소용이야. 학교 측에서는 미동도 없는데."

"그래."

경이는 무언가 생각하는 눈빛이 된다. 다음 날, 운동 지도부는 단식투쟁을 결정한다. 단식투쟁의 필요성에 대해 역설하고 지원자를 모은다. 경이는 단식 조에서 제외된다. 표면적으로, 앞에 나서서 학우들을 이끌어야 하는 입장이므로. 그 여자도 제외된다. 너무 체력이 약해 보여서. 그 시절 그 여자의 몸무게는 38킬로그램이다.

스물 몇쯤 되는 학우들이 단식투쟁에 들어간다. 소금과 물을 준비하고 학생회관 여학생 휴게실을 안으로 걸어 잠근다. 단식에 참가한 학생들이 빠져나간 크라운관은 더 헐렁해진다. 그 수로는 아무것도 할 수 없을 것 같아 무기력한 숫자. 학생들이 단식에 들어갔다는 정보가 나가자 학교 측에서는 사람이 나타난다. 학생들의 요구를 수용하거나 협상을 하려는 태도가 아니라 회유하고 설득하여 사상자를 막으려는 태도다. 단식에 들어갔다는 말이 나가자 또 학부모들이 학교로 찾아온다.

단식 사흘째 날, 단식 학생들 사이에서 첫 입원자가 생긴다. 체격이 좋고 살집이 통통한 여학생이다. 학교 측에서는 대기하고 있던 앰뷸런스를 보내 학생을 대학병원으로 실어 나른다. 분위기는 더욱 가라앉고 나머지 학생들도 차례차례 쓰러져 결국 아무것도 이룬 것 없이 이 농성이 끝나고 말면 어쩌나 하는 조바심이 인다. 학교 측에서는 여전히 움직임이 없다. 다만 시위장 주변을 맴돌며 학생들의 동태를 관망할 뿐이다.

그날, 단식 학생 중에서 첫 입원자가 생긴 날 오후, 학생들 사이에서 다른 의견이 나온다. 좀 더 강한 행동력을 보여야 한다고, 곧 경찰이 투입될 거라는 정보가 있다고, 문무대 입소를 거부한 대학에는 이미 경찰이 투입되어 진압작전에 나섰다고, 이건 너무 소극적인 투쟁 자세라고. 거기서 내린 결론은 총장실 점거다. 그 의견은 호응이 크다. 그 와중에도 그 여자는 또 잠깐 회의한다. 글쎄, 그게 옳은 일일까. 그건 폭력적이고 무례한 행동이 아닐까. 그러나 다른 선택이 없다.

운동 지도부는 총장실 점거를 선언하면서 한 가지 대원칙을 내세운다. 비폭력 침묵시위.

총장실을 점거하러 가던 그 저녁의 교정을 잊을 수 없다. 이십 일 이상 지속된 철야농성으로 다들 지치고 후줄근한 몰골을 한 학우들이, 길게 줄지어 교정을 가로지르던 저녁. 고개를 들면 맞은편 하늘이 푸르스름하게 어두워지고, 아직 앙상한 가지를 한 교정의 나무들이 바람을 맞아 스산한 소리를 내던 저녁. 그 사이를, 단식 중인 학우를 부축하고 느리게 걸었던 길. 비폭력 침묵시위라는 대전제 하에, 벌써부터 말이 없는 침묵의 행렬. 이건 무언가. 이 답답한 억눌림, 패배가 눈앞에 보이는 이 이동은 무언가. 울분이 슬픔의 형태로 드러나려 한다. 누군가 노래를 불러 사기를 돋우려 하지만 노랫소리 역시 스산함을 부추길 뿐이다.

본관 건물은 현관과 몇몇 창에 불이 켜져 있고 총장실은 이 층에 있다. 아무도 저지하는 사람이 없다. 총장실 문 앞에서는 약간의 머뭇거림이 있지만 별다른 문제없이 문이 열린다. 행렬을 따라 그 여자도 총장실로 들어간다. 바닥에 깔린 초록 카펫, 벽에 장식된 기장과 트로피들, 커다란 책상과 책장. 그것 말고는 공간이 넓게 비어 있다. 행렬이 모두 들어오고 난 다음, 총장실 문을 닫고 그 앞에 회의용 테이블과 의자를 쌓아 바리케이드를 친다.

"어떤 집기도 건드리지 말고, 어떤 물건에도 손대지 맙시다."

칠팔십 명쯤 되는 학생들이 저마다 카펫 바닥이나 의자, 창턱에 자리 잡고 앉는다. 그리고 침묵시위.

침묵시위를 선택한 것이 잘못이었는지도 모른다. 패잔병의 몰골을 한 학우들이 말없이 앉아 책을 읽거나 수첩에 메모를 하거나 혹은 멀뚱멀뚱 상대방을 바라보고 있는 그 모습에서 느낄 수 있는 감정은 쓸쓸함밖에 없다. 그것도 한밤중의 불빛 아래서, 좁은 실내에서. 그렇지 않아도 신경이 날카로워지는 한밤에, 그런 상황에 처한 것은 좋지 않다. 아니 고통스럽다. 이제 거의 끝나가는구나 확인하는 공포다. 그런 감정에는 전염성이 있어, 가만히 앉아 있는 동안에도 기가 아주 낮은 곳으로 내려앉고 혈압이 뚝뚝 떨어지는 게 느껴진다. 금방이라도 모로 쓰러지며 깊은 잠에 빠져들 것 같은 기진함.

밤 열한 시쯤 되자 단식 중인 학생들이 눈에 띄게 탈진한다. 트로피 앞에 기대앉아 있던 여학생이 맥을 놓으며 푹, 고꾸라지고 그쪽에서 작은 소란이 인다. 한의대에 다니는 사 학년 선배가 그쪽으로 다가가 여학생의 맥을 짚어본다. 그동안도 아프거나 피로해하는 학생들에게 침을 놓아주곤 하던 선배다.

"안 되겠어. 빨리 앰뷸런스 불러."

그 선배는 지도부와 의논한 후, 단식 중인 학생들의 맥을 차례차례 짚어본다. 그러면서 더 늦기 전에 입원시켜야 할 학생들을 가려낸다. 앰뷸런스가 오는 소리가 들리고 서너 명의 학생이 부축을 받으며 방을 나간다. 저쪽에서부터 학생들을 살펴오던 한의대 선배의 시선이 문득 그 여자에게 멎는다. 그 여자에게 다가와 손목을 잡는다. 그 여자는 손을 빼낸다.

"전 단식하지 않았어요."

선배는 그 여자의 얼굴을 한번 보더니 다시 손목을 끌어다 잡는다. 그 여자는 손목이 잡힌 채 좀 더 분명하게 말한다.

"전 괜찮아요. 단식하지 않았대도요."

선배는 그 여자의 맥을 짚고 얼굴을 유심히 보고 고개를 갸우뚱한다.

"여기도 옮겨요."

그 여자는 비명처럼 소리친다.

"안 돼요. 난 단식하지 않았어요."

"단식한 사람보다 더 맥이 안 짚여. 그냥 두면 쓰러질 거야."

한의대 선배는 그 여자에게가 아니라, 벌써 그 여자를 양쪽에서 잡아 일으키는 두 남학생에게 말한다.

"난 단식하지 않았어요."

그 여자는 저항하며, 그러나 힘없이 끌려 나간다. 난 단식하지 않았어요. 그 말 속에는, 학우들을 내버려두고 이런 식으로 떠날 수는 없어요. 이렇게 패배할 수는 없어요. 병원으로 옮겨가야 할 만큼 몸을 다해 뛰지 않았어요. 그런 자책도 있었을 것이다.

본관 밖에는 앰뷸런스가 대기 중이다. 이미 두 차례 학생들을 실어 날랐고, 그 여자가 안으로 밀려들어 갔을 때도 두 명의 학생이 누워 있다. 그 여자와 두 남학생이 타자 앰뷸런스는 출발하고, 차가 출발하자 그 여자는 의식이 아득히 멀어지는 것을 느낀다. 그리고 잘 생각나지 않는다. 어떻게 병실로 옮겨졌는지, 어떻게 환자복을 갈아입었는지, 언제 잠들었는지. 그때 의식을 잃어서 기억에 없는

지, 그 후 기억 속에서 지워진 건지도 알 수 없다. 어둠 속에서 앰뷸런스를 탔던 일과, 이튿날 아침 병상에서 환자복을 입은 채 눈을 뜬 기억 사이는 완전히 공백이다.

눈을 뜨니, 창으로 환한 햇빛이 쏟아지고 있다. 아주 환하고 하얗고 다른 공간. 팔에는 링거가 꽂혀 있고 주변에는 아무도 없다. 다른 학우들은 어디로 갔을까. 총장실에서 침묵시위를 하는 학우들은 어떻게 되었을까. 참괴로 입술을 무는데 회진하는 의사들이 들어온다. 그들은 그 여자의 가슴에 청진기를 대어보고, 영어를 섞어 몇마디 나누고, 고개를 주억거리고, 그러더니 바쁘게 나가버린다. 일어나야지. 링거를 빼고 나가야지. 생각과는 달리 몸이 움직여지지 않는다. 정말 탈진한 모양이다. 맥없이 누워, 눈꼬리로 흐르는 눈물을 훔치며 그 여자는 입술을 깨문다.

그 여자는 그날 낮 동안 병원에 누워 있다가 저녁에 퇴원한다. 어떻게 알았을까. 혜정이와 몇몇 친구가 방문한다. 그들도 교내에서 농성 중인 학우들에 대해서는 알지 못한다. 퇴원했을 때, 병원 밖에서는 그 남자가 기다리고 있다. 여전히 상처 입은 짐승의 표정으로. 그 남자는 한마디 말도 없이 그 여자를 집까지 데려다 준다.

말하고 싶은 게 있다. 그 여자가 병실에 누워 있는 동안 방문했던 특별한 사람에 대해. 그분은 그 여자의 학과장인 서 교수다. 서 교수는 조교와 학회장을 데리고 병실로 들어온다. 얼굴 가득 웃음을 띤 채. 그 여자는 자리에서 일어나 앉는다.

"좀 괜찮아?"

몸이 조그맣게 오그라드는 느낌이다. 이건 옳지 않다. 이런 식의

만남은. 어용 교수 물러나라고 외쳤던 바로 그 입으로는, 괜찮다고
말할 자신이 없다.

"심심해할까 봐 책을 좀 가져왔지."

서 교수가 내미는 책은 두 권의 수필집이다. 그분이 쓰신 책, 속표
지에 사인이 들어 있다.

솔직하게 말하자. 그때 그 여자는 서 교수의 방문을 고마워하지
않는다. 오히려 불편하고 어색해한다. 아마 입원자 명단이 학교 측
으로 보내진 모양이고, 학교에서는 모든 교수에게 자신의 제자를
찾아가라고 지시한 모양이라고 짐작한다. 당시의 정치 상황, 완연
히 해동의 기미가 두드러지는 당시의 정치 상황에서는, 학생들을
달래고 설득하는 방향으로 학원사태를 풀어나가는 중이다. 얼마든
지 그런 시달을 했을 수 있다고, 서 교수도 아마 그런 제자를 보는
게 편안하지만은 않을 것이라고 짐작한다. 그때, 울분과 패배감, 자
괴심 따위에 휩싸여 있는 마음으로는.

나중에, 아주 나중에, 그 일이 있은 지 십 년쯤 후의 어느 새해에,
그 여자는 문득 서 교수에게 뒤늦은 연하장을 보낸다.

'그때는 왜 저희만 옳다고 생각했는지 모르겠습니다. 아마 너무
젊어서, 세상에 대한 혈기만 높아, 세상을 더 넓고 깊게 볼 줄 몰랐
기 때문이었을 겁니다. 그때 선생님께서 주신 수필집, 가끔 그걸 생
각합니다.'

아마 그런 내용을 적었던 것 같다. 서 교수는, 이제는 기억에도 없
는 한 제자의 연하장을 받고 당황하지나 않으셨을지. 그 여자는 지
금도 그 수필집의 마음을 생각한다. 설사 그 일이, 학교 차원의 정
책, 학생들을 수습하기 위한 지시 사항이었다 한들 어떤가. 중요한

것은 바로 그 수필집이고, 그 수필집에 깃들어 있는 스승의 마음이다. 이제는 그것을 알 수 있다.

또 하나 말하고 싶은 게 있다. 조영식 총장. 그 여자가 사퇴하라, 자폭하라고 외쳤던 그분에 대해서. 그분은 그 후 재단과 경영을 분리하고 총장직에서 물러난다. 물론 학원장이라는 직책을 새로 만들어 여전히 그 대학을 지키기는 하지만.

그 여자는 나중에, 직장 일을 할 때 그분을 뵌 적이 있다. 그 여자의 모교 출신 언론인들의 모임에서 송년회가 있을 때다. 조 총장이 그 자리에 참석해서 동문들과 일일이 악수를 나누며 격려와 치하의 마음을 전한다. 그때보다 눈에 띄게 수굿하다는 인상을 받는 것은 아마 세월이었을 것이다. 그 여자는 조 총장과 악수할 때 이상한 느낌에 사로잡힌다. 아실까, 지금 맞잡고 있는 이 손이 한때는 허공을 휘저으며 당신의 사퇴를 종용하고, 총장실 문을 열고 들어갔던 바로 그 손임을. 마음이 이상해져서 그랬을 것이다. 불쑥 엉뚱한 소리를 한 것은.

"제가요, 학교 다닐 때 총장실을 점거하고 농성한 적이 있어요."

조 총장은 웃는다. 그분은 웃는 모습이 유난히 온화하다. 웃을 때면 흰 머리카락까지 굽슬굽슬 회오리치는 것 같다.

"몇 학번이죠?"

"칠팔 학번입니다. 팔십 년도에 그랬어요."

"그래요, 뭐든 열심히 하는 사람들이 더 많이 성취하지."

그분은 고개를 끄덕이고 지나간다. 그 여자는 뒤에 남아 더 오래 고개를 끄덕인다. 바로 그거라고, 그게 무엇인지는 정확히 알 수 없지만, 인간을 더 크게 만드는 것은 바로 그거라고.

## 30

　대학병원에서 퇴원한 다음 날, 그 여자는 다시 학교에 간다. 햇빛은 부드럽고 바람은 따스하다. 그러나 교정은 더 황량하고 더 무겁게 가라앉아 있다. 모든 건물이 잿빛 콘크리트의 암울하고 완강한 침묵 속에 빠져 있다. 도서관 근처에만 약간 생기가 돈다. 몇몇 학생이 도서관 앞 잔디에 앉아 하늘을 향해 담배 연기를 날리고 있다. 비록 도서관에 나와 공부를 하곤 있지만, 오직 공부에만 집중할 수 없는 그 마음들이 뿌옇게 허공을 향해 날아오른다.

　본관 건물 역시 조용하고 총장실 유리창은 말끔해져 있다. 그곳에 붙여두었던 구호들이 하나도 없다. 이틀 전에 있었던 일은 꿈이었나 싶게, 아무것도 달라진 것이 없다. 정말 그런 일이 있었는가. 가슴속으로 차가운 날을 세운 바람이 지나간다. 아무것도, 우리의 힘으로는 아무것도 달라지게 할 수 없을 거라는, 저 완강한 기존의 체제들을 조금도 움직일 수 없을 거라는, 무력감이 날을 세우고 가슴을 지나간다.

　그 여자는 걸음을 빨리하여 학생회관 쪽으로 가본다. 학생회관이 저만큼 보이는 곳에서야 긴 한숨을 쉬며 걸음을 멈춘다. 그들이 거기 있다. 크라운관 앞에, 오십 명쯤 되는 학우들이 나와 있다. 경찰이 투입되거나 물리적인 힘에 의해 강제로 총장실에서 물러난 건 아니구나. 한숨을 쉬지만, 가슴이 선뜩해지는 느낌은 그대로다. 멀리서 보기에도 너무 적은 수, 한눈에도 지치고 피로한 기색들. 그 여자는 입술을 깨물고 조용히 무리 사이로 끼어든다.

"너 괜찮니?"

경이가 다가온다. 경이는 아직도 건강해 보인다. 그 건강이란 아마 정신력일 것이다. 그 여자보다 더 잘 버티고 있는 정신력.

"어떻게 된 거니, 총장실에서?"

"자진 철수했어. 그만하면 우리의 뜻이 충분히 전달되었다는 결론을 내고."

"그래서, 학교 측에서는 어떤 움직임이 있어?"

"몇 가지 요구를 들어주기로 했어. 총학생회 부활, 민주시민론 강의 없애기, 학내 활동과 대학신문의 언론 자유 보장 같은 거."

"다른 건? 총장 사퇴나, 재단 경영 분리 요구는?"

"그것도 긍정적으로 검토하겠다고 했어. 사실, 단번에 이루어질 수 없는 일이긴 하지. 문제는, 이제 우리의 목표는 학원 민주화가 아니야. 문무대 입소 거부나 교련 수업 폐지 같은 건 이 정부를 상대로 투쟁해야 하는 문제지. 더구나, 정국의 움직임이 심상치 않아. 얼마 전, 중앙정보부장에 취임한 전두환이라는 사람 알지?"

그 여자는 그때부터 무언가 불안의 기미를 느꼈다. 전두환은 육사 출신 장군으로, 예전에는 보안사령관이었다. 박정희와 같은 군인이고 박정희와 같은 고향이고 박정희와 같은 유신의 뿌리이다. 옛 정권을 허무는 데는 아무래도 적합하지 않은 인물이 아닌가 싶었다. 더구나, 힘을 모아주었으면 했던 김대중과 김영삼은 그 무렵, 눈에 두드러지게 등을 돌리고 돌아선다. 김대중은 신민당을 탈당하고 독자적인 정당을 창당할 움직임을 보이고 있다. 왜 싸울까, 힘을 모아야 할 이 중대한 시기에? 그 여자는 그것이 불안했다.

전두환 씨. 그전까지 어디서 무엇을 하던 사람인지도 알지 못했던 사람. 그러나 12·12사태로 정승화 계엄사령관을 체포하고, 최규하 씨를 대통령에서 물러나게 하고, 그러고도 한동안 조심스럽게 사태를 관망하며 물밑 작업해오던 그가, 드디어, 조금씩 움직이기 시작한다. 금방이라도 민주주의가 이루어질 줄 알고 순진한 기쁨에 취해 있던 국민들에게, 금방이라도 자신이 정권을 잡은 듯이 들떠 있던 야당 지도자들에게 아직은 마각을 드러내지 않고 있다. 그러나 그가 유신 헌법을 고수하려 하고 있으며 무엇보다 정권을 독점하기 위해 물밑 작업을 해오고 있었다는 사실을 그 무렵, 비로소, 알아차리기 시작한다.

"아직도 정권의 요소요소에는 유신의 잔당들이 남아 있어. 중요한 직책은 모두 그들 손에 장악되어 있어. 지금 민주화로 열리고 있는 이 정국을, 그들은 마음만 먹으면 다시 닫아걸 수 있는 자리에 있어. 다들 그것을 조심스러워하고 있어. 우리가 그것을 막아야 해."

"그렇다면?"

"학내 민주화 운동은 이번 한 달로 약속된 농성이 끝나면 일단 마무리하기로 했어. 그다음은 대정부 투쟁이야. 계엄 해제, 전두환 중앙정보부장 퇴진 따위. 그렇게 결정됐어."

그 여자는 고개를 끄덕인다. 그게 옳은 것이다. 뿌리가 썩어가고 있을지도 모르는데 아무리 가지만 치료하면 무슨 소용이 있는가. 병을 고치려면, 그 뿌리부터 먼저 다스려야 한다.

오월 이 일이 되자, 예정됐던 한 달간의 철야농성이 끝난다. 발전적 해체. 성과는 만족할 만한 것이 아니지만 그래도 학생들의 요구는 충분히 전달되었고 학원 측에서도 여러 가지를 긍정적으로 검토하기로 한 상태다. 농성이 끝나자 학교는 휴업령을 해제한다. 강의가 시작되고 학교는 다시 평온해진다. 표면적으로만.

그러나 표면적인 평온은 일주일도 가지 못한다. 다시 집회와 시위가 재개되면서, 이제는 구호가 총장 사퇴가 아니라 계엄 해제로 바뀐다. 학생들의 시위는 본관을 등지고 정문으로 향한다. 스크럼을 짜고 교문 밖 진출을 꾀한다. 물론 교문 밖 진출을 반대하는 의견도 있다. 아직은, 아직은 이 정부가 뚜렷하게 어떤 야욕을 드러내고 있지 않으며, 모든 것이 예측일 뿐이라는 주장이다. 이런 식으로 과격한 투쟁을 해서 공연히 저들에게 빌미만 제공하는 결과를 낳아서는 안 된다는 신중론이다. 모든 대학이 대정부 투쟁으로 돌아섰고 모든 대학에서 그런 갈등이 있었을 것이다. 비폭력 평화시위를 주장하는 쪽과 보다 강하게 밀어붙여야 한다는 측의 갈등.

그러나 대세는 강경론이다. 얼마나 오랜 암흑 속에서, 얼마나 많은 인내 끝에 얻어낸 민주주의인가. 반드시 지켜내야 한다고, 어떤 음모도 사전에 막아야 한다고, 강한 주장이 설득력을 얻는다. 투쟁 내용이 달라지면 투쟁 형식도 달라져야 한다. 교문 밖으로 나가자. 어떤 폭력에도 굴하지 말자. 그 무렵, 그 여자의 학교와 담을 맞대고 있는 외국어대학에서 먼저 교문 밖 진출을 시도한다.

학생들은 스크럼을 짜고 교문 밖으로 진출한다. 계엄 해제와 전두환 씨 퇴진을 외치면서. 그러나 사태는 만만치 않다. 비폭력 교내 시위 때는 교문 밖에 주둔해 조용히 관망하던 의경들이, 학생들이 교문 밖으로 나가려 하자 완강하게 저지한다. 헬멧을 쓰고 방패로 허리 아래를 가린 의경들이 우주복 같은 복장을 하고 교문 앞에 겹겹이 서 있다. 시위대가 교문 가까이 다가가기만 하면 벌써 최루탄이 날아온다. 최루탄이 발사될 때의 첫 소리는 마치 제트기가 하늘을 날아가는 소리와 같다. 그건 물체가 빠르게 공기를 가르며 지나가는 소리일 것이다. 그 소리가 멎은 다음, 아주 잠깐 후, 물이 가득 담긴 깡통이 높은 곳에서 떨어지는 것 같은 소리가 들린다. 그러면 흰 가루가 사방으로 날아오른다. 최루탄이 발사될 때, 학생들은 그 소리에서 예상 낙하지점을 가늠한 다음 일제히 피한다. 돌멩이? 각목? 화염병? 그때는 그런 것이 없던 때다.

맨손으로 교문을 향해 돌진했다가 진압대가 최루탄을 쏘면 일제히 물러나고, 다시 대오를 수습하여 교문으로 돌진하고……. 눈물과 콧물이 범벅이 돼 탈진할 때까지 그 일을 반복한다. 맨손과 손수건 한 장이 시위 도구의 전부다. 조금 더 지혜로운 학생들이 소방호스를 끌어다 최루탄이 떨어진 곳에 물을 뿌리는 게 학생들이 진압대에 대응하는 방법의 전부다. 그걸 왜 최루탄이라고 부르는지 모르겠다. 단순히 눈물만 흘리게 하는 게 아니라 호흡이 멎도록 기관지를 아프게 하고, 살갗이 떨어져 나가도록 온몸을 긁어대고 급기야는 탈진 상태로 몰고 가는, 그것을 왜 단순히 최루탄이라고만 하는지.

그 여자는 그때의 시위에서 폭력의 상대성에 대해 알게 된다. 처음에는 맨손으로 교문을 향해 돌진했던 학생들이, 이틀째 되는 날부터 돌멩이를 집어들기 시작한다. 울분과 좌절과 부당한 폭력을 겪은 이후, 이쪽에서도 자신을 방어할 어떤 도구가 필요하다고 느겠을 것이다. 하나둘 진압대를 향해 돌을 던지는 학생들이 늘어나고, 나중에는 조직적으로 돌을 준비한다. 저쪽에서는 더 많은 최루탄을 준비하고, 아낌없이 그것을 쏘아 올린다. 폭력의 상대성, 상대성을 띠며 더욱 강도를 높여가는 폭력의 자가 증식성.

그렇다. 처음에는 아무도 돌을 던지지 않는다. 그러다가 조직적으로 돌을 준비하고, 그래도 그들의 벽을 뚫지 못한 학생들은 울분을 안은 채 교정으로 돌아와 학우들이 보는 앞에서 손가락을 깨물어 혈서를 쓴다. 한두 명이 아니라 열 명 정도가 한꺼번에. 이쪽에서 울분이 커지고 혈기가 높아지는 만큼 저쪽에서도 더욱 강한 진압작전이 동원되었을 것이다. 그렇게 계속되는 힘겨루기에서 폭력성은 점점 더 강도를 높여간다.

나중에, 1980년대 중반에 접어들어, 투신과 분신을 하는 학생들이 나올 때, 그 여자는 그들을 이해한다. 처음에는 최루탄과 돌의 대응이다. 다음, 경찰들이 직격탄을 쏘고 학생들은 화염병을 준비한다. 아예 헬기를 동원해 학생들의 머리 위에서 최루 분말을 투하하고, 여기저기서 의문의 변사체가 발견될 때, 학생들이 할 수 있는 선택이란 제 목숨을 거는 것밖에 없다. 그 여자는 이해한다. 목숨을 버리는 그 극단적인 방법까지 완전하게 수용하지는 못하지만, 그 일을 선택할 수밖에 없었던 그들의 마음은 이해한다. 그것은 폭력의 상대성에 대한 이해다. 바로 눈앞에서 점점 더 강화되는 폭력의 상대성, 폭력의 자가 증식성을 지켜보았으므로.

또 하나, 폭력의 상대성과 함께 그 여자가 바라보는 다른 상황이 있다. 언제나 세상을 아주 차갑게, 한 발 물러서서 바라보는 시선에 잡히는 것은 잿빛 바바리다. 학생들이 던진 돌이 의경의 헬멧이나 방패를 맞힐 때, 그 여자는 거기서 잿빛 바바리를 본다. 누가 알려주었을까. 그 무렵 입대한 모든 의경은 제주도나 강원도는커녕, 선택의 여지없이 서울로 배치되었다는 것이다. 학원사태에 서울이 들끓을 때 대학 앞에 진을 친 그 많은 의경이 다 어디서 왔겠느냐고, 잿빛 바바리도 서울로 배치되었다 하더라고, 친구 중 누군가 말해주었을 것이다. 잿빛 바바리. 아직도 그 이름을 듣는 것만으로도 가슴에서 썰물이 지는 것 같은 사람. 그도 의경으로 지원할 때, 거기 교문 밖에서 친구들이 던지는 돌을 맞으며 친구들을 향해 최루탄을 쏘게 되리라고는 예상하지 못했을 것이다.

그건 딱히 잿빛 바바리만의 문제가 아니다. 거기 헬멧을 쓰고 방패를 들고 서 있는 모든 의경이 다 같은 또래의 젊은이들이고 바로 어제까지 교문 이쪽에 있던 사람들이라는 점이다. 입대하지 않았다면 분명 이쪽에서 함께 어깨를 겯고 있었을 동료들이다. 이 정부가, 젊은이들을 동원하여 싸움을 맞붙여놓고 있다는 자각. 이 정부가 투계꾼이 되어, 한 닭이 다른 닭의 항문을 쪼아 창자가 흘러나올 때까지 투계를 시키며 그것을 즐기고 있다는 자각. 어떤 거대한 힘의 조종 아래서 한낱 꼭두각시 싸움닭이 되어 있다는 자각, 그런 자각이 견디기 힘들다.

물론 그런 자각은 마음 깊은 곳에서만 있는 것이어서 그 여자는 열심히 스크럼에 어깨를 겯는다. 그렇게 교문 밖 진출이 번번이 좌절되던 어느 날, 쿠데타의 조짐이 보인다는 소문이 들려온다. 군부대가 이동했다는 소문이다. 어떻게 되는가. 정말 예전으로 되돌아가는가. 그럴 수는 없다고. 다시 그 암흑의 시절로 되돌아갈 수는 없다고, 다시 그 답답하고 억눌린 분위기 속에서 살 수는 없다고,

다들 의견을 같이한다. 그때도 그 여자의 학교는 여전히 교문을 뚫지 못한 채 교내에만 붙잡혀 있던 때다. 그리고 오월 십사 일, 시위를 이끄는 선배가 말한다.

"어제, 육 개 대학 학생 이천오백 명이 도심에서 가두시위를 벌였습니다. 불행히도 우리 대학은 경찰 저지선을 뚫지 못해 동참하지 못했습니다. 오늘도 도심 진출이 있습니다. 스크럼을 짜고 함께 교문을 뚫지 못하면 개별 행동으로, 각자 도심으로 들어갑니다. 집결지는 광화문, 시간은 오후 네 시입니다."

교문 앞에서 몇 차례 의경과 맞붙은 다음 시위대는 해산한다. 아침부터 꾸물거리던 하늘이 오후가 되자 가는 비를 흩뿌리기 시작한다. 그 여자는 경이와 같은 과 여학생 세 명과 함께 학교 앞에서 134번 버스를 탄다. 버스 안에 있는 모든 학생이 종로 2가와 광화문에서 내린다. 아직 본격적인 시위는 시작되지 않은 상태다. 광화문과 종로 2가에 이르는 거리에는 군데군데 모여선 학생들과 그들을 지켜보는 의경들의 무리가 팽팽한 긴장을 조성하고 있다. 거리 전체가 거대한 긴장과 침묵에 싸여 있다. 흐린 하늘에 비까지 내려, 긴장과 침묵을 더욱 무겁게 한다.

그 여자는 친구들과 함께 한 건물의 현관에 자리 잡는다. 다들 조금씩 긴장한 표정이다. 도심 진출도, 그렇게 대규모의 시위도 처음이다. 건물의 창마다 거리를 내다보는 걱정 어린 시민들의 얼굴이 있다. '두려워하지 마. 두려움 없이 함께 있는 것, 그것이 투쟁의 시작이야.' 그 여자는 손수건을 쥔 손에 힘을 준다.

그때는 아직 노학연계가 이루어지지 않은 때다. 노동 현장에서도 시위는 있지만 임금 인상과 노동 조건 개선만을 목표로 하고 있다.

시민들은, 심정적으로는 학생들의 시위에 동조하지만 한편으로는 지나치게 과격하고 무분별하게 행동하지 않기를 바란다. 그때까지도 모든 국민은 민주주의가 거의 이루어졌다는 환상 속에 빠져 있다. 그도 그럴 것이, 아직은 전두환이라는 존재가 국민들 앞에 본격적으로 얼굴을 드러내지 않던 때다. 말하자면, 학생들이 먼저 앞장서야 하는 상황이다. 그런 다음에 시민들과 노동자들이 따라와 주기를 기대해야 한다.

네 시 십 분 전쯤에, 두세 명의 학생이 차도로 뛰어들며 소리친다. "계엄령을 해제하라!" 이어 순식간에 학생들이 까맣게 밀려나와 그들 뒤를 따른다. 그 여자도 친구들과 함께 차도로 뛰어든다. 어디에 있던 학생들일까. 순식간에 차도며 인도가 학생들의 물결로 까맣게 뒤덮인다. "전두환은 물러나라!" 의경들은 즉각 최루탄을 쏘고, 최루탄이 떨어진 곳에서는 약간의 소란이 일어나지만 대오는 별로 흐트러지지 않는다. 추적추적한 봄비는 계속 내리고 비 때문에 최루탄은 그리 큰 효과를 내지 못한다. 다들 비를 맞으며 앞으로 앞으로 밀려간다.

그렇게 큰 물결 속에 섞여 흐르며, 그 여자는 그 전까지 느껴보지 못했던 느낌을 받는다. 가슴이 뜨거워지는 충일감, 의식이 어딘가로 높이 들어 올려지는 고양된 느낌, 아무것도 거칠 것이 없는 충만한 자신감. 그것은 확신의 문제다. 역사는 1960년 사월처럼, 다시 한 번 1980년 오월을 기억하게 될 것이다. 제가 그 현장에 있었던 1980년 오월. 이제는 누구의 어떤 음모로도 이 땅의 민주주의를 저지할 수 없다. 그런 확신에 사로잡힌다. 나중에, 그것이 얼마나 순진하고 소박한 환상이었던가를, 1980년 오월을 얼마나 큰 치욕과 부끄러움으로 떠올리게 될지를 그때까지는 아직 모른다.

시위대에 밀리던 경찰들이 일제히 반격을 시작한 것은, 거리가 어두워지기 시작할 무렵이다. 종로와 광화문 거리뿐 아니라 남대문, 서울역에도 학생들이 깔려 있다. 어두워지자 경찰은 일제히 반격에 들어간다. 쉴 새 없이 최루탄을 쏘고, 퇴로를 차단하고, 학생들을 연행하기 시작한다. 골목으로 피해 달아나면, 골목 끝까지 쫓아와서 잡아간다. 시청 앞으로, 시청 앞으로! 퇴각하는 학생들 사이에서는 다음 집결지가 입에서 입으로 건너간다.

그 여자는 경이와 함께 골목으로 피한다. 다들 어디서 어떻게 떨어졌는지, 옆에는 경이밖에 없다. 저쪽에서 밀려오는 두 명의 경찰이 보인다. 앞쪽은 막다른 골목이다. 두 여자는 잠깐 당황한다. 피할 곳이 없다. 꼼짝없이 끌려가는가. 그런 생각을 하는데 경이가 그 여자의 손을 잡고 옆에 있는 건물 안으로 들어간다. 계단을 뛰어오르니 이 층은 찻집이다. 몸을 숨길 곳을 찾아 옥상까지라도 달려갈 태세였지만 찻집을 보자 마음이 바뀐다. 그 여자는 경이에게 눈짓으로 찻집을 가리킨다.

찻집으로 뛰어 들어가자 손님들의 시선이 일제히 쏠린다. 대체로 젊은이들인 손님들은 그들의 등장에 조용해진다. 그 여자와 경이는 빈 테이블로 가서 마주 보고 앉는다. 종업원이 물컵 두 잔을 그들의 테이블 위에 재빨리 놓고 간다. 실내는 완연히 긴장과 침묵 속에 싸여 있다. 음악만이, 볼륨을 더 높인 음악만이 크게 흐른다.

숨 돌릴 틈도 없이 입구가 열리며 경찰 두 명이 나타난다. 경이는 입구를 등지고 있고, 입구를 마주 보고 있는 그 여자는 테이블 위에 책을 펼쳐놓은 채 고개를 숙이고 있다. 고개를 숙이고 있어도 경찰의 움직임이 완연히 잡혀온다. 경찰들은 실내를 한번 둘러보고, 고개를 갸우뚱하며 서로 마주 본다. 다시 한 번 실내를 둘러보고, 그리고 문을 닫고 돌아나간다. 그들이 나가고도 실내는 잠시 동안 긴장에 싸여 있다. 한참 만에 그 여자가 비로소 책에서 고개를 들고 커피 두 잔을 주문한다.

"시청 앞으로 가자."

말없이 커피를 마시다가, 그동안 생각에 빠져 있던 경이가 먼저 말한다. 찻집으로 뛰어들어 연행당할 위기는 모면했지만, 그건 아무래도 지혜로운 행동이라기보다 부끄러운 행위였다는 생각이 짙다. 그 여자는 고개를 끄덕인다.

밖으로 나갔을 때는 거리가 텅 비어 있다. 차도에는 다시 차들이 다니고 차바퀴 밑에 깔리는 유인물들만이 거리에 희끗희끗하게 깔려 있다. 이따금 학생들이 떨군 손수건이며 마스크 같은 것들이 보인다. 거리에는 경찰이 가득 깔려 있다. 시청 앞으로 가려면 지하도를 건너야 하는데, 지하도 입구마다 경찰이 서서 행인들을 검문하고 있다. 그 여자는 경이와 함께 경찰을 피할 수 있는 길을 우회한다. 그러나 가도 가도 경찰은 계속 나온다. 지하도 입구마다, 육교 입구마다, 경찰이 있다.

그 여자는 결국, 그 길을 건너지 못한다. 비에 젖은 몸으로, 피로와 패배감을 안고, 안국동 쪽으로 가서 버스를 타고 귀가한다.


다음 날, 오월 십오 일, 전날보다 더 많은 학생이 교내 집회에 모인다. 우선 전날 시위에 대한 보고가 있다. 칠만 학우들이 도심에 집결했고, 밤 열 시가 넘어 시청 앞에서 해산했다는 내용이다.

"어제에 이어 오늘도 도심으로 진출합니다. 어제처럼, 스크럼을 짜고 경찰 저지선을 뚫지 못하면 개별 행동으로 시내로 나갑시다. 집결지는 서울역, 시간은 오후 네 시입니다."

전날보다 더 많은 학우가, 전날보다 더 힘찬 구호를 외치며 교문을 향해 돌진한다. 그런데 이게 웬일인가. 그 전날까지 한 발짝도 교문 밖으로 나가지 못하도록 완강하게 방어하던 경찰이 그날은 멀리서 바라보기만 한다. 학생들의 행렬은 더 힘을 얻어 순식간에 교문을 뚫고 나간다. 그때 학우들은 또 환상에 빠진다. 아, 이 정부가 열렸구나. 학생들의 성난 물결에 고개를 숙이고 있구나.

그러나 지금 돌이켜보면, 학생들에게 순순히 길을 터줄 때부터 그 정부의 속셈을 알았어야 했다. 교문에서 순순히 길을 터주던 속셈을, 모든 대학에서 모든 학생이 몰려나와 시내 교통이 완전히 마비되었는데도 아무런 통제도 하지 않던 속셈을. 그들은 학생들이 서울역에 모일 때까지 기다렸다가 그제야 난폭하고 과도한 진압작전을 실행하려 했을 것이다. 교통이 불편해진 시민들 사이에서 불만의 소리가 흘러나오기를 기대하고, 학생들의 무분별함과 과격함을 시민들에게 직접 목격시키려 했을 것이다. 그렇게 해서 학생들의 행동에 대한 부정적인 여론이 조성되도록 유도한 다음, 그 여론을 등에 업고 정당성을 획득하여 학생 시위를 무력으로 진압하려 했을 것이다. 그들에게는 학생들을 잡아들이고 시위를 진압할 명분이 필요했던 것이다. 아직은 민주주의가 이루어졌다는 국민의 환상을 깨지 않은 채, 조심스럽게 정권을 손아귀에 넣는 작전을 수행 중이던 그들로서는.

교문을 빠져나간 학생들의 행렬은 점점 커진다. 회기동 로터리에서 외대 학생들을 만나 함성과 박수 속에서 한 물결을 이룬다. 전농동 로터리에서는 서울시립대 학생들과 합류하고 제기동 로터리에서는 고려대 학생들과 합류한다. 시내로 들어갈수록 물결은 점점 커지고, 학생들 사이를 떠다니는 자신감, 비장함 같은 것은 점점 더 고조된다. 그날 날씨가 어떠했던가. 흐렸다고 기억되는 것은 청계천을 지날 때, 사방이 우중충한 그 거리에서 받은 인상이다. 맑았다고 기억되는 것은 주변 도로에 서서 박수를 쳐주던 시민들의 호응에서 받은 인상일 것이다. 아무튼 비는 오지 않았다 서울 동북부 지역 대학생들은 청계로를 따라 서울역으로 간다. 계엄 해제, 계엄 해제, 구호에 맞추어 뛰어간다. 시위대는 빨라졌다 느려졌다 한다. 빨라질 때는 거의 뛰는 걸음이 된다. 보폭이 좁은 그 여자는 남들보다 조금 더 많이 뛰어야 한다. 시위대의 흐름이 느려질 때는 천천히 걸으며 숨을 고른다. 전두환은 물러가라, 전두환은 물러가라. 걸음이 느려질 때는 구호를 외치고 노래를 부른다.

지금도 믿기지 않는다. 정말 그런 일이 있었을까. 그렇게 엄청난 규모의 시위대가 서울 시내를 가로질러갔던가. 회기동에서 서울역까지의 그 먼 길을. 무엇보다 믿기지 않는 것은 그 자신감이다. 하늘에라도 가 닿을 듯하던 투지와 확신. 우리가 이루어내는구나. 우리 손으로 1980년 오월의 자랑스러운 역사를 만드는구나. 그러나 지금 생각하면 순진하고도 어리석었던 환상이다. 역사는 결코 똑같이 반복되지 않는다. 저 1960년 사월은 다시 재현되지 못한다.

서울역에 도착하니 이미 더 가까운 곳에서 출발한 학생들이 도착해 있다. 미리 도착한 학생들은 서울역 광장과 그 앞 로터리에 앉아 연좌 농성을 하고 있다. 그 공간이 학생들의 물결로 까맣게 덮여 있고, 서울역 앞 고가차도에는 시민들이 가득 모여 나와 있다. 멀리 서울역 시계탑이 오후 네 시를 넘고 있고, 그 앞으로는 버스 지붕에 올라선 몇몇 학생이 마이크를 잡고 시위를 주도하고 있다.

그 여자는 서울역과 남대문 중간쯤의 차도 한가운데 서 있다. 앞, 뒤, 옆 할 것 없이 학생들이 빼곡히 들어서 있어 한 발 옮겨 디딜 틈도 없다. 경찰은 어디 먼 곳에 있는지 보이지 않는다. 평화적인 시위가 한동안 계속된다. 계엄령을 해제하라, 유신 잔당 물러가라, 전두환을 몰아내자, 구호를 외치면 고가차도 위에 있던 시민들도 박수를 치며 호응한다. 지도부는 비폭력 평화 시위임을, 끝까지 질서를 지켜줄 것을 반복해서 확인시킨다.

그러나 얼마 지나지 않아 사태가 급변한다. 최루탄이 날아오기 시작한다. 발 디딜 틈도 없이 빼곡히 들어차 있는 학생들 위로 최루탄이 떨어지자 일시에 큰 혼란이 인다. 밀고 밀리는 중에, 그 여자의 바로 등 뒤에서 최루탄이 터지기도 한다. 질서, 질서, 학생들 사이에서는 자연스럽게 구호가 나오고 가까스로 질서가 유지된다. 고가차도 위에서 구경하던 시민들은 최루탄이 터지기 시작하자 하나둘 자취를 감춘다.

그 여자는 군중에 밀려 인도 쪽으로 나온다. 인도로 나오니 거기서는 다른 일들이 벌어지고 있다. 남학생들이 인도의 보도블록을 파내서 깨뜨리고 여학생들이 잘게 부서진 시멘트 조각을 옷자락에 담아 나르고 있다. 돌들은 앞쪽으로, 앞쪽으로 전달된다. 돌들을 보자 또 잠깐 회의가 온다. 누구에게 던지는 돌인가. 그러나 회의는 마음 깊은 곳으로 누른 채, 그 여자도 돌을 나른다. 폭력의 상대성, 혹은 폭력의 자가 증식성.

최루탄이 날아오고 돌들이 날아가는 난투전이 한동안 계속된다. 인도의 보도블록을 모두 파내서 더 이상 돌을 만들 수 없을 때까지, 난투전은 계속된다. 언제부터인가, 학생들은 모두 웬만한 최루탄에는 견딜 수 있을 만한 내성이 생겨 있다. 난투전이 계속되던 중, 한 소리가 들린다.

"중앙청으로! 중앙청으로!"

지도부의 작전이 바뀐 모양이다. 지시사항은 빠르게 학생들 사이로 전달되고 서울역을 향하고 있던 대규모 시위대는 머리를 튼다. 이미 날은 어두워져 있다. 남대문 쪽에 서 있던 그 여자는 시위대가 방향을 틀자 선두 그룹에 속하게 된다. 뒤쪽으로는 서울역 로터리며 서울역 광장에 있는 학생들이 길게 늘어서 있다. 여전히 경찰의 최루탄을 맞으면서. 남대문을 지나 완만한 내리막인 시청 쪽을 바라보니 시청 로터리에는 경찰들이 진을 치고 있다. 그동안 본 모든 경찰을 다 합한 것만큼 되는 수의 경찰들이 거기, 넓은 시청 앞 광장에 버티고 있다. 쉽지 않겠구나. 더구나 중앙청이라는데.

앞으로 밀려나갔다가 뒤로 물러나는 일이 몇 차례 반복된다. 다시 보도블록을 깨뜨려 앞으로 전달하고 선두에서는 경찰을 향해 돌을 던지며 밀려나간다. 그러나 가만히 서서 최루탄을 쏘아대는 경찰 저지선을 뚫지 못한다. 돌진과 후퇴가 몇 차례 반복된 후, 갑자기 전달사항이 바뀐다. 해산, 해산. 그 여자는 어이없어한다. 해산이라니. 이 팽팽한 격돌의 한가운데서 아무 이유도 없이, 아무 설명도 듣지 못한 채 해산이라니.

나중에 안 일이다. 그때, 십만여 명의 학생이 서울역 주변에 모여 시위 중인 바로 그때, 효창운동장과 잠실운동장 주변에는 군인들을 실은 트럭과 장갑차가 집결하기 시작한다. 그들은 한미연합사의 직접적인 통제를 받는 20사단 소속이다. 정보를 전달받은 운동 지도부에서는 두 가지로 의견이 나뉘었던 모양이다. 큰 불상사가 나는 일은 막자는 쪽과, 그럴수록 더 강경하게 밀어붙이자는 쪽. 그 와중에서 지시사항이 번복되었던 모양이다. 정말 그들은 학생들을 향해 총을 겨눌 생각이었을까. 알 수 없다.

사람들은 그 일을 '서울역 회군'이라고 부르는 모양이다. 그 후로도 그 여자는 가끔 생각한다. 그때 서울역에서 그렇게 맥없이 해산하지 않았다면 상황이 좀 달라졌을까. 끝까지 자리를 지키며 조금 더 강하게 밀어붙였다면, 몇 명쯤의 사상자가 나더라도 끝끝내 중앙청을 향해 돌진했다면, 그랬다면 좀 달라졌을까. 그 후, 급전직하로 치닫는 정국을 막을 수 있었을까. 1980년대의 저 암울한 신공안정국과 거듭되는 학생들의 희생을 막을 수 있었을까.

다음 날 정부는 비상계엄령을 확대하여 전국 모든 대학에 일제히 휴교령을 내린다. 그날도 그 여자는 또 학교에 간다. 교문에 붙은 휴교 공고를 바라보다가, 교정을 점령하고 행군하는 군인들을 바라보다가, 힘없이 돌아서는 길에 입술을 문다. 어떻게, 어떻게 그런 일이 일어날 수 있는가. 몇몇 선배는 구속되고, 그보다 더 많은 사람에게 수배령이 내린다. 푸른 점퍼, 엘비스 박, 같은 과의 시 쓰는 후배, 같은 고향인 후배…… 경이는 어떻게 되었을까.

그 여자는 친구들의 소식을 듣기 위해 자주 드나들던 찻집에도 들르고 식당에도 들러본다. 그러나 어떤 소식도 들을 수 없다. 집으로 돌아와 아무것도 손에 잡히지 않는 무력감으로, 다들 어떻게 되는가 하는 초조감으로 창밖만 내다보며 앉아 있다. 어떻게, 어떻게 그런 일이 일어날 수 있는가. 하늘은, 하늘은 어쩌자고 저토록 푸른가, 중얼거리면서.

그날, 전국의 주요 도시에는 탱크를 앞세운 군 병력이 투입된다. 대부분의 재야 정치인이 체포 구금되고 야당 정치 지도자는 가택 연금된다. 언론 통폐합이 있고 모든 정치활동은 금지된다. 국회의 사당을 군 병력으로 봉쇄하고 이미 소집 공고된 임시국회를 강제 해산한다. 하룻밤 사이에 세상은 완전히 달라진다. 민주주의가 다 이루어졌다는 소박한 환상에서 깨어나며, 그제야 국민들은 전두환 중앙정보부장이라는 자의 존재에 대해, 그가 가지고 있는 속셈에 대해 비로소 눈을 뜬다. 그러나 이미 늦었다. 방학이 될 때까지 교문은 열리지 않는다. 학교에서는 각 가정으로 통신문을 우송한다. 통신문에는, 학기말 고사는 리포트로 대신한다는 것과 각 과목별 리포트 주제가 적혀 있다. 리포트를 제출하여 터무니없이 후한 학점을 받고, 그길로 여름방학에 들어간다. 새 학기가 될 때까지, 교문은 여전히 닫혀 있다.

주인아주머니가 부른 건 휴교령이 내리고 열흘쯤 후다.

"학생, 전화 받아요."

그 여자는 금세 긴장한다. 주인집 전화번호는 그동안 어머니께밖에 알려드리지 않았다. 공연히 폐를 끼치고 싶지 않아서다. 그러나 휴교령이 내리기 얼마 전, 몇몇 친구에게 전화번호를 알려주었다. 무슨 일이 생기면, 비상연락망이 필요하므로. 그 전화번호를 가지고 있는 사람들은 대체로 수배 중이다. 예상대로 그들 중 한 사람, 푸른 점퍼다.

"좀 만났으면 하는데요."

"그래요, 어디?"

그 여자의 목소리는 다급하지만 그는 의외로 차분하게 약속 장소를 일러준다.

"외대 정문에서 석관동 쪽으로 백 미터쯤 가다 보면 동백다방이라는 데가 있어요. 오른쪽에. 이따가 저녁 아홉 시에 거기 있을게요."

전화를 끊고 방으로 돌아와 그 여자는 주머니를 뒤진다. 가지고 있는 돈을 모두 챙기고, 어디 더 처박아둔 돈이 없을까, 철 지난 옷의 주머니도 뒤져본다. 지금 기억하기로 그때, 가난했던 그 여자의 수중에 있던 돈은 모두 오천 몇백 원이다.

동백다방은 학생들이 전혀 가지 않는 곳, 나이든 아저씨들이 쌍화차를 시켜놓고 텔레비전을 바라보고 앉아 있는 곳이다. 그런 장소를 택한 것은 수배자의 주도면밀함일 것이다. 그 여자가 자리에 앉자 바로 푸른 점퍼가 들어온다. 여전히 그 푸른 점퍼를 입고 있다. 오래도록 갈아입지 못한 옷은 많이 구겨져 있고 얼굴도 초췌하다. 그럼에도 여전히 순한 표정에 온유한 눈빛을 하고 있다. 그는 저녁을 먹었다고 한다.

그들은 그 찻집에서 차를 마시며 이야기한다. 어떻게 지내느냐는 얘기, 다른 사람들 소식은 들은 게 없느냐는 얘기, 앞으로 어떻게 될 것 같으냐는 얘기, 그러나 아무것도 뚜렷하게 눈에 보이는 것은 없다. 이야기를 하면 할수록 점점 더 미궁으로 빠져들 뿐이다. 온전한 무력감만을 나누어 가지고, 그들에게 아무것도 해줄 수 없는 자신을 속상해하며, 그 여자는 걸어서 집으로 돌아온다. 찻값을 치르고 담배 두 갑을 사주고 나머지 돈은 모두 푸른 점퍼에게 넘겨준 후. 그때 그 여자가 할 수 있는 일이란 그것이 전부다. 그 후로도 그 여자가 할 수 있는 일은, 그런 범주의 것들밖에 없다.

서울역에서 군부대의 이동 소식을 듣고 그렇게 맥없이 물러나지 않았다면……. 그 여자는 가끔 생각한다. 뒤늦은 후회처럼. 또 하나 아쉬움이 있다. 그때 노동자와 시민들이 모두 합세했더라면 하는 점이다. 시민들이 그렇게 관망만 할 게 아니라 좀 더 적극적으로 합세했더라면 하는 아쉬움. 그랬다면 상황이 달라질 수도 있지 않았을까.

그 여자가 1987년의 유월항쟁 때, 하루도 빠짐없이 시청 앞으로, 광화문으로 나갔던 이유도 그것이다. 1980년 오월에, 시민들이 조금만 더 적극적으로 지지해주었더라면 하는 아쉬움, 온 국민이 다 함께 민주화를 외쳤어야 했다는 뒤늦은 안타까움, 그런 것들 때문이다. 그때 이미 사회 깊은 곳에 발을 담그고 안일한 월급쟁이의 일상에 묻혀 있으면서도 하루도 거르지 않고 유월항쟁에 동참했던 이유는 그것이다. 그 유월항쟁에 참여했던 모든 시민은 다 기억하고 있었을 것이다. 저 1980년 오월의 뼈아픈 패배를, 다시는 그런 일이 반복되어서는 안 된다는 사실을.

## 31

삼 학년 이 학기에 접어들자 학교 분위기는 다시 일 학년 때와 똑같아져 있다. 아니, 그때는 그저 무기력하고 답답하기만 했는데 이제는 절망과 억눌림까지 더해져 있다. 그동안, 무력으로 광주를 다스린 그 정부가, 이제는 드러내놓고 새로운 공안정국을 조성해나간다. 교내에서는 어떠한 집회나 시위도 금지되고, 작은 시위의 기미만 보이면 어디선가, 채 일 분도 지나지 않아 사복 경찰들이 나타난다. 교내 어디에나 사복 경찰들이 깔려 있다.

그동안 물밑 작업만 하던 전두환 씨가 본격적으로 통치 및 통제를 하기 시작한다. 유신헌법을 폐지하고 이른바 민주헌법을 마련하여 그것에 대한 국민투표를 앞두고 있다. 각 대학에서는 간간이 시위가 있지만, 매번, 강경한 진압에 의해 무산되고 만다. 그 여자가 다니는 학교도 몇 차례 시위가 있다. 그러나 마구 쏘아대는 최루탄과 밀려드는 진압대에 의해 번번이 해산되고 만다.

그때까지도 검열을 받고 있던 언론은 치밀하고 교묘한 방법으로 학생운동을 비난하기 시작한다. 그 여자는 기억한다. 시월 중순쯤에 보았던 신문을. 그날, 그 여자가 본 세 가지 신문은 동시에, 학생운동에 대한 시민들의 부정적인 인터뷰를 싣는다. 똑같은 기획, 똑같은 내용, 똑같이 강경한 어조다. 의도적으로 여론을 조성하고, 그 여론으로 국민들을 유도하고 있다.

회사원(36세), 그들의 혈기는 이해한다. 그러나 그 혈기가 무분별한, 그리고 소수의 선동에 휩쓸린 방종으로 느껴지는 이상, 한 사회인으로서, 대학 선배로서 안타깝기 그지없다.

교사(36세), 학생 시위는 그나마 안정되어가고 있는 국민들의 마음을 또다시 불안하게 만들고 있다. 도대체 학생들은 어떻게 하겠다는 것인가. 성급하고 경솔한 판단으로 행동하다가는 '10·26 이후의 파국'이란 시행착오만 범할 뿐이다.

회사 중역(45세), 월남이 패망한 이유를 상기해야 한다. 경거망동하면 김일성만 좋아한다. 구월 초 대학들이 차례로 개강한 이래, 면학 분위기가 조성되어가고 있다는 보도를 여러 번 들었다. 그런데도 일부 학생이 마치 자기들의 주장만이 최선인 것처럼 생각하는 것은 납득할 수 없다.

그 밖에도 학생(22세), 가정주부(32세) 등등의 인터뷰 내용은 하나같이 똑같다.


개강을 한 학교는 아무 탈 없이 굴러간다. 막막한 침묵, 무기력한 답답함, 억압되면서 더 강하게 가슴속 지층을 흔들고 다니는 울분들과 함께. 구속된 학생들은 어떻게 되었는지 알 수 없고, 수배 중인 학생들도 어디서 무엇을 하는지 알 수 없다. 막연히, 어딘가에서 조악한 식사와 불안정한 잠자리, 그리고 무엇보다 가슴속에서 들끓는 울분을 힘겹게 삭이고 있으리라 짐작할 뿐이다. 노동 현장으로 들어가기도 했을 것이다. 경이는, 그 여자처럼 경이도 아무 일 없이 다시 학교에 나온다.

그날, 그 여자는 이 층 강의실에서 오후 강의를 기다리고 있다. 몇 몇 친구와 함께 강의실 뒷자리에 앉아서, 창밖으로는 푸른 하늘과 교정의 가로수 꼭대기들이 내다보인다. 멍청하게 창밖을 내다보고 앉아 무력감과 답답함, 그리고 눈앞의 보이지 않는 먼 곳을 내다보고 있다.

그때 강의실 창 위로 하얀 종이 뭉치가 솟구쳐 오른다. 한 번, 두 번, 세 번. 솟구쳐 오른 종이 뭉치는 허공에서 흩어지면서 바람에 날려 팔랑팔랑 떨어져 내린다. 그 여자는 긴장하여 창으로 달려간다. 누군가 유인물을 뿌리고 있구나. 금방이라도 몸 안에 있는 뜨거운 무엇이 밖으로 달려 나갈 태세다.

창밖을 내다보았을 때의 광경을 그 여자는 정지화면으로 기억한다. 문리대 앞에 있는 나무들도, 그 앞에 드문드문 서 있는 학생들도, 심지어는 공중에 떠 있는 햇살까지도 일순 정지한다. 움직이는 거라고는 그때까지도 팔랑팔랑 흔들리며 허공에서 내려오는 종잇조각들이 전부다. 아주 큰 혼돈이 있은 다음의 적요, 아주 큰 총성이 있은 다음의 고요, 그런 것들이 허공을 팽팽하게 긴장시키고 있다.

일순간의 정지동작이 지나자 한쪽에서 움직이는 물체가 보인다. 서로 힘을 버티는 완강함. 양쪽에서 앞으로 끄는 힘과 가운데서 뒤로 물러나려는 힘이 팽팽하게 맞선다. 그러나 힘의 균형은 금세 무너진다. 세 사람은 비틀거리며 앞으로 걸어 나간다. 아, 그때, 그 여자는 본다. 가운데서 불가항력으로 끌려가고 있는 여학생을, 뒤로 깡총하게 머리를 묶어 올린 그 여학생이 경이라는 것을.

그 여자는 팅기듯 다급하게 강의실 문을 열고 나간다. 계단을 뛰어내리는 걸음이 고꾸라질 듯 위태롭다. 길고 가파르고 어두운 계단을 지나 밖으로 나가니 정지동작으로 멈춰 섰던 학생들이 다시 움직이고 있다. 유인물을 집어드는 학생, 말없이 교정을 가로질러 가는 학생, 힘없이 걸어가 잔디밭에 주저앉는 학생, 그 여자를 거슬러 강의실로 들어가는 학생. 그들 사이에 경이는 이미 보이지 않는다. 그 여자는 경이가 사라진 쪽으로 달려간다. 그러다가, 붙박이듯 바닥에 멈추어 서고 만다.

피다. 시멘트 바닥에 검붉은 피가 흥건히 괴어 있다. 아까 경이가 사복들에게 잡혀 완강하게 버티던 바로 그 자리다. 그 여자는 근처에 있는 학생들을 바라본다. 아무나, 의문이 가득 담긴 시선으로.

"유인물을 뿌린 후, 사복이 나타나자 동맥을 잘랐어요."

그 여자는 핏자국 앞에 주저앉는다. 가슴이, 다리가 떨려서 서 있을 수 없다. 머릿속으로 피가 솟구쳐 오르더니 순간적으로 눈앞이 캄캄해진다.

"괜찮을 거예요. 경희의료원으로 갔을 테니까."

아까의 그 목소리가 다시 들린다. 그 여자를 위로하듯, 혹은 자기 자신을 위로하듯.

그 피를 잊지 못할 것이다. 시멘트 바닥에 흥건히 괴어 있던 검붉은 피. 대의를 위해 자신을 죽이는 피, 그럼에도 여전히 그 방식에는 동의할 수 없는 피. 그 후 1980년대에 접어들면서 학생운동은 분신, 투신을 불사하지만, 그때까지는, 적어도 그때까지는 그것이 그 여자가 본 최초의, 가장 충격적인 사건이다.

몸과 마음이 진정된 후에, 그 여자는 경이의 핏자국을 따라간다. 점점이 흩뿌려진 피는 문리대 앞 광장을 지나, 교시탑을 지나, 교문 근처까지 이어진다. 핏자국이 점점 드문드문 눈에 띄고, 그 양도 점점 적어지면서. 그 여자는 대학병원으로 들어간다. 응급실에는 아무도 없다. 아니, 사람들은 많지만 경이나 사복은 보이지 않는다. 그 여자는 간호사에게 묻는다. 동맥을 자른 여학생이 들어오지 않았느냐고. 간호사는 고개를 젓는다. 들어오지 않았다는 건지, 말해줄 수 없다는 건지 물어볼 틈도 없이, 간호사는 차트를 들고 가버린다. 응급실의 어수선함 속에 서 있다가 그 여자는 밖으로 나온다.

경아, 왜 그랬니? 이건 아니야. 아무리 네가 추구하는 이상이 옳고, 네 행동이 정당하다 해도, 그런 방식으로는 아니야. 그 여자는 무슨 뜻인지도 모르면서 그렇게 중얼거린다. 그러다가 부끄러워진다. 제 비겁함이, 제 무력감이. 무엇보다, 불과 얼마 전까지만 해도 죽어버리겠다고 알약들을 모았던 자신이 부끄럽다.

경이가 왜 혼자 그런 일을 했는지 이해할 수 있다. 앞장서서 함께 시위를 이끌고 구호를 외치던 동료들은 모두 구속되었거나 수배 중이다. 경이는, 오직 제게만 아무 일도 일어나지 않았고, 저만 다시 학교에 다녀야 한다는 사실에 대해 참괴했을 것이다. 그 여자가 느꼈던 자책이나 죄의식이 그토록 무거웠던 걸 보면 경이는 그 몇 배는 더한 고통과 중압감 속에 있었을 것이다. 더구나, 정국의 억압 앞에 힘없이 가라앉기만 하는 학교 분위기에 대해서도 분노했을 것이다. 경이는 아마 그 일을 자청했을 것이다. 자신의 양심에 부끄럽지 않은 길을 택하고 싶었을 것이다.

아무도 동맥을 끊은 경이의 행동에 대해 말할 자격이 없다. 끊임없는 상대성을 가지며 증폭하던 그 폭력의 강도에 대해 이미 보아왔다. 누구도, 어떤 논리로도 경이의 행동에 대해 말할 수 없다. 할 수 있는 일이란 침묵을 지키거나, 경이처럼 행동하는 것뿐이다.

그 후 며칠 동안은 비가 오지 않는다. 그 청명한 가을날, 그 화사하던 햇빛을 기억한다. 비라도, 비라도 와주었으면, 그래서 저 핏자국을 좀 씻어주었으면. 그러나 비는 오지 않는다. 그 여자는 종이봉투를 들고 대운동장에 가서, 손바닥으로 흙을 퍼다 경이의 핏자국을 덮는다. 경이가 최초로 동맥을 자른 곳, 그래서 다른 곳보다 더 많이 핏자국이 남아 있는 곳을 흙으로 가린다. 그러고도 내내 비를 기다린다. 교문에서 문리대에 이르는 길에 점점이 떨어져 있는 그 핏자국을 모조리 씻어주기를 기대하면서.

경이의 피를 보면서, 그 여자는 제 마음속에서 또 두 피가 싸우는 것을 느낀다. 경이가 교정을 떠난 다른 학우들의 뒤를 따른 것처럼, 경이 뒤를 따라야 하지 않을까. 경이의 뒤를 따르려는 피는 아마 아버지의 피일 것이다. 그러나 어머니의 피, 언제나 냉철하게 사물을 바라보고, 자신에 대해 엄격한 어머니의 피는, 네가 갈 길, 네가 진정으로 하고 싶은 일이 무엇이냐고 묻는다. 문학? 이렇게 억눌린 세상에서 문학이 무슨 소용이지? 아버지의 피가 소리친다. 펜은 칼보다 강하지. 그렇게 대답하는 어머니의 피는 언제나 그 여자를 억압하고 버겁게 한다. 두 피의 싸움에 그 여자는 탈진할 지경이 된다. 어디에도 길이 없다. 그 어디에도.

며칠 후, 경이가 그 여자를 만나고 싶어 한다는 전갈을 가지고 온 사람이 누구였던가. 지금은 기억나지 않는다. 낯선 사람이었다는 것만 기억한다. 사복의 형사거나, 그의 말을 전해 받은 어떤 사람이었을 것이다.

"경희의료원 1705호실에 있습니다. 면회 와주었으면 한대요."

그 여자는 강의를 빼먹고 경희의료원으로 간다. 엘리베이터를 타고 십칠 층에 내리니, 병원 입구며 엘리베이터에서 그토록 붐비던 사람이 아무도 보이지 않는다. 간호사들이 앉아 있는 수부도 없고, 오직 긴 복도만이 있다. 병원이 아니라 호텔 같은 느낌. 아마 복도에 깔린 카펫이 그런 느낌을 주었을 것이다. 병실 문을 노크하자 삼십 대 초반쯤 되어 보이는 사내가 얼굴을 내민다. 무표정하지만 질박한 인상이다.

"김경을 만나러 왔는데요."

"김정숙 씨?"

"네."

사내는 몸을 틀어 그 여자가 들어갈 수 있도록 길을 내준다. 눈앞으로 아주 넓은 실내가 보인다. 바닥에는 복도와 같은 색 카펫이 깔려 있고 저편으로는 넓은 창이 있다. 창으로는 푸른 하늘과 먼 곳에 있는 건물 꼭대기가 조금 보인다. 경이는 그 창 밑에 있다. 침대에 기대앉아 있다가 그 여자를 향해 비스듬히 웃는다. 입꼬리가 양편으로 말렸다 다시 아래로 끌어당겨지는 웃음. 왼쪽 손목에는 붕대가 감겨 있고, 오른쪽 손등에는 링거액의 주삿바늘이 꽂혀 있다. 그여자는 침대 옆에 가서 서며 경이처럼 비스듬히 웃어준다.

"호강하지?"

경이는 여전히 입꼬리를 말아 올리며 실내를 둘러본다. 스무 평은 될 만큼 넓은 공간이다. 그럼에도 답답하다는 느낌이 먼저 온다. 낮은 천장 때문인지, 조도가 낮은 실내조명 때문인지, 아니면 경이가 그곳에 갇혀 있다는 생각 때문인지 알 수 없다.

"여기가 특실이래. 조영식 같은, 특별한 손님들만 입원하는 곳."

"뭐 필요한 거 없니?"

"이렇게 편한 데서, 필요한 게 뭐 있겠어?"

경이의 말이 자꾸만 냉소적으로 들리는 걸 그 여자는 위태롭게 경계한다. 사복경찰은 입구 쪽에 놓인 의자에 앉아 신문을 읽고 있다.

"저 사람은 늘 저기 있니?"

"응. 동침해. 원래 두 사람인데 한 명은 지금 밥 먹으러 나갔어."

"넌? 점심은 먹었니?"

"응. 병원에서 나와."

"건강은 어떠니?"

"좋아. 보다시피."

"언제 퇴원할 수 있니?"

"며칠 안으로."

"그러면 어떻게 되니?"

"구속되겠지. 지금도 구속 상태고."

경이는 아주 밝은 얼굴로, 아무 스스럼없이 그런 말을 한다. 거기까지 말하고 나자, 피상적인 안부를 다 묻고 나자 할 말이 없다. 경이와 그 여자는 한동안 창밖만 내다보고 있다. 그러다가, 두 사람이 동시에 말을 꺼낸다.

"학교는 어떠니?"

"왜 그랬어?"

말을 해놓고 마주 보고 웃는다. 낮게, 그리고 조금쯤 개운해지는 마음으로.

"학교는 조용해. 아니, 바보같이 명청한 상태야. 넌, 왜 그랬어?"

바보 같은 질문이지만 그 여자는 고집을 부린다. 그 행동의 이유나 목적, 그런 행동을 할 수밖에 없었던 상황, 그런 것들에 대해 묻는 게 아니다. 왜 혼자 그 일을 했느냐고, 왜 그렇게까지 했느냐고 말하는 것이다. 경이는 알아들었을 것이다. 그 여자를 향해 희미하게 웃었으니까.

"내가 해줄 일 없니? 전할 말이나…… 아니면, 부모님께라도."

"집에는 연락하지 않을 거야. 그리고……."

경이는 무슨 말을 하려다가 그만둔다. 입구에 앉은 사복을 한번 보더니 말을 바꾼다.

"나, 화장실 좀 데려다 줘. 저 사람들한테 화장실 데려다 달라는 게 얼마나 민망한지 아니?"

그 여자는 경이가 침대에서 내려오도록 도와준 다음 링거병을 들고 경이를 부축한다. 화장실은 병실 입구, 사복경찰이 앉은 의자 옆에 있다. 그는 신문에서 고개를 들고 두 여자를 힐끗 보고는 이내 신문으로 고개를 묻는다. 경이는 붕대가 감긴 왼손도, 주삿바늘이 꽂힌 오른손도 자유롭지 못하다. 그 여자는 문을 열고 경이를 들어가게 한 다음 청바지 단추를 풀고 지퍼를 내려준다. 경이는 변기에 걸터앉는다.

"정숙아, 너 요즈음 어떤 책 읽니?"

소변 소리를 가리기 위해서일까. 경이는 조금 크게 말한다.

"《궁핍한 시대의 시인》. 김우창 교수 평론집이야. 제목 좋지?"

"응."

"문장이 얼마나 미려하고 섬세한지, 조금만 방심하면 가닥을 놓치기 일쑤야. 처음에는 그 글에 적응되지 않아 고생을 좀 했어."

말을 하면서도 부끄럽다. 지금이 한가하게 책이나 읽을 때인가.

"그런데 왜 '궁핍한 시대의 시인'이니, 제목이?"

"그건 한용운에 대한 시인론이야. 한용운이 이 궁핍한 시대의 가장 대표적인 국화꽃이라고."

"무슨 말이니?"

"브레히트가 영웅이 없는 시대는 불행하다, 영웅을 필요로 하는 시대는 더 불행하다고 했잖아. 김우창 교수는 의사(義士)를 필요로 하는 시대는 영웅의 시대보다 조금 더 불행할 거라고 말해. 의인을 낳지 못하는 시대는 더 불행하고, 그보다 더 불행한 것은 시인만을 가진 시대라는 거야. 한용운을 가졌던 시대……."

지금 경이에게 이런 말을 하는 게 옳은가. 그런 생각으로 빨리 말을 맺는다.

"그래, 정숙아, 너는 글을 써."

변기에 걸터앉아, 한 손에는 붕대를 감고 다른 한 손에는 주삿바늘을 꽂고 변기에 걸터앉아, 경이는 무엇을 보았을까. 궁핍한 시대의 시인에 대해 말하는 그 여자의 눈에서 무엇을 보았던 것일까. 아주 먼 곳을 바라보면서. 너는 글을 써. 그 여자는 대답할 말이 없다. 너는 동맥을 끊고 구속 중인데 나는 글을 쓰라고?

"나, 책 좀 가져다줘."

"어떤 책?"

경이가 읽던, 그 여자에게 권했던, 금서로 규정되어 있는 책은 가져다줄 수 없을 것이다. 그 여자는 링거병을 공중에 높이 들고 경이를 내려다보며 묻는다.

"아무 거나, 너 읽는 거. 《궁핍한 시대의 시인》도 좋고."

그 여자는 다시 경이의 청바지를 올려주고 문을 열어주고 화장실

131

을 나온다. 경이가 침대에 눕도록 도와주고, 그러고도 한동안 그런 이야기를 나눈다. 경이가 처음에 꾸었던 꿈, 김수영 같은 시인이 되는 꿈을 아직도 가지고 있음을 확인하면서.

다음 날 그 여자는 《궁핍한 시대의 시인》을 들고 다시 경희의료원으로 간다. 그러나 이번에는 면회가 되지 않는다. 전날과는 다른 사복경찰이 책만 받아들고, 전해주겠다고 한 후 문을 닫는다. 책을 주면서 하고 싶은 말이 있었는데, 그 책은 두고두고, 오래 씹을수록 맛있을 거라고, 그런 말을 하고 싶었는데……. 그 여자는 닫힌 문을 잠시 바라보다가 돌아서 온다.

경이는 그렇게 학교를 떠난다. 그리고 연락이 끊긴다. 경이와 같은 과 친구에게 경이의 집 연락처를 물어보았지만 '몰라, 후암동 어디라던데…….'라는 애매한 답변만 듣는다. 경이는, 그 여자처럼 어두운 배경을 짐작하게 하는 경이는, 누구에게도 연락처를 남겨놓지 않았다. 그 여자가 학교에서 사라지면 아무도 그 여자를 찾을 수 없었을 것처럼, 경이도 그렇게 떠나버린다. 그 후 검찰로 넘어갔다는 소문이 들리고, 그다음 재판을 받는다는 얘기가 들리고, 삼 년을 선고받았다는 소문만 막연하게 들려온다. 그 소문들이 대체 어디서 나오는지, 아무리 추적하고 다그쳐도 소문을 전해주는 사람들은 다들 모른다고만 한다.

그 후로 오래도록 경이는 그 여자에게 부채감으로 남는다. 무거운 짐을 모두 경이에게 떠넘기고, 자신은 안락한 일상을 영위하지 않았는가. 그 시절의 무력감을 떠올리면 경이가 떠오르고, 경이가 생각나면 부채감으로 얼굴이 붉어진다.

그 여자의 소설에는 이따금 운동권 친구들 얘기가 나온다. 그것은 그 여자의 부끄러움과 부채감의 아주 작은 표현이다. 그 애기를 쓰는 손길조차 머뭇거리게 만드는, 깊은 참괴의 아주 작은 표현이다. 어떤 이들은 왜 그렇게 운동권 애기가 끊이지 않고 드문드문 등장하느냐고 묻는다. 그런 질문조차 그 여자에게는 가슴에 와 닿는 칼날이 된다. 저 질문에는, 내가 운동권 애기를 파슬리나 세이지처럼 소설의 장식 요소로 넣고 있다는 의미가 내포되어 있는가. 그 애기를 쓰기조차 미안한, 그 시절의 모든 학우에게 진 빚을, 그저 지적 유희 정도로만 받아들인다는 뜻인가. 그러면 그 여자는 입술을 깨물며 입을 다문다. 아무에게도, 그 누구에게도 제 등에 얹힌 혹의 무게를 알려줄 수 없다고.

또 어떤 이들은 흥분한다. 왜 운동권 애기를 그렇게 무기력하고 부정적으로 그리느냐고. 그 여자의 첫 장편을 읽은 어떤 사람들이 그런 느낌을 받는 모양이다. 그들은 심지어, 그 여자가 운동권과 아주 대척지에 서서 운동권 전체에게 주먹질을 하고 있다고도 받아들이는 모양이다. 그러면 그 여자는 또 가슴 깊은 곳에서 피가 흐른다. 그 시절의 상실감과, 친구들에 대해 진 빚과, 그들에 대한 애정이 그런 식으로 보이기도 하는 모양이구나……. 물론 안다. 그 여자가 가지고 있는 시선, 자기 자신을 포함해 세상을 아주 차갑게, 한 발 물러나 바라보는 시선의 문제일 거라고. 그러면 더욱 할 말이 없다. 다만 한 가지 위안이 되는 것은, 경이는 그 여자의 마음을 알 거라는 점이다. 경이를 비롯해, 푸른 점퍼, 엘비스 박, 그 시절의 선후배들은 모두 이해할 것이다. 그것만으로 충분하다. 그것만으로…….

경이 얘기를 조금 더 해야겠다. 그 후로도 간단없이 부딪히는 경이 얘기.

　그 여자가 경이를 다시 만난 건 대학을 졸업한 이듬해다. 여수에서 일 년간의 교직을 그만두고 서울로 올라왔을 때, 경이가 '빵'에서 나왔다는 소문을 듣는다. 그리고 어느 날, 종로서적에서 경이를 본다. 사람들이 많은 서점에서, 뒷모습만으로도 경이를 알아본다. 이제는 머리를 깡총하게 묶고 있지 않지만, 머리 모양이 바뀐 단발머리지만, 그 여자는 멀리서도 단숨에 경이를 알아본다. 반가워서였을 것이다. 그렇게 사람이 많은 곳에서 큰 소리로 그의 이름을 불렀던 것은.

　"김경!"

　그러나 경이는 돌아보지 않는다. 이름을 불린 순간의 아주 작은 놀람, 다음 순간의 짧은 머뭇거림, 그런 다음 천천히 고개를 돌려 그 여자를 확인하고 이내 몸을 틀어 사람들 사이로 사라진다. 재빨리, 그리고 감쪽같이.

　그 여자는 멍해진다. 잘못 보았는가. 그러나 이미 보아버렸다. 틀림없이 경이다. 무엇보다, 몸을 돌리던 순간 경이의 입매에 떠오르던 미소, 입꼬리가 위로 당겨졌다가 다시 비틀어져 내리는 그 미소를 보아버렸다. 경이는 늘 그런 미소를 짓지만 그날의 미소는 그 여자의 가슴에 길고 날카로운 칼날을 긋는다. 그 여자는 굳은 몸으로 꼼짝도 못 하고 서서 경이가 사라진 곳을 멍하니 바라본다. 자신의 비겁함과 무기력함, 거듭되던 회의, 문학에 대한 이기적인 사랑, 그런 것들이 일시에 가슴에서 피를 흘린다. 불빛 환한 서점 한가운데, 많은 사람 사이에 서서, 그 여자는 피 흐르는 가슴을 들여다본다.

그래, 경아, 네가 옳아. 그렇지만 난 이렇게밖에 살 수 없어. 내게는 문학이 필요해. 미안해…….

한순간의 고통이 지나고, 마음이 좀 편안해져서야 그 여자는 겨우 다른 사실을 유추해낼 수 있다. 그렇게 큰 소리로 이름을 불러서는 안 되었다는 것을. 아마 무슨 중요한 일을 하기 위해, 은밀한 만남이나 중요한 전달을 위해 거기 왔었을 거라고. 다시 한 번 제 부주의함에 가슴을 친다.

그렇게 해서 다시 한 번 경이를 놓친다. 그렇게라도 경이를 본 것을 다행으로 여기며 그 여자는 다시 제 일상으로 돌아간다. 경이가 건강해 보이고, 여전히 그 일에 대한 확신을 가지고 있고, 그 확신이 오랫동안 변함없을 거라는 사실을 믿으면서.

경이를 다시 만난 것은 그로부터 사 년쯤 후다. 1986년 시월항쟁으로 세상이 온통 들끓던 때다. 그 여자는 이미 세상의 한가운데에 들어서 있다. 그 시절의 친구나 후배들에게 해줄 수 있는 일이란 그들이 부탁하는 문건을 복사해주거나, 수배 중인 후배에게 적금을 깨어 주거나, 퇴근하면 시청 앞이나 광화문으로 나가, 이제는 민망하고 부끄러운 마음으로 구호를 따라하는 것뿐이다. 그 모든 행동의 배면에는, 그 시절의 모든 경이들에게 진 부채감이 있다.

경이는 어떻게 전화번호를 알았는지 그 여자에게 전화를 한다. 그 여자는 회사 일 층 로비에 있는 찻집에서 경이를 만난다. 종로서적에서 보았을 때보다 많이 지쳐 보인다. 얼굴은 꺼칠하고, 통통하던 볼도 홀쭉해져 있다. 그럼에도, 눈에서는 여전히 푸른빛이 뚝뚝 떨어진다. 나태한 월급쟁이의 일상에 마모되어가고 있는 그 여자에게 경이의 긴장된 모습은 말없는 질책이다.

"네 주민등록증이 필요해."

그 여자는 지갑에서 주민등록증을 꺼내준다. 경이는 그걸 받아 주머니에 넣는다.

"어디다 쓸 건지 안 물어보니?"

아니. 그 여자는 고개를 젓는다. 그걸로 무얼 하든, 네가 교정에서 뿌린 피, 네가 보여주었던 그 칼날 같은 미소, 그런 것보다야 한결 가벼운 일일 거야.

"걱정 마, 나쁜 일은 없을 거야."

그리고 두 사람은 이런저런 이야기를 나누었을 것이다. 현장에 있다는 경이의 일상에 관한 이야기, 잡지 일을 하는 그 여자의 일상에 관한 이야기. 그러면서 그 여자는 내내 경이가 달라졌다는 느낌을 받는다. 무얼까, 꼭 집어낼 수는 없지만 무언가 달라 보인다. 그런데 경이가 불쑥 말한다.

"나, 결혼했다."

"그랬구나. 그래서 어딘가 달라 보였구나."

"벌써 달라져 보이니? 아줌마 같니?"

"아니, 아줌마 같은 게 아니라, 뭔가 다르긴 한데 그게 뭔지는 모르겠어."

"누구랑 결혼했는지 안 물어보니?"

"누구?"

"종천 씨."

종천 씨? 그 여자는 언뜻 알아차리지 못한다. 한 박자 쉰 다음에야 생각난다.

"푸른 점퍼?"

그 여자가 먼저 웃고 경이가 따라 웃는다. 아주 오랜만에, 예전에 캠퍼스에서 그랬던 것처럼 소리 내어 크게 웃는다. 기분 좋고 편안한 웃음.

"그 사람도 빵에 갔다 와서, 현장에서 다시 만났어."

"행복해?"

"응."

그 마지막 질문은 그렇게 가볍게 해서는 안 되었는지도 모른다. 경이는 가볍게 대답했지만, 그건 사실이 아니었을 것이다. 비록 그들의 신혼이 행복했다고는 해도, 그들의 고단한 일상, 이상을 향한 험난한 길, 그런 것들을 번연히 알면서도 그렇게 묻는다는 것은 경솔한 일이다. 그렇게 경이는 다시 떠난다. 연락처를 알려주지 않은 채.

경이를 가장 최근에 만난 건 지난해 겨울이다. 그때도 경이가 불쑥 연락을 해온다. 그 여자는 신촌의 한 찻집에서 경이를 만난다. 경이는 또 달라 보인다. 열정으로 볼이 팽팽하던 모습도 아니고, 긴장으로 살이 내리던 초췌함도 없다. 입가에는 느슨한 미소를 띠고 수긋한 동작으로 찻잔을 들어 올린다. 현장에서 떠났구나. 그 여자가 유추할 수 있는 건 그것 하나다. 그래서 이번에는 그 여자가 먼저 말을 한다.

"아이가 몇이니?"

"아들 둘."

"예쁘겠구나. 엄마 닮아도 예쁘겠지만, 아빠 닮았으면 더 예쁠 거야."

그 여자는 웃으며 농담을 한다. 그러나 경이는 웃지 않는다.

"응, 예뻐. 그렇지만……."

경이는 잠시 말을 중단한다. 다시 찻잔을 들어 올리는 왼쪽 손목에 그 시절의 흔적, 그 지워지지 않는 흔적이 언뜻 보인다.

"그렇지만, 난 지금도 내 속에 있는 어떤 힘, 뜨거움이나 어둠 같은 것을 잘 다스릴 수 없는 때가 많아."

그 여자는 창밖으로 고개를 돌린다. 왜 모르랴, 아직도 완성되지 못한 경이의 꿈, 아마 영원히 미완성인 채로, 해결되지 않은 채로 남아야 하는 그 문제들.

"왜 다시 복학하지 않았니? 다시 공부하면, 좀 달라질 수도 있을 텐데."

"그이가 별로 마음에 없나 봐. 거기서, 그냥 그렇게 사는 게 좋대."

"거기라니?"

"참, 모르겠구나. 우리 서울에서 떠난 지 얼마 됐어. 그이 고향인 김해에 있어."

김해에서, 푸른 점퍼는 컴퓨터게임기 가게를 하고, 경이는 점심 때면 늘 따뜻한 밥을 지어 가게로 들고 나간다고 한다. 늘, 따뜻한 밥을, 가게로. 그 여자는 그토록 애틋한 사랑이 무엇 때문인지 짐작한다. 새삼 목에 돌이 차오른다.

"그이는 날 이해해주는 유일한 사람이야. 내가 가슴속의 열정을 다스리지 못해 가끔 술을 마시면, 그러고 울면, 그이는 늘 내 등을 두드리며 달래줘. 그이도 힘들 텐데. 만약 그이가 아니었다면……."

그래, 푸른 점퍼, 선량하고 온유한 성품을 가지고 있던 그는 충분히 그럴 것이다. 헤어질 때 경이는 전화번호를 하나 적어준다. 대학 때부터, 한 번도 연락처를 알려주지 않던 경이가 0525 37 그렇게 시작되는 전화번호를 적어준다.

"한번 놀러 와. 거기, 참 살기 좋은 도시야."

그렇게 말하는 경이의 얼굴은 평화롭고 안온해 보인다.

조동진의 노래 중에 〈제비꽃〉이라는 게 있다. 단순하고 온화한 멜로디에, 사분의사박자의 느린 포크 음악, 노랫말은 삼절까지 있다. 심상한 노랫말이지만 그 여자는 〈제비꽃〉을 들을 때마다 눈가에 물기가 차오른다. 이상하게도, 정말 알 수 없게도. 그 이유를 말하려면 노랫말을 모두 소개해야 한다.

내가 처음 너를 만났을 때 너는 작은 소녀였고, 머리에 제비꽃, 너는 웃으며 내게 말했지, 아주 멀리 새처럼 날아가고 싶어. 내가 다시 너를 만났을 때 너는 많이 야위었고, 이마엔 땀방울, 너는 웃으며 내게 말했지, 아주 작은 일에도 눈물이 나와. 내가 마지막 너를 보았을 때 너는 많이 평화롭고, 창 너머 먼 눈길, 너는 웃으며 내게 말했지. 아주 한밤중에도 깨어 있고 싶어.

그 노래를 들을 때면 어김없이 경이가 떠오른다. 시인의 삶에 대해 가슴 부풀게 이야기하던 경이, 현장에서 활동할 때 긴장된 모습을 하던 경이, 가장 최근에 평화롭고 담담한 얼굴을 하던 경이. 그런 경이의 모습이.

비단 경이뿐만이 아닐 것이다. 섣부른 희망을 품는 시기를 지나, 그 희망이 만만치 않은 것이라는 걸 깨닫는 좌절과 혼돈의 시기를 지나, 아주 나중에야 힘들게 얻게 되는 평화. 그런 모든 이들의 삶을 요약하고 있을 것이다. 그 노래, 〈제비꽃〉은.

## 32

 사 학년이다. 삼루 베이스에 서 있는 기분이다. 삼루타를 치고 삼 루까지 힘차게 달려가거나 이루타를 치고 스틸로 삼루 베이스를 훔친 게 아니다. 포볼의 밀어내기에 의해 계속해서 이루로, 삼루로 밀려왔다는 느낌이다. 그것 역시 무력감이다. 삼 년 동안 교문은 반 은 열리고 반은 닫힌 상태로 지나갔다. 다시 학교는 소강상태다.

 구속된 경이와 선배들은 재판을 받는다는 얘기가 들리고, 수배 중인 사람들은 어디로 잠겼는지 머리카락도 보이지 않는다. 학교에 남은 친구들은 자책으로 침묵 중이거나 세상으로 나가기 위한 준 비 중이다. 학교는 여전히 무기력함과 답답함과 억눌림 속에 빠져 있다. 햇살은 투명한 밧줄처럼 몸을 휘감고, 바람은 날카로운 화살 이 되어 사방에서 몰아친다. 어떻게 하늘은 저렇게 맑을 수 있는가. 똑같은 무력감을 안은 친구와 낮술을 마시고 도서관 앞 잔디밭에 누워 있으면 맑은 하늘조차 가슴에 돌이 된다. 이젠 삼루에 서 있다 가 다시 포볼의 밀어내기에 의해 영광 없는 홈인을 해야 한다. 그렇 게 졸업하는 일만 남는다.

 그렇게 무기력하게 지나가는 그 봄, 어느 일요일, 그 남자가 그 여 자를 찾아온다.

 "갈 데가 있어. 빨리 준비해."

140

그 여자는 세수도 하지 않은 얼굴로 그 남자를 바라본다. 그는 대학원에 다니면서 고등학교 교직에 있다.

"어디······?"

"가보면 알아. 빨리 서둘러."

그는 그 여자를 일으켜 세우고 등을 밀어 수돗가로 내보낸다. 그의 동작에서는 모서리마다 반짝반짝 빛나는 기쁨의 비늘 같은 것이 떨어진다. 무슨 좋은 일이 있는 모양이다. 그 여자는 그 남자에게 밀려 방문을 나선다. 속맘을 들여다보면서, 그 안의 물웅덩이가 작은 일로 어룽어룽 물결지지 않도록 조심하면서.

그 여자는 마당 한구석에 있는 수돗가에 나가 세숫대야에 물을 받는다. 대야 안의 찬물에 손을 담그고 가만히 물을 들여다본다. 차갑다. 차갑다는 느낌은 손끝에서 오는 것인데, 어쩐 일인지 마음 깊은 곳이 서늘하게 젖어온다. 이렇게 살아야 하는가. 이렇게 무력하게, 이렇게 속수무책으로, 이렇게 출구 없는 날들을 얼마나 더 보내야 하는가.

그 여자는 이제, 그 남자에게 완전히 투항한 자신조차 받아들일 수 없다. 가슴속의 잿빛 바바리는 희미해지고, 그 굴욕과 공포의 기억도 지층 깊은 곳에서 잘 떠오르지 않는다. 그 남자와 다정한 커플로 인정되며, 겉으로는 아무 일도 일어나지 않는다. 그럼에도, 그럼에도 그 여자는 그 관계를 받아들이지 못한다. 그 남자도, 그것을 참아내는 자신도. 지난 일 년 반 동안, 여러 일을 겪으며, 조금쯤 달라져 있었을 그 여자의 의식 때문일 것이다.

그동안, 그 여자는 계속해서 자신과 그 남자와의 차이만을 확인해왔다. 그 남자는 몸에 딱 붙은 청바지에 화려한 남방, 베이지색

카디건을 즐겨 입고, 그 여자는 늘 헐렁한 검은색 면바지에 밤색 풍덩한 점퍼를 걸치고 다닌다. 그 남자는 어깨를 반듯하게 펴고 시선을 먼 곳에 둔 채 빠른 걸음으로 걷고, 그 여자는 고개를 숙이고 어깨를 웅크린 채 느리게 느리게 걷는다. 그 남자는 신명이 많고 건강해서 여기저기 놀러 다니기를 좋아하고, 그 여자는 체력이 약하고 방 안에 가만히 앉아 있는 일이 몸에 배어 있다. 그 남자는 보들레르와 바슐라르, 그리고 프랑스 문학을 좋아하고, 그 여자는 마야코프스키와 고리키, 그리고 러시아 문학을 좋아한다. 그 남자는 파리지엔처럼 파리 거리를 걷는 것을 꿈꾸고, 그 여자는 시베리아 횡단 열차를 타고 설원을 달리는 것을 꿈꾼다.

그 남자는 자신이 읽은 책을 그 여자에게 권한다. 그러나 그 여자는 그 남자가 권하는 책은 절대로 읽지 않는다. 그 남자는 시를 써서 그 여자에게 보여준다. 무엇엔가 흠뻑 도취된 사람이, 사물들이 생생하게 살아나는 이미지들을 현란하게 잡아놓은 긴 시다. 그 여자는 시를 읽어보고 말없이 돌려준다. 어때? 그 남자가 물어도 고개만 끄덕일 뿐 별말이 없다. 그 여자도 가끔 시를 습작한다. 고통과 절망에 가득 찬, 어둡고 단순하고 짧은 시다. 그 여자는 결코 자신의 시를 그 남자에게 보여주지 않는다. 그 습작의 시절, 그 여자가 가장 주의 깊게 노력하는 부분은, 그 남자처럼 쓰지 않도록 하는 점이다.

그 여자는 그 남자를 알면 알수록 점점 더 드러나는 그 차이점들을 감당할 수 없다. 그 남자의 무엇도 받아들일 수 없다. 그가 쏟아붓는 사랑도, 그가 쓰는 시도, 그의 옷차림도, 걸음걸이도, 말하는 방식도, 그 무엇도 받아들일 수 없다. 받아들일 수 없으면서도 그 여자는 또 참는다. 그 남자와 평생을 살아야 한다고, 그를 이해해야 한다고, 모든 것을 참아야 한다고, 자신을 다독인다. 참을 수 없는 부분은 외면하고, 외면할 수 없는 부분에 대해서는 또 참는다.

글쎄, 그 여자의 어리석음을 어떻게 설명할 수 있을까. 그 여자도 그때의 자신을 이해할 수 없다. 왜 그 남자를 떠나지 않았을까. 숨이 막혀 질식하는 것보다는 자신이 옳다고 여겨온 양식과 관습과 유전자에 녹아 흐르는 가치관들을 버리는 쪽이 더 현명하다. 그때, 사 학년쯤 되어서는, 아무것도 모르던 일 학년 때와는 의식이 많이 달라져 있다. 그럼에도, 그럼에도 그 여자는 그 남자를 떠나지 못한다. 아니, 그 여자의 의식 속에는 그 남자를 떠날 수 있다는 사실조차 깃들지 못한다. 마치, 그림자를 떼어버릴 수 없는 것처럼.

왜 떠나려는 시도를 해보지 않았겠는가. 삼 학년 이 학기 때, 그 여자는 한 번, 그 남자를 떠난 적이 있다. 학교가 휴교했을 때, 학원 사태 뒤끝에서 절망해 있고, 다른 세계를 접해서 조금쯤 달라져 있었을 그 여자의 의식이 다시 그 남자를 견딜 수 없어 했을 때, 그 여자는 말없이 서울을 뜬다. 그 여자가 간 곳은 고작 춘천이다. 친구들의 방을 이리저리 떠돌다가, 친구들과 함께 공지천에 나가 강변의 야경을 바라보며 차를 마시다가, 혜길이가 끄는 대로 어떤 산에 올라갔다가, 명자의 자취방에서 며칠을 엎드려 있다가, 친구의 아름다운 사랑 이야기를 낯선 산길을 걷듯 따라가다가, 그러면서 다짐한다. 그 남자를 받아들일 수 없다고, 그 남자에게서 떠나야 한다고.

그러나 서울로 올라오자, 모든 것이 제자리로 돌아간다. 자취집 주인아주머니는, 그 남자가 매일 전화를 했더라고 말한다. 아직도 집에 오지 않았는지, 혹시 전화가 오면 어디 있는지 알아달라고, 자신이 몹시 찾고 있다고 전해달라고, 그렇게 말했다고 한다. 매일 전화를 해서. 그 여자는 주인아주머니에게 미안해서, 그 남자의 집요함에 놀라서, 그만 몸 안의 어떤 부분이 작아지고 만다.

그 여자가 도착한 그날 저녁, 그 남자가 자취방으로 찾아온다. 그 남자는 볼의 살이 내리고, 눈빛이 날카로워져 있다. 상처 입은 짐승의 표정으로 말이 없다. 그들 관계의 처음에, 그 남자가 자주 보였던 바로 그 표정이다. 그 표정을 보자, 그 여자는 그 시절의 공포가 되살아난다. 공포로 인해, 아무 말도 하지 못한 채, 그 남자를 외면하고 앉아 있다. 그 남자는 그 여자의 맞은편 벽에 무너지듯 기대앉는다. 그러고는 말이 없다. 손바닥만 한 창으로 어둠이 밀려들어 방 안이 어둑어둑해지고, 사방의 소음들이 낮게, 더 가까이 다가들 때까지, 두 사람은 어두워지는 방 안에 앉아 말이 없다. 이따금, 그 남자에게서 무거운 한숨이 건너올 뿐이다. 말없음의 팽팽한 긴장 속에서, 그 남자는 고통스러워하고 그 여자는 공포스러워한다. 그 남자는 아직도 그 여자의 마음이 자신에게 완전히 돌아오지 않았음을 깨달으며 고통스러워하고, 그 여자는 그 남자가 고통을 이기지 못해 또 어떤 난폭한 행동을 할지 두려워한다. 공포. 심각한 공포에 빠져본 사람이, 비슷한 상황에 처하기만 해도 지레 질려버리는 그 공포.

방 안이 완전히 어두워진 다음에야, 그 여자는 천천히 일어나서 방의 불을 켠다. 그 남자는 벽에 기대앉은 자세로 고개를 든다. 그 여자는 그 남자의 눈빛을 바라보다가 놀란다. 그의 눈빛이 빨갛게 충혈되어 있다. 눈가에 물기가 묻어난다. 그 여자는 숨이 멎는다. 그 남자에 대한 공포감의 한쪽을 뚫고, 그에 대한 연민이 일어나려

한다. 대체 어떤 사랑이 저토록 고통스러운가. 그 여자는 외면한다. 울고 있는 그 남자를, 마음속에서 솟아나는 공포와 연민을, 그 관계에 대한 어떤 정의도 미래에의 전망도, 모두 외면한다. 아무것도 생각하지 않는다. 참고, 외면하고, 그리고 하, 이따금 한숨을 쉴 뿐이다. 막막하게 막힌 가슴이 터져버리지 않도록 하기 위해서.

그 여자는 나중에 알게 된다. 그 여자가 서울에 없는 동안, 그 남자가 강릉으로, 대구로 그 여자를 찾아다녔다는 사실을. 강릉에 가서는 그 여자의 친구들에게 전화를 하고(그 남자는 아마 그 여자의 수첩을 찾아냈던 모양이다), 대구에 가서는 집으로 찾아간다. 그 여자는 친구와 동생들로부터 그의 방문에 대해 듣게 된다. 그때 교직에 있었던 그는, 강릉에 갔다가 대구를 거쳐, 서울로 올라오는 그 여행을, 토요일 오후와 일요일 사이 일 박 이 일 동안 감행한다. 그러면서 간간이 그 여자의 자취집에도 전화를 한다.

그 사실을 알게 되었을 때, 그 여자가 느낀 첫 감정은 진저리쳐짐이다. 왜 그토록 집요한가. 그 다음에 느낀 감정은 역시 두려움이다. 결코 그 남자를 벗어날 수 없다는 사실을 다시 한 번 확인하는 두려움이다. 평생을 그 남자와 함께 살 수밖에 없다는 체념과, 이 땅에 사는 한 결코, 목숨이 붙어 있는 한 결코, 그 남자와 같은 공기를 호흡하는 한 결코, 그 남자를 벗어날 수 없다는 사실을 확인하는 두려움이다.

그 일이 있는 이후, 그 여자는 그 남자를 참아내기보다는, 자신을 다스리는 일에 더 유의한다. 그 남자를 참아내려는 노력조차 너무 힘들어, 그저 자신의 속맘을 다스리면서, 너무 많이 고통스러워하지 않는 데에만 마음을 쓴다. 그럼에도, 찬물에 손을 담그기만 해

도, 찬바람이 부는 거리에 서기만 해도, 그 여자는 마음이 서늘하게
젖어오곤 한다.

그 남자는 그 여자를 버스에 태운다. 광화문쯤에 내려 통닭을 한
마리 사고, 김밥도 산다. 버스 안에서, 통닭집에서 그 여자는 몇 차
례 묻는다. 어디로 가는 길이냐고. 그는 얼굴 가득 웃음을 띤 채 가
보면 안다고만 반복한다. 다시 갈아탄 버스 안에서는 더 이상 묻지
않는다. 버스는 그 여자가 한 번도 가본 적이 없는 길을 달린다. 그
남자는 이따금 생각에 잠기기도 하지만 대체로 기쁜 낯빛이고 그
여자는 궁금증조차 사라진 무표정한 얼굴이다. 버스에서 내린 곳은
황량한 벌판이다. 멀리 낮은 구릉 너머로는 공항 청사가 보이고, 오
른편에는 낮은 잿빛 담장, 그 너머로는 모두 논이다.
　그는 앞장서서 걷는다. 통닭과 김밥이 든 종이봉투를 들고. 그 여
자는 그의 손에서 흔들리는 종이봉투를 보며 말없이 뒤따라간다.
시멘트 담을 끼고 걷자 그 담 안으로 들어갈 수 있는 입구가 나온
다. 그는 입구로 들어서, 그 왼편에 있는 경비실로 다가간다. 경비
실 안에는 푸른 제복을 입은 의경이 있다.
　그 여자는 몸이 얼어붙는다. 잿빛 바바리? 그를 면회 온 걸까. 순
간적으로 그런 생각이 스쳐간다. 그러나 이내 고개를 젓는다. 아닐
것이다. 그만큼 잔인하지는 않을 것이다. 그의 친구나 다른 후배일
것이다. 그 남자는 전방에 있는 친구를 면회 갈 때도 그 여자를 데
려간 일이 있다. 그 여자를 입대한 친구의 애인이라 말해서 친구에
게 외박을 얻어준 적이 있다.
　"저쪽에 가서 앉아 기다리자."

그는 그 여자를 안쪽으로 데려간다. 넓은 마당 왼편으로는 의경들의 숙소일 법한 건물이 있고 맞은편으로는 나무 의자와 테이블이 여러 개 놓여 있다. 의자며 테이블 위 허공에는 넝쿨이 무성한 나무가 덮여 있다. 등나무일까, 막 여린 잎들을 틔워내고 있다. 오른쪽에는 매점과 화장실 같은 간이건물이 몇 개 있다.

"면회 온 거예요?"

그는 말없이 고개만 끄덕인다.

"누구?"

"금방 알게 될 거야."

그는 여전히 기쁨이 뚝뚝 떨어지는 얼굴로 의자에 앉는다. 그 여자도 그 남자 맞은편에 앉는다. 하필이면 그런 방향으로 앉았을까. 그 여자는 의경들의 숙소 입구를 정면으로 마주 보고 있고, 그 남자는 등을 돌린 자세다. 나무로 만든 줄 알았던 의자는 시멘트에 나이테 무늬를 그리고 나무와 비슷한 색을 입혀 만든 것이다. 금세 냉기가 올라온다. 아직 그늘을 찾아들기에는 이른 계절이다. 몸이 으슬으슬 추워온다.

그러나 그 추위는 그늘이나 시멘트 의자 때문만은 아니다. 그러고 앉아 숙소 입구를 보고 있으니, 금방이라도 거기서 잿빛 바바리가 걸어 나올 것 같다. 잿빛 바바리가 떠난 후, 다시는 그를 만나지 못할 거라 믿었다. 그런데 그를 만난다면……. 상상할 수 없다. 그런 일은, 그렇게 잔인한 일은 일어나지 않을 것이다.

그러나 숙소 입구가 열리고, 그 안에서 걸어 나오는 사람, 큰 키에 마른 몸을 한 사람, 그는 잿빛 바바리다. 이제는 잿빛 바바리를 입고 있지 않지만, 이제는 짧게 깎은 머리에 모자를 쓰고 있지만, 얼굴이 검게 그을려 있지만, 그 여자는 금세 그를 알아본다. 가슴으로 길게 칼날이 지나가고, 머릿속에 별빛 같은 것들이 흩어지는 어지럼증이 인다. 이건 아니야. 어떻게 이럴 수 있어……. 그 여자는 입술을 깨문다. 몸이, 마음이, 시멘트로 만들어진 의자처럼 딱딱하고 차갑게 굳어버린다. 잿빛 바바리를 보는 반가움은 없다. 그 남자의 일방적인 행동들에 대한 절망, 그 행동 속에 내재되어 있을지도 모르는 잔인함, 그렇게 두 남자 사이에 앉아 있어야 하는 고통. 그런 것들이 더 먼저 지나간다.

잿빛 바바리는 그들의 방문을 알고 있었던 모양이다. 별로 놀라는 기색 없이 천천히 걸어온다. 그 여자가 어떤 표정을 지었을까. 그 여자의 얼굴을 보고 있던 그 남자가 고개를 돌려 뒤를 보더니 자리에서 일어난다. 잿빛 바바리는 장난스럽게 웃으며 오른손을 들어 모자챙에 붙인다. 충성.

그 남자는 그 여자 옆으로 와서 앉고, 잿빛 바바리는 그 남자가 앉았던 그 자리에 앉는다. 그러는 동안, 그 여자는 가만히 있는다. 아무 말 없이, 아무 표정 없이, 어떠한 행동도 하지 않은 채.

"좋아 보이네."

그 남자는 종이봉투를 열고 통닭과 김밥을 꺼낸다. 그것들을 테이블 위에 펼쳐놓고, 통닭 다리를 하나 뜯어 잿빛 바바리에게 건넨다. 잿빛 바바리는 그것을 받는다. 주변을 스쳐 지나가는 바람은 서늘하고, 서늘함은 어쩌면 그 여자의 마음 깊은 곳에서 솟아나는 것인지도 모른다. 캄캄한 마음으로, 두 남자 사이에 앉아, 그 여자는 고개를 숙이고 있다.

무슨 얘기들을 했을까. 면회실에서 만나는 사람들이 항용 하는 얘기들이 오갔을 것이다. 잘 지내느냐, 너무 힘들지 않느냐, 바깥은 어떠냐. 그러는 동안 잿빛 바바리는 조심스럽게 그 여자와 시선이 마주치는 걸 피한다. 그 여자는 고개를 숙인 채, 잿빛 바바리의 푸른 제복, 가만히 들여다보면 푸른색보다 더 짙고, 그래서 더 가만히 들여다보면 기어이 잿빛이 묻어나는, 그 제복을 보고 있다. 그 제복이 말하는 바다의 기억들을 듣고 있다. 그 남자는 반가움으로, 즐거움으로, 연신 무슨 얘기인가를 하고, 햇빛은 그 남자 주변에만 머무는 것 같다. 그 여자는 미미한 어지럼증과 살갗에 소름이 돋는 추위를 겨우겨우 참고 있다.

"목이 메네. 뭐 마실 게 좀 있어야겠지?"

그 남자가 일어나서 매점 쪽으로 간다. 그가 멀어진 다음에야 잿빛 바바리는 고개를 돌려 그 여자를 바라본다. 그 여자도 고개를 들어 잿빛 바바리를 본다. 이건 내 뜻이 아니야. 나는 이런 식으로 너를 만나고 싶은 마음은 없었어. 그 여자는 그렇게 말한다. 속으로만. 잿빛 바바리의 순한 눈빛, 순한 짐승의 그것과 같은 눈빛이 순식간에 가슴 깊은 곳까지 와 닿는다. 가슴으로 다시 서늘한 바람이 지나간다.

"너도 좀 먹어."

잿빛 바바리는 김밥을 하나 집어주며 심상하게 말한다. 그 여자도 아무렇지 않은 낯빛으로 그걸 받는다. 금방 김이 뜯어지면서 속에 있는 것들이 흩어져 내릴 것 같은 김밥을, 조심스럽게.

"너도 시위 진압에 투입되니?"

그 여자는 김밥을 바라보며 묻는다. 겨우 그 말밖에는 할 수 없는 자신을 안타까워하면서. 잿빛 바바리는 예전보다 얼굴에 살이 올라 있다. 적당히 그을린 얼굴은 건강해 보인다. 건강하고 편안해 보이는 그를 보다가 문득 그런 생각이 든다. 어쩌면 사랑이라는 것은 감정의 사치일 거야.

"아니."

잿빛 바바리는 순하게 대답한다. 다시 한 번 그 여자의 눈을 바라보면서. 그 질문을 하는 마음을 안다는 뜻일까. 그의 건강하고 편안해 보이는 얼굴과, 스스럼없이 김밥을 먹는 동작과 순한 대답을 듣다가, 그 여자는 알 수 없는 서운함을 느낀다. 그는 이제 감정에 아무런 앙금도 남아 있지 않구나. 사실, 사랑이란 불필요한 감정의 낭비였을 뿐이구나.

"우리는 공항 청사를 맡고 있어. 국내외 귀빈들이 오갈 때, 그런 때 공항 경비에 투입되지."

그 여자는 고개를 끄덕인다. 그랬구나. 그는 그즈음 바쁘다고 덧붙인다. 그때는, 한편으로는 민주헌법을 만들고 한편으로는 신공안정국을 조성하는 전두환 씨가 미국의 재가를 받기 위해, 그 정부의 정통성을 인정받기 위해, 세계 곳곳으로 외유가 잦던 때다. 정신없이 바빠. 그렇게 말했던 것 같다. 그러고 나니 더 할 말이 없다. 그들이 말을 중단하자, 그 남자가 사이다를 들고 돌아온다. 그 여자는 다시 고개를 숙이고 말이 없어진다.

그 남자와 잿빛 바바리는 다시 얘기를 나눈다. 통닭을 먹으면서 학교와 사회 분위기에 대해, 김밥을 먹으면서 시와 시단에 대해. 그 여자는 고개를 돌려 먼 곳을 바라본다. 거기 들판에, 텅 빈 들판에 까마귀 같은 새들이 날아다닌다. 잔인하다. 이런 만남을 주선한다는 건 너무 잔인한 일이다. 시종 기쁨에 들떠 있던 그 남자의 얼굴을 떠올리며 잔인함은 불쑥 부풀어 오른다.

두 남자 사이에 앉아, 그 여자는 〈풀밭 위의 식사〉라는 그림을 떠올린다. 그 그림의 사조나 예술성에 대해서가 아니라, 풀밭 위에서 식사하는 사람들의 평화로운 모습에 대해서가 아니라, 그 그림의 잔인성에 대해 떠올린다. 풀밭 위에, 양복을 단정히 입고 점잖게 앉아 있는 남자들 사이에, 한 여자가 알몸의 옆모습을 보이며 앉아 있는 그림. 그 그림을 처음 보았을 때 느꼈던 모욕감과 부당함에 대해 떠올린다. 왜 인간이라는 생물의 종에서 여자는 늘 그토록 유희의 대상이고, 사소한 사물과 다름이 없고, 그토록 잔인한 대접을 감수해야 하는가……. 그 여자는 받아들일 수 없다. 화가의 잔인한 시선을, 알몸의 여자 때문에 에로티시즘이 극적으로 살아난다는 감식가들의 안목을, 그 그림을 당연한 것으로 받아들이는 많은 사람의 의식을, 그 여자는 받아들일 수 없었다.

두 남자 사이에 앉아, 그 여자는 바로 그 풀밭 위에 알몸으로 앉아 있는 여자의 마음이 된다. 잔인하다. 그 남자도, 잿빛 바바리도, 모두 잔인하다. 그들 마음의 내면에 무엇이 있는지 알 수 없어, 그 여자는 더욱 잔인하고 고통스럽다고 느낀다. 어떻게 이럴 수 있는가. 입술을 무는데, 기어이 눈가로 물기가 차오른다. 그 여자는 조용히 의자에서 일어난다. 여전히 이야기를 나누는 그들을 남겨두고 마당가로 걸어간다. 거기, 키 큰 나무 밑에 서서 그 여자는 오래도록 입술을 깨물고 있는다. 면회가 끝날 때까지.

그렇게 해서, 그 여자와 잿빛 바바리는 저마다 다른 일 년의 시간을 보낸 후 스치듯 잠깐 만난다. 그들 앞으로는 또다시 오래도록 얼굴을 볼 수 없는 넓고 깊은 시간이 가로놓인다.

그 여자는 오래도록 그 일을 잊지 못한다. 그 일이 아니라 그 일에 내재되어 있는 그 남자의 잔인함을. 잿빛 바바리를 면회 간다고 하면 그 여자는 결코 따라나서지 않았을 것이다. 그 남자도 그걸 알고 있었을 것이다. 그래서 끝내 행선지를 알려주지 않았을 것이다. 그 독선적 행동을, 그 잔인함을, 그 여자는 오래도록 지울 수 없다.

그러나 지금 이 글을 쓰면서, 다른 생각이 든다. 그 남자는 그 여자의 속내가 어떠한지 알지 못한다. 그가 아는 것이라고는, 이제 그 여자가 순한 제 것이 되었다는 점이다. 그러므로 그는 진심으로 후배를 만나는 일을 반가워했을지도 모른다. 한때의 옛사랑을 보여줌으로써 두 사람을 서로 기쁘게 해주고 싶었을 것이다. 미리 행선지를 말하지 않은 것은, 의외의 만남에 그 여자가 놀라 기뻐하는 깜짝 쇼를 연출하고 싶어서였을지도 모른다. 모르겠다.

모르겠다. 지금 이 글을 쓰면서도 알 수 없는 것은, 왜 그 남자에 대한 기억들이 이토록 부정적으로만 남아 있는가 하는 점이다. 분명, 그 힘든 감정들 사이에서도 분명, 즐거운 일들이 있었을 것이다. 어떻게 그렇게 고통스럽기만 했겠는가. 생각해내려 애쓴다. 그 여자의 기억 속에 있는, 그 남자와 함께 있었던 평화로운 장면들을. 다른 사람들의 눈에 다정한 커플로 보였을 만큼 온화한 장면들을.

함께 연극을 보러갔던 일? 세실극장이었고…… 흐린 날 오후였고…… 늦가을이나 초겨울쯤이다. 무슨 연극이었는지는 기억나지 않는다. 그 남자는 행복한 얼굴로 연극 티켓을 사러 가고, 그 여자는 화단 가장자리로 가서 걸터앉는다. 어두운 얼굴로 고개를 숙이고, 무슨 생각인가에 붙들려 있다. 아니, 단순히 추위와 피로를 참고 있는지도 모른다. 그 남자는 티켓을 사가지고 와서 다정하게 웃는다. 그 여자는 그의 웃음을 낯설게 바라본다. 그러다가 다시 고개를 숙이고, 아까의 자세로 되돌아간다. 그 남자는 그 여자 곁에 앉는다. 그러고는 이제 볼 연극에 대해 말한다. 그 여자는 고개를 숙인 채 그 남자의 이야기에 이따금 고개를 끄덕인다. 그러나 이야기를 듣고 있는 건 아니다. 추위를 참으며, 마음속의 무언가를 참으며, 고개를 숙이고 있을 뿐이다. 말없이 경청하는 듯 보이는 여자를 향해, 그 남자는 자신이 아는 것들을 더 많이 이야기한다. 늘 그렇듯이 진지하게, 열정적으로. 그 여자는 말없이 가만히 있는다. 얇은 옷으로 파고드는 추위를 참으며, 제 속의 무엇인가를 참아내려 애쓰면서.

함께 여행을 갔던 일? 겨울방학이다. 그 남자는 그 여자를 시내버스에 태운다. 그 남자는 행선지를 말하지 않고, 그 여자는 서울 지리에 어둡다. 그러나 버스가 고속버스 터미널 근처로 다가갈 때, 그 여자는 그 남자를 돌아본다. 그 남자는 그 여자에게 웃어 보이며 내리자고 한다. 그때부터 그 여자는 조금 두려워한다. 그 남자가 터미널로 들어설 때는 입구 근처에서 잠시 걸음을 멈추고, 광주행 고속버스 안에서는 불안해하고, 광주에서 다시 목포에 닿을 때는 공포에 휩싸인다. 그 남자는 행선지를 말해주지 않고, 그 여자는 아무것도 묻지 않는다. 그저, 마음속을 휘돌고 있는 두려움이나 다스리려 애쓸 뿐이다. 그 남자가 페리 티켓을 끊어왔을 때는 다시 한 번, 모든 것을 체념한다. 어차피, 그 남자와 평생을 살아야 한다.

그 여자는 말없이 페리에 오른다. 멀미 때문에 찬바람을 쐬며 갑판에 서 있는다. 발 아래로 굽이치며 멀어지는 물결을 바라본다. 다

도해의 섬들이 점점 줄어들고, 이따금 보이던 고기잡이배의 불빛도 보이지 않는다. 눈을 크게 떠도, 캄캄한 물결 위로 부서지는 포말들 말고는 보이는 게 없다. 완벽한 어둠, 완벽한 무. 그 여자는 잠깐, 저 바다로 뛰어들 수 있을까 생각한다. 한번 든 생각은 집요하다. 집요하게 머리카락을 흩날리고 생각을 헝큰다. 저 바다로…….

그 여자의 마음을 읽었을까. 그 남자가 그 여자의 어깨를 감싸 안아 갑판에서 떨어지게 한다. 그 여자는 그 남자가 이끄는 대로 객실로 들어간다. 휴게실에서 그 남자는 코인을 바꿔다 준다. 그 여자는 별로 내키지 않는 마음으로 전자오락을 시작한다. 그러나 일단 시작하자 그것에 흠뻑 빠져든다. 울렁이는 뱃멀미와, 유인하는 듯한 밤바다와, 참아내야 하는 모든 것과, 벌써 등 뒤에 많이 흘려버린 자신의 모든 것을 잊기 위해, 더 열심히 전자오락에 매달린다. 코인이 다 떨어졌을 때는 아쉬운 마음이 들기까지 한다.

제주도에 내려 그 남자는 민박을 정한다. 거기서 그 남자는 책을 읽고 시를 쓰고, 해변과 산길을 산책한다. 그러나 그 여자는 거의 움직이지 않는다. 벽에 기대앉아 맞은편 벽을 보고 있다가, 그 남자가 산책을 가자고 하면 따라 나갔다가, 돌아와서는 다시 벽에 기대앉아 가만히 있는다. 그 여자가 바라보던 벽에는 달력이 한 장 걸려 있다. 그 여자는 달력 속의 숫자들을, 그 일련번호들을, 반복해서 읽고, 또 읽는다. 그것 말고는 아무것도 하지 않는다. 얼마나 아무것도 하지 않고 지냈는지, 나중에 그곳을 떠날 무렵에, 그 여자의 발등과 발뒤꿈치에는 까만 때가 앉아 있다. 머리카락에서도 나쁜 냄새가 난다. 그 여자는 제 발등의 때를 가만히 내려다보다가, 왈칵 울음 기운을 느낀다. 얼마나, 얼마나 이렇게 살아야 하는가. 그러나 입술을 깨물며, 또 참는다.

그 남자는 그 여자의 발등을 보며 어이없어한다. 아니, 그 여자의 게으름에 대해 얼마간 핀잔을 준다. 그러면서 물을 데워다 그 여자의 발을 씻어주고 머리도 감겨준다. 그 여자는, 그가 하는 대로 내버려두면서, 또 입술을 깨문다. 어떻게 이런가. 어떻게 이런 관계가 있을 수 있는가.

그 남자는 그 여자의 생일 파티를 해준 일이 있다. 그날도 그 남자는 아무 설명 없이 그 여자를 이끌고, 그 여자는 아무것도 묻지 않은 채 그 남자를 따라간다. 종로 2가쯤 되는 곳의 어느 막걸리집이다. 시멘트 바닥에 나무의자들이 놓여 있던 어두운 술집, 음악을 틀어주는 디제이가 있다. 술집에는 이미 그의 친구며 후배들이 몇몇 있고, 그 여자는 음악이며 소음이 시끄러운 그곳에서 고개를 숙인 채 가만히 앉아 있다. 얼마 후, 뒤늦게 나타난 그의 후배가 네모반듯한 상자를 들고 온다.

테이블 위에 올려놓고 꺼내는데 보니, 생일 케이크다. 디제이가 생일 축하 음악을 틀어주고, 그 남자는 초에 불을 붙인다. 그 여자는 그제야 그날이 자신의 생일임을 알아차린다. 그 남자가 시키는 대로 촛불을 불어 끄고, 생일 케이크를 자를 때, 그 여자는 가슴 밑바닥으로 서늘한 바람이 지나가는 것을 느낀다. 그 여자는 그 남자에게가 아니라, 생일 케이크를 사가지고 온 그의 후배에게 고맙다고 한다. 그 여자가 태어나서 처음 받아본 생일 케이크다. 그 여자는 사람들 앞에서 어두운 모습을 보이지 않기 위해, 그 남자를 받아들이지 못하는 체증의 속을 드러내지 않기 위해 조심한다. 사람들의 이야기에 고개를 끄덕이고, 간간이 웃어 보이기도 한다. 그러면서도 내내 가슴 밑바닥으로 서늘한 바람이며 물결들이 쓸려 지나가는 것을 느낀다. 끝내 그 여자는 어두운 얼굴이 된다.

그 남자는, 그 여자에게 생일 파티를 해주고, 그 여자와 제주도를 여행하고, 그 여자와 연극을 보러 다니던 그 남자는, 그 여자의 내부가 그토록 황폐하고 싸늘하다는 사실을 몰랐을 것이다. 참기 위해 말이 없어지고, 그를 받아들이기 위해 고개 숙이는 그 행동들을, 그 여자의 타고난 개성이라 여겼을 것이다. 그리하여, 감히 추측건대, 그 남자는 행복했을 것이다. 그는 자신이 꿈꾸어온 모든 사랑을, 자신이 하고 싶었던 모든 사랑을 다 실천해봤을 테니까. 그는 어쩌면 지금까지도 그 시절의 사랑을 아름답게 기억하고 있을 것이다. 아니, 그가 그렇게 기억하고 있다는 사실을 후배로부터 전해 들은 일이 있다. 그때가 행복했다, 그때만큼 뜨거운 열정이 다시는 솟지 않는다고. 그 말을 전해 들을 때 그 여자는 다시 한 번 진저리친다. 그렇게 몰랐을까. 그 여자의 힘겨운 인내와, 내부의 황폐함을 그토록 몰랐을까.

어떻게 그런 관계가 가능했을까. 그 여자의 유전자 속에 녹아 있는 선녀를 염두에 두고, 열두 살 때부터 무엇이든 참아내는 일이 몸에 배어버린 그 기질을 감안하고, 그 남자에 대해 우선 공포부터 느끼는 그 입장을 염두에 둬도, 그 모든 것을 받아들인 그 여자의 태도는 이해가 되지 않는다. 그 남자 역시 이해되지 않는다. 그의 타고난 신명을 염두에 두고, 그때가 한창 열정이 뜨거운 이십 대 초반이라는 점을 감안하고, 그의 유전자에 녹아 있는 나무꾼과 산신령을 염두에 둬도, 그토록 그 여자의 내부를 짚어볼 줄 몰랐던 그 남자의 태도도 이해가 되지 않는다.

그러나 다른 방식으로 설명할 수 있을 것 같다. 그 남자는 자신을 너무나 사랑하는 사람이고, 그 여자는 자신을 너무나 사랑하지 않는 부류의 인간이라는 점으로. 바로 거기에 그 관계를 이해하는 열쇠가 있을 것이다. 그 여자, 자신을 너무나 사랑하지 않는 그 여자는 그런 식으로 자신의 삶을 방기했을 것이다. 그 남자, 자신을 너무나 사랑하는 그 남자는, 그 여자를 사랑하는 순간에도, 그 여자보다 자신을 더 사랑하고 있었을 것이다. 그러므로 그 여자의 내부 따위에는 별로 관심을 두지 않았을 것이다. 그토록 기형적인 관계가 가능했던 이유는, 그렇게밖에 설명되지 않는다.

그래도, 그렇더라도, 어떻게 그 남자에 대한 기억이 이토록 부정적인 것만 남아 있을까. 다시 생각해본다. 그 사건들이 있은 지 십 년에서 십칠 년. 그 사이에 그 여자의 의식이 기억을 왜곡시켰을지도 모르겠다. 그 남자로 인해 삶의 어느 시기를 몽땅 망쳤다는 억울함이, 오래도록 그 일의 후유증에 시달렸던 고달픔이, 그 관계로 인해 세상에 대한 신뢰마저 잃어야 했던 고통들이, 그 기억을 재편성했던 건 아닐까. 그랬을 수도 있지 않을까.

그럴지도 모르겠다. 그 여자는 지금도 일 년에 한두 차례씩 그 남자가 등장하는 악몽을 꾼다. 꿈속에서 그 남자는 그 여자를 차에 태워 낭떠러지를 향해 달리기도 하고, 그 여자를 배에 태워 망망대해로 나가기도 한다. 그 여자를 말에 태우고는, 사막을 향해 말이 달리도록 채찍질한다. 꿈속에서, 그 여자는 늘 한 가지 생각을 한다. 이제 죽는구나……. 담담한 마음으로, 냉정한 태도로, 차가운 눈빛으로, 오직 그 생각만을 한다. 이제 죽는구나.

가장 최근에 꾼 꿈이 기억난다. 그 남자는 그 여자를 방 안으로 밀어 넣는다. 그가 어둡고 딱딱한 표정이어서 그 여자는 또 겁을 먹는다. 저항해야 한다는 마음만 있을 뿐, 그 여자는 힘없이 방으로 밀려 들어간다. 그는 방 안에 힘없이 서 있는 그 여자를 한 번 본 후 방문을 닫는다. 그러나 완전히 닫지는 않는다. 조금, 그 여자의 몸이 빠져나가지 못할 만큼 조금만 열린 상태로 밖에서 문을 고정시킨다. 그러고는 문밖에 서서 그 여자를 바라본다. 그의 뒤편은 서늘한 바람이 휘몰아치는 어두운 공간이다. 그 여자는 그 남자를 외면한 채, 문틈으로 빠져나가려 애쓴다. 몸을 옆으로 해서 문 사이로 밀어 넣는다. 힘겹게, 힘겹게. 손으로 문을 밀기도 하고, 문짝을 두드리기도 한다. 그 여자의 모든 노력을, 그 남자는 문밖에 서서 지켜보기만 한다. 무표정하게, 그러나 날카롭고 차가운 낯빛으로. 문틈으로 몸을 밀어 넣으며, 그 방에서 빠져나가려 애쓰며, 그 여자는 조금씩 깨닫는다. 결코 여기서 나가지 못하리라는 것을. 마음속에 그런 절망감이 가득해질 때, 그 여자는 문에서 등을 돌린다. 무너지듯 방구석으로 가 주저앉는다. 이제 죽는구나……. 그 남자는 여전히 그 여자를 바라보고만 있다.

그 남자가 등장하는 꿈은 대체로 그런 식이다. 그런 꿈을 꾸고 나면 그 여자는 다시 한 번 낙담한다. 아직도 이런가. 이제는 끝났다고, 이제는 그 모든 일을 극복했다고, 이제는 아무렇지도 않다고, 자신 있게 말할 수 있는데 아직도 이런 꿈을 꾸는가. 대체 그 남자에 대한 공포는, 그 힘든 체념과 인내의 시간들은, 그 여자의 무의식 어디까지 내려가 박힌 것일까. 괜찮다고 말하는 그 여자의 의식은, 그 깊은 무의식 속에 박혀 있는 무늬들을 믿을 수조차 없다.

그 여자는 대학 사 년 동안 아무것도 한 일이 없다는 자책에 시달린다. 문학 공부를 제대로 한 것도 아니고, 운동을 제대로 한 것도 아니고, 되어먹지 못한 사랑을 제대로 한 것도 아니다. 지금이라도, 지금이라도 그중 한 가지를 잡아야 하지 않을까. 그중 가장 소중하다고 여기는 것, 문학을. 그런 초조함으로 사 학년을 보낸다.

사 학년 일 학기에는 소설론이, 이 학기에는 소설 창작 강의가 있다. 두 강의는 황순원 교수가 하신다. 중학교 국어 교과서에서 〈소나기〉를 배울 때까지도 생존 작가라고는 생각지 못했던 분, 고3 때 《진학》이라는 잡지에서 그분의 이름을 보았을 때 그 학교를 선택하게 만든 분. 사 학년이 되어서야 겨우 그분의 강의를 듣게 된다.

그 여자를 비롯해 모든 학생이 황 교수를 좋아한다. 존경보다 더 큰 친화력, 학생들이 황 교수에게서 느끼는 것은 그런 것이다. 황동규 시인의 시를 좋아하는 친구는 그분을 시아버님이라고 부르기도 하지만, 그 여자는 황 교수가 좋다. 그분의 선한 얼굴과 순한 웃음, 단정하고 엄격한 성품, 그리고 그분의 낡은 강의노트를 좋아한다. 그분의 강의노트는 너무 낡아서, 볼 때마다 그걸 정리해드리고 싶어진다. 강의시간 중 반은 낡은 강의노트를 읽듯이 설명하시고 나머지 반은 이런저런 말씀을 들려주신다. 그저 살아가는 이야기, 사람으로서 해야 할 도리, 작가로서 지켜야 할 양식들. 모든 학생이 그 나머지 반 시간을 더 좋아한다.

그 여자가 지금도 황순원 교수의 가르침 중 소중히 여기고 있는 몇 가지 역시, 그 나머지 반 시간에 들은 얘기다. 그중 하나는, 작가의 손을 떠난 작품은 이미 하나의 생명체라는 것이다. 작품에 대해 독자나 평론가가 무어라 하든, 한 생명체로서 그 작품이 답하도록 내버려두라. 문학작품은 받아들이는 자의 몫이므로 남들이 무어라 하는, 말에 신경 쓰지 마라. 그 대신, 작품이 혼자서 세상을 잘 살아갈 수 있도록 튼튼한 팔다리와 건강한 심장을 달아서 내보내라.

그렇지 않아도 완전주의적인 제 기질에 질려 있는 그 여자는, 작품 하나 만들어낼 때마다 황 교수의 말씀을 떠올리며 부끄러워한다. 과연 튼튼한 팔다리와 건강한 심장을 달아주었는가. 아직도 잘 모르겠다.

모든 예술작품은 받아들이는 자의 몫이다. 그 여자는 베토벤의 피아노 소나타를 들으면서 그 말을 완전히 이해하게 된다. 그 여자는 베토벤의 〈월광〉 소나타를 서로 다른 세 피아니스트가 연주한 음반으로 가지고 있다. 블라디미르 호로비츠, 빌헬름 켐프, 글렌 굴드.

빌헬름 켐프의 연주는 '정석'이라는 느낌을 준다. 모범생 같은 연주, 모범생 중에서도 어느 편인가 하면, 다른 일에는 관심이 없고, 오직 공부만 열심히 하는 모범생 같다. 그는 진지하고 성실하다. 무엇에 의해서도 그의 성실함을 훼손당하지 않을 것 같은 단단함이 있다.

글렌 굴드의 연주에서는 명랑한 장난기가 엿보인다. 설마, 베토벤이 한밤에 달빛을 보며 잡아낸 영감이 그런 동글동글한 경쾌함이었을까. 그렇지만 글렌 굴드는 발랄하고 경쾌하게 베토벤을 연주한다. 세상의 모든 어둠과 침침함을 일시에 걷어내는 연주다. 심지어는 이 악장 알레그로까지도 그렇다.

블라디미르 호로비츠의 연주는 무겁다. 무거우면서도 힘차고, 힘차면서도 진중하다. 결코 웅장하지 않은 곡을 피아노만으로 웅장하게 연주한다. 휘몰아치는 격정은 무겁고 그다음에 오는 휴식은 깊다. 뭔가 풍요로운 것을 한 아름 안은 느낌이다.

그중에서 베토벤이 그 곡을 쓸 때의 감정이나 작곡 의도를 가장 잘 표현한 연주자는 누구일까. 베토벤만이 그걸 알 수 있을 것이다. 그러나 그건 중요하지 않다. 중요한 것은 그들의 해석이 모두 설득력 있고 아름답다는 것이다. 그들은 저마다 자신이 본 베토벤을 자신의 감각과 정서로 연주한다. 그거면 충분하지 않은가. 예술은 받아들이는 자의 몫이다.

그 여자는 글렌 굴드조차 이해할 수 있다. 어느 밤, 혼자 창가에 부서지는 달빛을 보고 있으면 갑자기 모든 게 우스꽝스러워지고, 어쩐지 세상을 조롱하고 싶어지는 그런 마음이 들 것 같다. 특히 끊임없이 비극적 운명에 시달려온 사람이라면 세상을 향해 가운뎃손가락을 세워 보이는 행동이라도 하고 싶지 않겠는가.

그러나 해석의 유동성은 때로 엉뚱한 오류를 범하기도 한다. 그 여자는, 해석의 오류 가운데 가장 대표적이고 극단적인 경우가 맹모삼천지교의 일화라고 생각한다. 맹자 어머니가 자식 교육을 위해 세 번이나 이사했다는 얘기. 우리가 학교에서 배우는 맹모삼천지교의 교훈은 그것이다. 맹모가 무덤 근처의 나쁜 교육 분위기를 피해 시장 거리로 이사했다가, 거기서도 좋지 않은 영향을 받자 학교 근처로 이사했다고.

그러나 그 여자는 그렇게 생각하지 않는다. 맹자 어머니가 바보겠는가. 무덤에서 범한 오류를 시장 거리에서 되풀이할 만큼. 만약 그 여자가 맹모였다고 해도 무덤 근처가 교육적 환경이 나쁘다고 판단했으면 곧바로 학교 근처로 이사했을 것이다. 그 여자는 맹모삼천지교의 일화를 다르게 해석한다. 맹자 어머니는 무덤 근처에 살며 먼저 자식에게 인간 존재의 본질에 관해 가르친다. 인간 존재의 유한성, 누구나 죽음을 맞게 되며, 그렇기 때문에 삶 앞에서 겸허해야 함을 가르친다. 그다음으로 시장 거리에서 현실적인 삶의 법칙들을 가르친다. 경쟁과 거래와 생존을 위한 악다구니, 그런 일상적 삶에 대해서. 인간 존재의 유한성에 대해 알고 나면 시장의 원리를 받아들일 때도 탐욕스러워지지 않을 수 있을 것이다. 그다음에야 학교에서 학문을 가르친다. 인간 존재의 본질을 먼저 이해하고, 그다음에는 일상을 지배하는 생존의 법칙들을 이해하고, 그런 다음에야 비로소 학문을 할 자격이 있다는 의미이기도 할 것이다.

모르겠다. 그 여자의 해석 역시 오류일 수도 있다. 그런 식으로 많은 지식을 저 나름의 방식으로 받아들이기도 했을 것이다. 아무려면 어떤가. 모든 것은 받아들이는 자의 몫이고, 그 점에 있어서는 예술도 마찬가지다.

황 교수의 또 다른 가르침은 잡문을 쓰지 말라는 점이다. 콩트나 에세이를 쓸 힘이 있으면 그걸 모아두었다가 소설을 쓰라. 그 여자는 고개를 주억거린다.

몇 해 후, 그 여자가 이른바 작가가 되었을 때, 그 여자는 황 교수의 가르침을 실천한다. 간간이 들어오는 콩트며 에세이 청탁을 거절한다. 나중에야, 제가 마치 원로 작가처럼 주제에 맞지 않은 태도를 취하고 있음을 깨닫는다. 더구나 그 여자가 편집자가 되어 원고를 청탁하는 입장에 있을 때는, 진퇴양난의 계곡에 빠진 느낌마저 든다.

그 여자는 지금도 그런 글들은 되도록 피한다. 그러나 되도록, 이라는 단서가 붙는 것은 그 여자가 오래도록 잡지 일을 했기 때문이다. 그런 글을 청탁하는 사람의 삼 분의 일은 그 여자와 개인적인 친분이 있는 사람들이다. 더구나 그 여자는 원고를 청탁하는 사람들의 입장을 너무나 잘 알고 있다. 그래서 되도록, 이다.

그중에서도 가장 소중한 가르침은 소설에 대한 순결한 사랑이다. 황 교수는, 소설이란 사나이가 한번 인생을 걸어볼 만한 대상이다, 하고 말씀하신다. 그 여자는 반문한다. 교수님, 여자는요? 강의실에는 웃음이 번진다. 웃으면서도 다들 알아들었을 것이다. 어떤 일을 하든 순결한 마음으로, 인생을 걸 각오를 해야 한다는 것을.

사 학년 이 학기 중간고사가 기억난다. 황 교수는 다들 원고지를 준비하라고 말씀하신다. 시험은 작문을 하는 것이다. 황 교수는 칠판을 반 정도 채울 만큼 큰 글씨로 글감을 적는다.

"돌."

네? 놀라 반문하는 소리가 들리고 여기저기서 낮은 웃음이 터진다. 돌이라니요?

"시험이야. 지금부터 시작해."

황 교수는 웃으시며 교단 위에 마련된 의자에 앉아 학생들을 둘러본다. 깊은 눈빛으로. 돌, 돌이라니? 그 여자는 머릿속에 있는 모든 돌을 떠올려본다. 시조새나 은행잎의 형상을 담은 화석, 오랜 세월 주검을 덮어온 고인돌, 땅속에 묻어두면 자란다고 믿었던 유년의 돌, 남대천 모래밭에 두고 온 보경이의 돌, 하나에 몇 백만 원씩 한다는 수석……. 모든 돌이 저마다 많은 이야기를 안고 있다. 그런데, 아, 한 생각이 설핏 지나간다.

서울역 앞에서 던졌던 돌. 보도블록을 파내서 그것을 서로 부딪

처 잘라내던 남학생들, 그걸 옷자락에 담아 나르던 여학생들, 그 돌
을 진압대를 향해 던지던 선두 학생들. 그것을 던지면서도 그래서
는 안 된다고 생각되던 돌, 그 돌이 겨냥하는 것이 같은 시대를 사
는 같은 또래의 젊은이들이라는 사실, 그 돌이 겨냥하는 것이 잿빛
바바리의 머리일 수도 있다는 사실, 그런 것들을 잘 받아들일 수 없
던 돌.

　돌이라는, 조금은 황당한 글감을 내신 노교수의 깊은 마음이 선
연하게 짚어진다. 자네들은, 자네들이 던지는 돌에 대해 어떻게 생
각하나? 자네들의 주장과, 그것을 관철시키기 위한 자네들의 행동
에 대해 어떤 자기 성찰을 가지고 있는가. 대체 누구를 겨냥하여 그
돌을 던지는가. 그 여자는 고개를 들어 황 교수를 바라본다. 노교수
는 창으로 들어오는 햇빛을 받으며 눈을 감고 계신다. 시치미를 뚝
떼는 표정으로. 그 여자가 황순원 교수로부터 거듭해서 배운 건 바
로 그런 점들이다.

　사 학년 이 학기 소설 창작 강의는 학생들의 창작품을 합평하는
방식으로 진행된다. 학생들의 작품을 복사해서 돌려 읽고 그것에
대해 토론한다. 학생들이 토론하는 동안 노교수는 빙그레 웃으며
듣고만 계신다. 그러고는 당신의 의견을 한두 마디 말씀하시는 걸
로 수업을 맺는다. 학점은, 바로 그 작품에 대한 평가로 받는다.

　그 여자, 그때까지 한 편의 소설도 완성해본 일이 없는 그 여자
는 겁 없이 중편에 덤벼든다. 사 년 동안 아무것도 한 일이 없기 때
문에 무어라도 하나 완성해야 한다는 중압감이 있다. 더구나 자신
에게 문학을 계속할 가능성이 있는지, 그걸 알아보고 싶다. 그때 쓴
중편소설은 250매 분량이다. 제목은 〈바다 묘지〉. 수배 중인 동생

이 있고, 그를 지켜보는 누나가 있고, 그들 두 남매를 키운 할머니가 있다. 할머니는 실향민, 북쪽 하늘을 바라보며 실향민의 도시 속초에 산다. 지금 기억하는 내용은 그 정도다. 완전한 허구의 이야기를 꾸며냈지만, 지금 생각해보면 결국 거기에도 그 여자가 들어 있다. 그런 이야기를 꾸며낸 그 여자의 무의식을 들여다보면, 강릉에 남겨둔 동생에 대한 미안함, 수배 중인 친구며 후배들에 대한 죄의식, 하숙집 할머니들에 의해 키워진 상실감, 그런 것들이 복합되어 있다. 물론 그때는 그런 사실을 의식하지 못한다.

합평회에서 어떤 말들이 오갔는지는 기억나지 않는다. 친구들의 비판과 토론이 끝나자 황순원 교수가 의자에서 일어나며 질문하신다.

"발레리의 시에. 〈해변의 묘지〉라는 게 있지. 혹은 그걸 염두에 두었나?"

그 여자는 아니라고 말씀드린다.

"그 시집을 보기는 했지만, 소설을 쓰는 동안은 한 번도 생각한 일이 없습니다."

황 교수는 고개를 끄덕이신다. 〈바다 묘지〉는 실향민인 할머니가 바라보는 바다다. 실향민인 할머니가, 거듭 떠오르는 고향 산천과 가족들의 얼굴, 남녘에서의 희망과 좌절, 그리고 통일에 대한 섣부른 기대, 그런 것들을 모두 바다에 묻는다는 이야기다. 그 바다에, 수배 중인 동생이 다시 불을 붙인다. 아직은 아니라고, 아직은 그 바다를 묘지로 만들어서는 안 된다고.

자랑하려는 마음은 없지만, 꼭 하고 싶은 얘기가 있다. 그 여자의 〈바다 묘지〉가 A+ 학점을, 점수로는 98점을 받았다는 점이다. 황순원 교수는 학점이 후한 분이 아니다. 그분의 단정하고 엄격한 성품으로 알 수 있을 것이다. 학점을 들여다보며 저절로 입이 벙글어지던 기억이 아직도 생생하다. 그럴 수밖에 없다. 사 년 동안 아무것도 한 것이 없다는 자책에 시달리고, 과연 문학을 할 수 있을까 하는 회의에 시달리고, 그런데다가 처음 써본 소설이다. 그 학점은 단순한 숫자가 아니다. 그 여자의 인생을 결정짓는 주사위다. 회의하고 망설이던 그 여자가, 본격적으로 문학이라는 거대한 미로로 들어서게 하는 결정적인 채찍이다.

## 33

그 여자는 겨울 논둑길을 걷고 있다. 가을걷이가 끝난 논은 휑하니 비어 있다. 논바닥에는 삐죽삐죽한 벼 밑동이 겨우 남아 있고, 떨어진 벼이삭을 줍는 걸까, 참새 몇 마리가 논바닥에 앉아 있다가 그 여자가 다가가자 포르르 날아오른다.

삼 년 전, 다시는 보지 않겠다고, 아주 나중에 아버지가 나를 찾아올 때까지 절대로 아버지를 보지 않겠다고, 울며 떠났던 그 논둑길을 다시 걷는다. 그때 논바닥에 무성하던 벼처럼 푸릇푸릇 자라던 감정들이, 가을걷이가 끝난 논처럼 텅 비어 있다. 아버지를 떠난 이후, 삼 년 동안, 참으로 많은 일이 있었다. 논둑길을 걷는 그 여자는 이제, 그 여름, 아버지에게서 버림받은 마음으로 울며 떠났던 열아홉 살 적 제 모습이 오히려 그립다. 너무 많은 일이 있었다…… 생각하자 걸음이 멈춰진다. 잊고 있던 겨울바람이 귓바퀴로, 콧등으로, 한꺼번에 달려든다.

기말고사가 끝난 후, 자취방에 누워, 드디어 사 학년을 모두 마쳤구나, 그 혼돈과 절망, 그 가난과 격랑을 모두 지나왔구나, 천장을 올려다보며 그런 생각을 하던 뒤끝에 그 여자는 문득 아버지를 생각한다. 당신이 보살펴주지 않았음에도, 이제 드디어 독립을 할 수 있게 되었구나……. 그런 마음 끝에, 그 여자는 주머니를 털어 여행

채비를 했다. 그 여자의 몸속에 있는 아버지의 피가, 그 피를 나누어준 주인을 보고 싶어 했을 것이다.

길도 마을도 예전과 똑같다. 논둑길을 지나고, 몇 채 되지 않는 농가를 지나자 금세 아버지의 집이 보인다. 그 여자는 아버지의 집 대문이 보이는 지점에서 걸음을 멈춘다. 대문을 바라보며, 찬바람을 맞아 까스스하게 일어나는 온몸의 소름들을 느낀다. 웬일일까. 그 여자는 선뜻 대문 안으로 들어서지 못한다. 등 뒤로 문이 닫히고, 안에서 빗장이 걸리고, 그 위로 굵은 대못이 박히던 그날의 영상이 떠오른다.

'자신의 집 대문이 보이는 골목에 서서, 살갗에 돋는 소름을 손바닥으로 쓸어보지 않은 사람은 진정한 외로움이 무엇인지 모를 것이다.'

그 여자는 나중에, 어느 글에선가 그렇게 쓴 적이 있다. 그 여자는 아버지의 집 대문이 보이는 골목에 오래 서 있다. 콧등이 얼어붙고, 발이 시려오고, 눈으로 들어오는 찬바람 때문에 공연히 눈가가 짓무르는 것을 느끼며, 오래오래 대문을 바라본다. 돌아갈까? 몸을 돌려 논둑길을 다시 걷고, 그리고 버스를 타고 자취방에 도착하면, 긴 꿈을 꾸었다고 생각할 것이다. 돌아갈까? 아버지는 어떤 얼굴을 하실까. 아니, 그 여자는 자신이 어떻게 해야 하는지 알 수 없다.

얼마나 시간이 흘렀을까. 그 여자가 바라보고 있는 대문이 삐걱, 소리를 낸다. 그 여자는 당황해 어디론가 몸을 숨기고 싶어 한다. 그러나 얼어붙은 듯 꼼짝도 하지 못한다. 대문이 열리고, 그 대문에서 나오는 사람을 보며 그 여자는 헉, 숨을 들이쉰다. 아버지다. 감색 추리닝을 입은 아버지가, 오른손에 양동이를 들고 걸어 나온다. 바람이 불어와, 아버지의 머리카락이며 옷자락이 그 여자 쪽으로 많이 쏠린다. 날리는 머리카락을 쓸어 넘기다가, 아버지는 그 여자를 발견한다. 아버지는 잠깐, 아주 잠깐 놀라는 기색으로 멈추어 선다.

그 여자는 멀리서도, 아버지가 눈을 크게 뜨는 것을 알아본다. 양동이를 든 오른쪽 어깨가 비스듬히 올라가 있다. 아버지는 이내 그 여자에게서 몸을 돌려, 그 여자가 서 있는 반대편 길로 간다. 그곳 논가에 있는 두엄더미에 양동이에 담긴 것을 쏟아 붓고는 다시 길을 되짚어 걸어온다. 아버지는 그 여자를 바라보며 걷는다. 그러나 아버지는 그 여자 뒤쪽, 아주 먼 곳을 바라보는 것 같다. 그 여자도 아버지를 바라본다. 아버지 뒤쪽, 아주 먼 곳을 바라보는 시선으로. 그럼에도, 그 여자는 모든 것을 알아본다. 늘 몸이 마른 편이셨지만, 더 말라 보이는구나. 이마의 주름이 깊어지셨구나. 아버지는 대문간에 이르러 다시 멈춰 선다.

"들어가자."

아버지의 목소리는 아주 담담하고, 바로 어제 본 자식을 대하는 투다. 아버지의 말을 듣고서야 그 여자는 비로소 걸음을 옮긴다. 열릴 것 같지 않던 대문으로 들어서자 아버지는 방문을 가리키며 말씀하신다.

"들어가 있거라."

아버지는 양동이를 든 채 집 모퉁이를 돌아간다. 그 여자는 방문을 한 번 바라보고는 아버지를 따라 뒤뜰로 간다. 닭들은 다 어디로 갔을까. 양계 축사는 비어 있다. 어미돼지가 새끼에게 젖을 물리고 있던 양돈 축사에는 중간 크기의 돼지 두 마리가 들어 있다. 그 옆 칸에는 그때처럼 큰 돼지가 새끼들을 배 위에 얹은 채 비스듬히 누워 있다. 그때처럼 새끼들은 젖꼭지를 하나씩 물고 있고, 젖꼭지를 차지하지 못한 놈은 어미의 엉덩이에 머리를 문지르고 있다.

아버지는 두 마리 돼지가 있는 축사에서 삽으로 돼지똥을 퍼서 양동이에 담고 있다. 아버지는 이제 다른 가정을 꾸리고 계시는구나, 그 가정에서 행복을 느끼시는구나, 그런 예전의 마음은 없다. 대신, 그 여자는 아주 다른 생각이 든다. 아버지는 당신의 삶의 본질에 닿은 것 같구나. 아버지가 추구해온 삶, 아버지에게 어울리는 삶은 바로 저것이었구나. 학생들을 가르치는 교직이나 농촌진흥청의 연구실보다, 아버지가 더 애착을 느끼는 일이 저것이구나. 그 여자는 제 속에 있는 피로 그것을 깨닫는다.

그 여자도 그런 일을 좋아한다. 뭐랄까. 손과 몸을 움직여서 일하는 것, 자연 속에서 일하는 것, 자연의 일부분을 가꾸는 것. 그렇게 설명할 수 있을까. 수원의 복숭아 과수원에서 새벽마다 양동이를 들고 밤새 떨어진 복숭아를 주우러 나가는 일을 좋아한다. 중학교 때는, 하굣길에 가방을 팽개쳐두고 낯선 감자밭을 캐기도 한다. 그 여학생이 밭가에 쭈그리고 앉아 한참을 구경하자 감자를 캐던 아주머니가 해보고 싶으냐고 묻는다. 여학생이 고개를 끄덕이니 아주머니는 여학생에게 감자 캐는 법을 알려준다. 넓게 호미질을 해야 호미로 감자를 찍을 염려가 없고, 깊게 파야 땅속 감자알을 모두 찾아낼 수 있다고. 아주머니는 여학생에게 호미를 넘겨주고 점심을 먹으러 간다. 여학생은 교복 치마를 정강이 밑에 접어 넣고 앉아 아주머니가 일러준 대로 넓고 깊게 밭이랑을 판다. 짙은 갈색의 흙이 파헤쳐지면서 뽀얀 감자알들이 드러난다. 햇빛 아래 드러나는 감자알들은 어쩐지 수줍고 부끄러워하는 것 같다.

여학생은 한 시간쯤 감자를 캔다. 점심을 먹고 돌아온 아주머니는 여학생이 캔 감자를 보며 고개를 갸우뚱한다. 그러고는 여학생이 캔 이랑을 다시 캔다. 땅 밑에, 여학생이 판 것보다 더 깊은 곳에, 여학생이 캔 것보다 더 많은 감자알이 숨어 있다. 여학생은 아주머니와 함께 감자를 다시 캔다. 뽀얗고 통통하고 동그란 그것들을.

그런 일, 자연 속에서 자연을 도우며 자연을 닮아가는 일을 좋아한다. 그 여자는 자주 절에 가서 묵곤 하는데, 그런 때면 가끔 절에 딸린 텃밭을 맨다. 온종일 햇빛 아래 쭈그리고 앉아 쉬엄쉬엄 밭이랑을 옮겨 다닌다. 몸이 잡풀들처럼 편안하게 흔들리고, 마음이 흙의 고요함 속으로 가라앉고, 마지막에는 숨결이 바람의 숨결을 닮아가는 상태.

사실, 이런 말을 하는 일은 조심스럽다. 농사일을 직업으로 가지고, 그것을 나날의 일상으로 살아가는 사람들의 힘든 노동, 그렇게 일해도 제 품삯도 나오지 않는 그 일의 막막함, 공업 위주 경제정책에 의해 내내 수세로 몰려온 농촌의 현실, 그런 것들을 알기 때문이다. 그럼에도 그 여자의 꿈은, 텃밭을 하나 갖는 일이다. 아침마다 물을 주고 햇빛 속에 앉아 잡초를 뽑아줄 수 있는 제 밭을 하나 갖는 것.


돼지우리에서 오물을 청소하는 아버지는 당신 삶의 본질에 닿은 것 같아 보인다. 자연스럽고 편안하게 그 풍경 속에 녹아든다.

"추운데 들어가 있으래도. 이게 마지막이다."

아버지는 다시 돼지 오물이 든 양동이를 들고 대문으로 나가고, 그 여자는 비로소 방문을 열고 방으로 들어선다. 아버지의 여자는 보이지 않는다. 두 방의 미닫이문을 터서 넓어 보이는 공간에는 네 아이가 있다. 세 딸과 한 명의 아들, 그들 중 아들은 처음 본다. 그 여름에 배가 불룩해져 있었던, 그때 낳은 아이가 아들인 모양이다. 아이들은 저마다 놀이에 몰두해서 그 여자가 들어가도 쳐다보지 않는다. 다만, 제일 큰 아이 영선이만이 그 여자를 유심히 본다. 벌써 초등학교에 다닐 나이다. 그 여자는 영선이에게 웃어준다. 영선이도 그 여자를 보고 웃는다. 수줍게, 그리고 시골에서만 자란 아이다운 순박함으로. 공연히 가슴이 서늘해진다.

코트를 벗어 방바닥에 내려놓으며 그 여자는 아랫목 쪽을 본다. 무심히, 그러다가 놀란다. 거기, 또 다른 아기가 있다. 분홍빛 이불에 싸여서 새근새근 잠들어 있다. 태어난 지 몇 달 되어 보이지 않는다. 그 집의 다섯 번째 아이.

글쎄, 그 아기를 보았을 때의 감정을 어떻게 표현할 수 있을까. 지금도 그 여자가 이해할 수 없는 단 하나는, 왜 아이들을 그토록 많이 낳았는가 하는 점이다. 그때 이미 쉰 줄로 접어든 아버지의 나이를 염두에 두면, 그 아이들을 모두 키우고 교육시켜야 하는 경제적 부담을 염두에 두면, 그렇게 많은 아이를 낳을 수가 있었을까. 아마, 아버지의 여자에게 데메테르적인 요소가 많았던 모양이라고 짐작할 뿐이다. 희랍 신화에 나오는 대지와 파종의 여신 데메테르. 자식을 사랑하고 자식에 대한 집착이 강한 모성의 여신. 자식이 부모 말을 잘 듣는 뽀송뽀송한 아기 상태로 머물러주기를 바라는 어머니, 그래서 자식이 독립하려 하면 서운함을 느끼는 어머니. 그런 데메테르적인 요소가 많은 여자가 아닐까 짐작할 뿐이다.

아버지가 당신 삶의 본질에 닿았구나 하는 생각은 다섯 번째 아기를 보자 더욱 견고해진다. 삶의 본질에 닿았을 뿐만 아니라 그 삶이 풍족하고 만족스러워 보인다. 그 여자는 아기 곁에 앉아 물끄러미 아기를 내려다본다. 그 집 아이들은 외모가 확연히 구분된다. 아버지를 닮은 아이와 어머니를 닮은 아이로. 아기는 아직 누구를 닮았는지 알 수 없다. 빨간 입을 오므리며 방긋방긋 웃는다. 아버지가 방으로 들어와 수건에 손을 닦는다. 그 여자는 아기에게서 눈을 떼고 아버지를 바라본다. 드디어 삶의 본질에 닿은, 만족스럽고 풍요로운 그 모습을. 아버지는 그 여자 곁, 아랫목으로 앉으며 아기를 바라본다.

"잘 지냈느냐?"

아버지의 물음에 그 여자는 고개를 끄덕인다. 알 수 없게도 목에 돌이 차오른다.

"졸업하지?"

그 여자는 또 고개를 끄덕인다. 아버지의 마음에 어떤 생각이 흐르고 있을까. 아무 일도 없었던 듯, 바로 어제 본 자식을 대하는 듯한 그 마음에는.

"졸업하면, 취직해야지?"

그 여자는 또 고개를 끄덕인다. 말없이 고개를 끄덕이는 것, 그것은 이미 오래된 그 여자의 버릇이다. 지금까지도 남아 있는. 그러고 나니 아버지는 더는 할 말이 없으신 모양이다. 아버지가 말을 안 하니 그 여자도 가만히 있는다.

아이들 중 둘째와 셋째가 노래에 맞추어 손바닥을 부딪치는 놀이를 시작한다. 마주 앉아, 손뼉을 한 번 치고, 오른손을 앞으로 내밀어 서로 부딪치고, 다시 손뼉을 한 번 치고, 이번에는 왼손을 앞으로 내밀어 한 번 부딪치고……. 그 동작에 맞추어 노래를 부른다. 그런 놀이를 할 때, 그 여자가 알고 있는 노래는 "아침 바람 찬 바람에, 울고 가는 저 기러기……."이다. 그런데 아이들이 부르는 노래는 다르다. "신데렐라는 어려서 부모님을 잃고요, 계모와 언니들에게 구박을 받았더래요……." 노래도 달라지는구나, 시간이 흐르는 만큼. 여자는 그런 생각을 한다. 아이들의 목소리는 낭랑하고 맞부딪치는 손뼉 소리는 청아하다. "샤바샤바 야샤바, 얼마나 슬펐을까요……." 여음구도 있구나. 그 여자가 생각하는 것은 그거다. 노래가 한 차례 끝나고, 아이들이 다시 그 노래를 시작할 때, 묵묵히 있던 아버지가 아이들을 향해 말씀하신다.

"저 방에 가서 놀거라."

아버지의 목소리가 무겁다. 그 여자는 그제야 아이들의 노래에서 다른 요소를 발견하다. 그 노래를 들으며 아버지가 마음에 걸려 했을 부분을. 신데렐라는 어려서 부모님을 잃고요, 계모와 언니들에게 구박을 받았더래요. 그런 생각이 들자 목에 걸린 돌멩이가 점점 커진다. 맨 처음 아버지의 여자를 보았을 때, 그 중학교 일 학년 때 떠올렸던 동화들, 신데렐라, 콩쥐 팥쥐, 장화 홍련. 그런 동화를 읽을 때마다 궁금했던 게 있다. 아버지는 어디에 있는가. 계모가 구박할 때, 왜 신데렐라도, 콩쥐도, 장화도 아버지는 없는가. 계모의 구박으로부터 지켜줄 아버지는 없는가. 그러나 이해할 것 같다. 모든 아버지는 새로운 가정, 새로운 삶에 만족한다. 계모와 신데렐라의 갈등에 끼어들고 싶지 않을 것이며, 그래서 모든 일을 짐짓 외면하고 있었을 것이다.

아이들이 건너간 건넌방, 그러나 미닫이문을 터버려서 훤히 보이

174

는 그 방 한쪽에, 노란 비닐로 된 가마니가 쌓여 있다. 열 개가 넘어 보인다. 무얼까. 할 말도 없고, 시선을 둘 데도 없는 그 여자는 가마니들을 물끄러미 바라본다. 왜 방에 두었을까. 그것들을 보는 그 여자의 시선을 아버지가 보았던 모양이다.

"내가 농사지은 거다. 이 근처에 논과 밭을 좀 마련했다. 쌀을 열두 가마쯤 추수했고, 콩하고 고추도 있다."

그 여자는 아버지를 바라보며 고개를 끄덕인다.

"퇴직하면, 여기 와서 농사지으며 살 생각이다."

아버지의 얼굴에 흐뭇한 미소가 떠오른다. 그 여자는 고개를 숙이며 인정한다. 아버지는 당신 삶의 본질에 닿았구나. 지금의 삶을 만족스러워하고 있구나. 무엇보다 아버지는, 당신의 삶을 거의 이루었구나. 처음부터 아버지의 꿈은, 교직에 오래 있다가 교장이 되거나, 농촌진흥청 연구실에 있다가 서울농대 교수가 되는 게 아니었구나. 이제, 여기서, 아버지는 당신의 삶을 완성했구나.

그 여자는 그때 그렇게 생각한다. 그러나 지금 돌이켜보면, 완만한 경사면이었던 할아버지의 삶에서부터 미끄러져 내려온 아버지의 삶을 염두에 두면, 아버지의 말 속에 숨어 있는 불가항력의 상실감을 눈치챘어야 했다. 끊임없는 혼돈과 척락의 연속이었을 당신의 삶에서, 가장 마지막으로 붙든 그 일상의 안온함에 아버지는 깊은 한숨을 쉬듯 빠져들어 갔을 것이다. 만족스러운 웃음 뒤에는 얼마나 많은 자제와 상실과 인내가 있을 것인가를 알았어야 했다. 아버지의 완성이라는 것이, 영화 〈빠삐용〉에서 섬에 갇힌 더스틴 호프만이 만족해하던, 바로 그것과 다르지 않다는 것을 알았어야 했다.

그러나 그때는 거기까지 생각이 미치지 못한다. 아버지는 당신

175

삶의 본질에 닿았으며, 당신의 삶을 거의 이루었구나. 그래서 행복해 보이시는구나. 그런 생각이 전부다. 그 여자는 돌아가야겠다고 다짐한다. 여기는 내가 있을 곳이 아니야. 막차가 끊기기 전에 서둘러야지. 그 여자는 고개를 들고 비로소 아버지를 바라본다.

"저 갈게요."

아버지의 집에 도착해서 그 여자가 처음으로 한 말은 그거다. 아버지는 놀라는 눈빛이더니 이내 화난 얼굴을 하신다. 그러나 그 여자는 이미 몸을 일으키며 벗어둔 코트를 집어든다. 아버지는 코트를 걸치고 방문을 향해 걷는 그 여자를 물끄러미 바라본다. 이제는 화난 얼굴이 아니다. 난감한, 어찌해볼 수 없는 난감한 낯빛이다.

"그러면, 저거 하나 가져가거라."

아버지는 건넌방에 쌓인 쌀가마니를 턱짓하고 있다. 그 여자가 문간에 서서 바라보는 동안 서두르는 동작으로 쌀가마니를 들어낸다. 그 여자가 마루에 걸터앉아 신발을 신는 동안 쌀가마니를 자전거 짐칸에 싣는다. 아버지는 다시 방으로 들어간다.

"영선아, 아기 잘 봐라. 깨어나서 울면 우유 주고, 기저귀도 갈아주고."

"네."

아이의 청랑한 목소리가 들린 후 아버지는 검은 가죽점퍼를 걸치고 나온다. 그러는 동안 여자는 마당에 서서 아주 먼 곳, 기러기가 날아가는 곳보다 더 먼 곳, 바람이 불어가는 곳보다 더 먼 곳을 보고 있다. 마음이 그렇게 멀어지고 있다.

아버지는 왜 가겠다는 딸을 잡지 않았을까. 하룻밤이라도 자고 가라고, 저녁이라도 먹고 가라고, 왜 잡지 않았을까. 딸의 고집을 알고 계셨을까. 아니면 아버지의 여자가 돌아오기 전에 보내고 싶었을까. 한 번 싸움을 벌인 두 여자가 서로 맞부딪치는 장면을 피하고 싶었을까. 모르겠다. 가겠다고 말하며 단호하게 일어선 건 제 쪽이면서도, 잡지 않는 아버지에게 서운함을 느끼는 그 마음도 알 수 없다.

그 여자는 자전거를 끌고 가는 아버지의 뒤에서 걷는다. 자전거 짐칸에 실린 쌀가마니와 아버지의 검은 가죽점퍼를 번갈아 보면서. 아버지의 등은 이제 누구에게도 굽힐 줄 모르던 반듯하고 당당하던 그 모습이 아니다. 그 여자와 동생을 밀쳐내던 가파른 절벽도 아니다. 삶의 본질을 찾아낸 자의 자연스러운 등, 삶을 거의 이룬 자의 편안한 등이다. 몇 채의 농가를 지나고 논둑길을 지나고 시장 거리의 어수선함을 지나는 동안, 아버지도 그 여자도 아무 말이 없다. 그 여자는 벌써부터 가슴속에서 밀려 올라오는 서운함, 목 안에서 달그락거리는 돌멩이 때문에 말을 하지 못한다. 아버지가 왜 말이 없으셨는지 알 수 없다.

아버지는 자전거를 끌고 국도를 건너고, 그 여자는 자전거 짐칸에 실린 쌀가마니를 보며 아버지를 뒤따른다. 터미널은 국도 건너편에 있다. 번잡한 거리로 나오자 아버지는 간혹 고개를 돌려 주변을 둘러본다. 무엇을 보실까. 그러다가 그 여자는 마음속에서 치솟는 또 하나의 의혹을 발견한다. 목에 걸린 돌에서 통증이 느껴지더니 날카롭고 재빠르게 가슴을 향해 치닫는다.

터미널에 도착하자 아버지는 쌀가마니를 터미널 입구에 내려놓는다. 다시 주변을 둘러보시고는 터미널로 들어가 차표를 끊어 가지고 나온다. 차표와 얼마간의 지폐를 그 여자에게 내민다. 그 여자가 차표를 받는 동안, 또 주변을 둘러보신다.

"잘 가거라. 앞으로는 자주 연락하고."

그 여자는 또 고개만 끄덕인다. 고갯짓을 하는데, 몸 안에 차오른 물결이 찰랑찰랑 소리를 낸다. 금방이라도 넘쳐흐를 듯. 아버지는 자전거를 타고, 이번에는 끌지 않고 올라타서는, 힘차게 페달을 밟아 시야에서 사라진다. 아버지가 사라진 거리를 바라보고 서서 그 여자는 가슴속에서 솟아나던 의혹을 확신의 형태로 받아들인다.

그래, 아버지는 나를 부끄러워하시는구나. 당신의 인생에 한 번 실패한 가정이 있었고, 그 가정에 이토록 큰 자식이 있다는 사실을 알리고 싶어 하지 않으시는구나. 사람들이 붐비는 터미널에서, 나와 함께 있는 모습을 누군가에게 보이게 될까 봐 염려하시는구나. 당신의 지난 삶을 부끄러워하듯이, 나를 부끄러워하시는구나.

찬바람이 쓸려 지나가는 거리, 그 여자는 쌀가마니 위에 걸터앉는다. 목에 걸린 돌멩이가 가슴까지 등까지 커지더니 기어이 몸 안의 물기를 밀어 올린다. 눈가의 물기를 닦으며, 주먹으로 쌀가마니를 툭툭 치며, 들먹이는 가슴을 한 손으로 누른다. 버스가 오려면 한 시간을 더 기다려야 한다. 짧은 겨울 해는 벌써 산 가까이 내려앉아 있다.

그 쌀가마니를 잊을 수 있을까. 노란 병아리색 비닐 가마니, 마치 짚으로 만든 가마니처럼 보이기 위해서인 듯, 표면의 직조 무늬가 굵은 새끼의 올처럼 보이던 쌀가마니다. 완성된 아버지 삶의 가시적 형태이고, 그것을 줌으로써 묵시적으로 제시하던 아버지의 사랑이고, 그러나 찬바람 부는 길가에 황급히 부려진 사랑이다. 그 여자 힘으로는 들어올리기는커녕 밀어도 꼼짝 않는 그것, 그 무게만큼 그 여자에게는 감당하기 버거운 그것, 그렇게 남겨진 제 모습처럼 처연한 무엇.

또 버림받았구나…….

그 여자가 확실하게 깨달을 수 있는 사실은 오직 그거다. 생각이 날카로운 쇠붙이처럼 가슴을 세로로 그으며 지나간다. 헉, 숨을 들이쉬는데 찬바람이 몸 깊은 곳까지 서슴없이 밀려든다.

이제 진정으로 아버지의 삶에서 떠나야겠구나. 거의 이루어낸 당신의 삶에, 지난날의 실패와 실수의 흔적인 내 모습을 드러내어서는 안 되겠구나. 나를 위해서가 아니라 바로 아버지 당신을 위해서.

그건 그 여자가 할 수 있는 가장 냉철한 판단이다. 상실감이나 서운함에 휩쓸린 감정적 결정이 아니라 이성적인 판단, 그때 도달할 수 있는 가장 차갑고 서늘한 결정이다. 그 후로도 오래도록 가슴속에서 시린 물소리를 내며 흐르는 결심이다.

쌀가마니, 아버지가 완성한 삶의 가시적 형태인 쌀가마니. 그 쌀가마니를 어떻게 처리해야 했을까. 사람은 제 몸무게의 1.5배를 들어 올릴 수 있다고 한다. 그때 그 여자의 몸무게는 36킬로그램. 이론상으로는 52킬로그램까지 들 수 있을 것이다. 쌀 한 가마니는 80킬로그램, 그 여자의 두 배도 넘는 무게다. 그걸 들어서 차에 싣기도, 서울에 내려 자취방까지 옮기기도 불가능하다. 혼자 힘으로는.

그 여자는 쌀가마니를 주먹으로 툭툭 치다가 문득 일어나 근처 싸전으로 간다. 쌀가마니를 가리켜 보이자 싸전 주인 남자는 성큼성큼 걸어가 그것을 메고 온다. 그러고는 그 여자에게 지폐 몇 장을 건네준다. 아버지가 완성한 삶의 가시적 형태인 쌀가마니, 당시 아버지의 삶에서 가장 소중했던 부분, 그래서 딸에게 주고 싶어 했을 그것은 그렇게 사라진다. 그 여자 역시 아버지의 삶에서 사라진다. 그 후 다시는, 다시는 아버지의 삶에 얼굴을 내밀지 않는다. 차갑고, 서늘한 이성의 통제 아래서.

생각해보면, 아버지는 늘 그 여자를 사랑했던 것 같다. 어렸을 때도, 아버지는 그 여자를 야단치거나 매를 든 일이 없다. 그 후로도, 아버지의 시선을 생각해보면, 그 딸에 대해 안쓰러워하고, 안타까워했던 것 같다. 그럼에도 그 여자는 거듭 아버지로부터 상처 입고 버림받는다. 이제는 그 이유를 알 수 있을 것 같다. 그 여자가 아버지를 너무 사랑했기 때문이다. 아버지에 대한 사랑과 기대가 큰 만큼, 아버지에 대한 원망과 실망이 컸을 것이다. 어린 시절 아버지의 사랑이 그 여자를 너무 높은 곳에 올려놓았을 것이다. 넘어지기만 해도 다리에 골절상을 입을 정도로.

그 후, 그 여자가 아버지를 보는 것은 두 번의 장례식에서이다. 외할아버지 장례식과 할아버지 장례식에서.

외할아버지의 장례식은 대전에서 있다. 다복하신 외할아버지에게, 결혼 육십 주년을 맞아 회혼식까지 치르신 외조부모에게, 어머니의 오래된 별거는 가장 고통스러운 일이었을 것이다. 그 외할아버지가 돌아가셨을 때, 이모들은 아버지에게 연락한다. 아버지는 법적으로 아직 외할아버지의 사위이므로.

그 여자는 밤늦게 대전에 도착한다. 외할아버지, 긴 수염을 쓰다듬으시며 방 안에서 늘 책을 읽으시던 분. 어렸을 때는 그 무릎에서 자랐지만 성장한 이후에는 제대로 찾아가 뵌 적이 없는 분. 그 여자는 외할아버지에 대한 그리움과, 이제는 어떤 방법으로도 당신께 자신의 마음을 보여드릴 수 없다는 절망감을 안고 상가를 찾아간다.

상가에는 사람이 많다. 집 밖 골목에까지 큰 천막을 치고, 전등을 내걸고, 문상객들은 천막 아래서 술을 마시거나 화투를 치고 있다. 마당에도 문상객이 많다. 오랫동안 친척들을 만나지 않고 살아온 그 여자는 대문으로 들어서며 아는 얼굴이 있을까 싶어 주변을 두리번거린다. 그러다가 현관에서 신발을 신고, 그러고는 한걸음 비틀, 앞으로 내딛는 사람을 본다.

그 여자는 대문간에 붙박이고 만다. 아버지다. 칠 년 만에 보는 아버지가 굴건을 쓰고 있다. 아버지가 오셨을 거라고는, 그런 식으로 아버지를 만날 거라고는 예상하지 못했다. 이제는 당신을 떠나왔지만, 여전히 그 여자의 마음속에는 처음의 사랑과 나중의 상실감, 그 후 텅 빈 구멍으로 존재하는 아버지. 그 여자는 꼼짝도 하지 못하고, 숨도 쉬지 못하고 아버지를 보고 있다. 아버지는 술에 취한 걸음으로 서너 걸음 옮긴 후, 무심히 고개를 든다. 고개를 들자마자 곧바로 그 여자와 시선이 마주친다. 이번에는 아버지가 그 자리에 붙박여 선다. 그 여자는 가슴이 먹먹하게 막혀온다. 그렇게, 그 여자와 아버지는 마주 보고 서 있다. 문상객들의 소음과, 가득한 어둠과, 그것을 밝히는 조등과, 스산한 바람……. 그 사이에서 아버지와 딸은 꼼짝도 하지 않고 서서 서로를 바라보기만 한다. 그 사이로 칠 년의 시간이 지나가고, 오래 묵은 그리움과 원망이 지나가고, 더 많은 사랑과 상실감이 지나간다. 그 여자는 벌써 뿌옇게 흐려지는 눈으로도, 아버지의 얼굴에 주름이 많이 늘었고, 어쩌면 삶의 윤택함마저 쇠락해버린 듯한 기미를 읽는다. 서러움 같은 것이, 부당함 같은 것이, 가슴 저 낮은 곳에서 회오리치며 솟구쳐 오른다.

"정숙이 어디서 뭐 하느냐고 묻더니, 이렇게 만났구나. 어서 들어
가자."

부엌에서 술상을 들고 나오던 이모가 두 사람을 발견하고 큰 소
리로 말한다. 이모의 목소리는 공연히 바람을 많이 넣은 풍선처럼
부풀어 있다. 아버지가, 아버지가 나를 궁금해하셨구나……. 그런
생각이 또 가슴을 먹먹하게 한다.

그 여자는 이모에게 이끌려 현관으로 들어선다. 고개를 숙인 채
아버지를 지나쳐서, 아버지의 시선이 자석처럼 자신을 따라오고 있
음을 느끼면서. 마루에서는 어머니가 작은 테이블 앞에 앉아 조의
금을 접수받고 있다. 그 여자는 어머니의 얼굴, 심상한 표정을 띠고
있는 어머니의 얼굴을 또 유심히 본다. 어머니는 어떤 마음이실까.

"우선 할아버지께 인사드려라."

그 여자는 이모가 시키는 대로 안방으로 들어가, 병풍 뒤에 모셔
진 외할아버지께 절을 한다. 영정 속의 외할아버지는 온유하게 웃
고 계시다. 그때 처음으로, 그 여자는 친척들과 연락을 끊고 지낸
자신을 뉘우친다. 그래서는 안 되었을 거라고, 더 일찍 외할아버지
를 뵈러 왔어야 했다고. 그 여자는 외할아버지의 영정 앞에 오래 엎
드려 있는다. 이모가 어깨를 두드려 그 여자를 일으켜 세울 때까지.

이모는 그 여자를 건넌방으로 데려간다. 이미 밥상이 차려져 있
다. 그 여자가 밥상 앞에 앉자 아버지가 방으로 들어온다. 아버지는
그 여자와 대각선이 되는 자리에, 딸의 옆모습을 바라보는 자세로
앉는다. 그 여자는 말없이 밥을 먹는다. 그러나 아버지의 시선, 연민
과 서운함과, 애정에 대견스러움 따위가 뒤섞인 아버지의 시선 앞
에서 밥이 잘 넘어가지 않는다. 이미 목에, 가슴에 돌멩이가 막혀 있

다. 그 여자는 아주 조금씩 밥을 떠 넣는다. 옆에서 지켜보던 아버지가, 손을 뻗어, 멀리 놓인 산적 접시를 그 여자 가까이 옮겨준다. 그 여자는 산적 접시가 뿌옇게 흐려지며 크게 다가오는 것을 본다.

그러지 마세요, 아버지. 이제 와서……. 그 여자는 국그릇 속에 숟가락을 담근 채 고개를 숙인다. 기어이, 눈가에 맺혀 있던 물기가 기어이 국그릇 속으로 툭 떨어진다. 제발, 아버지……. 이제는, 이제 더는……. 그런 생각을 하는 동안에도 국그릇 속으로, 밥상 위로, 툭툭 눈물이 떨어져 내린다.

아버지는 기어이 고개를 돌리신다. 고개를 돌리고, 천천히 상체를 돌리고, 그러고는 몸 전체를 돌리며 자리에서 일어난다. 아버지가 방을 나가고 난 후, 그 여자는 무너지듯 숟가락을 놓는다. 아, 아버지. 그 여자는 아버지 앞에서 어떻게 행동해야 하는지 알 수 없다. 당신의 삶에서 걸어 나온 이후.

그 여자가 다시 아버지를 만난 건, 그로부터 또 오 년쯤 후다. 이번에는 할아버지의 장례식에서다. 그 여자가 도착했을 때, 아버지는 영정 앞에 고개 숙인 채 앉아 있다. 굴건과 상복을 입고. 아버지 옆에는 소주병과 안주 접시가 담긴 쟁반이 놓여 있다. 그 여자는 할아버지의 영정 앞에 절을 하고, 아버지께 인사하고, 그러고는 곧바로 부엌으로 간다. 몸을 움직여 일하는 게 잡다한 감정을 몰아내는 좋은 방법이라 믿으며, 팔을 걷어붙인 채 무를 썰고, 파를 다듬고, 설거지를 한다. 숙모와 고모가 방에 들어가서 쉬라고 하지만 그 여자는 네, 대답만 할 뿐 계속해서 일거리를 찾아낸다. 전을 부치고, 문상객들에게 술상을 차려내고, 빈 그릇을 거둬다가 또 설거지를 한다. 그게 낫다. 방 안에 가만히 앉아 있다가 알 수 없는 설움에 휩싸이기보다는, 아버지 앞에서 속절없이 눈물을 떨구게 되는 것보다는.

그러면서, 부엌과 마당과 집 안팎을 오가면서, 스치듯 바라보는 아버지는 늘 똑같은 자세를 하고 있다. 이따금 술을 한잔 마시고는 또다시 고개 숙인 채 움직이지 않는다. 다섯 시간, 혹은 여섯 시간이 지나도 그 모습 그대로다. 손가락으로 살짝만 건드려도 힘없이 무너질 것 같은 자세로. 할아버지를 안동으로 모시느냐 강릉으로 모시느냐로 의견이 오갈 때도, 누군가 나가서 지관을 모셔와야 하지 않느냐는 문제가 대두될 때도, 조문객이 영정 앞에 와서 절할 때도, 아버지는 고개를 숙인 채 가만히 앉아 있기만 한다.

아버지, 그러지 마세요. 제발……. 그 여자는 맥없이 또 그렇게 중얼거린다. 그렇게 무기력해 보이고, 회한에 사로잡힌, 그런 모습은 보이지 마세요. 그러다가 그 여자는 깨닫는다. 아버지의 삶이, 계속 미끄러져 내려온 할아버지 삶의 끝에 매달려 있었음을. 아버지가 누리는 평화가, 아버지가 완성한 것처럼 보이던 당신의 삶이, 사실은 많은 체념과 자제를 바탕으로 하고 있었음을. 그 여자는 순식간에 몸에서 열이 식는 것을 느낀다. 할아버지의 영정 앞에서 참회와 회한의 눈물을 흘리는 아버지처럼, 언젠가는 자신도 아버지의 영정 앞에 그런 자세로 앉아, 회한으로 가슴 치는 날이 있을 것이다. 생각만으로도 가슴속에서 무엇인가 무너져 내린다. 무너져 내려 숨이 막히게 한다. 그런 식으로 아버지의 인생에서 걸어 나온 게 과연 잘한 일인가.

다음 날, 장지에서도 아버지는 가만히 앉아만 계신다. 산자락 밑에 병풍을 두르고 그 앞에 모셔둔 할아버지의 영정, 그 앞에 앉아 이따금 술만 드신다. 하관을 할 때도, 상두꾼들이 봉분을 다질 때도, 점심때가 되어 다들 국밥을 한 그릇씩 안고 있을 때도, 아버지는 가만히 앉아 있기만 한다.

그런 아버지를 보며, 그 여자는 내내 가슴 한편이 흙더미처럼 허물어지는 것을 느낀다. 고통스럽다. 허물어지는 흙더미와 함께 모든 것이, 아버지에 대한 처음의 사랑이, 그다음의 원망이, 그다음의 상실감이, 아니 그 이후의 텅 빔까지 모두 허물어져 내리는 것을 느낀다. 남은 것은 고통뿐이다. 다른 어떤 감정도 섞이지 않은 오직 고통뿐.

그 여자는 국밥 그릇을 들고 아버지에게 간다. 무너지듯 고개 숙이고 있는 아버지에게.

"이거 좀 드세요."

아버지는 천천히 고개를 든다. 깊은 주름, 핼쑥한 낯빛, 충혈된 눈빛. 그 눈빛과 마주치자 그 여자는 다시 목에 돌이 걸린다. 아버지는 국밥 그릇은 받지 않은 채 그 여자의 얼굴만 바라본다. 멍한 눈, 초점 없이 먼 곳을 바라보는 눈. 그 여자는 국밥 그릇을 아버지 앞으로 놓아드린다.

"드시면 몸이 좀 따뜻해질 거예요."

그 여자가 몸을 돌리기 전에, 아버지가 먼저 고개를 숙인다. 그 여자는 걸음을 옮기며 발밑이 휘청거리는 것을 느낀다. 이건 아니다. 고통과 회한에 가득 찬 아버지처럼, 내게도 그런 날만 남아 있을지도 모른다. 그 여자는 입술을 깨문다. 그래서는 안 된다고, 그래서는 안 된다고. 그렇게 생각하는 마음이 벌써 회한에 가깝다.

장지에서 내려왔을 때, 그 여자는 많이 지쳐 있다. 지속적인 긴장과, 거듭되는 부엌일과, 아버지를 보는 일의 고통으로 인해 탈진한 상태다. 그 여자는 좀 쉬고 싶은 마음으로 건넌방 문을 연다. 방 안에는 뜻밖에도 아버지가 있다. 비스듬히 벽에 기대앉아 눈을 감고 있다가 방문 열리는 소리를 듣고는 천천히 눈을 뜬다. 그 여자는 또 당황한다.

"이리 와봐라."

아버지의 목소리는 조금쯤 슬픔에서 벗어난 듯하다. 그러나 그 여자는 아버지에게 갈 수 없다. 그렇게 탈진한 몸으로, 그렇게 울먹이는 가슴으로, 그런 회한을 안고서, 아버지와 무슨 말을 하겠는가. 아직은 아니라고, 그 여자는 고개를 젓는다.

"그냥 쉬세요."

그 여자는 조용히 방문을 닫고 돌아선다. 다음에, 다음에 언젠가 그럴 날이 있을 것이다. 아무렇지도 않은 마음으로 아버지와 마주 앉아, 삼 년만 지나면 밀림의 왕자가 된다는 호랑이 이야기며, 생선을 구울 때는 석쇠가 잘 달구어진 다음에 올려놓아야 한다는 이야기며, 장기를 둘 때는 졸을 잘 운용해야 한다는 이야기며…… 그런 이야기들을 할 수 있는 날이 올 것이다. 언젠가는. 돌아서는 눈앞이 어룽어룽 흐려진다.

【 3부 】

## 34

그 여자는 자취방에 누워 좁은 천장을 올려다보고 있다. 전기장판은 등만 가까스로 따뜻하게 해줄 뿐 코끝은 영락없이 냉랭하다. 이미 오래전에 잠이 깼지만, 잠 깬 자세 그대로 누워 있기만 한다. 보증금 삼십만 원에 월세 오만 원짜리 방. 천장을 올려다보며 누워, 다 끝났구나, 생각한다.

그 어렵고 힘들었던 사 년, 그 가난하고 손 시렸던 생활이 끝났구나. 좁은 천장을 바라보며 하는 생각이란 그것이다. 다 끝났다. 이제는 진정으로, 말의 진정한 의미로서 독립을 할 수 있다. 천장의 거뭇거뭇한 쥐 오줌 자국을 올려다보며 누워, 친구들이 졸업식 준비로 분주해 있을 시간에, 그 여자는 방에 누워 그런 생각을 한다.

어머니는, 등록금과 함께 얼마간의 생활비를 주고, 이따금 생각날 때면 돈을 부쳐주곤 한다. 어머니가 주는 돈은 턱없이 부족했지만 그 여자는 어머니께 돈을 보내달라는 편지를 하지 않았다. 자취방과 학교까지는 걸어 다니는 거리여서 차비가 필요 없다. 점심은 늘 친구들과 어울려 먹지만, 한 번도 밥값을 냈다는 기억이 없다. 다 함께 밥을 먹으면, 누군가 계산을 하곤 했지만, 그게 누구였는지도 기억하지 못한다. 그럼에도 때로, 가난에 목을 매고 죽고 싶을 만큼 가난한 고비가 찾아온다. 보다 못한 그 남자가 한번은 쌀을 가져다준 일도 있다.

글쎄, 왜 그렇게 고집을 부렸는지 그 여자도 알 수 없다. 나중에 어머니는, 그 여자가 돈을 요구하지 않기에 혼자 생각에, 이따금 아버지에게 돈을 타다 쓰는가 보다 짐작했다고 말한다. 아마 아버지도 그렇게 생각하셨을 것이다. 어머니의 보살핌으로 잘 살고 있으리라고. 그러나 그 여자는 아버지의 돈도, 어머니의 돈도 요구하지 않는다. 아버지는 다시는 보지 않기로 해서, 어머니에게는 돈을 타다 쓰기 미안해서. 그런 사 년이 모두 지나갔다. 수첩 속에는 이제부터 갚아드려야 하는 등록금 영수증 일곱 장이 고스란히 들어 있다.

천장을 올려다보며 누워, 그 여자는 그동안의 졸업식을 떠올려본다. 졸업장을 작디작게 접어 주머니에 넣고 교문을 빠져나왔던 중학교 졸업식이며, 친구가 붙잡는 바람에 억지로 한 장 사진을 찍고 도망쳤던 고등학교 졸업식이며, 그런 일들을 생각한다. 무슨 기념이나 무슨 행사, 혹은 명절 같은 것을 그 여자는 좋아하지 않는다. 아니, 거기에 무슨 의미를 두려 하지 않는다. 그날도 다른 여러 날과 같은 날일 뿐이다. 다른 여러 날처럼, 그렇게 지나가는 하루, 이십사 시간일 뿐이다.

대학 시절을 떠올리면 졸업식이 축제고 기쁨이라고 말할 수 없다. 공포로 시작해서 완전한 절망을 거쳐 몸 안에 푸릇푸릇한 멍이 자라게 한 어떤 관계, 여전히 어디를 어떻게 떠돌고 있을지 모르는 학우들, 동맥에 붕대를 감은 채 재판정을 오가고 있을 경이, 그리고 가난에 목을 매고 죽고 싶을 만큼 가난했던 날들. 그런 것들 끝에 맞는 졸업은 무력감과 탈진감만 키우고 만다. 수배 중인 학우들을, 재판 중인 친구를 두고 과연 졸업식장에 앉아 있을 수 있는가. 그 여자는 이미 졸업식장에 가지 않기로 결정을 내렸다.

그 여자는 앨범에 담기는 사진도 찍지 않았다. 종로에 있는 어느 사진관에 가서 앨범용 사진을 찍으라는 공고가 게시판에 붙었을 때, 그 여자는 속으로 고개를 젓는다. 이 절망의 얼굴을, 이 환멸의 얼굴을 영원히 담아두라는 뜻인가. 친구들이 곱게 화장을 하고 머리를 단정히 빗고 가운을 입고 사진을 찍을 때도 그 여자는 자취방에 누워 있었다. 당연히, 졸업 앨범에는 그 여자의 사진이 없다.

사은회는 이미 지난 십일월 말에 지나갔다. 사은회에서는 여학생들이 한복을 입는 관례가 있어왔다고 한다. 그러나 그 여자는 그때까지 한복을 입어본 적이 없고, 한 벌의 한복도 가지고 있지 않다. 그 여자는 한복을 입지 않겠다고 고집한다. 다른 친구들도 그 여자의 생각에 동조해준다. 그 여자는 단지 한복이 없어서 입지 않겠다고 했지만, 다른 친구들은 그 여자의 생각을 다르게 해석한다. 왜 여학생만 한복을 입어야 하는가. 남학생들이 한복을 입는다면 우리도 한복을 입겠다. 그런 말들을, 그 여자는 그저 말없이 지켜본다.

사은회는 이른바 요정이라 불리는, 가정집을 술집으로 개조한 곳에서 치러진다. 보통 방보다 세 배는 넓은 방에 ㅁ자 모양으로 상이 차려지고, 서른 명쯤 되는 학우들과 교수들이 둘러앉는다. 의례적인 인사말들이 오간 후, 사은회 자리에서만 유일하게 노래를 부르신다는 황순원 교수의 〈석탄가〉를 듣는다. 그 여자는 황 교수의 노래에 담긴 열정과 힘에 감탄한다. 마지못해 부르시는 게 아니라, 감정의 깊은 곳, 마음의 깊은 곳에서 힘을 끌어올려 부르시는 노래다. 그 노래를 들으며 가슴이 울먹였던 것은 바로 그 힘 때문이었을 것이다.

그다음에 노래를 부르기로 지목된 교수가 누구였더라. 그 교수는 자리에서 일어나, 노래를 부르기 전에 여러 가지 말씀을 하신다. 사 년 동안 함께 지낸 날들을 회상하고, 사회에 나가더라도 자주 놀러 오라는 당부를 하신다. 그러고는 그 끝에 덧붙이신다.

"그리고 또, 김정숙이는 하현규와 결혼할 거랍니다."

그 여자는 당황한다. 그게 무슨 말인가, 사은회 자리에서. 더구나 그 여자는 그런 말을 한 적이 없다. 그런 생각조차. 다른 교수들과 학우들이 다들 박수치며 축하해주는 한가운데 망연히 앉아 생각해본다. 아마 학교 안에서 공인된 캠퍼스 커플이니까 그런 말씀을 하시는 걸 거라고. 그러나 아직도 그 남자를 수용하는 일이 명치에 걸려 소화되지 않는 음식처럼 느껴지는 걸 어쩌랴. 그 여자는 그저 웃기만 한다. 그 속맘을, 그 소화불량의 속을 아무에게도 말하지 않은 채.

십이월부터 이월 초까지는 출판사에서 아르바이트를 했다. 아르바이트를 하기 위해 출판사로 나가는 첫날, 그 여자는 시내버스 가장 앞자리에 앉는다. 멀리 바라보면 보이는 것이라고는 흐린 하늘과 잿빛 건물, 눈앞에서 달리는 버스가 전부다. 이게 세상인가. 드디어 세상으로 나가는 건가. 그런 생각 끝에, 알 수 없게도, 정말 알 수 없게도 그 여자는 눈물을 흘리고 만다. 모르겠다. 왜 눈물을 흘렸는지는. 몹시도 복합적인 감정이 그 눈물과 섞여 흘렀지만, 그걸 말하려하니 너무 고단하다. 그저, 흐린 하늘 때문이었다고만 해두자.

그 출근길에, 그 여자는 한 가지 결심을 한다. 딱 십 년만 직장생활을 하자. 내 손으로 내 입을 먹여 살릴 수 있는 기반을 잡으면, 그다음에는 소설을 쓰자.

출판사에서 그 여자가 한 일은 니체 아포리즘을 만드는 일이다.

니체 전집을 하나하나 읽어나가며, 니체의 생각이나 사상이 잘 집약되어 있는 구절들을 발췌한다. 일단 좋은 구절들을 뽑은 다음 그것을 주제별로 나누어 묶는다. 그렇게 묶어놓으면 니체는 사라지고 그 여자의 시각으로 뽑아낸, 그 여자의 생각들이 모이는 것 같다.

그 아르바이트를 할 때, 그 남자는 퇴근시간이면 어김없이 출판사 앞에 나타난다. 단 하루도 빠짐없이. 그런 그에게 그 여자는 아무 말도 하지 않는다. 마중 와줘서 고맙다는 말도, 날마다 나타나 귀찮다는 말도, 아무 말도. 다만, 그가 초조해하는 모양이라고만 생각한다. 그는 곧 군대에 가야 하고 그 여자는 이제 세상으로 나간다. 그의 입장에서 보면 그것보다 더 나쁜 상황은 없다.

그게 사랑인가. 사랑이었을 것이다, 그 남자는. 그 남자의 불에 데어 화상을 입지 않기 위해 몸을 사리는 그 여자는 얼음이다. 불과 얼음의 관계. 불길에게도, 얼음에게도 그건 자신과 상대방을 동시에 갉아먹는 관계다. 죽고 죽이는 관계이고 파괴하고 파괴당하는 관계다. 그러나 어쩌겠는가. 그 여자로선 그 남자를 벗어날 방법이 없고, 그 남자로선 제 열정을 벗어날 방법이 없다. 다른 돌파구가 없어서, 두 사람의 관계는 여전히 그런 식으로 지속된다. 아니, 이제 두 사람의 관계는 그런 식으로 고착되어 있다. 주변 사람들의 눈에는 다정하고 정다운 한 쌍의 커플로 보여지면서.


그 여자는 누인 몸을 일으킨다. 잿빛 바바리는 잘 지낼까. 몸을 일으키는데 문득 그런 생각이 떠오른다. 생각이 마치 몸과 함께 누워 있다가 그 여자가 일으켜주기를 기다린 것처럼. 그 여자는 고개를 젓는다. 머리카락처럼, 생각은 잘 떨쳐지지 않는다. 이제 졸업식을 하고 떠나면, 다시는 그를 보지 못할 것이다. 그런 생각이 어쩐지 창틈으로 들어오는 찬바람 같다. 찬바람처럼 몸을 얼어붙게 한다. 그 여자는 차게 식어가는 몸을 가만히 지켜보며 앉아 있다.

"정숙아, 정숙아."

문밖에서 부르는 소리가 난다. 친구 혜정이다. 졸업식 준비를 하고 있어야 할 혜정이가 웬일일까 싶어 주섬주섬 일어나 방문을 연다.

"너, 왜 졸업식에 안 오니?"

혜정이는 단정한 투피스를 입고 있다. 옅게 화장도 한 얼굴이다. 그 여자는 혜정이의 질문에 답할 수 없으니 가만히 있는다. 졸업식에 안 가겠다고 이미 말했는데, 혜정이는 공연한 헛수고를 하는구나.

"친척들이 오셨어. 너희 외할머니와 외삼촌이."

친척들이라니, 믿어지지 않는다. 그동안 단 한 번도 그 여자를 만나러 온 적이 없고, 그 여자 역시 그들을 만나러 가지 않았다. 그들이 싫어서가 아니다. 그들을 만나면 어김없이 오르는 화제, "너희 어머니와 아버지가 저러고 있어서 어떡하느냐……." 그런 화제를 피한 셈이다. 또 하나 피한 게 있다면 그들의 평화로운 생활과 확연히 비교되는 제 초라함, 그들의 눈빛에 드러나는 노골적인 연민, 그런 것들이다.

"빨리 학교에 와. 지금 다들 기다리고 계셔."

혜정이는 말을 전해주고 바삐 돌아선다. 그 여자는 제 마음이 많이 차갑고 딱딱해졌구나 생각한다. 혜정이에게도, 친척들에게도 별로 고마운 마음이 들지 않는다. 오히려 귀찮고 번거롭다. 대체 어쩌자고 이런 날 오신 걸까.

그 여자는 대충 세수를 하고 집을 나선다. 날씨가 많이 풀려 바람이 부드럽다. 경아……. 그 여자는 공연히 경이 이름을 부른다. 왜 그랬을까. 경이 이름을 부르자 찬바람이 모조리 눈으로만 몰려든다.

학교는 사람들로 발 디딜 틈도 없다. 졸업식이 있을 노천극장에는 까만 학사모와 가운을 입은 학생들이 거의 가득 들어차 있고 그 주변으로는 졸업생 가족들이 학생들보다 두세 배는 많이 모여 있다. 식이 시작되기 십 분쯤 전이다.

친척들은 문리대 건물 앞에 모여 있다. 오는 동안 툴툴거렸으면서도 그들을 보자 마음이 달라진다. 특히 외할머니, 작은 몸피에 하얀 머리를 단정히 빗은 외할머니를 보자 목이 멘다. "오냐, 내 강아지." 외할머니는 그 여자가 어렸을 때, 그 여자를 강아지라고 불렀다. "그래, 그래, 귀여운 내 강아지……." 외할머니 옆에는 빈틈없는 완전주의자의 기질을 가지고 있어 어쩐지 정이 가지 않던 외삼촌과 외숙모가 있다. 그 옆으로는 "너희 부모가 저러고 있어서……." 라고 말했던 이모와 이모부가 있다. 이종사촌 동생들이 너덧 명 주변에서 서성이고 있다.

"왜 졸업식에 참석을 안 하려는 거냐?"

그 여자는 외삼촌의 말에 피식 웃는다. 외삼촌은 대학 교수다. 마치 제자를 추궁하는 듯한 그의 말이 너무나 숨을 막히게 해서, 졸업식에 참석하기 싫은 마음을 설명할 수가 없어, 그저 웃고 만다.

"네가 졸업식에 참석 안 한다면 우리도 여기 있을 필요가 없지. 정 그렇다면 그냥 가겠다."

이번에는 이모다. 꿈이 크고 하고 싶은 일이 많아서 늘 바쁜 이모. 간신히 시간을 내어 왔을 것이고, 그래서인지 여유가 없다. 제멋대로인 조카에 대해 화가 나 있는지도 모른다. 그 여자는 그들의 태도에 또 마음을 다친다.

"정숙아, 그러지 말고……."

외할머니는 한 손을 들어 학생들이 까맣게 앉아 있는 노천극장을 가리킨다. 외할머니는 늙으셔서 말도 느리고 목소리도 떨린다. 다른 손에는 큰 종이상자가 들려 있다. 그 여자는 입술을 깨물며 고개를 숙인다. 금세 목이 아프고 가슴이 뻐근해진다. 외할머니는 그 여자가 아주 나중까지도 인간에 대한 진정한 애정과 신뢰로써 기억할 사람이다. 가장 나중까지도.

"지금이라도, 저기로, 들어가 앉아라."

그 여자는 외할머니의 말에 고개를 끄덕이고 뒤늦게 학회실로 올라간다. 다른 친구들은 며칠 전부터 가운을 빌려가서 드라이하고 다림질하고 했지만 그 여자는 그런 친구들을 바라보기만 했다. 학회실에 아직 남아 있는 학사모와 가운을 아무렇게나 걸치고 나온다. 일 년 동안 창고에 보관되어 있던 가운은 옷자락이 형편없이 구겨져 있고 움직일 때마다 곰팡이 냄새가 난다.

구겨진 가운을 입은 채 졸업식장으로 가서 맨 앞자리에 앉는다. 그런 곳에서는 늘 뒷좌석부터 채워지게 마련이므로 그 여자가 들어갔을 때 남아 있는 자리는 맨 앞자리뿐이다. 그 여자는 졸업식에 대한 기억이 없다. 지루했다는 것과, 추웠다는 것밖에는. 누군가는 상을 받고, 누군가는 대표로 졸업장을 받고, 또 누군가는 연설을 한다. 조영식 총장이 연설할 때, 그 여자는 여전히 엉뚱한 생각을 한다. 이 학생들이 일제히 일어나 총장 사퇴를 외친다면 어떨까. 검은 가운을 입고 학사모를 쓴 학우들이 일제히……. 그렇게 생각하는 것은, 함께 졸업하지 못하는 경이와 푸른 점퍼에 대한 미안함이다. 그들을 생각하면 구겨진 가운을 입고 졸업식에 참석하는 일조차 고통스럽다.

경아, 지금 여기 앉아 있는 나는 누굴까. 너와 함께, 두려움 없이 함께 있는 것이 투쟁의 시작이라던 너와 함께, 어디 다른 곳에 있어야 하는 게 아닐까. 날씨가 추워질 때부터 네 팔목의 상처가 어떨까 걱정됐는데…….

졸업식이 끝나고 그 여자는 친척들이 모여 있는 곳으로 간다. 이제 됐느냐고, 당신들을 위해 졸업식에 참석했노라고, 그런 마음이 생기기까지 한다. 친척들 곁에는 뜻밖에도 그 남자가 서 있다. 그는 외삼촌과 무슨 이야기인가를 나누고 있고, 그 옆에는 고등학교를 막 졸업한 그의 여동생이 있다. 그도 대학원 졸업식인 걸로 아는데. 자신의 졸업식장에 가지 않고 여기에 나타나다니, 그 여자는 조금 놀란다. 물론 감동이나 고마움이 아니다. 좀 진저리쳐지는 느낌일 뿐이다. 그는 그보다 더한 일도 할 수 있다. 그 여자가 그들 쪽으로 다가가자 이모가 재촉하듯 묻는다.

"결혼식은 안 하니?"

주변에는 졸업생과 가족들이 사진을 찍으며 무리지어 몰려다니느라 부산하고, 그들의 소음에 가려져서인 듯, 이모의 말이 잘 들리지 않는 느낌이다. 그 여자는 놀라며, 잘못 들었나 싶은 마음으로 반문한다.

"결혼식이라니요?"

"우리는 네가 결혼식 한다고 해서 이렇게 왔지. 안 그랬으면 여기까지 왔겠니?"

무슨 말인가. 그러나 그 여자는 벌써 가슴이 화드득거린다. 자신이 결혼식을 할 거라는 얘기에 놀라고, 이모의 말투에 놀란다. 그나마 결혼식을 한다니까 왔지, 단순히 졸업식이라면 여기까지 왔겠느냐, 그런 뜻으로 들린다. 누구나 충분히 할 수 있는 말이고 또 당연한 말일 테지만, 어쩐지 그 여자는 이모의 그런 말투에서도 마음을 다친다.

"너희 어머니가 그랬다. 네 졸업식 날, 너희들 결혼식도 올릴 거라고."

외삼촌은 여전히 학생을 타이르는 말투다. 무슨 말인가, 어이가 없다. 그 여자는 그 남자를 돌아본다. 그는 한쪽에 비켜서서 민망한 듯한, 미안한 듯한 웃음을 웃고 있다. 그 웃음만으로 그 여자는 모든 것을 알아차린다.

"네 엄마는, 당직이라 못 온다 하고, 그래서, 우리가 안 왔나."

외할머니는 어머니가 오지 못한 것을 안쓰러워하시는 모양이다. 그 여자는 가슴속에서 제어할 수 없이 뜨거운 기운이 솟는 것을 느낀다. 그 남자가 한 일이다. 친척들에게 결혼할 거라는 헛소문이 돈 것도, 사은회에서 교수님이 "김정숙이는 하현규와 결혼할 거랍니다."라고 발표한 것도, 모두 그 남자의 입에서 나온 말일 것이다. 아무리 캠퍼스 커플로 알려져 있다고 해도 교수님이 그런 식으로 공언하기 위해서는 구체적으로 어떤 얘기를 들은 다음에라야 한다. 그 남자가 그랬을 것이다. 졸업식 날, 졸업식장에서 결혼할 거라고. 그 여자에게는 한마디 상의도 없이, 아니 한마디 언질도 없이.

그 여자는 숨을 크게 쉬어, 머릿속으로 치솟는 뜨거운 기운을 다스리려 애쓴다. 어이가 없어, 할 말도 없다. 이제는 그런 일로 그 남자에게 화를 내지는 않는다. 그래 봐야 아무 소용도 없으므로, 그는 늘 자신이 하고 싶은 일을, 그 여자의 의사와는 무관하게 해왔으므로. 간신히 뜨거운 기운을 다스리며, 그 여자는 외삼촌과 이모에게 미안하다고 말씀드린다. 결혼식 같은 일은 없을 거라고, 아마 무엇인가 잘못 전달된 모양이라고. 그렇지 않아도 서먹서먹했던 분위기가 일순간에 얼어붙는다. 그 남자, 그 남자 때문이다. 그 여자는 다시 하, 한숨을 쉰다. 어떻게 그럴 수 있는가.

"어, 현규 형, 결혼식 한다더니⋯⋯."

겨우겨우 마음을 진정시키고 있던 그 여자는 등 뒤에서 들리는 말에 또 놀란다. 돌아보니 후배가 눈을 동그랗게 뜨고 있다. 그 여자도 눈을 크게 뜬다. 그 후배는 학교에 잘 나오지 않기로 유명하다. 그가 학교에 나왔다는 사실도 놀랍고, 그를 학교로 나오도록 한 일이 그 남자가 결혼한다는 사실 때문이라는 점도 놀랍다. 교수님과 어머니뿐 아니라 후배에게까지 결혼식을 할 거라고 말한 모양이다. 그는 대체 등 뒤에서 무슨 일을 하고 다니는가?

"안 해요?"

후배는 이번에는 그 여자를 바라보며 묻는다. 그 여자는 대답 없이 그들을 지나쳐 학회실로 올라간다. 가운과 학사모를 반납하고 앨범과 졸업장과 이급 정교사 자격증을 받아들고 학회실을 나선다. 어떻게 그럴 수 있는가. 어떻게? 그 남자에 대한 새삼스러운 실망과 분노, 그 남자의 끝없는 집착에 대한 두려움과 진저리로, 마음속이 다시 소용돌이친다.

그 남자는 왜 그런 일을 꾸몄을까. 왜 책임지지 못할 말을 하고 다녔을까. 모르겠다. 그 여자는 그 일에 대해서조차 그 남자에게 아무 말도 하지 않는다. 오히려, 그 일을 참는 데 더 힘을 쏟는다. 대체 그 여자는 왜 그런 일까지 말없이 참기만 했을까. 그것 역시 알 수 없다. 그 여자의 어리석음과, 그 여자가 교육받은 도덕, 그 여자의 유전자 속에 녹아 있는 관습이 그렇게 시켰던 것일까. 희미하게 짐작할 수 있는 건, 그 남자의 초조함이 그런 일을 꾸몄을 거라는 점이다. 그 남자는 입대를 하고 그 여자는 세상으로 나가는, 그 입장에서 보면 아주 나쁜 상황. 그것 말고는 그 일을 납득할 배경이 없다.

어색하고 불편한 분위기 속에서 그 여자는 친척들과 함께 점심을 먹는다. 음식점마다 사람이 가득 차서 들어갈 곳을 찾기 어려웠던 기억이 있다. 그 남자에 대한 새삼스러운 실망과 분노 때문에, 그것이 잘 삭여지지 않는 고통 때문에, 밥이 넘어가지 않던 기억이 있다. 연세가 많으신 외할머니가 사람들 사이에서 부대끼는 모습을 뵙기 죄스러웠던 기억이 있다. 다 그 남자 때문이다. 어떻게, 어떻게 그럴 수 있는가. 어색하고 딱딱한 분위기 속에서 억지로 밥을 먹고 친척들은 각자 집으로 돌아간다. 떠나시기 전에 외할머니는 그 여자에게 큰 종이상자를 건네주신다.

"유과다. 너 주려고, 어제 밤새 만들었다."

그 여자는 유과 상자를 받아든다. 부피에 비해 아주 가벼운 상자, 그러나 무게에 비해 가슴에 얹히는 부피는 훨씬 큰 상자. 그 여자는 유과 상자를 받아들고 말이 없다. 마음속의 소용돌이가 조금 가라앉는다.

"두고두고 먹거라."

외할머니는 그 여자의 머리를 한 번 쓰다듬어주시고는 돌아서 간다. 외삼촌, 이모, 이종사촌들과 함께. 그 여자는 멀어지는 외할머니의 뒷모습을 한참 바라보고 서 있다. 그 남자는 그 여자 곁에서 아직도 몸을 옆으로 돌린 채 서 있다. 얼굴에 얼마간 민망한 웃음을 띤 채, 말없이.

외할머니의 모습이 멀리 사라진 이후, 그 여자는 몸을 돌린다. 대학 졸업식이 그동안의 어떤 졸업식보다 더 참담하고 고통스러웠다고 생각하면서. 늘 그런 식으로 그 남자에게 휘둘리며 사는 자신에 대해, 그것을 모두 참기만 하는 자신에 대해 화가 치솟는 것을 또참아내면서. 여전히 그 남자는 손오공이고 그 여자는 저팔계다. 그후로도 오래도록, 그들의 관계가 끝나는 바로 그 순간까지, 그 여자가 맡은 역할이란 저팔계의 그것이다. 손오공에게 끊임없이 휘둘리며, 손오공의 지략과 술책들을 감당할 수 없어 쩔쩔매면서, 그러면서도 그 고통스러운 동행에서 벗어나지 못한 채, 힘들게 자신을 참고 죽이는, 그 여자는 저팔계다.

그날의 유과에 대해 조금 더 말하고 싶다. 외할머니가 밤새 만들어 가지고 오셨다는 유과, 경상도에서는 유과라고 부르고 전라도에서는 산자라고 부르고 강원도에서는 과질이라 부르는 한식 과자. 그러나 표준말로는 과줄이라고 하는. 과줄은 찹쌀을 잘 삭혀서 그것을 빻아 시루에 찐 다음, 모양을 만들고 기름에 튀기고, 그 위에 엿을 발라 튀밥을 입혀내는 과자다. 손이 많이 가지만 기계화될 수 없어 전 과정을 사람의 손으로 만들어야 하는 한식 과자다.

그러나 그런 이야기를 하려는 게 아니다. 그날 외할머니가 가지고 오셨던 과줄에는 다른 의미가 있다. 외할머니의 어머니는 딸들을 시집보낼 때 늘 과줄을 만들곤 하셨다 한다. 그것이 어떤 모양으로 만들어지는가로 결혼하는 딸의 앞날을 짚어보곤 하셨다 한다.

만드는 과정이 수월하고 모양이 예쁘게 잘 만들어지면 그 딸은 순탄하게 잘 산다는 식으로 말이다. 만드는 과정이 조금 어려워도 맛나고 예쁘게 만들어지는 때가 있고, 모든 게 잘 진행되어 아무 문제가 없었는데도 다 만든 과줄이 공연히 주르르 부서져 내리는 때도 있다 한다. 외할머니는 그런 이유로, 손녀의 결혼식에 오시는 마음으로, 과줄을 직접 만드셔서 들고 오신다. 물론 그때는 외할머니가 왜 과줄을 만들어 오셨는지 알지 못한다. 그런 모든 이야기는 나중에야 들었으므로.

그 여자의 과줄은 어땠을까. 지금 생각해보면, 만드는 과정에서도 예상치 못한 어려움이 많고 다 만들고 나서도 별로 잘 되었다는 느낌은 받지 못하셨을 것이다. 미안하게도, 참으로 외할머니께 미안하게도 그 여자는 그 과줄을 보지도 먹지도 않는다. 상자째, 졸업식에 온 그 남자의 동생에게 준다. "희영 씨, 이거 집에 가지고 가서 식구들하고 먹어요." 좁고 추운 자취방에서 혼자 과줄을 먹고 있을 자신을 떠올리면 너무 쓸쓸해서, 혼자 먹기에는 너무 많은 양이어서, 먹는 일에 그다지 관심이 없어서, 그 여자는 과줄을 상자째 건네준다. 그 여자의 과줄에서 중요한 것은, 그것이 타인의 손으로 곧장 넘어갔다는 게 아닐까. 그 여자는 한 점도 먹지 않은 채.

모르겠다. 살면서 사람들이 읽고 싶어 하는 미래들, 현실의 사소한 기미들, 그런 것들에 대해 말하려던 게 아니다. 그저 어떤 과자에 대해, 외할머니가 손녀의 졸업식장에 만들어 가지고 온 하얗고 파삭파삭하고 달콤한 그 과자에 대해 말하고 싶을 뿐이다. 그렇게 소중한 것을 받은 일이 있다고. 그 후로도 가끔 그 과자를 떠올린다고.

## 35

그 여자의 물방울은 이제 하천의 중류쯤에 들어서 있다. 상류보다는 물 흐름이 느리고 호흡이 안정되고 강폭이 조금 더 넓어진다. 주변에 둘러쳐져 있던 작은 강둑과 바람을 막아주던 숲은 어디로 갔는가. 그 여자의 물방울은 문득 세상 한가운데 버려진 것 같다. 너무 넓어서 세상이 잘 보이지 않는다. 처음 시원에서 느꼈던 어리둥절함보다 더 큰, 아니 어리둥절함이 아니라 막막함이 물방울의 마음에 깃든다. 세상 속으로, 진정한 세상 속으로 나가야 한다는 중압감이 무겁게 물방울의 이마를 누른다. 그 여자의 물방울이 처음 만난 세상, 거긴 전남 여수다.

여수에 대한 첫인상은 바람이다. 길들지 않은 바람, 함부로 다가와서 옷자락을 들추고 머리카락을 헝크는 바람, 바람에 실려 오는 끈끈한 소금기와 비린내가 여수에 대한 첫인상이다. 호남선 야간열차를 타고 여수에 내릴 때, 새벽 어스름 속에서도 그 모든 것을 아주 생생하게 느낄 수 있다. 그 여자는 분홍색 트렁크를 들고 있고, 그 남자는 이불 보따리를 들고 있다. 바닷바람에 밀려오는 새벽안개에도 끈끈한 비린내가 묻어 있다. 그 여자는 짐 꾸러미를 역전에 맡기고 근처 식당에 들어가 아침식사를 한다. 그 남자가 동행해준 것을 다행스러워하면서. 식사를 마친 후 식당 화장실에서 세수를 하고 그 여자는 한 여학교로 간다. 그 남자는 찻집에 남는다.

그 여자는 서울역 근처에 있는 한 직업소개소에 이력서와 이급 정교사 자격증 사본을 내어놓았었다. 지금은 사립학교 교직을 구하려면 몇 천만 원에서 억대에 이르는 돈을 내야 한다지만 그 여자가 졸업하던 1982년은 아직 그렇지 않다. 특히 지방의 사립학교들은 마땅한 교사를 구할 길이 없어 애를 먹기도 하던 때다. 서울역 앞에 있던 그 직업소개소는 전국의 사학들에 교사를 알선해주는 업무를 주로 본다. 취직시험을 보거나 학교로 들어오는 직장들을 소개받아 남학생들이 모두 취직된 다음, 그 여자는 한 선배를 통해 그런 곳이 있다는 사실을 알게 된다.

며칠 지나지 않아 직업소개소에서 전화가 온다. 좀 멀어서……. 그렇게 운을 떼면서. 멀어서 그곳까지 가려는 지원자가 서울에는 없는 모양이다. 그 여자는 괜찮다고 한다. 멀다는 말이 성립되려면 어디엔가 기준이나 중심점이 있어야 한다. 그러나 그 여자에게는 그것이 없다. 이제는 아버지의 인생에서도 영원히 물러났고, 나이 스물셋이면 어디서든 독립해서 혼자 살아야 한다고 믿는다. 어디든 무슨 상관이 있으랴. 소개소에서 알선한 학교 교장선생님과 통화를 한 다음, 여자는 호남선 야간열차를 탔다.

택시는 그 여자를 학교 정문 앞에 내려준다. 생긴 지 얼마 되지 않은 사립학교다. 야산을 깎아 세운 학교는 등 뒤에 뻘겋게 맨살이 드러나는 산을 거느리고 있다. 완만한 비탈길 주변으로는 갓 옮겨 심은 키 작은 나무들이 있을 뿐, 운동장에도 교사 옆에도 제대로 그늘을 만들어줄 만한 나무는 없다. 비탈길을 오르면 왼쪽에 있는 건물이 고등학교이고 조금 더 올라가 오른쪽에 있는 건물이 중학교다.

팍팍하다……. 왜 그런 느낌이 들었을까. 아마 그 학교를 둘러싸고 있는 주변 경관보다는 그 여자의 마음이 더 팍팍했을 것이다. 이제 여기서 살아야 하는구나. 또 낯선 도시에 떨어져 그곳에 뿌리를 내리고 살아야 하는 모양이구나.

긴 복도 중간쯤에 교장실이 있다. 그 여자는 약속된 시간보다 조금 빨리 도착한 셈이다. 교장선생님은 큰 책상 앞에 앉아 있다가 응접용 의자를 손짓하며 그 여자에게 다가온다. 그 여자는 교장선생님이 손짓하는 의자에 앉는다. 교장선생님은 선량하고 온화한 인상이다.

"우리 학교는 설립된 지 몇 해 되지 않아 아직 모든 것이 시작 단계에 있습니다. 김정숙 선생님 같은 젊고 의욕 있는 교사가 많이 있으면 학교가 발전하는 데 힘이 되지 않을까 생각합니다. 저와 같은 뜻으로 열심히 일해주세요."

그 여자는 아주 낯선 단어를 접한다. 김정숙 선생님. 한 번도 그런 호칭으로 불리기를 원한 적이 없는 단어다. 그렇지만 누구나 원하는 대로만 살 수 있는 건 아니다. 그 여자는 교장선생님의 긴 이야기를 들으며 간간이 대답한다. 연혁은 짧지만 재단이 튼튼하고, 무엇보다 교육 발전에 진정한 소명감을 가지고 있는 분들이 설립한 학교라는 설명들을.

"그리고, 몇 가지 서류가 필요한데 되도록 빨리 구비해주세요."

"네."

그 여자는 교장선생님이 내미는 메모지를 본다. 호적등본, 주민등록등본, 졸업증명서, 교사자격증 사본……. 호적등본은 경북 안동에 가서 떼야 하고, 주민등록등본은 강원도 할아버지 집에 가서 떼야 하고, 졸업증명서는 서울에 가서 떼야 하고……. 그 여자는 크게 한숨을 쉰다.

"여수에 친척이 있습니까?"

"없습니다."

"그럼 숙소는 어떻게 할 예정입니까?"

"지금부터 나가서 구해볼 예정입니다."

교장선생님은 고개를 끄덕인다. 온화한 낯빛에 언뜻 염려의 기미가 퍼진다.

"그럼 내일부터 출근하세요. 내일 나오셔서 선생님들과 인사하시고."

그렇게 해서 그 여자는 한 사립학교 교장선생님과 면접을 끝낸다. 교사에서 교문에 이르는 비탈길을 걸어 내려오는데 멀리 눈앞으로 바다가 펼쳐져 있다. 점점이 작은 섬들이 바다 위에 잘못 놓인 물체처럼 떠 있고, 떠서는 가만가만 흔들리고 있다. 섬들 사이로 바다에서 돌아오는 어선들이 아주 작게 보인다. 그 여자는 크게 숨을 들이쉰다. 숨결에 바닷바람의 짠 냄새와 비린내가 묻어온다. 그래, 저 바다라면 되겠다. 매일 퇴근길에 바다를 볼 수 있다면, 저 바다에 기대어 여기서도 살아볼 만하겠다. 바다의 푸근한 얼굴과 교장선생님의 온화한 얼굴이 잠깐 겹친다.

돌이켜보면, 그곳에서의 나날을 지탱해준 것은 분명 그 바다다. 퇴근길에, 완만한 비탈길을 천천히 걸어 내려오면서 멀리 고개를 들어 바라보던 그 바다. 바다가 주던 위안에 기대어 그곳에서의 일년을 보낸다. 일상에서 받는 답답함, 그토록 먼 유적지, 교직에 대한 거듭되는 회의, 그런 것들을 다스릴 수 있게 한 것은 그 바다다.

바다의 시원하고 온화한 얼굴이다.

찻집에 돌아가자 그 남자는 책을 읽고 있다가 고개를 든다. 야간 열차를 타고 온 그의 낯빛이 초췌하고 황량하다.

"면접 잘했어?"

그 여자는 고개를 끄덕인다. 갑자기 사방이 완전히 단절된 공간에 그 남자와 단둘이 앉아 있다는 느낌이 든다. 유일한 동료, 아니 유일한 같은 종족의 생물. 그 느낌의 정체는 무엇일까. 배가 난파되어 바다 위를 표류하던 두 남녀가 구사일생으로 무인도에 다다르는 이야기가 더러 있다. 희곡이나 농담들에. 두 남녀는 무인도에서 무엇을 했을까, 남자는 병사이고 여자는 수녀였다면? 뭐 그런 이야기들. 그 여자는 바다를 표류하다가 그 남자와 함께 무인도에 오르게 된 것 같다. 거기가 어디든, 거기가 육지에서 얼마나 멀든, 그 여자는 무인도에서의 삶을 가꾸어야 한다.

"방 구해놨어. 근처 가게에 물어봤더니 마침 그 학교에서 멀지 않은 곳에 친척이 방을 내놨대. 내가 먼저 가봤어."

그 여자는 이제 화를 내지 않는다. 사전에 한마디 의논도 없이 이 삿짐을 옮겼을 때, 그 여자도 모르게 결혼식을 할 거라고 소문을 냈을 때, 그때마다 몸 안에서 치솟곤 하던 뜨거운 기운이 이제는 많이 누그러졌다. 아마 많은 부분에서 그를 수용하고 있었을 것이다. 모든 것을 포기함으로써 얻은 자유. 완전한 맹종은 완전한 자유다. "쟤가 지금은 저래도 사 학년쯤 되면 내 마음을 알게 될 거야." 그렇게 말했다는 그의 말이 맞았는지도 모른다. 손오공은 늘 저팔계보다 영리하다.

"차 마시고 가보자. 보증금 십만 원에 삼만 원짜리 방이라는데,

보증금은 한 달 후에 줘도 된다고 했어."

그 여자는 고개를 끄덕인다. 보증금을 한 달 후에 치르겠다는 말은 첫 달 월급을 받아서 주겠다는 뜻이다. 사 학년 때 살던 방의 보증금은 결국 받지 못한 채 짐을 꾸렸다. 짐을 꾸리고 마지막으로 보증금 얘기를 꺼내자 주인아주머니는 오히려 역정을 냈다. 돈이 없는데 어떻게 주겠느냐고. 그 여자는 알겠다고 했다. 돈이 생기면 그때 보내달라는 말을 남긴 채 그 집을 나왔다.

그러나 그 집의 보증금은 끝내 받지 못한다. 넉넉하지도 행복하지도 않은 어머니의 돈, 그 여자를 대학 사 년 동안 버티게 해준 돈, 그래서 그렇게 맥없이 날려서는 안 되는 돈이었는지도 모른다. 그러나 그 여자는 거래나 싸움 같은 일에 악착스럽지 못하다. 손쉽게 돈을 포기하고 마음이 편안해지는 쪽을 택한다. 다만, 세상이 과연 신뢰할 만한 곳인가 하는 회의가 마음속에 깃드는 것까지 어떻게 할 수는 없다.

여수에서의 방도 그 여자가 살았던 다른 방처럼 작은 창이 하나 있다. 그러나 창밖이 바로 옆집 담으로 가려져 있어 대체로 어두운 방이다. 다만 전에 살던 집들에 비해 방이 좀 넓고 부엌에 따로 수도가 달려 있다는 점이 다르다. 세수를 넓은 부엌 한쪽에서 할 수 있다는 점만으로도 흥감하다. 역전에 맡겨둔 짐을 찾아 풀고 낯선 도시에서의 첫 밤을 그 여자는 별다른 생각 없이 보낸다. 힘들고 긴장된 일이 있을 때마다 더 깊이 잠드는 그 오랜 습성으로.

다음 날 그 여자는 출근하고 그 남자는 서울로 올라간다. 그 여자는 열세 살짜리 아이들에게 국어를 가르친다. 시의 주제를 말해주고 글의 문단을 나누고 자음동화와 구개음화에 대해 가르친다. 교실 창으로 하늘을 바라보면 문득문득 무인도에서 구조 비행기가 지나가지 않을까 기대하는 심정이 되기도 하지만.

첫 월급을 받아 방세 보증금을 치르고 어머니께 빨간 속옷을 사드린다. 왜 빨간색인지는 알 수 없지만 모두 그렇게 한다고 알고 있다. 빨간 속옷. 그리고 어머니께 얼마간의 돈을 부쳤던 모양이다. 나중에 어머니가 그런 말씀을 하신다.

"네가 첫 월급 타서 보낸 돈으로 행운의 돌을 사두었다. 너 시집 갈 때 주려고."

어머니의 비현실적인 이상주의자의 면모가 여지없이 드러난다. 행운의 돌이라니. 아마 학교를 오가는 뜨내기 행상이 가져온 조악한 수석의 일종일 것이다. 보지 않아도 까맣게 반들거리는 돌에 나무를 깎아 만든 받침대가 있을 것이다. 진짜 수석은 아니지만 그래도 잘 다듬어서 상징적인 무언가를 닮아 보이게 했을 것이다. 어머니는 딸이 준 돈으로 딸에게 유익한 무엇인가를 사주고 싶었을 것이다.

어머니의 피를 나누어 받은 그 여자도 더러 그런 어리석은 일을 한다. 그 여자가 산 물건 중에도 어머니의 행운의 돌만큼 어리석은 게 있다. 머리가 좋아지게 해준다는 기계다. 신문광고에서 '안락한 휴식, 집중력과 창조력 증대, 학습 효과 배가, 건강관리' 그런 광고 문안을 보고 현혹되어 산 기계다. 결코 적지 않은 돈을 지불하고서. 그 기계는 트랜지스터 같은 몸체와 머리에 쓰는 헤드폰, 눈에 쓰는 선글라스로 되어 있다. 선글라스에서 불빛이 깜박이고 헤드폰에서는 단속적인 전파음이 이어진다. 그 여자는 기계를 대여섯 번쯤 사용해본 후 구석에 처박아둔다. 제 어리석음을 혼자 웃으면서.

그러나 생각해보면, 그 여자와 어머니의 행동에는 결코 웃어넘길 수만은 없는 무엇이 있다. 엉뚱한 물건에서 무엇인가를 잡아보려는 안타까움. 어떤 돌이 행운을 준다거나 어떤 기계가 머리를 좋게 해준다는 데 대한 믿음이 아니라, 그런 방법으로라도 무언가를 잡아보려는 헛된 손짓, 그것에 대해서는 결코 웃어넘길 수 없다. 물에 빠진 사람이 잡는 지푸라기 같은 것. 그 여자가 머리가 좀 더 좋아질 수 있기를 바라는 것과 비교할 때, 딸의 행복을 바라는 어머니의 마음은 더 비애로운 무엇이다.

첫 월급을 탈 때, 그 여자는 또 한 가지 결심을 한다. 앞으로 모든 수입의 십 퍼센트는 책을 사는 데 쓰리라. 그 여자에게는 늘 책이 필요하다. 수원에서 혼자 남겨진 후, 더 이상 옛날이야기를 해줄 어머니도, 시간을 함께 보낼 가족도 없을 때, 그때부터 그 여자에게는 책이 필요했다. 중고등학교의 반항기에도 수업을 빼먹으며 한 일이라곤 나무 그늘이나 피아노실에 앉아 책을 읽는 것이다. 어떤 상황에서도 그 여자는 책 속에서 안전하다. 책으로부터 위안을 얻고 책으로부터 세상을 배우고 책으로부터 기쁨을 얻는다. 책 속에는 모든 것이 있다. 그때까지도 그 여자는 책 속에 길이 있다는 고색창연한 격언을 믿고 있다.

월급의 십 퍼센트라는 결정은 은영이의 영향이다. 대학 때 일 년 동안 함께 살았던 은영이는 늘 교회에 십일조 헌금이라는 걸 했다. 얼마 되지 않는 용돈을 받아서도 그것의 십 퍼센트를 헌금하는 은영이에게 물은 일이 있다. "용돈 받은 것도 수입이라고 할 수 있니? 그건 네가 노동한 대가가 아니잖아." 은영이가 어떤 대답을 했는지 기억나지 않는다. 다만, 어떤 대상에게 진정으로 마음을 바치기 위

210

해서는 적어도 자신이 가진 것의 십 퍼센트는 내놓아야 하는 모양이구나 생각했던 것만은 기억한다.

그 여자는 지금도 수입의 십 퍼센트를 책을 사는 데 쓴다. 책에 속았다고 선언한 지 이미 오래되었으면서도 그 버릇은 여전하다. 그래, 그 여자는 지금 책에 속았다고 생각하고 있다. 그 얘기는 나중에 하자.

그 무렵, 그 남자는 대학원을 졸업하고 징집영장을 기다리는 상태다. 서울에서 얼마간 지내다가 그 여자에게 잠깐 들러서 남해안의 한 섬으로 간다. 섬에 들어가자마자 주민들의 신고로 곧바로 경찰서로 불려간다. 간첩이 아니라면 적어도 수배 중인 학생쯤으로 오인된 모양이다. 그는 가방을 열어 보여주고, 자신의 시집도 보여준 다음, 경찰의 소개로 그 섬의 읍장 집에서 묵을 수 있게 된다. 그는 그곳에서 책을 읽고 글을 쓴다. 곧 입대를 해야 하는 그의 마음속에는 초조함 같은 게 있었을 것이다. 무엇인가를 이루어놓고 가야 한다는 초조함.

그는 두 달 만에 그 섬에서 나온다. 고기잡이배를 타고 바다를 나가보았다는 얘기며 새벽 항구에서 갓 잡아온 생선을 회 쳐 먹었다는 얘기들을 들려준 다음 다시 서울로 올라간다. 서울에서 또 얼마간 지내다가 다시 내려와 이번에는 산으로 묵으러 간다. 그 남자가 예전에 그 여자에게 도시락을 싸다 주고 우유를 먹였던 것처럼, 그 여자는 그 남자의 차비며 용돈을 준다. 그 남자가 원해서가 아니라 그 여자가 원한 일이다. 이제는 갚아야 할 때라고. 글쎄, 갚는다는 표현이 너무 야박하다면 다르게 말하자. 그때는 그 여자 쪽에서 그

211

남자를 보살펴야 했던 때라고.

한 번은, 그 남자의 책갈피에서 두 장의 영화 티켓이 발견된다. 그 여자는 무심히, 누구와 함께 영화를 봤느냐고 묻는다. 그는 머뭇거리다가 대답한다. 여자와 함께 봤다고. 그냥 종로에 있는 찻집에서 만난 여자라고. 또 한 번은, 카세트테이프를 몇 개 두고 간 일이 있다. 테이프에 담긴 음악들이 일관되게 여성 취향이어서, 그 여자는 또 누가 준 것이냐고 묻는다. 그는 이번에도 망설이다가, 여자가 주었다고 말한다. 어디, 낯선 마을에서 묵을 때 알게 된 여자라고. 그 여자는 그의 그런 행동들에 대해 아무 말도 하지 않는다. 그는 입대를 앞두고 있어서 초조할 거라고, 무엇이든 마음껏 누리고 싶을 거라고. 그 여자는 그가 엉뚱한 거짓말을 둘러대지 않는 점을 오히려 고마워한다.

글쎄, 그것이 옳은 일이었을까. 그 남자의 행동이 아니라 그런 일들에 무관심했던 그 여자의 행동 말이다. 그 남자는 어쩌면 그 여자의 질투를 원했을지도 모른다. 그런 방식으로 그 여자의 마음을 확인하고 싶었을지도 모른다. 그러나 그 여자는 거기까지는 알지 못했고, 설사 알고 있다 해도 질투 따위는 재미없다.

그 여자는 지금도 유난히 질투가 심한 사람을 상대하는 일을 버거워한다. 여학교 때, 친구들 사이에 친근도를 두고 암암리에 벌어지던 질투에 대해서도 질색을 했다. 질투가 심한 사람들의 특성은 타인에 대한 관심이 많다는 점일 것이다. 끊임없이 타인과 자신, 타인과 타인을 비교하며, 잘난 부분과 못난 부분을 재어보는 성향이 있을 것이다. 그러나 그 여자는 다른 사람이 어떻게 사는지에 대해서는 관심이 없다. 오직 자신의 내부만 들여다보며 살아왔다. 오직 혼자서. 아마 그 여자의 환경이 그런 기질을 만들었는지도 모르겠다.

　아무튼, 전혀 질투를 하지 않는 그 여자의 태도를 그 남자가 서운하게 받아들였는지는 알 수 없다. 그렇게 몇 달을 보내다가 그는 입대한다. 그가 입대하기 전날, 그 여자는 서울의 그 남자 집으로 올라간다. 아마 토요일이었을 것이다. 그의 어머니와 가족들과 오랜만에 인사를 하고, 그 남자와 논산까지 밤기차로 동행한다.

　밤기차 안에서도 그는 책을 읽고 시를 쓴다. 등받이에 기대어 잠들었다가 눈을 떠보면 그는 책을 읽고 있고 다시 잠들었다가 깨면 그는 시를 쓰고 있다. 그 여자는 잠결에 생각한다. 저 집요한 열정은 무엇일까. 이제 입대를 하면 아주 단순하고 단조로운 생활만이 기다리고 있을 것이다. 많은 문학청년이 군대에서 문학을 버린다는 얘기를 들은 일이 있다. 그의 친구 중 한 명도, 계곡에서 부대로 물을 길어 나르다가, 품에 넣고 있던 책을 눈 쌓인 계곡 아래로 던져버렸다는 말을 한 적이 있다. 그렇게 함으로써 그 친구는 영영 문학을 떠난다. 그는 결코 문학을 버리지 않겠구나. 잠결에, 자다 깨다 하면서 그 여자는 그런 생각을 한다.

　새벽의 논산훈련소 앞은 몹시 어수선하고 황량하고 쓸쓸하다. 역 앞에는 무엇인가를 파는 행상들이 줄지어 있다. 광장 저편에는 음식점들이 있고 경찰 초소 같은 게 하나 있고……. 잘 기억나지 않는다. 그 여자는 내내 고개를 숙인 채 아무것도 보지 않고 있다. 이상하다고, 이렇게 마음이 서늘해지는 건 이상하다고 느끼면서.

　"그만 돌아가. 사람들 틈에 섞여 있는 거 보기 싫어."

　사람들이 점점 불어나면서, 앞에도, 옆에도, 그리고 눈에 보이지 않는 저쪽까지도 온통 사람들이다. 친구들이 무더기로 몰려와 머리

를 깎아주는 무리도 있고 일가족이 모두 동원되어 아들을 가운데
세워놓고 둥글게 서 있는 사람들도 있다. 그 여자와 그 남자는 마주
서서, 주변 사람들을 둘러본다. 오래도록 시선을 마주치지 않는다.
그 남자는 그 여자에 대해 자신이 없을 것이다. 그 여자는 그 남자
의 입대를 서운해하는 자신에 대해 자신이 없다.

"그만 가."

그 남자가 그 여자를 돌려세워 등을 민다. 그 여자는 고개를 끄덕
인다. 비로소 그 남자의 눈을 바라보면서. 그 남자의 눈이 빨갛게
변해 있다. 매운 새벽바람이 코끝을 스치고 지나간다. 목이 뻐근해
진다.

"이거, 잘 가지고 있다가 나중에 줘."

그 남자는 그때까지 읽던 책과 열차 안에서 메모한 공책을 그 여
자에게 준다. 그 여자는 그것들을 받아 가방에 넣는다. 그리고 천천
히 걸어서 버스 터미널로 간다. 광주행 버스를 타고 광주에서 내려,
다시 여수행 시외버스를 탄다.

논산에서 여수로 돌아오는 버스에서 그 여자는 창밖을 내다보며
눈물을 흘렸다는 기억이 있다. 왜 그랬을까. "쟤도 사 학년쯤 되면
내 마음을 알 거야." 그 말처럼, 그 남자의 마음을 조금은 이해할 수
있었던 것일까. 모르겠다.


여수로 돌아온 그 여자에게는 다시 똑같은 일상이 되풀이된다.
바다에서 뜨는 태양은 늘 똑같고, 학교로 오르는 비탈길의 경사도
똑같고, 현관에서 갈아 신는 실내화도 똑같다. 하루에도 똑같은 크
기의 교실을 다섯 번씩 돌아다니며 똑같은 내용의 설명을 반복한

다. 똑같은 시간에 퇴근해서 똑같은 방으로 돌아간다. 그렇게 변화 없는 일상이 고여, 바야흐로 썩으려 한다는 위기감도 느낀다.

그 위기의식 속에는 더 근본적인 것이 있다. 이미 오래전부터 느껴온 것, 아니, 교직에 발을 들여놓을 때부터 위태롭다고 느껴온 것, 바로 그것을 생생하게 체험하고 있다. 교직이 잘못된 선택이었다는 것, 도무지 감당할 수 없는 직업을 선택했다는 점이다.

여기까지 읽은 사람들은 그 여자가 왜 교직을 견딜 수 없어 했는지 이해할 것이다. 그 여자의 꿈은 과학자나 탐정이나 작가가 되는 것이었다. 아주 어렸을 때조차 선생님이 되겠다는 꿈을 가져본 일이 없다. 그 여자는 언젠가 혜화 같은 학생을 교탁으로 불러내어 지휘봉으로 배를 쿡쿡 찌르며, 대체 무슨 백 믿고 그러는 거야? 그렇게 말하게 될까 봐 두려워한다. 언젠가는, 장기 결석자 때문에 출석부가 지저분해진다고, 출석률이 낮아진다고, 짜증 섞어 말하게 될까 봐 두렵다. 매점 뒷방에 모여 앉아 군것질을 하며 교감을, 동료 교사를 씹는 것으로 일상을 보내는 날이 올까 봐 두렵다. 그런 일은 받아들일 수 없다. 비록 저 자신이라 해도.

그 모든 것보다 더 어려운 일은 결손가정에서 고통받는 아이들을 보는 일이다. 바다에 나가 실종된 어부를 아버지로 둔 아이들, 부모의 불화로 편모나 편부 슬하에서 집안일을 하며 학교에 다니는 아이들. 그 여자의 힘으로는 해결해줄 수 없는 일, 그러나 보고 있기가 여전히 고통스러운 일, 그런 일들을 감당하기가 벅차다. 혜화와 같은 아이를 달래는 일, 자퇴를 하겠다고 교무실로 찾아오는 아이를 설득하는 일, 그것들이 벅차다. 그런 일 자체가 벅찬 게 아니다. 그 아이들에게서 반복해서 그 시절의 자신을 보는 일, 그 아이들을 달래기 위해 스스로도 확신하지 못하는 세상의 정당함과 온유함을 설명하는 일이 고통스럽다.

그 여자의 어머니뻘 되는 여인이 그 여자의 손을 잡고 눈물을 흘리는 일도 감당할 수 없다. 그런 일이 있다. 어둑해지는 퇴근길에 한 여인이 앞을 막아선다. 그녀가 가까이 다가오자 벌써 생선 비린내가 풍긴다. 화장기 없는 검은 얼굴에 검은 스웨터와 몸뻬를 입고, 나이는 사십 대가 되어 보인다.

"선생님, 저 경자 에미 되는 사람입니다."

그 여자는 얼른 경자를 떠올린다. 큰 덩치에 교실 뒤쪽에 앉아 대체로 말이 없는 아이. 얼굴에 어두운 그림자가 깔려 있는 아이다. 성적은 그다지 좋지 않지만 청소 시간이면 누구보다 열심히 물을 길어오고 걸레질을 한다. 그 여자는 경자 어머니를 교실로 모시고 간다.

"선생님, 우리 경자 좀 잘 부탁합니다."

경자 어머니는 그 여자의 손을 잡는다. 꺼칠한 살갗이며 굵은 손마디에 완강한 힘이 들어 있다. 이 힘만 한 사랑이며, 이 힘만 한 간절함일 것이다. 경자는 어머니를 많이 닮은 것 같다. 그 여자는 무슨 일이 있느냐고 묻는다.

"선생님, 제가 경자를 두고 떠나려고요. 애 아버지는 술만 마시고 일은 안 하고, 제가 벌어야 하는데……."

여인은 말을 중단하고 눈가를 훔친다. 그 여자는 목이 아파와 여인을 외면한다. 창밖은 벌써 어두워져 있다.

"우리 경자가 이제부터 아버지 모시고 밥하고 빨래하면서 살아야 할 거예요. 그래서 선생님께 부탁드리려고요."

무슨 일인가. 아마 이 여인은 영영 돌아오지 않을 것인가.

"선생님, 우리 경자 좀 잘 봐주세요."

그 여자는 자꾸만 작아지는 느낌이 든다. 어머니뻘은 될 만큼 나이가 많은 여인이 자신을 선생님이라고 부르는 소리도 불편하고, 그 여인의 눈물을 닦아줄 염을 낼 수 없는 자신이 답답하고, 무엇보다 경자가 이제 어떻게 될 것인가 생각하면 화가 나려 한다. 그 여자의 힘으로는 해결해줄 수 없는 일, 그러나 순식간에 심장까지 와 닿는 고통.

"염려 마세요. 경자는 착하니까 잘할 거예요. 학교에서는 제가 잘 보살필 테니까 그 점은 염려하지 마세요."

얼마나 무책임한 말인가. 염려하지 마시라니. 그러나 그것밖에 다른 말을 해줄 수 없는 자신의 무기력함을 통감하면서, 그 여자는 여인에게 쥐인 손을 빼내 그 여인의 손을 잡아준다. 이럴 자격이 있는가. 아직 스물셋밖에 되지 않는 여자가, 공부를 몇 배 더 했다는 이유로 마흔이 넘은 아낙으로부터 선생님이라고 불릴 자격이 있는가. 그 여인을 무책임하게 위로할 자격이 있는가.

그 여자는 지금도 삶의 어떤 시기마다 해야 하는 일, 할 수 있는 일이 다르다고 믿는다. 어떤 나이에 이르기 전까지는 아무리 하려 해도 불가능한 일, 그러므로 섣불리 덤벼서는 안 되는 일이 있다. 하다못해 책읽기도 그렇다. 제 나이에 맞지 않는 책을 읽으면 내용을 제대로 이해하지 못한 채 그저 책장만 넘길 뿐이다. 그런 일들 중 하나가 학생을 가르치는 일이다. 남에게 무얼 가르치려면 적어도 서른이 넘어야 한다. 대학을 갓 졸업한 사람이 교사가 되는 제도는 불합리하다. 대학을 졸업해봐야 고작 스물둘이나 스물셋, 그 나이에는 남에게 무얼 가르칠 만한 것을 가지고 있지 못하다. 심지어는 자신을 바로 세우지도 못하는 나이다. 비단 지식만이 아니라, 세상의 이치거나 인간의 도리거나 시간의 흐름 같은 것, 그런 것들을 체득하여 남에게 설명할 수 있으려면 적어도 서른은 되어야 한다. 그 여자의 생각은 그렇다. 교직에 있던 나날들이 고통스럽고 힘에 겨웠던 이유는 바로 그거다. 다시 그 자리에 선다면, 지금은 좋은 교사가 될 수 있을 것 같다.

그러나 그때, 스물세 살의 그 여자에게는 교사라는 옷이 맞지 않다. 교직에 더 오래 있는 일은 말을 몰고 지나온 길을 되돌아가는 행위다. 교직에 있던 부모의 세계로, 어두운 반항과 질척한 어둠의 중고등학교 시절로 돌아가는 행위다. 그건 퇴행이다. 옳은 삶이 아니다.

아마, 그 무렵부터 그 여자는 제 운명의 고삐를 손안에 넣고 싶어 했을 것이다. 그동안 제 뜻이 아니었던 어려움들, 도무지 납득되지 않는 폭력, 어떻게도 움직여볼 수 없는 불가항력의 현실. 그런 것들을 너무 많이 겪어왔다.

"내 삶은 내가 결정해. 다른 어떤 사람도, 어떤 사건도, 어떤 사소한 기미도 내 삶에 영향을 미칠 수는 없어. 다시는 내 뜻이 아닌 어려움들 앞에 속수무책으로 자신을 방치하지는 않을 거야. 내 운명의 고삐를 내 손안에 넣을 거야."

그리하여 그 여자는 운명의 고삐를 단단히 쥐고 안장 위에 앉아 멀리까지 내다본다. 이 길이 아니라면 그다음에 선택할 수 있는 길은 어떤 것이 있을까. 그러나 한 치 앞도 보이지 않는다. 사방이 온통 컴컴한 어둠 속에 싸여 있다. 교직을 그만둔다면, 그다음에는 더 어둡고 험한 길을 가야 할지도 모른다. 일상이 지루하다는 것은 그만큼 편안하다는 뜻일 것이다. 이 편안함을 버린 후에 부딪치게 될 어려움들을 감당할 만한 힘이 있는가. 아무것도 보이지 않는 앞쪽 멀리로 시선을 두고 그 여자는 많은 생각을 한다. 진실로 하고 싶은 일, 그 일을 하면서 행복을 느낄 수 있는 일, 나중에 돌이켜볼 때 그래도 바람직한 삶이었다고 회상할 수 있는 일. 그런 일을 생각한다. 사실, 그 일은 선명하다.

글을 쓰는 것. 영혼을 달구는 독서와 정신을 모조리 쏟아 붓는 습작의 시간이 필요하다. 생활이 좀 어렵더라도 진정으로 하고 싶은 일을 하며, 본성의 이끌림에 따라 살아야 한다. 읽고 싶었던 책들을 읽고 쓰고 싶은 글을 쓰면서 사는 것, 온전히 소명에 따라서만 사는 일의 만족감에 대해 꿈꾼다. 그런 꿈이 가슴의 마른 땅을 다지며 흐른다. 흘러서 그 여자가 내다보는 길 멀리까지 하얗게 빛난다.

"어떤 일도 내가 판단하고 내가 결정해서 내가 실천하는 거야. 더 힘든 일을 당한다 해도 후회하지 않아. 일이 잘못되었을 때에도 그 책임은 내가 져."

그 여자는 입술을 깨문다. 비록 수풀 우거진 오솔길로 말을 몰아 들어가더라도 그 일을 한다면 평화로울 것이다. 그거 하나면 충분하다. 하고 싶은 일을 하면서 누리는 평화. 그것이 있다면 일상의 어려움들은 다 이겨낼 수 있다. 그 여자는 안장 위에 허리를 꼿꼿이 세우고 앉아, 말고삐를 단단히 틀어쥐고 말머리를 돌린다.

그때부터 그 여자는 늘 운명의 고삐를 제 손에 쥐고 있다. 삶의 갈림길이 나타날 때마다 안장 위에 허리를 꼿꼿이 세우고 앉아, 양손에 고삐를 단단히 틀어쥐고, 숲 속에 난 오솔길을 아주 멀리까지 내다본다. 그 길에서 만날 수 있는 이런저런 사건과, 그 길의 끝이 어디로 이어지는가를 알아내려 애쓰면서. 그 여자의 결정에 영향을 미치는 것은 눈앞에 보이는 길의 자태가 아니다. 마음속에 있는 본성의 목소리다. 내가 진정으로 원하는 것이 무엇인가. 내가 궁극적으로 가고자 하는 목적지가 어디인가. 여자는 늘 그 목소리를 따라 살고 있다.

교직을 그만두기로 결심한 때부터의 나날은 고통스러운 버티기이다. 유도를 할 때, 상대방을 찍어 누른 자세로 삼 초 동안 버텨야 하는 것과 같은 일. 그 여자는 교사로서의 일상을 찍어 누른 채 버티기 시작한다. 학기 중간에 학교를 그만두는 것은 양식에 맞지 않는 일이므로, 지금 맡고 있는 아이들이 학년을 마칠 때까지는 그대로 머물러야 한다고 결정했으므로.

그러나 유도에서조차 굳히기는 메치기보다 더 힘이 많이 드는 기량이다. 답답한 일상을, 몸에 맞지 않는 옷을, 적성에 맞지 않는 일을, 힘겹게 찍어 누르며 참는 일은 쉽지 않다. 그 여자에게 이곳저곳으로 돌아다니는 버릇이 생긴 것은 바로 그 어려움들을 잠깐이나마 피해보고자 하는 무의식에서였을 것이다.

퇴근을 하면 공연히 시장을 어슬렁거리며 처음 보는 생선들을 구경한다. 박대라는 생선이 있다. 생김은 가자미와 비슷하지만 몸체는 작고 조금 검은빛이 돈다. 그늘에서 건조시킨 상태로 파는데, 박대라는 이름이 말려서 박제된 그 생선과 잘 어울린다. 이름과 모양이 잘 어울리는 생선들이 또 있다. 주꾸미라는 놈. 모양은 오징어나 꼴뚜기를 닮았으나 크기는 그것보다 작아 아이들 손바닥만 한데, 멀쩡한 생선을 이리저리 쭈그려놓은 모양이 딱 그 이름에 어울린다. 또 있다. 괴불이라는 것. 양동이에 해삼이나 멍게와 함께 담긴 괴불은 이상하게도 양동이 한가운데에 세로로 둥둥 떠 있는 길동 그란 모양이다. 그 이름이 주는 외설스러운 어감과 그 해물의 모습이 어딘가 일치하는 생선이다. 시장 거리를 걷다가 지루해지면 시내 번화가로 간다. 서점에 들러 새로 나온 책을 구경하고 레코드점에 들러 카세트테이프를 구경하고 찻집에 들러 음악을 들으며 앉아 있기도 한다. 찻집을 나와 또다시 어슬렁거리며 거리를 걸으면 청바지를 입은 젊은 여자가 다가와 묻기도 한다.

"예빈다방이 어디예요?"

그 여자는 고개를 젓고 청바지를 입은 여자는 두리번거리며 멀어진다. 청바지를 입은 여자의 뒷모습을 오래 바라보다가 그 여자는 문득 예빈다방을 찾아 나선다. 할 일이 없으므로, 그냥 거리를 걷는 것보다는 그래도 무언가 목적을 하나 가지고 있는 것이 나은 일이므로. 예빈다방은 바로 다음 골목에 있다. 그 여자는 예빈다방의 앙증맞은 간판, 연두색 불빛으로 빛나는 간판을 무연히 바라보다 돌아서 집으로 간다.

그러는 동안은 마음이 자유롭다. 그러나 자취방으로 들어가면 다시 힘주어 찍어 눌러야 하는 일상이 기다린다. 버텨야 하는 일상, 그 여자의 것이 아닌 일상.

토요일이나 일요일이면 더 멀리까지 간다. 오동도의 숲길을 세 바퀴나 돌다가 나오기도 하고, 배를 타고 돌산에 가서 아무것도 없는 섬마을을 한 바퀴 돌다가 배 시간에 맞추어 돌아온다. 지금은 돌산대교가 생겨 차가 다닌다고 하지만 그때는 배만이 유일한 교통수단이다. 때로는 돌산행 배보다 더 큰 유람선을 타고 남해대교를

보러 간다. 끊임없이 울리는 흘러간 옛 노래와 뱃전에 부딪치는 파
도에 울렁거리면서. 또 어느 날은 구봉산 꼭대기까지 올라가 보기
도 한다. 그 산의 정상에는 무덤이 세 개 있다. 누가 상여의 수평을
그곳까지 유지했는지. 해안에 까만 자갈들이 깔려 있던 바닷가 마
을에도 가고, 샘이 숨어 있다는 뜻을 가진 천은사(泉隱寺)라는 절에
도 간다.

　지금은 그 모든 것이 꿈결 같다. 이 땅에 정말 그런 곳이 있는지
도, 다시 찾아갈 수 있을지도 알 수 없는 그런 곳들. 그 여자가 그곳
들을 여행하는 방식은 늘 똑같다. 터미널에 가서 마음에 드는 지명
을 고른 다음 버스를 탄다. 목적지에 내리면 돌아가는 차 시간을 수
첩에 옮겨 적고 근처에 있는 관광안내 입간판 앞에 선다. 그 여자가
알기로 전국의 모든 터미널에나 역 앞에는 그런 지도들이 있다. 입
간판에 표시된 관광지 중 한군데를 고른 다음 다시 택시나 버스를
탄다.

　그렇게 했음에도 때로는 돌아오는 차를 놓치는 때가 있다. 아마
천은사에 갔을 때 그랬을 것이다. 절을 구경하고, 절 앞에 있는 냇
물에 발을 담그고 앉아 있다가 돌아가야겠구나 생각하며 버스 정
류장으로 가니 나가는 버스가 없다. 천은사에는 샘만 숨는 게 아니
라 길도 숨어버리는 모양이지. 혼자 중얼거리며 그 여자는 버스 정
류장에서 기다린다. 들어오는 택시나 나가는 단체 관광버스가 있을
까 하고. 길만 숨은 게 아니라 태양까지 숨어버리려 할 무렵 그 여
자는 초조해진다. 다음 날 출근을 해야 하므로. 그때 그 여자를 태
워준 것은 십이 인승 봉고다. 관광길에 오른 일가족이 타고 있다.
차를 갈아탈 수 있는 소읍까지 나가니 다행히 여수행 마지막 버스

222

가 남아 있다. 그 여자는 아주 늦은 시각에 자취방에 도착한다.

어떤 사람들은 여행을 통해 많은 것을 얻고 많은 것을 배운다고 하지만 그 여자는 다르다. 그 여자가 여행을 하는 것은 늘 자신으로부터 달아나는 행위다. 답답한 일상으로부터, 한 치 앞도 내다볼 수 없는 운명으로부터, 늘 다스리기 힘든 자아로부터, 아주 멀리 달아나는 행위다. 그러므로 여행하는 곳이 어디인가는 중요하지 않고 그곳에서 무엇을 보는가 하는 점도 문제가 되지 않는다. 잠시만이라도 자신을 벗어나는 것, 그것만이 중요하다.

금이 그토록 가치를 가지는 것은 자신의 존재를 타인에게 증여하기 때문이라고 말한 사람은 니체다. 어쩐지 니체가 하지 않았을 법한 말이다. 그 여자는 금이 가지는 것과 같은 증여의 가치를 바로 여행에서 발견한다. 여행은 자신의 존재를 다른 곳에 증여하는 행위다. 낯선 도시에, 낯선 길목에, 낯선 사물들에게 자신의 존재를 온통 쏟아 붓는다. 자신의 모든 것을 다 버린 다음, 아주 가벼워진 마음으로 돌아온다. 그러면 다시 현실을 버텨볼 힘이 조금 생기는 것이다.

여수에서 시작된 그 습관은 오래도록 그 여자를 따라다닌다. 여전히 자신을 잘 다스리지 못할 때, 일상의 답답함에 급기야 숨통이 막히려 할 때, 앞날이 여전히 불투명한 안개에 싸여 있을 때, 그 여자는 늘 여행을 한다. 지도를 펴놓고 목적지를 고르고 토요일 오후나 연휴를 기다린다. 가까이는 월미도, 소양호, 자유의 다리로부터, 멀리는 충주호와 단양팔경, 무주구천동에서 지리산까지, 선운사와 광주 망월동 묘역, 청송 주왕산에서 군위 인각사까지, 동해시와 두타산까지.

아무도 아는 사람이 없는 곳에 가서 낯선 거리를 걷다가, 낯선 음식점에 들어가 식사를 하고, 낯선 숙소에서 잠을 청하고…….그러면 모든 것으로부터 자유로워진다. 가는 곳마다 그곳에서의 새로운 삶을 꿈꿔보기도 한다. 돈이 조금만 모이면 작은 텃밭이 딸린 집을 하나 얻어 여기서 살아보리라. 그 여자는 가는 곳마다 그곳에서 살고 싶어 한다. 충주호 옆구리에서, 구천동 기슭에서, 선운사 발치에서, 월출봉 등허리쯤에서. 무엇을 어쩌겠다는 마음은 없다. 그저, 아무 곳에나 눌러앉아 충주호를 지키는 돌이 되고 싶고 구천계곡에 휘날리는 눈발이 되고 싶고 망월동 묘역을 지키는 키 큰 소나무가 되고 싶다. 왜 그러면 안 되는가. 다음 생에서는 반드시 눈이나 소나무로 태어나리라 다짐한다.

그러나 결국은 돌아온다. 돌아오는 마음은 벌써 고단하고 톨게이트를 지나며 '어서 오십시오 여기서부터 서울입니다'라는 현수막을 보면 달리는 차에서 뛰어내리고 싶지만 그래도 돌아온다. 돌아와 꾸역꾸역 도시에서의 일상을 꾸려나간다. 진정으로 살고 싶은 곳, 진정으로 하고 싶은 일들을 마음 깊은 곳에 묻어둔 채 월급쟁이로서의 바쁜 나날을 보낸다. 여행지마다 주워온 돌멩이들을 물끄러미 바라보면서.

지금 그 여자는 열두 개쯤 되는 돌멩이를 가지고 있다. 희미하게 흰 줄이 있는 검은 삼각형 돌에는 구천동 계곡의 눈발이 담겨 있다. 바람이 산에 쌓인 눈을 날려서 햇빛이 쨍쨍한 대낮에도 눈보라가 휘날리던 계곡. 밤사이 기온이 뚝 떨어져 도로가 얼어붙고 구천동으로 들어오는 차가 모조리 끊긴 터미널에서 다음 날 출근을 걱정하며 앉아 있던 마음이 거기 담겨 있다. 온기가 약한 난로 앞에서 네 시간을 기다려 엉금엉금 기어 왔다는 택시를 만난다. 택시에는 그 여자와 같은 처지에 있는 세 사람이 더 탄다. "아가씨도 부모 속 꽤나 썩이겠소. 이런 날, 이런 데, 혼자 온 걸 보면." 그렇게 말하던 택시 기사의 순박한 말투도 돌 속에 들어 있다.

드문드문 운모 같은 돌이 박혀 있는 넓적한 화강암에는 망월동의 아침 햇살이 담겨 있다. 오후 늦게 망월동 입구라는 곳에서 버스를 내리니 가게 아주머니가 묘역으로 오르는 셔틀버스가 끊겼다고, 묘역도 이미 문을 닫았을 거라고 한다. "내일 아침에 일찍 오소." 가게 아주머니의 곰살맞은 말투도 그 돌에 담겨 있다. 광주 시내에서 제일 크고 깨끗한 여관을 찾아 하룻밤을 자고 다음 날 아침 일찍 택시를 탄다. 그날은 아마 그 여자가 첫 참배객이었을 것이다. 비석 앞에 놓인 소주병, 새우깡, 젖은 향, 타다가 꺼진 88담배, '나는 아직 죽을 때가 아니다'라고 쓰인 글이 번진 원고지, 그리고 애기똥풀과 방아깨비. 그 모든 것이 그 돌에 담겨 있다. '여보 당신은 천사였소. 천국에서 만납시다'라는 묘비를 읽다가 기어이 눈 안으로 어른어른 번져오던 햇살도 담겨 있고, 무엇보다 가슴이 뻐근하게 막혀오던 울분과 억울함이 그 돌에 담겨 있다. 두세 시간쯤을, 묘역을 이리저리 거닐면서 도무지 돌아서지 못할 것 같던 발길도 그 돌에 담겨 있다.

희고 단단한 차돌에는 선운사 입구에서 따라오던 계곡 물소리가 담겨 있고, 갸름하고 검은 돌멩이에는 충주호를 휘감고 있는 단양 팔경이 담겨 있다. 자줏빛이 도는 동글납작한 돌에는 수덕사 입구에 신자들이 쌓아놓은 돌탑들의 기원이 담겨 있다. 그 여자가 가지고 있는 돌 중 가장 작고 못생긴 돌에는 자유의 다리 근처의 스산한 바람이 담겨 있다. 무엇보다 그 모든 돌에는, 그 여자가 여행을 통해 벗어나려 했던 답답한 일상, 어두운 혼돈, 한 치 앞도 내다볼 수 없는 운명…… 그 시절의 모든 기억이 담겨 있다.

그 여자의 방을 방문하는 사람들은 책장에 놓인 못생긴 잡석들에 대해 궁금해한다. 보잘것없는 작은 돌멩이들을 방 안에 소중하게 모셔둔 이유에 대해. 그 여자는 간단하게 대답한다.

"여행지마다 하나씩 주워온 거예요."

어떤 이들은 고개를 주억거리고, 어떤 이들은 그 여자의 얼굴을 다시 한 번 보고, 또 어떤 이들은 이해할 수 없다는 낯빛을 한다. 그러나 그 여자는 더 이상 설명하지 않는다. 그 시절, 도무지 혼돈과 어둠을 벗어날 수 없었던 이십 대, 마음을 잡을 수 없었던 이십 대, 그 시기의 모든 것을 버리기 위해 이곳저곳 돌아다니고, 가는 곳마다 대신 집어들고 온 그 작고 못생긴 돌들에 대해 말하지 않는다.

지금 돌이켜보면, 그 모든 여행은 바다에 닿기 위한 노력이 아니었나 싶다. 그 여자의 물방울, 바다에 닿고 싶어 하는 그 물방울이 조급해하면서 여기저기를 서성인 일이 아니었을까. 여전히 바다를 찾지 못한 채.

## 36

그 여자는 양손에 가방을 하나씩 들고 산길을 오르고 있다. 흙보다 돌이 많은 산길에서 자주 돌 부스러기를 잘못 밟아 미끄러지려 한다. 돌산에서 자라는 나무들은 키가 크지 않아 제대로 그늘을 만들어주지 못한다. 이마에서 돋는 땀은 흐르기도 전에 말라버린다. 척박하고 황량한 산, 거칠고 가파른 산길이다. 절이나 암자는 풍수지리적으로 좋은 자리를 찾아 앉힌다고 알고 있는 그 여자는 그 산어딘가에 암자가 있다는 사실이 믿기지 않는다. 그래도 사람이 다닌 흔적이 선명한 길은 끊이지 않고 이어진다. 산 밑에 있는 절의 스님은 그 길만 따라가면 암자가 나온다고 했다.

암자에서 여름방학을 보낼 생각이기 때문에 여자의 보따리는 크고 무겁다. 사각형의 갈색 가죽가방에는 클로버 타자기가 들어 있고 그보다 더 큰 가방에는 장기 체류에 필요한 물건들과 몇 권의 책이 들어 있다. 무수히 여러 차례 가방을 바위 위에 내려놓고 숨을 돌려가며, 세 시간쯤 걸려 산의 정상에 오른다. 암자는 산의 구부능선쯤에 있다.

암자 앞에 서니 돌산의 키 작은 나무들이 푸른 융단처럼 눈 아래펼쳐지고, 멀리 서해 바다까지 까마득히 내려다보인다. 척박한 돌산과는 달리 암자 주변의 땅은 비옥하다. 키 큰 밤나무며 상수리나무들이 암자 뒤를 병풍처럼 감싸 안고, 상추며 고추며 호박들이 자라는 밭이 암자 앞으로 넓게 트여 있다. 그 여자는 비로소 고개를 주억거린다. 암자라고는 하지만 웬만한 절의 크기다. 법당을 사이에 두고 양편으로 방이 두 개씩 있고 오른쪽 끝에는 부엌이 있다. 암자를 돌아가니 앞쪽의 방들과 등을 대고 방 네 개가 나란히 붙어 있다. 방마다 하얀 고무신이 한 켤레씩 놓여 있다.

그 여자는 인기척을 내어 사람을 부른다. 부엌에서 저녁을 짓던 보살이 국자를 든 채 내다본다. 온통 잿빛인 보살이다. 헐렁한 바지며 셔츠도 잿빛이고 흰머리가 많은 머리카락도 잿빛이고 얼굴에 띠고 있는 표정도 무채색의 잿빛이다.

"저 아래 절에서 소개받고 올라왔는데요, 여기서 한 달쯤 묵어가려고요."

보살은 그 여자를 아래위로 훑어보더니 국자를 부뚜막에 내려놓고 부엌에서 나온다.

"잠시 기다리세요."

법당 옆에 붙은 방 앞에 서서 스님, 스님, 낮은 소리로 부른다. 잠시 후, 얼굴을 손으로 쓸며 스님 한 분이 나온다.

"저 시주님이 여기 묵겠다고 하는데요."

말을 마친 후 보살은 다시 부엌으로 들어간다. 그 여자는 스님 앞으로 다가간다. 오십쯤 되어 보이는 비구승이다. 대체로 스님들의 나이를 짐작할 수 없는 것과는 달리 그 스님의 얼굴에서는 세월의 두께가 솔직하게 느껴진다. 이마의 주름이며 얼굴에서 흐르는 기름기며, 살갗에 깃들어 있는 세상의 미진들이.

"이리 올라와봐."

그 여자는 댓돌을 두 개 밟고 올라가 툇마루에 앉는다. 스님은 그 여자의 얼굴을 빤히 들여다본다. 그런 시선, 세상의 이치며 흐름이며 배후까지를 모두 알고 있는 듯한 시선 앞에 노출되어 있는 게 불편하다.

"공부하려고? 여긴 고시 공부하는 학생들이 주로 묵는데."

그 여자는 잠깐 할 말이 없다. 고시 공부를 하러 온 것이 아닐 뿐더러 자신이 하는 일을 공부라고 말할 수 있을지도 난감하다.

"책도 좀 읽고, 생각도 좀 하려고요."

"그래? 그거 좋은 일이지. 인간의 존재와 이 우주의 이치에 대해 조용히 생각해보는 일도 유익하지."

스님은 무료하셨던 모양이다. 그 여자를 붙들고 이런저런 이야기를 들려준다. 자신은 대체로 전국의 절들을 돌아다니며 생활한다는 얘기며, 이 암자에는 한두 달에 한 번씩 온다는 얘기며, 절집에서 주의해야 하는 것들이며. 어떤 이야기든 재미있게, 호기심을 가지고 듣는 버릇이 있는 그 여자에게 스님의 말씀은 흥미롭다. 그 여자가 너무 흥미를 보인 모양이다. 스님은 기어이 역학에 관한 책을 꺼내 오신다. 그 여자의 생년월일과 이름을 토대로 사주를 풀고 얼굴을 이리저리 뜯어보고 손금도 본다.

"여기 묵는 고시생들 많잖아. 그 사람들 얼굴만 봐도 이번 고시에 붙을 것인지, 평생 공부만 하다 끝날 것인지 알 수 있지."

스님은 그 여자에 관해 많은 이야기를 들려준다. 다 잊었지만 지금도 두 가지가 생각난다. 직업이 교사라고 말하자, "그 직업이 본인에게 딱 맞는 일이야. 오래도록 사회생활을 해야 할 운이니 그 직장에 계속 있어." 하고 말한다. 그때는 이미 교직을 그만두기로 결정한 이후지만 그 여자는 그저 고개만 끄덕인다. 또 하나는 결혼을 늦게 하라는 얘기다. "빨리 결혼하면 이혼하고 망신만 당하게 돼. 서른 전에는 절대 결혼하지 마." 글쎄……. 돌이켜보면 그 스님의 말씀이 맞는 것도 같다.

저녁 공양 시간이 가까워져서야 스님은 보살을 불러 그 여자를 방으로 데려다 주도록 한다. 부엌 뒤쪽에 달린 끝 방이다. 그 여자는 방에 가방만 두고 도로 나와 멀리 서해로 지는 태양을 오래도록 내려다본다. 바다가 뿌옇게 흐려지면서 하늘 속으로 녹아들고, 그 사이로 검붉은 빛이 섞여든다. 태양은 안개며 구름에 싸여 선명한 모습을 볼 수 없다. 그저, 눈 아래 보이는 공간이 뿌옇게 흐린 회색에, 붉은 기운이 섞여드는 모습이다.

그 여자는 바다를 보고 서서 범종 소리를 듣는다. 범종 소리는 옆 산봉우리, 산 밑의 마을들, 멀리 서해까지 갔다가 되돌아온다. 되돌아온 소리의 잔향까지 완전히 사라진 다음에야 두 번째 범종이 울린다. 종소리의 음량에 따라 마음이 부풀어 오르곤 한다. 지난해에 그랬던 것처럼 여기서 또 한 번 소설을 써보는 거야.


그러나 그 여자는 다음 날 암자를 떠난다. 부처님께 삼배를 올리고 스님께 죄송하다는 말씀을 드리고 산을 내려온다. 그곳에 묵기가 불편하다는 사실을 본능적으로 감지했기 때문이다. 공양 시간에 식탁에 모여 앉던 하나같이 날카롭고 창백한 얼굴의 젊은이들, 암자에서 얼마간 떨어진 숲 속에 지어진 엉성한 화장실, 잠금장치가 아예 없는 방문의 문고리, 그런 모든 것에서 불편함의 기미를 읽는다. 근처의 숲에 들어갈 때마다, 길목마다 젊은 청년들이 짧은 바지와 러닝 차림으로 책을 읽고 있다. 그 여자만 불편한 게 아니라 그곳에 있는 젊은이들에게도 그 여자의 존재는 불편할 것이다. 힘든 산길을 세 시간이나 걸어 올라간 것, 멀리 서해로 지는 태양을 볼 수 있는 시원한 전망, 절 주변 땅의 평온하고 여유로운 기운, 그런 것들을 두고 떠나기가 아깝지만, 그래도 그 여자는 암자를 내려온다. 신중하게 판단하고 분명하게 결정해서 신속하게 행동하는, 그런 기질로써.

그러나 나중에 생각해보면, 암자에 묵지 않고 내려온 것은 불편함에 대한 기피가 아니다. 그 여자의 내부에 있던 다른 힘이 시킨 것이다. 다른 힘, 그건 잿빛 바바리에 대한 인력이다. 언제나 우연히, 또는 거짓말처럼 그와 끈이 닿곤 하던 그 설명할 수 없는 행적들과 같은 궤적에 있는 일이다.

그러나 그때는 단지 불편함 때문에 암자를 내려온다. 여수가 아니라 서울행 버스에 오른 것은 그것이 더 빨리 출발하기 때문이다. 중간에서 갈아타야 하는 번거로움도 없다. 서울에 들러 책을 몇 권 사가지고 돌아갈 예정이다. 그 여자는 서울에 내려 혜정이의 자취방으로 간다. 혜정이네 집은 서울의 동쪽 끝이고 혜정이가 근무하는 학교는 서쪽 끝이다. 네 시간씩 걸리는 출퇴근을 감당할 수 없어 학교 앞에서 자취를 하고 있다. 가방을 내려놓자 혜정이는 조심스럽게 묻는다.

"알고 왔니?"

그 여자는 눈을 크게 뜨고 혜정이를 바라본다. 뭘?

"몰랐어?"

혜정이는 그러고도 잠시 말이 없다. 알려주는 게 나은지, 모르고

그냥 넘어가도록 하는 게 현명한 건지 판단하는 모양이다. 뭐 말이
야? 그 여자가 다그치자 혜정이는 재빨리 말한다. 그 말의 결과에
대해 책임질 수 없다는 듯, 말을 내버리듯

"내일이 잿빛 바바리 제대하는 날이래."

그 말은 주먹이 되어 여자를 친다. 강한 주먹에 얻어맞은 것처럼
머릿속이 핑, 돈다. 그 여자는 무너지듯 벽에 기대앉아 꼼짝도 하지
못한다. 어지럼증이 온몸을 휘돌아다니는 것을 느끼면서, 아직도
이런가, 그의 이름을 듣는 것만으로도 이런가, 자신을 이해할 수 없
어 하면서.

"지금은 성동경찰서에 있대."

그리고 혜정이는 부엌으로 나간다. 그 여자는 마음이 몸에서 빠
져나가는 것을 느낀다. 몸을 빠져나간 마음이 창밖을 내다보다가,
문간을 서성이다가, 허공을 떠돌아다닌다.

"오이냉채 좋아하니? 그거 해줄까?"

혜정이가 부엌에서 큰 소리로 물어도 그 여자는 대답하지 않는
다. 혜정이가 저녁을 차리는 동안에도 그 여자는 벽에 기대앉아 있
기만 한다. 혜정이와 함께 밥을 먹으면서도 마음은 벌써 성동경찰
서로 가는 길을 더듬는다. 잠을 자면서도, 꿈속에서도, 다음 날 아
침까지도, 허공에 떠오른 마음은 돌아오지 않는다. 혜정이는 그런
그 여자를 말없이 바라보기만 한다. 양치질을 하다가 멍하니 앉아
있는 그 여자를, 세수를 하다가 다시 동작을 멈추는 그 여자를 말없
이 바라볼 뿐이다.

졸업을 하고 학교를 떠날 때, 다시는 보지 못할 거라 생각했던 사
람, 영원히 자신의 인생에서 다시 만날 수 없을 거라 생각한 사람,

한때의 열정이 모두 사위고 나면 가슴 깊은 곳에 화석이 되어 있을 거라 믿었던 사람. 그러나 그렇게 가까운 곳에, 한 시간도 못 되는 거리에 그가 있다는 사실이, 해일처럼 밀려와 그 여자를 휘청거리게 한다. 이 해일을 벗어날 수 있을까.

"나, 가볼래. 아무도 없는 텅 빈 거리에 나설 마음을 생각해 봐."

물기가 뚝뚝 떨어지는 머리카락을 수건으로 싸매고 서서, 그 여자는 힘없이 말한다. 힘없이, 잘못한 일에 대한 양해를 구하듯이, 그 양해는, 자신의 내부에 있는 어머니의 피에게 구하는 양해이고, 곁에 없는 그 남자에게 구하는 양해이고, 그리고 잿빛 바바리에게 구하는 양해다. 그 행동과 관련된 모든 사람에게. 혜정이는 그 여자를 바라보더니 말없이 고개를 끄덕인다.

성동경찰서는 처음 가보는 길이다. 혜정이가 일러준 대로 버스를 갈아타고, 버스 안에 앉아 있는 동안에도 그 여자 속에서는 내내 두 마음이 싸운다. 그래서는 안 된다고 말하는 건 어머니의 피다. 언제나 윤리나 도덕을 강조하는 어머니의 피. 그럼에도, 그저 얼굴만 한 번 보고 싶다고, 텅 빈 거리에 서게 할 수는 없지 않느냐고, 그렇게 말하는 건 아버지의 피다. 낭만적인 아버지의 피.

지하철 공사로 파헤쳐진 도로를 덜컹거리며 지나, 버스에서 내려서도 몇 차례 길을 물어, 겨우 성동경찰서에 도착한 것은 열 시쯤이다. 성동경찰서는 길모퉁이, 네거리의 한 모퉁이에 있다. 그 여자는 입구를 지키고 있는 의경에게 다가간다.

"오늘 제대하는 사람들은 언제 나와요?"

"벌써 나갔습니다."

의경의 말투는 차갑고 딱딱하다. 아니, 낙담으로 무너지는 그 여자의 마음에 그렇게 들렸을 것이다. 양치질을 하며, 세수를 하며, 너무 망설였던 모양이다.

"나간 지 얼마나 되었어요?"

"글쎄요, 한 삼십 분이나 한 시간쯤 됐을 겁니다."

그 여자는 깊은 숨을 내쉰다. 날숨과 함께, 내부의 갈등들이, 두 피의 싸움이, 알 수 없는 죄의식이, 일제히 날아오른다. 돌아서는데, 기어이 눈앞이 뿌옇게 흐려진다. 그 시간이면 아주 멀리까지 갔을 것이다. 그래, 차라리 잘됐어. 이렇게 그냥 돌아가는 게 나아. 이제는 마음속의 두 피가, 피 터지게 싸우는 걸 감당하지 않아도 돼.

그 여자는 가벼워진 마음으로, 아니 마음을 가볍게 하려 애쓰며 다시 버스를 탄다. 그러나 버스가 방금 지나온 길을 되짚어 달리자마자 마음속에 일순간 서운함이 밀려든다. 여기까지 왔는데 그냥 돌아가야 하다니……. 혼자 저 거리에 나설 때 그의 마음은 어땠을까. 멍하니 창만을 내다본다. 벌써 햇살이 가득 퍼진 거리에는 가로수들이 맥을 놓고 서 있다. 거리를 걷는 사람들의 발길에도 힘이 없어 보인다. 지하철 공사를 하기 위해 차선 하나를 막아놓은 곳에 철골이며 목재들이 죽은 듯이 누워 있다. 버스는 정체되는 거리에 멈추어 선다. 저쪽 보도의 신호등 앞에는 너덧 명의 사람이 이쪽 보도를 바라보며 서 있다. 아이의 손을 잡고 서 있는 아주머니, 신사복 차림의 중년 남자, 책가방을 든 여학생……. 그 사람들을 무심히 보다가 그 여자는 가슴이 쿵, 내려앉는다. 믿을 수가 없어, 눈을 크게 뜬다.

마치 거짓말 같다. 거기, 사람들 사이에 잿빛 바바리가 서 있다. 잿빛 바바리는 군복도 아닌, 푸른 계열의 바지와 남방을 입고 있다.

이제 막 자라기 시작한 뒤숭숭한 머리카락을 쓸어 올리며, 건너편 보도를 아주 먼눈으로 바라보고 있다. 눈을 크게 뜨고 다시 본다. 분명 잿빛 바바리다. 어떻게 이런 일이 있는가. 그를 보자마자 마음속에서 싸우던 두 피 중 아버지의 피가 압도적으로 승리한다.

그 여자는 버스 앞쪽으로 가서 운전기사에게 내려달라고 한다. 그러나 운전기사는 사 차선 도로 한복판에서 내려달라는 그 여자를 이상하다는 듯 바라본다. 그 여자는 할 수 없이 다음 정류장까지 버스를 타고 간다. 제발, 제발 멀리 가지 말고 그 근처에 있어 줘……. 버스를 내리자마자 뛰는 걸음으로 방금 지나온 길을 되짚어 간다. 거리를 걷는 사람들이 힘차게 곁을 지나가고 길가의 가로수들도 푸르게 푸르게 잎을 흔든다. 순식간에 사물들이 생기를 되찾고 거리는 활기를 띤다.

잿빛 바바리는 아직 그곳에 서 있다. 그 여자는 길 건너편에 서 있는 잿빛 바바리를 바라보며 신호등 앞에 멈춰 선다. 안도감보다 먼저, 이상한 느낌을 받는다. 그 시간이면 벌써 신호가 몇 번은 바뀌었을 텐데 아직 거기 서 있다니, 허깨비를 보고 있는가. 지나가는 차량에 의해 가려졌다 나타났다 하는 잿빛 바바리가 금방이라도 증발해버릴 듯해 그 여자는 또 눈을 크게 뜬다.

빨간 신호등이 초록색으로 바뀐다. 그 여자는 움직이지 않는다. 잿빛 바바리가 이쪽으로 건너올 것을 기대하면서. 그러나 그는 움직이지 않는다. 이쪽에서 건너가는 사람과 저쪽에서 건너오는 사람들이 도로 한복판에서 서로 몸을 비껴 지나가도 그 자리에 서 있기만 한다. 먼눈을 들어 허공을 바라보면서. 그 여자는 그제야 깨닫는다. 그가 아까부터 거기서 그런 자세로 서 있기만 했다는 것을. 삐리리 삐리리, 맹인용 경보가 울리고 "위험하오니 다음 신호를……." 하는 소리를 들으면서 그 여자는 보도로 뛰어든다.

가까이 다가가도 잿빛 바바리는 그 여자를 알아보지 못한다. 먼 눈을 하고 횡단보도가 아닌 다른 곳, 이 땅이 아닌 다른 곳에 서 있다. 그의 머리 위로 이승의 것이 아닌 듯한 햇빛이 쏟아지고 있다. 그 여자는 보도에 올라서서 잿빛 바바리 앞으로 다가선다. 아주 가까이 다가서자 그제야 잠에서 깨는 듯한 눈빛으로 그 여자를 바라본다. 그러고도 한동안 멍한 눈빛 그대로다.

"너, 왔구나."

한참 만에 잿빛 바바리가 한 말은 그거다. 너, 왔구나. 그 여자의 가슴속에서 무언가가 움직인다. 미미하게, 그러나 분명하게, 딱딱한 땅거죽을 뚫고 올라오는 연록의 움직임 같은 게 있다. 그 여자는 잿빛 바바리에게 거기 서서 무얼 하고 있었느냐고 묻지 않는다. 묻지 않아도 알 수 있다. 갑자기 세상 한가운데 던져져서 황망해져 있었을 마음을. 이제 어디로 가나 하는 마음이 네거리를 만나자마자 당황하여 멈춰 서고 말았음을. 누군가, 아무라도 나타나주기를 막연히 기다리고 있었을 마음을 짐작할 수 있다. 그래서 그가 "너, 왔구나."라고 말할 때, 그 여자는 턱없이 가슴이 뭉클해진다.

"우리, 술 마시러 가자."

그다음에 잿빛 바바리가 한 말은 그거다. 첫말보다는 목소리가 크고 높아져 있다. 그 여자는 잿빛 바바리가 잡아끄는 대로 말없이 따라간다. 압도적인 승리를 거둔 아버지의 피가 몸 안에서 심장 벽을 세게 친다. 조금씩 땅거죽을 뚫고 나온 연록의 잎사귀가 와와, 초록의 잎으로 자라난다.

그 여자는 잿빛 바바리에게 어디로 가는 길이냐, 이제 어떻게 할 셈이냐고 묻지 않는다. 그와 나란히 걷는 게 얼마 만인가. 그런 생각을 하고 있다. 포스터를 한 아름 안은 채 앞서 걷는 그를, 테이프를 빙글빙글 돌리며 뒤따라 걷던 그 캠퍼스에서의 오후, 그날 이후 두 번째로 그와 나란히 걸어보는 것임을 되살려낸다. 사 년 전 그 가을에서, 오늘 이 여름으로, 시간이 곧바로 연결될 수 있다면……. 그리하여 그사이의 모든 시간, 모든 사건, 모든 절망이 깨끗하게 소멸될 수 있다면……. 그 생각이 너무 간절하여 가슴속에서 자잘한 불꽃이 타는 것 같다. 그때와 바로 이어진다면……. 그것이 불가능하다는 자명한 사실을 받아들이듯이, 그 여자는 잿빛 바바리와 자신과의 거리감을 다시 한 번 깨닫는다. 지금 이 행위가 옳은가.

버스 정류장에, 그 여자는 잿빛 바바리와 함께 버스를 탄다. 그 여자는 의자에 앉고 잿빛 바바리는 그 곁에 선다. 그와 함께 버스를 타는 일조차 처음이구나……. 그 여자는 버스 앞쪽 차창을 바라보고, 잿빛 바바리는 그 여자 옆쪽의 차창을 내다본다. 달라 보일 것이다. 그 여자는 문득 그런 생각을 한다. 내가 바라보는 저 길가의 풍경과, 잿빛 바바리가 바라보는 창밖의 풍경은 달라 보일 것이다. 가슴속에서 타오르던 자잘한 불꽃들이 일순 빛을 잃는다. 천천히, 아주 천천히 숨이 막혀온다.

그 여자는 고개를 들어 잿빛 바바리의 얼굴을 올려다본다. 짙은 눈썹과 큰 눈, 아직도 세상에 대한 순연한 사랑과 순결한 시각을 가지고 있는 듯한 눈빛, 그는 사 년 전의 그 가을에서 별로 달라지지 않은 모습이다.

그 여자는 다시 고개를 숙인다. 나는 그때로부터 얼마나 달라졌는

가. 잿빛 바바리는 창 너머에서 시선을 거둬 그 여자를 내려다본다.

"여수에 있다면서?"

그 여자는 가슴이, 가슴속의 불꽃이 화들짝 놀라듯 피어난다. 불꽃의 심지를 낮추듯, 숨죽이며 고개를 끄덕인다. 어디에 있어도, 멀리 떨어진 곳에서 서로 다른 삶을 살아도, 늘 곁에 있는 듯하던 그 느낌.

"애들은 가르칠 만해?"

그 여자는 희미하게 웃는다. 버스가 길모퉁이를 돌면서 그 여자의 몸이 잿빛 바바리 쪽으로 많이 기운다. 그 여자는 손을 뻗어 앞좌석의 등받이를 짚으며 잿빛 바바리를 올려다본다.

"똑같이 생긴 교실에 들어가서, 똑같은 이야기를, 똑같은 목소리로, 하루에 다섯 번씩 되풀이한다고 생각해봐. 농담도 똑같이 하고, 비유도 똑같이 들고, 재미있는 이야기도 똑같이 재미있게 들려주고……."

잿빛 바바리는 웃는다. 그렇게 말하는 그 여자의 마음을 알았을 것이다.

"언제 이쪽으로 옮겼니?"

김포공항이 보이던 부대에서. 그러나 뒷말은 하지 않는다. 벌써 그날, 그 고통스러운 만남의 기억이 떠오른다. 그때의 스산한 추위, 스산한 부당함.

"한 열 달 됐어."

잿빛 바바리는 짧게 대답하고 더는 말이 없다. 성동경찰서에서는 시위 진압에 투입되었을지도 모르겠구나……. 그 여자는 막연히 그런 생각을 한다. 정말 그랬을까. 가슴이 얼얼하다.

두 사람이 버스에서 내린 곳은 혜화동 로터리다. 잿빛 바바리는 그 근처 찻집에서 후배와 약속이 되어 있다고 한다. 약속 장소에 도착했을 때 후배는 아직 와 있지 않다. 어떻게 생긴 찻집이었더라. 그 여자는 그 찻집과, 그날 함께 있었던 후배를 기억해보려 한다. 그러나, 거짓말처럼, 전혀 떠오르지 않는다. 다만, 두 가지를 선명하게 기억할 수 있다. 아직 후배가 도착하기 전, 찻집에서였을 것이다.

"똑같은 너비의 강이 있다고 생각해봐. 거기에 두 개의 징검다리가 있고."

잿빛 바바리는 횡단보도에 서 있을 때처럼 먼눈을 하고 그 여자를 건너다본다. 그 여자는 그의 눈빛에서 드러나는 쓸쓸함을 외면하면서 강과 징검다리를 생각한다. 거위를 목욕시키던 유년의 강, 어느 추석에 물수제비를 떴던 십 대의 강, 강가의 말 발자국이 희미해진 다음 강을 따라 이주하던 할아버지의 강……. 기억 속의 모든 강이 일제히 소리 내며 흐르기 시작한다. 그 여자의 눈빛도 끝내 잿빛 바바리의 그것과 똑같아지는 것 같다.

"두 개의 징검다리 중 하나에는 돌이 스무 개쯤 놓여 있고, 다른 징검다리에는 돌이 두 개쯤 놓여 있다고 생각해봐."

잿빛 바바리는 여전히 먼 눈빛으로, 말을 중단하고 커피를 한 모금 마신다. 그 여자는 하얗게 반짝이는 물비늘을 가르며, 가지런히 강을 가로질러 놓인 징검다리를 생각한다. 한쪽에는 스무 개. 다른 쪽에는 두 개. 돌이 두 개밖에 놓이지 않는 그것도 징검다리라고 할 수 있을까.

"어느 쪽 징검다리가 더 건너기 쉽겠니?"

그 여자는 무슨 말인가 싶어 잿빛 바바리를 바라본다. 그러다가,

그러다가, 잿빛 바바리의 눈빛, 아주 먼 곳을 바라보는 그 눈빛을 보다가 헉, 숨이 멎는다. 그 여자는 반사적으로 뒷걸음친다. 그러지 마, 제발……. 그냥, 제대하는 친구 마중 온 것뿐이야. 너도 그렇게만 생각해.

"난, 지난 삼 년 동안, 돌이 두 개밖에 없는 징검다리를 건너려다가 무수히 강에 발을 빠뜨렸다. 징검다리가 몇 개만 더 있었어도, 그랬어도……. 너, 징검다리가 왜 늘 젖어 있다고 생각하니?"

그 여자는 아무 말도 하지 못한다. 잿빛 바바리를 바라보지도 못한다. 그 여자도 늘 그렇게 생각해왔다. 그와 함께한 시간이 조금만 더 많았더라면, 그를 기억할 수 있는 일이 몇 가지만 더 있었더라면……. 그러면 일상의 강을 건너기가 더 쉬울 것 같은 마음이 들곤 하던 때가 있었다.

그렇지만, 그렇지만……. 그 여자는 고개를 젓는다. 징검다리가 많을수록 물 흐름만 더디게 할 뿐이다. 어차피 어느 물풀 근처나 방파제 밑에 함께 머물 수 없다면, 서로 다른 물줄기에 섞여 따로 흘러야 한다면, 징검다리가 적을수록 더 나을 것이다. 더 자연스럽게, 더 쉽게 흐를 수 있을 것이다. 그 여자는 그렇게 마음을 바꾸어 먹었다. 이미 오래전에.

"정숙아……."

그 여자가 오래도록 고개 숙인 채 말이 없자 잿빛 바바리가 그 여자를 부른다. 그 여자는 비로소 고개를 든다. 그의 눈을 바라보는데 다시 가슴이 내려앉는다. 잿빛 바바리의 시선이, 잡아채듯 그 여자의 시선을 붙잡는다. 붙잡고 놓아주지 않는다. 그의 눈길에 꼼짝없이 붙들려, 그 여자는 숨을 멈춘다. 그러지 마, 제발 그러지 마, 속으로 중얼거리면서, 한참 만에 잿빛 바바리가 그 여자의 시선을 놓아준다. 얼굴을 일그러뜨리면서 고개를 돌린다. 그 여자의 마음속에서 무엇인가 허물어진다. 회복할 수 없는 것, 돌이킬 수 없는 것, 이번 삶에서는 도저히 맞물릴 수 없는 것⋯⋯. 그 여자는 힘없이 고개를 숙인다.

그러지 마. 내가 지키려 하는 걸 너도 지켜줘. 그저, 제대하는 친구를 마중 온 것뿐이야. 그것 말고, 내가 어떻게 할 수 있겠니. 지금, 이 상황에서⋯⋯.

그 여자는 고개를 숙인다. 잿빛 바바리는 고개를 돌려 먼 곳을 보고, 그 여자는 고개를 숙여 탁자를 보며, 말이 없다. 가슴 가득, 말할 수 없는 말들과 서성임을 안은 채. 두 사람을 구해준 것은 그의 후배다. 그 후배의 등장으로 그 고통스럽고, 위태롭고, 어색한 상황을 겨우 모면한다.

세 사람은 술집으로 자리를 옮긴다. 어떤 술집이었더라. 그 여자는 또 기억하지 못한다. 술잔을 앞에 놓고, 잿빛 바바리와 그의 후배가 주로 이야기를 하고, 그 여자는 말없이 앉아 있기만 한다. 그러나 말없이 앉아 있는 그 여자의 머릿속에는 줄곧 하나의 영상이 떠올라 있다. 눈앞에는 깎아지른 낭떠러지가 있고, 등 뒤에는 한 떼의 무장 경찰이 쫓아오는 가운데서, 그 여자와 잿빛 바바리 둘만이, 마지막일 수도 있는 만찬을 벌이고 있는 영상. 세상이 모두 낭떠러지 저편으로 물러나고, 곁에 있는 후배조차 사라지고, 구름에 싸인 산꼭대기에서 막 아래로 뛰어내리려 하는 그 여자를 잿빛 바바리가 바라보고 있는 영상. 영상 속에서 그 여자는 잿빛 바바리에게 말한다. 날 좀 어떻게 해줘. 내 등을 밀어 저 절벽 아래로 떨어지게 해주거나, 날 아주 작게 만들어 어디든 숨겨줘. 네 주머니든, 옷 깃이든, 어디든……. 날 어떻게 했으면 좋겠니. 내 마음을……. 그렇게 생각하다가 그 여자는 또 놀란다. 어떻게 이런가, 마음이. 어떻게…….

그날의 만남에서 그 여자는 한 가지를 더 기억한다. 얼마간 술을 마신 후 세 사람이 근처에 있는 대학 캠퍼스로 들어갔다는 것, 캠퍼스 안의 잔디밭에서 잿빛 바바리가 노래를 불렀다는 것, 그 노래가 〈돌아오라 소렌토로〉였다는 것, 그것을 기억한다. 그 노래를 들으며, 그 여자의 눈으로 물기가 가득 차올랐다는 것, 사 년 전의 그 가을에서 오늘 이 여름으로 곧바로 시간이 연결될 수 있다면, 그리하여 그사이의 모든 시간, 모든 사건, 모든 절망이 깨끗하게 소멸될 수 있다면……. 그 생각이 너무나 간절하여 몸 안에서 불꽃이 타는 것 같았다는 것, 그런 것들을 기억한다.

그 여자는 잿빛 바바리와 그의 후배를 남겨둔 채 캠퍼스를 나선다. 서늘한 저녁 바람이 취기를 걷어가고, 취기가 걷히면서 다시 어머니의 피와 아버지의 피가 싸우기 시작하는 것을 느낀다. 그런 싸움은 혼자 해야 한다고 생각하므로, 그 여자는 먼저 일어나 집으로 돌아간다. 혜정이의 집으로.


다음 날, 그 여자는 몇 권의 책을 사가지고 여수로 내려간다. 꿈이었을까. 여수로 가는 버스에서부터, 그 여자는 전날 일이 현실 같지 않다. 잿빛 바바리를 보았다는 사실도, 그와 함께 술을 마셨다는 사실도, 실재하지 않은 환영이었던 것 같다. 절벽 앞에서 마지막 만찬을 벌이는 그 영상처럼. 그럼에도, 그럼에도 그 여자는, 상상 속에서 그 환영이 점점 더 구체적인 형상을 띠어가는 것을 느낀다. 걷잡을 수 없이 선명해지고, 제어할 수 없이 커진다. 잿빛 바바리, 그렇게 한번 본 잿빛 바바리가 다시 그 여자의 마음속에 들어차 버린다.

그 여자는, 이제는 대구에 나와 있는 어머니를 잠깐 방문하고, 나머지 여름방학 동안 자취방에 머문다. 아침에는 책을 읽고 낮에는 이곳저곳을 돌아다닌다. 눈앞에 있는 버스를 잡아타고 그 버스가 가는 곳까지 갔다가 돌아오기도 하고, 도시 외곽으로 무작정 걷다가 다리가 아파 더 이상 걸을 수 없을 때, 택시를 타고 돌아오기도 한다. 쨍쨍한 여름빛 아래서 거리를 걸으면 몸 안의 모든 수분이 증발한다. 더불어 마음 갈피에 묵은 녹태처럼 끼어 있는 그리움 같은 것이 함께 사라져주기를 기대한다.

그러는 동안 마음 한편에는 내내 잿빛 바바리가 깃들어 있다. 입대한 그 남자가 아니라 잿빛 바바리가. 그날의 짧은 만남 이후, 잿빛 바바리가 다시 그 여자의 마음을 차지해버린다. 모르겠다. 그에 대한 미련이 왜 그렇게 기다랗고 끈끈하게 오래갔는지. 한 가지 이유를 들라면 잿빛 바바리가 그 여자에게, 싹을 틔우지 못한 씨앗이고 오르지 못한 산이었기 때문일 것이다. 잡지 못했기 때문에 더 커 보인다는 물고기 같은 것, 놓쳤기 때문에 더 아름답다는 기차 같은 것.

다섯 시간만 차를 달리면 그를 만날 수 있는데……. 바로 그 마음 한 가지를 떨구기 위해 그 여자는 낯선 거리를 돌아다닌다. 몸 안의 수분이 모두 증발하고, 몸도 마음도 파삭파삭 말라, 건들면 부서지는 낙엽처럼 탈진할 때까지.

공연히 시장에 들러 마른 생선을 잔뜩 사서 대구로, 강릉으로, 서

울로 부친다. 그것들은 모두 잿빛 바바리에게 보내는 것이다. 그래
도 여름날은 길어서, 먹지도 않을 음식을 이것저것 만들어본다. 그
것들 역시 잿빛 바바리를 위한 음식이다. 제 마음과 싸우며, 한 번
만 더 그를 보고 싶어 하는 마음과 싸우며 길고 힘겨운 여름방학을
보낸다. 개학을 해 다시 잘 짜인 직장생활에 일상의 시간들이 묶일
때까지.

## 37

방학이 끝나고 이 학기가 시작된다. 방학 동안의 그 들끓던 마음은 어느 정도 가라앉고, 일상의 시간들은 잘 짜인 직장생활에 묶여 있다. 긴 망설임 끝의 짧은 만남, 짧은 만남 끝의 긴 갈등. 이제는 그 모든 것이 가라앉은 것 같다. 그 여자는 다시 평온한 나날을 보낸다. 어차피 함께 흐르지 못할 거라면, 징검다리가 적을수록 좋을 것이다. 가슴속에서 그런 마음을 되새기면서, 쓸쓸한 시간들을 흘려보낸다.

이 학기가 시작되고 한 달쯤 지났을 때, 그 여자는 한 통의 편지를 받는다. 입대한 그 남자의 편지인가 한다. 그러나 필체를 보는 순간 가슴 밑바닥으로 커다란 돌멩이가 떨어져 내린다. 겨우겨우 가라앉혀놓은 마음이 일시에 흔들리면서 흙탕물이 된다. 잿빛 바바리의 글씨다.

그의 글씨는 아주 독특하다. 글의 내용보다 글씨 자체가 더 많은 이야기를 간직하고 있다. 아직도 상형문자의 기억을 담고 있고 초서에서 별로 진화하지 않은 필체다. 글자 한 자, 한 자가 모두 저마다의 이야기를 풀어내고 싶어 꼼지락거리는, 그런 필체다. 대학 때, 강의실에서 그 여자의 공책을 끌어다가 짧은 글을 써서 되밀어주곤 하던 그 필체다. 그 여자를 은밀한 기쁨 속으로, 지독한 환멸 속으로 밀어 넣던 바로 그 필체다.

지금은 그 편지의 내용이 무엇이었는지 기억하지 못한다. 그러나 단 한 구절, 아직도 잊히지 않는 구절이 있다.

밥 짓는 냄새라도 맡고 싶다.

그 여자는 그 구절 하나로 모든 것을 이해한다. 그의 외로움, 그의 상실감, 무엇보다 그의 정처 없음 따위까지. 편지봉투에는 대구 북구 우체국 소인이 찍혀 있고, 그는 복학할 때까지 몇 달을 대구에 있는 친구 집에 머물고 있다고 한다.

다시 흙탕물이 된 마음은 잘 가라앉지 않는다. 시간이 흐를수록 점점 더 끌탕이 된다. 한 번만, 딱 한 번만 보면 돼. 그가 잘 지내는지만 확인하면……. 그러나 어머니의 피는 반대한다. '네가 평생을 함께 살기로 작정한 남자가 군에 가 있는 동안 다른 남자를 만나다니, 난 너를 그렇게 가르치지 않았다.' 그 편지는 아주 거대한 문이기도 하고 몹시 치밀한 덫이기도 하다. 둘 중 어느 것도 될 수 있다. 문 앞에서도, 덫 앞에서도 서성거리는 발걸음의 무게나 보폭은 똑같다.

그때는 가을이다. 햇빛은 쨍쨍한데 바람에는 매운 기운이 섞여들고, 들판은 풍성하지만 조락의 기미를 안고 있다. 어수선함이 곧 일상이 되어버리는, 바로 그런 계절이다. 그 여자는 끌탕인 마음을, 어수선한 나날을 가눠보려 애쓴다. 애쓰면서 잿빛 바바리에게 답장을 쓴다. 어수선한 가을에 대해, 조락의 기미에 대해, 친구의 안부를 묻는 친구의 마음에 대해. 그러나 그 여자는 편지를 찢는다. 범상한 구절들 속에, 아무래도 다른 마음이 배어나곤 한다. 다시 쓰고, 또 찢는다.

그 여자가 잿빛 바바리의 안위를 그토록 궁금해하는 것은, 그가 자신과 비슷한 부류의 인간이라는 점 때문일 것이다. 현실에는 그가 편히 쉴 울타리가 없고, 마음은 늘 땅바닥에서 십 센티쯤 공중에 떠 있고, 앞으로도 오래도록 제 손으로 제 입을 먹여 살려야 하는 입장이라는 사실 때문이다. 가족보다는 친구에게서 더 많은 위안을 받는 것도 비슷하다.

그사이, 가을은 거의 지나간다. 마지막 가을을 붙잡듯이, 어느 토요일 오후, 그 여자는 우체국으로 달려간다. 우체국에는 많은 이야기가 담겨 있다. 세상의 모든 이들이 하고 싶은 말의 많은 부분을 우체국에 위탁한다. 그 여자도 전보 접수계로 다가가 제 이야기를 접수한다. 그저, 얼굴만 한번 보면 된다고, 잘 지내는지만 확인하고 싶다고. 전보 문구는 간단하다.

11월 5일 오후 4시 진주 시청 앞

진주는 대구와 여수를 일직선으로 연결할 때 그 중간쯤에 있는 도시다. 그 여자는 지도를 펴놓고 진주를 골랐다. 두 사람 모두에게 공정한 곳이라 생각하며. 진주는 그 여자가 한 번도 가보지 않은 도시지만, 어느 도시에나 시청은 있을 것이다. 어느 도시에서도 시간은 똑같이 흐를 것이다.

그다음 토요일, 그 여자는 진주행 버스에 오른다. 창밖으로는 가을에서 겨울로 건너가는 나날의 부산스러움이 따라온다. 그러나 아무것도 보지 않는다. 시선은 내내 마음만 들여다보고 있다. 끌탕인 마음, 어머니의 피와 아버지의 피가 싸우는 마음, 거대한 문과 치밀한 덫이 있는 마음. 발목에 덫이 걸려 절대 문을 열고 나갈 수 없는 그 마음만을 바라본다.

버스는 그 여자를 진주 터미널에 내려주고, 택시는 그 여자를 진주 시청 앞에 내려준다. 진주 터미널도, 시가지도, 시청도 어떻게 생겼는지 전혀 기억나지 않는다. 막연히, 아주 깨끗한 도시구나, 질서 속에 이따금 낭만적인 풍류의 기운이 풍기는 도시구나, 그런 인상을 받은 것 같다. 한 가지 선명하게 기억하는 것은 진주 시청이 큰길에서 골목을 삼십 미터쯤 들어간 곳에 있다는 점이다.

그 여자는 골목으로 들어서자마자 걸음을 멈춘다. 바로 보이는 시청 앞에, 시청 앞의 너른 공터에 그가 서 있다. 잿빛 바바리가. 그는 잿빛 바바리를 입고 있지 않지만, 그래도 그 여자는 그에게서 잿빛 바바리와 그 옷자락에 감추어진 바다를 본다. 온화하게 물결치며, 늘 그 여자에게 위안을 주었던 그 바다. 잿빛 바바리도 그 여자를 발견한다. 두 사람은 잠시 마주 보고 선다. 약 삼십 미터쯤 거리를 두고. 먼저 고개를 떨어뜨리고 시선을 외면하는 쪽은 그 여자다. 마음속에 있는 문과 덫의 무게 때문에 고개를 숙인다. 과연 이 만남이 옳은 일인가.

잿빛 바바리가 그 여자 쪽으로 걸음을 옮긴다. 성큼성큼 큰 걸음으로, 그러나 아주 천천히 다가온다. 그가 가까이 다가올수록 그 여자는 몸이 굳는다. 발목에 걸린 덫이, 온몸을 감싸고 있는 갑옷이 점점 더 두꺼워진다. 눈앞으로 그의 구두, 크고 거친 구두가 들어온

후에도 그 여자는 한참 만에 고개를 든다. 둘 다, 굳은 얼굴이다. 잿빛 바바리도 그 여자의 전보를 덫이나 문으로 인식했음을, 지금도 그렇게 여기고 있음을 그 얼굴에서 알 수 있다.

"나는 시청이, 서울에만 있는 줄 알았지."

잿빛 바바리의 낮은 목소리가 흔들리며 그 여자에게 다가온다. 그 여자는 풋, 웃는다. 그 말로써, 두 사람의 굳은 얼굴이 조금쯤 펴진다. 두 사람은 큰길 쪽으로 걷기 시작한다. 몇 발짝 지나지 않아, 잿빛 바바리가 두 번째 말을 한다.

"내가 진주에 도착해서 가장 먼저 한 일은……."

리어카를 끌고 길을 가로지르는 중년 사내가 있고, 두 사람은 리어카에 막혀 잠시 멈춘다. 리어카에는 배추와 무가 실려 있다. 이제 막 밭에서 뽑혀 나와, 아직도 밭의 기억들을 뿌리에 매달고 있는 야채들. 다시 걸음을 옮기기 시작할 때 그는 중단했던 말을 잇는다.

"대구행 막차의 출발 시간을 알아두는 거였어."

아. 그 여자는 속으로 깊은 한숨을 쉰다. 발목에 감겨 있던 덫이며 온몸을 감싸고 있던 갑옷이 스스럼없이 풀려나간다. 몸이 가벼워지면서 마음도 자유로워진다. 그래, 그거면 충분하다. 그 말에 담긴 잿빛 바바리의 마음을 알 수 있고, 그 마음에서 그에 대한 신뢰를 확인한다. 바다가 늘 편안한 신뢰감을 주었던 것처럼. 그래, 별일 아니야. 그저, 잠시 얼굴만 보는 것뿐이야.

"전보 받고 놀랐다. 현규 형이 진주에서 복무 중인가도 생각했고……."

그 여자는 버릇처럼 말없이 웃고 만다. 그 여자 앞에서 한 번도 그 남자의 이야기를 한 적이 없는 잿빛 바바리가 그런 얘기를 하는 마음도 안다. 그저 이렇게 얼굴만 한 번 보는데도 그 남자는 두 사람의 등 뒤에 버티고 있다. 검고 거대한 그늘로써. 그 여자는 결코 그 남자를 벗어날 수 없고, 잿빛 바바리 역시 마찬가지일 것이다.

두 사람은 늦은 점심을 먹고 민속주점 같은 데서 술을 마신다. 그저 얼굴만 보고 잘 지내는지만 확인하고 싶었던 그대로, 그 여자는 잿빛 바바리의 얼굴을 바라보며 안부를 묻는다. 그는 내년 봄에 복학할 때까지 대구에 머물 예정이며, 겨울에는 포장마차 장사를 할 것이라고 말한다.

"곰장어랑 대합 같은 안줏거리도 팔 거야. 겨울방학 하면 대구로 놀러와."

그 여자는 고개를 끄덕인다. 그는 염려했던 것보다는 건강하게 잘 지내는 듯하다. 그러면 됐다고, 그 여자는 술잔을 앞에 놓고 뜻 없이 고개를 주억거린다. 그러나 환한 웃음 뒤에 언뜻언뜻 드러나는 어둠, 아무 일 없는 듯 평범하게 주고받는 말 뒤에 있는 고통의 기미들이 두 사람 사이를 기민하게 오간다. 고통스럽구나, 이런 만남은. 그 여자는 또 뜻 없이 고개를 끄덕인다.

일곱 시나 여덟 시쯤, 대구행 막차 시간에 맞춰 터미널로 간다. 정확한 시간은 알 수 없지만 십일월의 저녁 어스름 무렵이니 그 시간쯤 되었을 것이다. 그 긴 망설임과 그 긴 여행 끝의 아주 짧은 만남, 그 후에 더 넓게 비어질 시간들.

토요일 오후의 버스 터미널은 수선스럽다. 여기저기 외출 나온 해군 사관생도들이 어깨며 무릎에 주름이 잘 잡힌 제복을 입고 몰려다닌다. 제복은 유난히 눈에 잘 띄어 터미널 밖에도, 터미널 안에도, 그리고 매표창구에도 오직 그들밖에 없는 듯하다.

잿빛 바바리가 대구행 매표창구로 다가갈 때도 그 옆에 해군 사관생도가 있다. 그 여자는 잿빛 바바리가 차표를 끊는 동안 그의 뒤에 서 있는다. 그의 뒷모습, 늘 그 여자에게 안타까운 절망이던 뒷모습을 바라보면서.

　나란히 서 있던 잿빛 바바리와 해군 사관생도 사이에 문득 작은 소란이 인다. 잿빛 바바리가 먼저 사관생도 쪽으로 고개를 돌리자 사관생도도 그를 향해 몸을 돌린다. 무슨 일인가 하는 사이, 벌써 심상치 않은 움직임이 오간다. 긴장 같은 것, 해일이 밀려오기 전의 놀 같은 것, 두 사람이 서로 상대방을 향해 밀어내는 파도 같은 것. 금세 두 사람 사이에 몸싸움이 일어난다. 잿빛 바바리도 얼마간 술을 마신 상태지만 사관생도도 술에 취해 있다. 그 여자는 그들의 몸싸움에 밀려 뒤로 물러난다.

　무슨 일인가. 그 여자는 몇 걸음 떨어진 자리에 서서 바라보기만 한다. 처음에 느낀 감정은 두려움이다. 싸움이라는 것에는 결코 적응이 되지 않는다. 더구나 제복을 입은 자들의 폭력성에 대한 공포는 그때까지도 늘 새롭다. 중학교 이 학년 때 만취 상태의 공군 소위로부터 이유 없는 폭력을 당한 이후. 벌써 가슴이 울렁거린다. 그 여자는 점점 더 뒷걸음치며 두 사람을 바라보기만 한다. 어떻게 해야 할지 알 수 없는 당혹감과, 폭력에 대한 공포심 속에서.

　싸움은 조금씩 커진다. 폭력의 상대성으로 인해 주고받는 주먹은 매번 더 힘이 커지며 가속이 붙는다. 두 사람 다 술을 마신 상태여서 주먹이 자주 허공을 휘젓기도 한다. 저들을 뜯어말려야 하는가. 생각만 할 뿐 몸은 움직이지 않는다. 두 사람은 밀고 밀리면서 좁은 터미널을 나가 거리에 선다. 그곳에서 본격적인 결투를 벌일 모양이다. 그 여자는 터미널 입구까지 따라 나가 두 사람을 바라본다. 그들은 삼사 미터쯤 거리를 두고 마주 서 있다.

 그 여자가 알기에 잿빛 바바리는 결코 싸움을 하는 사람이 아니다. 그는 타인을 향해 주먹을 내밀기보다는 그 주먹으로 제 가슴을 치는 사람이다. 작은 폭력, 내밀한 갈등, 오래 지속되는 긴장을 견디지 못하는 사람이다. 그 여자가 그걸 아는 이유는, 바로 그 여자 자신이 그렇기 때문이다. 동물들조차 비슷한 부류의 동료를 알아보는 법이다. 그런 그가 싸움을 하고 있다는 사실에 그 여자는 놀란다. 두려움이 밀려나면서, 서툰 싸움을 벌이고 있는 그의 마음을 짐작할 수 있을 것 같다. 어디로든, 몸 안에 쌓여 있는 그 답답한 기운들을 풀어내야 했을 것이다. 그 여자의 마음속에도 똑같은 무게와 똑같은 부피로 쌓여 있는 그 자책과 억눌림을.

 두 사람의 서툰 싸움은 금세 끝난다. 터미널 밖에서 서성이던 사관생도들이 모여들어 두 사람을 뜯어말린다. 한 무리의 사관생도들이 동료를 끌고 가자, 한 사관생도가 잿빛 바바리에게 다가가 머리를 숙여 보인다.

 "미안합니다. 저 친구가 원래 다혈질이어서, 저희도 모두 염려하고 있는 친굽니다. 정말 죄송합니다."

 그 여자는 사관생도의 정중한 사과에 의아해진다. 먼저 싸움을 하고 싶어 했던 사람은 잿빛 바바리였다고 알고 있으므로. 아마, 그 싸움이 문제가 되면 그의 사관학교 성적에 나쁜 영향을 미치기 때문에 서둘러 싸움을 마무리 짓고 싶어 하는 모양이라고 짐작한다. 잿빛 바바리는 알았다고 고개를 끄덕이고, 저쪽으로 끌려가면서도 여전히 소리치는 사관생도를 한 번 바라보고, 다시 터미널 안으로 들어온다. 얼굴이 딱딱하게 굳어 있다. 그 여자도 여전히 굳은 얼굴인 채로 그를 바라본다. 그는 매표창구로 다가가 다시 티켓을 끊고, 고개를 돌려 그 여자를 한 번 바라보고, 그러고는 낮게 말한다.

"갈게."

그 여자는 아무 말도 하지 못한다. 갈게. 낮게 깔리며, 가슴 깊은 곳까지 스며드는 그 말에 담긴 서늘한 기운이 몸을 굳게 만든다. 그렇게 가다니. 그렇게 굳은 얼굴로, 그렇게 가슴 가득 억압과 울분을 담고, 그렇게 표표하게 가버리다니. 머리 위에 '타는 곳'이라는 팻말이 붙은 출구로 나가는 잿빛 바바리의 뒷모습을 그 여자는 오래 바라본다. 그의 뒷모습이 사라지고 난 텅 빈 공간을.

나중에 그 여자는, 잿빛 바바리와 동료나 동업자로 스스럼없이 만날 수 있게 되었을 때, 한 가지 의문을 물어본다. 진주 터미널에서, 낯선 사관생도와 싸우던 잿빛 바바리의 모습, 그 여자에게 화인처럼 각인되어 있는 모습, 그때까지도 그가 왜 싸웠는지 알 수 없었던 일.

"그때 진주에서, 왜 싸웠니?"

잿빛 바바리는 잠깐 생각하더니 픽, 웃는다. 거의 십 년 전 일이다. 그때의 답답한 억눌림 같은 것들이 구름처럼 가벼워져 끝내 비를 뿌리며 소멸한 지 오랜 후다.

"못 들었어?"

"뭘?"

"그 사관생도가 너한테 뭐라고 했는데."

"나한테? 뭐라고?"

잿빛 바바리는 대답하지 않는다. 아마 그 여자가 들었다면 모욕감을 느꼈을 내용이었을 것이다. 젊은 남자가 젊은 여자에게 거는 희롱 같은 것이었으리라.

"그럼, 기사도 정신을 발휘했었다는 말이지?"

그리고 두 사람은 웃는다. 싸움하는 잿빛 바바리를 보면서 그가 위태롭다고 느꼈던 일, 이런 만남은 옳지 않다고 판단한 일, 그리하여 화들짝 정신이 들면서 다시는 잿빛 바바리를 만나서는 안 된다고 결심한 일. 그것들이 처음부터 사소한 오해에서 파생된 것이라는 사실이 우스워서 그 여자는 웃는다. 물론 그 일이 아니었더라도 그 여자는 더 이상 잿빛 바바리를 만나지 않았을 것이다. 몸속에, 그 일이 옳지 않다고 거듭 말하는 어머니의 피가 싱싱하게 돌아다니고 있는 한은.

잿빛 바바리가 떠난 후, 그 여자는 힘없이 터미널 의자에 가서 앉는다. 싸움을 하던 잿빛 바바리의 모습이 화인처럼 가슴에 찍혀 내내 두근거린다. 몸에 미열이 오르는 것 같다. 잘못했어……. 다시는, 다시는……. 그 여자는 가슴속의 열기며 두근거림이 가라앉을 때까지 의자에 앉아 있다. 가슴을 누르며, 이따금 하, 한숨을 쉬며.

한참 만에 그 여자는 여수행 매표창구로 간다. 매표창구의 반달 모양 구멍에 흰 종이가 막혀 있다. 무슨 일인가. 고개를 들어, 그 위쪽 벽에 붙은 버스 시간표를 읽는다. 무수히 많은 아라비아 숫자를 바라보다가, 그 여자는 한참 만에 숫자들이 하는 말을 알아듣는다. 그날 여수로 가는 차들은 이미 다 떠났다고, 낯선 도시에서 발이 묶였다고, 꼼짝없이 이 도시에서 하룻밤을 묵어야 한다고…… 아라비아 숫자들이 그런 말을 한다.

그 여자는 고개를 떨군다. 이런 마음으로, 이 낯선 도시에서……

그 여자는 다시 의자에 가서 쭈그려 앉는다. 어깨에 메고 있던 가방을 품에 안고 오래도록 가만히 앉아 있는다. 왜 이러는가, 마음이. 어떻게 이럴 수 있는가, 사는 게. 싸움을 하던 잿빛 바바리의 모습이 떠오른다. 아니, 낯선 사람을 붙들고 싸우고 싶어 하던 그의 마음이.

아무래도, 아무래도 잘못 살고 있는 게 분명하다고 그 여자는 입술을 문다. 부산하고 수선스러운 터미널의 기운들이 와글와글 몰려들어 온몸의 세포며 숨구멍을 틀어막는다. 그 여자는 하, 깊은 한숨을 쉬고, 고개를 들고, 가방을 다시 어깨에 메고, 천천히 걸어 터미널을 나온다. 낯선 거리에, 아무도 없는 낯선 도시에, 이렇게 혼자 있게 되는 일이 처음은 아니다. 그런데 왜 이토록 황망한가.

그 여자는 거리를 걷다가, 찻집에 들어가서 차를 마시고, 환하고 큰 음식점에 들어가 저녁을 먹고, 다시 거리를 걸으며 상점의 진열장들을 기웃거리며 구경하다가, 또 찻집에 들어가 차를 마신다. 그러면서, 벌써 몇 군데 숙박업소를 보고 있다. 가장 깨끗하고 가장 가정집을 닮은 숙박업소를 골라내기 위해서. 부랑의 흔적이고 상실의 흔적인 여관들. 그 여자는 통행금지가 되기 바로 직전에 여관으로 들어간다.

그 여자는 그 여관에서 잠을 자지 않았다는 것을 기억한다. 벽에 기대앉아, 맞은편 벽을 바라보며 다섯 시간을 보낸다. 그런 일은 그 여자에게 별로 힘든 일이 아니다. 통금이 해제되고, 다섯 시가 넘자, 그 여자는 그곳을 나온다.

초겨울의 새벽 거리. 뿌옇게 안개가 끼어 사방이 하나도 보이지 않고, 수분의 입자들이 숨구멍을 틀어막고, 그리하여 공기와 차단된 피가 얼어붙기 시작하는 그 거리에서 그 여자는 가만히 서 있는다. 환한 가로등 아래. 내겐 삶이 왜 이런가. 어떻게 해서 이런 식으로 살아야 하는가. 새벽 가로등 아래 서서 그 여자는 문득 그런 생각을 한다. 몇 걸음 걷다가 멈추어 서서 다시 생각하고, 그러고는 다시 걸음을 옮긴다. 그러는 동안 내내 뒤쪽을 바라본다.

한참 만에, 뿌연 안개 속에서 불투명하고 윤곽이 흐릿한 불빛이 나타난다. 불빛은 빠른 속도로 이쪽으로 다가오고 있다. 그 여자는 불빛을 향해 손을 쳐든다. 택시는 그 여자 곁에 와서 선다. 그 여자는 차에 타면서야 행선지를 결정한다.

"남강 유원지로 데려다 주세요."

아무것도 구체적인 것은 아는 게 없으면서도 무턱대고 남강 유원지, 라고 말한다. 그런 결정을 내릴 때, 그 여자가 떠올린 것은 〈진주난봉가〉다. '얘야 아가, 며늘 아가, 진주 낭군 오실 터이니 진주 남강 빨래 가라……' 혹은 적군의 장수를 안고 남강에 뛰어들었다는 논개의 사랑도 떠올렸을 것이다. 거기 가면 사람들이 있을 것이다. 식당도 있고 찻집도 있고 관광객도 있을 것이다. 이렇게 낯선 거리에 혼자 있는 것보다는 나을 것이다. 그 생각을 하면서야, 왜 진작, 어제 저녁에 그 생각을 하지 못했을까 안타까워한다.

생각해보면, 안개 낀 새벽 거리에서 택시를 타고, 남강 유원지, 라고 말하는 그 여자의 태도, 그것이 그 여자가 삶을 대하는 방식이었던 것 같다. 아무것도 구체적으로 아는 것은 없으면서, 그저 자신이 아는 몇 가지 지식에 의거해서 독자적으로, 아니 독선적으로 삶을 결정하는 태도. 그 여자는 내내 그런 식으로 살아왔던 것 같다. 운명을 제 손에 쥐고 있다고 믿으면서, 자신이 하고 싶은 대로 살아왔을 것이다. 그래서 그토록 많은 시행착오가 있었고, 그토록 많은 납득되지 않는 상황에 처하곤 했을 것이다. 때로는 그런 결정이, 합리적이고 온당한 결과를 만나기도 하지만, 때로는 삶이 엉뚱한 곳으로 표류하게 하기도 했을 것이다.

남강 유원지는 그 여자가 예상했던 대로 깨어 있다. 찻집도 문을 열고 있고 영업 중인 식당도 있다. 여기저기 불 켠 간판들을 뿌연 안개가 어루만지고 있다. 그 여자는 찻집으로 들어가, 강이 내려다보이는 창가에 앉아 커피를 마신다. 창으로 내려다보이는 강도 안개에 싸여 있다. 어디까지 강물이고, 어디부터 안개인지 알 수 없는 두껍고 뿌연 막 위로, 계속해서 더 두터운 장막을 치듯 안개가 피어오른다. 안개가, 살아 있는 생명체처럼 움직인다. 팔을 들었다가, 다리를 들었다가, 몸을 뒤틀었다가……. 안개가 그 여자에게 말을 거는 것 같다. 그 간절한 몸짓으로.

그 여자는 안개가 하는 말을 알아들을 수 있을까 싶어 유심히 바라본다. 그러나 잘 알아들을 수 없다. 단 하나, 이리 오라고, 이리 오라고, 강이 그 여자를 부르는 것 같다. 얼마간의 절망, 얼마간의 자기모멸, 얼마간의 상실감……. 그 여자는 거기 그런 모습으로 앉아 있는 자신에 대해 안개가 들려주는 그런 이야기를 듣는다. 아니, 그 내밀한 이야기는 전날 저녁부터 그 여자를 따라다니고 있다. 이게 뭐야. 사는 게 어떻게 이럴 수 있어. 그런 마음속에는 그 남자에 대한 미안함이 있다. 그가 군대에 있는 동안…… 아직도 이렇게 마음을 잡지 못하다니, 아직도 이렇다니…….

그 여자는 고개를 젓는다. 귓가에서, 머리카락에서 안개 입자들이 찰랑찰랑 흔들린다. 고개를 돌리다가, 그 여자는 강가에서 작은 움직임 하나를 발견한다. 생명체처럼 부유하는 안개 속에서, 그 움직임은 느리고 조용하다. 보트다. 강가 선착장에 매어진 보트들이 조금씩 조금씩 움직이고 있다. 움직이면서 그 여자를 부른다. 선착장에는 한 청년이 강을 바라보며 서 있다. 머리에 푸른 모자를 쓰고 있다.

그 여자는 천천히 자리에서 일어나 찻집을 나온다. 이끌리듯 보트들이 있는 곳으로 간다. 나무로 만들어진 보트들은 서로 부딪치며 안개처럼 꿈틀거리고 있다. 그 여자는 푸른 모자를 쓴 청년에게 다가간다.

"탈 수 있어요?"

청년은 무심히 고개를 돌리다가, 정신을 차리는 듯한 눈빛으로 그 여자를 본다. 그 여자의 얼굴을 보고, 옷차림을 보고, 어깨에 멘 가방을 보고, 그러고는 마지막으로 제 손목을 들어 올려 시계를 본다.

그는 믿을 수 없어 하는 눈치다. 새벽 여섯 시에, 여자가, 혼자, 보트를 타겠다고 하다니, 그의 경험 속에서는 이전에 없었던 일인가 보다. 그 여자는 그가 거절할까 봐 초조해진다. 그래서 덧붙인다.

"잠깐만요, 한 삼십 분쯤⋯⋯."

청년은 또 잠시 말이 없다. 강을 한 번 바라보고, 보트들을 한 번 바라보고, 그러더니 그 여자를 바라보며 무겁게 고개를 끄덕인다. 보트의 밧줄을 풀다가도 그 여자를 올려다보고, 그 여자가 보트를 저어 강으로 나가는 동안에도 내내 그 여자를 지켜본다. 내가 혹, 너무 절망적인 얼굴을 하고 있었던 건 아닐까. 그 여자는 숨 안으로 왈칵왈칵 밀려드는 안개 뭉치들을 마시다가 그 청년을 돌아본다.

그는 여전히 그 자리에 서서 그 여자의 보트를 보고 있다. 멀리서 보니, 그는 마치 안개 위에 떠 있는 것 같다. 청년의 자리에서 보면, 그 여자가 마치 안개들 사이로 떠가는 것처럼 보일 것이다.

강은 계곡을 끼고 완만하게 굽어진다. 그 여자는 강이 굽어지는 곳, 청년의 시선에서 벗어날 수 있는 곳까지 열심히 노를 젓는다. 그의 시야에서 벗어났다고 생각되는 순간, 그 여자는 노를 멈춘다. 시려오는 손을 양쪽 겨드랑이 밑에 엇갈려 끼고, 그러고는 가만히 앉아 있는다.

사방이 안개다. 바로 눈앞에서, 기지개를 켜며 일어나는 안개, 무수히 많은 생물이 어우러져 움직이는 안개, 저희끼리 어울려 되풀이 탄생되는 안개, 사방에서 손을 뻗으며 그 여자를 포위해오는 안개, 안개, 안개들…….

그 여자는 숨이 막힌다. 숨이 막혀서 보트에서 일어난다. 하, 심호흡을 해도 답답함은 가시지 않는다. 답답해서, 그 남자에게서 벗어나고 싶어 하는 마음이, 여전히 잿빛 바바리에게 묶여 있는 마음이, 그 모든 마음이 답답해서 그 여자는 팔을 벌린다. 팔을 벌려 심호흡을 하고, 천천히 강물 속으로 뛰어든다.

물은 따뜻하다. 따뜻하고 부드럽게 그 여자를 감싼다. 그 여자는 강물이 자신을 움직이는 대로 내버려둔다. 천천히 아래로 가라앉았다가, 바닥에 닿기 직전에 다시 떠오른다. 천천히 위로 떠올라, 수면 바로 밑에서 다시 가라앉는다. 물을 마시며, 안개를 마시며, 그 여자는 다시 아래로 가라앉는다. 천천히, 아주 천천히. 나는 지금 죽고 있는 거야. 죽음의 생생한 과정에 있는 거야……. 어쩐지 그 생각이 안온하고 평화롭다. 그 여자는 강바닥에 닿기 직전에 다시 떠오른다. 차라리 이게 나아. 어떻게 마음이 이럴 수 있어……. 그 여자는 온몸의 힘을 빼고, 강물의 움직임을 받아들인다. 오랫동안.

그러나, 그러나 다시 수면 위로 떠오를 때, 그 여자는 문득 헤엄쳐 강물 위로 솟구친다. 팔을 뻗어 보트 난간을 잡고 머리를 물 밖으로 내놓는다. 사방이 다시 안개다. 아니야, 이건 아니야…… 고개를 저으니 안개가 왈칵왈칵 눈앞을 가로막는다. 그 남자 곁에 있어야 해. 고무신을 거꾸로 신더라도 그가 제대한 다음에 해야 해. 그가 군대가 있는 동안 잿빛 바바리를 만난다거나, 죽어버린다거나…… 그건 안 돼. 그래서는 안 돼……. 그 여자는 젖은 몸으로 보트에 기어오른다.

젖은 마음이, 반쯤 죽고, 반쯤 얼어붙은 마음이, 물기를 뚝뚝 떨어뜨리며 보트 위로 힘들게 기어오르는 모습을, 그 여자는 본다. 양쪽 겨드랑이 밑에 양손을 엇갈려 끼고 앉아서. 그 여자는 다시 하, 한숨을 쉬고, 고개를 들어 먼 곳을 보고, 고개를 숙여 자신을 보고, 다시 고개를 들어 안개를 보고…… 그러면서 오래도록 강물 위에, 안개들 속에, 겨울 새벽에, 앉아 있다.

그래, 고무신을 거꾸로 신더라도 그 남자가 제대한 다음에 해야 해. 지금은 그의 곁에 있어야 해. 그가 제대한 다음에……. 그를 떠나게 되더라도, 그게 잿빛 바바리 때문이어서는 안 돼.

그 여자는 겨드랑이 밑에서 손을 빼서 마주 비빈다. 발치에 놓인 노를 잡고 다시 젓기 시작한다. 삐걱삐걱 아끼는 듣지 못했던 노 젓는 소리가 들린다. 비로소, 비로소, 현실의 소리가, 현실의 움직임이 잡혀온다. 산모퉁이를 돌자, 푸른 모자를 쓴 청년이 보인다. 그는 여전히 선착장에 서 있다. 그 여자가 다가가자 손목을 들어 시계를 본다. 계속 그러고 있었던 걸까. 그 여자는 공연히 감동하려 한다. 이 세상에 누군가, 그토록 간절히 자신의 안위를 염려해주는 사람이 있다니, 그것도 낯선 사람이……. 그 여자는 청년에게 고맙다고 말한다. 보트를 빌려주어서가 아리라, 선착장에 서서 안개에 싸인 강과, 손목시계를 번갈아 바라보고 있었을 그 마음에 대해.

거기까지다. 그 여자는 그 후, 다시는 잿빛 바바리를 만나러 가지 않는다. 마음을 다스리며, 그 남자 쪽으로 제 마음을 밀어붙인다. 그의 곁에 있어야 한다고, 평생 그 남자와 살아야 한다고, 내내 가슴을 쓸어내리며 자신을 죽인다.


여수로 돌아온 그 여자는 다시 아무 일 없는 일상으로 되돌아간다. 잿빛 바바리를 영원히 떠나보내고, 그 남자 쪽으로 제 마음을 밀어붙이며, 잘 짜인 일상 속에 마음을 묶는다. 그 남자에게도, 일상에도 잘 묶여지지 않는 마음은 책이나 글쓰기에 묶어본다. 어디든, 어디든 마음을 묶어두어야 한다. 바로 지금, 이곳에.

그 여자가 세 들어 사는 집 주인아주머니는 십이월이 되자 방을 나가달라고 말한다.

"해마다 십이월부터 이월까지는 우리가 그 방을 사용해요. 지금 있는 이 층은 난방이 안 돼서 겨울에 춥거든요."

주인아주머니는 미안한 기색도, 망설임의 기미도 없이 단호하고 당당하게 말한다. 그 여자는 어이가 없어진다. 어떻게 그런 양식이 있을 수 있는가. 매년 봄에서 가을까지만 세를 주고, 겨울이 되면 세입자를 내보내면서, 그 행위가 양식에 어긋난다는 사실을 조금도 의식하지 못하는 그 사람들을 상대로는 아무 말도 할 수가 없다. 처음 세를 들일 때부터 그런 단서를 말해주었더라면, 그랬더라면 충격이 덜했을 것이다. 그러나 싸움이나 갈등에 소질이 없는 그 여자는 말없이 그러마고 한다. 다시 한 번 세상에 대한 신뢰를 잃으면서. 이게 세상인가. 대학 사 학년 때 살았던 자취방에서 날린 전세보증금을 생각하면서, 이게 인간인가. 믿을 수 없다.

그 여자는 다시 방을 알아본다. 그러나 한겨울에 방을 얻기란 쉽지 않다. 더구나 그 여자는 곧 교직을 그만두고 그 도시를 떠날 예정이다. 그 여자는 복덕방 노인에게 한 달만 머물 거라는 사실을 먼저 밝힌다. 갑자기 이사를 나가면서 주인의 뒤통수를 치는 것 같은 행동은 하고 싶지 않아서다. 제가 당한 것만으로도 충분하므로.

복덕방 노인은 한숨을 쉰다. 그런 방은 구하기 어려울 거라면서. 그러면서 학교 근처에 있는 한 여관을 권한다. 한적한 주택가에 있는 깨끗한 양옥이며 외지에서 온 장기 투숙자가 많은데, 그중 대부분이 근무처를 따라온 교사들이라고 한다. 그 여자는 복덕방 할아버지를 따라 여관에 가본다. 여관이라기보다는 여러 세대가 세 들어 사는 깨끗한 가정집 모양을 하고 있다. 가운데 정원을 두고 ㄷ자로 생긴 집으로, ㄷ자 중 한 변은 주인의 살림집이고 한 변은 장기 투숙자가 묵는 곳이고 다른 한 변에만 이따금 손님이 든다고 한다.

그 여자는 복덕방 노인보다 더 깊게 한숨을 쉬고, 고개를 끄덕인다. 그날부터 이십 일간 그 여자는 그 여관에서 살게 된다. 마당 쪽으로 나란히 문이 네 개 달려 있고, 문을 열면 부엌으로 쓸 수 있는 작은 공간이 있다. 방문은 그 안에 있다. 여관들, 그 여자의 부박한 삶의 상징인 여관들, 치욕과 서러움의 기억인 여관들. 그 여자의 방 왼편에 체류하는 사람은 초등학교 교사이고, 오른쪽 방에 묵는 사람은 고등학교 교사라고 한다. 물론 그 여자는 그들과 인사는커녕, 얼굴도 마주치지 않도록 조심한다.

그 여자는 그 집에서 묵는 이십 일 동안 밤마다 앓는다. 겨울 감기, 한번 걸리면 한 달은 가는 게 보통이라는 겨울 감기에 걸려 있었을 것이다. 그럼에도 그 여자는 그때 앓았던 감기를 심인성으로 단정한다. 거듭 신뢰를 잃곤 하는 세상에 대한 절망이 너무 깊어, 그 세상과 맞서 살아갈 자신이 없어, 결국 여관방의 한 귀퉁이에 몸을 부린 자신을 견딜 수 없어, 밤마다 앓는다. 퇴근길에는 늘 쌍화탕과 조제약을 사들고 들어가고, 약을 먹고 잠자리에 누워 손끝 발끝으로 아릿하고 몽롱한 약 기운이 퍼져 나가는 것을 느끼면서 입술을 깨물고 누워 있는다. 이따금 눈꼬리로 흐르는 눈물을 닦고 일어나 타자기를 두드리며 시를 쓴다. 바로 이것을 위해서, 시 쓰기를 위해서, 살아야 하는 거라고 거듭 자신을 타이르면서.

그렇게 감기를 앓고 있던 어느 날, 그 여자가 출근하여 일 교시 수업을 기다리고 있는데, 한 학생이 교무실로 들어와 그 여자 책상 앞에 선다. 그 여자가 가르치지 않는, 삼 학년 학생이다.

"선생님, 저기 교문 밖에서 어떤 남자분이 선생님을 찾는데요. 잠시만 나와주셨으면 한다고요."

그 여자는 겉옷도 걸치지 않은 채 교무실을 나선다. 수업 시작이 십 분 정도밖에 남지 않았고, 교문까지 왕복하는 데는 적어도 오 분 이상이 걸린다. 다급하게 비탈길을 걸어 내려가며 누굴까, 생각한다. 그 여자가 여수에 살기 시작한 이후, 드문드문 방문객이 있다. 여행길에 들르는 친구나 후배, 고향이 그 근처인 그 남자의 친구들이 놀러 온다. 물론 그들로서는 그 여자가 잘 지내는지 염려하는 마음에 찾아오곤 하는 것일지도 모른다.

그 여자는 방문객들에게 술을 사주고 여관을 잡아주고 다음 날 떠날 차비를 준다. 다음 날 출근을 하면, 그다음에는 방문객이 잘 갔는지 여수에서 며칠을 더 머물다 갔는지는 알 수 없다. 한 후배는 나중에야 말하기를, 차비를 너무 넉넉히 줘서 여수에 하루 더 머물며, 오입을 했다고 고백하기도 한다. 어쨌거나 그 여자는 방문객이 오면 반갑고, 이제는 돈을 벌고 있어, 떠도는 젊은 문청들에게 무엇인가 해줄 수 있다는 사실이 행복하다. 누굴까, 그들 중 누구일까.

교문 가까이 다가가다가 그 여자는 걸음을 멈춘다. 잠깐, 아주 잠깐. 그러고는 먼눈을 들어 바다를 바라본다. 겨울 바다는 검푸르고, 얼어붙은 듯 미동도 없다. 검푸른 강철판 같은 바다 위로 방금 본 장면이 되살아난다. 잿빛 바바리, 바람 부는 거리에 그가 서 있다. 바람에 날리는 머리카락을 쓸어 올리며 한 여자와 나란히 서 있다. 잿빛 바바리는 학교 쪽으로 오르는 비탈길을 올려다보고 있고, 곁에 있는 여자는 그런 그의 옆모습을 보고 있다. 그 광경이, 얼어붙은 듯 미동도 없는 강철판 바다 위에, 각인되듯 선연히 찍혀 있다.

그 여자는 걸음이 느려진다. 천천히 비탈길을 마저 내려가, 이 차선 도로를 무단 횡단한다. 잿빛 바바리는 그 여자가 건너오는 모습을 바라본다. 아주 먼 눈길로, 다시는 닿을 것 같지 않은 저편에 서서.

"언제 왔니?"

그 여자는 심상하게 묻는다. 다시는 잿빛 바바리를 만나지 않겠다고, 고무신을 거꾸로 신더라도 그 남자가 나온 다음에 해야 한다고 다짐한 그 여자는 이제 많이 잿빛 바바리를 담담하게 대할 수 있다.

"어제 저녁에. 주소로 찾아갔더니 이사했다고 하더라."

그 여자는 고개를 끄덕인다. 어제 저녁에 만났으면 좋았을 것을. 담담하게, 그렇게 생각하는 마음 한편에 서늘한 바람이 지나간다. 강철판 같은 바다가 그 여자를 보고 있다.

"응, 이사했어."

그 여자는 가볍게 대답한다. 자신이 왜, 어디로 이사했는지 말하지 않는 것처럼, 그가 지난밤에 어디서 묵었는지도 묻지 않는다. 감기 기운이 으슬으슬 얼굴로, 머리로 열을 치솟게 한다. 온몸에 한기가 배어나며 조금씩 몸이 떨려온다. 그 여자는 결국 잿빛 바바리와 동행한 여자를 바라보고 만다. 보지 않으려고, 보지 않으려고 외면했지만, 고개가 그쪽으로 돌아가고 만다. 어려 보이고, 섬약해 보이고, 온순해 보이는 여자다.

"참, 인사해. 얘는 내 친구 정숙이, 그리고 여긴 희명이."

잿빛 바바리는 두 여자를 번갈아 바라보며, 두 여자의 이름을 댄다. 그 여자는 잿빛 바바리와 동행한 여자에게 웃어 보이며, 조금 고개를 까딱한다. 그러나 이미, 어떤 단어 하나가 가슴 깊은 곳에 화살처럼 날아와 박히고 만다. 얘는 내 친구……. 그 여자는 그 말에 서운함을 느낀다. 환상도 기대도 깨어지고, 가장 정확하고 정직한 진실과 대면하게 될 때, 사람들은 조금쯤 고통스러운 모양이다.

"수업이 세 시쯤이면 끝나. 그때까지 어디서 좀 기다릴래?"

그 여자는 잿빛 바바리처럼, 그가 원하는 친구의 자리에 서서 묻는다. 잿빛 바바리는 동행한 여자를 바라본다. 두 사람의 시선이 잠시 마주친다. 교차하는 시선 속으로 그들만이 알 수 있는 어떤 말들이 오간다. 그 여자는 해독할 수 없는, 그 여자를 소외시키는 어떤 내밀한 이야기들. 잿빛 바바리는 다시 그 여자를 바라본다.

"안 돼. 지금 대구로 돌아가야 해."

그 여자는 고개를 끄덕이며 바지주머니를 뒤진다. 겉옷을 입고 나오지 않아 주머니에는 돈이 별로 없다. 두 사람의 점심값과 대구로 돌아갈 차비 정도가 될 만한 돈이 만져진다. 그것을 슬그머니 잿빛 바바리의 주머니에 넣어준다.

"그럼, 잘 가. 나, 곧 수업 시작하거든."

그 여자는 잿빛 바바리와 동행한 여자에게도 인사를 하고, 먼저 돌아서서 도로를 건넌다. 너무 차가운 행동이었다고 느끼지만, 그러나 그건 잿빛 바바리와 동행한 여자에 대한 배려다. 자신의 어떤 행동이 그들 관계에 섣부른 걸림돌이 될지도 모른다는 염려 때문이다.

돌아서서, 비탈길을 걸어 올라가며, 그 여자는 숨이 차오기 시작한다. 가슴이 먹먹하고 딱딱하게 굳어진다. 하, 한숨을 쉬어보지만 목이 갑갑하고 숨은 제대로 내뱉어지지 않는다. 대체 왜 이런가, 아직도 가슴이 왜 이런가……. 처음부터 내 몫이 아니었던 사람, 다시는 그를 보지 않아야 한다고 다짐한 사람, 앞으로도 그와 함께 어떤 미래를 꿈꾸는 일은 결코 없을 사람. 그 모든 것을 다 알면서도, 마음이 왜 이런가. 왜 그가 어떤 여자와 함께 방문한 사실에 대해 이리 숨이 막히는가.

힘들게 비탈길을 걸어 올라가다가, 그 여자는 기어이 뒤를 돌아본다. 잿빛 바바리와 그의 여자는 시내 쪽과는 반대 방향으로 걷고 있다. 아, 가는 길을 알려줄걸. 그러나 맥없이 서서 그들의 모습을 보고만 있다. 바람이 그들의 등 뒤에서 불어 옷자락을 앞으로 앞으로 밀어낸다. 그들의 모습이 어룽어룽 흐려진다.

그래, 잘했어. 그에게도 사랑이 필요할 거야. 늘 곁에 있는 사랑, 손으로 잡을 수 있는 사랑, 고통이 아니라 기쁨을 주는 사랑. 그런 사랑이 필요할 거야.

　그 여자는 돌아서서 다시 비탈길을 오르기 시작한다. 문득 더 가파르게 깎여진 비탈길을. 멀리서 수업 시작을 알리는 종소리가 울려도 그 여자는 뛰지 않는다. 그는 아마 저 모습을 내게 보여주고 싶어 여기까지 온 걸 거야. 그래, 잘됐어. 이제는 쉽게 그를 향한 마음을 접을 수 있겠어. 그 여자는 천천히 걸어 잿빛 바바리에게서 멀어진다. 영원히, 그의 인생에서 걸어 나온다.

## 38

누구에게나 한 번쯤 행복한 도취의 시간이 있을 것이다. 자신을 온통 쏟아부어 대상에 몰입하는 망아의 시간들이 있을 것이다. 그 여자에게도 행복한 도취의 시간이 있다. 1983년, 교직을 그만두고 난 후 실직의 일 년이 그렇다.

그 시기에, 그 여자는 서울운동장만 한 종이가 있었으면 한다. 밤마다 올려다보는 하늘의 별자리를 고스란히 종이에 옮겨 담고 싶어 한다. 자전거가 있다면 전국의 모든 비포장도로를 자전거로 달려보고 싶어 한다.

태평양을 횡단하는 일엔들 도전하지 못하겠는가. 비록 실직의 시기였지만, 피가 뜨거워지는 열정에 휩싸이곤 한다. 물론 그 열정이란 그 여자가 운명의 말고삐를 쥐고 가고자 하는 목적지를 향한 것이다.

행복한 도취의 시간은 천상의 영역이다. 영혼의 영역이고 정신의 영역이다. 그리하여 도취에서 깨어 바라보는 지상의 현실은 남루하고 고통스럽다. 툇마루가 달린 작은 방 하나, 금방이라도 사각형의 한 귀가 허물어질 듯 비스듬한 창이 달린 방에서 먹여 살려야 하는 육체를 데리고 살고 있다.

그 여자는 방구석에 놓인 상자에서 라면을 꺼내 툇마루로 나간다. 구석에 놓인 석유곤로에 불을 붙이고 그 위에 냄비를 올린다.

"누가 나를 만들었소, 우리 부모 술청에서, 퇴주잔으로 만들었지……."

방 안에 켜둔 카세트에서 굵은 남성 보컬이 느리게 흐르고 있다. 〈품바〉다. 모노드라마의 대사와 노래를 그대로 녹음해서 발매한 음반이다. 노래와 대사 사이사이에 관객들의 웃음소리도 담겨 있다.

마당을 중심으로 두 줄로 네 개씩 방이 마주 보고 있다. 마당 왼편에 있는 대문을 열고 나가면 큰길이 나오고 오른쪽에 있는 쪽문을 열고 나가면 바로 깨밭, 고추밭, 배추밭이 있다. 마당에 있는 수도의 하수구는 그 밭으로 흐른다. 밭 너머로 한참 가면 꿩을 키우는 비닐하우스가 있고 조금 더 가면 초등학교가 있고 그 너머에는 산이 있다. 그 여자는 저녁마다 초등학교 운동장까지 걸어갔다 오곤 한다.

물이 끓자 그 여자는 라면 봉지를 뜯어 면과 수프를 넣는다. 냄비 뚜껑을 덮고 햇빛 아래 가만히 앉아 있는다. 햇빛을 쬐며 앉아 있는 일은 언제나 기분이 좋다. 옆집 선미 엄마가 수돗가에 개숫물을 버리고 돌아가며 그 여자를 바라본다. 무어라 말을 붙일 듯하더니 그냥 부엌으로 들어간다. 그 집에는 여러 가구가 산다. 그중, 가족이 부모와 자식으로 이루어진 온전한 가정은 선미네뿐이다. 다른 집들은 혼자 살거나, 아버지와 아들이 살거나, 어머니와 딸만 살거나 한다. 변두리의 삶이라는 말을 들을 때, 그 여자는 언제나 그 집을 떠올린다. 의정부에서 빚을 떼어먹고 야반도주했다는 남자는 두 아이의 전학 수속을 밟지 않아, 초등학교 이 학년, 사 학년 형제는 늘 텃밭 가에 쭈그리고 앉아 있다. 서울에서 막노동을 하다가 허리를 다

쳤다는 남자는 이따금 화장실에 갈 때마다 그 여자의 방문을 유심히 바라본다.

그 여자는 다 끓은 라면을 냄비째 들고 방으로 들어간다. 책상 위의 책들을 한쪽으로 밀어놓고 천천히 라면을 먹는다.

"내가 선택한 일이야. 지금 행복하고 편안해."

그러나 마음은 잘 속아주지 않는다. 상자에 라면이 두 개밖에 남지 않았다는 사실을 이미 알고 있다.

대학 일 학년 때, 자취를 시작할 때부터 그 여자는 아침을 먹지 않는 버릇이 들어 있다. 물론 귀찮아서다. 더구나 그 여자는 무얼 먹는 데 그리 열심이 아니다. 하루 세 끼씩 꼬박꼬박 먹어야 할 만큼 열심히 살지도 않았다. 그 집으로 이사한 이후, 그 여자는 점심 저녁 두 끼 중 점심은 라면으로 때우기로 결정한다. 순전히 경제적인 이유에서다.

여수에서 퇴직하고 서울로 올라올 때, 그 여자의 손에는 일 년간 직장생활에서 받은 퇴직금과 마지막 달 월급이 들어 있다. 그중 반은 방을 얻는 데 쓴다. 광화문에서 158-1번 버스를 타고 종점에 내려 방을 구한다. 158-1번 버스뿐이겠는가. 광화문이나 시청 앞에서 버스를 타고 교문리, 능곡, 양수리를 매일 한군데씩 둘러본다. 시간도 재어보고 마을의 지세도 살펴본다. 그리고 결국 선택한 곳이 여기다. 경기도 고양군 벽제읍 고양리. 지금은 고양시가 되어 있다.

그 여자가 방을 얻은 곳은, 그 남자의 부대로 가는 길목이다. 평생 그 남자와 살아야 한다고, 더 이상 잿빛 바바리를 생각해서는 안 된다고, 고무신을 거꾸로 신더라도 그가 제대한 다음에 해야 한다고,

그렇게 다짐하며 그 여자는 그곳에 방을 얻는다. 계속 자신을 그 남자 쪽으로 밀어붙이며, 그렇게 하는 게 옳다고 거듭 다짐하면서.

그 여자는 지금도 알 수 없다. 그때의 그 결정이 잘한 일이었는지. 오히려, 많은 여자가 그러하듯, 그 남자가 군대에 가 있는 동안 고무신을 거꾸로 신는 게 더 낫지 않았을까. 그토록 그 남자를 받아들이지 못하고, 언젠가는 그를 떠날지도 모른다는 사실을 늘 가슴 한편에 예감하고 있었으면서도, 그러면서도 또 계속해서 자신을 그 남자 쪽으로 밀어붙인 그 태도를 어떻게 이해해야 할지 모르겠다. 모르겠다. 그게 그 시절 그 여자가 지켜야 하는 도덕이고, 어머니로부터 물려받은 가치관이었을 것이다.

그곳에서, 그 여자는 더 이상 잿빛 바바리를 생각하지 않는다. 들길을 걷다가 만나는 사소한 사물에서, 책을 읽다가 부딪치는 어떤 구절에서 그가 떠오르는 것까지 막을 수는 없다. 그러나 되도록 빨리 그런 생각들을 지운다. 그를 생각하는 일이 옳지 않은 일이고, 그것이 또 너무 힘든 일이어서, 되도록 그를 떠올리지 않으려 한다.

방을 얻고 남은 나머지 돈으로 생활비를 한다. 그러나 벌써 칠월, 아무리 매일 한 끼는 라면을 먹어도 더는 버티지 못할 고비에 다다라 있다. 상자째 사다 놓은 라면은 두 개가 남았고, 쌀은 한 일주일 분량이 남았을 것이다. 그러나 무엇보다, 주머니에 돈이 없다. 어제 저녁, 갑작스런 복통으로 약을 사다 먹느라고 남아 있던 돈을 마저 써버렸다.

"살았을 땐 누워 있고, 누웠을 땐 죽어 있고, 천지간에 몽달귀신……."

카세트는 여전히 남자 가수의 목소리를 내보낸다. 애달프고 처량하다. 그 여자는 라면 냄비에 얼굴을 박고 생각한다. 어떻게 하지? 그러나 음식을 먹으면서 무얼 생각하는 건 좋지 않다. 금세 명치께가 뻐근하게 막혀온다. 크게 심호흡을 하고 라면 국물을 마신다. 그러나 다시 목에서 라면 국물이 걸린다. 어떻게 하지? 책을 읽고 습작을 하는 도취의 시간은 행복한 천상의 영역이고, 먹여 살려야 하는 육체를 가진 남루하고 고통스러운 삶은 지상의 영역이다.

여수에서 결심한 대로 그 여자는 다시 직장을 갖지 않는다. 대신 영혼을 달구는 독서와 정신을 모조리 쏟아붓는 습작의 시간을 확보한다. 읽고 싶었던 책들을 읽고 쓰고 싶은 글을 쓴다. 도취의 시간 속에서 하룻밤에 열 편의 시를 쓰기도 하고, 이런저런 소설을 쓰기도 한다. 그 여자는 시와 소설을 동시에 쓴다. 자신의 재능이나 적성이 어느 쪽에 있는지 아직 판단하지 못했으므로. 그 여자는 온전히 소명에 따라서만 사는 일의 만족감, 도취된 듯한 행복감 속에 있다. 승부를 보리라. 먼저 문학으로 승부를 본 다음, 그런 다음 내 몸을 살리고 세상을 돌보리라.

지금 생각하면 웃음이 난다. 그게 문학이었을까. 작정을 하고 들어앉아 붙들고 늘어지는, 그 행위가 문학이었을까. 더구나 승부를 보겠다니. 그때 그 여자가 생각한 승부란, 등단을 하는 일이다. 의사로 개업하기 위해 의사 자격증이 필요하듯이, 공인회계사로 활동하기 위해서 자격시험을 보아야 하듯이 그 여자는 본격적으로 글을 쓰기 위해서는 등단이라는 절차를 거칠 필요가 있다고 판단한다. 그러면 책임감이 생기고 소명감이 커지리라. 승부라니, 그 소박한 욕심과, 가당찮게 큰 표현에 웃음이 난다.

그 여자는 라면을 먹다 그만둔다. 냄비를 들고 수돗가로 가서 거름 그릇에 라면을 쏟아붓는다. 라면 국물은 하수구로 빠져나가고 거름 그릇에는 구불구불한 면발만 남는다. 그것을 쓰레기통에 버리고 돌아와 냄비를 씻는다. 어떻게 하지? 막막한 고비에 다다라 있으며, 그 고비가 어쩌면 결정적으로 삶을 좌우하는 시점일지도 모른다고 예감한다. 더 버티지 못하고 다시 직장생활을 시작한다면? 그렇다면 아마, 문학으로부터 영영 멀어져버릴지도 모른다. 그러면 어쩌지?

세제 거품이 묻은 손을 늘어뜨린 채, 수돗가에 주저앉아 넋을 놓고 있다. 그 여자가 정신을 차린 것은 어떤 목소리 때문이다.

"아가씨는 고아유?"

고개를 드니, 선미 엄마가 그 여자를 바라보고 있다. 선미 엄마는 그 여자와 비슷한 또래다. 그 여자는 무슨 질문인가 한다.

"네?"

"가족이 하나도 없는 고아냐구요."

그 여자는 문득 어이가 없어진다. 고아라니. 설사 고아라 해도 스물세 살이나 먹은 어른에게 고아가 무슨 의미가 있는가. 그때쯤이면 누구나 혼자 세상을 살아야 하는 고아가 되는 법이다. 무엇보다, 그런 질문을 면전에 맞대고 해서는 안 된다는 게 그 여자의 양식이다.

"아네요. 부모님이 다 계세요."

그 여자는 애써 예의를 차려서 대답한다. 그러나 벌써 마음속에서는 짜증 같은 게 끓어오르고 있다. 비단 그 질문 때문이 아니다. 그동안도 계속되어온 선미 엄마의 호기심에 대해 짜증스러워한다. 어느 날 불쑥, 방을 하나 얻어 나타난 여자, 아무 일도 하지 않은 채 방에만 틀어박혀 있는 여자, 가족도 친척도 찾아오는 사람이 전혀 없는 여자. 선미 엄마는 그 여자의 정체가 몹시 궁금한 모양이다. 이따금 그 여자의 방문 틈으로 들여다보기도 하고 창밖에서 안을 들여다보기도 한다.

그 여자는 모든 기색을 알면서도 끝끝내 모른 체한다. 선미 엄마의 궁금증을 풀어주지도 않는다. 무엇을 어째서가 아니다. 다만, 그때까지도 그 여자는 이웃이나 주변 사람들에 대해 관심이 없다. 어느 집에 세 들어 살든, 집주인이나 이웃과 필요한 말 이외에는 하지 않는다. 일 년 가야 서너 마디 나누는 게 고작이다. 대체로 말이 없는 것, 그건 타고난 기질이기도 하고, 오랫동안 혼자 살아온 환경 탓이기도 할 것이다. 그 여자는 그동안도 수그러들 줄 모르는 선미 엄마의 왕성한 호기심과 엿보는 일들에 거의 질릴 지경이다. 그 여자가 견딜 수 없는 만큼 선미 엄마도 호기심을 참기 어려운 모양이다.

"그럼, 아가씨가 여기서 이러고 있는 거, 집에서도 알아요?"

그 여자는 웃고 만다. 그것이 그렇게도 궁금할까.

"네, 아세요."

선미 엄마는 더욱 이해할 수 없다는 표정을 한다. 그 여자 역시 이해할 수 없다. 옆집에 사는 여자의 정체가, 목이 간지럽고 발바닥이 간지러울 만큼 궁금한 이유가 대체 무얼까. 아마 그 여자가 즐겨 듣던 노래, 〈품바〉 때문에 고아냐고 물었을지도 모르겠다. 그토록 타인에 대해 호기심이 많고, 그 호기심을 견디지 못해 면전에 대고 내밀한 사생활을 파헤치려 드는, 그런 사람이 있다는 사실을 납득할 수 없다. 그때까지도 그 여자는 오직 자신의 내부만, 자신의 마음만 들여다보고 살고 있다. 그래서, 그다음으로 선미 엄마가 한 말을 더욱 이해하지 못한다.

"그런데 아가씨는 왜, 나를 무시하고 그래요?"

무슨 말인가. 납득할 수 없는 눈길로 선미 엄마를 바라보자 선미 엄마는 화난 얼굴로 일어나 부엌으로 들어가 버린다. 대체 무슨 말인가. 그 여자는 냄비를 물로 헹구어 들고 방으로 들어온다. 왜 그런 말을 하는가.

그 여자는 방으로 들어와 벽에 기대앉는다. 무시하다니, 그런 일이 없다. 그저 옆집에 사는 이웃일 뿐이다. 그렇다면 왜 선미 엄마는 그런 생각을 품게 되었을까. 생각하다가, 그 여자는 한 가지 혐의를 잡아낸다. 자신의 태도에 문제가 있었을 거라는 점이다. 선미 엄마가 말을 붙이려는 태도로 시선을 줄 때도 그 여자는 먼 곳을 바라보며 제 생각에만 빠져 있다. 선미 엄마가 문틈으로, 창문으로 들여다볼 때도 그 낯선 호기심을 다만 참기만 한다. 그런데 그것이, 혹시 그것이 그 여자를 향해 내미는 친화의 손길이었을까? 그랬을까? 그런 시각에서 보니, 선미 엄마의 말이 확연히 이해된다. 무시 당한다고 생각한 것이 당연했을 것이다.

그때, 그 여자는 자신의 삶에서 결여되어 있던 것 하나를 발견한다. 타인의 삶에 관심이 없었다는 점. 언제나 제 속으로만 파고들어가 자신의 내부를 관찰하고 분석하고 평가하는 데만 모든 신경을 집중했다. 자신이 안고 있는 문제, 그 안에서 피 흐르는 상처, 그것을 돌보는 데에만 모든 정신과 노력을 쏟아왔다. 그건 어쩌면 심각한 결함일 수도 있다. 사람들의 이야기를, 혹은 사람 그 자체에 대한 이야기를 쓰는 직업을 선택한 입장에서는. 아마, 소설 속에서 얼마든지 타인의 이야기를 읽어왔기 때문에 현실 속에서는 그것이 필요하지 않았을지도 모르겠다.

그때부터였을 것이다. 그 여자가 타인의 삶에 관심을 가지기 시작하고, 남들은 어떻게 사는가를 알아야겠다고 생각한 것은. 그러나 그때, 남들은 어떻게 사는가를 알고 싶어 하던 그때, 그 여자가 한 가장 첫 번째 일은, 우스워라, 세계문학전집을 꺼내 그 맨 뒤를 열고 거기 있는 작가론과 작가 연보를 꼼꼼히 읽은 일이다. 서른 권쯤 되는 책의, 오십 명쯤 되는 작가들의 연보를 말이다.

그다음으로 한 일은 작가들의 성장소설을 유심히 읽어보는 일이다. 제임스 조이스, 마야코프스키, 파블로 네루다, 막심 고리키, 에밀 아자르. 그러면서 그 여자는 한 가지 궁금증을 품는다. 왜 여성의 성장소설은 없는가. 우리 문학에도, 번역되어 있는 세계문학에도, 여성의 성장소설은 없다. 여자는 성장도 하지 않는가. 그때 막연히, 내가 그것을 해볼까 하는 생각을 품었던 것 같다. 지금 쓰고 있는 이 글이 십 년 전, 하루 한 끼씩 라면을 먹으며 문학에 대한 열정에 사로잡혀 있던 그때의 막연한 희망을 담아내는 그릇이 되어 주었으면 좋겠다.

그 후로도 그 여자는 성장소설이나 작가 연보, 자서전을 읽는 버릇을 버리지 못한다. 미하일 바쿠닌에서 코코 샤넬까지, 김우중에서 성철 스님까지, 조안 하라에서 존 레넌까지. 특히 '뿌리깊은나무'에서 나온 '민중자서전'을 재미있게 읽는다. 지금도 그 여자의 책장 한 칸에는 자서전류 책만 따로 모여 있다.

그리고 지금, 그 여자는 그때의 선미 엄마를 이해한다. 세상을, 인간 존재를 탐구하는 방법에는 두 가지가 있다는 것을. 자신의 내면을 들여다보는 방법과, 타인을 관찰하는 방법. 첫 번째 방법은 어렵고 더디지만 성과가 크고, 두 번째 방법은 손쉽고 빠르지만 자칫 깊이를 획득할 수 없는 위험이 있다.

선미 엄마는 타인을 관찰함으로써 세상을 파악해나가는 유형이었을 것이다. 끊임없이 타인을 관찰하고, 지치지 않는 호기심을 느끼고, 그 호기심을 잘 참지 못해 거친 손을 들어 상대방의 심장을 파헤쳐보고 싶어 하는 사람일 것이다. 그들은 자신의 행위를 친근감의 표시이고 애정의 손길이라고 생각할 것이다.

그 여자는 반대 유형이다. 타인에게 관심이 없다. 남이 무슨 생각을 가지고 있고, 무슨 일을 하며, 또 무엇이 되려 하는가에 대해 궁금해하기에는, 그 여자 자신이 가지고 있는 문제가 너무 크다. 자신을 극복하는 일이, 어쩔 수 없이 묶여버렸지만 그 남자를 받아들이는 일이, 마음속에서 불쑥불쑥 솟구쳐 머리로 피를 몰리게 하는 자괴심을 다스리는 일이 가장 중요하다. 지치고 지칠 때까지 자신을 들여다보며 마음이 냉혹한 수평면이 되도록 자신을 연마한다. 아주 차가운 시선으로.

그 여자는 책상 앞으로 가서 종이를 꺼내놓고 편지를 쓴다. 혜길이에게. 그 여자가 힘들어하던 대학 이 학년 때, 불쑥 찾아가면 말없이 상을 차려다 주던 친구. 그때까지도 그 여자와 혜길이는 간간이 편지를 주고받고 있다. 그 여자는 혜길이의 편지 읽기를 좋아한다. 문학적 감수성과 사물에 대한 애정이 풍부한 시선이 그의 편지에는 들어 있다.

언제 돌려줄 수 있을지 알 수 없어. 잃어버린 셈치고 돈 좀 부쳐줘.

그 여자는 되도록 간단하게 쓴다. 섣부른 탄식이나 자기 연민이 묻어나지 않도록 조심한다. "아가씨는 고아예요?" 그렇게 묻던 선미 엄마의 질문이 생각난다. 의식의 깊은 곳에 어쩌면 그런 게 있지 않을까. 왜 친구에게 이런 편지를 쓰는가. 아버지나 어머니, 하다못해 친척들에게라도 도움을 청할 수 있을 텐데.

그러나 아버지는 대학 사 학년 이후, 다시는 찾지 않기로 다짐했다. 대학을 졸업하면서, 결코 더 이상 어머니에게 돈을 받지 않으리라 다짐했다. 이모는, 그래 이모 역시 대학 이 학년 이후, 다시는 그 집에 가지 않으리라 다짐했다. 잘사는 친척에게 도움을 청하는 못난 친척의 자리는 싫다. 같은 이유에서 서울에 있는 모든 친척, 사촌들이 그 여자의 마음에서 멀어져 있다.

고아라는 의식이 마음 깊은 곳에 있었을까. 핏줄을 나눈 사람들보다 친구들을 더 좋아하는 마음에는 그런 의식이 있는가. 모르겠다. 다만 지금은 그때의 고집이 이따금 그립다. 한번 안 하기로 마음먹은 일은 굶어죽어도 하지 않는 고집, 그것이 그 여자를 지켜준 힘이었을 것이다.

나중에, 그 여자는 고아냐는 질문을 또 한 번 받는다. 어느 인터뷰 자리에서다. 그 여자의 단편들을 꼼꼼히 읽었다는 인터뷰어는 그 여자의 단편들에 나오는 인물들의 의식에 홀로 살아가는 자의 고달픔 같은 것이 있더라고 한다.

"혹시 고아였어요?"

그 여자는 가볍게 대답한다. 아니오. 웃음까지 띠면서 경쾌하게. 그러면서 그 과거형 질문이 옳다고 생각한다.

성인이 되면 고아라는 게 별 의미가 없다. 그때면 누구나 혼자, 제

힘으로 살아가야 하는 것이다.

그 여자는 편지를 들고 방을 나선다. 선미 엄마는 보이지 않는다. 우체국에 들러 편지를 부치고 나니 주머니에 동전 몇 개가 달랑거린다. 우체국에서 돌아오는 길에는 집과 반대 방향으로 걷는다. 초등학교 운동장까지 갔다가, 그 옆의 논둑길을 걷다가, 가만히 서 있기도 한다. 어떻게 하나. 다시 취직을 해야 하는 걸까. 행복한 도취의 천상의 영역에서 내려와야 하는가. 논둑에는 갈대가 스스로 제 목을 꺾으며 서 있다. 아무리 생각해도 결론은 나지 않을 것이다.

집으로 돌아오니 마루에 신문과 책이 한 권 놓여 있다. 그 남자가 보낸 것이다. 그는 고양리 근처 부대의 정훈부에서 근무한다. 그의 군대 동료 중에, 매일 고양리의 신문보급소에 들러 신문을 거둬가는 사람이 있다. 그 남자는 동료 편에 그 여자에게 보내는 전갈을 전한다.

책갈피에는 몇 장의 종이가 끼워져 있다. 그가 쓴 시들이다. 맨 앞에는 그 여자에게 보내는 메모가 있다.


　동인지에 실을 시 원고임. 아래 전화번호로 전화해서 전달해주길.
　밥 많이 먹고, 건강하길.


그 여자는 그 남자의 글씨를 멍하니 바라본다. 단정한 글씨, 열정을 담아 꾹꾹 눌러쓴 글씨, 그러나 아무런 상상력도 피워 올려주지 않는 글씨.

처음에, 그 여자는 일주일에 한 번씩 그를 면회 갔다. 김밥을 싸거나 그가 필요로 하는 책을 들고. 그러나 이제는 그렇게 자주 가지 않는다. 그가 필요로 하는 모든 것은 동료 군인에 의해 전달된다. 그는 포병이다. 포신 뒤에 쭈그리고 앉아 시를 쓰다가 기합을 받았다는 얘기를 해준다. 그 여자는 웃고, 그 남자는 웃는 여자에 대해 서운해한다. 시인의 정서를, 천상의 영역을 이해해주지 못하는 군 생활이 힘든 모양이고, 그것을 농담으로 받아들이는 그 여자가 서운할 것이다. 그러나 그 여자가 웃는 이유는 다른 데 있다. 그게 바로 자신의 모습과 똑같기 때문이다.

그 남자의 어머니와 함께 그를 면회하러 간 일이 있다. 그가 입대한 직후, 그의 가족은 넓은 이층집에서 방 두 칸짜리 지하 셋방으로 이사한다. 그의 아버지가 오 년 동안 거듭 사업에 실패한 결과다. 여섯 식구가 방 두 칸에서 살면 힘들 텐데, 면회 오신 그의 어머니는 의연하다. 그의 어머니의 고운 얼굴과, 거기서 묻어나는 자존심, 그리고 여전히 변함없는 자식에 대한 헌신을 그 여자는 유심히 본다. 형편이 좋지 않을 텐데도 그의 어머니가 장만한 음식은 예전과 조금도 다르지 않다.

그 여자는 그 남자의 시와, 그것을 전달해달라는 곳의 전화번호를 들고 집을 나선다. 주머니에는 동전이 달랑거린다. 서울 경계선을 벗어난 곳까지 가는 버스는, 그것이 비록 시내버스라 해도, 시외구간 요금을 더 받는다. 그 여자의 주머니에 든 동전은 시외구간 요금밖에 되지 않는다.

정류장에는 버스를 기다리는 사람이 셋 있다. 한 사람은 아주머니, 한 사람은 초등학생, 또 한 사람은 젊은 남자다. 그 여자는 크게 숨을 들이쉬고, 젊은 남자에게 다가간다.

"부탁이 하나 있는데요……."

젊은 남자는 그 여자를 바라본다. 그 여자는, 이미 한차례 차비를 얻어본 경험이 있는 그 여자는 그때보다 더 수월하게 말한다.

"미안하지만, 토큰 두 개만 얻을 수 있을까요?"

젊은 남자는 어리둥절해하면서도 주머니를 뒤진다. 그 여자는 손바닥을 벌려 토큰을 받는다. 짤강, 손바닥 위로 떨어지는 토큰이 맑은 소리를 낸다. 그 여자는 젊은 남자에게 고맙다고 말한다. 젊은 남자는 여전히 얼떨떨한 표정으로 고개를 끄덕인다. 돌아서면서, 그제야 여자는 얼굴을 붉힌다. 크게 숨을 들이쉬고, 버스 정류장을 뒤로하고 걷는다. 괜찮아, 괜찮아. 뜻 없이 그렇게 중얼거린다. 한 대의 버스가 곁을 지나가고, 그 여자는 다음 정류장에 가서 다음 버스를 탄다.

토큰 두 개로, 버스를 두 번 갈아타고, 그 여자는 혜정이의 자취방으로 간다. 혜정이는 퇴근하여 저녁을 짓고 있다. 그날 저녁, 그 여자는 깍두기를 담글 줄 모르는 혜정이에게 깍두기 담그는 시범을 보여주고, 혜정이와 함께 저녁을 먹고, 혜정이의 이불을 덮고 잠잔다. 다음 날 혜정이는 일찍 출근하고, 그 여자는 늦잠에서 일어난다. 책상 위에는 혜정이의 메모가 있다.

밥 먹고, 설거지는 하지 말고 그냥 둬. 열쇠는 학교 앞 청하에 맡기고, 그리고 이건 차비야.

메모 위에는 토큰 몇 개와 지폐 몇 장이 있다. 그 여자는 메모에 적혀 있는 대로 하고 집을 나온다.

과연 이래야 하는가. 신경이, 온몸의 모든 신경이 쭈뼛쭈뼛 일어난다. 과연 이렇게까지 하면서 그 문학이라는 것을 붙들고 늘어져야 하는가. 목이 아파오더니 가슴이, 머리까지 뻐근해진다. 문학이, 그렇게까지 할 만한 가치가 있는가. 그 여자의 궁핍과 자의식이 그렇게 묻는다. 눈앞이 어른어른해지면서 머릿속이 빙빙 돈다. 도저히 그 남자의 원고를 출판사까지 배달할 수 없다. 힘도, 의욕도 모두 허물어진다. 그 여자는 전화를 걸어 주소를 물어보고 혜정이네 동네 우체국에서 그것들을 우편으로 부친다. 혜정이가 두고 간 돈으로.

74번 버스를 타고 홍은동 미미예식장 앞에서 내려 158-1번 버스로 갈아탄다. 그러는 내내 목이 아프고 눈앞이 뿌옇다. 과연 이래야 하는가. 뱃속이 울렁거리면서 멀미가 난다. 신경이 곤두설 때마다 날카로워지는 그 오래된 멀미 습관. 한낮의 텅 빈 버스에서, 버스 손잡이처럼 흔들리면서, 그 여자는 멀미를 참는다. 솟구치는 자의식을 누르고, 문학에 대한 회의를 누르고, 금세 터질 것 같은 오열을 참는다. 어금니를 힘주어 문 채.

'먼 훗날 가장 가까운 친구는 저축뿐입니다.'

버스가 연신내를 지날 때쯤이다. 멀미를 참기 위해 멀리 시선을 던지다가 육교 난간에 붙어 있는 그 현수막을 본 것은. 누군가 자신을 조롱하고 있는 게 분명하다. 머릿속이 하얗게 바래면서 어지러움이 몰려온다. 그 여자는 힘들게 멀미를 참는다. 참으면서도, 온몸의 자율신경이 서서히 무너지고 있음을 느낀다. 곧 의지로 통제하지 못하는 지점에 다다를 것이다.

얼마쯤 더 가다가 황급히 버스에서 뛰어내린다. 내리자마자 가로수 밑동을 붙잡고 토하기 시작한다. 아직도 김이 오르는 그것들 속에 지난 저녁에 먹은 깍두기 조각이 보인다. 눈부신 햇살 아래서, 가로수를 붙들고 내려다보는 깍두기 조각은 하나의 웅장한 상징이다. 살기 위해 먹은 것, 살기 위해 참아낸 그 최소한의 자의식을 고스란히 토해내는 행위다. 그럴 수는 없다고, 그렇게까지 나를 죽이며 살 수는 없다고, 그 여자는 깍두기 조각을 보며 중얼거린다. 눈앞이 어룽어룽 흐려온다.

그 여자가 멀미를 한 곳은 구파발 근처다. 그 근처에는 아직도 밭이며 공터가 많다. 그 여자는 밭으로 가서 흙을 가져다 제가 토한 것들을 덮는다. 눈물을 닦고 코를 풀고 그리고 그 자리를 떠난다. 다시 버스를 탈 엄두가 나지 않아, 햇빛 쨍쨍한 길을 휘청휘청 걷는다. 발밑에서 땅이 느껴지지 않는다. 다시 취직을 할까. 가장 큰 유혹은 그거다. 다시 취직을 하고, 우선은 이 가난에서 벗어날 필요가 있다. 모든 문제는 가난에서 비롯된다. 직장생활을 하면서, 남는 시간에 글을 쓰면 될 것이다. 문학을 하는 일이 왜 이런 가난을 동반해야만 하는가. 그 여자의 마음은 거의 취직을 해야겠다는 쪽으로 돌아선다.

이상하다. 그때 왜 그것을 보았는지. 고개를 숙이고 걷는 그 여자의 눈 안으로 작은 열쇠가 하나 들어온다. 언제부터 거기 버려져 있었는지 열쇠는 검붉은 녹이 슬어 있다. 여자는 걸음을 멈추고 열쇠를 오래 내려다본다. 열쇠가 그 여자에게 무슨 말인가를 걸고 있다. 그 열쇠로 열고 들어갔던 방, 그러나 이제는 열 수 없는 어떤 방에 관해서, 열쇠를 잃고 낙담했을 열쇠 주인의 마음에 관해서, 순간의 부주의로 인해 영원히 잃게 된 한 세계에 관해서, 그 뒤에 오는 남는 회한에 관해서……

그 여자는 허리를 숙여 열쇠를 집어든다. 금세 손가락에 벌건 녹이 묻어난다. 한때는 주인의 손안에서 윤이 나도록 소중하게 보관되었을 열쇠. 열쇠를 손바닥 위에 올려놓고 고개를 젓는다.

언젠가, 지금 여기서 잃어버린 열쇠를 회한으로 떠올리는 날이 올지도 몰라. 그 열쇠로 열고 들어갈 수 있었던 방들에 대해 두고두고 미련을 갖게 될지도 몰라. 안타까운 상상 속에서 그 방은 점점 더 거대하고 화려하게 변하고, 그러면 일상은 늘 상대적으로 작고 초라하게 여겨질지도 몰라. 그런 일이 있어서는 안 돼. 내가 꿈꾸어온 것이 이렇게 버려져 녹슨 열쇠가 되게 할 수는 없어.

그 여자는 일 년만 버텨보기로 한다. 그때 쓰고 있는 작품이 완성된 이후에, 애초에 목표했던 만큼 작품을 쓴 이후에, 그런 다음에 취직을 하기로 결정한다. 물론 다시 취직한다 해도 교직에는 가지 않으리라. 한번 지나온 길은 돌아가지 않는다.

그 여자는 구름 위를 걷는 걸음으로 두 시간을 걷는다. 한 손에는 녹슨 열쇠를 쥐고, 한 손에는 제 운명의 말고삐를 움켜쥔 채로. 집에 도착하자마자 타자기 앞에 앉아 시를 쓴다. 무슨 시였을까. 아마 가난과 열쇠와 방에 관한 이미지였을 것이다. 지금은 그 초고조차 없다.

며칠 후 혜길이에게서 편지가 온다. 등기우편 속에는 십만 원권 전신환이 들어 있다. 그때, 1983년, 교직에 있는 친구들의 월급은 사십만 원 수준이다. 그 여자의 친구들, 그 여자를 키운 팔 할이었던 친구들……

그렇게 쓰는 것이 시였을까. 문학이 그런 것일까. 지금 돌이켜봐도 그 맹목적인 열정이 제 것 같지 않다. 낙후된 시설 속에서, 낡은 미싱과 어두운 불빛 아래서, 드르륵 옷을 박듯이 만들어냈던 시들, 그것이 문학이었을까. 지금도 그 점에 대해서는 선명하게 대답할 수 없다.

다만 분명한 것은, 그때 그 여자는 문학이라는 것이 행복한 도취의 시간이며, 남루한 현실을 견디게 하는 순연한 천상의 영역임을 체험했다는 것이다. 지금도 기억한다. 중편을 탈고할 때, 원고지 마지막 장을 쓸 때, 갑자기 손이 떨리면서 가슴이 벅차오르던 느낌을. 그 벅찬 느낌 속에서 남루한 현실도, 왜곡된 사랑도, 고달팠던 마음도 일시에 하얀 빛의 입자가 되어 허공으로 날아오르던 느낌을. 이것이면 충분하다고, 이런 기쁨에 기대어 평생을 살 수 있을 거라고, 고개를 주억거리던 그 마음을.

그때 탈고한 중편은 〈집과 나무〉라는 제목을 가지고 있다. 기성 세대인 집과 다음 세대인 나무들에 대해서, 안락한 울타리인 집과 그곳을 떠나려는 나무들에 대해서, 누구나 제 나이만 한 나무들을 가슴속에 기르고 있는 젊은이들에 대해서 썼던 것 같다. 그 원고도 지금은 없다.

그해 늦여름, 그 여자는 습작 시 중 열 편을 고르고 중편을 정서하여 《문예중앙》 신인상에 투고한다.

시가 당선되었다는 통보를 먼저 받는다. 문예중앙 편집부를 방문하니 소설도 최종심에 올라 있다. 곧 심사 결과가 나온다고 한다. 그 여자는 속으로 기대한다. 소설도 한꺼번에 당선되면 좋을 거야. 그러나 그해 《문예중앙》은 소설 당선작을 뽑지 않는다. 나중에 한 선배가 "당선작을 내려면 김정숙 씨 작품을 뽑고, 김정숙 씨 작품을 뽑지 않으면 당선작을 내지 않기로 했다."고 말해준다. 그러면서 덧붙인다. "자만하지 마. 당선작과 최종심에 오른 작품과는 천양지차야." 그 여자는 고개를 끄덕인다. 그만하면 됐다고. 그만하면 이 일에 대해 조금 확신을 가지게 될 것 같다고. 어쨌든 운명의 고삐를 쥐고 하나의 고비를 넘은 셈이라고.

그럼에도, 그 여자는 기억한다. 자신의 시와 사진이 실린 문예지를 처음 보았을 때, 얼굴로 피가 몰리고 가슴이 두근거리던 느낌에 대해. 그건 기쁨이나 감동이 아니다. 부끄럽고, 황량하고, 공연한 일을 했구나 싶은 참담함. 이것인가. 하루 한 끼는 라면을 먹으며 남루한 지상의 현실을 견딜 때, 내가 원한 것이 이것인가. 믿을 수 없어 당황한다. 책을 저만큼 밀쳐둔 채, 다시 펴 보지 못한다. 가족 중 아무에게도 그 사실을 알리지 않는다. 선연히 드러나는 허명심에 대한 부끄러움, 이제 막 첫 글을 발표한 자의 보잘것없음, 그런 것들이 모두 얼굴로 피를 몰리게 한다.

그해의 그 일을 통해 그 여자가 알게 된 것은, 문학도 하나의 직업이라는 것이다. 직업 중에서도 가내수공업으로 한 코, 한 코, 뜨개질하는 털옷 같은 것이다. 지금도 그 여자는 어두운 방 안에서 한 코씩 털옷을 뜬다. 다른 일을 할 수도 있었을 텐데……. 그렇게 안타까워할 때 마음속에 있는 다른 일이란 사립탐정이나 과학자가 아니다. 현실 속에서 현실을 깨우치고 현실의 흐름에 맞추어 사는 일이다. 이를테면 씨앗을 심어 싹이 트는 것을 지켜보고 그 열매를 거두는 일이나, 하다못해 해수욕장에서 튜브를 빌려주는 일 같은 것 말이다. 햇빛 아래서 크게 호흡하며 인간도 자연의 일부임을 확인할 수 있는, 그런 일을 하고 싶어 한다.

## 39

'그동안 내가 산 집들을 모두 모으면 한 마을을 이룰 것이다.'

그 여자는 어느 글에선가 그렇게 쓴 일이 있다. 열두 살 이후, 그 여자가 지금까지 옮겨 다닌 하숙집과 자취집은, 하나하나 세어보면 열일곱 채다. 어떤 집에서는 한 달을 살기도 하고, 어떤 집에서는 일 년을 살기도 하고, 또 어떤 집에서는 삼 년쯤 살기도 한다. 그중, 지금 살고 있는 집에서 가장 오래 산다. 오 년째로 접어든다.

그 여자가 돈을 모으는 이유는 오르는 방세에 대비하기 위해서이고, 부엌이 없는 방에서 부엌이 있는 방으로, 창이 좁은 방에서 창이 넓은 방으로, 교통이 불편한 방에서 교통이 편리한 방으로 이사하기 위해서다. 그것들은 집이 아니라 방이다. 그러나 방들을 모아 마을을 이룰 수 없으니까 편리하게 집이라고 표현한다. 그것들을 엄밀하게 방이라고 부른다면, 그 방을 모두 모아, 방이 열일곱 개쯤 되는 집을 한 채 이룰 수 있을 것이다.

어떤 이들은, 방이란 풍경과 비바람을 막는 것 이외에는 아무 의미가 없다고 말한다. 그건 방 하나를 얻기 위해 복덕방을 뒤지고 다닐 때, 낯선 거리와 골목을 누비다가, 아직도 사람이 사는 방을 비죽이 들여다보곤 한 경험이 없는 사람들이나 할 수 있는 말이다. 과연 여기서 사람이 살았을까 싶은, 이사 나가고 난 빈방의 횅한 공간을 본 일이 없는 사람이나 할 수 있는 말이다.

그 여자는 집이라는 말을 떠올리면 언제나 달팽이가 떠오른다. 그 여자에게 집은 방이 여러 개 있고 마루와 부엌이 있는 공간이 아니다. 온 가족이 밥상 앞에 둥글게 모여 식사를 하는 풍요로운 공간이 아니다. 식구들이 나란히 머리를 한쪽 방향으로 두고 잠들어 있는 따뜻한 공간이 아니다. 그 여자에게 집이란, 늘 달팽이의 집이다. 어디를 가든 단 한 칸짜리 방을 등에 지고 다니며, 그 안에서 늘 저 혼자 사는, 달팽이의 집이다. 그것은 아주 작은 공간, 절박하게 필요한 공간, 그리고 외로운 공간이다.

그러나 그 여자는 한때, 방이 두 개이고, 마루가 있고, 마루 끝에는 싱크대가 있는, 방이 아닌 집에서 산 적이 있다. 그 집에서 혼자가 아닌 둘이 산 적이 있다. 동거했었다면서? 몇 년이나 같이 살았어? 그런 질문을 받게 되는 그 일, 이제 그 일에 대해 말해야 할 차례다.


그 여자가 그 집으로 이사했을 때는 그 집 역시 하나의 방이다. 돈을 조금 모아 조금 넓은 방으로 이사한다. 그 방은 고양리에서 약국을 하는 사람이 노후를 위해 마련해둔 이층집에 있다. 그 약사는 지사제를 사러 갔을 때 "약 먹지 말고, 따뜻한 보리차에 설탕 한 숟가락 타서 드세요."라며 약을 내주지 않던 사람이다. 작은 체구에 마른 몸이고 한쪽 다리가 불편하다. 그는 노후를 위해 마련해둔 집이, 사람이 살지 않으니 금방 망가지더라며 세를 놓는다.

그 집으로 가기 위해서는 초등학교 운동장을 지나야 한다. 초등학교 운동장을 지나면 산 밑으로 세 채의 집이 있고, 그 집은 세 집

중 가운데 집이다. 일 층에는 혼자 사는 할머니가 조간 조선일보와 석간 중앙일보 보급소를 운영하고 있다. 그 여자는 그 집 이 층의 방 하나를 얻어 이사한다. 그 집에 싸고 좋은 방이 있다는 정보를 준 사람은 그 남자의 부대 동료다. 매일 한차례씩 거기 들러 신문을 거두어가던 사람. 일 층에는 방이 세 개, 이 층에는 방이 두 개 있는 큰 집이지만 그 집에 사는 사람은 할머니와 그 여자가 전부다.

그 집은 그 여자가 그때까지 살았던 집 중에서 가장 넓고 깨끗하고 편리한 집이다. 이 층에는 마루와 방이 두 개 있고 마루 한쪽에는 싱크대가 있다. 마루에서 유리문을 통해 밖으로 나가면 웬만한 마당만큼 넓은 베란다가 있다. 남향이어서 종일 볕이 들고, 멀리 맞은편 산까지 시야가 틔어 있다. 그 여자는 베란다에 의자를 내어놓고 햇빛 아래 가만히 앉아 있는 것을 좋아한다. 멀리, 맞은편 산이 태양의 기울기에 따라 색깔이 변해가는 것을 바라보면서. 초등학교에서 운동회를 할 때는 온종일 운동장 가에 앉아 구경한다. 아이들 사이에 섞여 솜사탕을 사 먹기도 하면서. 그때, 그 집에서, 그 여자는 평화로웠다.

그때, 그 여자는 출판사에 다니고 있다. 아홉 시에 출근하여 저녁 일곱 시까지, 그 여자가 하는 일은 첩보소설을 리라이팅하는 일이다. 《호그 살인사건》, 《추운 나라에서 온 스파이》, 《한밤의 추적자》 등등. 잘못된 표기를 바로잡고, 애매한 표현은 선명하게 정리하고, 긴 문장은 짧게 다듬고, 우리 사정에 맞지 않는 상황은 적당하게 고친다.

종일토록 글자를 보고 있으면, 나중에는 그것이 글자가 아니라 하나의 기호, 혹은 하나의 무생물처럼 보이곤 한다. 그것들이 그 여자의 무의식을 향해 무슨 말인가를 거는 것 같다. 매일 일은 그 지점쯤에서 끝난다. 글자들이 보내는 암호를 해독하기 바로 직전에.

그 여자가 그 집으로 이사한 것은 진달래가 필 무렵이고, 그 남자가 제대한 것은 여름 장마가 질 무렵이다. 그가 제대한 사흘쯤 후, 그 여자가 퇴근해서 돌아와보니 집 안이 어수선하다. 그 여자는 방문을 잠그지 않고 다닌다. 아래층에는 늘 할머니가 계시기 때문에, 도둑맞을 만한 물건도 없기 때문에. 이 층으로 올라가보니 그 남자의 짐들이 마루에 어지럽게 놓여 있다. 그가 쓰던 침대, 그가 쓰던 의자, 그가 쓰던 타자기. 그 한가운데서 그는 짐을 정리하고 있다.

그 여자는 잠시 가만히 있는다. 그는 그런 일에 대해 그 여자와 의논한 일이 없다. 짐을 가지고 오겠다는 말도, 여기서 함께 살자는 말도. 제대 후, 그 여자에게 잠시 들렀다가 집으로 갔고, 그런 다음 짐을 날라 온 것이다.

그 남자는 늘, 자신이 하는 행동들에 대해 여자에게 의논하거나 양해를 구한 적이 없다. 그동안도 단 한 번도. 그것 역시 그의 핏속에 살아 있는 산신령이 일러준 것일지도 모른다. 그 여자가 할 수 있는 일이란 그 모든 것을 참고 받아들이는 일뿐이다. 아니, 그때쯤에는 이미 참아야 할 필요도 없는 자연스러운 일이 되어 있다. 무서운 습관의 힘으로.

그 여자는 오히려 당연하다고 생각한다. 그때 그 남자의 집은 커다란 이층집에서 방 두 칸짜리 반지하 셋집으로 이사한 후다. 여섯 식구가 방 두 칸에서 사는 그의 집에는 그가 들어갈 공간이 없다. 더구나 그들은 언젠가는 결혼할 관계이고, 그 여자의 방 옆에는 빈방이 있다. 심지어 그 여자는 자신이 무슨 말을 하면 그에게 상처가 될까 봐 조심한다.

"이쪽 방을 하나 더 빌리는 게 좋겠어."

그 여자가, 자신의 방이 온통 그의 물건으로 가득 차는 것을 보며 한 말은 고작 그거다. 그때 그 여자가 염려한 것은, 십 년 이상 혼자 사는 게 버릇이 되어 있어, 어떤 사람과 함께 사는 일을 잘 해낼까 하는 점이다. 그래서라도 방이 하나 더 있어야겠다고, 서로 독립된 공간을 가져야겠다고 생각한다.

"그래야겠지?"

그 남자는 그 여자를 바라보며 웃는다. 그 남자는 그 긴 군복무를 마쳐서인지, 계속 얼굴에 웃음을 띠고 있다. 짐이 얼마 없는 그 여자의 방에 그 남자의 짐들이 들어차자 방은 예전에 그의 집에서 보았던 그의 방과 똑같은 모양이 된다. 그의 침대, 그의 책들, 그리고 베토벤의 데스마스크 석고상까지.

이튿날, 그 남자는 밖으로 나가 제대로 생긴 옷장을 하나 트럭에 실어온다. 그때까지도 그 여자는 옷장 없이 살아왔다. 그 여자는 그가 옷장을 사오는 것도 당연하다고 생각한다. 그에게 필요할 테니까. 이른바 동거, 그 후로 지금까지, 두고두고 가슴에 붉은 화인이 되는 동거를 그렇게 시작한다. 그 일이 그토록 부도덕한 일인지, 그 일이 그 후로도 오래도록 그토록 짙은 화인으로 남게 될지 알지 못한 채.

그 여자가 "동거했다면서? 몇 년이나 같이 살았어?" 그런 말에 그토록 상처를 받는 것은 그래서이다. 네가 좋다고, 도망쳐서라도 함께 살자고, 그러면서 시작된 생활이 아니다. 같이 살기 위해 숟가락을 사고 이불을 사고 그래서 차린 살림이 아니다. 차라리 그랬더라면, 심장을 꺼내주어도 아깝지 않을 사람을 만나, 우리 둘이 떨어지지 말고 같이 살자고, 둘이 손을 잡고 시장을 보고, 숟가락이며 밥솥이며 이불을 사고, 그래서 시작한 살림이라면 덜 억울했을까. 동거했다면서? 그런 말을 들을 때마다 그토록 치욕스러워하지 않아도 되었을까. 그랬더라면, 차라리 그랬더라면.

동거했었다면서? 몇 년이나 같이 살았어? 그런 말에 그토록 상처를 입는 것은, 그러므로, 그런 일이 있었다는 사실을 외면하고 싶어서가 아니다. 그게 뭐 어떤가. 살다 보면, 이렇게 살 수도 있고 저렇게 살 수도 있는 법이다. 그 여자가 상처를 받는 것은, 그 말을 하는 사람들의 말투에서 묻어나는 천박한 호기심과 차가운 빈정거림의 어조 때문이다. 그 여자는 그것을 받아들이기가 힘들다. 그렇게 비난받을 만큼 부도덕하고 양식에 어긋난 일을 한 적이 없다고, 그것을 받아들이기 힘들어하는 마음이 도덕적 강박관념일 거라고, 아무리 스스로를 달래도 되지 않는다. 늘 가슴에서 피가 흐른다.

그 집에서, 그들은 자연스럽게 방 하나씩을 자신의 공간으로 가꾼다. 그 여자가 그 이 층에 혼자 살 때는 남동쪽과 북서쪽으로 창이 두 개 있는 방을 사용했다. 그런데 방 하나를 더 쓰기로 하고 방세를 올려준 후 창이 넓은 방을 그 남자가 쓴다. 그 여자는 북서쪽으로 창이 하나 있어, 오후에만 잠깐 해가 비치는 방을 쓴다. 그 여자는 그 남자의 욕심이나 열정에 별로 저항감 없이 양보한다. 그 남자의 공간은 밝고 화려하고 작은 화분이며 장식용 물건들이 많다. 그 여자의 공간은 어둡고 단순하며 장식용 물건이 거의 없다. 그건 그저 각자의 취향일 뿐이다.

그 남자는 그 집에서 책을 읽거나 시를 쓴다. 타자기를 두드리면서. 그 여자는 직장에 나가서 일한다. 제게 경제 감각이 없다는 걸 잘 알기 때문에 돈이 생기면 모두 그 남자에게 준다.

"형이 맡아가지고 관리하고, 내가 필요하다고 하면 줘."

그 여자 쪽에서 먼저 그렇게 제안한다. 그 후부터, 모든 돈은 그 남자가 관리한다. 그 남자는 제대한 지 석 달 후, 그해 가을에 취직을 한다. 그가 입사시험에 합격했다는 사실을 확인하고 돌아왔을 때 그 여자는 베란다 한쪽에 쭈그리고 앉아 빨래를 하고 있다. 양손에 비누 거품을 잔뜩 묻힌 채 그의 바지를 빨고 있다. 그는 취직 사실을 알린 후 묻는다.

"숙아, 우리 언제 결혼식 할까?"

그는 취직된 사실이 몹시 기쁜 모양이다. 석 달 동안, 그 여자가 일하러 나간 동안 집에서 책을 읽고 시를 쓰곤 하던 일이 많이 힘들었던 모양이다. 정작 그 여자는 아무렇지도 않은데, 그는 자신이 여자를 부양해야 한다는 의무감으로 가득 차 있었을 것이다.

"올해 안에 할까?"

그 여자는 쥐고 있던 비누를 놓친다. 올해 안에? 불과 두 달 안에? 너무 이르다. 글쎄, 왜 이르다고 생각했을까. 무엇으로부터 이르다는 감정이었을까. 지금도 명백히 짚어낼 수 없지만 그 여자는 분명 그렇게 생각한다. 너무 이르다고.

"아니면, 내년 봄쯤에 할까?"

그 여자는 대답 없이 놓친 비누를 집어든다. 그는 들떠 있다. 이제는 모든 게 다 끝난 것이다. 그 긴 군복무도 끝냈고, 취직도 했고, 그 여자도 완전히 제 것이 되었다. 이미 몇 권의 동인지를 낸 촉망받는 시인이고, 그리하여 앞으로는 잘 뻗은 길로 곧장 달려 나가는 일만 남아 있다. 그 여자는 빨래를 헹궈서 빈 대야에 담는다.

"이거 좀 짜서 널어줘."

그 여자는 덤덤하게 말한다. 그 여자는 힘이 약해서 빨래를 꼭 짜지 못한다. 늘 그 남자가 빨래를 힘껏 비틀어 짜고 탁탁 털어서 빨랫줄에 너는 일을 도와준다.

"아무래도, 내년 봄에 하는 게, 좋겠지?"

그는 빨래를 탁탁 털며 말한다. 그 여자는 대답하지 않는다. 겨울이든 봄이든 무엇이 다른가. 그는 그 여자의 의사와는 상관없이, 언제든 필요할 때 결혼식을 할 것이다. 늘 그랬듯이, 그 여자의 의견은 별로 들으려 하지 않을 것이다. 그 남자는 그 여자의 대답 없음조차 개의치 않는다.

이렇게 되는구나. 결국 이 남자와 결혼하고 평생을 함께 사는구나. 그 여자는 다만 그렇게 생각한다. 그건 많이 울고 난 뒤끝 같은 감정이다. 편안하고 나른하면서도 서운하고 허탈한, 그런 감정. 결국 이렇게 되는구나.

그가 취직한 후, 그 여자는 출판사를 그만둔다. 아침 아홉 시부터 저녁 일곱 시까지 글자들만 들여다보고 있는 일이 너무 힘들다. 글자들이 하나의 기호나 무생물이 되어 그 여자의 무의식에 말을 걸어올 때, 그 여자는 두려움을 느낀다. 글자들이 말하는 것을 알아듣게 될까 봐. 그 여자는 그 일도 아니라고 판단한다. 그런 식으로 일하다가 글자들이 지겨워지면, 그다음에는 어떻게 하는가. 그 여자는 다시 한 번 운명의 고삐를 잡고 안장 위에 올라가 먼 곳을 바라본 다음, 그 남자에게 말한다.

"당분간만 형이 나를 좀 부양해줘."

그 남자는 그러겠다고 한다. 그 여자가 하고 싶은 일은, 소설을 쓰는 것이다. 일 년 전과 같은 도취의 시간을 다시 한 번 맛보는 것. 이번에는 그 남자가 회사에 나가고 그 여자가 집에서 책을 읽는다.

그렇게 두 달쯤 지난 후, 그 여자는 낯선 사람으로부터 전화를 한 통 받는다. 그는 자신을 어느 음악 잡지의 데스크라고 소개한다. 책에 실린 그 여자의 시를 보고 전화했다면서, 만나고 싶다고 한다. 그 여자는 회사로 그분을 만나러 간다.

"우리가 음악 잡지를 창간하는데, 일손이 필요해요."

그 여자는 그분이 입사를 권할까 봐 긴장한다. 지금 쓰는 소설을 완성할 때까지, 당분간은 행복한 도취의 시간 속에 있고 싶으므로.

"지금은 창간 팀이 다 결성되었지만, 우선 함께 일하면, 다음 인사 때는 발령을 내도록 할게요. 인사권이 온전히 내게 있는 건 아니지만 데스크의 의견이 많이 수용되니까."

그 여자는 망설인다. 다른 일을 하는 것도 망설여지고, 입사를 하는 것도 망설여진다.

"어떤 식으로 일하게 되는 건가요?"

"우선, 이 안에서 일손이 달리는 일을 도와주면 돼요. 한두 건 취재도 하고, 자료 모아서 기사도 쓰고."

"매일 출퇴근해야 하나요?"

"원한다면 일은 집에 가져가서 해도 돼요. 아주 바쁠 때는 며칠간 나와서 도와줘야겠지만."

그 여자는 그러겠다고 한다. 일을 가져다가 집에서 해도 된다는 점이 매혹적이다. 다음 인사 때 발령을 내주겠다는 말은 별로 기대하지 않는다. 그 여자의 꿈은 좋은 직장을 갖는 것이 아니라 제 시간을 갖는 것이다. 시간을 내어, 소설을 쓸 수 있으면 하는 거다.

그 여자는 아주 흡족하게 그 일을 한다. 평소에는 일을 가져다가 집에서 하고, 마감 때는 일주일이나 열흘쯤 출근해서 밤늦게까지 일한다. 외부에서 들어오는 원고를 다듬고, 모든 기사의 교열을 보고, 제목을 달고, 발문을 뽑는다. 기자들의 일손이 달리면 취재를 나가기도 한다. 한 달 중, 온전히 제 몫으로 남는 시간은 열흘 정도, 그 시간에는 책을 읽거나 글을 쓴다.

그 음악 잡지에, 그 여자의 이름 뒤에 박히는 직명은 자유기고가, 혹은 팝 칼럼니스트이다. 그 직함은 기사의 성격에 따라 달라진다. 음악 주변 이야기를 취재한 기사는 자유기고가로, 팝 음악이나 팝 아티스트에 관한 전문적 기사는 팝 칼럼니스트로 나간다.

그 여자가 그 일을 시작할 때, 아는 팝 음악이라고는 고등학교 때 알게 된 〈마더 오브 마인〉과 〈엘 콘도르 파사〉가 전부다. 칼럼이란 적어도 마흔이 넘은 사람이, 제 안에 세상을 받아들이는 주체적인 안테나와 그것을 판단할 수 있는 공정한 접시저울을 가지고 있는 사람이 쓰는 거라고 믿고 있는 그 여자는 팝 칼럼니스트라는 명칭이 부끄럽다.

그런 명칭을 달아준 사람은 그 잡지 데스크이고, 그런 직명이 그 매체의 공신력을 위해 필요한 일인 줄은 잘 알면서도 어쩐지 세상을 속이는 것 같다. 그럼에도 사전을 뒤적여가며 보도자료를 번역하고, 레코드 해설지나 책을 참고하고, 나름대로 세심하게 음악을 듣고 해서 필요한 만큼 기사를 쓴다. 맡은 일은 최선을 다하는 게 그 여자의 원칙이다.

지금 이 글을 쓰면서 떠올리려 하니, 그 집에서 살던 때의 일들이 구체적으로 생각나지 않는다. 이상하다. 그 남자에 대해 말하려 하면 늘 손끝이 무디어진다. 잿빛 바바리와 잠깐씩 만난 일을 기록할 때는 모든 기억과 감정이 세밀하게 잡혀오지만, 그 남자에 대해 말하려면 막막해진다. 왜 그럴까. 아직도 그 남자에 대해 어떤 감정이 남아 있는가. 그 여자는 고개를 젓는다. 아닐 것이다. 다만 그것은, 그 여자의 의식의 문제일 것이다. 잿빛 바바리의 작은 손짓 하나, 지나가는 말 한마디는, 그 여자에게 큰 의미를 지닌 채 가슴 깊은 곳에 깃들지만, 늘 가까이 있는 그 남자는 그 여자의 마음에 깃들지 못했기 때문일 것이다. 끝끝내. 그 여자는 쓰면서도 맥이 풀린다. 어떻게, 어떻게 그렇게 살아왔는가. 마음이 어쩌자고 그런가.

그 집에서, 그 남자는 회사에 나가 일하고 그 여자는 일거리를 가져다 집에서 일한다. 틈틈이, 그 남자는 시를 쓰고 그 여자는 소설을 쓴다. 그 남자는 모든 것을 얻은 기쁨에 도취되어 있고, 그 여자는 완전한 굴복은 완전한 평화다, 완전한 맹종은 완전한 자유다, 그렇게 생각하며 그 남자 곁에 몸을 웅크리고 있다. 그래서 그 시절을 떠올리면 늘 어떤 자연만이 떠오른다. 인간과 인간의 삶이 아니라, 그 여자 곁을 감싸고 있던, 그 여자가 위안을 받았던 주변의 풍광들이 떠오른다.

베란다에 의자를 내놓고 오래 바라보던 맞은편 산 그림자, 원하는 곳마다 별이 보이던 하늘, 달빛을 반사하여 하얗게 빛나며 요술 담요처럼 공중으로 떠오르던 초등학교 운동장, 뒷산에 오르면 얼굴을 붉히며 다가들던 진달래들, 그것들을 따다 진달래술 담으며, 해롱해롱 진달래술 취해나 보세, 노래하던 오후, 그런 것들이 떠오른다. 그 속에서 그 여자는 평화로웠다.

그렇다. 열두 살 이후, 그 여자는 처음으로 평화라는 것을 느낀다. 이제 마음속에 있는 모든 산을 넘어왔다고 믿는다. 마음속에 있는 모든 진창, 모든 수렁, 모든 산 들. 무지개가 산 너머에 있지는 않더라고 시인들은 말하지만, 그 여자는 제가 넘은 산 너머에서 무지개를 보고 있다고 믿는다. 늘 가슴 한편에 매달려 있던 추가 끊어지고 머리 위에 드리워진 솔개 그림자가 거두어진다. 마음이 편안해지고 일상이 가벼워지고, 세상이 아주 밝고 넓어진다.

그 여자는 여전히 그 남자에게 무얼 해달라고 요구하는 일이 없지만 그 남자는 그 여자와 외출할 때면 구두를 닦아 신기 좋도록 놓아준다. 그 남자가 그 여자의 무릎을 베고 누워 귀를 파달라고 하면 그 여자는 면봉으로 그의 귀를 파준다. 그 여자가 빨래를 하면 그 남자는 곁에 서 있다가 탈수기 역할을 한다. 그 남자가 머리를 감으면 그 여자는 바가지로 물을 떠서 머리에 부어주는 샤워기 역할을 한다. 그 여자가 베란다에서 잠이 들면 그 남자는 그 여자를 안아다 방에 뉘어준다.

그 여자는 거의 삶이라는 것의 실체를 보는 듯하다. 삶을 손안에 잡은 것 같다. 사는 건 이런 거라고, 중뿔나게 다른 삶이란 없을 거라고, 이제는 이 남자 곁에서 머리가 하얗게 셀 때까지 사는 일만 남은 거라고.

그럼에도, 그렇게 평화롭고 안온했음에도, 그 여자가 아직도 마음 한편에서 용해시키지 못하는 것이 있다. 그 여자 자신도 어쩌지 못하는 일, 그것과 맞닥뜨릴 때마다 가슴으로 스산한 바람이 밀려들고, 차갑게 피가 식는 듯한 일.

하나는 그 남자가 보이는 지나친 열정과 신명이다. 예전에도 그는 제 흥에 겨워 여자를 잡아끌곤 했다. 영화를 보러 가자고, 연극을 보러 가자고, 친구를 만나는 데 함께 가자고. 그때쯤엔 그런 일은 아무렇지도 않다. 말없이 동행하거나, 때로 그와의 고집 대결에서 이기기도 한다. 그런 일들이 아니다. 문제는 그의 열정이나 신명이 엉뚱한 행동으로 나타날 때다. 그 여자의 양식으로는 받아들일 수 없는 일들.

글쎄, 그런 일들이 자주 있었던 것 같은데, 구체적으로 말하려니 생각나지 않는다. 아주 사소한 일 한 가지가 떠오른다. 그 남자가 집에 있고 그 여자가 출근했을 때, 갑자기 비가 온 날이 있다. 그 여자가 버스 정류장에 내리자 뜻밖에도 그가 우산을 들고 기다리고 있다. 그 여자는 그가 들고 있는 우산보다 먼저 그의 바지를 본다. 그는 파란색 짧은 반바지를 입고 있다. 바지 아래로 털이 숭숭한 다리가 그대로 드러나 보인다. 그 남자가 다가와 우산을 씌워줄 때, 그 여자는 얼굴을 찌푸린다.

"어떻게 그럴 수 있어? 어떻게 그런 차림을 하고 여기까지 나올 수 있어?"

그 남자는 서운했을 것이다. 기껏 생각해서 우산을 들고 나왔더니 고마워하기는커녕, 오히려 화를 내다니. 그러나 그 남자는 이미 예상하고 있었을 것이다. 그 여자는 그가 집에서 그런 모습을 하고 있어도 달가워하지 않는다. 그런 차림으로 마당으로 나가려고만 해도, 긴 바지로 갈아입으라고 성화를 한다. 그 모든 것을 알고 있는 그 남자는 그 여자의 말에 능청스럽게 대꾸한다.

"이번만이야. 다시는 안 그럴게."

"약속해. 다음부터는 절대로 그러고 밖에 나오면 안 돼."

그 남자는 알았다고 대답한다. 그러나 그 여자도 알고 있다. 대답만 그렇게 할 뿐, 그는 언제나 자신이 하고 싶은 대로 행동한다는 것을. 그래서 더 말하지 않는다. 그의 신명을, 그의 고집을 이길 수는 없다.

왜 그것들을 받아들이지 못했을까. 지금 생각하면 웃음이 난다. 머리에 무스를 바른다거나 빨간 실크 셔츠를 입는 일, 혹은 짧은 반바지를 입는 일이 무어 그리 대수였을까. 그러나 그때까지도 그 여자에게는 스스로 지켜야 하는 금기나 약속이 아주 많다. 그러나, 그러나, 그 여자가 그 남자를 진정으로 받아들이지 못하는 더 큰 이유는 다른 데 있다. 다른 데.

그 남자는 그 여자에게 우산을 씌워 집으로 데려가며 어린아이처럼 말한다.

"숙아, 팔짱 좀 껴봐. 넌 어떻게 팔짱도 낄 줄 모르니?"

그 여자는 픽 웃는다. 그 여자는 그때까지 한 번도 그 남자의 팔짱을 껴본 일이 없다. 그것이 소원이라면. 그 여자는 그의 팔짱을 낀다.

"우리 결혼식 올리더라도 집 살 때까지는 여기서 그냥 살자. 이 집이 좋지?"

그 여자는 가만히 고개를 숙인다. 마음속에서 흔쾌하게 대답이 나오지 않는다. 그와 똑같은 어조로, 들뜬 마음으로 그러자고 맞장구를 쳐야 하는데, 그게 되지 않는다. 마음속에 있는 휑한 구멍으로 선뜩한 바람이 지나간다.

그 여자가 두려워하는 것은 바로 그거다. 가슴 한구석에 뚫려 있는 휑한 바람구멍. 어쩔 수 없이 그의 곁에 붙잡혀버렸다는 생각,

그것이 가슴속에서 여전히 휑하고 검은 아가리를 벌리고 있다. 그가 마중 나와 주는 일로도, 그가 구두를 닦아주는 일로도, 그 구멍은 결코 메워지지 않는다.

함께 영화를 보다가도, 마주 앉아 식사를 하다가도, 마음 한구석으로 서늘하게 밀려드는 찬바람을 맞는다. 온몸이 쭈뻣쭈뻣 얼어붙으며 맥이 아주 낮은 곳으로 떨어진다. 그가 보낸 편지며 그가 사준 꽃이며 모두 끌어다 구멍을 막아도 어느 틈으로든 찬바람은 계속 밀려든다. 그걸 막을 수 있다면, 납땜을 해서라도 그 구멍을 막을 수 있다면, 그 여자는 가슴에 납땜이라도 했을 것이다.

선녀는 두 아이를 낳은 후에도 날개옷을 입고 나무꾼을 떠난다. 총을 들고 와 가족을 모두 죽여버리겠다는 협박 때문에 할 수 없이 결혼했다는 어떤 여인은 두 아이가 대학을 졸업하자 집을 나가 잠적한다. 나중에, 아주 나중에라도 제가 그렇게 그 남자를 떠나는 일이 생기는 게 아닐까, 생각하면 등줄기로 소름이 쓸려 내려간다. 그것이다. 그 여자가 그때까지도 진정으로 그 남자를 받아들이지 못하는 가장 큰 이유는 그것이다.

그래서일 것이다. 어느 날, 저녁을 먹고 초등학교 운동장을 걷다가, 달빛을 받아 하얗게 떠오르는 요술담요에 올라타고 있다가, 그 여자는 말한다.

"형, 우리 헤어지자."

그 말을 한 사람이 누구였을까. 그 선녀였을까. 날개옷을 한 번만 입어보자고 나무꾼을 설득했던 선녀가 그 여자 속에서 말했을까. 말을 해놓고 그 여자는 당황한다. 이걸 입 밖에 내어 말하다니…….
그가 받을 충격이 염려된다.

그는 잠시 걸음을 멈춘다. 날아가던 요술담요도 멎는다. 모든 것이 일순 정지한다. 그러나 그는 이내 걸음을 계속하여 운동장 가장자리, 철봉이 세워져 있는 가장자리로 간다. 아무 말 없이 철봉에 기대어 하늘을 올려다본다. 그런데 이상하다. 그 여자 속에 있는 선녀가 고집을 부린다. 그를 따라가, 철봉 앞에 서서 말한다.

"이만큼 같이 지냈으면 됐잖아. 이제 형은 다른 여자 만나서 결혼해. 그 집에서 살고 싶다면 내가 이사 나갈게."

어둠 속에서, 그 남자의 눈빛이 아주 날카로워진다. 갑자기 사방이 더 어두워지며, 문득 그 남자가 무서워진다. 그가 또 어떤 행동을 할지, 안에서 솟구치는 감정 때문에 무어라 소리칠지 두려워진다. 무서움 때문에 그 여자는 계속 말한다.

"난 자신 없어. 결혼도 자신 없고 아이를 낳아 기를 자신도 없어. 이제 이만큼이면 됐잖아."

그 상황에서, 그게 대체 무슨 말이었을까. 그러나 그 여자는 그 말을 한다. 그건 사실이다. 그 여자는 결혼에 대해 어떤 기대도, 어떤 환상도 품어본 적이 없다. 그가 결혼식 얘기를 꺼냈을 때 너무 이르다고 생각했던 건 그래서였을 것이다. 한 번도 생각해본 적이 없는 일이다. 더구나 아이를 낳다니. 무책임하게 한 생명체를 탄생시켜 자신이 겪어온 것과 똑같은 어려움과 고통들을 고스란히 당하게 하려 하다니. 자신이 없다.

그 남자는 대답이 없다. 잠시 가만히 서 있더니 철봉에서 몸을 돌려 저쪽으로 걸어간다. 그 여자에게 등을 보이며. 그 여자는 어둠 저편으로 멀어지는 그의 뒷모습을 보고 있다. 어딘가로 가버렸으면, 요술담요가 훨훨 날아 어디로든 데려가 주었으면……. 지금 이

곳이 아닌 곳, 그곳이 어디든지.

왜 아직도 안 되는가. 왜 아직도 마음 깊은 곳으로부터 그 남자를 받아들이지 못하는가. 그 여자도 그게 답답하다. 그 남자는 늘 그렇듯이, 그 여자의 말에 별로 개의치 않는다. 자신의 방으로 들어가서 시를 쓰고, 잠을 자고, 출근한다. 그 여자도 아무 변화 없는 그의 행동에 별로 의아해하지 않는다. 그는 늘 그랬으니까. 그 여자의 의견 따위는 듣지 않은 채, 자신이 하고 싶은 대로 해왔으니까.

그러나 그 여자의 언행에 개의치 않는 그 남자가 쇳덩이로 만들어진 사람이 아니라는 것을 그 여자는 그때도 모른다. 그 여자에게 그 남자는 늘 강하고 무섭고 버겁기만 한 사람이어서, 그가 그런 말에 상처를 입을 거라고는 짐작조차 할 수 없다. 그러나 나중에 생각해보면, 그 남자도 많이 힘들었을 것이다. 그 여자의 그런 말에 대해 절망과 분노를 느꼈을 것이다. 그리하여, 그 남자가 그 후에 한 어떤 행동들은, 그 여자의 닫힌 마음에 대한 복수심에서였을지도 모른다. 그 여자는 아주 나중에야 그것을 짚어볼 수 있다. 그 남자 역시, 상처를 입었을 거라는 점을.

그 집으로 참으로 많은 사람이 놀러 왔다는 게 기억난다. 그 남자의 친구와 후배들, 그 여자의 친구들. 그 여자는 손님들에게 밥을 해주고 담가둔 진달래술을 내어준다. 때로 그들은 그 집에서 자고 가기도 한다. 그 남자는 제 방을 남에게 양보하기 싫어해서, 손님들은 그 여자의 방에서 자고 그 여자와 그 남자가 같은 방에서 잔다.

그 여자는 아주 나중까지도 "그때 그 집에 갔을 때……." 하고 말을 건네는 친구나 후배를 만나게 된다. 그들은 대체로 그 집의 볕바

른 베란다와 초등학교 운동장을 기억하고 있다. 이 사람도 그 집에
왔었던가 싶은, 좀 뜻밖의 인물들로부터 그런 인사를 받기도 한다.
그러면 그 여자는 이따금 되묻는다. "그때 내가, 밥은 제대로 해주
던가요?" 무슨 다른 마음에서가 아니다. 그 집에서의 일들이 너무
희미해서, 그 집에서의 탈진감이 되살아나서, 방문객에게 서운하게
하지나 않았는지 짚어보는 것이다.

참으로 많은 손님이 왔으므로, 그의 손님 중에는 잿빛 바바리도
있다. 그는 몇 명의 시 쓰는 사람들과 함께 방문한다. 잿빛 바바리
는 그때, 학교를 졸업하고 그 남자와 같은 회사에 다니고 있다. 모
르겠다. 그들이 왜 그렇게 비슷한 생활권에서 계속 부딪치게 되는
지는. 그 남자는, 잿빛 바바리에게 좋은 여자가 있으며 그들이 곧
결혼할 거라는 사실을 알려준다. 모르겠다. 그 남자는 왜 끊임없이
그 여자에게 잿빛 바바리에 관한 소식을 전하는지.

그들이 방문할 때, 그 남자와 그 여자는 버스 정류장까지 손님들
을 맞으러 간다. 그 집은 외딴 곳에 있고, 그들은 전화가 없으므로
방문객이 있을 때면 늘 버스 정류장까지 마중 간다. 잿빛 바바리는
일행의 맨 뒤에서 버스를 내린다. 그 여자는 그의 얼굴이 제대할 때
보다, 여수에서 보았을 때보다, 한층 안정되어 보인다는 느낌을 받
는다. 그래, 그에게도 다 끝났구나. 복학 전의 방황과 나머지 대학
생활 동안의 어려움들이 다 지나갔구나. 우리는 모두 이십 대 중반
으로 접어드는구나. 그 여자는 고개를 주억거린다.

집으로 가는 길에, 대여섯 명의 방문객은 저마다 이야기를 나눈
다. 단 두 사람, 그 여자와 잿빛 바바리만이 말이 없다. 거의 삼 년만
의 만남이다. 그 삼 년에 대해, 할 말이 아주 많을 것 같았는데, 만나

면 몹시 반가울 줄 알았는데, 그렇지 않다. 아직도 믿기지 않는 감정의 앙금이 가슴 어딘가에 남아 있는 모양이다. 저만큼 떨어져 걸으며, 두 사람은 각자 말이 없다.

그 여자는 아마 미안해하고 있었을 것이다. 그런 모습을 보여주는 게 잔인한 일이라고도 생각했을 것이다. 잿빛 바바리를 초대한 그 남자의 마음은, 대학 사 학년 때, 그 여자를 억지로 데리고 잿빛 바바리를 면회 갔을 때의 마음과 조금도 달라지지 않은 게 아닐까 의심하기도 한다.

초등학교 운동장을 가로지를 때, 저만큼 떨어져 걷던 잿빛 바바리가 그 여자 옆으로 다가온다. 그러고는 또 아무 말 없이 걷기만 한다. 그 여자는 그 모든 상황이 답답하다. 아직도, 아직도, 무슨 힘든 일이 남아 있는가. 그래서 그 여자가 먼저 말을 한다. 고개를 많이 들어 그의 큰 키를 올려다보면서.

"잘 지내니?"

잿빛 바바리는 대답 없이 웃어 보인다. 휑한 웃음, 바람에 실려 사라져버리는 웃음. 한때의 막막한 열정도, 출구 없는 모색도, 늘 멀리서 바라보기만 하던 안타까움도, 이제는 모두 희미해졌다. 그의 웃음처럼, 바람에 실려 멀어져갔다. 다시 몇 걸음 말없이 걷다가, 답답해진 그 여자가 또 말을 건다.

"저기, 커다란 은행나무 두 그루 있지?"

그 여자는 교사 앞 양편 화단에 심어진 두 그루 은행나무를 손짓한다. 잿빛 바바리는 은행나무를 본다.

"저거, 왼쪽에 있는 게 수나무고, 오른쪽에 있는 게 암나무야."

수나무는 피라미드 모양으로 키가 크고 암나무는 원형으로 둥글다. 잿빛 바바리는 은행나무를 한참 바라보더니 그 여자의 왼쪽으로 자리를 옮긴다.

"그럼 나도 이쪽에서 걸어야겠네."

그 여자는 웃는다. 잿빛 바바리도 웃는다. 아무렇지도 않게. 그러나 웃음이 퍼져 나가는 공간이 아주 멀고 휑하게 느껴진다.

은행나무. 그 은행나무를 가리켜 보인 그 여자의 마음을 잿빛 바바리는 알았을 것이다. 고생대의 지층에서도 은행잎의 화석이 발견된다는 원시의 식물. 이 지구상에 이억 팔천만 년 전부터 살아왔을 거라 추정되는 은행나무. 양서류에서 포유류로 진화할 때 그와 함께 처음으로 뭍에 올라와 허파 호흡을 했을 거라 생각하곤 하는 그 여자의 마음을 잿빛 바바리도 알았을 것이다. 이억 팔천만 년 전에도, 그와 서로 마주 보고 서 있었을지도 모르겠다고 생각하는 그 여자의 마음을.

암수딴몸인 동물은 다리를 움직여 상대방을 찾아갈 수 있고, 한자리에 붙박여 사는 식물은 몸 안에 암수의 특성을 함께 가지고 있다. 그러나 은행나무는 암수딴몸이면서도 다리가 없다. 결코 서로에게 다가갈 수 없는 은행나무의 암컷과 수컷. 이따금 바람이 전하는 소문으로만 서로의 안부며 향기를 확인할 수 있는, 두 그루 은행나무. 그것을 가리켜 보인 그 여자의 마음을 잿빛 바바리, 그는 알았을 것이다.

그렇게 사는 것이리라. 누구나 가슴속에 한두 가지 말하지 못하는 마음들을 밀어 넣은 채, 때로 그 마음을 허공의 빈 공간으로 날려 보내기도 하면서, 그렇게 사는 것이리라.

이 글이 한 편의 영화라면, 이쯤에서 이야기가 끝날 것이다. 끝탕이던 모든 마음이 어느 정도 가라앉고, 웬만큼 갈등이 해소되고, 모든 얽힌 관계가 스스로 풀려나가는 바로 이 지점에서, 이야기가 끝날 것이다. 두 남녀는 평화롭게 베란다에 앉아 있을 것이다. 혹은 여자가 빨래를 하고 남자가 그것을 널지도 모른다. 그런 화면을 잡은 카메라는 서서히 뒤로 빠지면서 먼 산에서 날아다니는 두 마리 파랑새나, 저만큼 떨어져서 서 있는 두 그루 은행나무를 비출 것이다. 화면이 점점 밝아지다가 마침내 하얗게 변하면 그 위로 검은 자막이 올라갈 것이다. 감독, 주연, 카메라, 특수효과…….

관객들은 영화관을 나서며 가벼워진 마음으로 상상할 것이다. 그들이 머잖아 결혼식을 올릴 거라고. 올망졸망한 아이들을 낳고 머리가 하얗게 셀 때까지 오순도순 잘 살았을 거라고. 이 글이 영화라면, 그 여자도 이쯤에서 그만 이야기를 끝내고 싶다. 그러나 이글은 영화가 아니어서, 어쩌면 그 여자가 진정으로 자아를 깨부수면서 성장한 완전한 모습을 보이지 않아서, 이야기는 조금 더 이어진다. 극적인 반전, 얼마간의 고통, 그런 것들이 조금 더 있다. 그 여자가 바다에 닿을 때까지.

## 40

　여자의 물방울은 이제 거의 강의 하구에 닿은 것 같다. 물 흐름이 고요하고 강폭이 넓고, 서편으로 해가 지는 아주 평화로운 곳에 닿은 것 같다. 이제는 발을 걸어 넘어뜨리는 돌멩이도, 문득 주저앉게 만드는 물풀도 없다. 남은 일은, 이런 고요와 평화로움으로 바다까지 닿는 일이다.

　그 여자는 베란다에 의자를 내다놓고 앉아 책을 읽고 있다. 이제 거의 끝난 것 같다. 마음속에서 들끓던 피도 잠들고, 방 하나를 구하기 위해 낯선 골목을 뒤지고 다니는 일도 이제 끝났다. 이제, 그 남자와 함께 사는 일만 남아 있다. 너무 많은 걸 기대하지도 않고, 너무 많은 실망도 하지 않으면서, 그저 이렇게 살면 된다. 입가에 편안한 미소가 깃든다.

　열두 살 이후, 처음으로 느껴보는 완전한 평화에 대해 그 여자는 잘 말할 줄 모른다. 말할 줄 모르는 게 아니라 이따금 두려워지기도 한다. 내가 이렇게 편안해도 되는 것인가. 이건 더 나쁜 일이 있기 전의 소강상태 같은 게 아닐까. 해일이 오기 직전의 고요한 놀 같은 게 아닐까. 불길한 예감처럼 문득문득 그런 생각을 한다. 정말이다. 누구나, 제 삶의 미래를 조금쯤은 짐작하는 법이다. 심지어는 동물들도 그런다지 않는가. 장마가 질 때는 개미가 먼저 이사를 하고,

무너질 위험이 있는 건물에서는 쥐들이 먼저 짐을 싼다. 그러나 그때, 그런 예감이 들 때, 그 여자는 그런 마음을 더 깊은 곳으로 감추려고만 한다.

생각해보면, 그가 입사한 서너 달 후부터였던 것 같다. 그는 그 여자에게 결혼식을 하자고 말하지 않는다. 영화를 보러 가자고도 하지 않고 밥을 달라고도 하지 않고 밤에 먼저 잠들어 있어도 서운해하지 않는다. 그때까지도 그 여자에게 성이란, 패잔군의 부대에 소속되어 굴욕을 참으며 투항하는 일이다. 그런데 그는 입사 후부터 그 여자를 전장에 끌어들이지 않는다. 그 여자가 편안하다고 느낀 가장 큰 이유가 거기에 있었을지도 모른다. 더는 굴욕스러운 전투를 하지 않아도 되는 점.

그때까지도 그 여자는 성에 대해 별로 아는 게 없다. 성도 하나의 생물학적 배설행위와 같은 것이어서, 젊고 건강한 남자가 몇 달씩이나 성으로부터 차단된 채 지내는 일이 불가능하다는 사실을 알지 못한다. 성에 대한 지식이 조금만 있었어도, 아니 진심으로 그 남자를 사랑하고 그에게 관심을 가졌더라면, 좀 더 일찍 그의 변화를 눈치챘을 것이다. 그러나 그 여자는 전혀 알지 못한다. 그의 무관심과 방임 속에서 그 여자는 편안하다. 그렇게 평온한 시간이 팔개월쯤 계속된다.

그때도 그 여자는 여전히 음악 잡지의 프리랜서로 일하고 있다. 그해 팔월, 그 여자가 일하는 잡지의 데스크가 그 여자를 부른다. 그 여자는 데스크 옆 의자에 앉는다.

"내가 김정숙 씨 지위를 향상시켜주고 싶은데……."

그 여자는 무슨 말인지 알아듣는다. 그러나 지위 상승이라니. 그 여자는 아주 차가운 시선으로 그 상황을 본다. 프리랜서로 일하는 것에서 입사하여 기자 딱지를 붙이는 게 무어 그리 대단한 지위 상승인가. 어쨌거나 하는 일은 똑같은 것인데. 더구나 그 여자는 인간 세상에 암암리에 존재하는 그 수직적 역학의 법칙을 별로 좋아하지 않는다. 인간의 존엄성은 누구에게나 똑같은 법이다.

"처음에 약속했던 대로, 이력서를 내세요."

그 여자는 선뜻 대답하지 않는다. 한 박자 쉰 뒤 말한다.

"하루만 생각해볼 여유를 주세요."

데스크는 눈을 크게 뜬다. 흥감해하며 받아들일 줄로 예상하고 있었을, 그리하여 감사의 말을 듣고 싶었을 그분은 갸우뚱 고갯짓도 한다. 더구나 그 회사는 큰 언론사여서 사원 복지나 근무 환경이나 급여 수준이 모두 넘칠 만큼 좋다. 그 여자의 입장에서 보면.

그러나 그 여자는 집으로 돌아와 냉정하게 생각한다. 운명의 고삐를 잡고 안장 위에 허리를 꼿꼿이 펴고 앉아 멀리까지 내다본다. 진정으로 하고 싶은 일, 가장 나중에 다다르고 싶은 곳…… 길은 잘 보이지 않지만 다시 한 번 본성의 목소리에 귀를 기울인다. 내가 진실로 하고 싶은 일은 좋은 회사에 취직하는 게 아니라 좋은 소설을 쓰는 일이야. 많은 월급을 받고 편하게 사는 게 아니라 조금 힘들더라도 내 세계를 지키는 거야. 더구나 곧 결혼을 할 텐데, 그러면 집안일, 글 쓰는 일, 직장일, 세 가지를 모두 병행할 수는 없어. 그중 하나를 포기해야 한다면 당연히 직장이지. 그 여자는 운명의 잔등에서 내려온다. 결론은 났다.

그 여자가 지금에야 이상하다고 느끼는 것은, 입사 권유를 받은 사실에 대해 그 남자와 의논하지 않았다는 점이다. 의논하지 않았을 뿐 아니라 아예 그런 사실을 말조차 하지 않는다. 모르겠다. 늘 모든 문제를 스스로 판단해서 혼자 결정하는 습관을 가지고 있었기 때문인지, 그 여자의 의식 속에 그 남자의 자리가 그 정도였는지는.

다음 날, 그 여자는 데스크에게 말한다.

"말씀은 고맙지만, 저, 입사하지 않을래요."

데스크는 여전히 이해하지 못하는 눈빛이다.

"왜, 어디 다른 데, 갈 데가 있어요?"

"아녜요. 그저, 지금 일하는 방식대로 일하는 게 좋아요. 앞으로 도 그런 식으로 일할 수 있게 해주세요."

데스크가 한두 번 더 이유를 묻지만 그 여자는 대답할 수 없다. 아직도 그 여자는 소설을 쓰기 위해서…… 그런 말을 스스럼없이 할 수 없다. 데스크에게 시원하게 대답할 수 없는 자신이 답답하다. 그렇지만, 그 여자는 갈림길에서 다시 한 번 길을 잘 선택했다고 제 운명의 갈기를 쓰다듬어준다.

그리고 그해 구월, 그 여자는 그동안 틈틈이 쓴 중편소설 〈죽음 잔치〉로 문학사상 신인상에 당선된다. 어디엔가 글을 발표하는 일의 부끄러움이나 부질없음을 다시 한 번 느끼지만, 어쩌겠는가. 이제는 그것을 이겨내는 수밖에 없다. 아마 상은, 그런 감정들로 인해 주저앉거나 넘어지지 말라고, 그 길을 미리 가본 선배들이 보내는 격려가 아닐까 싶다.

그 여자는 그때 받은 원고료 백만 원을 어머니와 그 남자에게 반반씩 나누어준다. 어머니에게는, 가난한 어머니의 돈으로 공부를 시작하면서 언젠가는 등록금을 모두 돌려드리겠다고 약속한, 그것을 지키는 일이다. 물론 어머니는 그 여자가 왜 그만한 돈을 불쑥 내놓는지 모른다. 소설을 발표하여 원고료를 받았다는 말도, 어머니께 받은 돈을 돌려드리는 거라는 말도 하지 않는다. 어머니가 그 돈으로 무얼 했는지는 모르지만, 그 남자는 그 돈으로 비디오를 산다. 그는 욕심이 많다. 갖고 싶은 물건이 있으면 반드시 손에 넣어야 하고, 보고 싶은 영화가 있으면 반드시 보아야 하고, 하고 싶은 일이 있으면 꼭 그 일을 해야 한다. 그 여자는, 그가 채워지지 못한 욕심에 시달리기보다는 비디오를 사는 게 낫다고 생각한다.

영화라면 이쯤에서 끝나도 좋을 것이다. 그들의 평화로운 일상을 한두 장면 더 보여준 다음에. 그러나 이건 영화가 아니다. 그리하여 그 일이 일어난다. 이제 인생이라는 것이 어떤 형식을 갖추어가는구나. 결혼식을 치르고, 꾸준히 글을 쓰면서, 편안한 날들을 지내는 일만 남았구나. 그 여자가 그런 생각을 하고 있을 때, 겨우겨우 꿰맞춘 조각 그림을 한꺼번에 흩뜨려버리는 그 사건이 일어난다.

그날, 그날은 토요일이다. 점심 때 그 여자는 김밥을 만 것으로 기억된다. 그 여자는 음식 만드는 일을 좋아하고, 그것을 누구에겐가 먹이는 일을 좋아한다. 세 시쯤 회사에서 돌아온 그 남자는 어쩐지 들뜨고 편안한 표정이다. 그는 여자에게 다가와 다정하게 말한다.

"혜정이네 가서 좀 자고 와."

그 여자는 김밥을 주섬주섬 챙기며 묻는다.

"왜?"

"손님들이 올 거야."

그 여자는 잠깐 의아해한다. 그 남자의 손님이든 그 여자의 손님이든, 그들 중 누가 자리를 피해야 하는 사람은 없다. 혹시 집안 어

312

른들이 오신다면 오히려 기다렸다가 맞아야 한다. 아무리 생각해도 그 여자가 자리를 피해야 하는 손님이란 없다. 아니, 여태껏 그런 일이 없었다.

"누군데?"

"모르는 사람이야. 아니, 몰라도 되는 사람이야."

그의 목소리가 떳떳하지 못하다고 느끼며 그 여자는 잿빛 바바리를 생각한다. 아마 손님 중에 잿빛 바바리가 끼어 있는 모양이라고. 모르겠다. 왜 그런 생각을 했는지. 전번에 그 남자가 잿빛 바바리를 초대했을 때, 의외로 그 여자가 당황하던 기색을 눈치챘는지도 모르겠다. 아직도 저 여자의 마음에는…… 그런 생각을 했을지도 모른다. 그런 생각이 들자 그 남자에 대해 조금 서운한 마음이 든다.

그 여자는 늘 그랬듯이 그가 시키는 대로 한다. 그게 서로를 고통스럽게 하지 않는 길이라면, 그렇게 하자.

"그럼, 이 김밥 나중에 손님 오면 같이 먹어."

그 여자는 김밥을 그릇에 잘 담아 뚜껑으로 덮어놓는다. 방으로 들어가 외출 준비를 하고 나오니 그는 마루에서 난로를 닦고 있다. 옥색 알라딘 난로. 그 여자가 터무니없이 비싼 돈을 주고 그 수입품 난로를 샀을 때 그가 어처구니없어 했던 것이다. 그러나 그 여자에게는 그것을 살 이유가 충분히 있었다. 그을음과 석유 냄새가 나지 않는 특수한 심지 장치를 가지고 있다는 광고를 보았기 때문이다. 더구나 알라딘 난로라니. 얼마나 매혹적인 이름인가. 모양도, 색깔도 꼭 마음에 들었다.

"난로 피우려고?"

"응. 손님이 오면 밤에 추울 것 같아서."

그 남자는 난로의 몸체를 다 닦고, 이번에는 심지를 점검한다.

"밖에 추워? 나, 이러고 나가면 추울까?"

그 여자는 제 옷차림을 내려다보며 묻는다. 시월 말경이고, 그 여자는 얇은 가을용 재킷을 입고 있다. 그 남자는 언뜻 그 여자를 바라본 후 건성으로 대답한다.

"괜찮아. 빨리 가기나 해."

그 여자는 그가 알 수 없는 흥분에 들떠 있고, 자신에게 무성의하다는 걸 느낀다. 그러나 별로 이상하게 생각하지 않는다. 중요한 손님이 올 모양이고, 그들이 도착할 시간이 거의 다 된 모양이라고만 생각한다.

"내일 언제쯤 올까?"

"음……."

그 남자는 잠시 난로 닦는 손길을 멈추고 생각한다.

"음, 오후쯤."

"알았어."

그 여자는 집을 나선다. 염려했던 것만큼 추운 날씨는 아니다. 들판에는 가을걷이를 하는 농부들이 있고 하늘은 아주 높고 은행나무는 막 노랗게 물들고 있다. 그 여자가 보는 동안에도, 이쪽 가지에서 저쪽 가지로, 누르게 변해가는 그것들이 보인다. 아니, 그렇게 믿어진다.

그 여자는 158-1번 버스를 타고 서울로 나간다. 홍은동 미미예식장 앞에서 버스를 내려 혜정이에게 전화를 건다. 곧 그리로 갈 거야. 나 좀 재워줘. 그런 말을 할 참으로. 그러나 혜정이는 집에 없다. 주인아주머니가 전화를 받아 혜정이가 천호동 집에 갔다고 일러준다.

그 여자는 갑자기 황망해진다. 갈 곳이 없다. 거리에 한참을 서 있는다. 어떻게 하나……. 서점에 들러 책을 구경하고, 카바레 입구에 서서 그 안으로 숨듯이 빨려 들어가는 아주머니들을 오래 구경한다. 허름한 옷을 입은 중년의 아주머니들이 정말 시장바구니 같은 것을 들고 비탈진 계단을 내려간다. 오후 다섯 시나 여섯 시쯤 되었을 것이다. 어떻게 하나……. 그러다가 그 여자는 집으로 돌아가리라 결심한다. 아래층에서 할머니와 함께 있으면 될 것이다.

그날, 혜정이네 집에서 잘 수 있었더라면 일이 달라지지 않았을까. 그와 결혼을 하고, 누구나 그렇듯이 그러저러하게 살았을까. 그는 여전히 넘치는 열정을 어쩌지 못해 다른 여자들을 만날 테고, 아무것도 모르는 그 여자는 그의 무관심을 편안하게 여기며 살았을까. 그러나 섣불리 말하지 말자. 인생에는 만약에, 라는 게 없다. 일어나지 않은 일은 없는 일이다.

그 여자는 집으로 들어서며 고개를 갸웃한다. 손님이 오기로 했다는 집이 너무 조용하다. 아래층 할머니는 그 여자를 보더니 눈을 크게 뜬다.

"같이 나간 거 아니야? 색시 나가고 총각도 바로 나갔는데……."

무슨 얘긴가? 그 여자는 조금 긴장된 마음으로 이 층으로 올라간다. 마루에 서서 다시 한 번 의아해한다. 마루가 깨끗하다. 싱크대 위의 도마며, 칼이며, 수저통 들이 모두 치워져 있다. 마루 벽에 기대 세워놓은 밥상도, 석유곤로도 보이지 않는다. 제 방문을 열고 들어서니, 마루에 있던 모든 것이 거기 들어와 있다. 그 여자가 잘 담아둔 김밥 그릇도 방바닥에 함부로 놓여 있다. 어떻게 된 일인가.

생각하는 순간, 찰나적으로, 아주 직감적으로 모든 것을 깨닫는다. 무서운, 그러나 피할 수 없는 사실을. 그가 온다고 한 손님은 여자일 것이다, 그는 그 여자에게 혼자 사는 남자처럼 보이고 싶어 했을 것이다. 그렇다면 그 여자란, 그와 보통 이상의 관계일 것이다. 한 번도 그런 문제로 그 남자를 의심해본 일이 없는 그 여자는, 순식간에 그런 추론을 해낸다.

그 여자는 벌써 가슴이 두근거리며 팔다리가 조금씩 떨린다. 떨리는 손으로 그의 방문을 열어보니 그의 방은 아주 정갈하다. 그는 평소에도 정갈하지만 그날은 더욱 그렇게 보인다.

그 여자는 자신의 방으로 돌아와 가만히 앉는다. 어찌된 일인가. 어떻게 해야 할지 알 수가 없다. 섣불리 그를 의심하고 있다는 자책도 들고, 설마 그런 일이 있으려고 하는, 어처구니없다는 생각도 든다. 그럼에도, 그가 어떤 여자를 데리고 올 거라는 쪽으로만 달리는 생각의 고삐를 잡을 수 없다.

혼자 있으려니 자꾸 가슴이 뛴다. 방 안의 모든 물건이 사람처럼 보인다. 사람처럼 보이면서, 그 여자를 향해 덮쳐온다. 어둠을 안고 있는 창에서조차, 금방이라도 무서운 무엇이 튀어나올 것 같다. 심호흡을 몇 차례 해본다. 그래도 가슴이 진정되지 않는다.

그 여자는 방을 나와 아래층으로 내려간다. 아래층 할머니는 그 여자와 이야기하는 것을 좋아한다. 그 할머니는 한번 이야기를 시작하면 끝이 없기 때문에, 그 여자 쪽에서 시간 조절을 잘해야 한다. 한번은 그 할머니의 얘기를 듣다가 밤을 꼬박 새운 일도 있다. 할머니의 여학교 시절 일이며, 아직도 유지되고 있다는 그 여학교 동창회의 일이며…….

할머니는 그 여자의 손을 잡아 방으로 데리고 간다.

"어떻게 된 일이야?"

"모르겠어요. 무슨 일인지."

긴장으로 인해 벌써 목소리가 떨린다.

"왜? 무슨 일이 있어?"

"집이 치워져 있어요. 부엌살림들이 모두 방으로 들어와 있고……."

그 여자는 더 말하지 못한다. 떨리던 목소리가 울먹이려 해서.

"무슨 얘기야? 내가 한번 가볼까?"

그 여자는 고개를 끄덕인다. 자신의 의혹이 사실이 아니기를 바란다. 누군가 보다 객관적으로 그 상황을 판단해주었으면 싶다. 그러나 할머니는 이 층에 올라갔다 오더니 얼굴이 어두워져 있다. 그 여자의 손을 잡으며 말한다.

"그렇지만 그럴 리가 없어. 얼마나 착실하고, 또 색시한테 잘해주는 총각인데……."

그 여자는 입술을 문다. 할머니도 똑같은 의혹을 느끼는구나. 벌써 나를 위로하려 하시는구나. 눈앞이 뿌옇게 흐려져서 몇 번이나 눈을 깜박인다.

할머니는 그 여자에게 커피를 타준다. 커피를 마시면서도 마음이 내내 허둥거린다. 정말일까. 그 여자는 할머니 방에 그대로 있는다. 도저히 이 층으로 올라갈 수가 없다. 부엌살림들이 함부로 쌓여 있는 자신의 방에도, 정갈하게 치워져 있는 그의 방에도. 온갖 사물이 사람으로 보이는 그곳으로 다시 올라갈 수가 없다. 내내 가슴이 떨리고 마음이 허둥거리는 상태에서 그 여자는 할머니의 얘기를 듣다가, 텔레비전을 보다가 한다. 아닐 거야, 아닐 거야, 생각하면서.

대문 열리는 소리가 들릴 때, 할머니와 그 여자는 동시에 시계를 본다. 열한 시 오십 분이다. 잠시 후 현관문 열리는 소리가 들린다. 그 여자는 발소리에 귀를 기울인다. 발소리는 조용히 마루를 지나 계단으로 올라간다. 한 사람의 소리인지 두 사람의 소리인지 알 수 없다.

할머니가 방문을 열고 밖으로 나간다. 잠시 후 다시 돌아와 그 여자의 손을 잡는다. 할머니가 제 손을 잡을 때, 그 여자는 모든 걸 다 알고 만다. 그렇구나, 여자를 데리고 왔구나. 믿을 수가 없다. 어떻게, 어떻게 그런 일을 할 수가 있는가. 그 남자가, 그런 사람이었던가. 들떠서 난로를 닦으며, 빨리 가기나 하라고 말할 때, 그 남자의 마음속에 있던 것이 바로 저것인가.

"마음 단단히 먹고 올라가 봐."

그러나 그 여자는 움직이지 못한다. 가슴을 두 손으로 누르며 상체를 많이 굽힌다. 그래도 두근거리는 가슴이 진정되지 않는다. 어떻게, 어떻게 그럴 수가 있는가……. 그것 말고는 어떤 생각도 떠오르지 않는다. 할머니는 그런 여자를 보기만 한다. 한참 만에, 그 여자는 크게 심호흡을 하고 일어난다. 이 층으로 올라가는 발걸음이 계속 떨린다.

그 남자의 방에서 빨간 스탠드 불빛이 새어나오고 있다. 그 여자는, 그의 방 앞에서 망설인다. 돌아설까. 확인하는 일이 무슨 의미가 있는가. 그러나 손은 이미 방문을 노크한다. 잠시 후 방문이 열리고, 그의 놀라는 얼굴이 나타난다.

잊을 수 있을까. 그때, 방문 밖에서 떨리는 가슴으로 보았던 그 방

318

문 안의 광경을. 스탠드를 켜서 알맞게 밝혀둔 실내에서는 플루트의 애잔한 선율이 흐르고, 낮에 그 남자가 닦던 알라딘 난로는 온화한 불꽃을 피워 올리고, 그 위에 빨간색 주전자가 올려져 있던 광경. 난로 앞에서 긴 머리 여자가 의자에 기대앉아 비스듬히 상체를 기울이고 있던 모습. 그녀의 얼굴에 깃들어 있던 나른하고 행복한 표정을.

긴 머리 여자가 나른한 행복에 취한 얼굴로 문을 향해 고개 돌릴 때, 그 여자는 긴 머리 여자를 알아본다. 지난여름, 그 남자가 제주도로 여행 갔다가 돌아오면서 가져온 사진 속에 있던 여자다. 그때 그 여자는 그와 나란히 앉아 있는 긴 머리 여자를 가리키며 누구냐고 물은 일이 있다. 두 사람의 모습이 유난히 정다워 보인다고 생각하면서. 그는 회사 후배라고 대답했다. 사진 속에 있던 바로 그 여자다.

그 남자는 여전히 놀란 얼굴로, 당황한 손길로, 그 여자를 밀쳐내려 한다. 그 여자는 갑자기 몸 안에서 사납게 소용돌이치는 기운을 느낀다. 그전까지는 후드득거리는 가슴을 진정시키는 일도 힘들었는데, 어디선가 사나운 힘이 솟구친다. 그 여자는 그가 닫으려는 문을 낚아챈다. 그는 문을 당기는 힘을 늦추지 않은 채 낮고 차갑게 말한다.

"네 방에 들어가 있어."

눈빛은 이미 날카로워져 있고, 광대뼈도 더 불룩하다. 그러나 그 여자는 문을 잡은 손을 놓지 않는다. 그런 행동을 해서 무엇을 어쩌자는 마음인지도 모르는 채, 그렇게 한다. 그동안 그의 완력에, 감당할 수 없는 그의 열정에 늘 투항해야 했던 그 여자는 이번만은 그러지 않으리라 생각한다. 한 번은, 적어도 한 번은 그의 열정에, 그의 고집에 대항하고 싶다. 바로 그 자리가, 그와 대결할 수 있는 마지막 기회일 것이다. 마지막이다. 그 여자는 이미 그렇게 생각하고 있다.

그 여자가 방문을 놓지 않자 그 남자는 마루로 나와 등 뒤로 문을 닫는다. 그러고는 그 여자를 노려본다. 그전까지 한 번도 본 적이 없는 눈빛이다. 완전한 타인의 눈빛이고 조금도 다른 감정이 섞이지 않은, 오로지 적의만이 깃들어 있는 눈빛이다. 그 여자는 헉, 숨을 들이쉰다. 벌써 기가 질려 몸 안 어딘가가 막혀 있다. 가슴쯤, 울대쯤, 혹은 머리 어디쯤. 그러나 잦아드는 마음을 겨우겨우 추슬러, 소리치듯 말한다.

"어떻게 이럴 수 있어? 어떻게……."

말문을 여는 것과 동시에 울음이 터지며 목소리가 떨린다. 목소리는 예상했던 것보다 훨씬 작다. 안에서 솟구치는 울분이 목쯤에서 걸려 기가 꺾여 나온다. 그 남자는 우는 여자를 밀친다. 그 여자의 방 쪽으로.

"네가 헤어지자고 했잖아. 결혼도 하지 않고, 아이도 낳지 않겠다고 했잖아."

그 여자는 다시 헉, 숨을 들이쉰다. 그랬다. 그런 말을 했다. 그러나 이런 때 사용하라고 그 말을 한 것은 아니다. 어떻게 그럴 수 있는가. 목에 거대한 바윗덩어리가 막히면서, 숨이 잘 쉬어지지 않는다. 끅끅, 목에서 그런 소리가 난다.

그 남자는 계속 그 여자를 뒤로 밀친다. 그 여자는 저항하면서, 그러나 힘없이 뒤로 밀려난다. 어두운 마루, 차고 스산한 기운만이 감도는 휑한 공간에서 그 여자는 그 남자에게 밀려 뒤로, 뒤로 물러난다. 공포에, 벌써 그 남자에 대한 공포에 휩싸여 있다. 그 남자는 한 손으로 방문을 열고, 다른 한 손으로는 그 여자의 어깨를 민다.

"네가 먼저 이사 나가겠다고 했잖아. 우선 방에 들어가 있어."

그 여자는 버틴다. 방 안으로 밀려가지 않으려고, 아니 벌써 온몸을 휘감아버린 그 공포에 휩쓸리지 않으려고 힘들게 버틴다. 이럴 수는 없어. 더 이상 그런 식으로는……. 그러나 그 여자는 결국 그 남자에게 밀려 방으로 들어간다. 끅끅, 숨이 잘 쉬어지지 않는 목에서 나는 소리를 들으며.

그때, 그 남자의 방문이 열리고 긴 머리 여자가 마루로 나온다. 긴 머리 여자도 황망하고 어이없는, 그런 얼굴이다. 그 남자는 긴 머리 여자가 나가는 것을 보더니, 그 여자를 밀치던 것을 그만두고 황급히 마루로 달려 나간다. 긴 머리 여자의 팔을 낚아채서 가방을 뺏어들고, 그 앞을 막아선다. 긴 머리 여자는 그에게서 비켜 나가려고 하고, 그 남자는 다시 그 앞을 막아선다. 비켜나고 막아서고, 비켜나고 막아서고……. 긴 머리 여자는 황망하고 넋이 나간 모습이고, 그 남자는 진지하고 열정에 찬 모습이다.

그 여자는 방 안에 서서 그 모든 광경을 고스란히 본다. 눈물이 어룽어룽한 눈으로, 끅끅 금방이라도 숨이 넘어갈 듯한 숨 막힘으로, 몸 깊은 곳에서 어떤 기운이 한없이 잦아들고 있는 것을 느끼면서. 그 모습을 보다가, 갑자기 발작적으로 소리 지른다.

"나가, 둘 다 나가!"

그날의 그 발작적인 외침을 그 여자는 두고두고 부끄러워한다. 그때, 그렇게 울면서 소리치지 않았으면 좋았을 것을. 어차피 끝낼 일이라면 조용히 끝낼 수도 있었을 것을. 다행히 그 집은 외따로 떨어져 있어 잠든 사람들을 깨울 염려는 없지만, 그래도 여자는 그날 밤의 그 울부짖음이 두고두고 부끄럽다.

왜 그렇게 화를 내었을까. 마음 깊은 곳에서는 그 남자를 받아들이지 못해 힘들어 했으면서도, 그때 이미 마지막이라고 생각하고 있었으면서도, 왜 그렇게 화를 냈을까. 배신감? 그것도 있었을 것이다. 기만감? 그것도 있었을 것이다. 그러나, 무엇보다 그 여자가 고통스러워한 것은, 발밑이 허물어지는 느낌 때문이었을 것이다. 인간에게, 인간에게 저런 모습도 있구나…… . 발밑의 세상이 허물어지면서 그 여자는 다시 한 번 낮은 곳으로 떨어져 내린다. 척락감. 존엄성이 철저히 훼손당하는 그 척락감, 인간에 대한 신뢰가 완전히 허물어지는 그 척락감.

긴 머리 여자는 결국 그 남자의 손을 뿌리치고 밖으로 뛰쳐나간다. 가방은 그의 손에 남겨둔 채로. 어쩌면 긴 머리 여자가 힘으로 그를 뿌리친 게 아니라, 그가 그녀를 보내줬을 것이다. 긴 머리 여자가 밖으로 나가자 그는 얼른 방으로 들어가 겉옷을 집어들고 나온다. 황급히 나가면서, 그 여자를 한 번 바라볼 뿐이다.

아직도 그 눈빛을 잊을 수 없다. 눈꼬리가 위로 올라가며 푸른 인광 같은 것을 쏘아내던 눈빛, 오직 적의만이 가득하던 눈빛. 인간이, 인간이…… . 그 여자는 인간이 그런 눈빛을 할 수도 있다는 데 절망한다. 그 눈빛은, 야행성 동물이 어둠 속에서 인광을 뿜어내는 눈빛이다. 경계하기 위해 어둠을 훑는 서치라이트의 눈빛이고, 그때까지 본 가장 큰 불신의 덩어리인 눈빛이고, 인간에 대해 절망하게 만드는 눈빛이다. 무엇보다, 그 후로 오래도록 그 여자가 세상에 대한 불신과 피해의식에 시달리게 만드는 눈빛이다. 모든 인간의 눈 속에 그런 눈빛이 숨겨져 있을까, 생각하는 것만으로도 숨이 막히는, 그런 눈빛이다.

그 여자는, 그 남자가 긴 머리 여자를 따라 나가고 난 후부터, 다음 날 아침까지의 시간에 대해서 말할 수 없다. 그 지옥의 시간에 대해. 그때는 정신이 몸을 탁 때려서, 혹은 몸이 정신을 흐리게 해서, 잠속으로 빠져들게 만드는 일도 일어나지 않는다. 몸도 정신도 모두 쭈뼛쭈뼛 곤두서 있다. 사방이 온통 캄캄한 진흙구덩이에 앉아 있는 듯한 단절감. 그동안 겨우겨우 꿰맞추어 이제 막 어떤 형상을 드러내려 하던 조각 그림이 순식간에 허물어지면서 그 밑에 깔린 느낌. 그동안 느껴왔던 편안함의 실체가 이것이었던가. 믿을 수 없다.

방 안에 꼼짝도 않고 앉아 있다가, 베란다로 나가 찬 공기를 쐬었다가, 그의 방에 들어가 그때까지도 타고 있던 알라딘 난로를 끈다. 그때, 방바닥에 떨어져 있는 책이 한 권 눈에 들어온다. 그 여자는 책을 집어든다. 무슨 책이었을까. 어떤 종류의 책이었는지는 기억나지 않는다. 다만 한 가지, 그 책의 속표지에 씌어 있던 글은 기억한다.

    내 유일한 사랑, 변진희에게

그 여자는 우리말을 해독하지 못하는 사람처럼 그 글을 반복해서 읽는다. 내 유일한 사랑, 변진희에게. 무슨 뜻일까. 그는 한때 그 여자에게도 그와 똑같은 글을 무수히 보냈다. 그 여자에게도 많은 책을 선물했다. 그는 분명 사랑에 빠져 있는 것이다. 이미 자명한 사실을, 그 여자는 그때야 깨달은 것처럼 그 글을 보고 또다시 절망감을 느낀다.

책을 바닥에 내려놓고 제 방으로 돌아간다. 베개에 머리를 묻고 울다가, 일어나 물을 한 잔 마셨다가, 또 멍하니 앉아 창을 바라본다. 창은 까맣다. 온전하게 검은색만인 어둠이 거기 창에 가득 차 있다. 그 여자는 자신이 창 같다고 느낀다. 창은 아무것도 자의적으로 하지 않는다. 창은 그저 가만히 있는데, 바깥세상이 창에게 검은 어둠을 안기기도 하고, 환한 태양을 안기기도 하고, 나비를 날아들게 하거나 꽃피는 나무를 보여주거나 한다.

그 여자는 창이었다. 한 번도 그의 사랑을 원했거나 그에게서 무얼 요구하거나 한 적이 없다. 그 여자는 그저 가만히 거기 있었다. 모든 걸 참고 양보하기만 하면서. 그런데 이제, 그는 그 여자의 창에 어둠을 가득 안기고 있다.

쭈그리고 앉아, 이따금 훌쩍거리다가, 그 여자는 문득 똑같은 일이 전에도 있었음을 떠올린다. 아버지다. 아버지가, 그 여자를 마당에 남겨둔 채 집 모퉁이를 돌아가던 일, 뒤뜰에서 오래오래 그 집의 여자를 달래던 일.

그 여자를 남겨둔 채 긴 머리 여자를 따라 나간 그 남자도 어디선가 긴 머리 여자를 달래고 있을 것이다. 간절한 눈빛으로, 상처 입은 짐승의 표정으로 긴 머리 여자의 앞길을 막고 막고 또 막을 것이다. 그 집에 있던 여자와는 이미 아무 관계도 없다고, 그 여자는 곧 이사 나갈 거라고, 내가 사랑하는 사람은 너밖에 없다고, 울면서 애원할지도 모른다. 그러면 긴 머리 여자는 이해한다고, 얼마든지 이해할 수 있다고, 울면서 그를 부둥켜안았을지도 모른다. 사실, 모른다. 상실감과 절망감에 빠진 그 여자가 혼자 해본 망상일 뿐이다.

그 여자는 지금도 이해할 수 없다. 그 남자가 왜 그런 위태로운 도박을 했는지를. 왜 그 집으로 긴 머리 여자를 데려왔는지를. 그 남자가 긴 머리 여자를 사귄 게, 그 여자에 대한 복수심에서였을지도 모른다는 건 이해한다. 그러나 왜 집으로 데려오기까지 했는가. 긴 머리 여자가 그의 방을 보고 싶다고 했을까. 아니면, 그 여자를 떨쳐내기 위해 그런 방법을 택했을까. 그렇게 하면, 분명 그 여자는 떠날 테니까.

아니다. 다르게 설명해야겠다. 그가 너무나 많은 열정과 신명을 가지고 있기 때문이라고. 그는 한번 열정이 폭발하면 그 밖의 것은 볼 줄 모른다. 예전에 그 여자에게 했던 것처럼. 그 남자는 다시 한 번 사랑에 빠졌던 모양이다. 이성적으로 판단해서 행동하기에는 신명의 열기가 너무 자욱했을 것이다.

밤에 잠을 자면 머리카락이며 눈썹이 하얗게 센다는 날이 있다. 그러나 어떤 밤은, 잠을 자지 않으면 머리카락이 하얗게 세는 모양이다. 그날 밤, 그 여자는 머리카락이 하얗게 세는 것을 느낀다. 눈을 감으면 하얀 머리카락들이 허공을 훨훨 날아다니며 그 여자 주변을 빙글빙글 돈다. 온몸의 물기가 모조리 빠져나간 듯, 움직이는 곳마다 몸이 부서져 나갈 것 같다.

그 남자는 아침에 집으로 돌아온다. 그 여자가 녹초가 되어 있을 때. 그는 아무 말도 하지 않는다. 간밤의 일에 대한 해명도, 그 여자에게 미안하다는 말도, 혹은 그 여자를 비난하는 말도. 다만 세수를 하고 옷을 갈아입고 출근 준비를 할 뿐이다. 그 아침, 그 남자가 한 말은 단 한마디다.

"이달 안으로 이사를 나가든지, 십이월 안으로 결혼을 하든지 결정해."

그건 무슨 선언인가. 그런 상황에서 결혼하든지라니. 아니, 그 여자의 마음이 아니라 그 남자의 마음에 대해서 말이다. 이미 다른 여자를 사랑하고 있으면서, 새로운 사랑을 위해 헌 신발을 마루 밑으로 숨기기까지 했으면서, 결혼하든지라니. 그런 식으로, 마지못해, 혹은 복수심으로 결혼을 하겠다는 뜻이었을까. 그 여자는 받아들일 수 없다. 아무것도 받아들일 수 없다.

그가 출근한 뒤 그 여자도 집을 나온다. 목적이 있어서가 아니라, 그 집에 있을 수가 없어서다. 무엇을 어떻게 해야 할지 알 수 없어서다. 버스를 타고 어딘가에 내려서, 무작정 거리를 걷다가, 그러다가 온 길을 되짚어 걷기도 한다. 그 여자는 아무래도 넋이 나가 있는 것 같다.

그날 두 가지 일이 기억난다. 하나는 그 남자의 어머니에게 전화를 했다는 점이다. 거기가 어디였더라. 기억하지 못하지만 지하철역 구내였던 것 같다. 지하였고 말소리가 울렸고 주변에 바삐 오가는 사람들이 많았다. 그 여자는 많은 사람이 오가는 지하철 구내에서 전화기에 대고 울면서 말한다.

"어떻게 해요? 형이 집으로 다른 여자를 데려왔어요."

그의 어머니는 무슨 말씀을 많이 하신다. 그러나 지금 이 글을 쓰면서 기억나는 것은 단 한마디뿐이다.

"여자 울리는 일 하면 안 된다고 그렇게 일렀는데……."

걱정 섞인 목소리다. 그리고 그 여자는 그 남자의 생년월일과 태어난 시를 물어본다. 그 여자가 늘 하던 버릇대로, 어디 역술가를 찾아가보고 싶었던 모양이다. 그러나 그 남자의 사주를 들고 역술가를 찾아간 일은 없다. 지금은 그의 생년월일도 기억나지 않는다. 그때의 모든 일이 잘 기억나지 않는다. 혼란스럽기만 하고.

차를 타고 어디어디를 돌아다니다가, 오후 두세 시쯤에 그의 회사 근처에 도착한다. 전화를 받은 사람은 그가 회사에 나오지 않았다고 한다. 그 여자는 당황한다. 분명히 출근했는데……. 할 말이 없어 머뭇거리다가 다른 사람을 바꿔달라고 한다. 그 남자와 같은 회사에 다니는 사람, 그 여자가 아는 사람, 그는 잿빛 바바리다.

잿빛 바바리는 그 여자를 보고 놀란다. 황폐한 얼굴, 밤을 꼬박 새우며 절망감에 시달리고, 그러고도 거리를 이리저리 걷다가 온 길이다. 그 여자는 어떤 얼굴을 하고 있었을까. 잿빛 바바리는 그 여자를 찻집으로 데려간다. 그 여자는 아무 말도 하지 못한 채, 잿빛 바바리 앞에서 맥을 놓고 운다.

"왜 난 이런 얘기조차 네게 해야 하니? 왜 하필이면 네게……."

잿빛 바바리, 그때까지 아무것도 모르던 그는 그 여자를 물끄러미 건너다본다. 큰 눈으로, 금방이라도 바다가 쏟아져 나올 것 같은 눈으로.

"형이 집으로 여자를 데려왔어. 난 어떡해야 할지 알 수 없고……."

잿빛 바바리는 별로 놀라는 표정이 아니다. 덤덤하고, 무심해 보이기까지 한다. 누구든, 누구든 위안이 되어주었으면 싶었던 그 여자의 마음에 그렇게 보였을 것이다. 그 무렵, 잿빛 바바리는 결혼한 후다. 그 여자는 말이 없는 잿빛 바바리 앞에서 한동안 울기만 한다.

"회사에 변진희라는 사람 있지?"

잿빛 바바리는 고개를 끄덕인다.

"나, 그 사람하고 얘기 좀 하고 싶어. 불러줄 수 있니?"

무슨 마음이었을까. 무슨 얘기를 하고 싶어 했을까.

"오늘 회사에 안 나왔어."

그 여자는 그 상황도 잘 이해가 되지 않는다. 두 사람 모두 결근을 했다는 사실이 또 무엇인지 몰라 어리둥절하다.

"넌 알고 있었니? 그가 그런다는 거, 너는 알고 있었지?"

공연히 잿빛 바바리에게 심술을 부리는 것 같다.

"아니, 몰랐어."

잿빛 바바리는 순하게 대답한다. 그의 순함이 그 여자에게는 무심함으로 보인다. 그 여자는 문득 부끄러워진다. 그의 순한 얼굴과 순한 대답을 들으며 자신이 지나치게 흥분하고 있구나, 거의 제정신이 아니구나, 이래서는 안 되는 일이구나 깨닫는다. 이건 아니다. 조용히 떠나든가, 말없이 참든가, 둘 중 하나를 선택해야 한다. 이러고 다니는 건 옳지 않다. 그렇게 미친 여자처럼 거리를 돌아다니다가 그의 회사를 찾아간 것도, 긴 머리 여자를 만나고 싶어 하는 것도, 별로 잘하는 일이 아니다. 부끄럽고 황량한 일이다.

그 여자는 울음을 수습하고 마음을 가다듬는다. 잘 되지 않지만 그래도 평정을 되찾기 위해 애쓴다. 물을 두 잔쯤 마시고, 몇 차례 심호흡을 하고, 심상하게 말한다.

"나, 갈게. 미안해."

그 여자는 찻집을 나선다. 그때 잿빛 바바리는 어떤 마음이었을까. 알 수 없다. 물어보지 않았으므로. 지금까지도, 잿빛 바바리도 그 여자도 그런 이야기는 하지 않는다. 저마다의 기억 속에 잘 묻어놓고 혹시 위로 떠오를까 봐 조심한다. 그 여자는 고통으로, 잿빛 바바리는 그 여자에 대한 배려로.

그 여자는 집으로 돌아가기 위해 158-1번 버스를 탄다. 입구 근처 창에는 '안내양이 없는 자율버스입니다'라는 푸른 스티커가 붙어 있다. 버스를 타고, 버스표를 내는 순간, 왜 그 일이 떠올랐을까. 보름쯤 전에, 시내버스가 자율버스가 된다는 사실이 공지되던 무렵에 있었던 일. 그 무렵 그 여자는 버스를 탈 때마다 안내양을 유심히 보곤 했다. 저들은 이제 어떻게 되는가. 저 많은 젊은 여자들은.

그날도 그 여자는 버스를 타고 안내양을 바라보고 있었다. 입매가 곱고 말할 때마다 고른 치열이 드러나는 고운 인상이다. 저 안내양은 이제 실업자가 되는 걸까. 그 여자가 염려하는 것을 신사복을 입은 중년의 승객이 묻고 만다.

"자율버스 되면, 이제 아가씨는 어떻게 해?"

그 여자는 자신이 질문을 받은 것처럼 당황한다. 그런 질문은 어쩐지 대놓고 하기가 조심스러운 종류의 것이다. 잘못하면, 당사자에게 주먹이 될 수도 있다. 그러나 안내양은 의외로 순한 얼굴을 하고 상큼하게 대답한다.

"다른 직장으로 가죠."

신사복을 입은 중년은 그 또래의 예쁜 여자가 말하는 다른 직장이라는 걸 믿을 수 없는 모양이다.

"그러지 말고 고향으로 가지. 엄마한테."

"네, 엄마한테도 가고, 갔다가 안 되면 다른 직장으로 가죠. 요즈음 일자리가 얼마나 많다고요. 염려하지 마세요."

안내양은 커다랗고 환한 웃음을 짓는다. 희고 가지런한 이빨을 보며 그 여자는 가슴이 뭉클하다. 안아주고 싶다……. 그 여자는 정말 그렇게 생각했다. 그 어린 안내양의 낙천성과 용기와 맺힌 데 없는 순박함을 모두 안아서 쓰다듬어주고 싶다고.

그 여자는 버스 창에 기대앉아 그 안내양을 떠올린다. 다른 일자리를 잘 구했을까. 그 용기와 낙천성과 순수함을 그대로 간직할 일자리를 구했을까. 아직도 가슴이 울먹울먹한 상태에서 그 여자는 불쑥 어떤 말을 떠올린다. 어린 안내양에게, 그리고 자기 자신에게.

"어떡하면 못 살까, 목숨이여."

그때처럼 가슴이 뭉클해진다. 어떡하면 못 살까, 목숨이여. 삶에 대한 용기와 낙천성과 순수함을 내포하고 있는 말. 그 여자는 몇 번이나 그 말을 중얼거려본다.

버스에서 내려 집으로 돌아오면서도, 초등학교 운동장을 걸으면서도, 양편에 서 있는 은행나무를 올려다보면서도, 그 여자는 그렇게 중얼거린다. 어떡하면 못 살까, 목숨이여. 걸음마다 발에 힘을 주며, 크게 심호흡을 하며, 울먹거리는 가슴을 진정시키며 계속 중얼거린다. 어떡하면 못 살까, 목숨이여.

아직 환한 낮이다. 아래층 할머니는 그 여자의 얼굴을 물끄러미 본다. 그 여자는 심상한 표정을 하며 할머니를 향해 조금 웃어 보이려 한다. 물론 잘 되지 않는다.

"색시, 괜찮아?"

"네."

"뭘 좀 먹었어?"

"네. 염려 마세요."

그 여자는 되도록 짧게 대답하고 이 층으로 올라간다. 옷을 갈아입고 세수를 하고, 심호흡을 하고, 그리고 커다란 가방을 꺼낸다. 그 여자가 여러 집으로 이사할 때마다 늘 그 안에 옷이며 책이며 넣어가지고 다니던 분홍 체크무늬 트렁크다. 우선 옷부터 트렁크에 넣는다. 청바지 몇 벌에 셔츠 몇 벌, 그리고 점퍼 같은 것, 그 여자는 옷이 많지 않다. 그다음으로 책을 챙긴다. 책은 그 남자의 방에 다 있기 때문에 그 여자는 그 남자의 방으로 들어가 책장 앞에 선다. 그중에서 자신의 돈으로, 자신이 직접 산 책들만 뽑아낸다.

짐을 챙겨보니 그 여자의 것은 아주 조금이다. 몇 벌의 옷과 몇 권의 책, 몇 장의 레코드와 오디오, 키 작은 삼단 장, 밥을 해 먹을 수 있는 취사도구가 전부다. 그건 작은 봉고 안에도 들어가고 남을 양이다. 짐들을 방 한쪽에 쌓아놓고 가만히 그 곁에 웅크리고 앉는다. 어떡하면 못 살까, 목숨이여.

계단을 올라오는 발소리가 들린다. 그의 발소리인가, 긴장한다.

"색시, 나랑 같이 밥 좀 먹지."

아래층 할머니다. 그 여자는 방문을 열고 나가 고개를 저어 보인다. 할머니는 걱정스러운 낯빛으로 그 여자의 얼굴을 유심히 바라본다. 그 여자는 고개를 숙인다.

"이런 때일수록 몸을 생각해야지."

이런 때. 그 여자는 할 말이 없다. 이런 때, 여자가 남자에게 버림을 받은 때, 혹은 인간과 세상에 대한 신뢰가 허물어지는 때, 억지로 추스르는 힘과 용기가 한사코 주저앉으려 하는 때. 그런 때는 밥을 먹어야 한다. 그러나 어쩐 일인지 그 여자는 그런 때마다 더욱 밥을 먹지 못한다. 그 여자는 다시 한 번 고개를 젓는다.

"언제든, 배고프면 내려와요."

할머니는 발길이 떨어지지 않는지, 그러고도 잠시 문간에 서 있는다. 계단을 내려가면서도 몇 번이나 뒤돌아본다.

그 여자는 방으로 들어가 이불을 쓰고 눕는다. 탈진한 몸은 자고 싶다고, 자고 싶다고 말하지만 정신은 조금도 잠들어줄 것 같지 않다. 어떡하면 못 살까, 목숨이여. 그러나 다시 온갖 생각이 머릿속을 휘젓고 다닌다. 모든 게 다 끝났다는 생각이 가장 큰 덩어리가 되어 있고, 그 덩어리에서 파생되는 자잘한 덩어리는 억울하다고, 노엽다고, 인간이 어떻게 그럴 수 있느냐고 말한다. 또 다른 덩어리는 그래도 그의 보살핌이 힘이 되는 때가 많지 않았느냐고 한다. 또 다른 덩어리는, 그건 다 갚았다고 말한다. 대학을 졸업한 후 사 년 동안, 그의 군 입대 전, 군복무 중, 제대 후 미취업 기간 동안, 그를 도와주는 것으로 다 갚았다고 말한다. 수리에 둔하고 셈에 어두운 그 여자는 그렇게 계산을 마친다. 다 끝났다고. 그러다 잠이 든다.

잠속에서 어지러운 꿈을 많이 꾸었던 것으로 기억된다. 그 꿈들이 지금은 구체적으로 기억나지 않지만, 잠을 자면서도, 자는 게 아니라 꿈과 꿈을 켜켜이 쌓아올리는 작업을 하고 있다고 생각했던 게 기억난다. 꿈을 꾸다가 놀라서 깨고, 다시 잠들면 다른 꿈을 꾸고, 때로는 꿈을 연재해서 꾼다. 그렇게 꿈들에 짓눌리다가 방문이 열리는 소리를 듣는다.

그 남자가 문간에 서 있다. 그 여자는 멍한 눈으로 그를 바라본다. 꿈을 꾸는 것처럼, 그 안에서 일어나는 일에 어떤 힘도 행사할 수 없는 꿈속처럼, 그를 바라본다. 그는 그 여자가 싸놓은 짐을 보더니 방 안으로 들어온다. 짐을 바라보는 그의 표정은 의외로 담담하다. 그 남자를 바라보는 그 여자도 담담하다.

그다음에 그 남자가 한 행동을 말하려니 벌써 웃음이 나온다. 그 일은, 다시 생각할 때마다 웃음이 난다. 처음에는 씁쓸함으로, 다음 에는 허탈함으로, 그리고 나중에는 아무런 감정 없이 그 일을 생각 하며 웃는다.

그 남자는 방 안으로 들어와 그 여자가 싸놓은 짐들을 유심히 본 다. 취사도구들, 트렁크, 레코드들. 그리고 아직 상자에 포장하지 않 은 채, 벽에 기대 세워놓은 책들. 그 여자는 짐을 훑어보는 그를 바 라보고 있다. 그 남자는 담담하고 차분한 눈빛으로 그 여자의 책들 을 살펴본다. 그러다가 그 책들 위로 손을 뻗어, 두 권인가, 세 권의 책을 집어낸다. 허리를 펴면서, 그 여자를 향해 말한다.

"이건 내 책이야."

그의 책이 섞여 있었거나, 소유가 불분명한, 공동으로 산 책이었 을지도 모른다. 그 여자는 말없이 그의 행동을 보기만 한다. 그는 그런 사람이다. 창이 더 넓고 환한 방도 그가 쓰고 있고, 함께 쇼핑 을 가도 그 여자가 너무 비싸서 망설이는 동안 그 남자는 아주 비싼 옷을 산다. 그 여자는 언제나 그의 욕심에, 그의 열정에 양보해왔 다. 그래서 별로 놀라지 않는다. 아니, 웃음이 나려 한다.

"내가 이사 나갈게."

그 여자는 웃는 대신 그렇게 말한다. 남자는 그 여자를 돌아본다. 아무 말도 하지 않는다. 말리지도, 그러라고도 하지 않는다. 다시 고개를 숙여 손에 들린 책을 내려다본다. 황폐해 보이는 얼굴이다. 열정이나 상심 때문이 아니라 욕심 때문에 황폐해 보인다. 그에게 있는, 바닥을 알 수 없는 자기애와, 열정, 그리고 욕심.

"방 얻을 수 있게 돈 좀 줘."

그때까지도 모든 돈은 그 남자가 관리해오고 있다. 그 여자에게
는 아예 저금통장이라는 게 없다. 그의 통장에 얼마나 되는 돈이 들
어 있는지도 알지 못한다. 그는 말없이 고개를 끄덕인다.

"얼마나 줄 수 있어? 알아야 돈에 맞춰 방을 구하지."

"한 삼십만 원."

너무 적다고 생각하지만 그저 고개만 끄덕인다. 아무 말도 하
지 않는다. 이 집의 방세로 들어 있는 내 돈을 빼달라거나, 언제부
터 긴 머리 여자와 만났느냐거나, 이제는 나를 사랑하지 않느냐거
나, 그런 어떤 말도 하지 않는다. 그저 차갑게 돌아선다. 차라리, 차
라리 잘되었다고, 이렇게 끝난 게 더 나을 거라고. 지금이 아니라도
언젠가는 이런 일이 터졌을 거라고. 그 여자는 그렇게 돌아선다. 어
떡하면 못 살까, 목숨이여.

그때 그 남자가 한 말이 있다. 이사 나가겠다는 말을 한 다음인지,
그 후 언제인지는 알 수 없지만, 그 남자가 그런 말을 한다.

"겉으로 보기에는 내가 나쁘지만, 속을 알고 보면 네가 더 나빠."

그 남자도 알고 있었을 것이다. 그렇게 떠나는 게 차라리 잘되었
다고 생각하는 그 여자의 마음을, 한 번도 진심으로 그 남자에게 마
음을 주어본 일이 없다는 사실을, 그래, 알았을 것이다. 그러나 그
여자는 아무 말도 하지 않는다. 처음에, 그 관계의 가장 처음에 어
떤 행동을 했느냐고, 가슴속의 피멍을 삭여온 칠 년의 세월이, 그
일이 그토록 어려웠던 그 세월이, 내가 나쁜 거냐고. 그러나 말하지
않는다. 이미 끝난 일이므로.

그래, 알고 보면 그 여자도 나쁘다. 어떻게 그토록 마음을 열지 못했을까. 그 관계가 어떤 식으로 시작되었든, 그만큼 헌신적인 사랑이었으면 돌아누운 돌부처도 살아 일어나게 했을 것이다. 또, 남자가 잠깐 외도도 할 수 있는 문제고, 더구나 결혼하자고 한다면, 참고 결혼해야 하지 않는가. 안다. 그런 시각으로 보면 그 여자도 나쁘다. 비난받아 마땅하다.

그러나, 그러나 그 여자는 고개를 젓는다. 또다시 그런 일이 있다 해도, 결코 받아들이지 않을 거라고. 그런 식으로 참아온 우리 조상들이, 그토록 불합리한 관계를 말없이 수용해온 선조들이 그런 시각을 만든 거라고. 지루하도록 긴 삶에서, 또 다른 사람과 사랑에 빠졌다는 사실을 지적하는 게 아니다. 그 사랑 때문에 다른 여자에게 행한 그 납득할 수 없이 잔인한 행동에 대해 말하는 것이다. 그건 남존여비나 부창부수나 여성해방의 문제가 아니다. 그건, 모든 인간에게 똑같이 부여된 존엄성의 문제다. 인간이라는 말 속에 이미 포함되어 있는 인간으로서의 존엄성, 인간으로서의 고귀함, 인간으로서 누려야 하는 권리 같은 것, 바로 그 인간의 문제다.

더 일찍 그를 떠났어야 했다. 칠 년 전 처음 그 일이 있었던 때나, 그 후 그가 입대했을 때나, 아니면 그가 제대한 직후라도. 그러나 처음에는 순결 교육에 얽매어, 다음에는 그 여자가 가지고 있는 양식 때문에 그를 떠나지 못했다. 《접촉》의 작가 데스몬드 모리스는 '정상적인 성의 과정을 폭력으로 간략화시킨 결과로부터는 애정이 커나갈 기회는 완전히 사라진다'고 했다. 그는 어떻게 알았을까? 남자이면서, 그런 일을 당해본 적이 없는 남자이면서. 그렇다. 지금도 그 남자를 사랑했다고 말할 수 없다. 마지막 삼 년 동안, 잿빛 바바리에 대한 미련을 접고, 어떻게든 그의 곁에 있으려 노력한 삼 년 동안, 얼마간의 정이 생기기도 했을 것이다. 그의 귀를 파주고, 그의 빨래를 하던 동안 얼마간의 정이 생겼을 것이다. 그랬을 것이다. 그러나 그건 사랑과는 다를 것이다. 이렇게 쓰고 나니 문득 슬퍼진다. 아니 불행해진다. 그 고통스러웠던 칠 년의 시간들이.

## 41

158번 버스를 타고 원당 지서 앞에서 내리면 오른쪽으로 올라가는 비탈길이 있다. 입구에는 길가에 좌판을 벌여놓은 야채와 과일 가게가 있고, 가게에는 군용 재킷을 입은 아주머니가 카키색 전대를 차고 앉아 있다. 그 비탈길을 올라가 왼쪽으로 꺾어지면 오 층 짜리 연립주택이 스무 채쯤 늘어서 있다. 그 여자는 이제 그 동네에 산다. 그 연립주택 중 한 집의 부엌방을 보증금 삼십만 원에 월세 오만 원을 주고 얻는다.

방이 아주 좁고 창도 아주 좁다. 부엌에 달린 방이어서 새벽 머리 맡에서 울리는 도마 소리며 부엌의 소음이 늘 거슬린다. 그것들이 그토록 거슬리는 것은 그 여자의 신경이 날카로워졌기 때문일 것이다. 차라리 잘되었다고, 지금이라도 이렇게 끝내는 게 낫다고, 차갑게 돌아섰지만, 마음을 다스리는 일은 쉽지 않다. 아무 일도 할 수 없다. 책도 읽지 못하고 음악도 들을 수 없다. 무심히 읽는 책의 한 구절, 무심히 듣는 음악의 한 소절이 모두, 그 일의 충격과, 인간에 대한 절망과, 캄캄한 마음에 조응하여 더 큰 고통이 된다. 그 여자는 아무 일도 하지 못한다.

그 일은 단지, 그해 가을, 그날 밤의 사건이 아니다. 1978년 가을 어느 겨울밤의 전투이기도 하고, 자신을 죽이려 애써온 칠 년의 세월이기도 하고, 한 번도 표현하지 못한 채 가슴속에 응어리진 잿빛 바바리이기도 하다. 그 모든 일이 너무나 많이 마음속에 고여 있어, 그 여자는 아무 데서나 울음이 난다.

길을 걷다가도 울고, 버스를 타고 가다가도 울고, 밥을 먹다가도 운다. 버스에서 울음이 쏟아질 때는 옆에 서 있는 승객에게 보이지 않으려고 고개를 창 쪽으로 많이 돌린다. 그러나 눈물을 흘리다가 고개를 들면, 창밖, 신호 대기에 걸려 옆 차선에 서 있는 버스 속 군인과 시선이 마주치기도 한다. 그 여자보다 군인이 더 당황한다.

정작 그 남자를 떠난 건 자신이면서도, 그 여자는 버림받았다고 생각한다. 그리하여 그 여자가 그 시기에 늘 울고 다닌 것은, 단지 그날 저녁, 그 일 때문만은 아닐 것이다. 열두 살 때, 말없이 외가로 떠난 어머니이기도 하고, 거듭 상실감을 안겨주던 아버지이기도 하고, 그 여자가 떠나보낸 동생이기도 하다. 열두 살 이후, 늘 참아오기만 한 모든 울음을, 그 시기에 한꺼번에 운다. 십사 년 동안 가슴속에 쌓아온 너무나 많은 울음이, 둑이 무너진 강물처럼 흘러넘친다.

그 무렵, 그 여자의 수첩에는 다음과 같은 구절이 있다.

시내버스에서, 아기를 안은 젊은 부부가 옆에 와서 섰다. 남편은 보송보송한 아기를 안고 있고 아내는 양손에 네 개의 백화점 쇼핑백을 들고 있다. 그들의 입가에는 아직도 웃음 자국이 매달려 있다. 나는 아기를 안은 그들에게 자리를 양보하지 않았다.

그리고 바로 밑에 그 이유가 적혀 있다.

그들은 행복해 보였으므로.


그 여자는 그렇게 작은 일에도 설움을 타며 살았나 보다. 그때 그 여자에게는, 제가 깔고 앉은 시내버스 의자밖에 없다고 생각한 모양이다. 보증금 삼십만 원에 월세 오만 원짜리 방에 사는, 아무것도 없는 여자.

집에 있어도 울음이 나고 거리를 걸어도 울음이 날 때, 그 여자는 영화관에 간다. 영화관은 울기에 좋다. 캄캄해서 아무도 그 여자를 보지 못하고, 시끄러운 음향 때문에 아무도 그 여자의 숨죽인 울음소리를 들을 수 없다.

당시 그 여자의 수첩에는 거의 매일, 한 편씩 영화 제목이 적혀 있다. 〈원스 어폰 어 타임 인 아메리카〉, 〈화이트 나이트〉, 〈블랙 프라이데이〉, 〈깊고 깊은 그곳에〉, 〈어우동〉, 〈아마데우스〉……. 그 모든 영화를 그 여자는 혼자 다니면서 본다. 〈컬러 퍼플〉, 〈인도로 가는 길〉, 〈아웃 오브 아프리카〉, 〈파리 텍사스〉…….

지금도, 그 시절에 보았던 영화가 왜 그토록 감동적인 명화로 기억되는지 생각해볼 때가 있다. 〈원스 어폰 어 타임 인 아메리카〉, 〈화이트 나이트〉, 〈컬러 퍼플〉, 〈아웃 오브 아프리카〉, 〈파리 텍사스〉. 아직도 그때 그 영화들에서 느꼈던 것만큼 진한 감동을 느끼는 영화를 만난 일이 없다. 물론 그 후로도 〈정복자 펠레〉, 〈블루〉, 〈화이트〉 그런 영화들을 감동적으로 보지만, 그때의 그 감동을 따라가지는 못한다. 결론은 하나다. 무엇을 보느냐가 아니라 어떤 시선으로 보느냐 하는 점. 그때, 아주 예민하고 날카로워져 있던 그 여자의 시선이 사물을 깊은 곳까지 들여다보게 했을 것이다. 지금도 그 여자는 가장 좋은 영화로 〈원스 어폰 어 타임 인 아메리카〉를 꼽는다. 그 영화에는 인생의 모든 것이 다 들어 있다. 아니, 인생 바로 그것이 담겨 있다.

개봉관은 한 영화를 왜 그리 오래 상영하는지, 그 여자는 그것도 불만이다. 개봉관에서 더 이상 볼 영화가 없으면 동네에 있는 이본 동시상영 영화관에 간다. 하루에 동시상영 영화관을 두 군데 돌며, 네 편의 영화를 보기도 한다. 아니, 네 편의 영화가 상영되는 동안 줄곧 울기도 한다.

그 여자는 운다. 울기 위해 태어난 사람처럼, 울기 위해 사는 사람처럼, 참으로 오랜만에 마음껏 운다. 왜 울어서는 안 된다고 생각했을까. 열두 살 이후 목이 아프도록 참아온 울음을 한꺼번에 운다. 샘처럼, 우물처럼, 아무리 퍼내고 또 퍼내도 울음은 줄어들 기미를 보이지 않는다.

울다가, 울다가, 어두워져서 영화관을 나오면, 고등학생쯤 되는 남학생이 따라오기도 한다. 저, 얘기 좀 할 수 있을까요? 그렇게 말했던가. 아니면, 차 한잔 마실 수 있을까요? 그렇게 말했던가. 그 여자는 어처구니가 없다. 아니, 질려버린다. 이 세상을 창조한 조물주의 오묘한 조화, 그러나 그 여자에게는 결코 아름답지도 오묘하지도 않은 그 암수 관계의 어떤 면에 질려버린다.

"학생이 무얼 잘못 본 모양인데, 나는 나이가 많아요. 내일모레면 서른이에요."

그러면 수놈은, 암놈으로부터 거절당한 수놈 원숭이처럼 당황하고 어색해하며 돌아선다.

울면서, 울면서, 그 여자는 점점 더 마음이 사나워진다. 아무나 때려주고 싶고, 아무에게나 얻어맞고 싶다. 마구 소리를 지를 것 같고, 제가 선 자리에서 땅을 파고, 그 속에 묻혀버렸으면 싶다. 거리를 걷다가 지나가는 차 밑으로 뛰어들 것 같고, 차를 타고 가다가 달리는 차에서 뛰어내릴 것 같다. 그 여자는 도저히 자신을 어떻게 할 수가 없다.

그러면서도 일을 한다. 한 달에 열흘은 회사에 나가서 야근을 하고, 다른 때는 잠시 들러 일거리를 가지고 와 집에서 일한다. 아무도 그 여자의 마음속에 있는 울음을 모른다. 겉으로는 아무것도 달라진 것이 없으므로. 그런 상황에서도 맡겨진 일은 최선을 다한다. 일주일 만에 오백 장짜리 단행본 부록 원고를 쓴 것도 그 집에서다.

억울해, 억울해, 잠꼬대하다가 울면서 잠 깨는 그 버릇이 생긴 것도 그때다. 뻗쳐오르는 생각 끝에 탈진해서, 몸이 정신을 탁 쳐서 잠 속으로 빠뜨리면, 그 여자는 꿈을 꾼다. 그 남자가 그 여자를 차에 태워 낭떠러지를 향해 달리는 꿈, 꿈속에서도 그 여자는 그에게 살려달라고 말하지 않는다. 때로 그 남자는 큰 보트에 그 여자를 태워 바다 한가운데로 나아간다. 그 여자는 망망대해에 떠서 생각한다. 이제 죽는구나. 그가 나를 바다에 빠뜨려 죽이려 하는구나. 그러다가 문득 소리 내어 운다. 억울해, 억울해. 꿈속에서 흐느끼다가, 자신의 울음소리를 들으며 놀라 잠깬다. 잠에서 깨고 나도 여전히 가슴은 흐득흐득 떨리고 눈가로는 눈물이 흐른다. 오래도록.

그렇다. 그 여자는 어디엔가 갇힌 것이다. 캄캄한 곳, 습한 곳, 추운 곳. 그곳에는 아무도 없다. 바퀴벌레와 거미와 노래기 같은 것이 있을 뿐이다. 나가야지, 이곳을 벗어나야지……. 그러나 출구를 찾을 수 없다. 몸을 움직일 때마다 갇힌 공간은 더 좁아질 뿐이다. 그 여자는 그 좁은 곳에서 도저히 빠져나갈 수 없다. 겨울은 길고, 주변에 있는 것이라곤 바퀴벌레와 다족류의 곤충들뿐이다. 사람들은 다 어디 있는가. 봄은 언제쯤 올 것인가.

봄이 오는 대신, 그 좁은 방으로 어머니가 찾아오신다. 어머니는 살이 많이 쪄서 몹시 무거운 몸에, 그 몸처럼 무거운 얼굴을 하고 있다. 겨울방학 때였을 것이다. 마주 앉으면 콧등이 서로 닿을 만큼 좁은 방을 어머니는 말없이 둘러보신다. 그 여자는 공연히 어머니께 미안하다. 이런 모습을 보여드려서는 안 된다고 생각하고 있으므로.

어머니는 방에 앉자마자, 퉁퉁 부은 발을 만지며 말씀하신다.

"결혼을 하거라."

그 여자는 음악을 크게 틀어놓고 대답하지 않는다. "묻지 마라. 왜냐고, 왜 그렇게 높은 곳까지 오르려 애쓰는지 묻지를 마라……." 조용필의 〈킬리만자로의 표범〉이다. 그 노래를 들을 때마다 그 여자는 표범을 본다. 눈 쌓인 산등성이를 기어오르는 표범, 추위와 배고픔을 참으며 맹수의 자존심을 잃지 않으려 하는 제 속의 표범을 본다. 맹수가 되리라, 절대 함부로 무릎을 꿇지 않으리라. 어머니를 찾아 떠난 마르코를 늘 비웃던 어떤 힘, 그 힘에게 결코 무릎을 꿇지 않으리라, 다짐한다.

"만나보니 그 학생 어머니도 좋은 분 같고, 그 학생도 결혼을 하겠다고 하는데, 대체 왜 그러니?"

어머니는 그 남자의 어머니를 만나고 오는 것이다. 그 남자가 두 어머니의 만남을 주선했다. 결혼을 하겠다고, 결혼식을 추진해달라고. 어머니는 시내에 있는 한 호텔 커피숍에서 그 어머니를 만났다고 한다. 그 여자는 다시 그 남자의 그물을 느낀다. 먼 데서부터 자신을 향해 폭을 좁혀오고 있는 그물의 기미를. 그 여자의 의견 따위는 물어보지 않고, 아니 그 여자에게는 한마디 상의도 없이, 두 어머니의 만남을 주선한 그의 그물을. 그는 여전하다.

그 여자는 대답 없이 어머니의 얼굴을 가만히 바라본다. 왜 딸들은 어머니의 인생을 닮는가. 문득 목으로, 눈으로, 물기가 밀려 올라온다. 어머니는 아무것도 모른다. 그 여자가 어떻게 해서 그 남자의 곁에 머물게 되었는지도, 그 남자가 긴 머리의 여자를 데려오던 날 밤과 그 다음 날, 어떤 행동을 했는지도 모른다. 그저, 그 남자가 잠깐 다른 여자를 사귀었다는 사실만 아실 뿐이다. 그 여자는 어머니에게도 그런 얘기를 구체적으로 하지 않는다. 어머니뿐 아니라 누구에게도 그런 말은 하지 못한다. 다 안다면, 모든 걸 다 안다고 해도 어머니는 결혼을 권할까.

"정신 사납다, 그 음악 좀 *끄거라*."

그 여자는 음악을 끈다. 조용해진 방에 슬픔 같은 것이 밀려든다. 방 안에도 물기가 가득하다. 갑자기 조용해지자 어머니도 당황하는 기색이다. 그 여자는 조용한 음악을 골라 다시 작게 튼다. 헨델의 〈사라반드〉다. 느리고 웅장한 춤곡. 이 음악에 맞추어 어떻게 춤을 추었을까 싶은 곡. 금세 음악을 잘못 골랐음을 깨닫는다. 방 안의 슬픔의 기미만 커질 뿐이다.

"결혼을 하거라. 조금만 참으면 될 일을 가지고……."

그 여자는 어머니로부터 고개를 돌린다. 벽 쪽으로. 벽 위쪽에 나 있는 창에는 어둠이 가득하다. 예전에 인형의 집을 나간 노라는 갈 곳이 없어 되돌아왔지만, 이번에는 돌아가지 않으리라. 보증금 삼십만 원에 월세 오만 원짜리 방이 있었다면, 생활비를 벌 수 있는 일거리가 있었다면 노라도 혼자 잘 살았을 것이다. 참아야 한다는 말보다, 당신도 확신이 없는 일을 권하는 어머니 때문에 마음이 사납게 소용돌이친다. 그동안 충분히 참았다. 칠 년 동안이나. 마음이 수렁 같은 곳에 빠졌다가, 수렁에서 기어 나와 온몸에 검은 진흙을 묻힌 채 방바닥을, 벽을, 어머니의 가슴을 기어 다닌다.

"엄마, 저녁 지을게요."

그 여자는 어머니의 말에 아무 대답 없이 밖으로 나간다. 오래오래 쌀을 씻으며 눈을 깜빡인다. 전기밥솥에 밥을 안치고 지갑을 꺼내든다.

"반찬거리 좀 사올 테니까 쉬고 계세요."

"아무거나 있는 거 먹지, 뭘 사오려는 거냐?"

그러나 어머니의 말에 대답 없이 밖으로 나간다. 아무거나라고 할 만한 것도 없다. 그동안 야근을 하느라 집에서 밥을 먹지 않은 날이 열흘쯤 되었다. 그러나 반찬을 사러 나간 게 아니다. 그 여자는 연립주택 현관문을 등 뒤로 닫으며 벌써 흑, 눈물을 쏟는다. 어머니 앞에서 겨우겨우 참았던 눈물을, 계단을 걸어 내려가며 흘린다. 어머니께 우는 모습을 보여드릴 수는 없다고, 어머니의 가슴을 더 무너지게 할 수는 없다고, 그 여자는 어른어른 눈앞이 흐려져 잘 보이지 않는 계단을 더듬더듬 걸어 내려간다.

연립주택 계단을 다 내려가 건물 모퉁이를 돌고, 비탈길을 내려갈 때까지 그 여자는 운다. 반찬가게 앞에서야 겨우겨우 울음을 멈춘다. 심상한 얼굴을 하고 두부와 무, 어묵 같은 것을 산다. 돌아오는 길에는 심호흡을 하고, 마른 손으로 얼굴을 문질러, 울음 흔적을 씻어낸다. 부엌에서 찌개를 끓이면서도 그 여자는 방으로 들어가지 않는다.

밥상을 차려 들어가니 어머니는 아까와 똑같은 자세로 앉아 있다. 헨델의 〈사라반드〉는 꺼지고 방 안은 다시 고요하다. 밥을 먹으면서도 어머니와 딸은 아무 말도 하지 않는다. 달그락거리는 숟가락 소리만 방 안에 가득한 슬픔의 기미들을 조금씩 흔들곤 한다. 밥상을 치우고 그 여자는 오래오래 설거지를 한다. 평소에는 씻지 않던 반찬통까지 다 씻고, 주인아주머니가 닦은 싱크대까지 또 한 번 닦고, 그리고 한참 만에 방으로 들어간다. 방으로 들어가서도 오래 수건에 손을 닦는다.

"왜 결혼을 안 하려는 거냐?"

어머니는 다시 그 얘기를 꺼내신다. 그 여자는 수건을 벽에 걸고 어머니 앞에 앉는다.

"엄마, 난 이미 결정했어요."

"대체 무슨 일이 있었던 거냐?"

그 여자는 대답하지 않는다. 고집스럽게 입을 다문다. 그렇게 노력했는데, 어머니 앞에서 눈물을 보이지 않으려고 그렇게 노력했는데, 그만 눈물이 툭, 무릎 위로 떨어진다. 말하지 않을 거예요. 어머니는 모르시는 게 더 좋아요. 어머니는 예전에, 밤에 자다가 기절도 하셨잖아요. 말할 수 없어요. 그 여자는 입술을 깨문다.

어머니는 그런 딸을 물끄러미 바라보기만 한다. 한참 만에, 깊은 한숨을 쉬시고는, 그 여자의 손을 끌어다 잡으신다. 검지, 중지, 약지를 가지런히 세워 그 여자의 손목에 댄다. 힘주어 눌렀다가 가볍

게 뗐다가 하면서 주의 깊게 손가락에 전해져오는 맥을 읽는다. 그
여자는 어머니께 손목을 잡힌 채 울음 뒤끝을 진정시키려 애쓴다.

"간이 많이 나쁘구나. 너무 많이 슬퍼하면 간이 나빠진다. 간은
목(木)인데, 간이 나빠지면 목극토 해서 위장이 따라 나빠지고, 위
장이 나빠지면 토극수 해서 신장이 나빠진다. 몸은 한군데가 나빠
지면 다른 기관도 다 따라서 나빠지게 된다. 조심하거라."

그 여자는 어머니에게 잡힌 손목을 뺀다. 어머니는 당신의 가방
을 끌어당겨 작은 꾸러미를 꺼낸다. 꾸러미를 풀자 그 안에서 침이
나온다. 긴 침들이다.

"침 좀 맞자. 이리 눕거라."

그 여자는 눈을 크게 뜨고 어머니를 본다. 침이라니. 어머니가 언
제 침을 놓으실 줄 아셨던가.

"겉옷 벗고, 브래지어도 벗고 내복만 입고 눕거라."

그 여자가 가만히 있는데도 어머니는 이불을 꺼내 방바닥에 깐
다. 확신에 찬 말투, 단호한 행동이다. 그 여자는 비로소 어머니께
묻는다.

"엄마가 어떻게 침을 놓아요?"

"배웠다. 돌팔이는 아니니까 걱정 마라."

그 여자는 어머니가 시키는 대로 내복만 입고 눕는다. 몸을 눕히
자 몸 안에 있던 물기 같은 것이 출렁거린다. 어머니는 긴 침을 투
명한 플라스틱으로 된 침관에 꽂아, 그 여자의 몸에 하나씩 꽂기 시
작한다.

"여기는 삼초맥이다. 삼초맥만 잘 틔워주면 만병을 다 물리칠 수
있다."

어머니가 짚은 곳은 무릎과 발목의 중간쯤 되는 지점과, 팔꿈치와 팔목의 중간쯤 되는 곳이다. 손가락으로 누르듯 더듬어 혈을 찾아내고, 그런 다음 침을 꽂는다. 침이 몸속으로 들어올 때마다 따끔하는 통증이 온다.

"그리고 여기는 간이다. 네가 아무래도 너무 울어서 간이 나빠진 모양이다."

팔다리에, 목에, 가슴에 배에……. 그 여자는 어머니의 말씀을 들으며 온몸에 스무 개쯤 되는 침을 맞는다. 그러는 동안 마음이 조금 진정된다.

"엄마가 언제부터 침을 놓게 되었어요?"

"조금 됐다. 처음에는 수지침만 배우다가, 나중에 전경침을 배웠지."

"전경침이 뭔데요?"

"몸에 놓는 침이지. 전신의 경혈에, 그래서 전경침이다. 수지침은 손바닥과 손가락에 놓는 거고."

"그런데 왜 이걸 배웠어요?"

"언젠가 내가 얘기했지? 예전에 내가 아플 때, 씀바귀 먹고 나았다고 할 때, 그때 한의학이 얼마나 과학적인 학문인가 하고."

그 여자는 어쩌면 일부러 다른 화제를 이끌어내고 있는 모양이다. 가슴이 막막하고, 툭툭 눈물이 떨어지게 하는 얘기보다야 어머니의 침 이야기를 듣는 편이 낫다. 언제나 올곧고, 당신의 삶이 보다 나은 것이 되도록 빚어내시는 어머니의 이야기.

"내가 또 아팠다. 병원에 가면 아무래도 큰 병이라고 할 것 같아서, 틀림없이 수술하자고 할 것 같아서, 한의원에 갔지."

어머니의 말씀을 들어보면, 그건 일종의 폐경기 증세였을 것이다. 지금 생각하면, 비구니나 수녀들이 곧잘 걸린다고 하는 그런 병이었을 것 같다. 어머니는 한의원에서 침을 맞고 그 병이 낫는다. 씻은 듯이 낫는 게 신기하여 당신 스스로 침을 배우기 시작한다. 무엇이든 당신이 직접 하려 하고, 무엇이든 그 뿌리까지 알아야만 하는 어머니의 기질상, 그건 당연하다. 퇴근하면 한의원에 들러 침술을 배우고, 새벽이면 일찍 일어나 책을 보며 원리를 깨친다. 한자가 깨알같이 박힌 책을 펴놓고 옥편을 찾아가면서. 처음에는 손바닥을 찌르는 수지침으로 시작하지만 나중에는 온몸에 침을 꽂는 전경침도 배운다.

"내가 침을 놔보면, 참 잘 낫는다. 운동장에서 쓰러지는 아이들이나, 병이 있어도 병원에 가지 못하는 학부형한테 놓아주거든."

"엄마, 남한테 침을 놓을 만한 실력이 돼요?"

"남에게 침을 놓을 때는 제 몸에 천 번을 놓은 다음에 해야 한다."

그 여자의 질문에 어머니는 선문답처럼 말씀하신다. 그럼, 어머니는 당신의 몸에 천 번이나 될 만큼 침을 놓았다는 뜻인가. 면도사는 고무풍선에다 면도 연습을 하고 간호사는 사과에다 주사 연습을 한다고 들었다. 그런데 어머니는 당신의 몸에? 그 여자는 내복 바람으로 누워 고개를 끄덕인다. 그러실 수 있을 거라고. 충분히 그러셨을 거라고.

"간에는 까만 콩이 좋다. 앞으로 밥을 할 때는 까만 콩을 섞어서 해 먹거라."

그 여자가 다시 고개를 끄덕이는데, 어머니가 갑자기 온몸에 꽂힌 침들을 드르륵 쓸어내리신다. 살갗과 내장들이 일제히 긴장하여 곤두선다. 그 여자는 비명을 지른다.

"엄살은……. 그렇게 자극을 줘야 효과가 크다."

어머니는 이제 침을 하나하나 빼신다. 침을 꽂았던, 바로 그 순서대로 빼는 것 같다. 이제 끝났다 보다, 한숨을 쉬는 그 여자에게 어머니는 돌아누우라고 한다. 등에도 맞아야 한다고. 그 여자는 다시 엎드린다. 어머니는 머리며 목덜미며 등에 하나하나 침을 꽂는다.

"그때 말이다, 숙아, 너도 알지?"

"언제요?"

"그때 수원에서, 내가 잠가지고 할 때 말이다."

그래, 그 일. 거친 숨을 쉬며, 정신을 잃은 듯한 어머니 머리맡에 쭈그리고 앉아 엄마 죽지 마, 울었던 일. 마음이 어둡고 캄캄한 곳에 갇히는 듯하던 느낌. 목이 잠기거나 힘이 빠져나간 몸이 아래로 가라앉을 때처럼, 어머니의 정신이 잠기곤 하던 일.

"그때, 내가 외가에 내려가 있을 때, 외할아버지가 늘 말씀하셨다. 사람은 휘어질 줄도 알아야 한다고. 너무 곧기만 한 대나무는 휘어지지 않으려다 쪼개지지 않느냐고. 사람이 너무 곧은 것도 자기를 다치게 할 뿐이다."

어머니는 낮고 조용하게 말씀하시지만 그 여자는 다시 신경이 곤두서는 것을 느낀다. 어머니에게가 아니다. 먼 곳에서 그물을 좁혀 오고 있는 그 남자에 대해서. 어머니만 그 여자를 결혼시키기로 결심하면, 그 여자는 꼼짝없이 그의 그물에 포획되고 말 것이다. 그래서일까, 그 여자의 말투가 문득 날카로워진다.

"엄마, 나는 대나무가 아네요. 그 남자와 결혼을 하지 않겠다는 것뿐이지."

"성내지 마라. 침 맞을 때는 마음을 편하게 가져야 한다."

"그러니까 엄마, 그 얘긴 그만해요."

"네가 지금 이렇게 성급하게 구는 것도, 몸 안에 화(火)가 가득 차 있기 때문이다. 화는 심장인데⋯⋯. 봄이 되면 달래를 많이 먹거라. 달래는 심장으로 들어간다."

그 여자는 힘없이 웃고 만다. 짜증내는 딸에게 그런 식으로 말하는 사람은 이 세상에 어머니밖에 없을 것이다. 그 여자는 더 이상 아무 말도 하지 않는다. 어머니도 더는 말씀이 없으시다. 한참 만에 등에 꽂힌 침들을 드르륵 쓸고는 하나하나 빼내기 시작하신다.

"이제 몸이 좀 가벼워질 거다. 몸이 건강해야 한다. 몸이 아프면 작은 일에도 서러워지는 법이다."

그 여자는 일어나 주섬주섬 옷을 입는다. 어머니는 그런 딸의 얼굴을 유심히 본다. 좁은 방, 마주 앉으면 서로 코끝이 닿을 듯한 방, 두 사람이 누우면 가득 차는 방에서.

"몸이 좀 어떠냐? 가벼워진 듯하지?"

그 여자는 그제야 제 몸을 유심히 느껴본다. 몸에는 별다른 느낌이 없는데, 어쩐 일인지 입으로 화한 기운이 솟아나온다. 서늘한 바람 기운 같은 것. 입을 다물고 있지도 못하게, 입에서 솟아나는 바람 기운은 은근히 세게, 끊임없이 지속된다.

"입에서 바람이 나오는 것 같아요."

"그래? 심장하고 폐가 나쁜 모양이구나. 막혀 있던 기맥이 틔워지면서 나쁜 기운들이 빠져나가는 거다."

그 여자는 멍청히 입을 벌린 채, 몸 안에서 밖으로 빠져나가는 바람 기운을 느끼고 있다. 어머니는 그런 딸을 유심히 본다. 그러고 있는 두 모녀의 모습이, 바보처럼 입을 벌리고 있는 딸과, 또한 얼마간 입을 벌린 채 그 딸을 바라보고 있는 어머니의 모습이 마치 희극의 한 장면 같다. 그 여자는 조금쯤 웃으며 어머니의 잠자리를 봐드린다.

"그만 주무세요."

불을 끄고 누우니 다시 슬픔이 밀려든다. 쉽게 잠들지 못하시는 어머니의 숨소리를, 역시 잠들지 못하는 그 여자가 듣고 있다. 모녀는 서로의 숨소리만 들으며 한동안 말이 없다.

"엄마."

"왜."

"얘기 좀 해줘요."

"무슨 얘기?"

"아무거나. 옛날에 해줬던 거 같은 옛날얘기."

"다 커서, 얘기는 무슨……."

어머니는 말이 없다. 창 밑으로 바쁘게 뛰어가는 발소리가 지나간다. 그 창 밑에는 첫눈을 맞으며 피어 있는 국화가 있을 것이다. 철부지꽃, 철도 모르고 뒤늦게 피어 찬바람과 눈보라에 시달리는 꽃. 그 꽃을 바라보다가 공연히 눈으로 차가운 바람이 몰려드는 것을 느낀 일이 있다. 어머니의 한숨 소리가 흐릿하게 건너온다.

"결혼을 안 하면, 어쩔 셈이냐."

"내가 알아서 할게요."

"뭘, 네가 알아서 한다는 거냐?"

"내 인생."

말하면서 가슴이 선뜩해진다. 내 인생은 내가 알아서 한다고, 언제나 운명의 고삐를 제 손에 쥐고 있어야 한다고, 그토록 앙다물고 고집했던 그 일들이 선연하게 가슴을 긋는다. 몇 차례나, 운명의 고삐를 제 손에 쥐고, 남들은 이해하지 못하는 길로 접어들곤 했다. 교직을 그만둘 때, 일 년의 실직 기간을 끝끝내 버틸 때, 그 좋다는 회사의 입사 권유를 사양할 때, 그때 언제나 그 여자는 운명의 고삐를 손안에 쥐고 있다고 믿었다. 그 여자가 말을 몰아가고자 하는 곳, 그곳을 향해.

"그래, 결혼 안 하고, 뭐 할 참이냐?"

"글을 쓸 거예요. 소설을."

다시 가슴으로 선뜩한 기운이 지나간다. 과연 할 수 있을까. 어머니는 다시 말씀이 없으시다. 한참 만에, 한숨처럼 말씀하신다.

"그건 춥고 배고픈 일인데……."

"일해서 돈 벌잖아요. 엄마, 내 일은 언제나 내가 알아서 해왔죠? 그러니까 이번에도 내가 알아서 할게요."

그 여자는 조금 더 확신에 찬 어조로 말한다. 어머니를 위해서. 어머니는 또 말씀이 없으시다. 그 여자는 어머니의 손을 끌어다 방바닥에 댄다.

"봐요, 방이 이렇게 따뜻한데 추운 걱정은……. 엄마, 내가 소설 써서 돈 많이 벌면 엄마 집 사드릴게요."

어머니는 그 여자의 손을 잡는다. 시골 초등학교 사택으로만 돌아다니시던 어머니. 지금 어머니가 대구에서 사시는 집은 외삼촌의 집이다. 외삼촌이 대전으로 이사하면서 어머니에게 주고 간 집, 그러나 소유권은 외삼촌에게 있는 집이다. 어머니는 다시 말씀이 없으시다. 집을 사드리겠다고 말하는 딸을 가진 어머니, 어머니는 그런 당신의 입장을 생각하고 계실지도 모른다. 어머니께 잘못했나 싶다.

"엄마, 옛날에 엄마가 해준 나무꾼과 선녀 얘기 말예요, 그 끝이 어떻게 되죠? 선녀가 날개옷을 입고, 두 아이를 양팔에 하나씩 끼고 하늘나라로 가는 게 끝이었어?"

"갑자기 그 얘긴 왜?"

"그냥……."

"아니다. 그래서 혼자 남은 나무꾼은 다시 산신령한테 빌지. 하늘나라로 가게 해달라고. 아내와 자식을 만나게 해달라고."

"그래서?"

"그래서 산신령이 다시 가르쳐주지. 보름날 선녀들이 연못에 두레박을 내려 목욕물을 긷는다고. 그 선녀가 옷을 잃은 후, 이제 선녀들은 물을 길어서 목욕을 하거든. 그 두레박을 타면 하늘나라로 올라갈 수 있다고 알려주지."

그래, 생각난다. 그래서 나무꾼은 하늘나라로 올라가 잘 먹고 잘 살았다는 얘기다. 어린 마음에는, 선녀가 두레박에서 나오는 나무꾼을 보고 반가워했을까 궁금하기도 했다.

"선녀가 두레박을 타고 올라온 나무꾼을 보고 어떤 마음이 들었을까? 반가워했을까요?"

아무래도 어머니께 너무 철없는 질문을 하는 것 같다.

"그랬겠지. 잘 먹고 잘 살았다니까."

할 말이 없다. 엄마도 그렇게 생각해요? 선녀가 아무 갈등 없이 나무꾼을 받아들였을 거라고요? 아이를 둘이나 낳으면서, 지상에 포박되어 있는 동안 선녀의 가슴에 맺혔을 피멍이, 다만 하늘나라로 되돌아갔다는 사실만으로 다 풀렸을까요? 그 여자는 어둠 속에 누워 입술을 문다. 그건 너무 부당해.

"엄마, 지금은 어때요? 아직도 아버지가 늙고 병들어서 엄마를 찾아오면 받아들일 생각이에요?"

어머니는 간혹 그런 말씀을 하신 적이 있다. 첩살이하는 남자는 늙고 병들면 다 본처에게로 돌아오는 법이라고. 그 여자야 아직 젊으니까, 네 아버지 늙고 병들어 갈 곳이 없어지면 내가 수발해야 할 거다. 그 말을 할 때, 어머니의 표정이 아주 부드럽고 꿈꾸는 것처럼 보여 놀랐던 기억이 있다. 그건 사랑인가.

"그래야지."

"왜? 아직도 아버지를 사랑해요?"

그 여자는 짓궂게 묻는다. 그 나이가 되어도, 그토록 힘든 날들을 살았으면서도, 그토록 많은 세월이 흘렀음에도, 아직도 사랑이 남을 수 있을까.

"간지럽게 사랑은……."

"그럼? 그럼 왜 늙고 병든 아버지를 어머니가 떠맡겠다는 거예요?"

"그게 사람의 도리인 거지."

어머니의 대답은 명쾌하다. 도리. 어머니를 움직이는 가장 큰 동인은 늘 도리이고 도덕이다. 그렇게 오래 떨어져 사셨으면서도 할아버지의 수의를 미리 마련해 강릉으로 올려 보낸 사람도 어머니이고, 할아버지를 모실 수 있도록 강릉 근처에 작은 산을 마련한 사람도 어머니다. 그러나 그 여자는 짐작한다. 다만 도리 때문만은 아닐 것이라고. 그래서 더 심술을 부려본다.

"아버지가 절대로 엄마한테 가지 않겠다고 하면요?"

더구나 아버지의 자존심을 알고 있다. 누구에게도 굽힐 줄 모르시던 고집과 자존심을. 그 여자의 짐작에, 아버지는 굶어 돌아가셔도 어머니에게 가지 않으실 것 같다. 그 여자가 한때, 그 지독한 가난 속에서도 제가 다짐한 일을 꼭 지켰듯이.

어머니는 한동안 침묵을 지키신다. 어머니를 너무 낙담시켜 드린 게 분명하다.

"그렇다면야 할 수 없지. 거기서라도 잘 사셔야 할 텐데……."

어머니의 목소리에 너무 힘이 없어, 그 여자는 가슴이 철렁한다. 창 밑을 지나는 흐트러진 발소리가 들리고, 담에 기대어 토하는 소리가 이어진다. 고통스러운 토악질 소리가 한참 들리더니 다시 비틀거리는 걸음이 계속된다. 그 여자는 말없이 어둠 속에 누워 그 모든 소리를 듣는다.

"숙아, 무슨 일이 있었는지 모르지만, 정 그 학생과 결혼을 하기 싫거든……."

어머니의 목소리에 힘이 빠져 있다. 울림이 많은 음색이 물결처럼 가슴으로 밀려든다. 어둠이 모조리 가슴에만 쌓이는 것 같다. 그 여자는 마른침을 삼킨다.

"그렇게 하거라. 그게, 억지로 시켜서 되는 일도 아니고……."

그 여자는 몸에서 힘이 빠져나간다. 그제야, 어머니가 그동안 무슨 생각을 하고 계셨을지 짐작해본다. 당신의 삶을 생각하고 계셨을 것이다. 당신의 삶에 비추어, 인간의 감정이라는 것의 그 불가해하고 통제 불능인 어떤 점을 받아들이기로 하셨을 것이다. 그 여자는 대답 없이, 어둠 속에 누워 가만히 고개를 주억거린다.

어머니, 슬픔에 잠겨 있는 딸에게 침을 놓아주시고, 딸에게 마음 껏 자율성을 베풀고 떠난 어머니는 그 후 부쩍 자주 딸에게 전화한 다. 전화를 해서 별다른 말씀은 없으시다. 나중에야 "그때 네가 무 슨 일을 저지를까 봐……." 그런 말씀을 하신 일이 있다.

그러나 그 시기, 어머니는 전화를 하면 결혼에 대해서나 그 여자 의 상태에 대해서는 묻지 않으신다. 늘 일상적인 얘기만 하신다. 어 머니가 몰두해 계시던 침에 관한 이야기들.

"오늘은 경북대 병원에 갔다 왔다."

"왜요?"

"거기 교통사고를 당해 전신이 마비된 소녀가 있는데, 그 아이에 게 침을 놓아주고 있다. 벌써 사흘째다."

병원에 들어가서 침을 놓다니, 극단적인 파격이거나 지독한 아이 러니다. 그럼에도 어머니는 그 일을 하신다. 때로는 그 여자가 전화 를 걸어 어머니께 잘 지내고 있음을 보고한다. 물론 결혼에 대해서 나 제 심경에 대해서는 말하지 않는다. 그저 어머니의 일상에 대해 여쭤본다.

"전신마비가 되었다는 소녀는 좀 어때요?"

그 시절, 어머니와 그 여자를 매개해주는 사람은 그 소녀 환자다. 어머니는 목소리가 활짝 밝아져서 말씀하신다.

"왼손과 왼팔을 움직일 수 있게 되었다. 며칠만 지나면 일어나 앉 을 수 있을 것 같다."

어머니는 운동장에서 쓰러지는 아이, 수업시간에 코피를 흘리는 아이, 교실에서 오줌을 싸는 아이에게도 침을 놓아주신다고 한다. 어머니의 침은 조금씩 알려지기 시작해 학부형들까지 침을 놓아달라고 찾아오기도 한다. 퇴근하는 길목을 지키고 서 있다가 선생님, 침 좀 놔주세요, 라고 부탁하는 노인도 있다. 정신이 불안정한 마을 여인네를 침으로 고쳐주었다고 하고, 풍으로 쓰러진 노인을 걸을 수 있게도 해주었다고 한다. 큰 병을 앓는 사람을 치료하고 나면 그 병만큼 어머니가 아프다고도 한다. 치료한 바로 그 부분이 아프다고. 그러면서 어머니는 덧붙이신다.

"나는 이 일이 그렇게 좋다."

그 여자는 믿을 수가 없다. 뒤늦게 어머니가 몰두해 있는 침술도, 그렇게 많은 사람이 잘 낫는다는 말도. 그래서 짓궂게 묻는다.

"정말 엄마 말처럼 그렇게 잘 낫는단 말예요? 가끔 안 낫는 사람도 있겠죠."

그러면 어머니는 웃고 만다.

어머니의 손. 사람들에게 침을 놓아주시는 작은 손, 작아서 통이 크다는 손. 당신의 삶을 항상 더 나은 것이 되도록 빚으시는 손. 당신의 삶뿐 아니라 타인의 삶까지도 빚어내는 원격 조정 장치가 달린 손. 그 손으로 어머니는 지금까지 당신의 삶을 스스로 빚어왔고 당신의 몸을 스스로 살려오셨다. 누구에게도, 그 손을 내밀어 도움을 청한 일이 없으시다. 그 어머니에 그 딸인 두 사람 사이에는 당연히 돈 얘기가 나오지 않는다. 그 여자가 졸업한 직후부터.

그런 어머니가 어느 날, 그 여자에게 전화를 걸어 돈 얘기를 하신다. 당당하고 확신에 찬 어조로, 작전을 지시하듯이.

"네가 백만 원 내고, 정훈이가 백만 원 내라. 나머지 백만 원은 내게 있다."

그 여자는 무슨 일이냐고 묻는다. 너무 뜻밖의 말씀이어서.

"침술사 자격증을 따야겠다."

"네?"

"스리랑카에 가서 침술사 자격증을 따 올란다."

그 여자는 또 알아듣지 못해 되묻는다. 어머니의 설명은 이렇다. 지금 우리나라에는 따로 침술사 자격증을 주는 제도가 없다. 박정희 정권 때, 침술이 비과학적이라는 이유로 자격증 발급 제도를 없앴다. 한의대를 졸업하는 학생들만 그 자격증을 받을 수 있다. 지금 활동하는 침술사들은 박 정권 이전에 자격증을 딴 사람들이거나 한의대를 나온 젊은이들이다. 그래서 어머니는 스리랑카에 가서 침술사 자격증을 따 오겠다는 설명이다. 그 비용이 삼백만 원쯤 든다고 한다. 그러면서 덧붙이신다.

"자격증 없이 사람들에게 침 놓아주는 것도 걸리고, 또 사람들이 침쟁이라고 부르는 것도 듣기 싫고."

그 여자는 어머니께, 스리랑카 자격증이 국내에서 인정되는 건 아니지 않느냐고 묻지 않는다. 그 일이 침술원의 수익 사업에 불과한 게 아니냐는 질문도 하지 않는다. 어머니는 그 자격증을 가지고 무엇을 하시려는 게 아니다. 다만, 당신 스스로 자신에 대한 정당성과 침술에 대한 확신을 갖고 싶으셨을 것이다.

어머니는 학교에 일주일간 연가를 내고 스리랑카로 가신다. 스리랑카로 떠나시기 전날, 전화해서 그 여자에게 묻는다.

"선물로 뭐 사다 줄까?"

어머니가 아무래도 들떠 있다고 느끼며 그 여자는 말없이 웃을 뿐이다.

"염주나 하나 사다 주세요. 진짜 보리수나무로 만들어진 거."

일주일 후에 어머니는 스리랑카 정부가 발급하는 침술사 자격증을 안고 돌아오신다. 그것 역시 스리랑카라는 국가의 외화벌이 정책에 불과할 거라는 생각을 그 여자는 또 말하지 않는다. 그게 무어 그리 대순가. 어머니는 침술사 자격증을 받으면 되는 거고 그 여자는 염주나 받으면 그만이다. 아니, 오히려 그 여자는 조금씩 어머니를 흉내 내기도 한다. 책을 보면서 혼자 수지침을 배우고 한방서적을 뒤적여 익모초와 대추를 달여 먹는다. 어머니처럼.

그 여자, 지금 이 글을 쓰는 그 여자는 간간이 후회하는 일이 있다. 그때 결혼을 했어야 했다고. 바로 그다음 날 이혼하더라도 그때 결혼식을 올렸어야 했다고. 결코 그럴 수 없다고, 그건 존엄성의 문제라고, 입술을 깨물며 그 집을 나왔던 그 여자, 어머니 앞에서도 고집을 부리며 결혼을 거부했던 그 여자, 그 여자는 가끔 현실의 벽에 부딪쳐 피를 흘린다. 동거했었다면서? 몇 년이나 같이 살았어? 그런 말을 하는 자들의 편견의 벽. 그 벽이 그토록 두텁고 높을 줄 알았다면 그때 결혼했을 것이다. 그다음 날 바로 이혼하더라도. 이혼한 여자에 대한 사회의 통념은 동거했던 여자에 대한 그것과 다를 것이므로, 그건 견디기 쉬울 것이므로. 그런 생각을 할 수밖에 없는 세상의 벽에 그 여자는 이따금 피를 흘린다.
때로는 어머니를 원망하는 마음도 든다. 그때 어머니라도, 다른 어머니들처럼, 좀 더 강하게 밀어붙여 결혼을 시켰더라면 싶은 마음이 든다. 물론 그건 그 여자가 아주 힘들 때, 잠깐씩 부려보는 어리광 같은 생각이다. 더 많이는 어머니의 그런 결정을 고마워한다. 딸을 믿어주고, 딸에게 자율성을 부여해준 것을. 지금도 어머니는 이따금 말씀하신다.

"너는 나 같은 엄마 만난 걸 다행인 줄 알아라. 결혼은 안 하고, 종이뭉치 싸들고 산으로 바다로 옮겨 다니는 딸을 참아줄 엄마가 그리 많은 줄 아나?"

그건 사실일 것이다. 어머니는 지금도 그 여자에 대해 많이 참고 계실 것이다. 어머니의 모든 요구에 대해 그 여자의 대답은 하나다.

"엄마, 그건 내가 알아서 할게요."

그러면 어머니는 또 딸에게 자율성을 준다. 상한 속을 다스리시면서. 그런 어머니를 둔 것도, 그런 아버지를 둔 것도 그 여자에게는 모두 다행스러운 일이다. 아니, 고마운 일이다.

그 남자, 결혼을 해도 집을 살 때까지는 그 집에서 살자고 말했던 그 남자는 그해 겨울을 고양리의 그 집에서 난다. 이듬해 봄에 그 집 전세를 모두 빼서 서울에 전세를 얻어 이사한다. 보증금 삼십만 원에 월세 오만 원짜리 단칸방에서 사는 그 여자는 아무 말도 하지 않는다. 다 끝난 마당에, 그까짓 돈 몇 푼을 놓고 이리저리 따지는 일은 재미없다. 그는 원래 욕심이 많은 사람이고, 그 여자는 그 남자의 욕심 앞에 늘 양보해왔으므로.

그는 어땠을까. 그 여자가 울면서, 울면서 지낸 그 겨울 동안, 그 집에 남아 있던 그 남자의 마음은 어땠을까. 모르겠다. 그 여자는 더 이상 그 남자를 만난 일이 없고, 그가 어떻게 지내는지 알고 싶어 하지 않는다.

## 42

그 여자는 그때, 정신과 상담을 받았어야 했다. 정신과 의사가 아니라면, 언니나 누구, 그 여자의 이야기를 들어주고 그 여자에게 다정하게 말해줄 사람이 있어야 했다. 미국 같은 나라에서는 정신과 상담이 일상화되어 있다고 듣는다. 그러나 그 여자는 여전히 좁은 방 안에서 혼자 살며, 아무에게도 제 이야기를 하지 않으며, 한 달에 열흘쯤 회사에 나가서는 말없이 일만 한다. 입을 열면 울음을 쏟거나 엄살을 부리거나 아무에게나 칼날이 되는 말이 튀어나갈 것 같다. 그 여자는, 오직 입을 다물고 참는 데만 온힘을 쏟는다.

그러나 안으로 억눌러온 그 모든 것이 푸릇푸릇 몸 안에 멍이 들게 하더니 그 독소의 뿌리를 내린다. 몸 안에 내린 뿌리는 몸 밖으로 잎을 틔운다. 그리하여 어느 날, 그 여자는 양날의 칼과 같은 존재가 된다. 안으로는 피해의식과 신경증에 시달리며 자신을 파괴하고 밖으로는 타인을 경계하고 공격성을 띤다. 돌아서면 입술을 깨물고 뉘우치고, 늘 무언가 잘못 살고 있는 게 아닌가 하는 생각에 시달린다. 그 시절, 부끄럽고 선명한, 잊히지 않는 기억이 몇 있다.

선량한 눈매에 둥글둥글한 인상을 가진, 여성지의 수석 기자를 하는 선배가 있다. 그가 쓰는 기사를 보면 그는 감수성이 예민하고 선량한 사람임에 분명하다. 그러나 그는 그저 사람들과 농담을 하며 둥글둥글 살아간다. 그게, 그가 세상을 살아나가기 위해 터득한 나름대로의 방법이라는 것을 그 여자는 나중에야 짐작한다.

그 당시에, 그 여자는 선배가 걸어오는 농담을 잘 받아들이지 못한다. "연애 안 해?" "요즈음은 집에 잘 들어가?" "남자친구는 잘 있어?" 그 선배는 복도에서 마주치거나 커피 판매기 근처에서 만나면 빙글빙글 웃으며 그렇게 묻는다. 그 여자는 그 웃음, 그 말투, 그 말의 내용을 모두 받아들이지 못한다. 선배 앞에서는 얼굴이 굳고 돌아서면 기어이 눈앞이 흐려진다. 그런 때, 회사 안에서 갈 수 있는 곳은 화장실밖에 없다. 그 여자는 변기에 걸터앉아 숨죽이고 운다. 왜 그런 말을 들어야 하지? 내가 왜 그런 취급을 받아야 하지? 그렇게 느끼는 마음은 피해의식이었을 것이다.

그 여자는 세 번쯤 화장실에 가서 울고 난 후 다른 선배를 찾아간다. 그 여자가 신뢰하고 존경하는, 늘 조용하고 온화한 성품으로 후배들의 일을 잘 보살펴주는 선배다. 그 여자는 선배에게 부탁한다.

"그 선배에게, 제게 그런 식으로 말하지 말라고 해주세요."

생각해보면, 그 선배가 어처구니없다는 듯 웃지 않은 건 얼마나 다행인가. 그랬다면 그 여자는 또 상처를 입었을 것이다. 오히려 그 선배는 그 여자보다 더 진지하고 심각한 얼굴이 되어 그 여자를 달랜다.

"정말 상처를 줄 생각은 아니었을 거야. 그런 의도를 가지고 정면에서 그렇게 말하는 사람은 없어."

그 여자는 부끄러워진다. 아무래도 인간과 세상에 대해 너무 많이 신뢰를 잃은 모양이다. 기어이 눈앞이 흐려진다.

"그래도…… 말씀해주세요."

아마 선배가 그 말을 전했던 모양이다. 그 후로는 그런 농담을 듣지 않아도 되었으니까. 생각해보면, 그건 심각한 신경증과 피해의식, 아니 피해망상이다. 그런 일화는 또 있다.

그 여자는 퇴근하기 위해 엘리베이터를 타고 있다. 엘리베이터 안에는 사람들이 예닐곱 명쯤 있다. 그 여자 오른편에 있던 선배, 미술부에 근무하는 그 선배는 선량하고 온유한 사람이다. 그 여자는 한 번도 그 선배가 낯을 찌푸리거나 목소리를 높이는 모습을 본 적이 없다. 그 선배는 엘리베이터 안에서 그 여자에게 슬그머니 몸을 기대온다. 장난처럼, 친근감의 표시처럼. 그러나 그 여자는 재빨리 몸을 빼내며 말한다.

"다른 여자들한테는 다 그러더라도 제게는 그러지 마세요."

엘리베이터 안은 조용해진다. 그 여자가 한 말만이 엘리베이터의 벽에 이리저리 부딪치며 돌아다닌다. 무슨 뜻이었을까. 다른 여자들한테는 다 그러더라도, 라니. 엘리베이터가 로비 이 층에서 멎고 그 선배와 몇 사람이 내린다. 엘리베이터 문이 닫히자 그 여자 왼편에 서 있던 다른 선배가 타이르듯 말한다.

"네가 그러면 쟤가 민망하잖아."

늘 점잖고, 얼마간 보스 기질이 있고, 그래서 후배들에게 교훈적인 말을 해주기를 좋아하는 선배다. 그쯤에서 가만히 있었으면 좋았을 것을, 그 여자는 반사적으로 대꾸한다.

"민망하라고 그런 거예요."

민망해서, 다시는 제게 그런 식으로 행동하지 말라고 그런 거예요. 뒷말은 속으로 삼킨다. 벌써, 잘못하고 있다는 생각이 들었으므로. 엘리베이터 안은 다시 조용하다. 엘리베이터가 로비 일 층에서 멎을 때까지.

그해 겨울이 다 가고 새봄이 올 때까지, 그 여자는 그렇게 지낸다. 몸 안에는 독소의 뿌리가 내리고, 몸 밖으로는 독소의 푸릇푸릇한 잎을 틔워내면서, 양날의 칼이 되어. 대체로 고개를 숙이고 다니며 묵묵히 일만 하지만, 외부로부터 작은 자극만 주어지면 몸 안의 칼날이 즉각 튀어나온다. 단추를 누르면 수직으로 칼날이 일어서는 잭나이프처럼.

시간이 지나면 좀 나아질 줄 알았는데 상황은 조금도 나아지지 않는다. 아니 오히려 더 나빠진다. 그 여자는 자신이 가라앉고 있다는 것을 느낀다. 〈킬리만자로의 표범〉을 듣던 마음, 혼자 눈 쌓인 설원을 떠도는 맹수의 마음이 사라진다. 그 시절 그 여자가 듣던 노래로도 알 수 있다.

"어제, 어두운 숲길을 지나갈 때, 오늘, 침묵의 바다를 바라볼 때, 내일, 추억의 다리를 건너갈 때, 항상 우리는 서로가 망설였었지……."*

허스키한 여가수의 목소리는 내장 깊은 곳을 쥐어짜서 끌어올리는 소리 같다. 마음이 평온하지 않을 때는 듣기에 고통스럽기도 한 음색이다. 그런 목소리로 인간의 삶의 어떤 시기들에 대해 노래한다. 어둡고 습기 찬 미로 같은 과거, 바닷속처럼 깊고 아무것도 알 수 없는 현재, 돌아갈 수 없는 현수교처럼 등 뒤에 가로놓여 작은 바람에도 흔들리는 기억들을 애써 다스려야 하는 남은 삶들. 그 여자는 테이프 한 면 가득 그 노래를 녹음해서 듣는다. 테이프가 늘어

* 윤시내가 부른 〈사랑의 테마〉, 영화 〈공포의 외인구단〉 OST에 삽입된 노래다.

져서 어두운 숲길, 침묵의 바다가 윙윙 늘어질 때까지.

　마음은 가라앉아 어둡고 캄캄한 곳에 갇힌다. 자신을 어쩌지 못
해 쩔쩔매면서, 그 여자는 급기야 자신이 제정신이 아니라는 것을
깨닫는다. 걸음을 걸을 때마다 방금 발을 뗀 땅이 무너져 내리고,
등 뒤에 절벽이 생긴다. 늘 아슬아슬하게 절벽 바로 한 발짝 앞을
걷고 있고, 때로는 발자국 크기만 한 땅 위에 혼자 서 있다고 느낀
다. 그런 느낌은 아주 생생해서, 그 여자는 걸음을 옮길 때마다 등
뒤에서 무너지는 땅, 조금만 더디게 걸으면 무너지는 땅과 함께 곤
두박질쳐서 흙더미에 묻힐 것 같은 위태로움을 느낀다. 그 시절의
메모에는 이렇게 적혀 있다.


　걷다가 자주 뒤를 돌아본다. 방금 곁을 지나간 사람이 몸을 돌려 불
　쑥 뒤통수를 칠 것만 같다. 심각한 피해망상.


또 다른 구절도 있다.


　나뭇잎의 새순에서 낙엽을, 건축 중인 건물이 와해되는 모습을, 걸
　어가는 개나 소가 도살되는 장면을 떠올린다. 마음속에 거대한 폐허
　가 있다. 죽음에 대한 집착은 정신병적 징후다.


그 여자는 분명, 세상에 대한 신뢰를 잃은 모양이다. 소중한 것을
하나하나 잃었던 그 여자의 삶의 과정에서, 이제는 더 잃을 게 없
다고 생각한 그 여자는, 또 하나를 잃는다. 세상에 대한 신뢰. 이 세
상을 살아가기 위해 가장 소중히 간직해야 하는 것, 그것을 잃는다.

세상이 자신을 향해 주먹과 칼날을 날리고, 곳곳에 수렁을 파놓고, 길목마다 부비트랩을 설치해놓고 있다고 느낀다. 세상에 대해 잔뜩 겁먹은 그 여자는 지레 손톱을 세우고 멍멍 짖는다. 몸피 작은 강아지가 큰 개 앞에서 그러는 것처럼. 그 여자는 그렇게 변해버린다.

그때, 바로 그때 정신과 상담을 받았어야 했다. 그러나 그 여자는 정신과 병원을 찾는 대신 정신분석학에 관한 책을 읽는다. 예전에 읽었던 프로이트와 융을 다시 읽고 프로이트 이론을 극복하고자 한 에리히 프롬의 정신분석에 관한 책도 읽는다. 《심리학 개론》, 《생리심리학》, 《이상심리학》 같은 심리학에 관한 전문서적을 구해 읽고, 정신과 상담의사들의 임상 기록을 펴낸 책들을 찾아 읽는다. 스콧 펙의 《끝나지 않은 길》, 콜레트 다울링의 《신데렐라 콤플렉스》. 심지어는 마인드 컨트롤에 관한 책도 읽는다. 어떻게 마음을 제 손안에 좀 잡아볼까 하고.

그 여자는 다 안다. 자신의 증세가 신경증과 피해의식일 것이고, 그 요인이 무엇인지조차 다 안다. 자신이 억압받고 있는 것, 자신의 무의식에 있는 것, 그 모든 것을 다 안다. 그러나 그걸 통제하고 잠재우고 해소할 수가 없다. 그래서 다시 억압받는다. 다른 방법을 찾아야 한다. 정신의학에 관한 책을 읽는 것만으로는 신경증을 치료할 수 없다. 다른 방법……. 그때, 그 여자가 떠올린 것은 어머니 말씀이다.

"동의보감에 보니 그 병에는 씀바귀가 좋다고 되어 있더라. 그래서 씀바귀를 먹었다."

어머니가 씀바귀를 뜯기 위해 들을 뒤지고 다니는 모습을 떠올려본다. 주변으로는 부드러운 바람이 지나가고 아지랑이가 머리를 어루만지는, 그런 광경. 어쩌면 어머니에게는 씀바귀 자체보다 씀바귀를 뜯는 그 행위가 더 유익했을 것이다. 자연 속에서 배우는 자연의 자정능력 같은 것. 혹은 씀바귀를 뜯는 행위보다 씀바귀를 뜯는 마음이 더 효과적이었을 수도 있다. 어떻게든 건강을 회복하고 어떻게든 당신 스스로의 힘으로 그 어려움을 극복해야 한다는 생각.

그 여자는 또다시 어머니에게서 배운다. 고향이 충청도인 친구에게서 절을 하나 소개받아 장항선 열차를 탄다. 무궁화 열차 차창 밖으로는 힘들게 겨울을 건너온 논밭들이 지치고 초췌한 낯빛으로 서 있다. 헐벗은 몸을 고스란히 드러내며. 그 여자는 자신이 바로 그 들판 같다고 여긴다. 아무것도 없이 헐벗은 들판, 황량하고 건조한 들판.

"괜찮아, 곧 괜찮아질 거야."

무궁화 열차의 초록색 의자에 앉아 그 여자는 몇 번이나 되풀이한 말을 계속 중얼거린다.

"괜찮아. 괜찮아……."

아무것도 미련은 없지만, 이런 결말에 다다르려고 그 긴 세월을 참아왔는가. 그런 생각은 불쑥불쑥 억울하다. 억울하다는 말, 다시 생각해봐도 억울하다는 말은 참 억울하다. 抑鬱, 그렇게 쓰는 것이리라. 가슴에 가득 고인 울혈이 다시 억눌리는, 그런 억울함. 참고 지낸 칠 년 동안 가슴속에 든 울혈이, 어느 늦가을 밤의 사건으로 치명적인 일격을 맞는, 그런 억울함.

차창으로는 황량한 논바닥이 지나간다. 겨우내 추위와 기갈 속에 방치된 논바닥은 쩍쩍 갈라지며 말라붙어 있다. 그 여자의 마음속에도 갈라진 논바닥이 있다. 이제 곧 봄이 되면, 모내기철이 다가오면 저 논은 물을 받아들일 것이다. 물을 받아들이고 새 생명을 가꾸기 시작할 것이다. 그럴 것이다. 곧 모든 게 괜찮아질 것이다. 그 여자는 조금쯤 한숨을 쉬어본다. 그러나 깊이 쉬지는 못한다. 잘못 숨을 내쉬면, 가슴속에 맺힌 울혈들이 쏟아져 나올 것 같다.

삽교역에서 내려 수덕사행 버스를 탄다. 버스는 다시 갈라진 논겔을 지나고 또 지나고……. 그 여자는 계속 목이 아프다. 조금만 고개를 잘못 돌리면, 조금만 숨을 다르게 쉬면, 울음을 쏟을 것 같다. 한번 울음이 터지면 그게 언제 끝날지 알 수 없기 때문에 울음조차 선불리 뱉을 수 없다.

그 여자는 수덕사 입구에서 버스를 내려 산사로 들어간다. 비구니 제일선원 견성암. 갈림길이 나오는 곳마다 화살 표시를 따라간다. 견성암은 수덕사 본사를 끼고 왼쪽으로 돌아, 약간 비탈길을 올라간 다음에 나타난다. 화강암으로 지은 네모반듯한 이 층짜리 본채가 있고 그 오른쪽으로는 금방 허물어질 듯한 별채가 하나 더 있다. 별채는 흙벽에 슬레이트 지붕을 이고 있다.

그 여자는 별채 댓돌에 가방을 내려놓고 그 위에 앉는다. 괜찮아, 괜찮아질 거야. 한숨을 작게 쉰다. 언제 떨어진 것일까, 마른 낙엽이 한두 개 발밑에서 구른다. 낙엽을 모두 떨군, 그러나 아직 새잎을 틔우지 못한 나무를 바라보다가 문득, 저 나무는 괜찮을까 싶다. 낙엽을 모두 떠나보내고, 아무것도 없는 몸으로, 아무것도 없다는 것을 두 팔을 벌려 보여주는 저 나무는 괜찮을까. 비질 자국이 선명한 마당으로 고양이 한 마리가 지나간다. 고양이는 여자를 빤히 바라본다. 여자도 고양이를 바라본다. 너는 괜찮니? 고양이는 대답 없이 몸을 돌려 저만큼 멀어진다. 괜찮아, 곧 나아질 거야.

고양이가 지나가고 또 얼마를 혼자 앉아 있었을까. 나이든 비구니 스님이 지나가다가 그 여자를 돌아본다.

"어떻게 왔어?"

"여기서 쉬어갈 수 있다고 해서……."

　그 여자는 말끝을 흐린다. 쉬어가다……. 말하고 나자 몸이 무거워진다. 인생의 가파른 길에서도 가끔 쉬어갈 필요가 있다. 그 여자는 한 번도 쉬지 못한 채, 늘 산을 넘고 강을 건너는 데만 급급해왔다. 인생은 그 여자에게 쉴 기회를 주지 않았다.

　비구니 스님은 그 여자를 화강암으로 지은 본채 끝 방으로 데려간다. 서기 스님이 기거하는 방이다. 차를 마시려는 참인 듯, 짙은 갈색 나무 쟁반 위에 다기 일습이 펼쳐져 있다. 나이든 비구니 스님은 돌아가고 방 안에는 서기 스님과 그 여자, 둘만 남는다. 서기 스님은 살색이 뽀얗고 이목구비가 동글동글하다. 낯빛에서 화사하고 발그레한 기운이 솟아난다. 내부에서 무언가 만족스러운 것이 가득 넘치는 얼굴이다. 그 여자는 젊은 비구니 스님의 내부에 있는 만족스러움이란 무얼까 궁금하다.

"며칠이나 묵으시려고요?"

　서기 스님은 그 여자 앞으로 빈 찻잔을 하나 내어놓는다.

"한 열흘쯤이요."

"차 드세요. 열흘이면, 오만 원입니다."

　서기 스님은 다관을 들어 그 여자의 찻잔에 찻물을 따른다. 연한 풀잎색 찻물이 흰 찻잔에 고인다. 왜 풀잎색 찻물조차 목을 아프게 하는가. 그 여자는 가방에서 돈을 꺼낸다. 부처님께 드리는 불전, 한동안 그 발치에 머물게 해주는 부처님께 드리는 감사의 표시. 견성암은 비구니들이 공부하는 선원이어서 신도가 없고, 당연히 시주가 적다. 휴양객들이 내는 불전이 살림에 도움이 된다고, 나중에 나이든 비구니 스님으로부터 들은 바 있다.

"차 드시고, 여기 기록하세요."

스님이 내어주는 공책 겉장에는 유숙자 명부라고 적혀 있다. 그 여자는 앉은뱅이책상에서 유숙자 명부를 적는다. 부랑의 흔적, 피로의 흔적, 무언가를 찾아 떠나는 자의 필연적인 상실의 흔적.

"차가 좋지요? 차는 눈으로 마시고, 코로 마시고, 그다음에 입으로 마신답니다."

그 여자는 스님의 말에 자꾸 목이 아프다. 저렇게 곱고 평화로운 얼굴로, 저렇게 행복하게 차를 마시는 저 스님의 가슴에는 무엇이 들어 있을까. 그 여자는 눈으로도, 코로도, 입으로도 차를 마시지 않는다. 차를 마셨을까. 마셨다면 아마 그 여자의 황량한 마음, 쩍쩍 갈라지는 논바닥 같은 마음이 허겁지겁 들이켰을 것이다. 해갈이 되기에는 어림없이 적은 물을, 그래도 황급히 받아들였을 것이다

"이 주전자 좀 보세요. 참 아름답죠?"

말없이 차를 마시기가 부담스러웠을까. 아니면 그 여자가 짓고 있는 표정이 너무 무거웠을까. 스님은 지나가듯 말을 시킨다. 그 여자는 물끄러미 다관을 바라본다. 분청의 주전자, 만지면 연한 풀빛이 배어날 듯하다.

"이 주전자는 인체의 가장 아름다운 부분을 따다가 만들었대요. 뚜껑은 여자의 젖가슴, 여기 주둥이는 어린 아기의 고추."

스님은 주전자 주둥이를 손가락으로 가리키며 웃는다. 그러나 그 여자는 따라 웃지 못한다. 스님의 말을 믿지 않아서가 아니라 마음

이 너무 굳어 있어서.

그 여자는 서기 스님의 방을 나와 별채 뒤쪽 끝 방으로 안내된다. 산길 쪽으로 문을 내고 있는 방, 문지방에 걸터앉아 산으로 굽어 사라지는 길을 바라보니 벌써 파릇파릇한 봄나물이 돋아 있다. 그것들도 왜 가슴을 아프게 하는지. 그 여자는 한 손으로 가슴을 누르며 상체를 많이 굽힌다. 몸 안 어딘가가 아주 딱딱하다.

"연탄 갈 줄 아세요?"

휴양객들을 돌보는 소임을 맡은 별좌 스님이 그 여자의 방에 연탄불을 피워주고는 묻는다. 그 여자는 고개를 끄덕인다.

"연탄 꺼뜨리지 말고 잘 가세요. 연탄은 저기 있는 거 쓰시고."

별좌 스님은 처마 밑에 덧대어 만든 광을 가리킨다. 눈썹이 짙고, 목소리가 크고, 행동이 시원시원하다. 고등학교 교실에서 성큼성큼 뛰어다니는 말괄량이 소녀를 보는 것 같다. 그 여자는 또 고개를 주억거린다.

"공양 시간은 거기 벽에 적혀 있는 대로고요, 공양 목탁을 두드리니까 목탁 소리 들리면 후원으로 오세요."

그 여자는 아직 차가운 방으로 들어가 가방을 내려놓고 비로소 한숨을 쉰다. 방 안에는 작은 앉은뱅이책상이 있고, 책상 위에는 요구르트 병에 흙을 담아 꽂아둔 소나무 가지가 있다. 소나무 가지는 하얗게 말라 있다. 책상 위 벽에는 한 장씩 뜯어내는 일력이 있고 그 옆으로는 거울이 붙어 있다. 낡고 오래된 거울은 뒷면의 수은이 벗겨져서인지 가장자리가 까맣다. 여자는 거울 속을 들여다본다. 무심히.

그러다 놀란다. 거울 속에, 그동안 본 적이 없는 낯선 여자가 있다. 그 여자는 눈빛이 날카롭다. 눈에서 자잘한 불티며 칼날 같은 것을 뿜어내고 있다. 그게 제 눈일까 싶어 다시 한 번 본다. 자세히 보다가, 두려움에 사로잡히고 만다. 믿을 수 없다. 제 눈빛이 그렇게 변했다는 것을 믿을 수 없다. 그렇게 살자고 태어난 게 아닐 것이다. 이런 일을 당하려고 그렇게 힘들게 마음을 죽여 왔던 게 아니다. 억울하다고, 억울하다고, 그 여자는 거울에서 고개를 돌린다. 거울 옆으로는 공양과 예불 시간 등, 절집에서의 하루 일과를 적은 휴양객 주의사항이 있고, 그 옆으로 보왕삼매론(寶王三昧論)이 붙어 있다.

　1. 몸에 병이 없기를 바라지 마라. 몸에 병이 없으면 탐욕이 생기기
쉽나니, 그래서 성인께서 말씀하시기를, 병고로써 양약을 삼으라 하
셨느니라.
　2. 세상살이에 곤란이 없기를 바라지 마라. 세상살이에 곤란이 없으
면 제 잘난 체하는 마음과 사치한 마음이 일어나기 쉽나니, 근심과 곤
란으로써 세상을 살아가라 하셨느니라.

　보왕삼매론은 아홉 항목까지 있다. 공부하는 데 마음의 장애가
없기를 바라지 마라, 장애 속에서 해탈을 얻으리라. 남이 내 뜻대로
순종해주기를 바라지 마라. 남이 내 뜻대로 순종해주면 마음이 교
만해지기 쉽나니, 내 뜻에 맞지 않는 사람들로 무리를 이루라. 공덕
을 베풀 때는 과보를 바라지 마라. 덕 베푼 것을 헌신처럼 버리라
등등.
　다 옳은 말이다. 옳은 말이라고 고개를 끄덕이며, 그러나 도덕 교

과서를 읽듯이 그 구절들을 읽어나간다. 그러다가, 그러다가 가슴을 치는 구절과 부딪치고 만다.

억울함을 당하더라도 굳이 변명하려 하지 마라. 억울함을 변명하다 보면 원망하는 마음을 돕게 되나니, 그래서 성인께서 말씀하시기를, 억울함을 당하는 것으로 수행의 문을 삼으라 하셨느니라.

그건 보왕삼매론의 마지막 항목이다. 그 여자는 가슴을, 머리를 두드려 맞은 느낌으로 바닥에 주저앉는다. 아니, 온몸이 큰 도리깨 같은 것에 맞아 무너지는 느낌이다. 억울하다고, 억울하다고, 내가 왜 이런 일을 당해야 하느냐고, 여기까지 오는 동안 내내 그런 생각을 했다. 바로 조금 전까지도 거울 속의 눈빛을 보며 그렇게 생각했다. 그런데 암자 벽에 붙어 있는 그 종이가, 그 여자에게 말하고 있다. 억울함을 당하는 것으로 수행의 문을 삼으라고.

그 구절을 만나기 위해 이 암자를 찾아왔을까. 무너지면서, 이불 위로 머리를 박으면서, 둑이 무너지듯 오래 참았던 울음을 쏟는다.

"살려주세요, 제발, 살려주세요."

운명에게, 자신을 시소 저편에 올려놓고 흔드는 심술신에게, 그리고 부처님께, 모든 힘 가진 것들에게 그 여자는 매달린다. 살려달라고.

"다른 건 아무것도 바라지 않아요. 지금의 이 혼돈에서 벗어나게 해주세요. 마음속에 앙금이 고이지 않게 해주세요, 모든 일이 그저 물처럼 흘러 지나가게 해주세요."

여자는 이불더미에 엎드려 오래 운다. 저녁 공양을 알리는 목탁 소리를 듣고도 일어나지 않는다. 울다가, 울다가, 까무룩 맥을 놓으며 잠이 든다. 정신이 몸을 떠밀어서 잠 속으로 밀어 넣듯이.

얼마나 잤을까. 그 여자는 다시 목탁 소리를 들으며 잠이 깬다. 주섬주섬 옷을 입고 밖으로 나간다. 밖은 아직 캄캄한데, 절 마당에는 희미한 전등이 빛나고 있다. 전등 아래서 목탁을 두드리며, 목탁 소리에 발맞추어 도량을 도는 비구니 스님이 있다.

무얼까, 아주 낯선 곳에 와 있는 느낌이다. 이 세상이 아닌 곳, 지상이 아닌 곳, 사람이 하나도 살지 않는 곳. 그런 곳에 도량석을 하는 비구니 스님과 그 여자가 단둘이 있다. 잠들기 전에 중얼거렸던 생각들이 모두 어디로 갔는가. 아무것도 알지 못하고 아무 생각도 하지 않던, 한 살이나 두 살 무렵의 마음이 이랬을까. 여자는 댓돌 위에 오래 앉아 있는다. 마음속으로 목탁 소리가 퍼져 나가고, 그리고 한 살이나 두 살 무렵의 마음이 되살아나는 것을 느끼면서. 저 비구니 스님도 그럴까. 마음속에 한 살이나 두 살 때의 어린아이가 있을까.

무언가 가벼워지는 느낌, 그 여자는 그것을 소중하게 받아들인다. 지난 저녁의 혼돈이, 설움이, 기진함이 얼마간 마음에서 씻겨진 느낌이다. 도량석이 끝날 무렵, 그 여자는 방으로 돌아와 다시 잠이 든다. 잠에서 깨어난 시간은 오전 열 시, 이번에는 새벽에 본 도량석 장면이 다시 꿈같다. 웬일일까, 여기서 여러 날을 자고 나면, 모든 것이 꿈과, 꿈의 저 뒤편으로 사라져줄 것 같은 마음이 드는 것은.

그 여자는 주섬주섬 일어나 양말을 신고 화장실에 간다. 모든 절집 화장실이 그렇듯이 견성암 화장실도 문이 없고 바닥이 아주 깊다. 무심히 그 바닥으로 눈길이 가는 순간, 그 바닥에 빛이 들고 바람이 지나가는 것을 본 순간, 명치께가 떨려온다.

심연.

모르겠다. 왜 그런 생각이 들었는지. 인간의 심연이란 명치쯤에 있는 모양이라고, 그 여자는 지그시 명치께를 누른다. 옆 칸에서 나오던 비구니 스님이 그 여자를 돌아본다. 명치를 누른 채, 겁에 질린 얼굴을 하고 있는 그 여자가 안되어 보였을까, 비구니 스님은 나가던 걸음을 멈춘다.

"정랑에 오면요, 여기 이거 있죠?"

젊고 고운 비구니 스님이 화장실 벽에 붙은 종이를 가리킨다. 공책만 한 종이에 세로로 붓글씨가 적혀 있다.

"이걸 세 번씩 외우세요. 특히 이거."

비구니 스님은 종이 가까이 허리를 굽혀 제일 첫 번째 적힌 글을 손가락으로 짚어 보인다.

"그러면 정랑신이 그렇게 좋아한대요."

비구니 스님은 생글생글 웃음 띤 얼굴로 화장실을 나간다. 제 심연을 누르고 있는 그 여자를 남겨둔 채. 그 글은 화장실에 앉은 자세로 고개 들 때, 바로 눈앞에 보이는 위치에 붙어 있다. 입측진언(入厠眞言). 그 여자는 떨리는 다리에 힘을 주고, 화장실에 쭈그려 앉아, 비구니 스님이 일러준 첫 번째 구절을 읽는다.

버리고 또 버리니 큰 기쁨 있네. 탐진치 삼독도 이같이 버려, 한순간의 죄악도 없게 하리라. 옴 하로다야 사바하.

'탐진치 삼독'이 한글로 씌어 있어 언뜻 그 뜻이 다가오지 않는다. 그러나 아랫도리로 찬바람이 지나가는 순간, 어쩐지 그 뜻이 확연히 다가온다. 貪瞋癡 三毒, 그렇게 쓰는 것일 게다. 탐욕스런 마음, 진노하는 마음, 어리석은 마음. 그 세 가지가 마음에 독소의 뿌리를 내리는 요소라는 뜻일 거다. 탐진치 삼독. 버리고 또 버리고 탐진치 삼독도 버리고, 몸 안에 푸릇푸릇 자라는 독소들을 버리고……

그 여자는 진언을 속으로 외어본다. 옴 하로다야 사바하. 깊은 심연으로 철썩, 배설물이 떨어져 내리는 소리가 들린다. 더 힘을 주어 진언을 왼다. 옴 하로다야 사바하…….

글쎄다, 화장실에서 돈오의 경지를 맞은 스님이 있다는 애기를 들어본 일은 없다. 그러나 그날, 그 여자는 화장실에 쭈그리고 앉아, 명치가 떨리는 심연을 느끼며, 힘주어 입측진언을 외며, 이런 자세로 깨우침에 다다른 스님도 있지 않을까 생각한다.

화장실을 나서며 그 여자는 고개를 주억거린다. 모든 걸 너무 많이 마음속에만 쌓아왔다고. 어떤 물체든 밀폐된 공간에 오래 두면 썩는다. 썩으면서 독소와 가스를 내뿜는다. 그리하여 모든 걸 버려야 한다고 생각할 때, 그 여자는 가장 먼저 버려야 하는 것이 마음이라는 것을 깨닫는다. 왜 몰랐겠는가. 이미 반야심경을 밑줄 그어가며 읽은 일이 있는데. 그러나 그때는 그저 지적 호기심으로 읽었다. 이제, 마음 깊은 곳에서 한때의 지적 호기심을 부끄러워하는 마음이 눈을 뜬다. 그 지식에 발을 달아주어야 한다고.

모든 것이 마음 탓이다. 아무것도 아닌 말을 그토록 예민하게 받아들이는 것도, 무심한 말에 그토록 상처를 입는 것도. 마음이라는 것이 있기 때문이다. 억울하다고 생각하는 것도 마음이고. 피해의식이라고, 신경증이라고 느끼는 것도 다 마음이다. 마음만 없다면, 마음만 없다면 그 모든 것이 곁을 스쳐가는 바람과 다를 바가 없지 않은가. 그리고 그 여자는, 마음 중에서도, 자신을 그토록 괴롭혀온 것이 바로 예민한 감수성과 서슬 푸른 자의식임을 알아차린다. 돈. 오. 너무 거창한 용어를 사용하는 거나 아닌지 모르겠다. 그러나 그 여자는 문득 깨닫는다. 바로 그것 때문이었다고. 자신의 삶이 남달리 고달팠던 게 바로 그 감수성과 자의식 때문이었다고.

그때부터, 그 여자는 지나치게 예민한 감수성과 서슬 푸른 자의식을 버리려 노력한다. 물론 하루아침에 되는 일이 아니다. 시간을 두고, 오래도록, 그것들을 버려나간다. 처음에는 잘 버려지지 않는다. 버려지지 않아, 오히려 심장 위에 철판을 씌우고 콘크리트를 입히고 싶어 한다. 그 일은 쉽지 않다. 노력하고 노력하고 또 노력해도, 그 여자가 감수성을 무디게 하고 자의식을 버리는 데는 오랜 시간이 걸린다.


그 여자는 견성암에서 열흘을 묵는다. 그 열흘 중 처음 닷새 동안은 잠만 잔다. 몸도, 마음도 너무 지쳐 있었던 게 분명하다. 아침 공양을 하고 들어와 잠을 자고, 점심 공양을 하고 숲에 들어가 앉아 있다가 소나무 그늘 아래서 또 잠을 잔다. 저녁 공양을 하고 돌아와 일기를 쓰다가 또 잠이 들고, 새벽 예불 소리를 듣고 깨어 멍하니 앉아 있다가 또 잠든다. 그 여자는 잔다. 오직 잠자기 위해서 태어난 사람처럼, 허물을 벗기 위해 자고 또 자는 누에처럼, 그 여자는 잔다. 잠에서 깨면, 잠들기 전의 생각이나 행동이 꿈같고, 다시 잠들면 꿈같다고 생각한 사실이 모두 꿈같고, 잠에서 깨면 꿈이 다시 꿈같고…… 그렇게 꿈과 꿈 사이, 잠과 잠 사이, 현실과 현실 사이에 누에고치처럼 두텁고 불투명한 막이 쳐진다. 그 기억들, 그 고통들, 그 불안정한 마음들이 모두 두터운 막 저편으로 멀어지는 것 같다.

잠과 잠 사이, 꿈과 꿈 사이, 언뜻 한 생각이 떠오르기도 한다. 해답처럼, 모든 현실의 문제에 대한 명확한 해답처럼 그 생각이 떠오른다. 옆방의 스님들처럼 사는 것. 머리를 깎고 잿빛 옷을 입고 아침 일찍 일어나 도량석을 하면, 그러면 모든 것이 해결될 것 같은 마음.

그러나 고개를 젓는다. 그런 이유로 출가하는 건 부처님도 달가워하지 않을 거라고. 우선 먼저 나를 다스리고, 내 마음을 똑바로 세워야 한다고.

닷새쯤 보낸 후, 오직 잠만으로 보낸 닷새가 지난 후, 그 여자는 조금씩 살아난다. 잠자는 시간이 줄어들고 깨어 활동하는 시간이 많아진다. 산길을 걷고, 책을 읽고, 일기를 쓴다.

그때 그 여자는 몇 권의 책을 가지고 간다. 그 여자는 최승자 시인의 시를 좋아해서, 그의 시집 두 권을 가져간다. 그 시집에서, 절망을 절망으로써 극복하는 법을 찾을 수 있으리라 기대한다. 그러나 '절대 도통하지 말 것, 언제나 아이처럼 울 것' 그런 시구를 읽다가 시집을 덮어버린다. 그 구절이 무슨 뜻인지는 안다. 자잘한 갈등을, 욕망들을 모두 끌어안고, 그리고 끝내 이 세상에서 살아보자는 얘기가 아닐까. 끝내 시인으로서 살아보자는 얘기가 아닐까.

그 여자는 최승자 시인의 시들을 좋아하지만 그 부분에서는 생각이 다르다. 이 세상에서 살지 않더라도, 모든 욕망을 벗어버리더라도, 그 여자는 도통하고 싶다. 그럴 수만 있다면. 마음자리가 고요한 수평면이 되고, 물밑까지도 환히 비치는 맑은 물이 되고 싶다. 시나 소설 따위, 현실에서의 욕심 따위, 다 버릴 수 있다. 지금의 이 혼돈과 지옥에서 벗어날 수만 있다면. 그럴 수만 있다면 세상보다는 산중을, 아이처럼 우는 일보다는 도통의 경지를 택하고 싶다. 그럴 수만 있다면. 그 여자는 저녁마다 일기를 쓰다가, 마음의 물밑을 들여다보다가, 울먹이는 마음을 가까스로 달래다가, 그러다가 잠이 든다. 아침에 잠 깨면 늘 얼굴이 부어 있다. 마음뿐 아니라 몸도 쇠약해져 걸을 때마다 허방에 발목이 푹푹 빠진다. 그러면서 열흘을 거기서 묵는다. 살려달라고, 마음 밑바닥에 앙금이 고이지 않게 해달라고, 모든 마음을 버릴 수 있게 해달라고, 견성암 부처님을 붙잡고 애원하면서.

견성암 부처님뿐 아니라 세상의 모든 신을 향해, 모든 힘 있어 보이는 것을 향해 빈다. 정랑신에게, 조왕신에게, 대들보의 신에게, 소나무의 신에게, 바위의 신에게, 세상의 모든 신에게 애원한다. 조상들이 왜 그토록 많은 신을 만들어냈는지, 아니 인류가 왜 종교를 만들어냈는지 이해한다. 역경에 처하고 실의에 빠진 사람들이 왜 너무 쉽게 종교 쪽으로 발을 디디는지 알게 된다.

그곳을 떠나기 하루 전날, 그 여자는 후원에서 마실 물을 떠 오다가 휴양객들에게 공양을 차려주는 행자와 나란히 걷게 된다. 그 여자는 손에 물병을 들고, 행자는 손에 작은 가방을 들고 있다.

"오래 계시네요."

행자가 먼저 말을 건다. 단발머리에, 총명해 보이는 눈빛을 하고 있다. 닷새 전에 이곳에 왔고, 그동안 승복은 입었지만 머리가 긴 채로, 다시 생각해보고 신중하게 결정하라는 유예기간을 보내고 있었다. 나이는 그 여자와 비슷한 이십 대 중반쯤.

"어디 가세요?"

그 여자는 행자가 걸어오는 말에 그렇게 대답한다. 행자는 문득 고개를 숙이며 말이 없다. 그 여자는 무엇을 잘못 물었는가 싶다. 스님들에게는 질문을 조심해야 한다. 고향도, 나이도, 속명도 물어서는 안 되고, 그러고도 어쩐지 그들에게는 무얼 함부로 물어보지 못하게 하는 푸르름이 있다.

"가려고요."

한참 만에 행자는 고개를 돌려 그 여자를 돌아본다. 그러나 눈빛은 그 여자의 뒤편, 바람이 지나가는 허공 먼 곳을 보고 있다. 어디? 하다가 이내 아, 하는 마음이 된다. 출가의 마음을 꺾었구나……. 그 여자는 조금 당황했나 보다.

"왜요? 힘들어서요?"

묻고 나서야, 그렇게 물어서는 안 되었다고 깨닫는다. 그 여자는 늘 행자들이 힘들 거라고 여겨왔다. 새벽부터 저녁까지 온갖 부엌일과 잡일을 하고, 그 틈틈이 공부를 하고, 무엇보다 저녁 예불에서는 늦게까지 남아 백팔배를 올리곤 한다. 잠은 언제 자는가. 그들이 염려스러웠다. 그러나 행자는 스스럼없이 말한다.

"힘든 거야 어디나 마찬가지지요."

행자는, 아니, 이제 속인으로 돌아가는 그 이십 대 여자는 마지막 합장을 그 여자에게 했을 것이다. 그 여자도 행자에게 마주 합장하고, 그의 뒷모습을 모퉁이를 돌아갈 때까지 바라본다. 검은 스웨터, 청바지, 운동화……. 그 뒷모습이 휘청휘청 바람에 날린다. 손에 들고 있는 작고 까만 가방이 가까스로 행자를 바람에 날아가지 않도록 해주는, 이 세상과 연결해주는 고리 같다. 그 모습을 보며, 그 여자는 많이 부끄러워진다. 힘든 거야 어디나 마찬가지지요. 그 말이 오래도록 가슴속에서 동그라미를 그리며 돌아다닌다. 엄살 부리지 마. 억울하다고도 생각하지 마.

그리고 그 여자도 짐을 싼다. 열흘 만에. 그때 쓴 시가 있다.

산다는 것은
덕숭산 산허리를 베고 잠들었다가 깨어나 바라보는
들풀 같은 것 여름내 단근질된 까만 꽃씨
행운을 준다고 믿었던 네잎 클로버
무분별하게 사랑했던 개 돼지 돌멩이
그들에 대한 관심이 염주알 뒤편으로 쉽게 쉽게 물러나는
삶이라는 것은,
시멘트로 만들어진 거대한 바퀴
바퀴를 굴리며 바퀴에 짓눌리며 헐떡이는 내 모습
전생인 듯 이승인 듯 떠올라오고

가자, 가자, 내 영혼의 어깨를 토닥이며 힘겹게 일어서면
허리에서 무릎 관절에서 혹은 전생 어디쯤에서
업보의 먼지가 풀썩풀썩 인다 어디로 가는 길이었을까
또 어디로 갈 수 있을까 이냥 이대로 냇물이 되어
덕숭산 발등이나 씻어주고 지냈으면

시를 자랑하려는 게 아니다. 그때 그 여자가 얼마만큼 스스로를

치유하여 산을 내려올 수 있게 되었는가를 말하고 싶다. 그 여자에게, 글쓰기의 첫 번째 기능인 자기 위무의 기능에 대해서.

생각해보면, 그 일의 충격에서 완전히 벗어나는 데는 삼 년쯤 걸린 것 같다. 물론 그 일의 충격이란 그 가을 어느 날 밤의 충격이 아니다. 그 칠 년의 세월이기도 하고, 그 남자가 공포스러운 존재로 다가오던 열아홉 살의 가을이기도 하고, 그 폭행의 어둡고 굴욕적인 기억이기도 하다. 어쩌면, 주변의 모든 것을 하나하나 잃어가던 열두 살 이후부터의 상실감인지도 모른다. 그 모든 일로부터 완전하게 벗어나는 데, 약 삼 년쯤 걸린 것 같다.

그 삼 년 동안, 그 여자는 시를 많이 쓴다. 그 시들은 그 여자의 불안정한 마음, 사나워져 있던 정서, 도무지 앞을 내다볼 수 없는 캄캄한 상황에 대한 토로이다. 그 모든 고통을 안으로 안으로만 참으며, 한마디도 입 밖에 내어 말하지 않을 때, 그것이 안에서 폭발하지 않도록 해준 숨구멍이다. 시는 그 여자의 화풀이 대상이고, 붙들고 우는 대상이고, 그리고 마지막에 그것에 기대어 잠드는 대상이다. 한 삼 년 동안.

그리고 그 후 다시는 시를 쓰지 않는다. 시집을 낸 것은 시를 쓰지 않게 된 이 년쯤 후다. 그래서 그 여자는 첫 시집을 묶을 때 많이 망설인다. 그건 너무나 고통스러운 한 시기의 기록이고, 날것인 울분과 상실감의 토로여서 그 여자에게나 의미가 있는 것이다. 책으로 묶어 다른 사람이 읽게 할 만한 가치는 없다. 더구나 그때는 이미 시를 쓰지 않고 있으며, 앞으로도 시를 쓰리라는 생각이 없던 때다.

그럼에도, 망설임 끝에 시집을 낸 것은, 자신에 대해 정직하자는 마음에서다. 그것 역시 한 시기의 자신의 모습일 것이다. 언젠가 아주 먼 곳에서 되돌아볼 때, 아, 그 산을 이렇게 넘어왔구나, 담담하게 돌이켜봐도 좋으리라 생각한다. 또 알겠는가. 그 산을 넘은 방법이, 다음 산을 넘는 데 힘이 되어줄지도. 그런 생각으로 시집을 묶는다. 글쎄다, 잘한 결정이었는지는 아직도 알 수 없다. 시집이 나오고도 그것을 몹시 부끄러워했으니까.

그 여자는 누구에게도 시집을 주지 않고 심지어는 어머니께 가장 그 사실을 숨기고 싶어 한다. 제 인생은 제가 알아서 하겠다고 고집부릴 때, 양날의 칼이 되어 쩔쩔매며 살게 될 줄은 몰랐으므로, 그런 모습을 어머니께 보일 수는 없으므로. 그 여자는 그 시집을 누구에게도 준 일이 없다. 그 여자의 절망과 고통을 곁에서 지켜본, 가까운 몇 사람을 제외하고는.

아무튼 그해, 1986년 봄에, 그 여자는 열흘 만에 견성암에서 내려온다. 가자, 가자……. 영혼의 기진한 어깨를 토닥이면서. 그러고는 다시 회사로 일감을 가지러 간다. 아무 일도 일어나지 않았다. 적어도 겉으로는.


그 후로도 그 여자는 자주 견성암에 간다. 1986년부터 1994년까지, 그 여자는 예닐곱 번쯤 그 절에 드나든다. 때로는 한 달 보름쯤 묵기도 하고, 때로는 나흘 만에 나오기도 한다. 그곳에 가는 일은, 그 여자를 지켜주는 힘이 된다. 마음속에 아슬아슬하게 쌓아둔 무엇인가 허물어지려 할 때, 오직 선량함과 온유함만으로도 세상을 살 수 있다는 믿음이 위협당할 때, 그 여자를 앉히고 흔드는 심술신의 시소가 너무 어지러울 때, 그 여자는 견성암에 간다.

견성암에서의 일과는 늘 비슷하다. 아침에는 산에 오르고 열한 시에는 점심 공양을 하고, 오후에는 숲에 들어가 앉아 있는다. 아주 멀리 산등성이를 바라보기도 하고 책을 읽기도 하고, 바위에 기대어 깜빡 잠들기도 한다. 덕숭산 발등을 베고, 잠에서 깨면 모든 것이 꿈같다. 꿈, 불가에서 말하는 그 오온개공이라는 것.

오후 다섯 시에는 저녁 공양을 하고 여섯 시에는 저녁 예불을 드린다. 그 여자는 늘 새벽 예불을 놓친다. 새벽 네 시에는 일어날 수가 없다. 저녁 예불에 들어가서 새벽 예불까지 함께 한다. 법당 왼쪽 맨 뒤가 그 여자의 자리다. 비구니 스님들이 가득 들어선 법당 구석에 혼자 검은 머리를 하고, 혼자 알록달록 색깔 옷을 입고 서 있으면 자신이 한 점 티끌이나 얼룩 같다.

예불은 반야심경을 외는 것으로 끝난다. 그것을 외려고 노력한 일은 없지만, 이제 그 여자는 반야심경을 거의 왼다. 마하반야바라밀다심경, 관자재보살, 행심반야바라밀다시, 조견오온개공, 도일체고액……. 서른 명, 때로는 쉰 명 가까운 비구니 스님들이 한목소리로 반야심경을 외는 소리는 메조소프라노의 합창 같다. 그것을 듣다가 자주 등줄기가 서늘해진다. 소리가 일제히 아주 높은 곳을 향해 올라가고, 그 여자도 소리와 함께 높은 어느 곳으로 들려 올려지는 것 같다.

때로 저녁 예불이 너무 짧다고 여겨질 때는 스님들이 모두 나가고도 혼자 법당에 오래 앉아 있는다. 앉아 있다가 공연히 부처님께 절을 올리기도 한다. 부처님께 올리는 절은 불, 법, 승에 귀의함을 나타내는 삼배가 있고, 그다음에는 칠배와 백팔배가 있다. 그러나 여자는 그런 것은 중요하다고 생각하지 않는다. 그저 마음 가는 대로 절을 하다가 아무 때나 절을 끝내고 법당을 나온다. 밤에는 책을 읽거나 일기를 쓴다. 그러면서 내내, 마음속에서 허물어지는 것을, 심술신의 시소에서 흔들리는 것을 바로잡으려 애쓴다. 세상은 선량함만으로도 살 수 있다는 믿음을 회복하려 노력한다.

그 여자는 평소에 일기를 쓰지 않는다. 그러나 견성암에 묵을 때는 늘 일기를 쓴다. 견성암에 묵으러 갈 때면 새 공책을 하나 준비해 거기에 마음을 정리해온다. 그 여자에게는 '견성암 일기'라는 제목이 붙은 공책이 다섯 권 있다. 적어도 열흘 이상 묵을 때만 별도의 공책에 일기를 쓴다. 견성암 일기는 여간해서는 다시 펴 보지 않는다. 다시 펴 보지 않으면서 버리지도 못한다.

그 여자는 잠시 펜을 놓고 방 한쪽 구석에 있는 큰 종이상자를 뒤진다. 견성암 일기가 나온다. 연두색 공책, 흰 공책, 큰 공책, 작은 공책.

'견성암 일기 1986년 봄'을 열어본다. 몇 줄 읽다가 그 여자는 놀란다. 그 일기는 잿빛 바바리에게 보내는 편지 형식으로 되어 있다. 물론 그 여자는 그때 잿빛 바바리에게 편지를 보낸 일이 없다. 그때 잿빛 바바리는 결혼한 후고, 그에 대한 마음도 완전히 접은 이후다. 생각해보면, 그 일기에 있는 잿빛 바바리는 어떤 특정 인물은 아닐 것이다. 아주 추상화되고 관념화되고 머릿속에서 비대해진 어떤 허구의 대상일 것이다.

고등학교 때 국어 선생님은 한용운의 '님'을 '조국'이라고 설명했다. 고등학생인 그 여자는 선생님의 말에 수긍할 수가 없어, 님에 조국을 대입시켜 읽어보았다. '아, 조국은 갔습니다. 사랑하는 나의 조국은 갔습니다. 푸른 단풍나무 사이로 난 길을 따라 차마 떨치고 갔습니다.' 그 대목에서 여학생은 더 완강히 고개를 저었다. 조국은 우리 국민을 버리고 떠난 일이 없어. 우리가 조국을 잘 보살피지 못했기 때문에 빼앗겼을 뿐이지. 여학생은, 이상화의 빼앗긴 들이 조국이라는 건 인정하지만 한용운의 님이 조국이라는 것은 받아들이지 않았다. 그 문제가 시험에 나오면 조국이라고 답은 쓰지만 속맘으로는 고개를 저었다.

그런데 이제는 한용운의 님이 조국이 될 수도 있다는 사실을 받아들인다. 잿빛 바바리가 단지, 키가 크고 마른, 손가락이 가늘고 긴 그 사람이 아니듯이. 잿빛 바바리는 아마, 그 여자 속에 있는 어떤 사랑, 대상은 없지만 사랑한다는 행위 그 자체를 사랑하기 위해 설정해둘 필요가 있는 어떤 대상이었을 것이다. 심술신이기도 하고 부처이기도 하고, 어쩌면 운명이기도 할 것이다. 상실감으로 존재하는 아버지이고, 아무리 들여다보아도 그 속을 알 수 없는 우주이기도 할 것이다.

견성암은 늘 그 여자에게 무엇인가를 가르쳐준다. 아침마다 덕숭산을 오르내리는 일, 고채나무가 자라는 밭에서 녹슨 호미를 찾아내 한나절 동안 그 밭을 매며 앉아 있는 일, 공양할 때 밥알을 남기지 않는 일, 저녁 공양 후 뒷산에서 들리는 비구니의 청랑한 게송을 듣는 일, 그런 모든 일이 그 여자의 스승이다.

긴 가뭄 끝에 내리는 비를 보며 "비가 참 재미나게도 오네."라고 말하는 나이든 비구니 스님의 말도 그 여자에게는 스승이다. 그 말에는 해갈의 기쁨과 빗줄기의 운율을 읽을 줄 아는 마음이 들어 있다. 비구니 스님을 따라 산나물을 캐러 갈 때, 그 여자가 뜯은 어린 취나물을 보며 "아이구야, 이런 아가야를 다 뜯었네." 안쓰러워하는 비구니 스님의 말도 그 여자에게는 스승이다. 그보다 더한 스승이 어디 있는가.

어느 해 연말, 연말과 신정 연휴에 나흘을 쉴 수 있던 때에도 그 여자는 견성암에 간 일이 있다. 십이월 삼십 일 출근하여, 데스크의 책상 위에 새해 복 많이 받으시라는 메모를 남겨놓고 열 시쯤 회사를 나온다. 그 여자가 일하는 업종은 비교적 출퇴근이 자유롭다. 더구나 연휴가 시작되는 토요일은, 점심때쯤이면 사무실이 텅 빈다. 서울역으로 가니 장항선 열차는 입석표까지 매진이다. 아니 거의 모든 열차가 매진이다. 그 여자는 마음 밑바닥에 있는 호기로움을 조금쯤 끌어올려 남아 있는 유일한 차표, 경부선 입석표를 끊는다. 대전까지 가면 지방도시를 연결하는 버스가 많을 것이라 믿는다. 대전에서 내려 홍성으로, 홍성에서 내려 삽교로, 삽교에서 다시 수덕사로 들어간다. 그러다 보니, 오후 다섯 시가 되어서야 수덕사 밑마을에 도착한다. 저녁 공양이 끝날 시간이다.

그 여자는 절 밑 식당에 들어가 밥을 먹는다. 더덕구이를 주문했을 것이다. 식당 아주머니가 더덕껍질을 벗기고 방망이로 두드리는 것을 보며, 공연히 그걸 시켰구나, 조금 더 쉽게 만들 수 있는 음식을 주문할걸, 싶었던 마음이 기억난다. 홀에 있는 손님은 그 여자뿐이고, 방 안에는 술손님이 있는지 노랫소리가 들린다.

손이 많이 가는 더덕구이를 만드는 시간과, 피곤한 몸에 의무적으로 먹는 식사는 오랜 시간이 걸린다. 그 시간 동안, 그 여자는 방안에서 울려나오는 노랫소리가 어쩐지 이상하다는 느낌을 받는다. 고향이 그리워도 못 가는 신세…… 물레방아 우는 내력 알아보련다……. 레퍼토리를 바꾸어가며 노랫소리는 끊이지 않는다. 여자는 유심히 노래에 귀를 기울인다. 이상해, 무엇인가 이상해. 그러다가 알아낸다. 술자리에서 나오는 유행가 가락치고는 너무 낮고, 무겁고, 음울하다. 술자리에서 있을 법한 웃음소리나 잡담도 전혀 섞여 있지 않다. 노랫소리가 완전히 남성 합창만으로 이루어지고 있으며, 노래와 노래 사이에는 말소리가 끼어들지 않는다. 어머님의 손을 놓고 돌아설 때에……. 한 노래가 끝나면, 곧이어 또 다른 노래가 이어진다. 돌아와요 부산항에, 그리운 내 형제여…….

그 여자는 숟가락질하던 손이 멎는다. 느꺼움, 무언가 부당하다는 느낌. 서러움, 그러나 그것에 빠지지 않으려는 안간힘. 아주 복잡한 감정이 한꺼번에 지나간다. 잠시 후, 방문이 열리고 한 비구승이 나온다. 목이 좁다란 하얀 술병을 들고 나와 식당 아주머니에게 주고는, 뒤쪽 어딘가로 사라진다. 열린 방문으로 비구승들의 잿빛 법의 자락이 보인다. 뒤쪽으로 사라졌던 스님은 잠시 후, 허리춤을 추스르며 돌아와 술병을 받아들고 방 안으로 들어간다. 들어가기 전에, 홀에 있는 그 여자 쪽으로 한번 시선을 던진다.

아, 그 여자는 더 이상 밥을 먹지 못한다. 그날이 연말이라는 사실과, 그들이 부르는 음울한 남성 합창이 하나같이 고향과 어머니를 소재로 하고 있다는 사실을 생각하면 더덕구이를 씹고 있을 수 없다. 그전에도 남성 합창은 듣기가 힘든 때가 많다. 〈그레고리안 찬트〉나 〈히브리 노예들의 합창〉을 들으면, 무수히 많은 소 떼가 깊은 우물 속에서 음울하게 우는 광경을 연상하곤 한다. 서로 뿔을 부딪치면서, 출구를 찾지 못해 애쓰면서, 그러다가 기어이 절망으로 주저앉는, 그런 장면을 보는 것 같다. 비구승들의 합창도 마찬가지다.

그 광경, 그 노랫소리는 오래도록 그 여자를 따라다닌다. 누구에게나 삶은 힘든 것이라고, 산속에 혼자 앉아 오직 마음만을 닦아온 사람에게도 삶은 힘든 것이라고 일러준다. 견성암이 그 여자에게 가르쳐주는 것은 그런 것들이다. 고통 앞에서 겸허해지는 것.

그런 일화는 또 있다. 수덕사 스님들이 술만 먹는 것 같아 보일지도 모르는 일화, 그래서 말하기가 조심스러워지는 일화가 있다.

그 여자는 견성암에 묵을 때, 아침이면 늘 덕숭산에 오른다. 그날도 푸르스름한 새벽에 산에 오른다. 중턱쯤에 이르러 산길에 팽개쳐진 흰 고무신을 본다. 고무신은 깨끗하고, 고무신 안에는 지압용 자석이 달린 깔창이 있다. 방금까지도 누군가 소중하게 사용하던 것일 거다. 왜 여기 버려져 있을까. 여자는 다시 산길을 올라간다. 얼마쯤 올라가니, 함부로 벗어버린 듯 팽개쳐진 잿빛 양말이 있다. 그 양말 밑바닥에는 흙이 많이 묻어 있다.

그 여자는 상황을 유추해본다. 저기 덕숭산 꼭대기에 있는 정혜사 스님이, 전날 밤에 길을 올라갔을 것이다. 그는 아마 술에 취해 있었을지도 모른다. 발이 없다면, 움직이지 않고 한자리에서 평생을 사는 나무나 바위처럼 발이 없다면, 하고 바랐을지도 모른다. 어쩌면 어깨에 놓여 있는 무엇인가의 무게가, 어두운 산길을 걷기에 너무 무거웠을지도 모른다.

그 여자는 정혜사를 지나, 샘물이 흐르는 곳까지 간다. 물을 마시기 전에 샘을 향해 합장하고, 물을 한 잔 마시고 다시 산길을 내려온다. 아까, 양말과 고무신이 버려져 있던 곳에는, 한 젊은 비구승이 길 아래 계곡에 망연히 앉아 있다. 고무신과 양말은 보이지 않는다.

그 여자는 또 멋대로 생각한다. 그 스님이 바로 그 고무신과 양말의 주인일 것이라고, 아침에 잠에서 깨어 흙 묻은 발바닥을 보며 놀랐을 것이라고, 방문을 열어보고 양말도 신발도 없는 것을 보고 더 놀랐을 것이라고, 그래서 산길을 황급히 내려왔을 것이라고. 스님 앞에서는 청설모 한 마리가 까맣고 윤기 나는 눈으로 스님을 말끄러미 올려다보고 있다. 그 여자는 조용히 스님의 곁을 지나친다. 그럼에도, 모든 것을 보아버린 느낌이다.

지금도 그 비구승의 옆모습을 잊을 수가 없다. 비록 그것이 숙취에서 덜 깨어 혼몽한 모습이었다 해도, 거기에는 그 여자가 함부로 짚어볼 수 없는 깊은 무엇이 있다. 비구승은 잿빛 러닝 차림이어서 몹시도 마른 몸이 고스란히 드러나 보인다. 짙은 눈썹, 높은 광대뼈, 아무것도 보고 있지 않은 눈빛, 온몸의 수분이 모조리 빠져나가 건들면 풀썩 먼지로 내려앉을 듯한 메마르고 황량한 등허리. 누군가 그 여자에게 절망의 옆모습을 본 적이 있느냐고 묻는다면 그 스님의 모습을 그려 보일 것이다. 스님은, 아무리 걸어도 닿을 수 없는 저편과의 거리감을 알아채고 절망하고 있었을 것이다.

산을 내려오며, 그 여자는 방금 본 스님의 모습이야말로 곧 제 모습이고, 어쩌면 인간 모두의 초상일 거라고 생각한다. 누군들 제가 선택한 길에서 신발을 벗어던지고 주저앉고 싶지 않겠는가. 앞으로 나아갈 힘도, 뒤로 물러설 용기도 없을 때, 우리가 할 수 있는 일이란 그저 신발을 벗어던지고 길가에 주저앉는 일뿐이다.

그러나 그 여자는 믿는다. 그 스님은 다시 정혜사로 올라갔을 것이다. 신발과 양말을 깨끗이 빨아 널고 법당에 들어가서 오래 엎드려 있었을 것이다. 지금도 법당을 닦고 도량을 쓸고 새벽마다 예불을 올리고 있을 것이다. 우리 모두처럼. 그 여자가 견성암에서 배우는 것은 그런 것들이다.

그 여자는 작년 봄에도 견성암에 갔다. 그때는 한 달을 묵는다.

'견성암 일기, 1994년 봄'의 마지막 장에는 다음과 같이 씌어 있다.

　나중에, 아주 평화로운 마음으로, 아주 가까운 사람과 함께 이곳을 다시 찾을 수 있었으면 좋겠다. 별채 뒤쪽에 있는 이 끝 방을 가리키며, 내가 여기서 묵은 날들을 모두 합치면 반년쯤 될 거예요, 그렇게 말할 수 있었으면 좋겠다. 평온하고 평화로운 마음으로.

그 마지막 장을 적으며, 다시는 짐을 싸들고 견성암에 유숙하러 오는 일은 없으리라 예감한다. 이제는 견성암 부처님을 붙잡고 살려달라고, 살려달라고 애원하지 않아도 될 것이다. 예감은 깃털처럼 가볍게 허공으로 날아오른다. 날아올라, 아주 높은 곳까지 이르러, 큰 눈으로 그 여자를 내려다본다.

## 43

이 세상에는 시간이 필요한 일이 있다. 아무리 애써도 시간이 빨리 흘러주지 않는 것처럼, 시간이 흘러야만 해결되는 문제들이 있다. 흙탕물이 가라앉는 데 필요한 시간, 산 위의 눈이 녹는 데 필요한 시간, 알뿌리가 꽃을 피우기 위해 겨울을 나는 데 필요한 시간, 그런 시간이 필요한 일.

그 여자는 다시 예전과 똑같은 일상을 보낸다. 마음속의 흙탕물이 가라앉기를, 마음의 갈피마다 끼어 있는 살얼음이 녹기를 기다리면서. 평소에는 일감을 가져다 집에서 일하고 열흘쯤은 출근해서 야근을 하고, 나머지 일주일이나 열흘쯤은 집에서 지낸다. 내내 마음을 들여다보면서, 흙탕물이 얼마나 가라앉았는지, 눈이 얼마나 녹았는지 알아보면서. 그렇게 시간을 흘려보낸다.

그렇게 시간을 흘려보낸 후, 1987년 여름쯤, 그 여자가 일하는 부서의 주간이 그 여자에게 차를 한잔 마시자고 한다. 야근을 위해 저녁식사를 하고 난 직후다. 지하 찻집에 앉자 그분은 거두절미하고, 용건부터 꺼낸다.

"입사 권유를 두 번이나 거절했다고 들었는데, 왜 그랬지?"

그 여자는 대답할 말이 없어 입술을 깨문다. 한 번은 결혼할 예정이어서 그랬다. 운명의 고삐를 단단히 쥐고 멀리까지 내다보았을 때 그 여자가 하고 싶은 첫 번째 일은 글쓰기였다. 결혼은, 그때 반드시 해야 할 상황이었다. 두 번째 입사 권유는 그다음 해에 있었다. 그때는 망설이지 않고 사양한다. 피 흐르는 속살을 핥는 것만으로도 탈진할 지경이었으므로, 그런 상태로는 어떤 다른 일도 할 수 없다고 판단했으므로. 그리고 다시 데스크가 바뀌고 또 그 문제가 거론되는 모양이다.

그 여자는 그전까지 그분과 이야기를 나누어본 일이 없다. 그분은 그 부서를 맡은 지 석 달밖에 되지 않았고 또 주간이라는 직책을 맡고 있다. 데스크가 넘겨주는 기획안을 검토하거나 데스크가 오케이 봐서 넘긴 대지를 검토하여 기사와 편집을 최종적으로 점검하는 일을 한다. 그 여자와는 직접 부딪칠 자리에 있지 않다.

"소설 쓰는 일 때문에 그런가?"

그 여자는 고개를 숙인다. 이미 그때는, 소설을 쓰는 일이 가장 중요한 일도 아닌 것이 되어 있다. 피 흐르는 속살을 핥는 일, 그것밖에는 눈에 보이지 않는다. 웬 상처가 그리 깊은가. 핥아도 핥아도 여전히 피가 흐른다.

"입사를 하면 여러 가지 혜택이 많아. 의료보험이나 연금 같은 것도 그렇고. 지금 이렇게 일하면 보너스도 없잖아. 고생은 똑같이 하면서……."

그분의 말씀이 무슨 뜻인지 알아듣는다. 입사를 거절한 두 번의 선택에 대해 후회하지는 않지만 자주 힘들 때가 있다. 그 무렵, 날카롭게 벼려져 있는 피해의식이 인간과 인간 사이에 있는 계단을 의식한다. 계단 한 칸 위에 서 있는 사람과 계단 한 칸 아래 서 있는 사람의 차이 같은 것. 이를테면, 정식 기자와 아르바이트 직원과의 차이 같은 것. 아니, 그들이 어쨌다는 게 아니다. 그들은 늘 정중하고 존중하는 태도로 그 여자를 대한다. 일을 부탁할 때도 시킨다는 인상을 주지 않기 위해 조심스럽게 말한다. 그렇지 않았다면, 제가 조금이라도 함부로, 혹은 부당하게 취급당한다고 느꼈다면 벌써 그만뒀을 것이다. 그 여자의 자의식, 몸속에서 서슬 푸르게 자라던 피해의식은 분명 그런 결정을 내렸을 것이다.

또 있다. 그들이 받는 급여와 그 여자가 받는 보수의 차이 같은 것. 일의 양이나 질에 있어서는 차이가 없는데, 그 대가에서는 차이가 많다. 그들이 받는 월급과 보너스는 그 여자가 받는, 원고료 곱하기 원고 매수, 일당 곱하기 일한 날짜로 계산하는 보수의 두 배쯤 된다. 그건 단순한 돈의 문제가 아니다. 존엄성의 문제이고 끊임없이 쓰라려오는 자의식의 문제다. 그런 것들을 조심스럽게 감지하던 중이다.

"부서에 티오가 하나 있는데 김정숙 씨가 이런 식으로 일하니까 채워지지도 않고, 그래서 다른 기자들도 부담이 크고……."

그 여자는 고개를 숙인 채 그분의 말씀을 듣기만 한다. 그 여자가 입사 권유를 사양한 데에는 또 다른 이유가 있다. 그 일에 인생을 바쳐서 뛰어들 만한 확신이 없다는 점이다. 잡지를 만드는 일, 그중에서도 대중음악 잡지를 만드는 일.

그때까지도 그 여자는 대중문화에 대한 부정적인 시각을 많이 가지고 있다. 예전에 어머니가 공책에 쓰인 노랫말을 보고 뺨을 때린 것과 같은, 그런 식의 금욕주의적인 생각이 아니다. 그 여자는 노래에 많은 위안을 받아왔다. 그럼에도, 학습에 의해 만들어진 부분이 있다. 대중문화에 대한 마르크시즘적인 시각이다. 대중문화는 스포

츠처럼, 국민을 어리석은 무리로 만드는 정치가들의 전략이고, 특히 팝 음악은 소비지향적이고 퇴폐적인 미제국주의자들의 쓰레기 문화라는 지식을 습득하고 있다. 그 여자는, 자신이 위안을 받아온 음악과, 학습에 의해 습득한 대중문화에 대한 지식 사이에서 자잘한 갈등을 느끼고 있다.

그럼에도, 그런 갈등을 겪으면서도 그 일을 해온 것은, 그것이 다만 노동이라는 생각에서다. 모든 노동은 신성하며, 일을 맡으면 최선을 다하는 완벽주의적인 기질 때문에, 그 일을 철저히 했다. 무엇보다, 그 여자는 제 손으로 제 입을 먹여 살려야 하는 입장에 있다.

"인생은 그렇게 사는 게 아니야. 자신의 자리는 자신이 만들고, 자신의 권리는 자신이 찾아야지. 무엇보다 사람은 어딘가에 대한 소속감을 가질 필요가 있어. 세상은 사람들과 어울려 살아가는 곳이지."

그분은 마치 그 여자를 달래듯, 자식을 타이르듯 말씀하신다. 그 어조와, 소속감이라는 말이 여자를 유혹한다. 그 말에서, 어린 시절 온 가족이 함께 떠났던 해수욕장이 떠오르고, 대학 연극부에서 했던 공연 〈어디서 무엇이 되어 만나랴〉가 떠오른다. 그때의 완전한 평화가, 충만한 성취감이, 안락한 일상이. 늘 혼자고, 늘 꼭지 떨어진 감 같던 그 여자는 소속감이라는 말에 마음이 흔들린다.

그 여자가 거듭 입사 권유를 받은 것은 대단히 유능해서가 아니다. 그 시기에는, 팝 음악에 관한 전문적인 기사를 쓸 만한 사람이 없다. 팝 음악을 많이 아는 사람들은 기사 작성에 미숙하고, 음악 관련 분야에서 일하는 전문가들은 모두 팝 음악을 저질스러운 하급문화로 치부하고 있다. 그 여자, 모든 음악에 대해 코즈모폴리턴적인 태도를 가지고 있고, 일단 맡은 일은 최선을 다하는 그 여자는 일손이 부족한 그 잡지에서 필요한 사람이었을 것이다. 이미 그 잡지에서 삼 년 가까이 일해서 웬만큼 풍월도 읊어가고 있다. 더구나 모든 기사의 교열을 보고, 제목을 뽑고, 발문을 뽑는다. 특별히 전문가는 아니지만, 어디에나 써먹을 수 있는 만만한 일꾼인 셈이다. 그래서이다.

그때 그 여자는 삼송리에 산다. 돈을 조금 모아 부엌이 있고 방이 조금 넓은 집으로 이사한다. 삼송리 검문소를 지나면 오른쪽 산비탈에 있는 공무원 사택이다. 똑같은 구조로 된 집들이 이백여 채쯤 있다. 그 집들 중 하나에, 방 한 칸을 얻는다.

그곳은 마을 경관이 좋고 집도 깨끗하지만 그 여자가 있던 방은 종일토록 빛이 들지 않는 북향이다. 어둡고 습기가 많다. 여름이면 벽 위쪽에 검푸른 곰팡이가 슬고 가을이면 귀뚜라미가 방으로 들어온다. 귀뚜라미가 습기를 좋아하는 곤충이라는 걸 그때 처음 안다.

이제는 많이 안정되어, 그 집에서 듣던 음악은 〈한계령〉이다. 아침이면 플레이어에 바늘을 올려놓고, 벽에 기대앉아 그 음악을 듣는 것으로 하루를 시작한다.

"저 산은 내게 잊으라 잊어버리라 하고, 발아래 젖은 계곡 첩첩 산중, 저 산은 내게 내려가라 내려가라 하고, 지친 내 어깨를 떠미네……. 아, 그러나 한줄기 바람처럼 살다 가고파……."

그 여자는 조금씩 그 모든 일로부터 떨어져 나오고 있는 자신을 느낀다. 조금씩 가벼워지고, 조금씩 바람이 되어가는. 물론 아직은 완전하지 못하다.

그 여자는 운명의 고삐를 잡고 하루를 생각한 다음 이력서를 낸다. 소속감도 필요하고, 곰팡이가 피지 않는 방으로 옮길 돈도 필요하다. 우선은 내 몸을 살려야 한다. 내 마음과.

인사부에서는 그 여자를 수습기자로 발령한다. 신입사원은 육 개월 수습 기간을 거치지만, 그 여자에게는 삼 개월로 수습 기간을 줄여주었다는 생색을 내면서. 사령장을 본 그분은 인사 담당자를 찾아가 그 여자의 경력을 모두 인정해주도록 설득한다. 그 여자는 그 잡지에서 일한 경력을 모두 인정받는다. 그럼에도 그분은, 그 여자가 교직에 있었던 경력을 인정받을 수 없었다는 점을 안타까워한다.

그 여자는 그분에게 많은 것을 배운다. 그분이 말로써 무엇을 가르치거나 해서가 아니다. 그때, 세상이 너무나 밀림 같고, 사람들은 적자생존의 논리에 지배당하는 맹수들 같고, 그 밀림에서 자칫 길을 잃을 것 같던 그때, 그분은 선량함과 온유함만으로도 세상을 살수 있음을 가르쳐준다. 그분의 삶의 모습 그 자체로써.

당시는 그분도 힘든 상황이다. 신문에서 문화부장을 하다가 출판국으로 발령이 난 때다. 어느 신문사나 다 그렇겠지만, 신문에서 잡지로 발령이 나는 것은 그리 영예로운 일이 아니다. 물론 그때 이미, 인사의 척도란 능력 외적인 여러 가지 복합적인 요인에 의해 더 많이 좌우된다는 사실 정도는 알고 있다. 그런 상황에서도 그분은 꿋꿋하고 너그럽고 일관되게 온유한 모습을 보인다. 그 여자는 그분의 그런 점들을 존경하며, 그걸 배우려 노력한다. 그분은 지금, 그 신문사의 수석 논설위원이시다.

아주 나중까지도 그 여자는 그분에 대한 고마움을 기억할 것이다. 그분이 입사를 시켜주고 경력을 인정받게 해주고, 세상을 사는 법을 일러주었다는 그런 점들 때문이 아니다. 그보다는, 그 여자에게, 세상에 대한 신뢰를 회복할 수 있는 최초의 계기를 마련해주었기 때문이다. 그때, 인간에 대해, 세상에 대해, 완전히 신뢰가 허물어지고, 여전히 신경증과 피해의식에 시달리고 있던 그 여자는, 그분을 보며 인간에 대해, 세상에 대해 조금씩 신뢰를 회복해간다. 오직 선량함과 온유함만으로도 세상을 살아갈 수 있다는 사실을 믿게 된다. 조금씩, 세상은 살아볼 만한 곳이 되어간다.

그러나 문제는 그다음부터다. 입사하자마자, 첫 달의 일을 진행하면서 그 여자는 제 성격이 잡지 일에 적합하지 않다는 걸 재빨리 알아차린다. 그때까지도 그 여자는 너무 의식만 비대하다. 머릿속에 온갖 잡동사니가 굴러다녀서 늘 머리가 무겁고 그래서 행동이나 말은 상대적으로 취약하다. 무엇보다, 말하기에 가장 서투르다. 입을 굳게 다물고 모든 고통과 모든 쓰라려오는 자의식을 겉으로 드러내지 않으려 애쓰던 때다. 네, 아니오, 라는 대답 대신 말없는 고갯짓이 아예 몸에 배어 있다.

낯선 사람을 무수히 만나서 그들과 친근하게 이야기를 나누며 그들의 이야기를 이끌어내고, 이야기가 엉뚱한 곳으로 새지 않도록 조절하고, 속내 이야기까지 이끌어낼 수 있는 친화력을 보여야 하는 것, 그 일은 적합하지 않을 뿐 아니라 난공불락이다. 그때까지도 그 여자는 말을 안 하는 정도가 아니라 누군가에게 먼저 말을 붙이는 타입이 아니다.

말이 없는 사람은 대체로 두 부류다. 단순히 내성적인 성격의 사람과, 자의식이 강해서 입을 다물고 있는 사람. 이제 그 여자는, 모임 같은 데서 한구석에 말없이 앉아 있는 사람을 보면 그가 선천적으로 내성적인 성격인지, 아니면 터무니없는 자의식에 사로잡혀 자신을 터놓지 못한 채 사람들과 융화되지 못하는지를 가려낼 수 있다. 그 여자가 말이 없던 시절, 그 여자의 내부에는 두 가지가 모두 있었으므로.

그 시절, 그 여자는 함부로 고통을 드러내지 않기 위해서, 왠지 잘못 살고 있다는 사실을 드러내지 않기 위해서 완강히 입을 다물고 있다. 어렸을 때, 완강히 입을 다물고 서서 미동도 없이 고집을 부릴 때처럼.

그러면서도 꾸역꾸역 일을 한다. 취재를 나가면 아주 딱딱하고 어색한 상태에서 한두 마디 물어보고 돌아온다. 상대가 어쩐지 신뢰성이 떨어져 보인다거나 허영심에 가득 차 보인다거나, 탐욕스러워 보인다거나, 그런 것들을 읽어내면 금방 입이 다물어진다. 한번 다물어진 입은 여간해서는 열리지 않는다. 이래서는 안 되는데, 그래도 일을 해야 하는데……. 마음뿐이다. 억지로 사진 촬영만 진행하고, 꼭 필요한 한두 마디만 묻고 돌아온다. 기사를 쓸 때는 그 인물에 대한 퍼스널 파일을 참조하고, 그래도 미흡한 점은 전화를 걸어 물어본다. 기사는 확실하게 써야 하므로.

사람들이 거창하게 말하는, 세상과의 불화라는 말이 있다. 그 여자가 그 일에 적응하기 힘들고 세상을 받아들이기 힘들어했던 것이, 거창하게 말하여지는 세상과의 불화였는지는 알 수 없다. 그 무렵, 그 여자는 자신이 그 일에 적합하지 않을 뿐 아니라 이 세상에도 적합하지 않다는 생각에 시달린다. 이 세상에 적합하지 않은 게 아니라면, 최소한 이 시대에 적합하지 않다고.

매일 출근을 하고, 이런저런 일로 사람들을 많이 만나다 보니 그

것이 더욱 선명하게 드러난다. 일 때문에 선의의 거짓말을 해야 할 때도 그것을 힘들어한다. 좋고 싫음이 너무 분명해서 어떤 일로 한 번 실망한 사람에 대해서는 여간해서 신뢰를 회복하지 못한다. 신뢰를 회복하지 못하면, 그 사람을 향해 웃어 보이는 일도 어렵다. 함께 식사하는 사람들이 특정인에 대한 험담을 시작하면 그걸 듣는 것만으로도 명치께가 막힌다. 무료해진 데스크가 기자들을 향해 음담패설을 시작하면 슬그머니 자리에서 일어나 나가버린다. 아무래도 이 세상에 맞지 않는 것 같다고, 아무래도 너무 늦게 태어나거나 너무 일찍 태어난 것 같다고, 아니 처음부터 인간으로 태어난 게 잘못인 것 같다고, 심각하게 그런 생각에 시달린다.

그 여자는 다시 기로에 선다. 억지로, 꾸역꾸역 그 일을 한 지 육 개월쯤 후, 더 이상 버틸 수 없다고 판단한다. 그런 식으로 일하는 것은 자신에게도 유익하지 않고 그 매체에도 도움이 되지 않는다. 더구나 그런 식의 바보 같은 태도로 살아가는 것도 옳지 않다. 인생에 대한 전면적인 재검토가 필요하다. 그 일을 그만두거나, 자신을 뜯어고쳐 그 일에 적합하게 만들거나. 둘 중 하나를 선택해야 한다.

그 여자는 다시 운명의 고삐를 단단히 틀어쥐고, 안장 위에 높이 올라가 멀리까지 내다본다. 그만두는 게 나은가, 성격을 뜯어고치고 그 일에 적응하는 게 나은가. 멀리, 더 멀리까지 내다본다. 무엇을 위해 나은가 하는 것은 물어볼 필요도 없다. 그 여자가 진정으로 하고 싶은 일, 그 여자가 가장 나중에 가 닿으려고 하는 그 목적지로 가는 데 유익한가 하는 점이다. 아무리 멀리까지 내다봐도 길은 그 끝을 보여주지 않는다. 한 길은 모퉁이를 돌아 사라지고 다른 한 길은 뿌연 흙먼지에 가려져 있다.

몇 가지 생각이 떠오른다. 대학을 그만두고 처음 세상으로 나갈 때, 직장생활은 십 년만 하기로 했다. 아직 십 년이 지나지 않았다. 또한, 교직을 그만둔 것처럼 이 일도 그만둔다면 그건 일종의 패배감으로 남을지도 모른다. 그건 견딜 수 없다. 어딘가에 부적합하다는 것도 견딜 수 없는데, 더구나 사람들이 모여 생활하는 그 사회라는 것에, 영원히 거기에 섞여 살아야 하는 그 사회라는 것에 부적합하다는 판단은, 금치산자나 한정치산자의 선고를 받는 것과 다름없다. 무엇보다, 제 손으로 제 입을 벌어 먹여야 한다.

　또 하나, 아직 세상에 대해 너무 모른다. 인간들에 대해, 이 사회가 무엇을 중심으로 해서, 어떤 힘의 법칙으로 움직이고 있으며, 궁극적으로 어디로 흘러가고 있는가 하는 의문에 대한 해답을 아직 찾지 못했다. 글을 쓰려면, 궁극적으로 인간과 세상에 대해 알아야 한다. 직장생활은 그것을 배우는 계기가 될 것이다.

　그 여자는 운명의 등에서 내려온다. 결론은 났다. 이 일을 계속한다는 것, 그러기 위해서 무엇보다 자신을 뜯어고쳐야 한다는 것.

　언제나, 어떤 결정을 내릴 때는 확신을 갖고 망설임 없이 선택하곤 했다. 그러나 그때, 그 여자는 처음으로 확신을 갖지 못한다. 과연 이 길이 옳은가. 너무 멀리 돌아가는 건 아닐까. 이 길로 들어서면 아예 목적지와는 너무 동떨어진 곳에 다다르는 게 아닌가.

　그렇지만 결론이 났으므로, 다음 단계의 작업에 들어간다. 대체 무엇이 잘못되었는가. 원인을 분석해야 거기에 맞는 대책을 세울 수 있다. 그 여자는 자신의 마음 깊은 곳, 습관 깊은 곳, 애초에 그런 성향을 갖게 된 아주 처음까지 되짚어본다. 왜 세상과 자연스럽고 다정하게 어울리지 못하는가. 왜 세상이 자신이 알고 있던 것과 다른가. 그건 코페르니쿠스적인 사고의 대전환을 필요로 한다. 그 여자는 시선을 세상 한가운데에 두고 자신을 점검한다. 몇 가지 의혹을 찾아낸다. 세상이 잘못된 게 아니라 그 여자 자신이 잘못되어 있음을 입증하는 몇 가지 의혹을.

첫 번째 혐의는 어머니의 가르침으로 돌아간다.

그 여자는 그때까지도 잠자리에 누우면 무의식중에 가슴에 손을 얹는 버릇이 있다. 그러고는 그날 일을 돌아본다. 잠에서 깨면 전날 밤에 꾼 꿈을 깊은 곳까지 들여다보는 습관이 있다. 그러면서 늘 무언가 잘못 살고 있다는 생각에 시달린다. 어머니가 가르쳐준 위인전 속의 인물들은 그렇게 살지 않았다. 어머니가 들려주던 시조 속의 세상은 그렇지가 않았다. 세상은 정의와 온정으로 충만하고 사람들은 진실과 진리를 찾아 노력하는 모습들이었다. 아름답고 조화로운 세계 속에서 너그럽고 참되게 사는 것이 인간의 삶이었다. 그렇지 못하다면, 최소한 그것을 위해 노력해야 하는 게 인간의 삶인 줄 알았다. 거기에 문제가 있었다. 어머니가 일러준 도덕과 어머니의 이상주의에서 나온 이 세상의 모습에 대한 인식에 문제가 있었다.

사람들이 본질적으로 관심을 갖는 것은 노동에 대한 더 많은 대가와 얼마간의 공명심 그리고 휴일을 즐겁게 보낼 수 있는 방법들에 관한 것이다. 더 맛있는 음식과 더 아름다운 미용법과 더 편리한 물건들에 관한 것이다. 그것을 인정해야 한다.

열한 살까지 어머니가 들려준 시조며 동화며 위인전들은 대체로 몇 세기 이전의 이야기이다. 그러니, 이십 세기에는 적합하지 않을 것이다. 더구나, 그것 역시 몇몇 특별하고 모범적인 사람의 일화일 뿐이다. 평범한 많은 사람을 경계하고 계도하기 위해 그런 이야기도 생겨났을 것이다. 그러니, 세상이 모두 그렇다고 믿었던데 오류가 있었다. 세상 모든 사람이 '말하기 좋다 하고 남의 말을 말을 것이, 남의 말 내 하면 남도 내 말 하는 것이, 말로써 말이 많으니 말 말을까 하노라' 하면서 살지 않는 건 너무나 당연하다.

어머니가 들려준 시조, '까마귀 노는 곳에 백로야 가지 마라. 성난 까마귀 흰빛을 세우나니, 청파에 고이 씻은 몸 더럽힐까 하노라.' 그 시조가 틀릴 수도 있음을 인정해야 한다. 다른 시조가 있다. '까마귀 검다 하고 백로야 웃지 마라, 겉이 검다고 속조차 검을 소냐, 겉 희고 속 검은 이는 너뿐인가 하노라.' 그것 말고도 또 있다. '검은들 어떠하며 흰들 어떠하리, (중장이 생각나지 않는다) 세상의 일 없는 이들이 검다 희다 하더라.' 인정해야 한다. 어머니가 가르쳐준 시조만이 전부가 아니라는 것을, 그 여자의 기질에는 세 번째 시조가 더 맞다는 것을, 어머니의 가르침에 얽매어 세상을 수용하지 못하고 자기 자신까지 억압하며 살아왔다는 것을.

어머니가 심어준 인간 세상에 대한 환상뿐 아니라, 금욕주의적이고 본질을 중시해야 한다는 가르침에도 문제가 있었다. 어머니가 해준 이야기가 하나 있다.

"강감찬 장군이 중국 사신으로 갔을 때의 일이다. 강감찬 장군은 키가 작고 얼굴도 못생긴 편이지. 장군은 적의 장수를 시험하기 위해 신하 중에서 얼굴이 잘생기고 체격이 좋은 사람을 골라 자신의 장군복을 입혔단다. 그 신하를 앞에 세우고, 강감찬 장군은 신하의 옷을 입고 뒤에 서 있었지. 그런데 말이다, 중국 사신이 두 사람을 번갈아 보더니 뒤에 서 있는 강감찬 장군에게 다가와 공손히 절을 하더란다."

어머니의 이야기는 거기서 끝나지 않는다. 모든 이야기 뒤에는 늘 그렇듯이 교훈이 따라붙는다. 어린 시절의 그 여자를 버겁게 했던 교훈들.

"사람은 어떤 옷차림을 하고 있느냐, 어떤 겉모습을 하고 있느냐가 중요한 게 아니다. 얼마나 올바른 마음을 가지고 얼마나 정신을 살찌우느냐가 중요하다. 아무리 초라하고 허름한 모습을 하고 있어도, 훌륭한 사람은 훌륭한 사람을 알아본단다."

어린 마음에는 그 얘기에 고개를 주억거린다. 여자들이 화려하고 사치스럽게 치장하고 다니는 것을 부정적으로 인식하는 어머니의 말도 머릿속에 새겨 넣는다.

그 여자가 그때까지도 화장을 하지 않고, 외모에 별로 신경을 쓰지 않았던 게 어머니의 그런 가르침 탓이었을까. "김 선배, 내가 화장하는 법 가르쳐줘요?" 그렇게 제안하던 후배의 속마음이 읽혀진다. "김정숙 씨, 그 나이에도 화장을 하지 않는 건 상대방에 대한 예의가 아니야." 그렇게 말한 선배의 마음도 같았을 것이다. 그때 선배가 말하는 상대방이란 그 여자가 만나고 다니는 사람들, 취재원을 말한다.

어린 시절 어머니의 가르침을 너무 오래 기억하는 일은 좋지 않다. 그러나 너무나 그 인상이 강하고, 그 가르침들이 돌에 새겨진 것처럼 보드라운 무의식의 깊은 곳에 박혀버린 교훈들에 대해서는 어찌해볼 도리가 없다. 그 여자는 어머니의 모든 가르침을 떠난다. 그건 어머니에 등을 돌리는 행위 같기도 하지만, 어쩔 수 없다. 자신의 방식대로 살아야 한다.

그 여자는 이제 어머니를 떠난다. 어머니의 피 속에 있던 이상주의적, 완전주의적, 원칙주의적 태도들을 모두 버린다. 그러나 어머니는 아직도 당신의 도덕과 가치관과 금욕주의적인 이상주의의 면모를 버리지 않고 있다. 그 여자는 그런 어머니에게 경탄과 존경을 느낀다.

한 가지 일화가 있다. 그 여자가 상금이 많은 어떤 상을 받았을 때, 상금에 걸맞게 시상식도 큰 호텔에서 있었을 때, 어머니가 오신다. 그 여자가 억지로 어머니를 부른다.

"내가 안 가면 상 못 받나."

그렇게 말씀하시는 어머니를, 그날이 바로 일직이라는 어머니를 억지로 올라오게 한다. 어머니는 시상식 당일 대구에서 올라온다.

그날 그 여자는 미용실에 들러 머리를 하고 화장도 한다. 그게 그 여자가 어머니의 가르침을 떠난 후 터득한, 이 세상을 살아가는 방식이고 예의다. 그날의 의식을 위해 옷도 한 벌 마련한다.

그러나 시상식장에서 뵌 어머니는 평소와 다름이 없다. 다른 어머니라면 한복을 곱게 입고 화장을 하고 머리도 높이 올려붙이고 왔을 자리에, 어머니는 늘 입던 잿빛 투피스에 평소와 똑같은 단발머리를 하고 오신다. 화장기도 전혀 없는 얼굴이다. 어머니는 젊었을 때부터 한 번도 화장을 한 적이 없다. 젊었을 때의 고운 피부나 가는 허리, 갸름한 얼굴은 이미 사라진 지 오래지만 어머니는 여전히 그때와 똑같은 방식으로 사신다. 이제는 늙고 뚱뚱해진 어머니는 누가 보기에도 촌스러운 시골 아낙일 뿐이다. 그러나 어머니의 가슴속에는 아직도 강감찬 장군이 살아 있음이 분명하다.

그날 저녁, 집으로 돌아온 그 여자는 어머니께 투정한다.

"엄마는, 그런 자리에 오려면 좀 곱게 가꾸고 오실 일이지……."

물론 어머니를 부끄러워하는 건 아니다. 그저 어머니의 덤덤함, 지나친 원칙주의, 그리고 아무것에도 흔들리지 않는 고집, 그런 것들에 대한 불만이다. 이제는 좀 더 세상의 원칙들에 맞추어 사실 때도 되지 않았는가. 어머니는 대답이 없으시다. 그러더니 한참 만에 말씀하신다.

　"그렇지 않아도 내가 서울에 좀 일찍 도착했다. 그래서 그 호텔 로비에 앉아 있었는데, 거기서 일하는 종업원이 와서는 자리를 좀 비켜달라고 하더라."

　어머니는 아주 담담하게 말씀하신다. 그 여자는 얼굴로 열이 몰린다. 부당함이, 모욕감이, 분노가 치솟는다. 그건 단지 지금 어머니에 대한 모욕이 아니다. 어머니가 기대어온 가치관에 대한 모욕이며 어머니의 지난 삶 전체에 대한 모욕이다. 비록 그 여자는 거기서 떠났지만, 아직도 어머니의 가슴속에 살아 있는 강감찬 장군에 대한 모욕이다. 겉모습만으로 사람을 판단하는 이 세상의 그릇된 척도의 실수다.

　어머니는 너무나 덤덤하고 평온한 얼굴을 하고 있다. 아마 어머니는 그 호텔 종업원의 입장을 이해했을 것이다. 그런 말을 할 수밖에 없는 그의 입장을. 그러나 그 여자는 용납되지 않는다. 언제나 주인보다 더 높은 소리로 짖는 개의 속성에 대해서도 알고 있지만, 받아들일 수 없다. 만약 그것이 자신의 문제였다면, 그랬다면 아마 그 여자도 이해했을 것이다. 그러나 그것이 어머니의 문제라면 얘기는 달라진다. 그 여자가 이 세상에서 가장 존경하고, 어머니의 삶이 이제는 보상받아야 한다고 믿는, 바로 어머니의 문제라면 결코 용납할 수 없다. 용납하지 않으면 어쩌겠는가마는, 그 여자는 다짐한다. 다시는 롯데호텔이나 롯데백화점 따위는 가지 않으리라고. 어머니의 도덕과 가치관을 떠나며, 어머니를 세상 뒤편에 혼자 남겨두었다는 죄의식이 그렇게 예민한 반응을 보였을지도 모르겠다.

그러나 그 여자의 문제는 어머니의 가르침에만 있었던 게 아니다. 어머니의 가치관보다 더 심각하게 잘못된 것이 또 하나 있었음을 알아차린다.

그 여자는 지금까지 간간이 그동안 읽은 책과 그 책의 제목들을 언급해왔다. 그 부분에 대해 거부감을 느낀 사람이 있을지도 모르겠다. 그럼에도, 그 여자는 바로 이 얘기를 하기 위해 책의 제목들을 나열했다.

'나는 책에 속았다.'

그 여자의 삶에서 가장 심각한 결함은 책 속에 길이 있다는 격언을 너무 믿었던 데 있다. 더구나 그 습관은 이미 열두 살 때부터 몸에 배어 있다. 혼자 세상을 터득해 나가면서, 무료할 때도 책을 읽고 문제에 부딪칠 때도 책부터 찾는다. 책 말고는 누구도, 그 여자의 무료함이나 궁금증을 풀어줄 사람이 없다.

바로 거기에 문제가 있었다. 세상을 구체적인 현실 속에서 배우기 전에 먼저 책 속의 현실을 배웠다. 다른 사람들은 가족과 함께 식탁에서 텔레비전을 보며 배웠을 세상을 그 여자는 혼자 방 안에 틀어박혀 책을 읽으며 배웠다. 그 여자가 아는 세상은 모두 책에서 배운 것이다. 그리하여 지금까지도, 무엇이든 책에서 찾으려 하는 버릇이 있다.

죽음을 꿈꿀 때는 죽음에 관한 책을 사서 읽는다. 그저 죽어버리면 그만일 것을, 자살에 관한 책을 무더기로 사다 읽는다. 운동을 할 때는 그저 운동만 열심히 하면 될 것을, 또 득달같이 관련 서적을 찾으러 간다. 이 사회에 대해, 다른 사람들이 어떻게 사는지에 대해 궁금하면 직접 세상에 나가보면 될 것을, 사회학에 관한 책을 구해 읽고 작가 연보나 자서전을 읽는다. 사랑과 성의 관계가 무엇인지 알 수 없을 때는 직접 사랑을 해보거나 성에 뛰어들면 좋을 것을, 또 그것에 관한 책만 사다 읽는다. 모든 문제가 거기 있었다. '책 속에 길이 있다.' 그 위대한 명제에 속은 것이다. 그리하여 그 여자는 급기야, 더 위대하고도 장중한 결론을 내린다.

'나는 책에 속았다.'

옛날이야기를 좋아하는 손주나 책을 많이 읽는 자식을 염려하는 어른들의 마음을 이제 그 여자는 이해한다. 그들은 이미 알고 있었던 것이다. 현실은 현실 속에서 배워야 한다는 것을. 이야기들이 가지고 있는 환상과 허구들, 그 인물들의 사유의 극단 같은 것을 너무 많이 익히는 것은 위험하다. 그러면 삶에서 어떤 선택을 해야 할 순간에 늘 소설에서 배운 식으로 행동하게 된다. 소설적인 행동이란, 모든 소설이 그렇듯이, 의식이 극단화되고 감정이 예민하게 얽히고 주인공은 비극적인 운명에 처하고 마는, 그런 행동이다.

생각해보면, 그 여자의 삶이 그토록 소설적인 갈등과 긴장 요소를 가지고 있었던 것도, 모두 스스로 만든 결과일 것이다. 어떤 선택의 순간에, 무엇인가를 결정해야 할 때에, 늘 소설 속에서 배운 척도를 들이댄다. 그러니 그 결과가 어떻게 소설적이지 않겠는가. 모든 게 자업자득이다.

그 여자는 혹시 결혼을 해서 아이를 갖게 되면, 절대로 감수성이 예민한 아이나 책읽기를 좋아하는 아이로 키우지 않겠다고 다짐한다. 일찌감치 감수성을 개발하거나 자의식을 강화시키는 교육도 시키지 않을 것이다. 굵은 신경줄을 가지고, 사물을 그저 사물로만 받아들이고, 전자오락이나 운동을 좋아하는 튼튼한 아이로 키우겠다고 다짐한다. 가슴에 손을 얹고 그날 한 일을 반성하게 하지도 않을 것이며, 너무 많은 교훈을 들려주지도 않을 것이며, 일찍부터 옳고 그름을 판단하는 시각도 키워주지 않을 것이다. 모르겠다. 그런 생각들 역시 그 여자가 아직 버리지 못한 자의식일지도.

그 여자는 하나하나 세상과 불화하는 요소를 찾아낸다. 이상주의적인 어머니의 가치관, 책에서 세상을 배운 오류. 그것들 위에 또 하나 잘못된 점을 집어낸다. 그 여자의 어떤 기질.

그 여자는 열두 살 이후, 모든 일을 스스로 판단해서 혼자 결정하고 누구의 도움도 없이 처리하는 버릇이 들어 있다. 그건 자주성일 것이다. 그 여자는 늘 스스로의 운명을 스스로 결정하며 살아왔다. 아니다 싶은 길에서는 미련 없이 돌아서고 전망이 불투명한 때에도 그 일이다 싶으면 끝까지 버틴다. 교직을 그만둘 때도, 그 후 희망 없는 실직의 나날을 견딜 때도, 입사 권유를 두 차례 사양한 것도, 일상의 이런저런 일을 스스로 판단해서, 혼자 결정하는 것, 그건 자주성일 것이다. 그러고 나면 아무리 힘든 상황에 처하더라도 후회 따위는 하지 않는다. 아마, 그 자주성이 그 여자를 버텨준 힘이고 성장시킨 양분일 것이다.

어떤 일이든 스스로 해결할 수 있다는 생각, 그러나 바로 거기에 문제가 있었다.

선배에게 물어보면 십 초 만에 해결될 수 있는 문제를 혼자 해결하겠다고 종일토록 시간만 허비하는 일도 있고, 지나가는 사람에게 물어보면 한 번의 손짓으로 알 수 있는 집 찾기를, 약도를 보며 한 시간씩 헤매기도 한다. 살면서 그런 일은 자주 있었을 것이다. 똥인지 된장인지 물어보면 될 것을, 스스로 알아내려고 맛보다가 똥을 먹은 일도 있을 것이다. 거기에 문제가 있었다. 그것은 세상 한가운데서 사람들과 서로 도우며 어울려 살 준비가 전혀 되어 있지 않다는 뜻이다.

자주성이나 독립심은, 말을 바꾸면 곧 독선이나 배타성이라는 말과도 상통한다. 그렇다. 그 여자는 고집불통이고 독선적이었다.

그 여자는 세상과 불화하는 자신의 모든 요소를 찾아낸다. 그리고 그것들을 하나씩 제거해나가기 시작한다. 이 땅에 살기 위해서는 세상의 불합리함을 인정해야 하고, 다른 사람을 불편하게 만드는 도덕적 금욕주의적 척도를 버려야 하고, 무엇이든 혼자 하려는 독선적인 태도도 고쳐야 하고, 무엇보다 그때까지도 극복하지 못했던 어둠, 그 고통스러운 상처의 후유증을 빨리 치유해야 한다.

자의식과 감수성까지 버린 마당에, 또 그토록 많은 것을 버려야 한다는 사실이 한편으로는 불안하다. 그렇게 모든 것을 다 버리다가는, 나중에 자신의 존재마저 버려야 하는 게 아닌가. 그러나 바로 그것이다. 자신의 존재를 버리는 것, 그리하여 아무것도 없는 곳에 도달하는 것, 그것이 바로 공즉시색이다. 그 여자는 도통하고 싶다. 아무것도 없는 편안한 곳, 그러나 세상이 환히 보이는 마음의 자리에 도달하고 싶다.

안으로는 그런 것들을 개선해나가면서, 겉모습도 바꾼다. 아직도 제 나이로 보이지 않는 어려 보이는 얼굴도 사회생활을 하는 데 문제가 된다고 판단한다. "그 나이에 화장을 하지 않는 것은 상대방에 대한 예의가 아니야." 그렇게 말하던 선배의 의견도 수용한다. 드디어 화장을 시작하고 부인복 전문 브랜드의 옷을 고르고 액세서리를 한다.

그 여자의 겉모습이 갑자기 달라지자 다들 한두 마디씩 한다. "돈 벌어서 다 옷 사 입는 모양이지?" 선배의 말이다. "김정숙 씨는 왜 그렇게 아줌마 같은 옷만 입지?" 동료의 말이다. 그 여자는 늘 웃고 만다. 어떤 행위에 대해서도 이백 자 원고지 일백 매 분량은 될 만큼 그 행동의 배경과 이유와 목적에 대해 설명할 수 있다. 늘 자신을 들여다보며 살고, 머리가 아플 때까지 생각하고, 내적 정당성을 찾아야만 한다고 다짐하며 그렇게 실천해왔다. 그러나 그것을 누구에겐가 해명하거나 이해시키려 하지는 않는다. 그런 말은 자칫 궁색한 변명이거나 자기 합리화로 들리기 십상이다.

다들 그 여자의 변화에 대해 의아해한다. "정숙아, 네 의상은 직업여성 같아. 커리어 우먼이 아니라 왜 있잖아, 어떤 특별한 직종에 종사하는 여성들." 친구는 그렇게 말한다. "김 선배, 늘 약혼 전야 같아요." 그렇게 말하는 후배도 있다. 그 여자는 매번 웃고 만다. 한 살이라도 더 나이가 들어 보이기 위해, 이 세상과 어울려 살기 위해, 그런 선택을 했다고는 말할 수 없다.

지금 생각해보면, 그것 역시 서투름이다. 그런 식으로 눈에 두드러지지 않는, 조금 더 자연스러운 태도로, 조금 더 완만하고 능숙한 개선을 꾀할 수도 있었을 텐데…… 그토록 갑자기 대척지로 옮겨 서다니, 입가에 웃음이 고인다.

그 여자는 드디어, 어머니의 가르침을 떠나고, 책들이 심어준 환상에서 벗어나고, 내부에 있는 모든 고집과 독선을 버린다. 감수성을 무디게 하고 자의식의 껍질을 깨려 노력한다. 그러면서 비로소 세상 속으로 들어서는 길을 찾아 나선다. 그제야. 왜 통속적이라는 말을 그리도 부정적으로 인식했는지 모르겠다. 가장 중요한 것은 통속이다. 이 세상의 본질과 통하고, 이 세상의 흐름을 관통하는, 바로 그 통속의 길이다. 통속적이 되리라. 스물일곱에야, 겨우 그런 다짐을 한다.

## 44

그 여자는 어느 날, 낯선 이로부터 한 통의 전화를 받는다. 자신을 독자라고 밝힌 그 사람은 머뭇거리며, 무얼 하나 물어볼 게 있다고 말한다.

"책 뒤표지에 있는 사진하고 앞날개에 있는 사진이 같은 사람이에요?"

책 뒤표지의 사진은 활짝 웃고 있는 밝고 천진난만한 얼굴이다. 앞날개의 사진은 어둡고 음울한 얼굴을 들어 먼 곳을 바라보고 있다. 그 여자가 보기에도, 두 사진의 개성은 확연히 다르다. 전화를 걸어 그런 걸 물어보는 독자도 있다니, 그 여자는 가볍게 웃으며 상쾌하게 대답한다.

"네, 같은 사람이에요."

그렇게 대답하는 사람은 뒤표지 사진의 인물이다. 그러나 수화기를 내려놓으며 먼눈을 할 때는 벌써 앞날개 사진의 표정이 된다. 그 여자도 알고 있다. 사진을 찍어놓으면 제 얼굴이 두 가지로 확연하게 구분된다는 것을.

그 사실을 가장 먼저 알려준 사람은 중학교 때 하숙했던 집 옆에 사는 백기 어머니다. 소풍 가서 친구들과 찍은 사진을 한참 들여다 보시더니 "넌 왜 이렇게 슬픈 표정을 짓고 있니. 그냥 보면 그렇지

않은데."라고 하셨다. 아마 그때 처음 알았을 것이다. 겉으로는 명
랑하고 쾌활하고 심지어 반항아였으면서도 안으로는 상실감에 시
달리는 우울하고 감성적인 여학생. 이미 그때부터 마음속에 두 가
지 풍경이 형성되기 시작했을 것이다.

다음으로 그 여자에게 그런 사실을 지적해준 사람은 문단 어른이
다. 그 여자가 시가 당선되어 처음 문단에 얼굴을 내밀었을 때, 그
여자의 손을 잡아준 심사위원이시다. 그분은 시상식 뒤풀이자리에
서 그 여자의 얼굴을 보며 무심히 말씀하신다.

"시하고 사람하고 다르네."

그 여자는 그 말이 무슨 뜻인지 몰라 답답해한다. 시하고 사람하
고 다르다면, 그 시를 내가 쓴 것이 아닌 것처럼 보인다는 뜻인가.

몇 해 후, 또 다른 선배가 다시 한 번 그런 사실을 지적한다. 그 선
배의 말은 조금 쉽다.

"세상에, 어쩌면 이렇게 고생도 고민도 전혀 안 하고 산 얼굴이
지?"

그 선배의 말을 듣고 여자는 당황한다. 그때는 그 여자가 가장 힘
들어하던 때다. 견성암 부처님을 붙들고 살려달라고, 살려달라고,
피를 토하듯 애원하다 내려온 직후다. 여전히 피해의식에 시달리
고, 어디서나 틈만 나면 울음이 쏟아지려 해서, 내내 입을 다물고
다니던 때다. 무엇보다 그동안의 삶이 너무나 힘든 날들의 연속이
었다는 사실에 숨이 막힐 지경이던 때다. 그런데도 얼굴은 아무 고
민도 고생도 모르는 낯빛을 하고 있다는 것이다. 모르겠다. 왜 그런
얼굴로 보였는지는.

이제 그 여자는 제 얼굴에 두 가지 다른 인상이 있다는 것을 인정

한다. 어린 시절부터 상실감과 고통을 안으로 안으로만 감추며 참아온 그 버릇이, 힘든 일을 드러내지 않으면서 겉으로는 쾌활하고 떠들썩한 말썽꾸러기로 자랐던 성장기가 두 가지 마음의 풍경을 형성했다는 것을. 그 마음의 풍경이 얼굴에도 두 가지 인상을 새겨 넣었다는 것을.

직장생활을 계속하기로 선택하고, 세상으로 이르는 통속의 길을 추구하면서 그 여자는 또 예전과 같은 무의식적인 버릇을 사용하고 있었던 모양이다. 그리하여, 그 여자는 제가 그래야 한다고 믿는 직장인의 모습을 갖추어간다. 일 앞에서 용감하고 맡은 일에 최선을 다하는 직장인이 된다. 방긋방긋 웃으며, 취재를 거절하는 취재원을 끝끝내 설득하고, 만나면 먼저 마음을 열고 이야기를 시작하고, 이따금 농담도 섞으며 분위기를 풀어나간다. 부당한 지시를 하는 상사에게는 확실하게 제 의견을 말하고, 부서원들과 어울리는 술자리나 고스톱 자리에 별 저항 없이 참석한다.

그러나 집으로 돌아가는 길에는 벌써 다른 얼굴이 된다. 오래전부터 그 여자의 내부에 깃들어 있던 얼굴, 어둡고 무겁고, 세상 고민을 혼자 떠안고 있는 듯한, 바로 그 얼굴이 된다. 얇게 딱지가 앉아 있는 상처는 잘못 건드리면 그때까지도 통증이 인다. 이따금 잘못 살고 있는 게 아닌가 하는 도덕적 강박에 시달리기도 하고 몇 시간씩 음악을 들으며 어두운 방에 누워 있기도 한다. 그러면서 조금씩, 없는 시간을 쪼개어 소설을 쓴다. 그 시절, 그 여자가 쓰는 소설은 일 년에 단편 하나 정도다.

직장에 나가 일을 하는 그 여자와, 집에서 혼자 음악을 듣는 그 여자는 완전히 다른 인물이다. 회사 동료들은 집에서의 그 여자를 알지 못하고, 집에서의 그 여자는 회사에 나가면 전혀 모습을 드러내지 않는다. 그 여자 자신이 그것을 잘 알고 있다.

그 무렵, 그 여자의 메모에는 이런 구절이 있다.

직장과 집은 적어도 삼사십 분 거리는 떨어져 있어야 한다. 그래야 직장에서 덧입은 옷과 마음에 없는 웃음과 피곤한 긴장을 벗을 수 있다. 또한 집에서의 감정, 어둠과 내밀한 토로, 편안한 이완 상태를 지워내기 위해서도 그 정도의 출퇴근 시간은 필요하다. 집에서 음악을 들으며 울먹이던 얼굴로 회사에 나가 일을 할 수는 없다. 다른 사람들은 어떻게 그 간극을 해소하는지 알 수 없지만, 내겐 그만큼의 시간이 필요하다.

그 여자의 삶이 여전히 고단한 것은 당연하다. 그렇게 상반된 정서를 마음속에 동시에 가지고 있었으니까.

생각해보면, 회사에 나가 일할 때는 어머니의 피가 전면에 나서고, 집에 돌아와 음악을 들으며 어둠 속에 누워 있을 때는 아버지의 피에 지배당했던 것 같다. 어머니의 피를 따라 사는 일은 여전히 버겁고 부담스럽고, 아버지의 피를 따라 사는 일은 자연스럽고 편안하다. 그 여자가, 그토록 상반된 정서를 한 몸에 가지고 있었던 것은, 어쩌면 어렸을 때부터의 버릇이라기보다는, 몸 안에 반반씩 흐르고 있는 어머니의 피와 아버지의 피의 영향이었을지도 모르겠다.

그 여자가 혼자 있다가 아직 대 사회적인 얼굴이나 정서로 전환하지 못한 상태에서 사람을 만나면 그들은 하나같이 묻곤 한다.

"어디 아파요?" "무슨 안 좋은 일 있어요?" 혹은 그 여자의 대 사회적인 얼굴만 알고 있다가 우연히 집에 놀러오게 되는 사람들도 놀란다. "김정숙 씨, 어쩌면 얼굴이 이렇게 달라지지? 집에 들어오니까 얼굴에서 긴장이 걷히면서 아주 부드럽고 순한 얼굴이 되네."

그러나 그 여자는 그런 말들에 개의치 않는다. 이미 자신이 다 알고 있는 사실이므로, 극복해야 하는 과제로 인식하고 있는 문제이므로.

그렇다. 두 얼굴을 융화시켜 진정으로 하나가 되도록 하는 것이 그 시절 그 여자의 과제다. 두 얼굴이 아직도 겉돈다는 뜻은, 진정으로 통속적이 되지 못했다는 뜻이고 아직도 세상의 한가운데에서 세상의 흐름에 섞여 잘 살지 못한다는 뜻이다.

그로부터 다시 몇 년이 지난 지금, 이제는 다 극복했다고 믿고 있다. 그럼에도 얼굴에는 아직 그 흔적이 남아 있는 모양이다. 아니, 마음의 갈피마다 묵은 때처럼 끼어 있는지도 모르겠다. 그래서 사진을 찍으면 그 사실적이고 치밀한 기계 앞에 모든 걸 들키고 마는 모양이다.

그 여자가 입사한 후, 음악 잡지는 대중가요의 비중을 더 높인다. 예전에는 팝과 가요의 비중이 8대 2였는데, 그때부터는 4대 6으로 바뀐다. 가요의 비중이 늘어나면서, 그 여자는 가요계 일을 맡게 된다. 가수들을 취재하고 가수 중에서도 소위 '스타'들을 주로 다룬다. 십 대에서 이십 대 초반, 가요에 대한 관심이 많은 연령층을 대상으로 발행되는 책이기 때문에 그들이 관심을 갖는 가수나 연예계의 사건들을 보도한다. 스타를 싣고 싣고 또 싣기 때문에 매달 그들을 어떻게 다른 모습으로 포장해내는가가 그때의 관심사다.

그 시절 그 여자가 한 일, 그리고 거기서 배운 것들 몇 가지에 대해 말하고 넘어가자.

　어느 날, 아침 아홉 시에 출근하니 데스크가 다급하게 말한다.

　"김정숙 씨, 지금 가수 한 명 부를 수 있어? 한 시간 후에 귀순 북한 유학생들이 온다고 하는데."

　데스크의 말은, 다른 부서에서 안기부에 취재를 의뢰해서 그들이 곧 회사에 도착한다는 것이다. 1980년대 후반 들어 많은 북한 유학생이 귀순했을 때, 그들은 공식적으로 발표된, 최초의 귀순 유학생들이다. 최초의 귀순자들인 만큼 관심도 많이 끌고 있다. 그러니까 그들이 오는 김에 가수 한 명을 붙여 대담을 진행하라는 것이다.

　"한 삼십 분 정도 시간 비워주겠다고 양해했으니까 진행해봐요."

　세상에, 새벽 서너 시까지 일하고 대체로 오전 늦게까지 잠자는 그들을, 잠자리에서 깨워 불러내라니. 그것도 한 시간 이내에. 그러나 일에 있어서는 불가능이 없다.

　그 여자는 가장 가능성이 있는 가수를 꼽아본다. 인기 가수 중에서, 그 여자의 어려운 부탁을 거절하지 않을 가수, 변진섭이 물망에 오른다. 그는 그때 막 첫 음반을 내고 스타가 되기 시작하던 때다.

　그 여자는 레코드사에서 보내오는 새 음반들 중에서 그의 음악을 접하고 곧 그의 가능성을 알아냈다. 그 여자는 변진섭을 가능성 있는 신인으로 책에 소개한다. 변진섭으로서는 그 여자가, 가장 처음 만난 기자였을 것이다.

　변진섭은 그때 경희대 수원 캠퍼스에 다니고 있다. 첫 취재 때 그는 수업이 끝나고 수원에서 오는 길이라면서 오후 다섯 시쯤 회사에 도착한다. 초췌한 얼굴에 입술마저 하얗게 터 있다. 그런 모습으로는 사진을 찍을 수 없다. 그를 위해서도, 책을 위해서도. 그 여자는 자신의 립글로스를 가져다 그의 입술에 발라주고 빗을 건네주며 머리를 빗으라고 한다. 그 후, 변진섭의 노래 〈너에게로 또다시〉가 뜨기 시작한다. 그 후 두 번 더 그를 취재한 일이 있다.

그 여자는 아직 잠자리에 누워 있는 변진섭의 집으로 전화를 건다. 그런 연락은 대체로 매니저를 통해서 하지만, 그의 매니저는 그의 형이어서 같은 집에 산다.

"정히 미안하지만, 한 시간 안으로 회사에 좀 와주실래요?"

"왜요?"

되묻는 그의 목소리에는 잠과 피곤과 짜증이 묻어난다.

"급한 일이에요. 꼭 도와줘야 하는 일이고요."

그는 그날 새벽 여섯 시까지 녹음을 하고 잠자리에 든 지 두 시간밖에 지나지 않았다고 한다. 그 여자는 상황을 설명한다. 귀순한 북한 유학생들과 대담하는 기사이고, 그들이 바로 한 시간 후에 회사로 온다고.

"귀순한 북한 유학생이요?"

다행히 그는 귀순한 북한 유학생들이라는 데 흥미를 느끼는 모양이다. 힘들어하는 기색이지만 알았다고 대답한다. 그 여자는 다시 사진부로 가서 촬영 계획서를 올린다.

"김정숙 씨, 네 페이지로 진행해."

일이 진행되는 상황을 지켜보던 데스크가 말한다.

그 여자는 다시 머리를 굴린다. 네 페이지면 적어도 네다섯 컷이 필요하다. 삼십 분 안에 다섯 컷을 건지려면 회사 안에서 모두 해결해야 한다. 회의실에서 대담하는 장면 한 컷, 주차장에서 야외 장면

두 컷 정도, 그리고 또…….

정각 열 시 반이 되자 귀순 북한 유학생들이 회사로 들어온다. 그들보다 덩치가 큰 안기부 직원 두 명이 동행한다. 그들은 모두 양복을 입고 있다. 안기부 직원들은 검은색 양복, 귀순 북한 유학생들은 옅은 회색빛 양복이다. 그들을 섭외한 옆 부서 선배가 먼저 인사하고 그다음에 그 여자가 인사한다. 명함을 건네며, 저희도 명함 한 장 주시죠, 하자 "우리는 명함이 없습니다." 한다. 정보부서에서 일하는 사람들은 명함 따위는 가지고 다니지 않는 모양이다.

곧이어 변진섭이 그의 형과 함께 들어온다. 그는 잠자리에서 막 빠져나온 모습이다. 겨자색 바지와 흰색 셔츠가 모두 주름이 꾸깃꾸깃하다. 얼굴도 부석부석하고 머리도 헝클어져 있다. 그 여자는 먼저 사진 효과를 걱정한다. 저래서 사진이 제대로 나올까.

선배는 그들을 데리고 외부로 나갈 계획이어서 그 여자가 먼저 일을 진행한다. 사진기자를 부르고, 그들을 서로서로 인사시킨 후 우선 회의실로 간다. 회의실에 세 사람을 마주 앉게 한 다음 빈 종이컵과 카세트 녹음기를 테이블 위에 놓는다. 사진 효과를 위한 일종의 액세서리인 셈이다. 잠이 덜 깬 변진섭도, 그런 상황에 어색해하는 북한 유학생도 별로 말이 없다. 그런 때 담당자는 또 분위기를 풀어주는 역할도 해야 한다. 사진 효과를 위해서.

"그렇게 가만히 앉아 있지만 말고, 얘기나 좀 나누세요."

사진기자가 계속 플래시를 터뜨리며 셔터를 누르는데도 분위기는 여전히 어색하다. 그런 때는 농담이 제일이다. 그 여자는 몇 가지 말도 되지 않는 농담을 한다. 취재원들의 얼굴에 웃음이 번지고, 사진기자는 이만하면 충분한 것 같다고 말한다.

다시 자리를 옮긴다. 주차장으로 나가기 전에 일 층에 있는 미술관에 들른다. 오직 사진만을 건지기 위해 바쁘게 움직이는 그 여자의 귀에 북한 유학생 중 한 명이 말하는 소리가 들린다.

"아, 우리에게 미술품을 구경시켜줄 모양이구나."

자괴감, 이미 아까부터 느껴온 자괴감이지만 그 여자는 재빨리 그런 감정을 수습한다. 갤러리 안에는 금속 공예품들이 전시되고 있다. 작품들이 유리관 안에 들어 있는 걸 보는 순간, 사진 효과가 나쁘면 어쩌나 하는 생각을 먼저 한다.

미술품 중 가장 눈에 띄는 것, 가장 조명이 좋은 곳에 취재원을 서게 한다. 사진기자는 다시 셔터를 누른다. 다음, 주차장으로 가서 이렇게 서보세요, 저렇게 웃어보세요, 여기를 보세요, 저기를 보세요. 찰칵 찰칵 찰칵. 그렇게 서둘렀지만 사십 분이나 걸린다.

취재원들이 모두 돌아간 다음, 그 여자는 책상에 앉아 기사를 쓴다. 그들이 오랜 시간 회의실에 앉아 커피를 마시며, 화기애애한 분위기에서 깊이 있는 얘기를 나누었다는 내용이다. 북한 사회의 음악 현황, 남한의 대중음악에 대한 북한 학생들의 의견, 사회주의 사회에서 대중문화를 보는 시각, 자본주의 사회에서의 대중문화의 기능, 그런 것들에 대해 다각적이고도 진지한 대담을 나눈 기사를 꾸며낸다.

그렇다. 그것은 그 잡지에서 일하는 동안, 그 여자가 한 일들을 단적으로 나타내는 일화다.

왜 갈등이 없었겠는가. 그때까지도 그 여자는 대중문화에 대한 마르크스주의적 시각과 자신이 위안받아온 음악과의 괴리를 극복할 수 없어 답답해한다. 무엇보다, 단지 입을 먹여 살리기 위해 확신도 없는 일을 하는 건 아닌가 회의한다.

그 회사에서는 음악 잡지 말고도 열 개가 넘는 잡지를 발행한다. 그중 시사 종합지에서는 대중문화의 폐해에 대해 마르크스주의적인 시각으로 비판한 평론도 실린다. 당시, 1980년대 중반 대중문화에 대한 논의는 대체로 그런 시각이다. 대중문화는 스포츠처럼, 대중들의 정치적 관심을 다른 곳으로 돌리고자 하는 우민정책이라는 논조다. 불필요한 문화이며 퇴폐적이고 부도덕하고 위험한 문화라는 지적이다.

한 회사에서, 그토록 입장이 다른 매체를 동시에 발행한다는 사실을 그 여자는 또 이해하지 못한다. 대중문화를 직접 다루면서 그것을 더 멀리 전파시키는 매체가 있고, 대중문화의 부정적 기능을 비판하는 매체가 있다. 비키니 입은 여자를 화보로 싣는 매체가 있고, 여성의 상품화를 비난하는 페미니즘적 기사를 싣는 매체도 있다. 어린이들을 위해 두꺼운 만화를 부록으로 발행하는 매체가 있고, 어린이 잡지들의 만화 전쟁에 대해 비난하는 기사를 싣는 매체도 있다. 그 여자에게는 그것도 혼돈이다. 언론이란 적어도 이 사회에 유익한 기능, 대중을 이끌고 여론을 조성하고 올바른 정보를 제공해야 한다고 믿고 있는 그 여자에게, 그 일들은 당연한 혼돈이다.

그러나 그런 생각이 이 거대한 자본주의 사회에서 얼마나 순진한 것이었나를 깨닫는 계기가 빨리 와서 다행이다.

그 회사 출판 판매국에서는 매달 월간지의 판매율을 조사한다. 발행 이 주째, 삼 주째, 그리고 한 달 총 판매율까지. 시내 다섯 개 서점 판매량을 표본 집계해 그것을 도표로 만들어 각 부서장에게 돌린다. 그러면 부서장에 따라, 그걸 혼자만 보고 말거나, 복사해서 맨 위에 '회람'이라고 쓴 후 부서원들에게 돌리거나 한다. 그게 무슨 압력이나 힐난의 방편은 아니다. 그저 읽어보고 알고나 있으라는 식으로 툭, 던져주면 기자들은 차례차례 그 밑에 사인을 한다. 자세히 살펴봐도 좋고, 보지 않고 사인만 해도 그만이다. 그 여자는 회람 밑에 사인을 하다가 그 사실을 깨닫는다.

결국, 이 세상을 움직이는 것은 자본의 논리이고, 모든 산업은 이윤 추구를 목적으로 한다는 것을. 군수 산업이든, 미용 산업이든, 문화 산업이든, 언론 산업이든. 대중음악 잡지를 발행하는 것도, 야한 미혼 여성지를 내는 것도, 강경한 논조의 시사 종합지를 내는 것도, 결국은 이윤을 얻는 데 목적이 있다. 매체에 따라 그토록 입장이 다른 기사를 싣는 것도, 각 매체의 독자들이 원하는 취향에 맞는 상품을 만들어내는 데 목적이 있는 것이다.

그럼으로써, 그 여자는 그 의문을 명쾌하고 산뜻하게 마무리 짓는다. 이 사회가 자본주의 사회라는 대전제를 받아들여야 한다면, 모든 산업의 궁극 목적도 받아들여야 한다. 문화의 다양성을 인정하고, 세상의 모순과 불합리함을 인정해야 한다.

그 여자는 그때부터 대중문화와 문화 산업에 대해 공부하기 시작한다. 자신이 하고 있는 일의 정확한 의미나 가치를 알아야 하고, 제대로 알지 못한 채 섣부른 선입견이나 편견으로 대중문화를 재단하는 오류를 범해서는 안 된다고 판단한다.

그 여자는 다시 서점에 간다. 이미 책에 속았다고 장중하게 선언한 후이지만 그러나 다른 방법이 없지 않은가. 서점에 가서 그 여자가 찾아낸 책은 강현두 교수의 《대중문화론》과 노래 운동 그룹이 펴낸 무크지 《노래》가 전부다. 두 책 모두 대중문화에 대한 비판적인 글이 주조를 이룬다. 학문적 비평이든 실제 비평이든 다 같은 논조다. 1980년대 중반의 사회 분위기로는 어쩌면 당연하다. 그러나 그 여자는 고개를 젓는다. 너무 편향된 시각으로만 대중문화를 다루고 있다. 다르게 받아들여야 한다고 생각한다.

그 여자는 자신이 하는 일에 대해 유심히 생각하기 시작한다. 왜 대중음악은 하급문화이며 저질문화로 취급받는가. 왜 젊은이들이 무슨 문제를 일으키기만 하면 늘 대중문화가 희생양이 되는가. 왜 대중음악은 많은 사람의 사랑을 받으며 큰 영향력을 행사하면서도 항상 우리 문화의 변방을 떠돌아야 하는가.

그리고 그 여자는 그 모든 의문에 대한 해답을 스스로 내린다. 지금도 그 여자는 대중음악의 폐해에 대해, 저질성에 대해, 패배주의적 정서라는 것에 대해, 그 모든 것에 대해 부정적으로 언급한 글을 읽으면 갑자기 뇌하수체를 흐르는 호르몬이 증가하는 것을 느낀다. 그것들에 대한 제 의견을 말하고 싶어서. 말해보자.

우선, 대중문화라는 말 자체에 대해서.

대중이라는 말은 프랑스 산업혁명 이후에 생겨난 말이다. 시민들이 이 사회의 헤게모니를 쥐기 시작하자, 그동안 그들을 지배해온 귀족들은 그들을 비하하는 용어로 대중이라는 말을 만들어낸다. 그리고 그들의 문화도 대중문화라는 말로 지칭한다. 그전까지 문화는, 그저 귀족들을 패트런으로 해서 연명해나갔다. 그러나 산업혁명 이후, 문화도 제 손으로 제 입을 먹여 살리기 시작한다. 그 여자는 그게 옳다고 믿는다. 문화는, 귀족의 치마폭에서 나온 돈으로 연명하기보다는, 시민들 사이에서 그들의 정서를 담아내며, 스스로의 힘으로 살아가야 한다. 그러므로 대중문화라는 말에 담긴 뜻을 찬

사로 받아들여야 한다.

우리나라에 서양 음악이 들어오기 시작한 것은 1900년대 초부터다. 선교사들이나, 일본이나 미국 유학생들을 통해 국내에 퍼지기 시작한다. 그때는 클래식도, 창가도, 가곡도, 동요조차도 그저 똑같은 음악이다. 그런데 누가, 언제부터 그것을 고급음악과 저질음악으로 나누었는가. 그것 역시 서양 음악 문화를 고스란히 답습한 결과일 뿐이다.

다음, 대중문화의 폐해에 대해서.

사회적으로 무슨 일이 생기거나, 젊은이들이 문제를 일으키면 자주 대중문화가 희생양이 된다. 그러나 그 대중문화는 홀연히 어디서 떨어진 것인가. 대중문화 뒤에는 그것이 만들어질 수밖에 없는 이 사회, 이 사회를 지배하는 이데올로기, 그리고 그들의 성장에 책임이 있는 기성세대가 있다. 다 함께, 겸허하게 책임을 져야 한다. 왜 모든 책임을 대중문화에게 전가하는가.

대중음악에 열광하고 록 가수의 콘서트에서 소리 지르는 학생들을 강도 높게 비판하는 기사를 볼 때 그 여자는 웃는다. 그 강도 높은 비판 역시 언론 산업이 제 목표를 이루기 위한 하나의 수단이므로. 그들도 늘 신선한 기삿거리와 눈에 띄는 제목, 그리고 독자들의 관심을 끌 만한 자극적인 화제를 찾는다. 때로는 그것을 과대포장하기도 한다. 언론들조차, 그런 사건을 대대적으로 보도하고 걱정스럽게 말하는 언론들조차, 사실은 시청률과 구독률을 염두에 둔다. 가수들이 자신을 문화 산업의 한 상품으로 가꾸기 위해 화려한 옷차림을 하고 뒷머리를 묶는 것과, 언론이 경쟁력을 높이기 위해 자극적이고 눈에 띄는 제목을 뽑는 것과, 대체 무엇이 다른가.

또, 대중문화가 청소년에게 미치는 나쁜 영향이라는 것에 대해.

그 여자가 연예계 일을 하면서 깨달은 것은, 대중음악을 만들어 내고 그것을 유포시키는 사람들은 모두 기성세대라는 점이다. 대중 문화를 만드는 음반 제작자도, 그것에 거대한 환상을 담아 파는 유 통업자도, 그것을 유포시키는 방송인이나 언론 종사자도, 모두 기 성세대다. 실제로 가수 개인이나 그 주변의 뮤지션들은 연예 제작 자나 영향력 있는 매스컴에 의해 존폐가 좌우된다. 그들의 음악적 개성이나 음악적 생명조차도. 청소년들은 그저, 어른들이 주는 그 것을 받아들일 뿐이다.

그 여자는 어렸을 때, 유행가 노랫말을 공책에 적어두었다가 어 머니에게 뺨을 맞은 일이 있다. 바로 그것이다. 어머니는 여학생에 게 아무것도 다른 것을 알려주지 않고, 다른 위안도 주지 않았으면 서도 무작정 뺨을 때린다. 여학생은 뺨을 맞으며 부당하다고 생각 한다. 대체 왜 맞아야 하는지조차 이해하지 못한다. 모든 청소년도 그럴 것이다. 왜 어른들은 팝송을 듣는 우리를 비난하는가. 팝송을 우리에게 준 사람은 바로 어른들이면서, 아무것도 다른 놀이에 대 해 가르쳐주지 않았으면서, 오직 입시전쟁으로만 내몰면서. 그것마 저 차단되면 대체 우리는 무엇으로부터 위안을 받아야 하는가. 그 여자는, 그렇게 생각하고 있는 모든 청소년의 입장을 지지한다.

그 여자가 음악 잡지 일을 하면서 만난 많은 동료나 취재원 중에, 음악 때문에 인생을 망친 사람은 없다. 기성세대들은 아마, 청소년 들에게 제대로 된 놀이문화를 제공하지 못하는 미안함을 그런 식 으로 나타내는 모양이다.

또, 대중문화의 저질성에 대해서.

한 가지 먼저 예를 들 게 있다. 우리가 고전문학에서 배우는 〈쌍화점〉은 그 시대의 대중문화이다. 대중문화 중에서도 남녀상열지사라 하여 당대에는 비난을 받았다. "만두가게에 만두 사러 갔더니 회회아비가 내 손을 잡더라." 글쎄, 그 시대에 공연윤리 심의위원회가 있었다면 분명 음란성의 문제로 심의에 통과되지 못했을 것이다. 어쩌면 법정으로 끌려갔을지도 모른다. 그러나 지금 우리는 〈쌍화점〉을 고려시대의 중요한 문학의 하나로 배우고 있다. 나중에, 우리 사회사나 문화사를 기록할 때 어떤 음악들이 기록될지 생각해보자. 큰 공연장에서 연미복을 입고 모차르트를 연주하는 고급 음악인들의 연주회인가, 아니면 이미자나 조용필의 노래인가. 그 여자는 문화를 저질과 고질로 나누는 시각 자체에 동의할 수 없다. 그 여자와 같은 의견을 가진 어떤 문화비평가가 취향문화라는 말을 만들어낸 것을 그 여자는 옳다고 생각한다.

또 하나 슬픈 일은, 가요에 대한 심의제도라는 것이 일제강점기 때 처음 시작되었다는 점이다. 1930년부터, 민족의식을 고취하고 독립의 의지를 보이는 모든 곡이 금지곡으로 분류되기 시작한다. 최초의 금지곡은 1930년, 채규엽의 〈봄노래〉다. 지금 공연윤리 심의위원회가 그 제도의 연장이라는 사실은 어쩐지 우울하다.

이제 그 여자는 모든 걸 이해한다. 대중문화의 뿌리에서 그 가지까지, 모든 것을 수용한다. 연예인들이 간혹 대마초를 피우거나 마약을 복용하다 적발되었다는 기사를 보면, 그것까지 이해한다. 그 기사의 논조가 지나치게 부정적인 것이 우울해질 정도로. 그 일을 견디려면, 그 과중한 압박감과 과다한 스케줄, 아슬아슬한 관계들을 견디려면 그럴 수밖에 없다. 과중한 스케줄과 누적된 피로로 힘이 하나도 없을 때, 그러나 당장 무대에 올라가야 하고, 올라가기만 하면 되는 게 아니라 노래를 불러야 하고, 그냥 부르기만 하면 되는 게 아니라 청중이 요구하는 디오니소스적 도취의 세계를 제시해야 한다면, 그런 상황이라면, 누군들 대마초 정도 복용하지 않겠는가.

그 여자는 모두 이해한다. 당장 다음 날 아침에 백 매 정도 되는 원고를 막아야 하는 저녁, 거듭된 야근으로 힘이 하나도 없을 때, 온몸이 말라 파삭파삭한 낙엽처럼 물기도 윤기도 힘도 느껴지지 않을 때, 그런 때는 그 여자도 대마초가 옆에 있으면 피웠을 것이다. 조금만, 하룻밤만 버틸 힘을 얻기 위해, 그냥 힘을 얻는 게 아니라 머리를 움직여서 원고를 쓰기 위해, 마약을 사용했을 것이다. 그게 곁에 있었다면.

대신 그 여자가 하는 일이란 구내 약국으로 내려가 약사를 붙잡고 애원하는 일이다. "오늘 밤새워 일할 게 있는데, 힘이 하나도 없어요. 뭐든 힘이 날 만한 걸 주세요." 그렇게 말하면 약사도 난감해한다. 그러면서 내미는 약이란 쌍화탕이나 박카스에 한두 알의 간장약이나 비타민제다. 지금도 그토록 다양하고 많은 드링크제가 팔리는 사실을 그 여자는 아주 우울하게 받아들인다. "왜? 피곤하니까!" 신경질적으로 소리 지르는 카피가 히트한 피로회복제가 있다. 그 약을 만든 사람도, 그 카피를 쓴 사람도, 그 약을 사먹는 사람도 모두 이해할 것이다. 조금만, 조금만이라도 더 힘을 얻기 위해 대마초나 마약을 복용하는 사람들의 마음을. 연예인 역시 모든 샐러리맨과 마찬가지로 이 산업사회를 움직이는 작은 톱니바퀴일 뿐이라는 사실을.

그들은 이 나라에 대해 아무것도 요구하지 않는다. 국가가 자신에게 무엇을 해줄 것인가도 기대하지 않는다. 그럼에도, 국가는 끊임없이 그들에게 무엇인가를 요구하고 간섭한다. 그들이 부르는 노래조차. 그건 얼마나 불공평한가.

그리하여 그 여자는 1990년대 들어서 대중문화를 보는 시각이 달라지고 있는 점을 다행스러워한다. 움베르토 에코나 장 보드리야르의 책이 번역되고 대학 교수나 젊은 문화비평가 사이에서 대중문화에 대한 편견 없는 논의가 일기 시작하는 것을 고마워한다. 그 여자는 그런 책을 발견하면 우선 반가운 마음이 든다. 그 시절, 어떠한 책도 찾을 수 없었던 답답함을 떠올리며. 지금, 그 여자가 백 권 가까운 대중음악과 대중문화에 관한 책을 가지고 있는 것은, 그 시절의 답답함에 대한 보상심리일 것이다.

사실, 대중문화를 보는 시각의 변화보다 그 여자가 더 말하고 싶은 것은, 가수 개인들에게서 받은 감동에 대해서다. 그들의 성실성, 자기 애정, 음악에 대한 확신, 그리고 지속적인 인내까지. 그것들에 대해 조금 이야기하고 싶다.

폐암 선고를 받은 고(故) 김현식의 마지막 무대가 생각난다. 개인적으로도 그의 노래들을 좋아하는 그 여자는 그가 폐암으로 얼마 살지 못할 거라는 기사를 내보내면서 벌써 마음이 아프다. 그런데 두 달쯤 후, 다른 그룹의 콘서트에 갔다가 게스트로 출연한 그를 본다. 그 여자는 무대 위의 그에게서 시선을 떼지 못한다. 그는 금방이라도 쓰러질 듯 위태로운 모습으로, 그러나 발바닥에서부터 끌어올리는 듯한 열정으로 노래한다. 그 여자는 그만큼 자신의 일을 사랑하고, 그만큼 자신의 의무에 충실한 사람을 그 전에도, 그 후에도 본 일이 없다.

박남정은 늘, 그 여자가 만날 때마다 늘 액체로 된 위장약을 먹는다. "난 이러다 죽을 거 같아요. 삼 년 계약 끝나기 전에." 그는 매니저에게 삼 년간 묶여 있고 매니저는 그를 네 군데의 밤업소에 출연시킨다. 일 끝나고 술 한잔하고 들어가면 새벽 서너 시. 그러면 최소한 다음 날 오전까지는 쉴 수 있어야 한다. 그러나 매니저 사무실에서는 오전 열 시부터 스케줄을 잡는다. 인터뷰, 사인회, 방송 출연……. 그 여자도 바로 오전 열 시 스케줄을 무리하게 요구하는 장본인이기는 하다. 늘 위장약을 먹으면서, 차 안에서 시간을 쪼개어 잠자며, 그 모든 것을 묵묵히 참아내는 인내와 성실성은 그 여자를 감동하게 한다.

　이정석, 그는 늘 말이 없고 조용하다. 대학가요제에서 상을 받고 가수 활동을 시작했으나 그 여자는 볼 때마다 그가 위태로워 보인다. 과도한 스케줄을 견디지 못해 스케줄을 펑크 내고 잠적하기도 하고, 공연장 뒤 의자에 말없이 앉아 있곤 한다. 그 여자가 다가가 "힘들죠?" 말을 건네면 희미하게 웃기만 한다. 이 바닥에서 잘 견디지 못하겠구나 염려되더니 어느 날, 그 바닥에서 자취를 감춘다.

　이승철, 그의 사진 촬영을 위해 야외로 나갔을 때의 일이다. 경기도 쪽으로 달리다가 숲이 있고 강이 흐르는 곳에 차를 멈추고 사진을 찍는다. 코디네이터는 의상을 갈아입히고 분장을 해주고, 사진기자는 사진을 찍는다. 두 사람 모두 베테랑이어서 그 여자는 힘들게 일을 진행하지 않아도 된다. 그저 강가에 주저앉아 강물이나 바라본다. 그 무렵은 야외로만 나가면 마음이 허공에 떠오르곤 하던 시기다. 일이 끝났을 때, 그는 차 트렁크에서 무엇인가를 꺼낸다. 소주와 포장된 고기가 나온다.

"내가 준비했어요. 이제부터 보세요."

그는 냇가의 큰 돌을 세워 아궁이처럼 만들고 넓고 평평한 돌을 그 위에 얹는다. 그의 로드매니저는 주변의 숲에 가서 땔감을 구해 온다. 잘 달아오른 돌판 위에서 고기가 익자 나뭇가지로 젓가락을 만들어 건네준다. 다들 둥글게 모여 앉아 술과 고기를 먹는다.

가슴이 따뜻해지고 문득 행복해지기까지 하던 경험.

그들은 자신의 음악에 대한 애정과 열정이 있고 그것을 위해 현실의 어려움들을 참을 줄도 안다. 기자들의 무례한 질문에, 피디들의 모욕적인 언사에, 매니저의 과중한 요구에, 세상의 그다지 곱지 않은 눈길에 대해 모두 참아낼 줄 안다. 그 여자는 정말 감동한다. 만약 자신이라면 그렇게 참을 수 있을까.

그중에서도 서울 시내에서 활동하는 무명 그룹 일곱 팀을 취재하던 일은 잊을 수 없다. 그 기사는 여섯 페이지짜리 기사다. 여섯 페이지를 만들기 위해 일곱 팀의 그룹, 사람으로 따지면 서른 명 가량의 취재원을 만난다. 생각해보면 강도가 센 노동이다.

그들은 대체로 지하실에 산다. 대체로 머리가 길고 대체로 라면만 먹는다. 라면을 먹으며 돈을 아껴, 악기를 사고 앰프를 사고 스피커를 사서, 지하에 안락한 연습실을 꾸며놓고 있다. 그곳은 그들의 왕국처럼 보인다. 그 여자가 정말 이해할 수 없었던 것은 그들 중 누구도 자신의 미래에 대해 비관하지 않는다는 점이다. 그들은 확신을 가지고 있고, 그 일에서 원하는 만큼 이루지 못했을 경우에 어떻게 하겠느냐는 질문에 대해서도 그다지 주저 없이 대답한다. 그런 일은 없을 거라고. 그들이 가지고 있는 하나같은 낙관성에도 그 여자는 감동한다.

그때 취재했던 그룹 중, 무명에서 벗어난 그룹은 단 하나다. 푸른 하늘. 지금처럼 두 명이 아니고 처음엔 네 명이었던 걸로 기억한다. 그들이 정식으로 음반을 냈을 때, 그 여자는 다시 한 번 그들을 취재한다. 축하 인사인 셈이다. 그리고 그날, 그 여자는 아주 중대한 사실을 깨닫는다. 푸른 하늘은 한 명의 여자가 낀 네 사람으로 구성되어 있다. 그들은 신인답게 순수하고, 그래서 옷차림도 소박하다. 청바지와 티셔츠 차림으로 아무런 장신구도 하지 않고 있다. 취재가 끝난 후, 스튜디오로 내려가 사진 촬영을 진행할 때 그 여자는 이렇게 말한다. 꼭 이렇게.

"그래가지고 사진 효과가 나겠어요? 차에 액세서리 있으면 뭐든지 하고, 무스나 립글로스도 좀 바르세요."

멤버 중 한 명이 차에 있는 액세서리를 가지러 가고 나머지 사람들이 거울 앞에 앉아 얼굴을 들여다보고 있을 때, 그 여자는 문득 등줄기로 소름이 쏠려 내려가는 것을 느낀다. 서늘한, 너무나 서늘해서 숨이 멎는 듯한.

'아, 너무 멀리 떠나왔구나. 내 운명의 말고삐를 재촉해서 가야할 지점으로부터 너무 많이 벗어나 있구나. 지켜야 하는 마지막 보루로부터 너무 먼 곳에 있구나.'

아무튼, 1987년부터 90년까지, 그 여자가 연예잡지에서 일하며 만난 모든 가수, 작곡가, 혹은 연예계의 기성세대들까지도, 그들은 누구보다 순수했고 자신의 일에 대한 열정으로 아름다워 보였다. 그리고 그들의 삶의 방식을 통해 그 여자는 많은 것을 배운다.

연예잡지 일을 하던 시절, 가수들 사이에서 그 여자의 별명은 '입가의 점'이었다고 한다. 누군가, 가수 중 누군가가 일러주었는데 누군지 기억할 수는 없다. 입가의 점? 그 여자는 거울을 본다. 정말 입가에 점이 있다.

그 여자가 그들을 따뜻한 마음으로 기억하는 것처럼 그들도 그 여자를 그렇게 기억할 것이다. 연예계에서, 그리고 잡지계에서 갑자기 사라진 그 여자의 안부를 묻는 가수들이 지금도 있다는 얘기를 선배며 후배들이 전해준다. "김정숙 씨, 조갑경이가 안부 묻던데. 그분은 지금 뭐 하냐고." "김 선배, 아 누구더라, 누가 꼭 안부 전해달라고 했는데, 누군지 생각이 안 나네." 그런 얘기를 들으면 가슴이 따뜻해진다. 그래도 잘 살았구나……. 안팎으로 갈등이 많던 그 시절을 모두 잘 살아낸 모양이구나.

그 여자가 쓰려고 했던 장편소설, 지난 시월에 시작하여 천 매 쯤 쓰다가 중단한 소설은 바로 그 얘기다. 많은 걸 보고, 많은 걸 듣고, 또 많은 걸 배웠지만 그 안에 있는 동안은 그 일에 대해 말할 수 없었다. 그 일들을 객관적으로 볼 수 없다고 판단했으므로. 그러나 이제는 그 일에서 벗어난 지 육 년, 더 이상 미룬다는 건 게으름이다.

물론 그 일을 하면서 보고 들은 얘기를 그대로 쓰겠다는 게 아니다. 완전한 허구의 세계를 만들어, 그 속에서 우리의 대중문화에 대해 진지하고 폭넓게 검토해보고 싶다. 그 소설은, 그 일을 하면서 치유한 자신의 오만과 편견에 대한 보답이 될 것이다. 그 여자가 살면서 위안을 받아온 그 모든 음악에 대한 헌사이기도 할 것이다.

그 여자는 늘 음악을 들으며 살고 자주 노래를 흥얼거린다. 복도에서, 거리에서, 밥상 앞에서도. 그 여자가 노래하는 모습을 보고 사람들은 묻는다. "재밌어요?" 혹은 "뭐 좋은 일 있어요?" 그러나 그 여자는 좋은 일이 있어서 노래를 불러본 일이 없다. 그 여자가 노래를 부르는 때는, 가슴속에 쌓인 어둡고 습한 기운들, 풀지 못한 억압들, 안으로 갈무리해둔 피멍들, 그런 것들이 급기야 곪아 터지려고 할 때다. 피멍이 터지지 않도록, 어둡고 습한 기운이 그 여자를 삼키지 않도록 조금쯤 숨통을 틔워줄 때다. 그 여자는 불쑥 노래를 시작하여, 낮고 느리게 노래하다가, 정전처럼 아무 때나 끝낸다.

어둡고 긴 복도를 걷다가 문득 비명처럼 한두 소절의 노래를 부를 때, 그런 때 나는 오랜 자맥질에서 물 밖으로 솟구쳐 참았던 날숨을 뱉는 해녀들의 깊은 휘파람 소리, 그 소리에 응답해오는 물결 저편의 또 다른 휘파람 소리에 귀 기울이는 간절함, 그런 심정에 지배당하곤 하는 것이다.

그 여자는 예전에, 어떤 작품에서 자신이 노래하는 이유를 그렇게 쓴 적이 있다. 아주 긴 만연체의 문장으로. 그 여자가 음악에서 받는 위안은 그런 것이다.

그 여자는 음악에 관한 한 코즈모폴리턴이다. 트로트에서 클래식까지, 판소리에서 하드록까지, 정선아라리에서 오페라까지 모두 사랑한다. 그 모든 음악이 궁극적으로 말하고자 하는 것은 하나다. 인간 영혼의 아름다움과 위대함에 관하여. 음악은 모든 예술 장르 중에서 가장 뛰어난 상상력과 예술적 영감을 필요로 하는 장르라고 믿는다. 위대한 음악가 중에 여성이 한 명도 없다는 사실을 그 여자는 겸허하게, 반성적으로 성찰한다.

그 여자가 음악에 대해 많이 공부했다면, 한 가지 연구해보고 싶은 게 있다. 왜 세계 모든 나라의 민요가 다 비슷한가 하는 점이다.

우리의 정선아라리와 오스트리아의 "오드리버 오거틴……" 하는 노래와, 러시아의 〈스텐카 라친〉과 미국의 〈올드 블랙 조〉가 왜 정서적으로, 화성악적으로 비슷한가 하는 점이다. 그건 인류학적, 문화사적 접근을 필요로 하는 작업이 될 것이다. 그러나 그 여자는 그 사실에 대한 의문만 있을 뿐 답이 없다. 그저 그 모든 음악을 들을 뿐이다. 음악은 책처럼 그 여자를 속인 일이 없다.

그 여자는 이제 거의 치유된 것 같다. 마음 내부의 상처도 치유되고 세상으로 통하는 길도 알아낸다. 세상의 불합리함을 인정하고, 그것을 수용하지 못했던 자신의 문제를 개선해나간다. 방긋방긋 웃으며 대 사회적인 얼굴을 하고, 이 사회에 자연스럽게 섞여 흐른다. 물론 마음 한구석에는 여전히 음습한 어둠이 남아 있지만, 그것이 그리 자주 밖으로 나오지는 않는다.

그럼에도, 그 여자가 아무리 방긋방긋 웃고 다녀도, 그 여자의 내부에 깃든 황폐한 어둠을 보아버리는 사람들이 있다. 아무리 철갑으로 만든 옷을 입고 있어도, 내부에 있는 여린 속살을 보아버리는 사람이 있다. 남다른 통찰력을 가지고 있는 사람들일 것이다. 그중 한 분이 양인자 선생님이시다.

그분께 원고를 청탁한 다음, 그 여자는 원고를 받기 위해 그분의 댁 근처인 여의도로 간다. 약속 시간보다 조금 일찍 도착한 그 여자는 63빌딩 일 층의 찻집, 사방이 환히 트여 어수선한 그곳에 앉아 있는다. 시간에 맞춰 찻집으로 들어오신 양인자 선생님은 그 여자 맞은편에 앉으며 무심히 말씀하신다.

"전화 목소리를 듣고 생각했던 사람과 다르네."

그 여자는 이제, 사진과 사람이 다르다, 글과 사람이 다르다, 목소리와 사람이 다르다, 심지어는 소문과 사람이 다르다, 그런 얘기들에 그리 놀라지 않는다. 몹시 더운 여름이었다고 기억된다. 냉커피를 마시고, 원고를 받고, 그러고도 밖으로 나갈 엄두가 나지 않아서 이런저런 이야기를 나누다가, 양인자 선생님이 말씀을 꺼낸다.

"나는 이만큼 살아서, 사람에 대해 좀 아는 편이에요. 김정숙 씨, 너무 단단한 껍질을 가지고 있는 것 같아요."

그 여자는 대답 대신 웃기만 한다. 양인자 선생님의 말씀을 인정하기 때문에.

"그렇게 살지 말아요. 조금 자신을 풀어놓고, 상처 입는 것을 두려워하지 말고, 그저 타고난 본성대로 살도록 해요."

양인자 선생님의 얼굴은 몹시 맑다. 목소리는 다정하고, 그 말의 내용은 그 여자의 마음 깊은 곳까지 와 닿는다. 그 여자는 웃으며 고개만 끄덕인다. 또 무슨 말씀을 많이 하셨던 것 같다. 미국을 다녀왔는데, 우리나라만큼 아름다운 곳은 없더라는 말씀이며, 사는 일이 아름답다는 생각을 가지라는 말씀이며…….

그 이야기들을 들으며 그 여자는 마음 바깥을 감싸고 있던 무엇인가가 툭툭, 풀려나가는 것을 느낀다. 부드러운 손길이 그 여자의 마음 깊은 곳까지 들어와서 각질의 비늘을 하나씩 떼어내는 것도 같다. 비늘이 떨어져 나가는 자리에서 조금쯤 통증이 느껴지기도 한다. 이렇게 다 들켜버리고 말다니…….

양인자 선생님은 택시 타는 곳까지 양산을 씌워 그 여자를 바래다준다. 택시를 기다리면서 마지막으로 하신 말씀도 기억한다.

"양산 하나 마련하세요. 이렇게 더운 날 다니려면 힘들 텐데……."

그 여자는 돌아오는 택시 안에서 속절없이 눈물을 떨구고 만다. 제 마음의 깊은 곳을 알아보는 사람, 그 깊은 곳을 어루만져주는 손길. 그 손길이 그 여자를 울게 했을 것이다. 아직도 상실감에 시달리는 그 여자의 내부에 있는 어린아이, 그때도 피 흐르는 속살을 핥고 있던 어떤 여자가 눈물을 흘렸을 것이다. 오랜만에 만나는 부드러운 손길 앞에, 속절없이 투항했을 것이다.

그 여자는 그 후로 양인자 선생님을 뵌 적이 없다. 그러나 이따금 노래방에 가면 그분이 노랫말을 쓴 노래를 부르곤 한다.

"바람이 불어오면 귀 기울여봐, 작은 일에 행복하고 외로워하며, 쓸쓸한 순간들을 그렇게들 살다 갔느니, 착한 당신, 속상해도 인생이란 따뜻한 거야."

노래 속에서 그분의 목소리를 다시 듣는다. 찻잔을 앞에 놓고 마주 앉아 조용조용 들려주는 어떤 이야기를. 그러면 마음이 따뜻해진다.

이따금, 세상이 공평하고 정당한 곳이며, 인간은 선량함과 온유함만으로 살 수 있다는 신념이 흔들린다. 그런 때면 그동안 뵌 어른들 중에서 그렇게 살아가는 어른들을 떠올린다. 그분들의 사려 깊은 눈빛, 맑은 얼굴, 깨끗한 웃음. 그러면 힘이 좀 난다. 양인자 선생님을 비롯해, 그 여자에게 적극적으로 입사를 권유했던 어른이나, 그 여자에게 세상을 너무 모른다면서 이런저런 곳으로 데리고 다녔던 선배나, 그 회사를 퇴직할 때 벽조목 도장에 필명을 새겨 선물했던 상사나, 그런 어른들의 얼굴을 떠올려본다. 그러면 세상은 아직도 따뜻하고 공정한 곳이라고 믿어볼 만하다.

## 45

　누구에게나, 어느 한부분에 있어서 완전히 백치인 상태가 있는 법이다. 아니, 다르게 말하자. 누구나 자신이 관심을 갖는 분야 이외에서는 백치가 되게 마련이다. 관심 분야에 대한 집중이 크면 클수록 그 이외의 부분은 더 소홀하게 취급될 것이다. 그 여자에게도 완전히 백치인 분야가 둘 있다.

　그 여자는 우선, 수리나 이재에 관해 완전히 백치다.

　그건 여러 요인에 의해 형성되었을 것이다. 그중 가장 큰 혐의는 어머니의 가르침에 두고 있다. '황금을 보기를 돌같이 하라'는 최영 장군의 말씀을, 그야말로 황금처럼 일러주던 어머니의 교육.

　의식적인 교육 탓이 아니라면 그런 기질을 물려받았을 수도 있다. 금욕주의적인 태도, 비현실적인 이상주의자의 태도, 밭에 나가 호미를 들기보다는 책을 읽다가 굶어 죽는 쪽을 택하는 옛 선비의 삶을 흠모하는 태도.

　어머니가 돈에 대해 어떤 생각을 가지고 있었는가를 알려주는 일화가 있다. 그 여자가 초등학교 다닐 때, 어머니는 자식을 가르치는 교사에게 고마움을 표하기 위해 학교에 간다. 그럴 경우 대부분의 어머니는 봉투에 돈을 넣어가지고 감사의 마음을 전한다. 그러나 어머니는 학교에서 사용하는 시험지를 한 무더기 싣고 간다. 그때는 등사기로 시험지를 일일이 밀어 시험을 보거나 과제물을 나누어주던 시절이다.

"선생님께 돈을 드리는 건 옳은 일이 아니다. 그건 고마움을 표하는 게 아니라 와이로를 쓰는 셈이 된다."

그리하여 어머니는 학생들이 사용할 시험지나, 교실에 놓아둘 주전자, 유리창에 달 커튼 들을 사다 나른다. 한 번도, 단 한 번도 어머니는 선생님께 돈을 드린 일이 없다.

무엇이 어머니에게 그런 의식을 심어주었는지는 모르지만, 어머니의 그런 기질이 그 여자에게 얼마간 옮겨온 것은 분명하다. 그 여자는 지금도 돈에 관한 한 백치다. 심각한 가난의 고비를 여러 차례 넘겼으면서도 돈에 대한 복수심이 생기지 않는다. 늘 어딘가에 돈을 흘리고 다닌다. 사치나 탐욕이 있어 그런 것들로 돈을 쓰는 것도 아니다. 그냥, 그냥 어딘가로 돈이 흘러나간다. 그래도 그 사실에 대해 그다지 마음 쓰지 않는다. 그 돈도 모두 이 땅 어딘가에 있겠지 싶다.

그 여자가 백치인 또 하나의 부분, 그건 사랑과 성(性)에 관한 부분이다.

소설을 쓰는 일이나 과학자가 되는 일은 혼자서 노력하는 만큼 이룰 수 있다. 그러나 사랑은 아니다. 감정을 가지고 있는, 그 감정이 너무나 유동적인 어떤 대상과의 공동 작업이다. 감정의 미묘한 줄다리기를 해야 하고, 의중의 캄캄한 속을 짚어나가야 하고, 적당한 때에, 너무 이르거나 너무 늦지 않은 때에 맞추어 마음을 열어보여야 한다. 그것도 적당한 만큼만. 그러나 그 적당함이라는 것이 어느 정도인지 늘 알 수 없다. 그래서 사랑이라는 이름의 모든 행위가 자주, 쓸데없는 감정 소모로만 여겨진다.

　그 여자는 사랑이라는 것이 어두운 감정의 복마전의 양상을 띠면 벌써 물러난다. 한 남자를 놓고 두 여자가, 혹은 한 여자를 놓고 두 남자가, 호전적인 긴장 상황을 만들어나가는 것을 진저리친다. 사랑은 쟁취하는 것이라는 말에 놀란다. 사랑은 자연스럽게 오는 것이지 어떻게 싸워서 얻는 것인가. 너무나 유동적이고 예민하고 상처받기 쉬운 감정의 영역을, 어떻게 싸워서 얻는가. 그 여자가 했던 이상한 사랑, 아마 그것들의 부정적인 영향이 그렇게 나타나는지도 모르겠다.

　사랑을 모르기 때문에 성도 잘 모른다. 그때까지도 그 여자가 아는 성이란 추하고 불길한 무엇, 패전군의 부대에서 굴욕을 참으며 투항하는 일이다.

　그 여자가 체험한 성과 관련되는 일들이 폭력으로 시작되었다는 데 문제가 있을 것이다. 최초의 납득할 수 없는 폭력 후에 초조를 시작하고, 그보다 더 절망적인 폭력, 죽음을 떠올리게 하는 폭력으로 첫경험을 한다. 더구나 그 절망과 치욕들을 극복할 만한 어떠한 교육도 받지 못했다. 아무것도 구체적인 것은 알려주지 않고 금기라는 분위기만 심어준 성교육, 순결만을 강요하던 성교육, 어려움에 처했을 때 그것을 극복할 수 있는 지혜를 주기는커녕, 더 깊은 절망으로 빠뜨리는 교육. 그리하여 그 여자가 혼자 터득한 성이란 불길하고 추한 것이고, 조금 더 커서 알게 된 성이란 패전군의 부대에서 굴욕을 참으며 투항하는 일이다.

　아무튼, 그 여자는 성에 대해 완전히 부정적인 인식을 스물일곱 살까지도 가지고 있다. 당연히 성과 사랑은 다른 것이다. 사랑은 정신과 영혼의 문제이고 성은 육체의 문제이다. 다르게 말하면, 사랑은 허리 위의 문제이고 성은 허리 아래의 문제이다.

그런 백치와 같은 상태로 있던 스물일곱에 있었던 일이다. 그 여자는 대학로에 있는 한 찻집에서 친구를 기다리고 있다. 그 근처에서 근무하는 친구를 만나 함께 연극을 보기로 했을 것이다. 찻집은 넓고 편안한 의자가 드문드문 놓여 있는 아주 밝은 분위기다. 의자에 비해 탁자가 너무 높다고 느껴지기도 하지만. 실내에는 비발디의 〈여름〉이 흐르고 있다.

그 여자가 앉아 있는 대각선 자리에 두 남녀가 마주 앉아 이야기를 나누고 있다. 여자는 흰 블라우스에 단발머리를 하고 다리를 꼬고 앉아 있다. 그렇지 않아도 단정해 보이는 용모가, 등을 꼿꼿이 세우고 앉은 자세 때문에 더욱 그렇게 보인다. 맞은편에 앉은 남자는 검은 테 안경을 끼고 병아리색 남방을 입고 있다. 남자는 편안한 의자에 비스듬히 기대앉아 있다.

"그렇지만 신의 존재를 부정한다면 인간의 근원이나, 영혼의 영역에 대해서는 어떻게 설명하죠?"

"글쎄요……. 성희 씨는 어떻게 생각합니까?"

그들의 목소리가 그 여자에게까지 건너온다. 여자는 시종 진지한 태도이고 남자는 별로 재미없는 화제를 마지못해 이어가는 기색이다. 그 여자는 그들을 보며 웃는다. 아직도 신의 존재를 두고 토론하는 나이, 참으로 젊고 아름답구나 싶다. 그 무렵 그 여자에게는 그런 광경을 유심히 보는 버릇이 있다. 다정해 보이는구나, 아름다워 보이는구나, 그런 생각을 하는 마음에는 부러움이 있을 것이다.

그 혹독했던 상처에 대한 기억도 있을 것이다.

그 무렵 그 여자도 사랑을 한다. 그 여자가 하는 사랑이란 주로 짝사랑이다. 결혼을 하지 않을 거면 어떠한 관계도 만들지 않아야 한다는 생각에, 손 내미는 어떤 관계도 거절한다. 주변에는 그 여자에게 호감을 느끼는 사람이 없지 않다. 그 여자 역시 그들에게서 좋은 인상을 받는다. 그러나 섣불리 관계를 시작했다가 막상 결혼하자는 말을 꺼낸다면 그걸 어떻게 감당하는가, 더구나 상대방이 받을 상처를. 그런 마음으로 손 내미는 어떤 관계도 외면한다.

그들, 다들 올곧은 젊은이고 훌륭한 신랑감인 그들은 자신들이 거절당하는 이유를 납득하지 못한다. 어떤 이는 곁에서 말없이 서성이다 가고, 어떤 이는 술자리에서 공연히 어른을 붙잡고 주정한다. "이 국장, 김정숙 씨 좀 어떻게 해주세요." 글쎄, 어떻게 해달라는 뜻이었을까. 또 어떤 영민한 이는 그 여자 속의 어둠을 눈치채고 자발적으로 물러나기도 한다. 그는 나중에 만났을 때 말한다. "되게 좋아했는데, 그 어둠을 도저히 감당할 수 없었어." 이제는 웃으며 그런 이야기를 나누는 것이 기쁜, 그런 사람들이 있다. 그러나 그 시절, 그 여자는 공연히 건방지고 콧대만 높은 여자가 되어 있다. 손 내미는 모든 관계를 외면하면서, 제 마음을 누구에게도 보여주지 않은 채.

결혼을 하지 않을 거면 섣불리 관계를 시작하지 않아야 한다. 그렇게 생각한 것은 그 여자의 의식이 자신을 변명하기 위해 설정한 생각이었을 것이다. 그 의식의 밑바닥, 더 깊은 곳에는 다른 것이 있었을 것이다. 그 여자는, 사랑이라는 이름의 인간관계에서 또 상처받을까 봐 두려워했을 것이다. 그런 일들에 대한 피해의식이 있었을 것이고, 그 피해의식으로 인해 상대에게 사나운 가해자가 될지도 모른다는 우려도 있었을 것이다. 더 깊은 무의식까지 내려가 보면, 지난 경험을 여전히 치부라 여기는 콤플렉스가 있었을 것이고, 더 깊은 곳에는 아직도 성에 대한 두려움이 있었을 것이다. 그런 모든 것을 안고 있는 그 여자는, 꼼짝도 할 수 없는 상황이었을 것이다.

그러면서 그 여자는 짝사랑을 한다. 대상이 누구든, 사랑한다는 마음을 품고 있을 필요가 있다. 이 팍팍하고 험한 나날을 견디기 위해. 더구나 그 여자는 사랑한다는 행위 그 자체를 사랑하는 편이다. 그 시절, 그 여자가 짝사랑하는 대상은 대체로 나이가 많은 분들이다. 그 사무실에서 가장 나이가 많은 분들, 그 여자보다 두 배쯤 더 많은 세상을 산 분들. 그건 짝사랑이라기보다 흠모나 존경이라는 표현이 더 나을 것이다.

몇 년 동안, 그 여자는 네 분쯤 되는 어른들을 차례차례 흠모한다. 아침 일찍 출근하는 분을 흠모할 때는 그 여자도 아침 일찍 출근한다. 술을 즐기는 분을 흠모할 때는 그분이 만드는 술자리에 열심히 참석한다. 주량은 얼마 되지 않지만. 집에 전화해서 입시를 앞둔 아들에게 "아빠가 그동안 해준 건 없고, 내일 시험장에는 태워다 줄게."라고 말하는 어른의 목소리를, 그 여자는 일손을 멈추고 조용히 듣는다. 가슴이 따뜻해지는 기분으로.

물론 그분들은 전혀 모른다. 어떤 여자가 가슴 두근거리며, 몰래 얼굴을 붉히며 당신들을 흠모하고 있다는 사실을. 그 여자가 한 번도 그런 내색을 한 일이 없기 때문에.

그래, 고백하자. 그 모든 나이든 분들에 대한 흠모에는 아버지 콤플렉스가 있었다는 것을. 그 여자가 좋아했던 아버지, 그러나 몇 차례에 걸쳐 거듭 상실감을 안겨준 아버지, 그 아버지가 채워주지 못한 무의식의 어느 한구석이 그때도 허기진 아가리를 벌리고 있었을 것이다. 허기진 아가리를 벌린 채, 세상의 모든 아버지를 바라보게 만들었을 것이다. 그러나 어떤가. 그 일은 즐겁고, 생활에 활기를 주고, 무엇보다 그 어른들의 삶의 경험들을, 그 경험으로 인해 넓어진 마음의 폭을 배우는 기회가 되기도 했으니. 그거면 충분하다. 그 시절에는, 또 그것으로 나날을 살아갈 힘을 얻곤 한다.

아무튼, 그 여자는 찻집에서 젊은 남녀를 바라보고 있다.

"저는 신이 존재한다고 믿어요. 니체가 신은 죽었다, 라고 말했을 때, 그 순간 그는 이미 버림받는 거예요. 신으로부터, 결국은 인간들로부터."

"그럴 수도 있겠군요."

그 여자는 대화 내용을 들으며 웃는다. 그러다가, 놀란다. 환히 바라보이는 탁자 밑에서 남자가 어떤 행동을 하고 있다. 남자의 손이 바지가 두 갈래로 갈라지는 부분을 쓰다듬고 있고, 그가 쓰다듬는 부분이 불룩하게 부풀어 있다.

"제가 하는 말에 너무 쉽게 대답하는 것 같아요. 난 어렵게 말을 꺼냈는데."

등을 꼿꼿이 세우고 앉은 흰 블라우스의 여자는 남자의 그런 행동을 모르고 있다. 남자는 바지를 쓰다듬던 손을 들어 안경을 한번 고쳐 쓰고는 대답한다.

"제 가장 큰 단점이자 장점은 상대방의 말을 쉽게 받아들이고 가볍게 대한다는 겁니다."

남자는 다시 손을 테이블 밑으로 내려 바지의 불룩한 부분을 쓰다듬는다. 그러면서 여자의 가슴과 입술을 흘금흘금 훔쳐본다. 그의 불성실함은 자칫 상대에 대한 무관심함으로 보일 수도 있다. 그래서일까, 여자는 더욱 진지하게, 그러면서도 겸손한 어조로 대화를 이끌어나간다. 남자의 마음을 힘들게 제게로 끌어당기기 위해. 남자는 여전히 비스듬히 기대앉은 자세로 바지의 불룩한 부분을 쓰다듬고 있다. 여자의 말에 짧게 짧게 대꾸하면서.

그 여자는 그만 그들로부터 시선을 거둔다. 저건 무얼까. 저들은 서로 사랑하는 관계일까. 비스듬히 기대앉아 풀린 웃음으로 건너다보며, 여자의 말에 무성의하게 대답하는 저 남자는 지금 저 여자를 사랑하는 것일까. 그 여자는 대답을 찾을 수 없다. 사랑은 감정의 이끌림이고 성은 육체의 이끌림이다. 정신과 육체가 전혀 별개의 영역에 있듯이 사랑과 성은 전혀 다른 것이다. 그 여자는 그 장면을 납득할 논리를 찾을 수 없다. 그저 어떤 충격 같은 것, 희미한 모욕감 같은 것을 느낄 뿐이다.


그 무렵, 또 하나의 일을 경험한다.

"김정숙 씨는 무얼 너무 몰라. 고집만 세요."

같은 부서에, 자주 그 여자에게 그런 말을 하는 선배가 있다. 눈이며 얼굴이며 몸이며 둥글둥글하게 생겨서, 보기에도 사람 좋은 인상을 주는 선배다. 그 여자와는 같은 대학 같은 과 선배이기도 해서 유난히 마음을 써준다.

"그런 데도 가봐야지. 글을 쓰려면 그런 것도 다 알아야 돼."

그 선배는 부서원들과 함께 가는 스탠드바, 나이트클럽, 룸살롱,

심지어 미아리 텍사스까지 그 여자를 데리고 다닌다. 부서에는 여직원이 그 여자 혼자다. 늘 퇴근 시간만 되면 집으로 달아나려는 그 여자를, 마감 후 쫑파티나 망년회 때, 삼 차까지 데리고 다닌다. 미아리에 갔을 때는 망년회 자리 삼 차쯤이었을 것이다.

차에서 내린 곳은 추운 밤거리다. 미아리라는 것은 알지만, 어디인지 정확히 알 수 없기 때문에 그저 추운 밤거리라고만 기억한다. 골목을 사이에 두고 왼편으로는 불빛이 환한 쇼윈도들이 도열해 있고 오른쪽으로는 키 큰 측백나무 같은 것이 빽빽이 심어져 있다. 측백나무 바깥은 하천을 복개해 만든 넓은 주차장으로, 승용차에서 봉고까지 차들이 빼곡하다. 모두 그곳을 찾은 사람들의 차일 것이다. 주차장 너머 팔 차선쯤 되는 큰길에는 이마에 불을 켠 차들이 달리고 있다.

일행은 그 골목 입구에서부터 천천히 걸어 들어간다. 왼편으로 도열해 있는 쇼윈도 안에는 집집마다 여자들이 서너 명씩 앉아 있다. 어떤 여자는 잡지를 읽고 어떤 여자는 뜨개질을 하고 어떤 여자는 화장을 고친다. 그러나 대부분의 여자는 그저 고개를 들고 앞만 보고 있다. 다소곳하고 얌전한 표정으로. 유니폼인 듯, 각 집마다 여자들은 다른 의상을 입고 있다. 흰 드레스, 분홍 드레스, 노랑 저고리에 다홍치마.

그 여자는 놀란다. 대체 여기가 어딘가. 어떻게 저런 광경이 있을 수 있는가. 놀라서 동료의 등 뒤로 몸을 숨긴다. 그들을 보는 일이 어쩐지 미안하다는 마음이 든다. 백궁, 꽃님, 꽃샘 등등의 간판을 단 집들은 문밖에 청사초롱을 내걸고 있다. 집 앞에 나와 있는 한두 명의 여자가 앞서 걷는 선배들을 잡아끈다.

"오빠, 아저씨, 전번에 왔던 그 집이잖아."

그러다 그 여자를 발견하고는 문득 호객 행위를 중단한다. 아무래도 잘못 왔구나 싶다. 선배들은 아무 말 없이 그 골목을 끝까지 걸어간다. 좋이 오십 미터는 넘게 계속되는 길을. 그 거리 끝에서 한 선배가 말한다.

"김정숙 씨 봐두라고 끝까지 가본 거야."

다시 지나온 길을 되짚어, 골목의 중간쯤에 있는 집으로 들어간다. 단골일까. 그 집의 몇몇 여자가 환성을 올리며 반긴다. 그 집의 여자들은 웨딩드레스처럼 희고 긴 원피스를 입고 있다. 허리에는 분홍빛 벨트를 매고 있다.

"여기 여자들이 제일 싫어하는 게 뭔지 알아?"

엉거주춤 따라 들어가는 그 여자에게 동료가 묻는다. 그 여자는 고개를 젓는다.

"김정숙 씨 같은, 여자들이 오는 거야."

아무래도 잘못 온 것 같구나 싶더니, 그 말을 듣자 마음이 무거워진다. 그러나 이미 현관으로 들어서 있다. 일행은 여자들이 인형처럼 앉아 있는 마루를 지나, 좁은 방으로 안내된다. 방에는 빨간 알전구 하나가 켜져 있다. 여자는 제 손바닥을 들여다본다. 시선을 둘 곳이 없어서, 불빛이 어느 정도 밝기인지 알아보려고. 손의 윤곽만 보일 뿐 손금은 알아볼 수 없다.

식탁이 미리 차려져 있었는지, 일행이 들어간 다음에 날라져 왔는지, 그런 것은 기억할 수 없다. 그 여자가 기억하는 것은 일행의 수만큼, 일곱 명의 여자가 방으로 들어왔다는 거다. 손님 한 명마다 여자가 한 사람씩이라면 대체 이 거리에는 얼마나 많은 여자가 있다는 것일까. 여자들은 입구에 나란히 서서 잠시 머뭇거린다. 무슨 절차가 있는데 그 여자 때문에 망설이는 눈치다. 그들 중 가장 나이 들어 보이는 여자가 "좋다. 쌍!" 하더니 그 여자 옆에 와서 앉는다. 아마, 서로 그 여자 옆에 앉지 않기 위해 망설이고 있었던 모양이다. 그 여자는 다시 미안해진다. 나머지 여자들도 차례차례 파트너를 골라 곁에 가서 앉는다. 그녀들이 어떤 방식으로 파트너를 정하는지는 알 수 없다. 그러나 나중에 보니, 파트너가 된 사람들은 서로 겉모습이 비슷하다. 젊고 세련된 사람 옆에는 젊고 세련된 여자가, 작고 뚱뚱한 사람 옆에는 작고 통통한 여자가, 크고 마른 사람 옆에는 크고 마른 여자가 앉아 있다. 그 사실을 발견하고는, 그네들의 비밀 한 가지를 알게 된 것 같아 그 여자는 공연히 제 손끝을 내려다본다.

그 여자가 있어서일까, 분위기는 내내 어색하고 서먹서먹하다. "시골 영감 처음 가는 예로하우스……." 그 집의 여자들이 젓가락을 두드리며 노래한다. 흥에 겨워서라기보다 얼마간의 짜증과 피로가 묻어나는 목소리다. 딱딱한 분위기는 잘 걷히지 않는다. 사람들과 사람들 사이에 떠 있는 공기가 딱딱한 사각형의 물질 같은 것이어서, 조금도 간격을 좁힐 수 없는, 그런 느낌이다. 노래를 서너 곡쯤 부른 다음, 그 집의 여자들은 묘기를 보여주겠다고 한다.

묘기, 라고 쓰면서 그 여자는 가슴이 아프다. 그렇게 피학적이고 자기 파괴적인 행동이 묘기인가. 인간의 존엄성, 인간의 고귀함, 혹은 인간에 대한 어떠한 설명이나 정의도 그 앞에서는 소용이 없다. 그 여자가 읽은 어떤 책도 그 앞에서는 무가치하다. 그 묘기 앞에서는. 그 묘기는, 인간이 무엇인가 하는 것에 대한 아주 다른 해석을 내려준다. 맥주병 뚜껑 따기, 담배 피우기, 붓글씨 쓰기, 오이 자르기, 달걀 낳기.

여자들은 돌아가면서, 한 사람이 한 가지씩 묘기를 보여준다. 그 여자는 한쪽 구석에 앉아 거의 멍청한 상태다. 어떤 생각도, 어떤 감정도 떠오르지 않는다. 충격. 완전한 충격과 완전한 의식의 공백을 느낄 뿐이다. 백치처럼, 바보처럼, 그 구석에 방치되어 있다.

마지막으로 달걀 낳기 묘기를 보인 뚱뚱한 여자가 달걀을 테이블 위에 톡톡 쳐서 반으로 가른다. 뜻밖에도 날달걀이다. 흰자위를 따라내고 노른자위만 껍질에 담아 그 여자에게 내민다. 멍청한 충격 속에서 그 여자는 희미하게 짐작한다. 그걸 굳이 그 여자에게 먹이고 싶어 하는 뚱뚱한 여자의 마음을, 조마조마해하며 지켜보고 있을 선배며 동료들의 마음을. 그 여자는 말없이 그것을 받아먹는다. 날달걀 노른자, 여자의 질 속으로 들어갔다 나온 것, 물컹하고 미끄덩거리고 비릿한 무엇.

"빠꾸리 하러 가자."

묘기가 끝나자 한 여자가 소리친다. 얼마간의 짜증과 피로가 묻어나는 목소리로.

"그럽시다."

다른 여자가 맞받으며 벌써 자리에서 일어난다. 빠꾸리. 그 여자는 처음 들어보는 말이다. 그러나 무슨 뜻인지 짐작하고, 그리고 다시 당황한다. 어디서? 여기 어디서? 그러는 동안 일행은 파트너와 함께 방을 나간다. 한 번쯤 그 여자에게 시선을 주는 사람도 있지만, 대부분 말없이 자리를 뜬다. 어두운 방 안에 혼자 남겨진 그 여자는 어떻게 해야 할지 알 수 없어 또 당황한다. 먼저 돌아가야 하는지, 일행이 돌아올 때까지 기다려야 하는지. 망설이고 있는데 두 여자가 방으로 들어와 상을 들어낸다. 순식간에 방이 텅 비고 만다.

그 여자는 벽에 등을 기대고 앉는다. 깊은 한숨처럼, 가슴이 서늘 해진다. 이게 무언가. 아니, 성이란 대체 무언가. 저 여자들에게, 저 남자들에게.

얼마쯤 지났을까. 십 분, 혹은 삼십 분? 선배들이 한 명씩 방으로 들어오기 시작한다. 그들은 지친 모습으로 방에 들어와 벽에 기대 앉는다. 눈을 감고 가만히 있거나, 말없이 담배를 피워 문다. 그 여 자는 아무 말도 하지 못한다. 무언가. 이게 무언가.

집으로 돌아가는 택시 안에서 그 여자는 기어이 동료에게 묻고 만다.

"그러고 집에 가면 부인 얼굴을 어떻게 봐?"

"뭘 어떻게 봐? 그냥 보는 거지."

그는 덤덤하다. 아니, 방금 있었던 일을 이미 다 잊은 얼굴이다. 그는 결혼한 지 한 달쯤 되는 새신랑이고, 대학 때부터 거의 오 년 간 연애를 했다.

"부인한테 미안하지 않아?"

"미안할 게 뭐 있어. 그런 날은 마누라한테 더 잘해주는데. 과일 도 사들고 들어가고, 커피도 타주고."

"부인을 사랑해?"

"그럼, 이 세상에서 최고로 사랑하지."

그 여자는 더욱 혼란스러워진다. 대체, 인간에게 성이란 무엇인 가. 그리고 사랑과 성은 어떤 관계인가. 매춘 문화의 유장한 역사. 여자가 상품이 되고 성이 산업이 되는 이 사회의 어떤 측면, 페미니

즘적 시각으로 본 그 일의 부당함……. 그런 얘기는 접어두자. 여기
서는 그저, 그 체험에서 그 여자가 받은 개인적 영향에 대해서만 말
하기로 한다.

　그날 집으로 돌아와, 그 여자는 늘 하던 버릇대로 책을 찾는다.
《풍속의 역사》중, '색의 시대'라고 부제가 붙은 3권을 다시 읽는
다.《매춘의 역사》를 읽고《에로티시즘》을 읽고, 문화사 서적들 중
에서 성과 관련된 부분을 다시 읽어본다.《나르시시즘의 문화》,《성
과 속》,《민담의 역사적 기원》,《문화의 패턴》,《슬픈 열대》등등. 이
미 책에 속았다고 선언한 후지만, 그래도 방법은 책밖에 없다.
　그런 다음, 나름대로 결론을 내린다. 사랑은 성적 충동을 동반하
는 것이며, 또한 성은 사랑 없이도 존재할 수 있는 것이라고, 때로
는 성적 충동이 사랑이라는 이름으로 불리기도 한다고. 그러니까
사랑과 성은 악어와 악어새의 관계이고, 콩나무와 뿌리혹박테리아
의 관계라고.
　아니다. 이 말은, 그때 그 여자가 알게 된 성의 지식들에 비해 너
무 간단히 언급한 것이다. 그 무렵, 그 여자는 성에 관한 책을 얼마
나 열심히, 얼마나 겸허하게 공부하는 자세로 읽었는지, 책을 한 권
쓰고 싶을 정도다. 자신이 읽은 모든 책에서 성에 관한 경구들을 발
췌해서 성 아포리즘을 만들고 싶어 한다. 그리하여 자신처럼 성을
이해하지 못해 답답해하는 사람들에게 도움이 되어주고 싶어 한
다. 심지어 구성도 하고 목차도 정해본다.
　문학작품 속에 성에 관해 묘사된 아름다운 부분을 간추리고, 여
성의 성과 남성의 성의 차이를 구분해서 일러주고, 영화나 연극 같

은 예술작품 속에는 성이 어떻게 묘사되고 있으며, 인류학적으로 성은 어떻게 변천해왔으며, 왜 왜곡된 성의식이 생겨났으며…….
그 책에는 미술사에 등장하는 아름다운 누드화를 삽화로 넣어도 좋겠다고 생각한다.

그렇게 많은 책을 읽고 그렇게 풍족한 지식을 습득했으면서도 그 여자는 잘 믿기지 않는다. 그 여자의 사랑, 그 여자가 했던 사랑은 그런 게 아니다. 그토록 오래, 그토록 깊이 사랑한다고 믿었던 잿빛 바바리에게서 그 여자는 한 번도 성적 충동을 느낀 일이 없다. 그의 곁에 있을 때, 가슴이 두근거리고 숨이 답답해지던 그 느낌은 성적 충동과는 다른 것이었을 것이다. 그건 일종의 긴장이고 정신적 고양 같은 것이었다.

그래서 그 여자는 또 엉뚱한 소리를 하고 만다. 그 무렵, 비슷한 업종에서 일하는 잿빛 바바리를 술자리에서 만났을 때.

"너도 예전에, 내게서 성적 충동을 느낀 적이 있니?"

그 여자는 마치 취재하는 방식으로 질문한다. 사람이 많고, 음악 과 소음이 시끄러운 호프집 같은 곳이다. 그 여자는 크고 또랑또랑 한 목소리로, 눈을 동그랗게 뜨고 묻는다. 잿빛 바바리는 그 여자를 물끄러미 건너다본다. 그 여자는 초조해져서 덧붙인다.

"다른 뜻이 있어서가 아니야. 정말 궁금해서 그래, 대답해봐."

그는 끝내 대답하지 않는다.

지금 생각하면 웃음이 난다. 무얼 그렇게 몰랐을까. 그런 질문을, 그렇게 눈을 동그랗게 뜨고 빤히 얼굴을 건너다보면서 해서는 안 되었을 것이다.

그 두 가지 경험, 그 후에 읽었던 성에 관한 서적들, 그것들로 인해 그 여자는 비로소 성에 대해 새로운 인식을 갖게 된다. 성이란 추하고 불길한 무엇이 아니다. 패전군의 부대에 소속되어 내내 수세에 몰리다가 기어이 굴욕을 무릅쓰고 투항하는 일도 아니다. 성과 사랑은 악어와 악어새의 관계이고, 그래서 서로 돕는 아름다운 관계일 수도 있다.

성이란, 잠을 자거나 밥을 먹는 것처럼 자연스러운 생리적 현상일 뿐이다. 자주 설사를 하는 사람과 늘 변비에 시달리는 사람의 차이가 있을 뿐, 누구나 일정한 시기가 지나면 체내에 쌓인 욕구를 배설해야 한다. 그건 큰창자에 똥이 쌓이거나 오줌보에 소변이 고이면 화장실에 가고 싶은 욕구와 다르지 않다. 사람들이 누는 똥의 양이 비슷하듯이 한 번에 방출하는 정액의 양도 비슷하다. 그건 10시시다. 록그룹 중에 텐 시시라는 이름을 가진 그룹이 있다. 이건 무슨 뜻이지? 중얼거리는 그 여자에게 동료는 웃으며, 머뭇거리며 설명해준다. 한 번에 10시시라고.

그 여자는 그렇게 해서 성에 대해 오랫동안 왜곡되어 있던 인식을 비로소 바로잡는다. 스물일곱에, 그것도 관념으로만. 그 여자가 그렇게 어렵게 배운 것들을 다른 사람들은 어떻게 알게 되는지 궁금하다. 어떻게 그것들을 알고는, 거기에 맞춰서 자연스럽게들 살아가는지.

## 46

지난해 여름 어느 날, 오랜 가뭄 끝에 잠깐 비가 내린 다음 날, 그 여자는 대문을 나서다가 노란 유치원 가방을 메고 있는 옆집 아이를 본다. 아이는 대문간에 서서 땅바닥을 내려다보며 낯을 찌푸리고 있다. 겁에 질린 것처럼 보이기도 한다.

"왜 그러고 서 있니?"

그 여자는 아이의 머리, 노란 리본을 드리워 양 갈래로 묶은 머리를 보며 묻는다. 아이는 여전히 찌푸린 낯빛으로 고개를 든다.

"지렁이가 너무 많아서 움직일 수가 없어요."

아이가 바라보는 대문 밖에는 정말 여기저기 지렁이들이 꿈틀대고 있다. 한눈에 대여섯 마리가 한꺼번에 들어온다. 지렁이들은 밤 사이 내린 빗줄기를 타고 땅 위로 올라왔다가 갑자기 비가 멎자 제 집으로 돌아가지 못한 채 아스팔트 위에서 당황하고 있는 모양이다. 아스팔트 위가 아니라면, 당황하고 있지 않았다면, 지렁이들이 그토록 끊임없이 몸을 뒤틀지는 않았을 것이다. 지렁이들이 몸을 뒤척일 때마다 그들의 몸에 묻은 흙들이 마치 상처 난 살갗처럼 갈라져 보인다.

"괜찮아, 밟지 않도록 조심해서 지나가면 돼."

그 여자는 아이에게 손을 내민다. 아이는 잠시 망설이더니 그 손

454

을 잡고 그 여자가 이끄는 대로 발을 옮겨 디딘다. 여전히 낯을 찌푸린 채로. 큰길까지 약 이십 미터 정도를, 그 여자는 아이를 데리고 간다. 지렁이를 밟지 않도록 조심하면서. 더는 지렁이가 보이지 않는 곳에 다다르자 아이는 걸음을 멈추고 그 여자를 올려다본다.

"이제 혼자 갈 수 있겠니?"

아이는 그 여자를 빤히 바라보며 고개를 끄덕인다. 아이의 눈빛이 푸른빛이 돌 정도로 맑다. 그 눈빛을 바라보다가 그 여자는 공연히 불필요한 말을 덧붙이고 만다.

"지렁이는 깨끗한 동물이야. 늘 깨끗한 흙 속에서만 살고 또 깨끗한 먹이만 먹거든. 이슬이라든가, 흙 속의 보석이라든가…….”

마지막 말은 거짓이다. 그러나 어떻게 된 일인지 그런 말이 나오고 만다. 지렁이가 흙 속의 보석을 먹다니……. 그러나 나중에 아이가 커서 제대로 된 사실을 알게 될 때까지만이라도, 그 말이 아이에게 꿈이 될 수 있다면 싶다.

그 여자는 아마 아이를 위해서가 아니라, 지렁이를 위해서 그 수고를 한 게 아닌가 싶다. 지렁이도 밟으면 꿈틀한다는 속담을 그 여자는 싫어한다. 그건 지렁이에게도, 지렁이를 밟은 사람에게도, 너무나 모욕적이어서 오히려 슬퍼지는, 그런 얘기다. 지렁이가 슬픈 것은 밟히며 살도록 태어난 그의 생태적 속성 때문이다. 지렁이에게는 왜 날개를 달아주지 않았는가. 흙 속이나 땅 밑에서 사는 생물들에게는 모두 그만한 반대급부가 있다. 굼벵이는 한 칠 년만 참고 살면 공중을 날아오르며 마음껏 노래할 수 있는 미래가 약속되어 있고, 두더지는 아주 빠르게 흙을 파헤치며 달릴 수 있는 능력이 있다. 그러나 지렁이에게는 아무것도 없다. 현실의 어려움을 참아낼 만한 장밋빛 미래도, 현실을 헤어나갈 뾰족한 앞발도 없다. 그저 배밀이로 느리게, 느리게 기어가다가 부주의한 발에 밟힐 운명밖에 준비되어 있지 않다. 밟히면 고작 꿈틀거리기나 하면서. 지렁이의 꿈틀거림이 얼마나 큰 저항이고 얼마나 큰 존재의 외침이라는 것을 아는 사람이 있을까. 그걸 아는 사람이라면, 적어도 그런 속담은 만들지 못했을 것이다.

지렁이를 밟는 발 역시 슬프기는 마찬가지다. 그 발은 분명 세상을 밟고 밟힘의 관계로 파악하고 있을 것이기 때문이다. 그런 발은, 다른 발에게 밟힐 확률이 높다. 그가 세상을 그런 식으로 인식하고 있기 때문에, 작은 불이익을 당해도 그는 밟혔다고 생각하기 십상이다.

그 여자는 그래서, 지렁이도 밟으면 꿈틀한다는 속담을 싫어한다. 그 여자처럼 그 속담을 싫어하는 누군가 새로운 속담을 만들어낸 모양이다. 지렁이도 밟으면 깨문다, 하고. 그러나 그 속담은, 이 세상의 밟고 밟히는 관계에 물고 물리는 관계까지를 첨가해놓았을 뿐이다.

그 여자는 필요 이상으로 지렁이를 옹호하고 있는지도 모르겠다. 그러나 그럴 수밖에 없다. 그 옛일로, 지금까지도 이유 없는 공격을 받고, 잘 삭여지지 않는 모욕을 당할 때면, 그 여자는 자주 지렁이가 떠오른다. 지렁이도 밟으면 꿈틀한다. 그 속담은 잔인하고 공격적인 사람이 만들었을 것이다. 지렁이를 무심히 밟을 수 있는 사람만이. 어쩌면 사는 게 지루하고 무료한 사람이 만들었는지도 모르겠다. 무심히, 그러나 놀이를 즐기듯이.

시간이 흘러, 산 위의 눈도 녹고 마음속의 흙탕물도 가라앉고 모든 것이 조용해진다. 그 여자를 힘들게 했던 피해의식과 신경증도 지나가고 '억울해, 억울해' 울다 잠 깨는 버릇도 없어진다. 어머니의 가치관도 벗고 책을 너무 믿지 않으며 현실 속에서 현실을 배우기 시작한다. 이제는 세상과 통하는 길을 알아낸 것도 같고, 어쩌면 그 일이 있기 전보다 더 바다에 가까이 닿은 것도 같다. 그러나, 그러나 그 여자의 시소 저편에 있는 심술신도 그렇게 쉽게 물러나지 않는다.

그 남자는 고양리 집에서 이사한 이듬해쯤 결혼한다. 그 여자는 친구로부터 그의 결혼 소식을 듣는다. 그가 별로 많은 사람에게 알리지 않고 조용히 결혼했다는 사실을. 모르겠다. 그때 왜 충격을 받았는지는. 그 여자가 충격을 받은 것은 그가 결혼했다는 사실 때문이 아니다. 조용히 결혼했다는 사실 때문이다. 조용히, 다르게 말하면 몰래, 그 여자에게 알리지 않고. 만약 알았다면 그 여자는 축하해주었을 것이다.

그리고 몇 해 지나서의 일이다. 지금은 뉴질랜드에 가 있는 시를 쓰는 선배가 그 여자의 회사를 찾아온다. 그 여자가 선배에게, 그 회사 지하 영화관에서 상영 중인 영화를 보여주기로 했다. 혼자 올 줄 알았는데 뜻밖에도 선배에게는 동행이 있다. 키가 크고 세련된 옷차림을 한, 모자가 잘 어울리는 여자다.

"내 친구야. 그림 그리는 사람이고."

시를 쓰는 선배가 그 여자에게, 모자가 잘 어울리는 여자를 소개한다. 모자가 잘 어울리네요, 그 여자는 웃으며 그렇게 말한다. 모자가 잘 어울리는 여자도 해맑게 웃는다. 그 여자는 두 사람을 영화

관으로 들여보내고 사무실로 올라가 일을 한다. 선배는 영화가 끝
난 다음 사무실로 전화하고, 그 여자는 그들과 함께 저녁을 먹고 차
를 마신다.

"무슨 그림을 그리세요?"

찻집에서, 그 여자는 모자가 잘 어울리는 여자에게 묻는다. 모자
가 잘 어울리는 여자는 대답 없이 웃기만 한다. 그 여자의 모습을
유심히 건너다보면서. 그 여자는 질문을 잘못했나 싶어 한다. 시인
에게 무슨 시를 쓰느냐고 묻는 게 별로 사려 깊은 일이 아닌 것처
럼, 화가에게도 그런 질문은 옳지 않은 모양이라고 생각한다. 세 사
람은 웃으며 많은 이야기를 나눈다. 방금 보고 나온 영화에 대해,
서로의 안부에 대해, 사소한 일상에 대해. 그러는 동안 모자가 잘
어울리는 여자는 그 여자의 얼굴이며 옷이며 유심히 본다. 그렇게
삼십 분쯤 지나서였을 것이다. 모자가 잘 어울리는 여자가 말한다.
얼마간 웃음 띤 얼굴로.

"저, 사실은 하현규 씨 부인이에요."

그 여자는 순식간에 온몸이 굳는다. 불빛 희미한 찻집 실내가 더
어두워지고, 잠시 눈앞의 사물들이 저만큼 물러난다. 어떻게, 어떻
게 그럴 수 있느냐고, 어떻게 이런 식으로 찾아와, 어떻게 이제야
그 말을 하느냐고, 그 여자는 떨리는 목소리로 묻는다. 미리 양해를
구하고 오든가, 아니면 아까 처음 만났을 때라도 누구인지 밝혔어
야 하는 게 아니냐고.

그 여자가 느끼는 것은 모욕감이다. 구경당하고 있었다는 모욕
감. 그때 그 남자와 모자가 잘 어울리는 여자는 결혼한 지 삼 년쯤
되고, 그들 사이에는 딸이 하나 있다. 그 여자는 모욕감과 충격 속

에서 모자가 잘 어울리는 여자가 자신을 방문한 이유를 짚어본다. 남편의 옛 여자에 대한 호기심으로, 여전히 혼자 늙어가고 있는 그 여자에 대한 궁금증으로, 그것을 통해 자신의 행복을 더 공고히 확인하기 위해, 그러기 위해 자신을 찾아왔을 거라고. 지나친 피해의식이라 생각하면서도, 그것 말고는 모자가 잘 어울리는 여자의 유심한 눈빛이며 은밀한 웃음을 어떻게도 해석할 방도가 없다.

"미안해요. 이렇게 충격을 주게 될 줄은 몰랐어요."

모자가 잘 어울리는 여자도 당황한다. 그 여자는 그 장면이며, 그 말들이며가 삼류 멜로 영화 같다는 데에도 화가 난다. 한 번도, 한 번도 그런 상황은 예상하지 않았다. 두 여자가 한 남자를 사이에 놓고, 왜 그랬느냐거나 양보할 수 없다거나 그렇게 줄다리기하는 장면을 혐오해왔다. 만약 제게 그런 상황이 생기면 말없이 돌아서는 쪽을 택할 거라고. 그런데 원하지도 않은 때에, 알지도 못하는 사이에, 그런 상황에 처하고 만 것이 화가 난다. 한 남자와 관계되는 두 여자.

그 여자는 먼저 일어나서 찻집을 나온다. 더 앉아 있다가는 어떤 더 심한 말을 하게 될지, 혹은 듣게 될지 알 수 없다. 계단을 걸어 올라가며 그 여자는 생각한다. 왜 이런 일을 당해야 하는가. 왜 사람들은, 왜 세상은 자신을 좀 가만히 내버려두지 않는가.

글쎄다. 사람들은 어쩌면 삶이 무료한지도 모르겠다. 그들은 끊임없이 그 여자의 상처를 들쑤신다. 이제는 다 나았다고 생각하는 곳을, 낫지 않았을 거라며, 이거 보라며, 칼날로, 손톱으로 파헤쳐보인다. 그 여자는 그들이 단순하고 직선적인 사람들인지, 잔인하고 공격적인 사람들인지 알지 못한다. 그저, 전자일 거라고 생각해두는 게 마음 편하다.

시를 쓰는 대학 선배가 있다. 그는 그 여자가 근무하는 회사의 다른 부서에 볼일이 있어 왔다가 그 여자를 찾아온다. 차를 마시기 위해 그 건물 일 층에 있는 새롬이라는 찻집에 마주 앉는다. 그 찻집은 로비 한쪽을 낮은 칸막이로 막아 만들어놓은 찻집이다. 삼면이 환히 틔어 있고 한쪽 벽은 천장까지 유리창으로 되어 있다. 유리창으로는 쏟아붓듯 햇빛이 들어와 언제나 대낮인 찻집이다.

그 선배가 그 이야기를 어떻게 꺼냈는지는 모르겠다. 너희가 말이야…… 라고 그 남자와 그 여자를 자칭했던 것도 같고, 넌 말이야…… 라고 비난하듯, 동정하듯 말했던 것도 같다. 늘 붐비는 찻집이고 로비에는 사람들이 끊임없이 오가고 있다. 그 한가운데 앉아서, 그 여자는 그만 눈물을 쏟고 만다.

선배의 말이 고통스러웠을까. 아직도 가슴에 맺혀 있는 그 관계에 대한 억울함, 혹은 그때 그렇게 삶을 방기해버린 데 대한 회한, 그 모든 것이 새로워졌을까. 그 여자에게는 아무 소리도, 아무 시선도 닿지 않는다. 벌판 한가운데, 깊은 산속 바위 밑에, 그런 곳에서 혼자 울고 있다. 소맷자락으로 눈물이며 콧물을 닦아내면서. 고개를 숙이고 우는 그 여자의 머리 위로 계속해서 선배의 말이 쏟아진다. 넌 말이야…….

얼마 후, 그 찻집의 낯익은 웨이터가 냅킨을 한 줌, 슬그머니 테이블에 올려놓고 간다. 아, 그제야, 그 여자는 거기가 찻집이고, 매일 드나드는 회사 로비이고, 주변에 낯익은 사람이 많이 있다는 사실을 깨닫는다.

그 여자는 겨우겨우 울음을 멈춘다. 그러나 가슴속에는 아직도 출렁출렁 눈물이 고여 있다. 선배와 함께 자리에서 일어나 안녕히 가시라고 인사를 하고 화장실로 달려간다. 변기 위에 쭈그리고 앉아 남은 울음을 쏟아내고 세면대에서 세수를 하고 얼굴의 울음 자국이 다 없어질 때까지 거울을 바라보고 서 있다가 사무실로 들어간다. 아무 일도 없었던 얼굴로, 심상하게. 중단했던 일을 하고, 주변의 농담에 웃어주기도 한다. 아무도, 아무도 그 여자가 불과 오분 전까지도 화장실에 걸터앉아 울었다는 사실을 알지 못한다.

그런 일은 잊을 만하면 한 번씩 그 여자를 찾아온다. 소설을 쓰는 여자 선배가 있다. 그 선배는 어느 날 전화를 걸어 묻는다.

"동거했었다면서?"

그 여자는 벌써 온몸에 소름이 돋는다. 선배의 말투에 묻어나는 천박한 호기심의 기미에 숨이 막힌다. 특히 그 선배가 발음하는, 동거라는 말에서 묻어나는 부도덕하고 천박한 인상에는 질리고 만다. 대답이 없자 선배는 재차 묻는다.

"몇 년이나 같이 살았어?"

그 선배가 어디선가 들은 소문이란, 그 여자가 한때 어떤 남자와 동거를 했으며, 그 때문인지 지금도 노처녀로 늙고 있다는 이야기일 것이다. 그 여자가 듣기에도 천박하고 부도덕한 삼류 멜로에 불과하다. 사람들은 그 관계가 어떻게 시작되었으며, 그 칠 년 동안 그 여자가 어떻게 자신을 죽여 왔으며, 그 일이 어떻게 끝났는지는 알지 못한다. 아는 것이라곤, 그저 그렇고 그런 부도덕한 소문들, 해를 더해가며 더 심하게 얼룩이 묻고, 더 크게 부풀려졌을 그런 소문들뿐이다. 그 소문이 자라고 자라며, 세월의 더께가 앉아 더욱 추하고 너덜너덜하게 되기까지, 그 여자가 한 일이라곤 제 상처를 핥는 일밖에 없었다.

"김정숙 씨, 대단해. 남자랑 동거까지 했다는 여자가 어쩌면 그렇게 아무것도 모르는 것 같은 순진한 얼굴을 하고 있지? 앙큼한 암고양이같이."

그 여자는 점점 더 기가 질린다. 벌써 목이며 가슴이 뻐근하게 아프다. 어떻게 그런 말을 할 수 있는가. 혹시 그걸 농담이라고 하는 건가. 그 여자는 그러나 되도록 정중하게 대답한다.

"그런 얘기, 하고 싶지 않아요."

"김정숙 씨는 그게 문제야. 빨리 그 일을 극복해야지, 그렇게 피하기만 한다고 되는 일이야?"

그 선배는 숨 돌릴 틈도 없이 다그친다. 그 여자는, 이미 그 일은 극복한 지 오래지만, 이런 식으로 반복되는 들쑤심 때문에 자꾸만 상처 자리가 아프다고, 제발 입 좀 다물어달라고, 그렇게 말하고 싶다. 그러나 목에 커다란 돌멩이가 틀어막아 말을 할 수가 없다. 아직도 이런 이야기를 들어야 하는가, 대체 그 일은 언제까지 그 여자를 괴롭힐 것인가.

"내 말 잘 들어. 우리나라 남자들처럼 보수적인 사람들 중에는 아무도 그 일을 받아들일 사람이 없어. 그러니까 결혼을 하려면 김정숙 씨를 모르는 사람, 문단 근처에 있지 않은 전혀 다른 사람을 찾아봐. 그리고 결혼한 후에도 절대로 과거에 대해서 말해서는 안 돼. 혹시 어디서 소문을 듣고 와 묻더라도 딱 잡아떼야 해. 그런 일을 묻는 남자들 심리에는 아내가 그 말을 부정해주기를 바라는 마음이 더 강하기 때문에, 딱 잡아떼면 남자들은 그 말을 믿는대."

그 선배는 원래 체력이 좋고 목소리가 크지만, 그날따라, 자신이 하는 말에 대한 확신 때문인지 더욱 힘이 넘친다. 그 큰 목소리며 거침없는 자신감이며, 그 말의 내용이며. 그 여자는 가슴이 화드득거리고 팔다리가 떨리기 시작하더니 기어이 눈물이 흐르고 만다.

"더 못 듣겠어요. 전화 끊을게요."

그 여자는 먼저 전화를 끊는다. 대체 왜 그러는가. 난 그런 모욕을 당해야 할 만큼 잘못한 일이 없어. 그 여자는 안에서 솟구치는 뜨거운 울분을 삼킨다. 그러나 제대로 삼켜지지 않아 명치께에 딱딱한 무엇이 걸린다. 돌덩이 같기도 하고 핏덩이 같기도 하고 타오르는 용암덩어리 같기도 한 것.

그런 때 그 여자가 할 수 있는 일이란 가슴에 베개를 받치고 방바닥에 오래도록 엎드려 있는 것뿐이다. 방바닥의 따뜻한 기운이 후들거리는 팔다리를, 아픈 목을, 흐르는 눈물을 어루만져주는 것을 느끼면서. 한참을 그러고 있으면, 따뜻함이 주는 위안 속에서 마음이 스르르 풀려나가는 것도 같다. 두근거리는 가슴이 가라앉고, 목에 맺힌 돌덩이가 삭아 내리고, 흐르던 눈물이 멎은 후에는 그런 생각도 한다. 평생 한 사람을 속이고 사느니 차라리 결혼을 안 하고 말겠다고.

그러나 한참 그러고 있다 보면, 무언가 허전하다. 어깨며 등이, 아무것으로도 감싸지 못한 어깨며 등이 시리다. 어깨로 바람이 지나가며, 가슴의 온기까지 기화시킨다. 그런 때, 그 여자는 방바닥도 팔을 가지고 있었으면 싶다. 방바닥이 팔을 내밀어 시린 어깨며 등을 감싸주었으면, 방바닥이 손을 내밀어 후드득거리는 어깨를 토닥여주었으면……. 지금도 그 여자는 그것을 갖고 싶다. 따뜻한 팔과 부드러운 손바닥을 가진 온돌 방바닥을.

사람들은 집요하다. 어쩌면 사는 게 무료한지도 모르겠다. 그 여자가 잊을 만하면 한 번씩 그 이야기를 거론해서 겨우 다독여온 마음을 일거에 허물어버린다. 내 상처를 핥는 것만으로도 숨이 막힐 지경이었는데, 이제 겨우 상처 자리가 가라앉았는데, 왜 당신들까지 그러느냐고, 왜 내가 당신들에게 이런 모욕과 공격을 받아야 하느냐고, 그러나 그 여자는 말하지 않는다. 또 말없이 참을 뿐이다.

모르겠다. 그 여자는 왜 지금, 자꾸만 자신을 해명하려는 마음이 드는지. 나는 잘못한 게 없다고, 나는 당신들에게 그런 화살을 맞을 만큼 양식에 어긋난 일을 한 적이 없다고. 그 말을 하면 피가 함께 쏟아져 나올 것 같다. 가슴속에 울혈진 피, 한 번도 드러내본 적 없이 안으로 안으로 억눌러온 피, 그 피가 쏟아진다면, 검고 단단한 덩어리 모양일 것이다.

살아오면서 크게 양식에 어긋난 일을 한 적이 없고 남에게 해를 끼친 적이 없다고 햇빛 아래서 말할 수 있다. 모르는 사이에 누군가에게 상처를 입혔을 수는 있겠지만, 적어도 나쁜 마음으로 어떤 일을 해본 적은 없다. 자신의 이익과 타인의 이익이 맞설 때는 늘 양보한다. 섣부른 욕심을 내어 제 것을 챙기고 나면, 그 개운하지 못한 뒤끝 때문에 여러 날 마음이 불편하다.

오히려, 어머니와 아버지, 그리고 고등학교 때까지의 도덕적 가르침들이 그물처럼 자신을 가두고 있다고 느껴지는 때가 많다. 그 여자가 특히 제 도덕을 부담스러워하는 것은 소설을 쓸 때다. 그 여자는 인물들에게 악의적인 행동을 시키지 못한다. 섣불리 도덕적인 결말을 도출해내려 하는 결함이 있고, 인물들이 피 터지게 싸우지도 않는다. 약간의 갈등을 보였다가도 너무 쉽게 화해한다. 그 여자는 그게, 좋은 소설을 쓰기 위해서는 극복해야 하는 문제라는 걸 안다. 그러나 극복하고 싶지 않다. 그 여자의 내부에 있는 어떤 기질들, 미움을 오래 간직하지 못하고, 싸움이나 논쟁을 싫어하는, 그런 기질들 때문에 그나마 이만큼 살 수 있었다. 그 여자는 좋은 작가가 되기보다는 좋은 사람이 되고 싶고, 좋은 작품을 쓰기보다는 편안하게 사는 것을 더 소원한다. 도통하고 싶고, 어떠한 일에도 마음이 흔들리지 않기를 원한다.

그 여자는 입을 다물고 모든 걸 참는다. 시간이 지나면 모든 일이 가라앉으리라. 그 여자는 자신이 입을 다물고 참아내면 세상도 그 일을 잊어줄 줄 안다. 그러나 사람들은 결코 그 일을 잊어주지 않는다.

작년 망년회 때도 그런 일이 있다. 그 망년회는 당시 음악 잡지에서 일했던 옛 식구들이 모이는 망년회다. 언론회관 구 층, 넓은 뷔페식 식당에는 연말 모임을 갖는 팀이 여럿 있다. 술들을 많이 마시고, 거의 파장 분위기가 가까워질 무렵, 한 선배가 그 여자를 보며 말한다.

"나는 이제 김정숙 씨가 누구를 좋아했는지 알지."

그는 지금은 다른 신문사 문화부에 가 있다. 술을 많이 마셨는지 얼굴이 검붉고 목소리에 자주 브레이크가 걸린다. 그 여자는 또 시작이구나 싶다. 사소하고 무심한 언행들, 그러나 그 여자에게는 칼날이 되는 말들.

"그때, 내가 김정숙 씨 손 좀 잡아보려 하면, 탁탁 쳐내곤 했지."

그랬다. 피해의식과 신경증에서, 양날의 칼과 같은 존재였던 때가 있었다. 그 여자조차 자신을 어쩌지 못하던 때. 길게 마주 보고 앉아 있는 열 명 가까운 사람이 그 여자와 그 선배를 번갈아 본다.

"내, 결혼할 때 잠깐 망설였지. 김정숙 씨 때문에. 착각하지 마, 오래는 아니야, 한 오 초 정도 망설였지."

그 여자는 놀란다. 아주 잠깐 동안. 그런 일이 있었는가. 하긴, 그 시절 그 여자에게 중요한 것은 제 상처를 핥는 일뿐이었다. 제 고통을 감당하기에도 벅차서, 다른 사람의 마음 같은 것은 눈에 보이지도 않았다. 그 시절을 생각하며 그 여자는 아득한 마음이 된다.

"그런데 이제 알았어. 어떤 놈을 좋아했는지. 그 새끼 좆이 더 좋더라는 거 아니야."

그 선배의 목소리가 조금쯤 커진다. 그 여자는 그런 말에는 별로 놀라지 않는다. 그 바닥에서 일하는 사람들은 냉소적이고 입이 걸다. 그 냉소가 그들의 균형 감각이다. 어느 쪽으로도 치우치지 않으려면 가운데 적당히 물러서서 빈정거리기나 하는 방법밖에 없다.

"그전에 김정숙 씨는 이미……."

그 선배는 잠시 말을 중단한다. 무엇인가를 주저하는 기색이다. 그 여자는 이미, 그가 주저하는 말이 무슨 내용일지 짐작한다. 몸 안의 피가 빠르게 머리 쪽으로 치솟으며 어지럼증이 몰려온다. 그러나 겉으로는 평온한 태도를 유지하고 있다. 그 선배의 시선을 정면으로 받아내면서. 그 여자의 그런 태도가 그 선배를 더 공격적으로 만들었는지도 모른다.

"이미 그 자식과 동거를 했더군. 내 참, 그걸 알았다면……."

그 선배는 완연히 공격적이다. 사람들의 시선이 그 여자에게로 몰린다. 그 여자는 쓰러지지 않기 위해, 울음을 보이지 않기 위해, 양쪽 어금니를 힘주어 문다. 그 선배가 무엇에 대해 자신을 공격하는지 그 여자는 정말 이해할 수 없다. 그의 마음을 몰랐다고 해서? 한 남자와 결혼할 뻔했다고 해서? 결혼식을 올리기 전에 그와 같은 집에서 살았다고 해서? 아니면, 결혼식을 올리지 못한 채 그 관계가 끝났다고 해서? 아니면, 그런 이야기를 그때 그에게 말하지 않았다고 해서? 그 여자는 왜 아직도 그 일이 끊임없이 자신을 괴롭히는지, 왜 그 일이 그렇게 비난받을 일인지 알 수 없다.

알 수 없는 정도가 아니라 억울하다. 그 관계의 시작도 억울하고 끝도 억울하고, 자신을 죽여온 그 칠 년도 억울하고, 그 후 상처를 핥으며 가슴에 걸린 돌덩이를 삭이려 애써온 시간들도 억울하다. 이제 그 모든 일로부터 벗어나려나 싶은데, 이번에는 사람들로부터 이유 없는 공격을 받아야 하다니. 그건 부당하다.

그러나 그 여자는 아무 대꾸도 하지 않는다. 어금니를 물고, 모욕감과 부당함을 참으며, 선배의 말을 처음부터 끝까지 듣기만 한다. 선배의 시선을 정면으로 받아내면서, 얼굴에 얼마간 웃음을 띤 채. 그 방법밖에 없지 않은가. 그들을 상대로 무슨 말을 하겠는가. 말을 한다고 이해는 하겠는가.

다만 그렇게 생각할 뿐이다. 인간은 그렇게 쉽게 모욕당할 수 있는 존재가 아니라고. 인간은 누구나 자신의 존엄성을 내부에 간직하고 있다고. 인간은 다만 인간일 뿐이라고. 인간이라는 말 속에는 이미 인간으로서의 존엄성, 인간으로서의 고귀함, 인간으로서 누릴 수 있는 권리, 그런 것이 다 포함되어 있다고. 그 여자는 어금니를 깨물며 모든 것을 참는다. 참아주리라, 얼마든지 참아주리라, 가슴을 쓸며 다짐한다.

그런 때, 그 여자가 할 수 있는 일이란 집으로 돌아가 따뜻한 방바닥에 가슴을 깔고 엎드리는 일이다. 방바닥에도 긴 팔이 있었으면, 방바닥도 크고 넓은 손바닥을 가지고 있었으면 생각하면서.

## 47

그 여자가 스물아홉이 된 해 가을, 한 후배가 불쑥 그 여자에게 묻는다.

"김 선배, 여자 나이 삼십 세란 무슨 의미가 있죠?"

점심식사를 하기 위해 계단을 걸어 내려가고 있었을 것이다. 검은 대리석으로 만들어진 계단, 사방이 막힌 공간에서는 계단의 칸들이 잘 보이지 않는다. 그 여자는 계단에 시선을 둔 채 풋, 웃기부터 한다. 아직도 그런 걸 궁금해하는 사람이 있는가. 그 여자가 기를 쓰며 빨리 서른이 되고 싶어 했듯이, 기를 쓰며 여자의 서른 살에 대해 알고 싶어 하는 남자가 있는가.

"뭐 별다른 의미가 있겠어? 그저 편의에 따라 인생을 십진법 단위로 나눈 것뿐이겠지."

"그래도 김 선배는 내일모레가 서른인데, 무언가 가슴속에 다른 바람 같은 게 불지 않아요?"

그 후배는 헝클어진 머리카락을 손가락으로 쓸어 넘기며 자주 먼 곳을 바라보는 버릇이 있는 스물여덟 살이다. 이 년만 지나면 자연히 알 일을, 그는 그 이 년을 참지 못할 성급한 상항에 처해 있는 모양이다.

"전혀 그렇지 않은데. 왜, 서른 먹은 여자에 대해 특별한 이해가 필요한 상황이야? 이를테면, 서른 먹은 여자와 연애한다든가……."

"그건 프라이버시여서 대답할 수 없고, 아무튼, 여자 나이 서른이 대체 무얼 의미하죠?"

그 여자는 후배에게 잉게보르흐 바흐만의《삼십 세》라는 소설을 읽어보라고 한다. 그러면서 덧붙인다.

"나도 읽어봤는데, 무슨 뜻인지 통 모르겠어."

사실 그 여자는 이해할 수 없는 게 아니라 공감할 수 없었다. 바흐만은 삼십 세가 되면 불안정해지고, 새로운 날들을 위한 무기와 용기를 몽땅 빼앗기고, 바닥으로 가라앉고 또 가라앉는다고 한다. 마침내 감각은 사라지고, 자신이라고 믿었던 모든 것이 해체되고 소멸되어 무(無)로 환원해버린다고 말한다. 그리고 문득, 새로운 능력을 발견하는데, 그건 기억의 능력이라고 한다. 일종의 고통스러운 압박을 느끼면서 지나간 모든 세월을, 경솔하고 심각했던 시절을, 그 세월 동안 자신이 차지했던 모든 공간을 기억해낸다는 것이다.

그 여자는 바흐만이 말하는 삼십 세에 전혀 공감할 수 없다. 그 모든 증상은 그 여자가 이십 대에 내내 시달려온 일들이다. 오히려 서른이 되면서, 마음이 편안해지고 세상이 한눈에 조감되고 인생의 길목에도 일제히 가로등 같은 것이 켜진다. 새로운 날들을 살아가기 위한 지혜와 용기가 생기고, 젊음의 어둠과 불안정한 심연에서 비로소 떠오르며, 그때부터 삶은 조금씩 구체적 형상을 드러내고, 자신이라는 존재가 비로소 모습을 갖추기 시작한다. 그리고 문득, 새로운 능력을 발견하게 되는데, 그건 망각의 능력이다. 지나온 세월을, 모든 고통스럽고 치욕스럽고 경솔하고 심각했던 시절을 잊게 된다. 기억력이 둔화되어서가 아니다. 그것들을 기억하는 일이 더 이상 불필요하다는 걸 깨닫기 때문이다.

그 변화는 홀연히 찾아온다. 그토록 벗어내려 노력해왔던 자의식의 껍질이 잘 익은 삭과처럼 스스로 벌어진다. 콘크리트나 철판으로 덮어버리고 싶어 했던 예민한 감수성도 어느 날 뭉툭하게 날이 주저앉는다. 마음을 묶고 있던 모든 쇠사슬이 풀려나가면서 몸도 마음도 가벼워진다. 아무것도 노여울 것도, 아무것도 서러울 것도, 아무것도 억울할 것도 없는, 그런 상태가 찾아온다. 서른에 문득. 그 이야기를 하고 싶다.

서른을 눈앞에 둔 어느 날, 그 여자가 일하는 출판국 국장이 그 여자를 부른다. 그 여자는 사진부에서 볼일을 보고 나오는 길이다. 가수들 공연 장면이 담긴 슬라이드를 든 채 국장석 옆 소파에 앉는다.

"여성지에서 일해볼래?"

국장은 의자를 빙글빙글 돌리며, 그처럼 빙글빙글 미소를 띠며 말한다. 그 여자는 그 말을 알아듣는다. 인사를 앞두고 그런 제안을 한다는 것은 곧 인사에 대한 암시다. 이번 인사 때 너는 여성지다, 그런 뜻이다. 잡지 일을 하는 사람들은 여성지를 잡지의 꽃이라 한다. 여성지에서 일해봐야 잡지의 참맛을 안다고도 한다. 그러나 그 여자는 국장께 솔직하게 제 의견을 말씀드린다.

"시키신다면 열심히는 하겠지만, 잘하진 못할 거예요. 제겐 여성지적 감각이 없어요. 제가 하고 다니는 모습을 보셔도 아시잖아요."

국장과 그 여자는 마주 보고 웃는다. 국장의 웃음은 이해한다는, 알고 있다는 웃음이다. 동화를 쓰시는 분이다. 그 여자는《아기개미와 꽃씨》라는 그분의 동화집을 감동적으로 읽은 일이 있다. 그분이 그때까지도 가지고 있는, 동화를 쓸 수 있는 정서나 마음의 결에 감동했다. 고백하자면, 그분도 그 여자가 한때 흠모한 어른들 중 한 분이다.

"그렇지 않아. 여성지에 패션이나 인테리어만 있는 게 아니야. 일반 기사도 많고 인터뷰 기사도 있지. 그런 걸 하면 되잖아."

그 여자는 대답하지 않는다. 잠시 고집스러운 침묵을 지키다가 다시 한 번 솔직하게 제 마음을 말씀드린다.

"꼭 다른 부서로 돌리시려면, 절 문예지로 보내주세요."

그 회사는 음악 전문지뿐 아니라 미술 전문지, 문학 전문지도 발행하고 있다. 열두 가지쯤 되는 매체가 있고, 모든 기자를 여러 매체로 두루 돌린다. 잡지의 잡스럽고 지랄 같은 모든 분야를 두루 익혀야 한다는 게 인사 방침이다.

"문예지에 가서 뭐 하려고? 거기는 재미 하나도 없어. 취재 일도 없고, 그저 남의 원고 교정 보는 일밖에 더 하니?"

국장은 여전히 빙글빙글 웃음 띤 얼굴이다. 그 여자는 더 이상 드릴 말씀이 없다. 사람에 따라, 관점에 따라 사물은 얼마든지 다르게 보일 수 있다.

"그래도 저는 그 일이 하고 싶어요. 좋아하는 일이니까, 거기 가면 열심히 할 거예요."

"그럼 이렇게 떼만 쓰지 말고, 구체적인 사업계획서를 제시해봐. 거기 가면 어떤 사업을 해서, 얼마만한 수익을 올릴 수 있다는, 구체적인 사업계획서를 제출해봐. 그러면 생각해보지."

그 여자는 당황한다. 모든 산업이란, 문화 산업이든 언론 산업이든 모든 산업은 궁극적으로 이윤 추구를 목적으로 한다는 사실을 수용한 지는 이미 오래되었다. 그러나 구체적으로 어떤 사업을 해서 얼마만한 수익을 올릴 수 있을지, 그런 것에 대해서는 생각해본 일이 없다. 대답할 말이 없어 그 여자는 그냥 웃고 만다.

"여성지도 재미있어."

국장은 그것으로 말을 맺는다. 저 정도라면 이미 결정 난 거나 다름없다. 그 여자는 알겠습니다, 대답한 후 소파에서 일어난다. 슬라이드가 든 봉지를 탁탁 두드리며 이제는 여성지에 가서 부딪쳐보자고 마음먹는다.

그러나 발령은 여성지도 문예지도 아닌 소년지로 난다. 국장단의 인사 사정 막판까지, 그 여자의 담당 국장이 그 여자를 내놓지 않으려 했다는 뒷얘기를 듣는다. 그 여자의 담당 국장은 음악 잡지와 미혼 여성지, 그리고 어린이 잡지를 맡고 있다. 그 여자는 어린이 잡지로 발령이 난다. 뭐, 그 여자가 유능해서거나 일을 잘해서가 아니다. 어느 부서나 일손이 부족해서 사람을 한 명이라도 더 확보하려 했기 때문이다. 그래도 그 여자의 첫 달 급여 명세표에는 여성지 소속으로 찍혀 나온다.

나중에, 그 여자는 뒷이야기를 하나 더 듣는다. 김정숙 씨는 너무 무얼 몰라, 하면서 그 여자에게 룸살롱이며 미아리를 구경시켜준 선배가 말해준다.

"그때, 김정숙 씨 왜 문예지로 안 보내줬는지 알아?"

그 여자는 고개를 젓는다. 아마 구체적인 사업계획서를 제출하며 물고 늘어지지 않아서였겠지 생각하면서.

"김정숙 씨가 운동권이어서 그랬어. 거기 보내면 책 다 망친다고."

그 여자는 웃는다. 아주 오래도록 그 말을 생각하며 웃는다. 제도권에서는 그 여자를 운동권이라 하고, 운동권에서는 또 제도권이라 한다. 그러나 그 여자는 운동권이었던 적도, 제도권이었던 적도 없다. 그저, 제가 판단한 대로, 제가 옳다고 생각한 대로 살아왔다. 갈등도 겪고 부채감에도 시달리면서. 그 여자는 경이나 푸른 점퍼처럼 삶 전체를 거기에 쏟아붓지 않았다. 운동권이라는 말은 그 여자를 참괴심에, 부끄러움에 빠지게 한다. 더구나 회사에서는 한 번도 운동에 관한 얘기를 한 적이 없다. 아마 그 여자가 평소에 말하는 방식, 읽는 책, 그리고 1986년 유월항쟁 때 퇴근 때마다 시청 앞으로 나가던 일을 두고 그렇게 판단한 모양이다.

그 여자가 오래 웃은 것은, 사람들이 가지고 있는 시각의 차이 때문이다. 해석이나 수용의 자의성 내지 유동성에 관해서이다. 박쥐가 쥐가 되고 싶어 했다가 쥐들의 무리에서 쫓겨나고, 새가 되고 싶어 했다가 새들의 무리에서 쫓겨났다는 우화는 박쥐에 대한 해석의 오류다. 그 우화를 쓴 사람이 박쥐를 보는 시각의 오류다. 박쥐는 그저 박쥐일 뿐이다. 쥐와 새의 생물학적 특성을 한 몸에 가지고 있는 덜 진화한 생물이거나, 두 가지를 모두 끌어안을 줄 아는 더 포용력 있는 생물일 것이다.

아무튼, 그 여자는 서른이 되는 해부터 어린이 잡지에서 일하게 된다. 그 무렵, 모든 변화가 한꺼번에 찾아온다. 그토록 벗어내려 애써온 자의식이 휘발하듯 사라지고 감수성이 무디어진다. 그동안 시달려온 모든 힘든 일이 문득 아무것도 아닌 일로 보이고, 아무것도 아닌 일에 그토록 힘들어한 자신에 대해 속은 느낌마저 든다. 몸과 마음이 가벼워지고 세상이 문득 환해진다. 그 이상한 변화가 불과, 몇 달 사이에 진행된다.

그 여자는 납득할 수 없는 변화에 대해 많이 생각한다. 그 생각으로 다시 머리가 아플 때까지.

가장 먼저 손꼽을 수 있는 이유는 자기 암시가 아니었을까 싶다. 서른만 넘기면 괜찮아진다던 말, 모든 역술가가 하나같이 말하던 그 초년고생을 넘겼기 때문이 아닌가 싶다. 제게 예정된 운명을 믿는다는 게 아니라, 역술가들의 말이 맞았다는 뜻이 아니라, 그 여자가 가지고 있던 자기 암시의 결과일 것이다. 서른이 되면 괜찮아질 거라고 무수히 되뇐, 바로 그 자기 최면의 효과였을 것이다.

현실적으로, 또 다른 이유도 있다. 어린이 잡지로 가서 좋은 선배들을 만났다는 점이다. 한 명의 여자 선배와 한 명의 남자 선배.

그 여자는 여자 선배로부터 세상을 다시 배운다. 책에 속고 어머니의 가치관에 얽매어 있었다는 사실을 깨달은 이후, 세상과 통하는 길을 찾기 위해 애쓰던 그 여자에게 그 선배는 세상을 어떻게 살아야 하는가를 가르쳐준다. 그 선배가 그 여자의 손을 잡고 무얼 가르쳐준 게 아니다. 그 선배가 사는 모습을 보면서 그런 것들을 배워나간다. 아직도 미숙한 사회생활의 방법, 세상에서 더 중요한 가치가 어디에 있는가 하는 점, 그런 점에서 그 선배는 지혜롭다.

한 가지 일이 기억난다.

"김정숙 씨, 좀 예쁘게 하고 다녀. 여자가 예쁘다는 게 사회생활을 하는 데 얼마나 플러스 요인이 되는지 알아?"

그 여자는 선배의 말에 고개를 끄덕인다. 예전이라면, 불과 몇 달 전만 해도 그 말을 수용하지 못했을 것이다. 그런 말은 그 여자가 가지고 있는 남녀동등의 시각에 어긋난다. 일을 할 때는 여자도 남자와 똑같이 능력만으로 평가받아야 한다. 여자라는 이유로, 아름다움을 도구로 내세워 얄팍한 술책을 사용하려 하는 건 옳지 않다. 그 여자가 책에서 배운 생각은 그것이다. 그러나 그 여자는 선배의 말을 수용한다. 그 선배의 의견은 현실에서 배운 것이다. 현실은 현실에서 배워야 한다.

남자 선배에게서는 서두르지 않으면서 천천히 목표를 실현시켜 나가는 태도, 현실을 수용하면서도 이상을 간직하는 법을 배운다. 그 선배는 말 그대로 운동권이었다. 그 선배가 직접 그런 말을 한 일은 없지만, 빵에도 다녀온 경력이 있다고 알고 있다. 그 여자는 그 선배 옆에 앉아서 그가 세상을 살아가는 방법을 유심히 본다. 보면서 그것을 배운다. 언제쯤 회사를 그만두고 처음 목표한 지점으로 말고삐를 틀 것인가를 결정한다.

그 여자는 지금도 그 선배들을 만난다. 현실적으로 어려운 일이 있거나 마음이 혼란스러울 때는 여자 선배를, 앞길이 어둡거나 발밑에 늪이 있다고 느낄 때는 남자 선배를 찾아간다. 살면서 좋은 선배를 만난다는 것은 든든한 일이다. 특히 그 여자처럼, 모든 일을 혼자 판단하고 혼자 결정해서 혼자 실천해온 버릇이 있는 사람에게는, 누구에겐가 자신의 문제를 털어놓는다는 사실만으로도 마음에 묶여 있던 끈이 풀려나간다. 그 여자는 가끔 전화를 걸어 묻기도 한다. "선배, 요즈음은 어떤 책 읽어요?" 선배들은 언제나, 어떤 책인가를 읽고 있다가 그 여자에게 책을 권해준다.

서른이 되면서 만난 선배들, 그들 덕분에 그 여자의 변화가 더 손쉽게 이루어진 게 아닌가 꼽아본다. 그리고 또 다른 이유가 있다. 그것은, 그 여자가 일했던 매체의 영향이 아닐까 하는 점이다.

그 여자는 잡지에서 일한 경험 모두를 고마워하지만, 그중에서도 특히 어린이 잡지에서 일한 경험을 제일 소중하게 여긴다. 그 잡지에서 일하면서, 그 여자는 오래전에 잃었던 동심을 회복했던 것 같다. 열두 살 이전의 세계, 완전한 평화와 완벽한 균형이 있던 세계를 되찾았을 것이다.

아이들을 데리고 자연농원으로, 눈썰매장으로 놀러 다니면서, 일흔의 나이에도 〈반달〉의 마음을 간직하고 있는 노(老) 동요 작가를 만나면서, 예전의 방식대로 한 땀 한 땀 꽃신을 짓는 노인을 만나면서, 동심을 간직하고 사는 일의 소중함을 깨닫는다. 아이템을 얻기 위해 아이들의 시각으로 세상을 보고, 아이들이 이해하기 쉽게 아이들의 말투로 기사를 꾸미면서 바로 그 동심을 조금씩 되찾는다.

동심을 되찾는다는 것은, 열두 살 이전의 세계를 되찾는다는 뜻이다. 실제로 그 여자는 열두 살 이후, 아무것도 더 배운 게 없다. 생각해보면, 그 이후의 삶은 십일 년 동안 쌓아온 것을 하나하나 잃어가는 과정이었다.

완전한 평화와 완벽한 균형이 있었던 유년, 어머니의 문학과 아버지의 과학, 어머니의 도덕적 엄격함과 아버지의 낭만과 사랑, 그런 것들이 그 여자 속에서 갈등 없이 공존했던 그 시절을 되살려낸다. 그 속에서 오래전에 잃었던 정서 회복력을 되찾는다. 어린 시절, 자연 속에서 뛰놀던 때 습득한 대자연의 순환법칙과 자정작용 같은 것, 그런 것들도 되살려낸다. 그 여자는 거의 모든 것을 다 얻은 기분이 든다. 그때, 서른 살에, 동심을, 자연의 정서를 회복하면서.

그런 모든 일이 한꺼번에 찾아왔고, 그 여자는 제가 풀려나간다는 것을 느낀다. 어떠한 일도 서럽지 않고, 어떠한 일도 노엽지 않고, 어떠한 일에도 마음이 흔들리지 않는 날들이 찾아온다. 또한 그런 평화가 앞으로도 오래도록 지속될 것 같은 안정감이 동반된다. 그 모든 것이, 한꺼번에 찾아온다.

그 여자는 깊은 숨을 내쉰다. 이제 끝났구나. 청춘을 되돌려준다 해도, 수명을 십 년 더 연장해준다 해도, 다시 살고 싶지 않은 그 이십 대가 지나갔구나. 다시 태어난다면 명이 아주 짧은 무엇으로 태어나리라.

그런데 이상한 일이다. 그 여자는 모든 고통이 끝난 자리에서, 모든 것이 스스럼없이 풀려나가는 지점에서 문득 죽음을 생각한다. 자연스럽게, 아주 서늘한 마음으로. 이제 죽어도 좋겠구나. 이제는 죽어도 아무것도 아쉬울 것도 억울할 것도 없겠구나. 구천을 떠도는 중음신이 되지는 않겠구나.

삼십 세에 그 여자가 꿈꾸는 죽음은 십 대에 꿈꾸었던 죽음, 이십 대에 꿈꾸었던 죽음과 다르다. 십 대의 죽음이 어른들에 대한 울분과 복수심에서였다면 이십 대의 죽음은 절망과 굴욕, 사방이 모두 막힌 방에서의 탈출을 의미한다. 그러나 삼십 대의 죽음은 해방이다. 그 여자를 묶어왔던 모든 것이 풀려나가면서 그 여자의 존재조차 함께 쓸려나가는 일탈감, 그런 죽음이다.

그 여자는 그때, 제 몫의 삶을 다 살아버렸다고 느낀다. (모든 어른들이여, 용서하시길) 사람들이 인생이라는 것에서 경험하는 모든 일을 거의 다 겪었구나. 소위 말해지는 그 산전수전 공중전이라는 것을 모두 치러냈구나……. 배당된 몫의 삶을 다 살아냈다는 느낌, 그건 어쩌면 웅장한 것이기까지 하다. 산악 마라톤 코스의 산과 계곡과 들판을 지나, 이제 스타디움으로 들어서서 저 앞에 보이는 결승

점 테이프를 바라보고 있다는 느낌이다. 오페라가 끝난 무대에서 배우들이 차례차례 나와 인사하는 커튼콜 장면을 보는 듯도 하다. 행복하고 평안하고 충만한 느낌. 그래, 다 끝났어. 이제는 편안해. 아무 미련도 남지 않을 거야. 그렇게 그 여자는 죽음을 생각한다.

물론 잠깐 생각했을 뿐이다. 그리고 살 핑계를 찾는다. 이제 다 살았다면, 그러면 그냥 죽음을 기다리면 되겠지.

'강가에 앉아서 기다리면 원수의 시체가 떠내려오는 것을 보리라.' 중국 경서에 나오는 말이다. 그러나 그 여자는 그때부터, 강가에 앉아 자신의 죽음을 기다린다. 언젠가는 자신이 살아온 모든 날이, 자신의 죽음과 함께, 그 강을 따라 떠내려오는 것을 보게 될 것이다. 그러면 되지 않는가. 구태여 찾아 나설 필요는 없지 않은가……. 그날 이후, 그 여자는 강가에 앉아 있다. 물 흐름이 느리고 강폭이 넓은 하구에 앉아 이 글을 쓰고 있다.

서른이 되면서, 그 여자는 또 한 가지 변화를 겪는다. 결혼에 대한 부정적인 생각이 사라진 것이다. 결혼하여 출산을 경험한 친구들의 정신적 성숙을 유심히 보면서, 얼마간 부러워하기도 한다. 그 여자가 이십 대 후반 내내, 자신을 다스리려, 마음을 가라앉히려 노력해온 그 모든 일을, 결혼한 친구들은 출산의 일 년 동안 완성해내는 것도 같아 보인다. 그제야 그 여자는 자신이 청승맞은 노처녀, 스산한 독신이 되어 있다는 사실도 깨닫는다. 성장기에 그 여자의 꿈은 늘 남들처럼 사는 것이었다. 남들처럼 부모와 함께, 남들처럼 온 가족이 함께. 스산한 독신으로 평생을 지내는 것은 그 여자가 원하는 삶이 아니다. 주변을 둘러보다가, 그동안 그 여자에게 손 내밀었던 모든 사람이 이미 결혼했다는 사실도 그때 발견한다.

아니다. 결혼할 마음이 생겼다는 얘기를 하려는 게 아니다. 그 무렵, 그 여자가 결혼을 해야겠구나 생각할 무렵, 그 여자에게 손을 내밀었던 또 다른 사람에 대한 이야기를 하려는 것이다. 그 여자가 비로소 자신을 향해 내밀어진 손 하나를 잡았던 그 일을 이야기하고 싶다. 여기서는 편의상 그를 노란 셔츠라고 부른다.

그 여자가 보기에, 노란 셔츠는 감수성이 예민하고 감정의 결이 섬세하다. 음악이나 영화에 대해 이야기할 때 그는 그 여자와 취향이 비슷하다. 그 여자는 노란 셔츠가 가지고 있는 내밀한 어둠의 분위기를 읽어낸다. 대학 때 친구 경이에게서 그런 분위기를 읽어냈듯이. 내밀한 곳에 어둠을 간직하고 있는 사람, 그 어둠이 성장기의 상처에 의한 것인 사람. 노란 셔츠는 그런 유형이다. 그의 입가에도 순수한 웃음과 냉소적인 웃음이 동시에 배어난다. 예전에 경이가 그랬던 것처럼, 예전에 그 여자가 그랬던 것처럼.

그 여자는 노란 셔츠와 사랑을 한다. 남들이 하는 것과 같은 사랑을. 다시 한 번 말하고 싶다. 남들이 하는 것과 같은 사랑. 그 구절 위에 방점이라도 찍고 싶다. 그렇다. 그 남자와의 왜곡된 관계에 숨이 넘어갈 지경이었고, 잿빛 바바리의 뒷모습을 바라보는 일에 지치기만 하고, 오래도록 아버지 같은 어른들을 짝사랑만 해온 그 여자는 비로소 사랑을 한다. 남들이 하는 것과 같은 사랑. 아무 장애도 없고 아무 자책도 느끼지 않고 아무 굴욕감도 주지 않는 사랑. 남들처럼 마주 앉아 차를 마시고, 함께 들길을 걷거나 영화를 보고, 설레는 마음으로 다음 약속 시간을 기다리는, 그런 사랑.

그 여자는 가슴이 떨린다는 말에, 얼마간의 성적 충동이 내재되어 있음을 깨닫는다. 어떤 사람과 마주 앉아 차를 마시는 일이 가슴을 떨리게 하고, 어떤 사람의 목소리를 들으면 전신으로 까스스하게 소름이 쏠려 지나가기도 한다는 것을 알게 된다. 당연히, 그와의 결혼을 꿈꾸기도 한다. 그럼에도, 그렇게 가슴 들뜨는 사랑에 빠졌으면서도, 그 여자는 끝내 그 일에 서투르다. 그 여자의 어리석음이 어떻게 노란 셔츠를 떠나보내고 마는가에 대한 이야기를 할 차례다.

그 무렵, 그 여자는 저녁마다 음악을 들으며 그것들을 카세트테이프에 녹음한다. 삶의 거센 물살을 건널 때 노가 되어주었던 음악들. 진창에 빠졌을 때 거기서 빠져나오는 나무판이 되어주었던 음악들. 블라디미르 호로비츠가 연주한 베토벤이 있고, 헤르만 프라이가 바리톤으로 노래하는 슈베르트 가곡이 있고, 김영동과 이광조가 있고, 정선아라리와 상여가가 있고, 척 맨지오니와 블라디미르 비소츠키가 있다. 저녁마다 테이프를 한 개씩, 비슷한 분위기의 곡들로 편집해가며 녹음한다.

녹음테이프가 마흔 개쯤 되었을 때 그것들을 종이가방에 담는다. 아무 장식도 없는 밋밋한 종이가방에. 종이가방을 받아, 그 안을 들여다보던 노란 셔츠는 당황하는 기색이다.

"이걸 설마, 날 주려고 녹음한 건 아니겠죠?"

노란 셔츠도, 돌이켜보면, 그런 일에 서툴렀다. 그러나 그 여자는 더 서투르다.

"그런 건 아니지만, 그래도 주는 거니까 받으세요."

맙소사, 그 여자는 그게 사랑하는 방법인 줄 안다. 그 테이프를 녹음하는 동안 줄곧 그를 생각했다는 사실을 말하지 못했다는 사실을 지적하는 게 아니다. 그 테이프의 양에 대해 말하는 것이다. 마흔 개나 되는 녹음테이프를 선물하면, 그걸로 제 마음이 충분히 전달될 줄 알았던 그 황당한 착오에 대해서. 한 시간짜리 녹음테이프 마흔 개면 그걸 한 번씩 다 듣는 데만도 마흔 시간이 걸린다. 거의 이틀. 그런 선물은 부담감을 주는 게 아니라 고문에 가깝다. 음악 고문, 그런 게 있다면.

그 여자는 이제 안다. 사랑을 할 때, 그 여자의 가장 큰 결함은 상대방에게 무엇을 해달라고 요구하지 않았다는 점이다. 열두 살 이후, 남에게 무엇을 해달라고 말해본 적이 없는 그 여자는 사랑을 할 때도 아무것도 요구하지 않는다. 먼저 만나자고도, 영화를 보자고도, 야외로 나가자고도, 그 여자는 아무것도 먼저 제안하지 않는다. 생각해보면 노란 셔츠, 그도 버거웠을 것이다. 심지어 그 여자는 자신의 속맘조차 드러내지 않았으니.

상대에게 무얼 해달라고 요구하지 않는 것처럼, 상대가 무얼 원하는지도 모른다. 사랑에 빠진 남자가 여자에게서 원하는 것이 무엇인지도. 그저 마흔 개나 되는 테이프를 주면, 그걸로 모든 게 다 해결되는 줄 안다. 거기에 문제가 있었다는 걸, 그 사랑이 다 끝난 이후에, 그 일을 돌이켜보며 깨닫는다.

아무튼 그 여자는 노란 셔츠와 사랑을 한다. 약 두 달가량. 그때는 심야영업이 금지되기 전이다. 그 여자와 노란 셔츠는 때로 새벽 두 시까지, 혹은 새벽 네 시까지 찻집이나 술집 같은 곳에 앉아 있는다. 그 여자는 그때 불광동에 산다. 돈을 좀 모아, 삼송리 방보다 넓고, 창이 크고, 볕이 잘 드는 방을 얻는다. 창을 열면 눈앞으로 북한산 자락이 내려와 있던 집, 볼 때마다 산의 모양이 달라 보이던 집.

불광동 근처에는 철야영업을 하는 업소가 많다. 그 여자는 그런 곳에 노란 셔츠와 마주 앉아 술을 마시며 이야기를 나눈다. 그때는 이미 사랑과 성은 악어와 악어새의 관계라는 것을 인정했지만, 그럼에도 악어와 악어새가 구체적으로 어떻게 돕고 사는지에 대해서까지는 터득하지 못하고 있다.

몇 가지 일화가 생각난다. 어느 날, 그날은 새벽 다섯 시쯤이다. 밤새도록 술집에 앉아 있다가 희부옇게 밝아오는 새벽 거리로 나선다. 그 여자의 집으로 들어가는 길목에는 포장마차가 있다. 새벽 거리로 나서는 부지런한 사람이나, 철야업소에서 나오는 사람들을 위한 포장마차여서 그 시간이면 막 전을 펴기 시작한다. 그 여자는 노란 셔츠와 포장마차에서 우동을 먹는다. 그는 우동 가락을 우물거리며 말한다.

"이건 너무 피곤하고 소모적이에요. 시간도, 돈도, 힘도 낭비예요."

그 여자도 그렇다고 생각한다. 너무 피곤하다고. 같이 있는 것은 좋은데, 그렇게 새벽에 집에 들어가면 한두 시간 눈을 붙이고 바로 출근해야 한다. 그 여자는 그저, 연애란 그렇게 피곤하고 힘든 일인가 보다 생각하며 감수하는 중이다.

"이 소모전을 종결하는 방법에는 두 가지가 있어요. 하나는 헤어지는 것, 다른 하나는 같이 사는 것."

그 말이 청혼이었을까. 사랑에 빠진 남자가 그런 말을 할 때, 그게 청혼인가. 그러나 그 여자, 아직도 사랑에 서투르고, 무엇보다 그런 관계에 대한 피해의식이 남아 있는 그 여자는 그 말을 다른 식으로 받아들인다. 헤어지자는 뜻으로. 가슴이 철렁해져 대답하지 못한다. 더구나 제 마음을 잘 드러내지 못하는 그 여자는 아무 말도 하지 않는다. 그저 우동 국물만 마실 뿐이다. 노란 셔츠가 재차 묻지 않은 것은 그도 힘들게 그 말을 했기 때문일 것이다.

그게 청혼이었을까. 사랑에 빠진 남자가 새벽 다섯 시까지 헤어지지 못하고 함께 있는 연인에게 그렇게 말할 때, 그게 청혼이었을까. 나중에 그 이야기를 전해 들은 친구는 그게 청혼이었다고 말해준다. 그때는 그 여자 쪽에서 "그럼 같이 사는 방법을 택해야죠."라고 대답해야 했다고. 모르겠다. 한 가지 분명한 것은 두 사람 다 그런 일에 서툴렀다는 점이고, 그 여자가 가슴이 철렁 내려앉을 만큼 상처를 입었듯이 노란 셔츠 역시 그 여자의 대답 없음에 상처를 입었을 거라는 점이다.

그러나 그보다 더 중요한 일화가 있다.

간혹, 방문객에게 앨범을 펼쳐놓고 제 사진을 구경시키는 사람들이 있다. 또 처음 만난 상대에게, 혹은 친밀한 관계를 유지하고 싶어 하는 사람에게, 자신의 성장기에 대해 말하는 사람들이 있다. 누군가 한두 번 만난 사람이, 상대에게 자신의 성장기에 대해 이야기한다면, 그건 사랑의 고백에 가깝다. 자신의 모든 것을 보여주면서, 상대의 모든 것을 알고 싶어 하는 사랑의 초기 증상 같은 것.

그런데 그 여자는 그런 일을 하지 않는다. 제 지난날을 이야기하지도 않고 제 속맘에 대해 말하지도 않는다. 지나가는 바람이나 방금 보고 나온 영화, 함께 듣는 음악에 대해서는 무수히 많은 이야기를 하지만, 정작 자신에 대해서는 늘 완강하게 입을 다문다. 제 마음을 보여주기 싫어서나 노란 셔츠에 대한 호감이 없어서가 아니다. 고통을 내보이지 않기 위하여 입을 다물던 오랜 버릇 탓이고,

그때까지도 사랑에 빠진 사람이 상대방의 지난날에 대해 알고 싶어 한다는 사실을 알지 못했기 때문이다.

노란 셔츠는 자신의 지난날과 지난 사랑 등에 대해 먼저 말한다. 한밤의 술집에서다.

"히스토리는 끝났어요. 이제 허스토리를 말해보세요. 예전에, 사랑을 해본 적이 있어요?"

그 질문을 할 때 노란 셔츠는 웃고 있다. 약간 취기가 오른 얼굴로. 그 여자는 그의 얼굴을 건너다보면서 최선의 대답을 찾아낸다. 그때도 구체적으로는 말할 수 없는 그 일, 그러나 그에게 거짓이 되지 않는 대답을 서투르게 골라낸다.

"사랑인지는 모르지만, 오래 사귀었던 사람이 있어요. 그리고 남녀관계에서 일어날 수 있는 모든 일이 있었고요."

아니, 서투른 정도가 아니다. 그건 듣는 사람의 나이나 감성, 그가 습득하고 있는 관습에 따라 잔인한 말이었을 수도 있다. 그러나 그 여자는 달리 대답할 말이 없다. 그게 그 여자에게는 최선이다.

그 여자는 지금까지도 그 이후의 노란 셔츠의 행동을 이해하지 못한다. 지금, 이 글을 쓰는 동안도.

노란 셔츠의 얼굴에서 웃음이 걷히더니 고개가 숙여진다. 잠시 말이 없더니 앞에 놓인 술을 한 잔 마신다. 그러고는 자리에서 일어난다. 조용히. 그 여자는 그가 화장실에 가는 모양이라고 생각한다. 화장실에 갈 때는 누구나 말없이 자리를 비우지 않는가. 그런데 한참이 지나도 그는 돌아오지 않는다. 오 분, 혹은 십 분쯤. 그 여자는 걱정이 된다. 무슨 나쁜 일이 일어나지나 않았을까 하고, 화장실에 가보니 없다. 그 여자가 두리번거리는 기색을 알아차렸는지 계산대에 있던 여자가 "아까 밖으로 나가던데요." 한다. 밖으로? 그 여자는 출입문을 열고 밖으로 나가본다. 빨간 카펫이 깔린 계단에도, 층계참에도 그는 없다. 계단을 다 내려가 입구에 서니, 어둠속에, 맞은편 건물 현관에 웅크리고 있는 검은 물체가 있다. 조심스레 다가가보니 노란 셔츠다.

"왜 여기 있어요?"

웅크린 검은 물체는 대답이 없다. 그 여자는 노란 셔츠 옆에 앉는다. 그와 같이 무릎을 세우고 그 위에 팔을 올린 자세로. 그리고 그의 얼굴을 들여다보다가, 숨이 멎는다. 팔 위에 얼굴을 묻고 그는 울고 있다.

그 여자는 아직도 노란 셔츠가 왜 울었는지 모른다. 남자들은 여자의 과거를 알게 되면, 혹은 사랑하는 여자에게 처녀막이 없다는 사실을 알게 되면 다들 그렇게 상처를 받는지. 우스갯소리겠지만, 제주도에 있는 어느 호텔 옥상에는, 첫날밤을 치른 신랑들이 피운 담배꽁초가 그득하다고 한다. 신부에게 처녀막이 없다는 이유로 건물 옥상이 꺼지게 담배를 피우는 남자들이 정말 있는지, 알 수 없다.

그 여자는 노란 셔츠의 마음을 헤아려볼 여유가 없다. 제가 받은 충격 때문에. 웅크리고 앉은 노란 셔츠의 어깨며 등에서 본 거대한 벽에 숨이 막혀서. 그 여자 주변에 둘러쳐져 있는 거대한 벽. 도저히 뛰어넘을 수 없는 관습의 벽, 말이 통하지 않는 통념의 벽, 피가 돌지 않아 차가운 순결 이데올로기의 벽. 선녀의 옷을 훔치라고 일러주는 산신령은 아직도 살아 있다. 얼마든지 그래도 된다고 속삭이면서. 그 여자는 벽 앞에서 뒷걸음치고 만다.

그리고 그 여자는 깨닫는다. 남성 중심 이데올로기의 희생자가 오직 여성만이 아니라는 사실을. 노란 셔츠가 그 여자에게 처녀막이 있기를, 자신이 그 여자의 첫 남자이기를 바라는 기대, 그것이 어긋났을 때의 절망, 그 모든 것은 이 사회의 관습과 집단무의식이 그의 머릿속에, 유전자 속에 심어준 남성 중심 이데올로기의 결과일 것이다. 그는 바로 그 의식 때문에 고통받았을 것이다. 남성들도 여성들과 같은 교육을 받았다면 그가 그토록 상심하지는 않았을 것이다. 모든 남성은 평균 연령 스무 살에 총각 딱지를 떼며, 결혼할 때 총각인 남자는 하나도 없다는 사실을 당연한 것으로 받아들이는, 여성들과 똑같은 교육을 받았다면.

그 여자는 단 두 문장밖에 말하지 않았다. 책으로 쓰면 세 권은 쓸 수 있는 양의 이야기를, 단 두 문장밖에. 두 문장에 그토록 상처를 입는다면, 세 권의 책을 다 읽고 나면 어떤 태도를 보일까.

그 여자는 거기서 마음을 접는다. 책 세 권 분량의 이야기를 모두 알게 된 후의 노란 셔츠를 생각하면서. '절대로 남편에게 네 과거에 대해 말해서는 안 돼. 혹시 어디서 소문을 듣고 와서 묻더라도 딱 잡아떼야 돼.' 확신에 차서, 비교의 진리를 전수하듯 일러준 선배의 말이 떠오른다. '평생 한 남자를 속이고 사느니 차라리 결혼을 안 하고 말지.' 그렇게 생각했던 제 마음도 떠오른다. 순식간에 바람이 빠져나가는 풍선처럼 마음이 줄어들고, 그 표면에 전에 없던 주름살이 생긴다. 그러나 어쩌랴.

그날 이후, 노란 셔츠와 그 여자는 동시에 뒷걸음친다. 서로 다른 상처를 가슴에 안고, 그러나 내심을 드러내지는 않으면서. 그리고 어느 토요일 오후, 노란 셔츠는 그 여자에게 끝내자는 뜻을 공식적으로, 분명하게 통보한다. 바로 그 술집에서.

"이제 얘기해야겠어요. 앞으로는…….."

예상하고 있었지만 그 여자는 충격이 크다. 화창한 토요일 오후 맑은 하늘에서 섬광 같은 번개가 내려온다. 내려와 그 여자의 정수리를 정통으로 가른다. 그 여자는 아무 말도 할 수 없다. 벽에, 관습에, 자신이 친 덫에 걸려 있다. 심호흡을 하며 평정을 유지하려 애쓴다.

"난, 자신이 없어요."

노란 셔츠는 얼굴을 일그러뜨리며 고개를 떨군다. 그 여자는 노란 셔츠가 제 속에 있는 것과 똑같은 말을 하는 데 놀란다. 그 여자도 자신이 없었다. 어둠 속에 웅크리고 앉아 울던 그를 더 이상 볼 자신이 없다. 그가 자신 없어 한 부분은 무엇인가. 그러나 그 여자는 아무것도 묻지 않는다. 그런 말은 서로를 더 고통스럽게 할 뿐이다. 오히려 그가 불분명한 태도로 그 여자를 피하기보다는, 그렇게 잘라 말해주는 게 고맙다고 생각한다. 그러면 정리가 빠를 테니까.

"무슨 얘긴지 알겠어요. 그동안 고마웠고요."

그 여자는 힘들게 냉정을 유지한다. 차분한 목소리로 말한 후 평온한 모습으로 찻집을 나온다. 이별은 짧을수록 좋다. 그러나 찻집을 나서자마자 벌써 눈앞이 뿌옇게 흐려온다. 마음속에서, 허물어지는 무엇을 분주히 다독이는 거친 손길을 느끼며 집으로 간다. 그리고 방바닥에 가슴을 대고 엎드린다. 방바닥에도 팔이 있다면, 따뜻하고 긴 팔이 있다면 생각하면서.

그러나 사람 관계는 칼로 자르듯 끊어지는 건 아닌 모양이다. 그만 만나기로 한 보름쯤 후, 한밤중에 노란 셔츠가 전화를 한다.

"지금 집 앞에 와 있어요. 좀 나올래요?"

술이 많이 취한 목소리다. 그날 걸린 감기를 보름이 지나도록 앓고 있던 그 여자는 코트를 걸치고 밖으로 나간다. 그사이 더 깊어진 겨울이 더 날카로운 칼날을 가슴에 꽂아 넣곤 한다. 휘청거리는 걸음을 겨우 옮긴다. 노란 셔츠는 가로등 기둥에 기대서서 담배를 피우고 있다. 푸르스름한 가로등 불빛을 받는 그의 얼굴은 황폐해 보인다. 살이 많이 내려 있고 머리카락도 더 많이 자라 있다.

그 여자는 이해할 수 없다. 두 사람을 이토록 황폐하게 만든 것이 아주 오래된 그 여자의 옛이야기라는 사실을 믿을 수 없다. 아니, 두렵다. 과거의 망령이 아직도 그 여자 위에 그늘을 드리우고, 그 여자뿐 아니라 그 일과 관계없는 한 남자까지 황폐하게 만든다는 사실이 공포스럽다.

그 여자가 가까이 다가가자 노란 셔츠는 그 여자를 바라본다. 말없이. 그러더니 고통스러운 얼굴을 돌리며 말한다.

"차 한잔 마시죠."

그 여자는 앞서 걷는 노란 셔츠를 따라간다. 절벅절벅, 길거리에 울리는 그의 발소리가 여전히 가슴을 아프게 한다는 것을 느끼면서, 그 느낌에 놀라면서.

찻집에 들어가, 커피가 나올 때까지 노란 셔츠는 말이 없다. 찻집에는 음악이 크게 울리고 있다. 당신도 울고 있네요, 잊은 줄 알았었는데……. 이제는 돌이킬 수 없이 사이가 벌어진 두 남녀의 재회를, 남자 가수가 서늘하고도 담담한 목소리로 노래한다. 이렇게 만나게 될 줄은 그 누가 알았을까요……. 노란 셔츠와 마주 앉아, 그 여자는 아직도 마음의 많은 부분이 그에게 묶여 있다는 사실을 확인하며 당황한다.

"잘 지내지요?"

그 여자는 되도록 담담하게 말하려 한다. 눈앞에 앉은 그가, 조금도 잘 지내지 못한다는 것을 번연히 보면서도, 다른 인사말이 없어 그렇게 묻는다. 그가 비로소 고개를 들어 그 여자를 본다. 비난하는 듯한 눈빛은 아니었을 것이다. 그저, 바라보았을 것이다. 그 여자가 노란 셔츠의 얼굴을 말없이 보기를 좋아했듯이. 한참 만에, 노란 셔츠는 고개를 숙이며 낮게 말한다.

"마지막으로, 한번……."

마지막……. 그 말이 벌써 그 여자의 가슴에 서늘한 바람을 불어 넣는다. 마지막. 늘 새로운 그 마지막.

"한번……. 안아봐도 돼요?"

노란 셔츠는 동의를 구하듯 그 여자를 건너다본다. 그 여자는 가슴으로 다시 맵싸한 바람이 지나가는 것을 느낀다. 바람에 흔들리듯, 그 여자는 고개를 젓는다. 그게 무슨 뜻인지 모르기 때문에. 이미 헤어지기로 한 사람이, 찻잔을 놓고 얼굴을 마주 보고 앉아, 마지막으로 한번 안아보자니. 왜 안아보고 싶어 하는지, 왜 마지막인지. 여자가 고개를 젓자 노란 셔츠는 고개를 숙인다. 그리고, 말없이 차를 마시고, 두 사람은 찻집을 나온다. 거기까지다. 그 여자가 서른이 되어, 남들처럼 해본 연애의 전모는.

비록 어긋나기는 했지만, 아름다웠던 일이라고 지금은 기억한다. 이따금, 그 일에 대해 어떤 회한 같은 것이 가슴을 치는 때가 있다. 안아보고 싶어 했던 노란 셔츠에게 고개를 저어 보였던 것. 안아보는 일이 무슨 대단한 무엇이었을까. 그때, 분명히 사랑이라고 느꼈고, 감기에 걸린 것처럼 몸이 아팠고, 그 후로도 한동안 그 일에 대한 후유증에 시달릴 줄 알았다면, 안아보고 싶어 하는 그를 거절하지 않았어야 했다.

그렇게 했더라면 회한이 그리 길지 않았을 것이다. 혹시 그 사랑은 다른 국면을 맞았을지도 모른다. 그러나 다 지난 일. 그 여자가 한 가지 분명하게 짚어낼 수 있는 것은, 사랑에 대한 미숙함과 그런 일들에 대한 피해의식 때문에 그 관계를 그르쳤다는 점이다. 그밖에는 달리 설명할 길이 없다.

노란 셔츠가 떠나고 나서, 그 여자는 자신의 지난 삶을 글로 써야 한다고 생각한다. 안으로 안으로만 갈무리하기보다는, 열두 살 이후 계속되어온 상실의 기억들을 퍼내야 한다. 목이 아프도록 울음을 삼키기보다는 자연스럽게 울 줄 알아야 한다. 어둡고 습한 지난날의 치욕을 안으로 쌓아두기보다는, 그걸 햇빛에 꺼내어 말려야 한다. 그래야만, 그래야만 그 모든 것으로부터 자유로워질 수 있을 것이다. 그때, 그 여자는 잠깐 시도한다. 〈민달팽이〉라는 짧은 소설에서. 그러나 제대로 되지 않는다. 길목만 뒤지다가 엉거주춤 돌아선다.

## 48

 그 여자는 물살이 가라앉은 넓은 하구에 서 있다. 평화롭고 안온하고, 그리고 조금쯤 지친 몸으로. 서편으로 물드는 노을을 바라보며 얼마간 쓸쓸해하기도 한다. 다 지나갔구나…….

 하구에 앉아 강물을 따라 떠내려오는 아버지의 어깨, 어머니의 손, 잿빛 바바리의 뒷모습, 그 남자의 충혈된 눈빛, 그 모든 것을 바라본다. 그 여자를 부채감에 시달리게 했던 경이, 그토록 깨기 힘들었던 자의식이며 감수성들……. 그 모든 것이 강물을 따라 떠내려오는 것을 바라본다. 멀리서 바라보는 그것들은 그저 작은 나뭇잎이나 물풀덩어리처럼 보인다. 가볍고 사소하고 작은, 형체가 불분명한 어떤 덩어리에 불과하다. 저 하찮은 것 때문에 스무 해 가까이를 그토록 힘들어하면서 보냈던가. 그러나 후회하지는 않는다. 그것을 타넘으면서 여기까지 왔기에.

 그렇게 모든 것을 잃고, 그렇게 모든 것을 지나오면서도 그 여자가 끝끝내 버리지 않은 것이 있다. 아니, 끝끝내 그 여자를 떠나지 않은 것이 있다. 그건 문학이다. 그 모든 것이 하나씩 떠날 때마다 문학은 바로 그 빈자리를 메워주며 그 여자 곁에 머물러주었다. 그런데 어쩐 일인가. 그토록 믿었던, 결코 그 여자를 떠나지 않으리라 믿었던 그것이 못된 애인처럼 그 여자에게서 등을 돌린다.

이제 그 이야기를 조금 해보자.

　그 여자는 서른두 살이 되는 해 봄에 다시 한 번 운명의 말고삐를 쥐고 안장 위에 높이 올라앉는다. 예정했던 십 년의 직장생활도 마쳤고 마음도 고요하다. 바로 눈앞에, 그 여자가 가고자 하는 길이 잘 포장된 직선코스로 곧게 뻗어 있다. 아무런 장애도 없다. 살기 편한 집이 있고, 적어도 이삼 년은 버틸 만한 경제적 여유도 있다. 더 망설일 이유가 없다.
　그때의 결정은, 그동안의 어떤 결정보다 갈등 없이 빠르게 이루어진다. 사표를 내고 그동안 구상해둔 장편이며 단편들을 써내려 가기만 하면 된다. 무수히 쓰고 싶은 얘기가 있었지만 그동안은 시간이 없다는 이유로 미루어왔다. 다음에, 다음 기회에, 라고. 이제는 세상을 보는 눈도 생겼고, 사물을 대하는 깊이도 생겼고, 무엇보다 마음이 편안하다. 모든 준비가 완벽하다. 눈앞에 보이는 잘 포장된 길을 따라 곧장 나아가기만 하면 된다.
　그 여자는 사표를 낸다. 어떤 친구는 용감하다고 하고, 어떤 사람은 진정으로 염려하고, 또 어떤 이들은 몰래 비웃기도 했을 것이다. 세상이 그렇게 호락호락할 줄 알아? 그 여자의 담당 국장도 점심을 사주며 만류한다. 아직도 세상을 제대로 모르는 한심한 후배를 타이르듯이. 다른 부서로 가고 싶으면 고려해보겠다고. 그 여자는 전혀 흔들리지 않는다.
　그러나 이상한 일이다. 늘 그 여자를 지켜주었던, 한 번도 그 여자에게서 등을 돌린 적이 없던 문학이, 문득 등을 보인다. 그게 사랑이라는 관계에 곧잘 드러나는 불가해한 힘의 법칙이었을까. 다가가면 멀어지고, 등을 보이면 다리를 잡는. 모르겠다. 사표를 낸 후, 그 여자는 방향감각을 상실한다. 직장을 중심으로 돌아가던 일상에서 중심이 없어진 후, 마음에서까지 중심이 사라진다. 마음은 공중에 뜨고 일상은 흐트러져버린다. 다른 어떤 경우보다 쉬운 결정이었는데……. 그 여자는 이유를 찾을 수 없어 당황한다.

반년을 혼돈 속에서 보내다가, 그런 때 늘 그렇듯이 견성암으로 들어간다. 거기서 소설을 쓰려 노력해보지만 잘 되지 않는다. 왜 이런 일이 생겼는지, 견성암 부처님께 물어보지만, 견성암 부처님도 별 뾰족한 해답을 들려주지 않는다. 하루 두 끼씩 채식만 하며 오십 일을 보내고, 영양실조만 얻어서 절을 내려온다.

문학도 나를 떠나는구나. 지금보다 더 낮은 냇가에 앉아, 문학이 한낱 나뭇잎의 모양을 하고 떠내려오는 모습을 지켜봐야 할 날이 있을 모양이구나.

그 여자는, 어렴풋이, 그 모든 변화에 대해 한 가지 혐의를 잡아낸다. 그 여자가 너무나 많이 달라져 버렸다는 점이다. 자의식이 잘 여문 삭과(蒴果)처럼 깨어져 나가고, 감수성의 날이 무디게 주저앉은 까닭이다. 그토록 원해온 것이고 그토록 편안하고 행복해했던 바로 그 이유 때문에 문학이 떠난 것이다. 그러므로 그 여자는 조용히 문학을 떠나보낸다. 늘 남들처럼 살고 싶어 했다. 상처를 간직한 문학의 삶과, 상처 없는 안온한 삶을 택하라면 서슴없이 후자를 택할 것이라고 다짐해왔다. 그 여자는 후자를 택한다.

그러나 아직도 살아야 할 날이 많다. 아무 일도 하지 않는다면 인생이 너무 지루할 것이다. 그 여자는 다른 할 일을 찾아본다. 이제 와서 탐정이나 과학자가 될 수는 없다. 교직이나 학원 강사? 그러나 한번 지나온 길은 되돌아가지 않는다. 레이스를 뜨는 여자? 책 읽어주는 여자? 밑줄 긋는 여자? 마땅히 할 일이 없다. 그런데 문득, 섬광처럼 어떤 생각이 지나간다. "멀리서지만, 난 네가 한의대에 갔으면 했다. 한의학은 앞으로 점점 더 과학적으로 검증될 거야." 어머니의 말이다.

그 여자는 다시 안장 위에 등을 꼿꼿이 세우고 앉아 멀리까지 내다본다. 방세를 빼서 중국에 가자. 한 일 년 어학연수를 받고, 그런 다음 육 년쯤 한의학을 공부하고 돌아오면 마흔. 그때부터는 또 다른 삶을 살게 될 것이다. 지금까지와는 완전하게 다른 삶. 적어도 육 개월 안에는 한중수교가 이루어질 것이다. 그 후 오 년 안에 중국과 의료시장이 개방될 것이다. 그 여자는 아주 멀리까지 내다본다. 새로운 바람, 새롭기 때문에 더 상쾌한 바람이 안장 위에 앉은 그 여자의 이마를 스치고 지나간다.

그 여자는 유학 상담원들을 찾아다니며 구체적인 방법을 알아보고, 한편으로는 중국어 학원에 등록한다. 중국에 가서 본격적인 어학연수를 받기 전에, 여기서 최소한 발음 정도는 배워가야 한다. 유학 시기는 육 개월 후로 잡는다. 그 여자는 매일 아침 일곱 시에 광화문에 있는 중국어 학원에 나간다. 잠이 덜 깬 눈으로, 시린 손을 마주 비비면서.

중국어는 의외로 친숙하고 재미있다. 그 여자는 어렸을 때 한문을 배운 세대이고, 늘 책을 읽었기 때문에 글에 익숙하고, 더구나 우리말의 많은 부분은 한자에서 왔다. 독해는 특히 쉽다. 영어의 토플 같은, 중국어에도 유학생의 자격을 결정하는 시험이 있다. 학원에 다닌 지 일주일 만에, 우연히 구한 그 시험문제를 풀어보니, 합격점 이상이 나온다. 자신감이 생기며 흥미가 는다.

그러나, 그럼에도, 마음 깊은 곳에서 여전히 횅한 바람이 지나간다. 꼭 해야 할 일을 미루고 있는 것 같고, 아무리 물을 마셔도 갈증이 가시지 않는 답답함 같고, 가려운 곳을 아무리 긁어도 시원해지지 않는 것 같은, 그런 감정이 지워지지 않는다. 무언가, 아주 중요한 무언가가 빠져 있다. 본질적인 것, 핵심 같은 것.

그 감정의 가장 밑바닥에 있는 것이 무엇인지 짐작하기 때문에 더 답답하다. 떠나는 사람은 잡지 않는다. 지나온 길로는 돌아가지 않는다. 그럼에도, 마음이 자꾸만 뒤를 돌아보려 한다. 돌아가고 싶어 하는 그 여자에게 일자리 제의가 들어온다. 새로 창간하는 잡지를 맡아달라는 것이다. 이 길을 돌아가면, 다시 그 뒤에 있는 문학을 만날 수 있을까.

그 여자는 일자리 제의를 수락하고 다시 취업한다. 한 번만, 그토록 사랑해온 것을 위해 한 번만, 지나온 길로 돌아가자. 한 번만 떠나는 것을 잡아보자. 그 여자는 입술을 깨물며 다짐한다. 일 년만 더 버틴 후, 그때 다시 돌아오리라.

그러나, 이런 이야기를 하려는 게 아니다. 이제 글이 끝나가는 시점에서, 마무리 지어야 할 다른 이야기가 있다. 그 남자 이야기. 그후, 그 여자가 한두 번 더 만났던 그 남자의 이야기.

그때 그 여자는 마스터 라이프라는 이름의, 일종의 문화 예술 교양지를 창간하는 작업을 한다. 창간 준비 작업으로 석 달을 내리 야근을 한다. 일요일도, 휴일도 없이. 그 여자는 언제나 일 앞에서는 최선을 다한다. 창간호가 나가고, 그다음 호가 나가고, 아마 통권 네 권째 발행할 무렵이었을 것이다.

편집회의를 하는데 한 기자가 파이어니어라는 꼭지의 취재원으로 그 남자를 추천한다. 파이어니어라는 칼럼은 문화 예술계 전반에서, 장르의 구분 없이, 아니 장르를 초월하여 자신이 하고 싶은 일을 마음껏 해나가는 사람을 취재하는 칼럼이다. 말 그대로 탈장르적 문화 개척자를 소개한다. 그 전달에는 시인이며 문학평론가이고 극작가이며 연출자인, 이윤택 씨가 소개되었다. 그 남자를 취재원으로 추천한 기자는, 그가 시인이며 소설가이고, 무용 대본을 쓰기도 하고, 때로는 직접 퍼포먼스를 하기도 한다는 점을 선정 이유로 내세운다.

　그 여자는 공과 사 정도는 구분할 줄 안다. 이성은 그 일을 수락한다. 그럼에도 그 여자는 감정까지 점검해본다. 편집회의가 끝난 후, 기획안을 앞에 놓고 앉아 제 마음을 들여다본다. 아주 깊은 곳까지. 그 여자는 그 잡지의 데스크를 보고 있다. 기자들이 낸 아이템을 취사선택하여 어떤 기사를 실을 것인가 결정하는 것은 순전히 그 여자의 재량이다. 괜찮은가. 마음은 괜찮다고 한다. 많은 시간이 흘렀고 모든 것이 고요해졌다고. 이제 와서 그걸 점검한다는 게 우스운 거라고. 그 여자는 배당표에 그 남자의 이름을 적는다. 아주 오랜만에, 그와의 관계가 끝난 후 거의 팔 년 만에.

　취재 갔던 사진기자는 그의 인물 사진이 찍힌 슬라이드 네 롤을 건네며 말한다.

　"부장님 잘 아시나 봐요. 안부 묻던데요."

　여자는 그저, 선배라고만 대답한다. 마음은 평온하다. 라이트 박스 위에 슬라이드를 올려놓고 루페로 들여다보면서 사진을 고른다. 제일 앞 페이지에 크게 실을 메인 컷, 그 다음으로 사용할 서브

컷, 그리고 나머지 자잘하게 사용할 것들. 네 롤이면 120컷이 넘는 사진이다.

사진 속에서도 그는 많이 달라져 있다. 무스를 발라 세워 올린 머리며, 배경으로 두고 찍은 노란 자동차며, 부드러운 질감의 셔츠며…… . 그의 얼굴을 일일이 들여다보며 구도와 조명과 인물 표정이 좋은 사진을 고른다. 그는 어떤 사진에서는 수줍게 웃고 있고 어떤 사진에서는 예전과 같은 열정, 그 여자가 그토록 힘들어했던 그 신명을 고스란히 내보이고 있다. 아무 표정 없이 아주 먼 곳을 보고 있는 사진도 있다. 전신, 상반신, 체스트, 얼굴 클로즈업, 다양한 구도의 사진 120컷 이상을 보면서 그 여자는 그 남자의 사진을 고른다.

그리고 이상한 일이 생긴다. 이성적으로도 그 기사를 인정했고, 마음 깊은 곳에도 이미 아무 앙금이 없는데, 그러나 전에 없던 일이 일어난다. 그 여자 자신도 이해할 수 없는.

마감을 사흘쯤 앞두고 야근을 하던 때다. 기자들은 원고를 쓰거나 슬라이드를 펼쳐놓고 기사의 구성을 짜거나 한다. 여섯 시가 가까워지고 있고, 야근을 위해 밥을 먹어야 하는 시간이다. 그 여자는 자리에 앉은 채 말한다.

"저녁 먹고 합시다."

그러나 일하던 손을 딱 중단하고 자리에서 일어나는 사람은 없다. 기사를 쓰는 사람들은 머릿속에서 흐르는 생각까지 마저 기록해야 하고, 한껏 슬라이드를 펼쳐놓은 사람은 그것을 대충이라도 정리해야 한다. 그래서 처음 하는 말은 예비 고지나 같다. 잠시 후 그 여자는 자리에서 일어나 왼쪽으로 걸어가며 다시 말한다.

"밥 먹고 합시다."

두세 걸음 걷다가 전선에 발이 걸려 비틀한다. 순간, 높은 비명소리가 들린다. 넘어질 뻔한 그 여자의 비명이 아니라 바로 곁에 있는 기자의 비명이다. 방금까지도 파란빛을 띠며 깨알 같은 글씨를 담고 있던 모니터가 까만 얼굴을 하고 있다. 모든 것이 순식간에 사라져버린 망각의 검은색. 그 여자의 발이 전선에 걸릴 때 컴퓨터 코드가 빠진 것이다.

"저장 안 했는데……."

기자는 거의 절망적인 목소리다. 더구나 그 기자의 컴퓨터만 유독 자동저장 기능이 듣지 않는다. 그 여자는 컴퓨터 코드를 연결하고 기자는 다시 컴퓨터를 부팅시킨다. 그러나 아무것도 없다. 말끔히 날아가 버린 것이다.

"몇 매나 되는데?"

"삼십 매쯤……."

그 여자는 미안해서 어쩔 줄 모르고 기자는 황망해져 어쩔 줄 모른다. 다른 사람들도 모두 일손을 놓고 두 사람을 바라본다. 그렇게 원고가 날아가 버릴 때의 절망감을 다들 한 번쯤은 겪었을 것이다.

"어떤 기사지?"

"하현규 씨 기사요."

그 여자는 조금 놀란다. 하필이면 그 남자의 기사라니. 다른 할 말이 없다.

"정말 미안하다. 밥 먹고, 마음 가다듬고 다시 쓰는 수밖에."

기자는 체념한다. 이미 원고가 날아가 버린 컴퓨터를 붙잡고 애원할 수도 없는 노릇이다. 이런 때는 빨리 밥을 먹고 힘을 내는 게 제일이다.

저녁식사 후, 다시 일을 시작한다. 컴퓨터에서 나는 전신음과 키보드 두드리는 소리 말고는 사방이 고요하다. 멀리서 빠르게 지나가는 자동차 소리가 들리고 이따금 석유난로가 윙, 소리를 낸다. 열두 시가 가까워질 무렵, 바깥 기온이 내려가면서 난로의 석유가 떨어진다. 그래도 비교적 덜 바쁜 그 여자가 난로에 석유를 넣기 위해 일어난다. 난로의 심지를 낮추고 석유통을 꺼내 뚜껑을 열고, 사다 놓은 석유를 튜브를 이용해 통에 넣는다. 다시 뚜껑을 닫고 석유통을 난로에 장착시킨다. 석유 심지를 높이고 불을 붙인다.

잠시 후 실내가 따뜻해진다. 난로가 잘 타는 모양이라고 생각하며 그 여자는 검토하던 원고를 계속 읽는다. 다른 기자들도 다들 컴퓨터에 코를 박고 있다. 열두 시가 넘어 있다.

"왜 이렇게 뜨겁지?"

난로 가까이 앉아 있던 한 기자가 중얼거리는 소리가 들리는가 싶더니 이내 비명이 뒤따른다. 그 여자도 반사적으로 고개를 든다. 세상에, 난로의 몸통 전체에 불이 붙어 있다. 불길이 그 여자의 키만큼 높이 솟고 있다. 다들 불길을 바라보며 어쩔 줄 모른다. 특히 그 여자가. 그건 분명 자신의 실수다. 왜 그런 현상이 일어났는지는 모르지만, 자신이 난로를 만진 후 일어난 일이다.

그 여자는 복도로 뛰어나가 소화기를 들고 들어온다. 한 번도 사용해본 적이 없지만 그 생김으로 어림짐작하여 사용법을 알아낸다. 소화기에서 뿜어져 나오는 하얀 가루를 불붙은 난로를 향해 분사한다. 불길은 일이 분 만에 잡힌다. 난로는 검게 그을린 몸에 분홍빛 가루를 뒤집어쓰고 흉물스러운 모습을 드러낸다. 소화기에서 뿜어져 나올 때는 하얀 가루 같았는데 쌓이고 나니 분홍색이다.

분홍색 가루는 난로 위에만 쌓인 게 아니다. 날아올라 책상이며 의자, 사무실 바닥과 창틀에까지 쌓여 있다. 불길은 잡았지만 아직도 왜 불이 났는지는 중요하지 않다. 흉물스러운 난로를 밖으로 들어내고, 창을 열어 환기를 시키고, 책상에 쌓인 분홍빛 가루를 닦아내느라 다들 분주하다. 그러던 중, 한 기자가 묻는다.

"혹시 석유를, 이 통에 있는 걸 넣었어요?"

그는 석유통을 가리키고 있다. 그 여자는 그렇다고 대답한다. 찬바람이 몰려오며 실내의 연기며 불 탄 냄새들이 빠져나가고 있다. 더불어 실내의 따뜻한 공기도 사라져서 다들 조금씩 추위를 타고 있다.

"정말이에요?"

그 여자는 다시 고개를 끄덕인다.

"이건 석유가 아니라 생수라고요!"

그는 비명처럼 소리친다. 세상에. 그 여자는 석유통에 석유가 아니라 생수를 넣은 것이다. 그들은 석유를, 빈 생수통에 사다가 썼기 때문에, 석유통과 생수통은 겉모습이 같다. 아무리 그래도 그런 실수를 하다니. 그 여자는 사람들에게 미안하다고 한다. 그것도, 야근을 해야 할 만큼 바쁜 때 그런 일을 저지르다니.

뒷수습을 하고, 커피들을 한 잔씩 마시고, 마음을 가라앉혀 일을 할 수 있는 분위기로 돌아가는 데 한 시간쯤 걸린다. 다시 일들을 시작하려는데, 다시 한 기자의 비명이 들린다. 아까, 원고를 날렸던 그 사람이다. 그 여자는 가슴이 철렁한다.

"또 날아갔어요."

아마 담당 기자보다 그 여자가 더 절망했을 것이다. 불이 나고 소동이 생기고 그것을 수습하는 동안 어느 틈에 컴퓨터 코드가 빠졌던 모양이다. 그 여자는 이제 미안하다는 말도 하지 못한다. 어찌된 일인가. 어떻게 그런 일이 반복되는가.

그 기자는 맥을 놓고 앉아 아무 말도 하지 못한다. 얼굴이 하얗게 질려 있다. 저녁식사 후 일곱 시부터 열두 시까지 썼으면, 거의 완성 단계였을 것이다. 이미 한 번 날린 원고, 애써서 다시 완성한 원고, 그걸 날린 마음은, 당사자가 아니면 알 수 없다. 그것도 밤 열두 시에.

"더 못하겠어요. 집에 가서 좀 쉬고 아침에 올게요."

그 기자는 한참을 앉아 있다가 겨우 힘을 내어 말한다. 그 여자는 그러라고 한다. 원고를 한 번 날려 보내면, 다시 쓰는 일은 처음 쓰는 일보다 더 어렵다. 먼젓번 원고가 자꾸 머릿속에서 맴돌면서, 그러면서 선명하게 떠올라주지는 않으면서, 머릿속을 혼란스럽게 한다. 두 번째로 쓴 기사가 얼마나 힘들여 쓴 건지를 알기 때문에 그 여자는 더욱 미안하다. 미안해서 할 말이 없다.

그러나, 그러나 말이다, 그때 그 여자는 미안함보다 더 큰 무엇이 자신을 덮치는 것을 느낀다. 등 뒤에서 밀려오는 스산한 바람 기운 같은 것, 머리 위에서 드리워지는 어두운 그림자 같은 것, 그런 기운을 느낀다. 어떤 나쁜 주술에 걸려 아직도 풀리지 않고 있는 게 아닌가 싶은 마음, 손오공에게 주술이 걸려서 닭이나 강아지로 변하는 순간, 저팔계가 느꼈을 법한 어떤 주술의 힘 같은 것.

그 여자는 살면서, 남의 원고를 날리거나, 불을 내거나 한 적이 없다. 단 한 번도. 그런데 그런 일이 하룻저녁에 두 차례나 되풀이되다니. 그건 분명 그 여자의 행동이 아니다. 다른 힘, 그 여자를 멀리

서 원격조종하는 어떤 힘이거나, 그 여자의 무의식, 무의식중에서
도 가장 밑바닥에 있는 무의식이 그 일을 거부한 게 아니었을까. 이
성적으로는 그 일을 받아들이고, 감정의 깊은 곳에도 아무 앙금이
없지만 그보다 더 깊은 곳에서 어떤 힘이 그 일을 거부하고 있었는
지 모르겠다. 그렇지 않다면, 지금도 믿을 수 없는 그 실수를 어떻
게도 설명할 방법이 없다.

그 달치 책은 하루쯤 늦는다. 그 여자의 이해할 수 없는 실수 때문
에 기사가 늦어져서. 그래도 그 남자의 기사는 여섯 페이지에 걸쳐
수록된다. 담당자는 그 남자에게 책을 보내고, 그 남자는 담당자에
게 전화를 걸어 잘 받았다고 말한다. 그리고 그 여자를 바꿔달라고
한다.

"한번 보자. 점심이나 같이 먹게."

그 남자의 목소리는 예전과 똑같다. 예전과 똑같이 가는 편이고,
그래서 약간 선병질적인 분위기가 묻어난다. 그 여자는 거절할 이
유를 찾지 못한다. 아니, 거절할 이유를 찾아야 할 이유가 없다.

그 여자는 대학로의 한 일식집에서 그 남자를 만난다. 그는 사진
으로 보던 것보다 더 많이 달라진 분위기다. 그 여자를 늘 두렵게
하던 날카로운 눈빛이나 솟은 광대뼈는 그대로지만, 거기서 솟아나
는 주체할 수 없는 열정도 그대로지만, 겉모습은 예전과 다르다. 머
리에는 무스를 바르고 아무리 보아도 남성용으로 보이지 않는 셔
츠를 입고 있다. 그런 모습을 보고 풋, 웃자 그 남자는 진지하게 설
명한다.

"내 옷은 모두 여성용이야. 우리 동네에 단골 옷가게가 있어."

그는 늘 진지하다. 예전에도 그랬다. 진지하고 열정적이고, 넘치는

신명을 어쩌지 못했다. 문학에 대해, 사랑에 대해, 세상에 대해. 그러나 예전에는 그렇게 겉모습이나 옷차림으로 드러내지는 않았다.

"예전에는 안 그랬잖아. 왜 변했어?"

"변한 거 없어. 예전에도 그러고 싶었지만 참았지. 그러나 이제는 안 참기로 했어. 얼마나 살 거라고……."

그 여자가 오래도록 자신을 얽매고 있던 자의식이나 도덕적 강박 관념을 벗어낸 것처럼, 그도 자신을 얽매고 있던 관습이나 통념 따위를 벗어던진 모양이다. 그 여자의 변화가 바람직하듯이 그의 변화도 바람직해 보인다. 차라리 그게 낫다. 그의 열정이 파격적인 옷차림이나, 자신의 책 표지에 제 누드 사진을 싣는 방식으로 표출되는 건 오히려 다행이다. 그렇게라도 그 열정을, 그 신명을 풀어내야 할 것이다. 그 모든 열정이 오직 그 여자만을 향해 쏟아지던 옛일을 생각하면 그건 차라리 다행스러운 일이다.

"그러고 다니니 행복해?"

그 남자는 여자를 바라본다. 무슨 엉뚱한 질문을 하느냐는 눈빛이다. 여자는 말끝에 다시 풋, 하고 웃는다.

"사실은 헤어밴드도 하고 다니는데, 네가 너무 충격받을까 봐 안 하고 왔어."

그 여자는 또 웃는다. 그건 옛사랑에 대한 최소한의 배려일까. 그 말을 너무나 진지하게 하는 그의 태도에서 그 여자는 아직도 그에게 남아 있는 진정성을 본다. 그 남자는 순수한 데가 많다. 비록 지나친 열정과 주체할 수 없는 신명으로 자신과 주변 사람을 곤죽으로 만들기는 해도. 그 여자는 그가 남의 험담을 하는 것을 들은 일이 없고, 작은 이익을 위해 교묘한 음모나 야비한 권모술수를 꾀하는 것을 본 일이 없다. 그것은 얼마나 큰 미덕인가.

일식집 종업원이 와서 가죽으로 만들어진 차림표를 준다. 그 여자는 차림표를 살펴보고 한 번도 먹어본 적이 없는, 아니 이름도 처음 들어보는 음식을 시킨다. 그 집에서 제일 비싼 걸로.

"형 요즈음 돈 많이 버는 것 같던데."

그 여자는 그 음식을 시킨 이유를 그렇게 설명한다. 여자의 말에 이번에는 그 남자가 웃는다. 오래도록 시만 쓰던 그 남자가 소설을 쓰기 시작해, 베스트셀러가 되고, 신문 연재도 하고 있다.

"내 청춘 보상하라고 했지? 이제 보상받은 것 같아?"

그 여자의 말뜻은 다의적이다. 결혼도 하고, 아이도 있고, 집도 사고, 차도 사고, 그리고 시도 쓰고 소설도 쓰니, 이제는 모든 게 만족스러울 것이다. 그러니, 이미 지나가버린 그 일들에 대해서는 인생이 충분히 보답해준 게 아니냐, 그런 뜻이었을 것이다. 그런데 그 남자는 눈을 크게 뜬다.

"그 말을 한사람은 너야. 네가, 네 청춘을 보상하라고 했지."

이건 또 무슨 기억의 착오인가. 그 파경의 가을에, 그 남자가 그렇게 말했다. "겉으로 보기에는 내가 나쁘지만 알고 보면 네가 더 나빠." 그렇게 말한 다음에 덧붙인 말이다. "내 청춘을 보상해." 그 일이 있을 때 그는 서른을 코앞에 두고 있었다. 그런데, 그 남자가 아니라 그 여자가 그런 말을 했다니. 그랬을까. 그랬을 수도 있을 것이다. 그 여자가 더 많이 억울하다고 생각했으니까. 그럼에도 그 여자는 공연히 고집을 부려본다.

"아니야, 형이 청춘을 보상하라고 했어."

"아니야, 분명히 네가 그랬어."

그리고 그들은 웃는다. 아마, 둘 다 그런 생각을 하고 있었을 것이다. 잘못 끼워진 첫 단추 때문에, 그 이후 계속된 그릇된 관계 때문에, 서로, 삶의 어느 시기를 보상받지 못할 만큼 망가뜨렸다고. 그러나 그건 이미 지난 일이다. 이렇게 스스럼없이 웃을 수 있게 되기까지, 그 여자가 힘든 나날을 보낸 것처럼 그 남자도 그랬을 것이다. 그 모든 것을 지나서, 이제는 아주 넓은 곳, 아주 평온한 곳에 다다라 있는 거라고, 그렇게 생각하고 있는 것이다.

돌이켜보면, 그건 두 사람 모두에게 고통스러운 관계였다. 그 여자는 끊임없이 그 관계를 받아들이려 노력하며 힘겹게 자신을 죽여 왔고, 그 남자는 그 여자의 마음 깊은 곳을 들여다보고 싶어, 우물가를 맴도는 아이처럼 서성거렸다. 남자는 여자에게 무수히 많은 편지를 보냈지만 여자는 남자에게 단 한 장의 편지도 보내지 않았다. 그가 군대에 있을 때조차. 남자는 여자에게 무수히 많은 선물을 했지만 여자는 남자에게 아무 선물도 하지 않았다. 작은 넥타이조차. 남자는 여자에게 무수히 많이 사랑한다고 말했지만 여자는 한 번도 그런 말을 한 일이 없다. 꿈에서조차. 생각해보면, 그런 관계에서 고통스러운 것은 그 남자도 마찬가지였을 것이다.

그 여자는 이제, 사랑에는 몇 가지 종류가 있다는 것을 안다. 사랑하는 대상을 사랑하는 사람, 사랑에 빠진 자신을 사랑하는 사람, 그리고 사랑한다는 행위 그 자체를 사랑하는 사람.

그 남자는 아마 사랑에 빠진 자신을 사랑했을 것이다. 그가 가지고 있는 욕심과 자기애를 생각해보면 그랬을 거라고 짐작된다. 아니, 그랬기를 바란다. 그랬다면 그가 덜 고통스러웠을 테니까. 그리고 그 여자, 그 여자는 사랑한다는 행위 그 자체를 사랑했던 것 같다. 그토록 먼 곳에 있는 잿빛 바바리를 그토록 오래 사랑한 것은 자신 때문도 아니고 잿빛 바바리 때문도 아니다. 그 여자는 그저, 누군가를 사랑하고 있다는 사실이 필요했다. 막막하고 팍팍한 현실을 이겨보기 위해서. 그 후 나이든 어른들을 짝사랑했던 일도 분명 그런 이유에서였다. 그리고 그 여자는 이제 안다. 사랑하는 대상을, 순수하게 그 대상만을 사랑하는 경우란 그리 많지 않다는 것을.

이름도 처음 들어보는 비싼 일식은 입맛에 맞지 않는다. 이제는 음식을 가지고 까탈 부리지 않은 지 오래되었음에도 그 여자는 음식을 거의 그대로 남긴다. 그 남자는 예전처럼 무엇이든 맛있게 잘 먹는다.

일식집을 나와 찻집으로 자리를 옮겼을 때, 그 남자가 먼저 그 여자에게 묻는다.

"집은 살 만해?"

그 여자는 좀 뜻밖의 질문이라고 생각한다. 그도 기억하고 있는 걸까. 그 여자의 허술했던 거주 공간들에 대해. 그해 가을에 그 여자가 보증금 삼십만 원에 월세 오만 원짜리 방을 얻어 나간 사실에 대해.

"응."

"전세야, 월세야?"

"전세."

"얼마짜리?"

"이천오백."

"잘됐다."

무엇이 잘되었다는 뜻인지는 모르겠다. 생각해보면 그와 헤어진 후 다섯 해 동안 그 여자가 한 일이라고는 몇 차례의 이사를 거쳐 제대로 살 만한 전셋집 하나를 얻은 게 전부다. 그동안 그는 결혼을 하고 아이를 낳고 아파트를 사고 스쿠프를 몰고 다닌다. 어딘가, 지하에 안락한 작업실을 꾸며놓았다고도 한다. 그동안 똑같은 시간이 흘렀고, 두 사람의 월급은 거의 비슷하다. 아니, 어쩌면 그 여자가 조금 더 많을지도 모른다. 그럼에도, 겉으로 드러나는 모습이 그토록 다르다. 이유는 단 하나다. 그 여자는 그런 일들에 무관심했고 그 남자는 모든 일에 욕심이 많다는 것.

그러고도 두 사람은 많은 이야기를 나눈다. 그 여자는 남자에게, 집안 어른들이 모두 편안한지 묻는다. 남자는 친척들이 많이 돌아가셨다고 대답한다. 그 여자도 만난 적이 있는 친척들의 죽음에 대해 들을 때는 마음이 아프다. 그 남자는 여자에게, 부모님과 동생들에 대해 묻는다. 여자는, 이제 모두 제 일을 찾아 나름대로 잘 살고 있다고 말해준다. 그 여자는 남자의 친구들에 대해 묻고, 그 남자는 여자의 친구들에 대해 묻는다. 그는 사업을 벌여놓고 여전히 낚시만 하러 다닌다는 친구의 얘기며, 이혼의 위기에 놓여 있다는 친구의 얘기를 들려준다. 그 여자는 아직도 결혼을 하지 않은 노처녀 친구가 다섯 명이나 있다고 말해준다. 그리고 그들은 헤어진다.

봄빛 환한 대낮의 대학로를 걸으며, 돌아서는 길의 상쾌함을 느끼며 그 여자는 생각한다.

누구에겐가 삶의 어느 시기를 보상하라고 요구하는 건 부당하다. 어떤 경우에건, 삶이란 결국 자신이 책임져야 하는 자신의 몫이다. 제 삶의 어느 시기가 잘못되었다면 그건 그 시기의 자신의 과오일 뿐이다. 입술을 깨물고 참아내든가 눈물을 뿌리며 참회해야 하는 제 몫의 고통이다. 청춘을 보상하라니, 그 말을 기억하고 있다니.

더구나 이제는 보상해야 할 청춘도 없다. 그 일이 아니었더라도, 그 남자를 만나지 않았더라도, 아마 그날들은 고통스러웠을 것이다. 또 다른 무슨 일인가 일어났을 것이고 설혹 아무 일도 일어나지 않았다 해도, 너무 많은 가능성 때문에 힘들어했을 것이다. 누구에게나 삶이란 그런 것이다. 거듭되는 과오와 참회의 약속.

그 여자가 일했던 마스터 라이프라는 잡지는 그해 유월에 폐간한다. 창간 작업을 시작하고 책을 낸 지 일 년 만에, 자금난으로. 지금도 참으로 많은 군소 잡지가 창간되고 또 폐간되고 있을 것이다. 일 년에 백여 개의 잡지가 창간되고 폐간된다는 바로 그 잡지들 중의 하나가 되고 만다.

그 여자는 다시 기로에 선다. 다시 취업을 해야 하는가, 정말 중국으로 가야 하는가, 아니면 떠나는 문학의 바짓자락을 잡고 매달려야 하는가. 무엇보다, 아무것도 없는 삼십 대 중반의 독신이 되어 있는 제 처지가 스산하다. 다시 운명의 고삐를 쥐고 안장 위에 올라앉아 멀리까지 내다본다. 어떻게 살 것인가.

그러나 운명은 아무 대답도 해주지 않는다. 마음은 그저 쉬고 싶다고만 한다. 그 잡지를 창간하고 폐간하는 동안 적지 않은 고생이 있었다. 석 달을 내리 야근을 하고, 매달 사나흘을 꼬박 철야를 하는 강도 높은 노동 때문만이 아니다. 경영진과의 갈등과 그 여자가 데려다 놓은 기자에 대한 미안함 때문이다. 다른 직장에 잘 있는 기자들을 스카우트 해와서, 결국은 실업자로 만들어놓은 사실이 가장 고통스럽다. 그들이 모두 다른 회사에 취업할 때까지, 그 여자는 내내 마음이 무겁다.

　그 여자는 우선 쉬기로 한다. 칠월 한 달을 동해시에 있는 친구 집에 가서 보낸다. 날마다 오후쯤 바다에 나가, 튜브를 가슴에 끼우고 바닷물에 가만히 떠 있곤 한다. 어떻게 살 것인가. 그러면 바다가 몸을 어루만져준다. 괜찮을 거라고, 어떻게든 다시 사는 방법이 있을 거라고. 그러다 보면 언젠가는 바다에 닿을 거라고. 그럼에도 그 여자는 자꾸만 바닷속으로 가라앉는다. 지친 몸이, 무력한 정신이 아래로 아래로만 내려앉으려 한다. 그런 때면, 바다는 다시 은밀한 부력으로 그 여자를 밀어 올린다. 떠오를 수 있다고, 누구나 자신이 가진 질량만큼 떠오를 수 있다고.

　그 여자는 다시 서울로 돌아온다. 방문을 걸어 잠그고, 전화 코드를 뽑고, 컴퓨터 앞에 앉는다. 오래전에 구상해둔 소설, 그러나 이 년 전에 조금 쓰다가 중단한 소설을 다시 쓰기 시작한다. 석 달 동안. 그 소설을 쓰면서 그 여자는 다시 살아난다. 어떻게든 소설을 다시 쓰게 되었다는 점, 그 소설로 상금이 많은 상을 받았다는 점, 그 상으로 인해 다시 용기를 얻게 되었다는 점, 다시 살아난 그 여자는 아직도 그런 점들을 고마워한다.

　그러나 그 이야기를 하려는 게 아니다. 그 시상식 뒤풀이자리에서의 이야기를 하려 한다. 문단의 선배며 후배, 친구들이 많이 있는 뒤풀이자리에서 그 여자는 전화를 한 통 받는다.

　"난데, 들어가도 되겠니?"

　그 남자다. 그렇지 않아도 시상식장에서 어머니가 그를 찾았다. "그 학생은 안 왔구나." 어머니는 그때까지도 그를 학생이라 부른다. 그 여자는 어머니의 말에 많이 놀란다. 어머니가 아직 그 일을 잊지 않았구나 하는 생각에. 그러나 어머니가 하는 다음 말은 더욱 놀랍다. "그러면 안 되지. 이런 데는 와야지. 와서 내게도 인사를 하는 게 도리지." 그 여자는 어머니께 드릴 말씀이 생겨서 다행이라 생각한다. 엄마, 그렇게 나쁜 사람은 아녜요. 뒤풀이자리에 왔었어요, 라고.

"응, 마음대로 해."

"금방 갈게."

"금방?"

"지금 이 앞에서 휴대폰으로 전화하는 거야."

그 여자는 또 풋, 웃는다. 휴대폰이라니. 엉뚱한 구석과, 새로운 물건에 대한 욕심도 예전과 다름이 없다. 그 여자는 그 남자를 마중하기 위해 문간까지 간다.

"축하한다."

그 남자는 여전히 몇 달 전과 똑같은 옷차림이다. 그 여자가 충격을 받을까 봐 그랬는지 그때도 헤어밴드는 하고 있지 않다.

"고마워."

그 여자는 동문들과 친구들이 모여 있는 자리로 그를 안내한다. 금방 분위기가 어색해진다. 정작 그 여자는 아무렇지도 않은데, 그 자리에 있는 사람들, 그 여자와 그 남자의 관계를 알고 있는 사람들은 모두 불편해한다. "여기는 왜 나타나는 거야." 저쪽 테이블에서는 작게 화내는 소리도 들려온다. 물론 그 화는 그 여자에 대한 애정일 것이다.

사람들은 의례적인 인사 이외에는 별로 그 남자와 말을 하지 않는다. 그나마 그와 이야기를 나누는 사람은 그 여자의 친구들이다.

선희와 명자는 그 여자만큼 그 남자를 잘 안다. 특히 선희는 그들의 관계가 끝났을 때 그 남자를 따로 만난 일이 있다고 한다. "그동안 힘든 일 다 지나왔는데, 이제 둘 다 안정되려고 하는 때에 헤어진다 니, 말도 안 돼요." 선희는 제가 그렇게 말했다고 들려준다. 그 남자 가 말없이 눈물을 비치더라고. 그때도 그 여자는 선희에게 말하지 않는다. 그 관계가 어떻게 시작되었으며, 그동안 그 여자가 얼마나 힘들었으며, 결국 그 관계를 더 많이 거부한 사람이 자신이었다는 것을, 말하지 않는다.

그 남자를 불편해하는 사람들의 시선에서 그 여자는 또 하나의 벽을 본다. 편견이거나 선입견의 벽. 그 여자가 아무리 괜찮다고 해 도 세상은 결코 괜찮지 않을 것이다. 그 여자가 아무리 그 일을 잊 어도 세상은 절대 그 일을 잊어주지 않을 것이다. 그 벽이 평생 등 짝에 얹힌 짐짝이나 발목에서 절그럭거리는 쇠사슬처럼 그 여자를 따라다닐 것이다. 그 여자는 그것을 분명하게 읽어낸다.

그 여자는 지금도 그 남자가 나쁜 사람이라고는 생각하지 않는 다. 남보다 열정이나 신명이 더 많을 뿐이다. 지나친 열정이 잘못 표출되어 그 여자를 힘들게 하긴 했지만, 바로 그 신명이 그가 살아 가는 힘일 것이다. 직장 일을 하면서도 시를 쓰고, 소설을 쓰고, 무 용 대본을 쓰고, 그리고 퍼포먼스를 하거나 전위적인 시 낭송회를 갖는 것, 그것은 보통 사람의 열정으로는 불가능한 일일 것이다.

생각해보면, 그 칠 년 동안 그 남자가 그 여자를 사랑했던 행위도, 이따금 그가 벌이는 행위예술과 같은 게 아니었을까 싶다. 그의 타 고난 신명을 감안하고, 그때가 이십 대 초반이었다는 점을 고려하 고, 그의 유전자 속에 흐르고 있을 산신령과 나무꾼을 모두 염두에 뒤도 잘 납득되지 않던 그의 사랑의 방식들을 이제는 다르게 이해할 수 있다. 그건, 예술가의 기질이었던 거라고.

그 여자의 등 뒤를 말없이 따라오다가 '전쟁!'이라고 소리친 행위며, 한밤에 촛불 앞에 무릎을 꿇고 결혼을 선언하게 한 행위며, 그 여자 앞에서 약을 먹고 '나 죽을 거야'라고 말한 행위며……. 이만큼 떨어진 곳에서 돌이켜보면, 그것들은 하나의 행위예술 같은 데가 있다. 모든 행위예술이 그러하듯이, 당사자는 내적 당위성과, 분명한 주제의식, 순정한 열정으로 그 일을 하지만, 범상한 일반인들의 눈에는 어쩐지 납득되지 않는 구석이 더 많은, 그런 행위예술처럼……. 그 칠 년 동안, 그 남자는 그 여자를 상대로 사랑이라는 이름의 행위예술을 펼쳤던 게 아닌가 싶다.

그런 시각으로 보면, 그 남자의 모든 것이 다 이해된다. 그가 특이한 옷차림을 하는 것, 책 표지에 자신의 누드 사진을 싣는 것, 말할 때 일인극 배우처럼 제스처를 크게 하는 것, 그것은 다 행위예술가의 일면일 것이다. 자신이 연출가가 되고 배우가 되고 또 분장사가 되어, 끊임없이 자신의 예술 영역을 개발해나가는 행위예술가처럼.

그 일이 있은 며칠 후, 그 여자는 한 통의 편지를 받는다. 그 남자의 동생이 보낸 것이다. 그 여자가 처음 봤을 때는 초등학교 일 학년쯤이었고, 마지막으로 봤을 때는 초등학교 육 학년인가였다. 지금은 대학원에서 한문학을 공부하고 있으며, 책을 한 권 받고 싶다고 씌어 있다. 그 작은 꼬마가 벌써 대학원에 다닌다니. 그 여자는 편지에 있는 전화번호로 전화를 한다. 순수한 반가움으로.

그 여자는 그 남자의 동생을 만나 저녁을 먹는다. 인사동의 오래된 한옥을 개조해서 만든 한정식집, 마당에는 물레방아가 멈추어 서 있다.

"어렸을 때는 귀여웠는데, 많이 변했네. 형을 닮아가는 것 같아."

"응, 그래서 별로 좋지 않아요. 점점 못생겨지는 것 같아서."

그리고 두 사람은 웃는다. 깃털처럼 허공으로 가볍게 떠오르는 웃음.

"그때, 나는 누나를 좋아했는데, 누나가 나를 싫어하는 것 같았어요."

"내가 널 싫어할 이유가 어디 있겠어. 귀여운 꼬마였는데."

만약 그렇게 보였다면 그건 마음속의 갈등 때문이었을 것이다. 그 관계를 받아들이기 위해 자신을 죽이기가 너무 힘들어서였을 것이다.

"부모님은 어떠셔? 건강하셔?"

"네. 아버지는 신학대학원을 졸업하시고 어디 강의 나가시고, 어머니는 지금도 일을 계속하셔요."

그 여자가 아직도 훌륭한 분이라고 생각하는 그 남자의 어머니. 헌신적인 어머니이고, 인내심 많은 아내이고, 모든 것을 감싸 안을 줄 아는 전형적인 어머니시다. 남편의 사업이 실패하고 집안이 어려울 때, 보험설계사로 일하며 집안을 갈무리했다. 그의 집이 다시 예전과 같은 안정과 평화를 되찾은 것은 그분의 노력 덕분이었을 것이다.

"누나들은?"

"다 잘 있어요. 누나랑 수경이 누나가 동갑이지? 우리 수경이 누나도 아직 결혼 안 했어요."

"왜, 아직?"

그 여자는 제 처지도 잊고 묻는다. 그러고는 이내 웃고 만다.

"몰라요, 코가 너무 높은지……."

"대학원은 몇 학기지?"

"삼차 학기요."

"논문 준비해야겠네."

"네. 전공은 한문학이지만, 전 창작을 하고 싶어요."

그 여자는 또 웃는다. 여기 또 한 명, 인생을 어렵게 풀어나가려고 하는 젊은이가 있구나.

그 여자는 그 남자의 동생과 함께 음식점을 나와 차를 마신다. 아, 그때 차를 마신 찻집 이름이 '나에 남편은 나무꾼이었다'였다는 게 기억난다. 삶의 사소한 아이러니들. 찻집에서 나와 헤어지기 전에, 그 여자는 도자기 가게에 들러 분청 그릇 세트를 산다.

"이거 어머니께 갖다드리고 내가 안부 전하더라고 말씀드려."

다시 만날 날이 있을까, 그 어머니를. 살다 보면 또 어떤 일이 생길지는 모르지만, 지금으로서는 영영 다시 만날 일이 없으리라. 그 남자의 동생은 그릇 상자를 받지 않으려 한다. 그 여자는 동생을 설득한다.

"아무 뜻도 없어. 그냥 내가 드리고 싶어서 그러는 거야. 넌, 문학을 한다는 애가 그런 마음도 못 짚어내니?"

동생은 그제야 그릇 상자를 받는다. 그건 어머니의 피가 시키는 일이다. 그래서는 안 되지. 내게 인사를 하는 게 도리지. 그 여자는 어머니의 말씀이 옳다고 생각한다.

다음 날 아침, 그 여자는 그 남자의 어머니로부터 전화를 받는다.

오랜만에 듣는 목소리지만 바로 어제 들었던 것처럼 스스럼이 없다.

"뭘 그런 걸 다 보냈니?"

그 여자는 가슴속으로 무언가 뜨거운 기운이 밀려드는 것을 느낀다. 느꺼움.

"그냥요."

"축하가 늦었구나. 잘 사니?"

"네."

어쩐 일인가. 목에 자잘한 돌멩이들이 차오르려 한다. 그 여자는 깊이 숨을 들이쉰다.

"건강은 어떠니?"

"괜찮아요."

"이제는……."

그러고는 잠간 말씀을 중단하신다. 그 여자는 목에서 달그락거리는 돌멩이들을 힘주어 누른다.

"이제는, 정숙이 너도 결혼해야지?"

"네"

그 어머니가 어렵게 말씀하셨으므로 그 여자는 빨리 대답한다. 왠지 그래야 할 것 같아서. 몸 안의 돌멩이가 걷잡을 수 없이 커진다. 이런 게 사는 거라고, 이렇게 사는 거라고……. 고개를 끄덕이는데 기어이 눈앞이 어룽어룽 흐려온다.


끝났다. 다 끝났다, 고 그 여자는 적는다. 손에 힘이 없고 기진한 느낌이다. 그러면서도 그 기진함의 뒤끝에서 피어오르는 물안개 같은 움직임을 느낀다. 작고 미진한, 그러나 분명히 움직이는 힘.

그 힘에 기대어, 그 여자는 지금 넓고 고요한 강의 하구에 앉아 있다. 기름진 삼각주에는 갈대밭이 있고, 갈대밭 위로는 몇 마리 물새가 날아오른다. 태양이 갈대밭 너머로 숨고, 대기가 황금빛으로 익어가는 그 황홀한 도취의 시간 속에 오래 앉아 있다. 느리고 웅장하게, 느리고 조용히 흐르는 강물을 바라보면서.

강가에 오래 앉아 있으면 몇 가지 깨달아지는 게 있다. 그토록 먼 길을 걸어온 강물이 아직도 저리 맑은 것은 강물이 가지고 있는 자정능력 때문이라는 점이다. 모든 자연은 자연 치유력을 가지고 있으며, 인간도 자연의 일부라는 점이다. 그리하여 또 하나 깨달아지는 건, 머잖아 바다에 닿으리라는 점이다. 그 여자가 늘 좋아했고, 그 여자에게 위안이 되어주었던 바다. 그 바다와 하나가 되리라는 점이다.

다 끝났다. 이제 남은 일은 자신의 시체가 떠내려오기를 기다리는 일뿐이다. 그것이 더욱 늦어지기를 바라는 일뿐이다. 그 여자는 이제 오래 살고 싶어 한다. 역사학자나 인류학자들은 평균 수명이 길다고 한다. 그들은 이 세상을, 이 세상의 역사를, 직접, 더 오래 지켜보고 싶어 하기 때문이라는 것이다. 그 여자도 오래 살고 싶다. 살면서, 이 세상을 오래 바라보고 싶다. 그러다 보면, 언젠가 바다에 닿을 것이다.

　이제 그 여자는 산에서 내려온다. 산 위에 파헤쳐진 흙더미며, 죽은 소나무에서 삭아 내리는 삭정이며 바위에 패인 홈이며 모두 보았다. 그것들을 보고 확인하는 행위가, 그 일들을 기록하는 행위가 무얼 의미하는지 아직은 모르는 채. 그러나 적어도 이제는, 네 얘기를 쓰지 않으면 소설을 세 편 이상 쓰지 못할 거라는 협박은 받지 않아도 된다. 그 여자 쪽에서 먼저 벗어버렸으므로, 끊임없이 그 여자를 엿보는 세상의 시선을 의식하지 않아도 된다. 억울해, 억울해, 그런 잠꼬대를 하며 울다가 잠 깨지 않아도 될 것이다.

　산에서 내려오는 발걸음이 헛헛하다. 발목이며 무릎이 금방이라도 꺾일 것 같고, 어디 바위 같은 데 이마를 찧으며 넘어질 것 같다. 등산을 하는 사람들은, 올라가는 것보다 내려오는 일이 힘들다고 한다. 아마, 올라갈 때는 정상을 향해 도전한다는 희망이 있기 때문일 것이고, 내려올 때는 일상의 단조로운 생활로 돌아가는 일만이 기다리고 있기 때문일 것이다. 올라가는 일은 다리에 힘이 솟구치게 하지만 내려오는 일은 다리에 힘이 빠져 후들거리게 할 뿐이다.

　비록 발길은 헛헛하지만, 그 여자는 아주 가볍고 자유로워진 느낌을 받는다. 그간의 모든 상실감과 그 폐허의 잔재가 발걸음마다 살비듬처럼 툭툭 떨어져 내린다. 그 여자는 이제 진정으로 가볍고 자유로워진 것 같다. 심술신이 시소 저편에서 아무리 흔들어도 이제는 흔들리지 않을 것이다. 아주 가벼워졌으므로, 중량감이 없는 물체는 흔들리지 않으므로. 그 여자는 이제 삶에 대한 중압감을 느끼지 않는다.

산을 내려오다가 그 여자는 산의 초입에 있는 쓰레기 소각장으로 향한다. 고등학교 때의 일기장을, 대학 때의 공책을, 그 이후의 수첩들을 소각장에 내려놓는다. 다시 주머니를 뒤져, 여덟 장의 대학 등록금 영수증을, 아버지와 동생의 이름이 새겨진 나무도장을 그 곁에 꺼내놓는다. 주머니에서 성냥을 꺼내 긋는다. 불어오는 바람이 성냥불을 꺼뜨린다. 조금 더 공책들 가까이 손을 대고, 공책들을 방풍림 삼아 다시 불을 켠다. 그러고는 종이 가까이 대어준다.

오랫동안 상자 속에 갇혀 있던 그것, 이미 오래전에 이 세상에서 사라졌어야 했을 것들이 뒤늦게야 불길을 받아들인다. 어둡고 습기찬 곳에서 나와 건조하고 신선한 공기와 만나자 훅, 숨을 들이쉬듯 불길을 받아들인다. 이내 온몸으로 춤을 추며 가볍게 날아오른다. 화사한 열기가 되어, 가벼운 연기가 되어. 그 여자의 가슴속 어둡고 습기 찬 곳에 있던 어떤 것들, 검붉은 덩어리 같은 것, 너무 억눌려서 딱딱하게 굳은 덩어리 같은 것이 풀려나와 함께 날아오른다. 화사하고 가벼운 무엇이 되어.

그 여자가 살면서 겪은 사건들이 서로 어떤 연관관계를 가지고 있는지 모르겠다. 그것들은 그 여자의 앞에 디디고 넘어가야 하는 돌멩이처럼 놓여 있곤 했다. 그 여자는 마치 징검다리를 건너듯 돌멩이들을 하나하나 디뎌왔다. 그리고 지금 가만히 돌아보면 등 뒤로 눈부시게 푸른 강이 누워 있다. 사람들이 흔히들 세월이라고 이름붙이는 그 푸른 강.

그러므로 이제 다르게 말하고 싶다. 그 여자를 키운 것은 팔 할의 친구나 이 할의 문학과 음악이 아니라 세월이었다고. 바위에 끊임없이 부딪치는 파도처럼, 그 여자를 향해 몰아쳐오던 그 세월이다. 파도가 바위를 쪼아대듯, 세월은 그 여자를 깎고 쪼아서 둥그스름하게 만들어주었을 것이다. 파도가 바위에 오묘하고 아름다운 형상을 새겨 넣듯, 세월은 그 여자에게 글을 쓸 수 있는 마음의 결을 형성해주었을 것이다.

그래, 그 여자를 키운 것은 십 할이 세월이다. 그러므로, 그 여자가 인생에서 배운 단 하나의 교훈이 있다면, 세월 앞에서 겸허해야 한다는 점이다. 그 여자가 지금도 일관되게 어른들을, 노인들을 존경하는 이유는 오직 그것 하나다. 세월의 부피와 질량의 웅장함에 대한 존경이다.

어른 나이에 이르기 전에는 할 수 없는 일이 있는 법이다. 어느 나이에 이르기 전까지는 이해할 수 없는 세상의 이치가 있는 법이다. 어느 나이에 이르기 전에는 감히 도달할 수 없는 사유의 깊이가 있는 법이다. 중요한 것은 언제나 세월이다. 시간이 퇴적층처럼 쌓여 정신을 기름지게 하고 사고를 풍요롭게 하는, 바로 그 세월이다.

그러므로 세월 앞에서는 겸허해야 한다. 누구고, 그 사람만큼 살지 않고는 어떤 사람에 대해 함부로 평가해서는 안 된다. 누구든, 그 사람과 똑같은 세월을 살아보지 않고서는.


지금 그 여자는 강릉에 있다. 서울 그 여자의 집에는 어머니가 계시다. 방학 한 달 동안 어머니는 침술을 배우러 올라오셨다. 어머니는 두 가지 서로 다른 강좌를 듣는다. 하나는 이미 다 아는 내용을, 수평고시를 보기 위해 배우는 것이라 한다. 그곳에서 수강하면, 그 강사의 주선으로 중국에서 수평고시를 보는 길이 열린다고 한다. 수평고시란, 중국에서 실시하는 침술사 자격시험이다. 중국의 자격증은 전 세계에서 통용된다. 곧 의료시장이 개방될 것이고 그러면 서양의학뿐 아니라 한의학도 유입될 것이다. 어머니는 수평고시를 보고, 중국 침술사 자격증을 따면 일본이나 호주 같은 나라에 가고 싶어 하신다. 일본은 어머니가 어렸을 때 살던 곳이어서 마흔까지도 편지를 주고받던 친구가 있다. 호주에는 이민 간 친척이 있고.

어머니가 배우는 또 하나의 침은 수침이다. 물 수(水) 자를 쓰는 수침. 한방의 약재를 잘 달이고 증류하여 그 약물을 환자의 경혈에 직접 주사하는 침이라 한다. 그 여자는 또 의심이 생긴다. 살에 직접 약물을 넣다니, 그 여자가 아는 상식으로는 납득할 수 없다. 납득할 수 없을 뿐 아니라 위험천만이다.

"그게 어떻게 가능해요? 그러면 살에 부작용이 생기지 않아요?"

어머니는 세 권이나 되는 책이며, 그 시술을 의학적으로 입증한 어느 대학병원의 확인증이며, 약물을 만드는 증류 기구 그림이며를 보여준다. 그 시술법은 지난가을에 있었던 세계 침술사 세미나에서 처음 발표되었으며 임상 결과까지 나와 있다고 설명한다. 책 곳곳에는 어머니가 학습한 내용들에 밑줄이 그어져 있고 그 밑으로는 볼펜 글씨로 드문드문 메모가 되어 있다. 한자, 한글, 아라비아숫자, 그리고 간단한 그림까지.

"병원에서 근육주사를 놓는 것과 한가지다. 다만 엉덩이같이 살이 많은 데 놓는 게 아니라 경혈을 찾아 주사하는 것이 다르지."

그 여자는 고개를 끄덕일 수밖에 없다. 그 시술에 대해서가 아니라 어머니의 신념과 열정에 대해서. 수침 강좌는 일주일에 한 번씩 있으며, 한 달 동안 네 차례에 걸쳐 강의를 듣는데, 수강료가 백오십만 원이라 한다. 그 여자는 어머니의 열정과 의욕에 감동한다. 아니, 감동하는 정도가 아니라 얼마간 버거워한다. 새벽마다 어머니가 노안에 돋보기를 끼고, 한자가 깨알같이 적힌 책들을 들여다보는 모습을 보면, 어머니가 제게도 그렇게 살기를 말없이 강요하는 것 같아 부담스럽다. 어머니는 올해 예순이시다.

그런 어머니 곁에서 가슴을 울먹이며 이 글을 쓰는 일은 고통스럽다. 아니 무언가 아이러니하고 가소롭기도 하다. 그래서 주섬주섬 보따리를 싼다. 보일러 기압을 조절하는 방법이며, 자동응답전화기를 켜고 끄는 법이며, 도시가스 잠그는 코크의 위치 등을 알려드린 후 열쇠를 어머니께 맡긴다.

그런 때, 평소 같으면 그 여자는 당연히 견성암으로 갔을 것이다. 견성암은 그 여자의 두 번째 집이나 다름없으니까. 그러나 이번에는 견성암을 찾지 않는다. 지난번에 그곳에서 나오면서, 다시는 짐을 싸들고 그곳에 유숙하러 가지 않겠다고 다짐했으므로. 아직도 그 여자는 자신과 한 약속을 잘 지키는 편이다. 때로는 그런 자신을 지긋지긋해하면서.

그 여자는 설악산으로 간다. 산과 바다와 온천이 있는 곳, 특히 산 곳곳에 절이 많다. 지금도 그 여자는 이따금 부처님을 필요로 하므로. 설악산에는 콘도미니엄이 많다. 그러나 연말연시의 콘도는 거의 예약이 끝나, 그 여자는 밤늦도록 여섯 군데의 콘도를 찾아가지만 허탕을 친다. 그때 그 여자를 태우고 운전하던 친구 명자가 말한다.

"네 동생한테 말해봐. 여기서 오래 살았으니 방법이 있을 거야."

왜 그 생각을 하지 못했나 싶다. 아니, 그건 당연하다. 그 여자는 누구에게 무엇인가를 부탁하는 일이 몸에 배어 있지 않다. 몸에 밴 것이라고는 모든 걸 제 손으로 직접 하는 것과, 이따금 도움이 필요할 때면 가족보다 친구를 먼저 찾는 습관뿐이다.

그 여자는 친구의 집으로 돌아와 동생에게 전화한다. 동생은 알았다고, 자기가 구해줄 테니 걱정하지 말라고 말한다. 그러고는 경포에 있는 한 콘도에 방을 구해준다. 그 여자는 방으로 안내해주는 동생에게 사용료가 얼마냐고 묻는다.

"놔둬. 내가 여기 부사장이야."

동생은 덤덤하게 말하고 그 여자는 그저 고개를 끄덕인다. 얼마든지 그럴 것이다. 동생은 머리가 비상하고 배포가 크고, 일찍부터 현실 속에서 현실을 배웠다. 그러니 지금쯤 그런 업체를 스무 개쯤 거느리고 있다고 해도 놀라지 않을 것이다. 동생은 주문진에 어떤 공장을 가동하고 있다. 건물에 산소를 공급하는 기계를 만든다고 한다. 그 여자는 그게 어떤 종류의 기계인지, 동생이 하는 일이 어떤 것들인지 알지 못한다. 한때 동생은 주류 총판을 운영했고 또 한때는 뷔페식당을 하기도 했다. 지금도 그들 업체들의 공동경영자로 알고 있다.

그 여자는 자신이 하는 일, 방 안에 틀어박혀 글을 쓰는 일보다는 동생이 하는 일이 훨씬 바람직해 보인다. 현실 속에서 배우고, 세상은 세상의 흐름에 맞추어 살아야 한다. 그 여자는 가끔 제가 살아가는 방식이 마음에 들지 않는다.

그럼에도 지금, 그 여자가 글을 쓰는 것은, 그 일이라도 하지 않으면 사는 까닭이 없기 때문이다. 아이를 낳아 기르는 것도 아니고, 남편을 위해 저녁 밥상을 차리는 일도 없고, 직장에 나가 생산적인 일을 하는 것도 아니다. 그 여자가 글을 쓰는 것은 그 모든 일에 대한 대신이다. 그리고 또 하나 이유가 있다면, 문학에 진 빚을 갚기 위해서이다. 삶의 골목에서 넘어질 때, 여자는 문학에 의지해서 몸을 일으켰고 문학에 비추어서 길을 찾아나갔다. 문학은 지팡이이고 나침반이었다.

그 여자는 지금도 문학으로 무엇을 하겠다는 마음은 없다. 문학이 무엇을 하겠는가. 문학은 세상을 바꿀 수도 없고 돈이 되지도 않고 따뜻한 저녁 밥상도 아니다. 그러나 문학은 그 모든 것이기도 하다. 문학을 생각하면, 오래 함께 산 부부 같은 마음이 된다. 이제는 되물 수도 없으니.

그리고 그 여자는 이 글을 쓴다. 자신의 지난 삶, 그것을 기록하는 일이 무엇을 의미하는지는 아직 모른 채, 들뜬 상태에서, 무언가에 몰리듯, 이 글을 쓴다. 시작할 때는, 소리 높은 주제의식도, 집요한 심리묘사도 없는 이미지들이 연결되는 소설로 만들고 싶어 했다. 이제는 그 모든 사건을 하나의 이미지, 혹은 기호 정도로 받아들일 수 있게 되었다고 믿기 때문이다. 그럼에도 쓰다 보면 생각이 아카시아 뿌리처럼 엉기고, 말이 아카시아 향기만큼이나 멀리까지 밀려가려 한다. 그럴 리가 없는데……. 이제는 다 지난 일인데…….

모르겠다. 돌이켜보면, 무얼 그리 많이 썼는지도 모르겠다. 아직도 남은 말이 있는 것 같고, 꼭 해야 할 이야기를 빠뜨린 것도 같다. 글쎄다, 어떤 한 장을 가지고 다시 장편 하나 써낼 수 있을 것도 같은 그 여자의 마음은 무엇일까. 그러나 이쯤에서 끝내기로 한다. 이

만하면, 이만하면 충분하므로.

쓰고 나서, 그 여자는 한 가지 아쉬운 점을 발견한다. 그 여자의 삶이 온통 어둡고 질척거리는 밤길, 비 오는 밤길을 걷는 행위처럼 보인다는 점이다. 힘든 날들이긴 했지만, 그러나 어디 꼭 그렇게만 살았겠는가. 그 여자의 삶에 특별한 영향을 미친 사건들만 짚어나가다 보니 그렇게 보이게 되었을 뿐이다. 사건과 사건 사이, 밤길과 밤길 사이, 체념과 참음 사이에는 분명히 환한 대낮, 낙천적인 웃음들이 있었을 것이다. 그것들을 더 많이 말하지 못한 게 그 여자는 아쉽다.

생각해보면, 그 여자가 이 글을 쓴 것은 하나의 나무를 심는 행위였을 것이다. 그 여자는 그렇게 생각한다. 무슨 뜻일까. 잘 모르겠지만, 앞으로 그 여자가 계속 소설을 쓴다면, 그 소설은 모두 이 나무에 열리는 열매가 아닐까 싶다.


경포의 콘도에 묵는 동안, 그 여자의 생일이 지나가고 설날이 지나간다. 다른 날들과 별반 다를 바 없는 평범한 날들, 하루 스물네 시간짜리 날들이. 설날이 지난 며칠 후, 어머니가 그 여자에게 전화를 한다. 원래 울림이 많은 목소리지만, 전화로 듣는 어머니의 목소리는 떨림이 더 심하다.

"숙아……."

어머니는 잠시 아무 말씀이 없으시다. 전화기로 깊은 한숨이 건너온다.

"숙아, 니 아버지……."

어머니는 또 말씀을 중단하신다. 그 여자는 어머니가 그렇게 한숨을 쉬며, 머뭇거리며 "니 아버지……" 할 때 어떤 종류의 말씀을 하실지 알고 있다. "숙아, 올 사월 초여드레가 니 아버지 환갑이시다.", "올 이월에 니 아버지가 퇴직을 하신다고 하더라." 그런 소식을 전하신다. 그 말씀은 아버지를 찾아가보라는 뜻이다. 그러나 그 여자의 생각은 다르다. 이미 아버지에게는 다른 가정이 있다. 공연히 불쑥 나타나 아버지의 완성된 삶에 균열을 일으키는 일은 하고 싶지 않다.

"니 아버지…… 어디 계신지 아나?"

"네, 임계에 계신다고 하던데요."

그 여자는 심상하게 대답한다. 어머니는 다시 말씀이 없으시다. 말없는 어머니의 마음이 확연하게 짚여온다. 임계는 아버지가 복직을 하여 처음으로 발령받은 곳이다. 계곡에 임해 있는 곳이라는 그 지명에서부터 한갓지고 소외된 느낌을 주는 곳. 그러나 강원도에는 그런 지명이 많다. 횡계, 옥계, 도계, 심지어는 무릉계까지. 그건 그저 범상한 지명일 뿐이다.

"그래도 니들은 아무렇지도 않나?"

그 여자는 못 알아듣는 척한다. 어머니의 마음을 너무 잘 알기에.

"아버지가, 혼자, 그렇게 살고 있는 게, 아무렇지도 않나 말이다."

어머니의 말투가 문득 높아진다. 어머니가 왜 그러시는지 알지만 그건 아버지의 선택이다. 난 퇴직하면 여기 와서 농사지으며 살 거다, 그렇게 말씀하실 때 아버지는 당신의 삶의 본질에 닿은 것 같았다. 그리고 지금 아버지는 당신의 말씀대로 살고 계시다. 무엇이 문제인가. 그 여자의 꿈도 그렇다. 나중에, 구천동 계곡이나 선운사 발치쯤에 텃밭이 달린 집을 마련하여 거기서 사는 것.

"숙아, 그러지 말고 네가 아버지한테 한번 가봐라. 내가 이런 일 있을 줄 알고 청송에 밭을 사서 사과나무를 심어둔 게 있는데……."

어머니의 말씀은 아버지를 낯선 곳에서 혼자 사시게 하지 말고 어머니가 마련해둔 과수원에 와서 사과나무 전지라도 하면서 사시 도록 말씀드리라는 것이다. 이미 오래전부터 아버지의 그 집 여자 가 아버지를 달가워하지 않았음을 어머니는 알고 계시다. 아버지는 당신의 퇴직금까지 그 여자에게 내어주고 임계로 들어가셨다. 그 가정은 지금 강릉에 있고, 그 집의 큰아이는 벌써 대학에 다닌다. 그 여자는 어머니의 순진성이랄까, 이상주의적 가치관이랄까, 그런 것들에 답답해진다. 어머니가 아직도 아버지를 잘 모르시는가 싶 다. 냉정하다고 생각하면서도 그 여자는 솔직하게 말한다.

"엄마, 아직도 아버지를 그렇게 모르세요? 아버지는 절대 청송으 로는 안 가실 거예요."

어머니는 다시 아무 말씀이 없으시다. 너무 심했나 싶어 이내 덧 붙인다.

"청송에는 아는 사람이 없지만 임계는 아버지가 오 년이나 사셨 던 곳이에요. 거기는 친구도 많고 또 인심도 좋은 고장이래요."

그래도 어머니는 말씀이 없으시다. 사실, 그 여자도 이제는 아버 지에게 다녀와야 하지 않을까 생각하고 있다. 이제는 아버지를 찾 아가도 한 가정을 파괴할 염려는 없을 것이다. 아버지 역시, 그렇게 큰 딸이 있다는 사실에 대해 타인의 눈을 의식하지 않아도 되는 삶 을 살고 계실 것이다. 이제는 아무렇지도 않은 마음으로 아버지와 마주 앉아, 삼 년만 지나면 밀림의 왕자가 된다는 호랑이 이야기며, 생선을 구울 때는 석쇠가 잘 달구어진 다음에 올려놓아야 한다는 이야기며, 장기를 둘 때는 졸을 잘 운용해야 한다는 이야기며……
그런 이야기를 나눌 수 있을 것 같다. 이제는…….

그러나 그 여자는 어머니께 농담을 한다.

"그렇게 걱정되면 엄마가 직접 가보세요. 가는 길에 청송 과수원
도 잘 싸가지고 가서 임계로 옮겨드리고."

어머니는 웃는다. 사실, 그런 문제는 그렇게 가볍게 말해서는 안
되는지도 모른다. 그러나 그렇게 말하지 않으면 다른 방법이 없다.
가슴속에서 자꾸만 달그락거리는 돌멩이들이 어느 틈에 목에 걸릴
지 알 수 없다. 그런 일은 그동안도 충분했다.

"내가 이런 말 하니까, 나는 뭐 좋아서 하는 줄 아나?"

"그럼 왜 하세요?"

그 여자는 어머니의 마음을 다 알면서도 반문한다. 물론 어머니
가 어떤 대답을 하시리라는 것까지 다 안다.

"그게 사람의 도리인 거지."

그러나 그 여자는 말씀과는 다른 어머니의 속맘을 안다. 어머니
는, 아, 어머니는 아직도 아버지를 사랑하고 계신 게 분명하다. 첩
본 남자는 늙고 병들면 본처에게 돌아오게 마련이라는 그 고전을
믿고 계신 게 분명하다. 그 고전을 믿으며 지금까지 살아오신 게 분
명하다. 그것에 대해 무어라 말하겠는가. 삶은 저마다의 선택일 뿐
이다. 사랑조차도.


그 여자가 묵는 방에서 창을 열면 바로 눈앞에 있는 것은 동해안
의 해안선을 따라 뻗어 있는 이 차선 국도다. 그 국도 너머는 해송
숲이고 그 너머는 바다다. 폭이 이백 미터쯤 되는 해송 숲은 해안선

과 국도 사이로 끝없이 이어진다. 그 숲에는 참새가 살고 이따금 갈매기가 잘못 날아오기도 한다.

바다로 들어가기 위해서는 해송 숲을 지나야 한다. 그러나 해송을 보호하기 위해 몇 군데 길목을 제외하고는 모두 철망이 쳐져 있다. 철망에는 띄엄띄엄, 철망 주의라는 작은 팻말이 붙어 있다. 그 여자는 처음에 철망 주의를 절망 주의로 읽는다. 절망 주의, 형이상학적인 팻말이군.

바다 앞에서는 절망하지 말 것, 감히 바다 앞에서는 절망에 대해 말하지 말 것, 그래, 바다만큼 깊은 심연을 제 속에 거느리고 있는 자가 있는가.

아니 바다 앞에서는 절망뿐 아니라 희망에 대해서도, 광활함에 대해서도, 어떠한 낙관주의나 허무주의, 박애주의에 대해서도 말해서는 안 된다. 바다 앞에서는. 바다만큼 많은 희망의 태양을, 바다만큼 많은 허무의 풍랑을, 바다만큼 많은 생물을 키우는 박애를 제 안에 가지고 있는 자가 있는가. 그러므로 바다 앞에서는 그 무엇에 대해서도 말해서는 안 된다. 바다 앞에서는 침묵하여야 한다.

바다는, 그 모든 것을 품에 간직하고 그 모든 것을 극복한 바다는, 이제 단 하나의 방식으로 제 마음을 보여준다. 그건 높은 파도나, 물굽이를 따라 나는 갈매기나, 아름다운 푸른색 따위가 아니다. 그건 부력이다.

바닷물의 부력. 모든 물체를, 그 물체가 가지고 있는 질량만큼 떠오르게 하는 힘, 부력. 그건 바다가 가지고 있는 애정이고 모든 것을 극복한 자의 의연함이다.

그 여자는 바다의 부력을 믿는다. 아무리 바닥이 없는 허방에 빠지더라도, 아무리 깊은 낭떠러지에 떨어지더라도 다시 떠오를 수 있는 힘, 그건 바다가 가르쳐준 부력이다.

제가 빠진 심연과 절망의 무게만큼 물 위로 떠오를 수 있다는 것. 절망이 크면 큰 만큼, 어깨에 얹히는 운명의 무게가 무거우면 무거운 만큼 바다는 더 많은 부력을 행사한다. 그것이 바다의 마음이다. 바다를 보고 있으면 그래도 세상이 공정하고 온유하다는 믿음을 갖게 된다. 그 여자에게는 바다가 좋다. 감기에는 쌍화탕이 좋고 두통에는 펜잘이 잘 듣듯이 그 여자에게는 바다가 좋다.

그 여자는 언젠가 바다에 대한 이야기를 한번 쓰고 싶어 한다. 헤밍웨이가 《노인과 바다》라는 웅장한 소설을 쓴 이후, 린드버그 여사가 《바다의 선물》이라는 인간과 바다에 대한 깊은 통찰의 글을 쓴 이후, 장 그르니에가 《지중해의 영감》이라는 아름답고 사색적인 글을 쓴 이후, 더 이상 바다에 대해 말할 게 없어진 것 같은 바다. 그러나 그 여자는 바다에 대해 말하고 싶다. 그 여자가 알고 있는 바다, 그 여자에게 좋은 바다, 그리고 끝끝내 그 여자가 다다르고자 하는 바다에 관해서.

그러나 아직은 바다에 대해 말할 줄 모른다. 오직 바다를 사랑할 뿐이다. 바다와 너무 밀착되어 있어서 객관적인 눈으로 바다를 보고, 균형감각을 갖고 바다를 말할 수 없다. 보름달이 뜨면 그 달에서 바다까지, 은빛을 뿌린 듯한 길을 열어 보이는 밤바다, 초파일이면 불자들이 띄워 보내는 연등이 빨갛게 수를 놓는 바다, 밤이면 수평선을 열어놓고 이마에 불 켠 고기잡이배들을 불러들이는 바다, 새벽이면 그 배들을 다시 해안으로 돌려보내는 바다, 그들 뒤로 매번 희망 같은 태양을 떠올려 보여주는 바다, 그런 바다에 대해 이야기하고 싶다. 천 가지 얼굴을 가지고 있는 바다, 한 번도 같은 얼굴 색을 한 적이 없고 한 번도 같은 표정을 짓지 않는 바다.

무엇보다 그 여자는 바다의 빈 무덤에 대해 말하고 싶다. 풍랑에 실종된 어부들을 위해 해송 숲에 마련해두는 빈 무덤들에 대해서, 자신의 이름으로 만들어진 빈 무덤에 찾아와 쉬는 어부들의 영혼에 대해서 말하고 싶다. 남지나해나 러시아 근해에서 조업하던 어부들 이, 풍랑에 몸을 버리고, 그러고도 영혼만으로 헤엄쳐 건너는 바다, 기어이 자신이 태어난 곳으로 돌아와 가족들이 만들어둔 빈 무덤 위에 앉아 물에 젖은 영혼을 말리는 그 무덤에 대해 말하고 싶다.

비단 어부들뿐이랴. 사람들은 누구나 제 몫의 빈 무덤을 가지고 있을 것이다. 일상의 어느 지점에서 풍랑을 만나 좌초하더라도, 한 번쯤 제 무덤의 양지쪽에 앉아 물에 젖은 영혼을 말릴 수 있는 그런 무덤을 가지고 있을 것이다. 그러면 뽀송뽀송 잘 마른 영혼으로, 다 시 이 세상의 한가운데를 걸어볼 힘을 얻을 수 있을 것이다. 사람들 은 누구나, 등 뒤에 혹은 마음속에, 빈 무덤을 가지고 있을 것이다. 강물을 따라 떠내려오는 제 지난 삶의 흔적들을 거두어 담을 수 있 는 빈 무덤, 물에 젖은 영혼이 쉴 수 있는 빈 무덤, 그런 빈 무덤에 대해 이야기하고 싶다. 언젠가는.